IAN BRAY, geboren 1954, ist das Pseudonym des deutschen Krimiautors Arnold Küsters. Wenn er sich nicht gerade spannende Mordfälle ausdenkt, ist er als freiberuflicher Journalist im Einsatz. Cornwall wurde vor vielen Jahren zu seinem liebsten Reiseziel, und Cadgwith hat es ihm ganz besonders angetan. Daher verbringt er dort nicht nur regelmäßig seinen Urlaub, sondern verlegt neuerdings auch seine Kriminalfälle in das beschauliche Fischerdorf.

Außerdem von Ian Bray lieferbar:
Klippentod
Klippengrab

Ian Bray

Klippen Rache

Ein Cornwall-Krimi

PENGUIN VERLAG

FSC www.fsc.org MIX Papier aus verantwortungsvollen Quellen FSC® C014496

Klimaneutral* Druckprodukt ClimatePartner.com/14044-1912-1001

Penguin Random House Verlagsgruppe FSC® N001967

1. Auflage 2023

Redaktion: Ralf Reiter
Umschlaggestaltung: bürosüd
Umschlagabbildung: www.buerosued.de
Gesamtherstellung: GGP Media GmbH, Pößneck
Printed in Germany
ISBN 978-3-328-10950-1
www.penguin-verlag.de

Wenn man die volle Wahrheit nicht sagen will und doch reden muss, so verwickelt man sich gar bald in die ersten Netze der Unwahrheit, und die konsequente Fortsetzung dieser Netze ist eben die Lüge selbst. Die Lüge aber ist alles Unrechts Quell und Anfang.

Heinrich Laube

Please, sister Morphine, turn my nightmares into dreams

Rolling Stones

Come sail your ships around me / And burn your bridges down / We make a little history baby / Every time you come around

Nick Cave, The Ship Song

Figuren und Handlung sind frei erfunden. Ähnlichkeiten mit lebenden oder verstorbenen Personen wären damit rein zufällig. Die im Buch beschriebenen Handlungsorte entsprechen weitgehend den tatsächlichen Gegebenheiten. Abweichungen sind allein der Fantasie des Autors geschuldet.

1.

Er stand in der Gasse, in Wahrheit nur ein nachlässig befestigter Weg. Leere Hallen, Graffiti, Schutt, Fäkalien, Gestrüpp, dürres Gras – die hässliche Seite der Stadt. Es stank nach Kohl und was sonst noch. Es war dunkel, irgendwo im Londoner Stadtbezirk Croydon, abseits des aufpolierten Viertels mit den Bars, Pubs und Profiteuren des Neuen Marktes.

Er war allein. Sein Team hatte sich weiter vorne in einem verzweigten Hallensystem verteilt. Sie hatten den Tipp bekommen, dass dort um diese Zeit große Mengen Koks, Heroin und Crack den Besitzer wechseln würden. Ein Routineeinsatz. Solche Hinweise bekamen sie im Dutzend.

Der Einsatz war fast beendet. Natürlich hatten sie nichts gefunden und niemanden angetroffen. Sie hatten es geahnt. Der Tipp war ein Ablenkungsmanöver, damit die Geschäfte anderswo ungestört ablaufen konnten.

Nur noch schnell dieses kurze Verbindungsstück absuchen, sicherheitshalber, hatte er gedacht. In Gedanken war er längst bei Moira und ihrem gemeinsamen Wochenende. Unmittelbar im Anschluss sollte es losgehen. Es waren ihre ersten freien Tage seit Wochen, und sie wollten die Zeit nutzen, um die Hochzeit zu planen.

Als er sich in dem schmalen Durchgang vorsichtig an der Wand entlang bewegte, stieß er in der Mitte des Wegs auf einen Müllcontainer, daneben schwarze Säcke, einige von Fäulnisgasen aufgebläht, andere schlaff und halbvoll, dazu einige durchweichte Kartons. Der Gestank nahm ihm fast den Atem. Eine Hand vor dem Mund, stieß er mit der anderen den Deckel auf.

Gebleckte Zähne grinsten ihn an. Er konnte nicht einmal schreien. Er blickte in das Gesicht einer Frau, oder das, was davon übrig geblieben war. In den Augenhöhlen und im aufgerissenen Mund wimmelte es von Maden, ihr Weiß kaum zu unterscheiden von der toten Haut. Und als hätten sie nur darauf gewartet, an die Luft und das Licht zu kommen, begannen sie in Richtung Klappe zu kriechen.

Bevor er den Deckel mit einem Krachen zuwarf, nahm er wahr, dass der Kopf vom Rumpf getrennt worden war. Die Frau musste schon länger als zwei Tage in dem Container liegen.

Heftig atmend lehnte er sich an die Ziegelwand und bekam dennoch keine Luft. Für den Bruchteil eines Augenblicks hatte er geglaubt, in Moiras Gesicht zu blicken.

Seine Kollegen fanden ihn erst spät. Von Würgen und Weinkrämpfen geschüttelt, hatte er sich regelrecht in die Wand verkrallt, und seine Hände hatten wieder und wieder über den rissigen Backstein gerieben.

Simons Flashback endete stets an genau dieser Stelle. Nur mühsam fand er in die Realität zurück. Sein Shirt war feucht vom Schweiß. Außerdem hatte er das Wasserglas vom Nachttisch gewischt.

II.

Mein Gott, Peter ist aber auch zu süß. Tracy hätte beinahe das Display geküsst. Stattdessen drückte sie ihr Handy verstohlen an die Brust. Sie war schließlich gerade nicht allein. Sie hatte zum gefühlt hundertsten Mal seine Whatsapp aufgerufen: *Liebste Tracy, lass uns endlich gemeinsam träumen. Mein Leben ist ohne dich, ja, wie ein dunkler enger Raum ohne Tür. Seit ich dich kenne, hat mein Leben endlich, endlich einen Sinn. Schon ganz bald bin ich für immer bei dir.*

Selig machende, süße Worte, so lange schon nicht mehr gehört. Nein, niemals zuvor gehört.

Lass uns gemeinsam träumen. In diesen vier Worten steckte ihre ganze Sehnsucht. Das allererste Mal in ihrem Leben hatte Tracy das Gefühl, eine Zukunft zu haben. Endlich. Sie ließ den Blick über das Treiben auf dem Schulhof schweifen. Schubsen, Lachen, Flüstern in kleinen Gruppen, ein Ball flog über die niedrige Umgrenzungsmauer. Wie unbeschwert das Leben sein konnte. Ihre Schützlinge lebten ihr das vor, jeden Tag. Und nun war auch sie ein Teil dieser Schwerelosigkeit.

Sie würden eine richtige Familie werden. Er wollte unbedingt Kinder. Peter war das *Match*, nach dem sie so lange gesucht hatte. Wie liebevoll, zart und zugleich bestimmt er am Telefon klang. Es hatte in den vergangenen Wochen Zeiten gegeben, in denen sie befreit aus dem Alltag abgetaucht war, mit ihrem Telefon als Luft- und Atemspender. Halbe Nächte hatten sie über ihre Wünsche und Sehnsüchte geredet. Wie Backfische hatten sie sich mit Liebesschwüren überboten, als seien sie im trunkenen Wettstreit um Liebe und Wärme auf der Zielgeraden. Ein glühendes Eifern, völlig neu im endlosen Einerlei dessen, was sie bisher für ihr Leben gehalten hatte.

Sie war nicht ganz sicher, ob das mit dem Nachwuchs in ihrem Alter noch klappen würde. Auf der anderen Seite las man ja immer wieder davon, dass heute mehr und mehr Frauen Spätgebärende waren, anders als noch vor zwanzig, dreißig Jahren. Und dank der medizinischen Fortschritte seien die Risiken beherrschbar. Es bestand also noch Hoffnung, dass sie mit ihren 38 Jahren glückliche Mutter sein konnte.

Bevor sie sich noch weiter in ihren Sehnsüchten verlor, holte sie ein paarmal tief Luft. Das musste warten, die Pause war vorbei.

Sie betrachtete das einstöckige Schulgebäude, das direkt neben Kirche und Friedhof lag und wegen seiner nüchternen Anmutung ein wenig deplatziert wirkte. Die letzte Stunde stand an, das Wochenende konnte kommen. Sie war am Abend mit den Mädels im Bootshaus verabredet. Es gab noch eine Menge zu besprechen. Vor allem galt es, alles rund um das Bootsrennen zur Saisoneröffnung zu planen. Vergangenes Jahr hatten sie mit der Damenmannschaft und ihrer *Socoa* eine recht erfolgreiche Rudersaison hingelegt. Das wollten sie in diesem Jahr unbedingt wiederholen.

Außerdem wollten sie über ihre Kostüme für den Flora Day sprechen, der schon bald anstand. Tracy würde endlich wieder dabei sein. Das Volksfest in Helston fiel in diesem Jahr nämlich auf einen der Bank-Holiday-Feiertage, der gleichzeitig ein Freitag war. Peter würde Augen machen, denn so ein Fest gab es in Oxford sicher nicht. Ach, könnte er doch schon bei ihr sein.

»So, Kinder. Wir gehen wieder rein. Und du, George, hör endlich auf, Poppy zu ärgern.« Tracy klatschte vergnügt in die Hände und scheuchte die folgsamen Schülerinnen und Schüler der Grundschule wie eine Hühnerschar in das Gebäude zurück.

III.

Durch das offene Fenster schwappte das Gezeter der Silbermöwen über die Tischplatte voller Mehl, suchte sich seinen Weg am klobigen AGA-Herd vorbei und rollte an den Jugendstilornamenten des alten Schranks aus. Draußen über der Bucht schien die Sonne. Der Vormittag war außergewöhnlich warm für die Jahreszeit. Ein paar Lachmöwen hingen träge im auflandigen Wind.

»Benutzt du neuerdings Rouge?« Mary stellte das Blech mit den frisch geformten Scones auf die Arbeitsplatte und suchte nach den Topflappen. Nicht mehr lange und der warme Duft hätte sich überall verbreitet.

Soweit sie sich erinnern konnte, war Tante Margaret nie eine große Freundin von Make-up gewesen. Doch nun schien sie geradewegs einem Schminktopf entstiegen zu sein. Zum Abdeckpuder, dem rosafarbenen Lipgloss und dem alles andere als zarten Rouge gesellte sich der Duft von Lavendel, ihrem Lieblingsparfüm. Tante Margaret und Lavendel – Mary Morgan konnte sich die eine ohne das andere nur schwer vorstellen.

Die künstlich gesunde Gesichtsfarbe wurde eine Spur

dunkler. Ihre Tante nestelte am Griff der Handtasche wie ein Mädchen, das sich seiner Gefühle nicht sicher ist.

»Ich halte mich schon viel zu lange auf. Dein Onkel wartet mit dem Essen. Ich sollte gehen.« Sie machte Anstalten aufzustehen.

»Tante Margaret, du wirst doch nicht auf deine alten Tage …?« Mary schob mit einer energischen Hüftbewegung die Schublade zu, in der die Lappen lagen. Sie konnte sich den spöttischen Ton nicht verkneifen. »Du hast doch nicht etwa einen …?«

»Wo denkst du hin, Kindchen?« Ihre Tante hatte die kurzfristig abhandengekommene Balance wiedergefunden und schob das Kinn angriffslustig vor. Dazu hielt sie ihre Handtasche wie einen Schild vor die Brust. »Ich bin glücklich verheiratet. Komm ja nicht auf falsche Gedanken. Dein Onkel und ich, wir lieben uns. Nein, es geht um etwas anderes. Ihr jungen Dinger müsst das doch wissen. Sex sells, sagt ihr doch.« Sie reckte das Kinn noch ein Stückchen weiter vor.

Mary glaubte, nicht richtig gehört zu haben. Onkel und Tante liebten sich? Na ja, so sicher war sie sich da nicht. »Sex sells? Du sprichst in Rätseln, Tantchen.« Wo hatte Margaret nur wieder diesen Spruch aufgeschnappt? Obwohl, wenn sie es recht bedachte, kam sie ihr bereits seit geraumer Zeit verändert vor. Noch mehr als üblich legte sie Wert auf tadellose Kleidung und Frisur.

Margaret wirkte in der Küche des B&B wie ein Fremdkörper, rostfrei und steif. Die Frisur war mit einer Extraladung Haarspray fest am Kopf fixiert. Selbst bei einem Herbststurm, der die Bucht von Cadgwith in Sekunden in einen brodelnden, zischenden Kessel verwandeln konnte, würde sich nicht eine Locke bewegen. Margaret Bishop wäre als Wachsfigur grandios.

»Nun, mein Kind«, Margaret zupfte graziös eine imaginäre Fluse vom Oberteil ihres Jackenkleides, »das bin ich mir als frisch wiedergewählte Erste Vorsitzende unseres Verschönerungsvereins schuldig. Ich habe auf mein Äußeres zu achten, vor allem wenn ich den Verein nach außen hin vertrete.«

Mary verstand immer noch kein Wort. Stand ihre Tante wegen der ungefährdeten Wiederwahl kurz davor, endgültig den Verstand zu verlieren? Hatte der angebliche Wahlkampfstress, den sie immer wieder zu thematisieren gewusst hatte, am Ende einige Synapsen durchschmoren lassen? Andererseits konnte das nicht der Grund sein. Denn Margaret hatte, wie in jedem Jahr, nicht mal einen Mitbewerber um das Amt gehabt.

»Seit wir unseren Auftritt im Internet überarbeitet haben und nun auch bei Facebook, Instakram, Tiktak, und wie die Kanäle sonst noch heißen, vertreten sind, muss ich natürlich perfekt aussehen.« Margaret suchte erneut nach einer Fluse. »Also, unsere Klickzahlen sind überaus beachtlich.« Sie machte eine bedeutungsschwangere Pause, beugte sich vor und senkte die Stimme. »Ich werde daran wohl nicht unerheblichen Anteil haben.«

Du meine Güte, fuhr es Mary durch den Kopf, *das World Wide Web*. Ihre Tante lebte offenbar in der Vorstellung, die Welt des Internets habe nur auf den Verschönerungsverein von Ruan Minor und Cadgwith gewartet.

»Wie ist denn die Klickrate? Und nenn mich bitte nicht immer Kind oder Kindchen.«

»Du brauchst gar nicht so unverschämt zu grinsen.« Margaret drückte ihre Tasche noch fester gegen die Brust, als trüge sie darin das gesamte Facebook-Wissen mit sich. »Derzeit liegen wir bei rund 250.«

»250 000? Wow.«

»Nein. 250. Unser Administrator meint, das ist ein ganz hervorragender Wert. Und dass er sich entwickeln wird. Deinen Spott kannst du dir also sparen.«

»Aha.«

»Außerdem geht es nicht um Quantität, sondern einzig um Qualität.« Margaret drückte den Rücken noch weiter durch. *Gleich knackt es*, dachte Mary.

»Seit heute Vormittag bin ich auf Facebook mit dem Ersten Vorsitzenden der Royal Horticultural Society, Sir Harry Woodstock, befreundet. Harry ist von unserem Programm sehr beeindruckt.« Sie machte erneut eine Pause. »In seinen Komplimenten ist er ein wahrer Künstler.« Und nach einer weiteren Pause: »Es ist immer von Nutzen, wenn man eine Wohltätigkeitsorganisation im Rücken hat. Gerade als kleiner Verein.«

Also daher wehte der Wind. Tantchen hatte einen Verehrer. Zumindest bildete sie sich das offenbar ein. Was wohl Onkel David dazu sagen würde, wenn er davon wüsste? »Sir Harry?«

»So ist es, mein Kind.« Ihre Tante erhob sich. Lag es daran, dass mit Sir Harry ein Hauch Hochadel in der Küchenluft lag, oder an ihrer unnatürlichen Körperhaltung? Jedenfalls kam sie kaum vom Stuhl hoch. Vielleicht lag es aber auch nur daran, dass die Arme bereits seit einigen Jahren von Arthrose geplagt war.

»Ich muss mich sputen. In einer Stunde bin ich zu einer Videokonferenz mit der Königlichen Gartenbaugesellschaft verabredet.«

IV.

»Noch ein Pint?«

Millie hatte wie immer den Überblick. Beim Aufstehen scannte sie routiniert die Neuankömmlinge in dem schmalen, engen Bootshaus, das in unmittelbarer Nachbarschaft zum Cadgwith Cove Inn lag.

Tracy nickte. Warum nicht. Schließlich hatte sie allen Grund zum Feiern.

Ihre Freundin Fiona beugte sich übertrieben verschwörerisch zu ihr. »Gibt's was Neues von wie heißt er doch gleich? Du weißt schon, wen ich meine.«

Tracy kicherte und tat peinlich berührt. »Frag doch nicht so. Du kennst den Namen doch längst. Wir verstehen uns gut, eigentlich immer besser. Und ja, wir werden uns treffen. Endlich.« Sie sah Millie hinterher, die sich an der improvisierten Getränketheke in die Schlange stellte und ausgelassen auf die anderen Wartenden einsprach.

»Oh, Louise, hast du gehört? Tracy trifft ihren neuen Lover. Und dieser Unterton. *Endlich*, sagt sie. Die Zeit der lustvollen Telefonate hat also ein Ende.« Fiona hob mit feierlicher Geste ihr Glas. »Wenn das mal keine gute Nachricht ist. Cheers.« Den anzüglichen Tonfall unterstrich sie mit hochgezogener Augenbraue.

»Musst du das so herausposaunen?« Tracy sah sich um. Die Neuigkeit ging ausschließlich sie und ihre Freundinnen etwas an. Mittlerweile war in dem niedrigen Raum kaum noch Platz. Wie die Sardinen drängten sich die Feierwütigen zwischen den wenigen Sitzmöglichkeiten und den langen schlanken Holzbooten.

In früheren Zeiten hatten sie als Rettungsboote gedient, heute wurden sie nur noch für den Rudersport genutzt. Die aktuelle Rettungsbootsstation lag ein Stück weiter Richtung Lizard markant in den Klippen, nahe Church Cove. Modernste Technik statt Muskelkraft und Ruderblätter. Erst vor zwei Tagen war die Crew ausgerückt, um Fischer aus Coverack aus Seenot zu retten. Ihr betagter Kutter war mit Motorschaden manövrierunfähig auf die rasierklingenscharfen Klippen nahe Poltesco getrieben.

»Meine Güte, steh doch dazu. Ist doch etwas Schönes. Das erste Date, der erste gemeinsame Abend.« Fiona sah Tracy aufmunternd an.

»Das Dorf wird es noch früh genug erfahren.« Fiona hatte gut reden. Sie war eine erfolgreiche Anwältin, ganz bewusst Single und dazu kein Kind von Traurigkeit. Tracy musste lächeln. Fiona feierte gerne und was das Zeug hielt. Lebe immer nur für den Augenblick, so lautete ihr Wahlspruch.

Fiona missdeutete das Lächeln. »Siehst du, geht doch. Immer das Positive sehen.«

Louise, die Tracy gegenübersaß, hatte bisher geschwiegen. »Ich wünsche dir viel Glück«, sagte sie jetzt.

Tracy warf ihr einen dankbaren Blick zu. Louise neigte eher selten zu überschwänglichen Bemerkungen oder zu überdrehter Partylaune. Das lag wohl vor allem daran, dass Besonnenheit und analytisches Denken zu den Voraussetzungen für Louises Arbeit als Anästhesistin gehörten. Sie warf einen Blick über die Schulter und fächelte sich Luft zu. »Puh. Wir sollten die Tür wenigstens eine Zeitlang offen lassen, die Luft hier drinnen ist ja zum Schneiden.«

»Obwohl, so ganz überzeugt von deinem Date scheinst du nicht zu sein. Ich habe dich schon anders erlebt.« Louise legte die dünne Strickjacke ab und ordnete mit beiden Händen ihr dunkles Haar.

Tracy wich ihrem forschenden Blick aus. Louises blaue Augen hatten die Fähigkeit, bis tief auf den Grund ihrer Seele zu blicken. »Alles gut, Louise. Wirklich. Peter ist ein echter Glücksgriff.«

»Ich gönn dir deinen Peter.« Millie hatte den letzten Satz gehört. Mit Mühe hatte sie die Biergläser zu ihren Plätzen balanciert und verteilte nun schwungvoll die Getränke. Dann hob sie ihr Glas. »Auf die Männer dieser Welt. Mädels, so jung kommen wir nicht mehr zusammen. Auf den Erfolg der Damencrew. Auf unser Boot *Socoa*, auf Cadgwith. Auf Cornwall und auf uns. Cheers.«

»Da bin ich mir nicht so sicher.« Fiona lachte und hob ihr Glas. »Bei unserem Trainingsrückstand.«

»Wir werden alle schlagen. Jedenfalls im Trinken.« Millie prustete los.

»Aber was, wenn Tracys Peter in dein Beuteschema passt, Millie?« Fiona merkte an Millies Reaktion, dass sie mit ihrer Frotzelei einen Schritt zu weit gegangen war, und hob ihr Glas schuldbewusst Richtung Tracy. »Aber keine Angst, Schätzchen, sie wird ihn dir schon nicht wegschnappen. Cheers, meine Mädels.«

Tracy zuckte bloß mit den Schultern, dann stieß sie selbstbewusst mit allen an. »Dazu wird Millie keine Gelegenheit haben. Peter wird nicht eine Minute aus meinem Bett rauskommen.« Sie nahm einen großen Schluck und musste beinahe husten.

Millie gab die Entrüstung in Person. »Schon vergessen? Ich bin glücklich verheiratet und Mutter zweier entzückender Kinder.«

»Hast du das gehört?« Fiona stieß Tracy übermütig in die Seite. »Erst letzten Freitag hat sie noch gejammert, dass ihre Kleine immer zickiger wird.«

»Meine Emily macht halt gerade eine schwere Phase durch. Die Schule, der langweilige Lernstoff. Ich kann mein Mädchen sehr gut verstehen. Ging mir damals nicht anders. Außerdem ist da einer aus der Klasse über ihr. Wenn ihr wisst, was ich meine.« Sie zwinkerte bedeutungsvoll.

»Pass auf, dass du nicht überraschend Oma wirst.« Fiona ließ ihren Blick über Millies Oberkörper gleiten. »Dein Schwiegersohn würde eine gute Partie machen. Welche Oma sieht mit einundvierzig immer noch aus wie mit neunundzwanzig?«

»Beschrei es nicht. Emily ist gerade mal dreizehn. Gott bewahre.« Millie stellte entsetzt ihr Glas ab und fuhr mit beiden Händen betont prüfend über ihr Kleid. »Und du hast recht, ich kann mich immer noch sehen lassen.«

»Unverhofft kommt oft.« Fiona gab keine Ruhe.

»Was willst du damit sagen?« In Millies unbeschwerten Ton mischte sich so etwas wie Kratzen über Glas.

»Meine Güte.« Fiona stieß Tracy erneut an. »Millie ist heute ein bisschen unleidlich, oder? Na ja, sicher die Hormone.« Sie grinste. »Erzähl uns lieber von Peter, Tracy. Wann seht ihr euch? Habt ihr zum Rendezvous einen standesgemäßen Tisch gebucht – oder geht es direkt zu dir nach Hause?«

Millie ignorierte das. »Emily ist wunderbar und Noah sowieso. Außerdem ist er gerade mal zehn. Bis zur Pubertät ist's also noch ein gutes Stück. Zum Glück, toi toi toi.« Während sie sprach, warf sie einen Blick über das Gedränge im Klubhaus.

»Tut mir leid, Millie. Ich wollte dich nicht ärgern.« Fionas Blick bekam etwas Listiges. »Allenfalls ein bisschen. Weil heute Freitag ist – und weil ich es liebe, mit euch zusammen zu sein. Cheers.« Sie hob ihr Glas und ließ keinen Rest darin. Mit »Die nächste Runde geht auf mich« war sie auch schon auf dem Weg zur Theke.

»Was ist bloß los mit ihr?«, wunderte sich Millie. »Hat wohl eine schlechte Prozesswoche gehabt.« Ihre Augen wurden für den Bruchteil einer Sekunde zu schmalen Schlitzen, so als müsste sie sie auf etwas in ihrem Kopf scharf stellen.

Auf Louises »Vielleicht sind's auch die Hormone« folgte ein aufgekratztes Kreischen von allen dreien. Das war etwas, was ihnen Sorgen machte und vor dem alle Angst hatten: die Hormone.

»Wie geht es Neil?«, fragte Louise, nachdem die Freundinnen wieder Luft bekamen. »Hab schon länger nichts von ihm gehört. Immer noch die Nummer eins auf der Hitliste der besten Verkäufer?«

»Dem geht es gut. Soweit ich das beurteilen kann.« Als Millie den neugierigen Blick ihrer Freundinnen bemerkte, setzte sie hinzu: »Macht euch bloß keine Hoffnung. Es gibt keinen Skandal. Uns geht es gut. Sehr gut sogar. Nur habe ich im Augenblick so wahnsinnig viel zu tun. Die Leute kaufen Wohnungen und Häuser wie verrückt. Deshalb bekomme ich Neil oft erst spät am Abend zu Gesicht. Ihm geht es ähnlich. Die Umstrukturierungen im Autohaus sind noch nicht abgeschlossen, der Modellwechsel steht an, da ist er total gefordert. Zu allem Überfluss ist er demnächst für eine Woche auf einer Schulung von BMW in München.«

Fiona drängte sich gerade durch die Menge zurück. Sie wollte schon zu einer ihrer spöttischen Bemerkungen ansetzen, als Millie ihr zuvorkam und ihr mit einer Handbewegung das Wort abschnitt.

»Im Bett steht nichts zur Diskussion.« Millie schüttelte selbstbewusst ihre roten Locken und ließ die grünen Augen aufblitzen.

»So genau wollten wir das jetzt nicht wissen. Oder doch?« Fiona prustete los und sah von einer zur anderen. »Gerade habe ich gedacht: Ich finde es so toll, dass wir Freundinnen sind. Nichts soll und wird uns jemals auseinanderbringen. Cheers.«

Louise prostete ihr zu. »Das hat auch niemand vor.« Sie nickte Fiona vertraulich zu. »Hattest du diese Woche nicht den Termin bei deinem Gyn?«

Die Angesprochene nickte. »Könnte besser nicht sein. Ups.« Sie beugte sich vor, denn sie hätte beim Trinken beinahe ihr Bier verschüttet. Fiona sah Louises fragenden Blick und schüttelte den Kopf. »Nein, ich bin nicht schwanger.«

Tracy hob ihr Glas und prostete den anderen zu. »Sind wir schon so weit, dass wir uns nur noch über unsere

Arztbesuche austauschen? Ich kenne das nur von den Freundinnen meiner Oma.«

»Du hast recht.« Millie deutete auf den Eingang und hob den Kopf. »Schaut mal, da kommt Mary. Die habe ich Ewigkeiten nicht mehr gesehen. Sieht unternehmungslustig aus. Ihr B&B scheint ihr gut zu tun. Oder ist es Simon? Ich tippe eher auf Simon. Mary, meine Liebe!« Sie winkte.

»Sind die beiden jetzt zusammen oder nicht?« Fiona schien ihr Thema gefunden zu haben.

Mary grüßte mit einem Kopfnicken zurück und bahnte sich den Weg zwischen den mittlerweile noch enger zusammenstehenden Gästen des Pilot Gig Club. Allerdings kam sie kaum voran. Immer wieder wurde sie angesprochen und blieb für ein kurzes Gespräch stehen. Millie wusste, dass Mary, seit sie den Dorfladen führte, in dem man bei Bedarf auch seine Postpakete abholen konnte, gerne als Nachrichtenquelle genutzt wurde.

Das Lachen, mit dem die vier Freundinnen ihren Austausch von Klatsch und Tratsch dekorierten, übertönte den Geräuschpegel, den die anderen Gäste in dem Gedränge kontinuierlich heraufgefahren hatten, nun um einiges. Es wollte an diesem Abend kein Ende nehmen.

V.

»Ich weiß nicht.« Tracy zog die Unterlippe ein. Damit hatte sie nicht gerechnet. Den Samstag über hatte sie mit lustvoller Vorfreude darauf gewartet, von seinem Liebesgeflüster in erotische Trance versetzt zu werden. Zwischen Aufräumen, Bettenmachen, Bügeln, Blumengießen und dem Einkauf in Claire's Store hatte sie sich immer wieder versichert, dass sie von dieser Art Opium nicht genug bekommen konnte.

»Ist doch nur für ein, zwei Wochen, Schatz.« Er räusperte sich umständlich. »Ich würde dich nicht fragen, wenn ich nicht so viel Vertrauen zu dir hätte – und weil wir uns doch lieben.« Er atmete heftig in den Telefonhörer. »Du hast ja recht. Du kennst mich nur vom Telefon, und schon beim ersten Treffen ist Geld ein Thema. Bitte vergiss es, Liebes. Das ist in der Tat schlechtes Timing.«

Peter klang ehrlich verzweifelt. Seine Stimme brach beinahe. So hatte sie ihren Liebsten in all den Wochen noch nicht erlebt. Tracy rückte sich auf dem Sofa zurecht und wechselte das Mobiltelefon in die andere Hand. Natürlich führten sie gerade so etwas wie eine Fernbeziehung. Aber schon bald nicht mehr. »Schau, wir ...«

Er fiel ihr ins Wort. »Ich weiß, was du sagen willst, dass wir uns bisher nur von unseren Mails, Whatsapps und vom Telefon her kennen. Das ist richtig, Schatz. Aber sag ehrlich, hast du nicht schon nach dem ersten Kontakt gespürt, dass das zwischen uns etwas Besonderes ist?«

»Ja, schon ...« Die erotische Trance hatte sich mit einem Mal verzogen. Sie bekam den Zweifel nicht aus dem Kopf.

»Na, siehst du. Ich wäre schon längst zu dir gekommen, aber ich habe dir ja erklärt, warum das im Augenblick so schwierig ist. Das hast du ja verstanden. Und dafür bin ich dir auch sehr, sehr dankbar. Die Firma, Montage, das ganze Drama. Schatz …«

»Ja, wann sehen wir uns endlich? Ich halte das nicht mehr aus. Ich habe solche Sehnsucht nach dir.« Gegenwehr war zwecklos. Auf einmal war der warme dunkle Unterton in seiner Stimme wieder da und verfehlte seine Wirkung nicht. Der Zweifel rutschte endgültig ab. Tracy wollte endlich Peters Nähe spüren.

»Schon ganz bald. Ich muss nur noch dieses verflixte Projekt zu Ende bringen. Meine berufliche Zukunft hängt davon ab. Aber das weißt du ja. Schau, ich war doch schon einmal kurz davor, zu dir zu kommen. Ich weiß, was du jetzt denkst. Aber auch da war es echt nicht meine Schuld, dass es nicht geklappt hat. Das hast du doch verstanden. Ich habe gerade keine freie Minute für mich. Die ganzen Überstunden. Ich würde so gerne bei dir sein. Ach, Tracy, deinen Mund spüren, deine Hände, deine Haut riechen. Aber mein Chef ist ein gnadenloses Arschloch. Echt. Und die Kollegen sind auch nicht eben hilfsbereit. Im Gegenteil. Sie haben Spaß daran, mich scheitern zu sehen. Sie warten nur darauf, dass ich scheitere …« Er brach ab.

»Das wird nicht passieren. Du bist gut in deinem Job. Das weiß ich.« Tracy sprach zu ihm wie zu einem ihrer Schüler, der zu verlegen ist, um um Hilfe zu bitten. Sie legte den Arm hinter den Kopf und schloss die Augen. Seine Worte lösten dieses vertraute Kribbeln in ihrem Bauch aus. *Mehr davon.*

»Das wird auch nicht passieren.« Peters Stimme gewann wieder an Stärke. »Nur dieses eine Projekt noch. Und dann ...«

»Ich bewundere deinen Mut.«

»Wenn es nur das wäre.« Er lachte sein dunkles Lachen, das sie gleichermaßen irritierte wie anzog. »Ich bin kurz davor. Es fehlen mir nur noch ein paar Kröten. Na ja, in Wahrheit sind es erst einmal dreitausend Pfund. Eigentlich eine lächerliche Summe, aber meine Bank sieht das ein wenig anders. Auch so ein Arschloch, mein Berater. Dabei hatte ich lediglich ein paar wirklich unerwartete Ausgaben. In die Selbständigkeit wechseln ist eben nicht so einfach. Da tauchen dann schon mal unerwartete Ausgaben auf. Aber das will der Spinner nicht einsehen. Faselt was von Vorgaben und *Mir sind leider die Hände gebunden*. Der Typ lässt mich am ausgestreckten Arm verhungern, er hat einfach keinen Weitblick und schon gar keine Visionen. Deshalb ist er ja auch Banker geworden und nicht Unternehmer.« Das dunkle Timbre erstarb. »Aber was rede ich da von meinen Problemen. Du und deine Liebe sind viel wichtiger. Tracy, wir treffen uns Ende der Woche.«

»Peter.« Tracy streckte sich auf der Couch aus. *Mehr. Erzähl mir mehr, mein Liebster.* Sie spannte die Muskeln an. Es tat gut, den eigenen Körper zu spüren.

Sie fühlte sich wie damals, als sie auf *Senden* geklickt hatte, und es kein Zurück mehr gab. Sie war im Grunde gar nicht auf eine Beziehung aus gewesen. Aus reiner Neugier hatte sie ein paar Datingseiten besucht. Irgendwann hatte sie mehr gewollt, sich bei einer angemeldet und durch die Profile geklickt. Fast wie eine Sucht. Sie hatte es amüsant bis höchst aufregend gefunden, sich auf diesem digitalen Marktplatz der Eitelkeiten umzutun. All diese kleinen, dicken, groben, unscheinbaren, verhärmten, protzenden oder schüchternen Männer mit ihren Versuchen, dem Leben noch eine Chance abzugewinnen. Diese zum Teil dümmliche bis machohafte Nabelschau, bei der sie manches sah, was sie lieber nicht sehen wollte, und von der sie dachte, es erginge ihren Geschlechtsgenossinnen sicher ebenso, war besser als jede Soap im Fernsehen. Bei einer Flasche Wein hatte sie sich Stunde um Stunde durch die Seiten geklickt.

Am Ende war sie voller Neugier und Hoffnung bei Peters Profil hängen geblieben. Sein offenes Gesicht hatte sie aufmerksam werden lassen, seine schlanke Gestalt. Dass er nicht gleich sein vermeintlich bestes Stück herzeigte. Und dass sie an seiner Haltung sehen konnte, wie sportlich er war. Wichtiger noch waren die wenigen Zeilen gewesen, mit denen er sich und sein Leben beschrieben hatte: *Ich bin neugierig auf das Leben, nehme mich nicht wichtig. Humor ist der Dünger meiner Seele.* Diese Worte und der Wein hatten sie auf *Antworten* klicken lassen.

»Ich bin schon ganz aufgeregt. Hab schon feuchte Hände, wenn ich nur daran denke.« Peter machte eine winzige Pause, dann ein erneutes umständliches Räuspern. »Leihst du mir die dreitausend? Nur ganz kurz …«

Tracy antwortete, ohne nachzudenken. »Ja.«

»Oh Mann.« Peter klang mit einem Mal, als wüsste er nicht, wie er weitersprechen sollte. Seine Gefühle mussten Achterbahn fahren, so überwältigt klang er. Sie meinte, die Steine von seinem Herzen purzeln zu hören. »Was rede ich da? Entschuldige bitte, Schatz. Ich hätte das mit dem Geld nicht sagen sollen.«

Tracy hauchte mehr, als dass sie sprach. »So ein Unsinn, mein Liebster. Natürlich helfe ich dir. Was denkst du dir? Ich liebe dich, Peter. Seit ich dein Bild das erste Mal gesehen habe.«

»Und wie sehr ich dich liebe.«

»Ich wünschte, es wäre schon nächsten Samstag.« Tracy strich mit einer Hand über das Velours der Couch. Der Stoff und seine Stimme schienen sich wie eine wärmende Decke über ihren Körper zu legen. »Schick mir deine Daten. Mit Onlinebanking ist das eine Kleinigkeit.«

»O Tracy.«

»O Peter. Lovely Peter.«

»Für immer dein.« Er machte eine Pause. »Gib mir das Geld, wenn wir uns sehen. Das ist doch viel einfacher. Umschlag reicht, Tracy.«

Sie würde für ihn bis ans Ende der Welt gehen. Und natürlich würde sie ihm das Geld geben. Für sie war es eine Investition in ihrer beider Zukunft.

VI.

Mary stand vom Schreibtisch auf und ging hinüber zur Stereoanlage. Die Steuerunterlagen würden sich mit der Musik von Janis Joplin, Greatful Dead oder Jimi Hendrix deutlich geschmeidiger erledigen lassen. Sie zog gezielt aus ihrer Plattensammlung das Box-Set *Monterey Pop Festival 67* hervor. Ein Zufallsfund vor ein paar Wochen in einem Trödelladen in Newlyn, zu einem wahren Spottpreis. Der Händler hatte sicher nicht gewusst, was er da im Angebot hatte.

Ein redseliger Kauz, schwafelte von Flower Power, freier Liebe und Shit. Er habe sich nur daran erinnern können, dass ein verwildert aussehender Typ sie ihm für ein paar Pfund dagelassen hätte. Ein Junkie auf dem Weg zum nächsten Schuss, hatte er ohne Mitleid gemeint. In Newlyn gebe es einige dieser Vögel. Eine Art Hotspot sei das Dorf, warum auch immer. Er sei jedenfalls froh, dass sie ihm die Platten abkaufe, sein erster Umsatz an diesem Tag.

Mary hatte den Laden ursprünglich betreten, weil sie an dem schmalen Schränkchen interessiert war, das sie durchs Schaufenster gesehen hatte. Es würde gut in eines der B&B-Zimmer passen. Bei näherer Betrachtung war ihr allerdings der Aufwand zu groß erschienen, den ihr die Restaurierung des knapp hundert Jahre alten Möbels abverlangen würde. So gerne sie dem Nachtschränkchen eine Chance gegeben hätte, im Augenblick hatte sie keine Zeit, sich um solche Dinge zu kümmern. Der Pensionsbetrieb verlangte ihre ganze Aufmerksamkeit.

Dabei hätte es ihr gefallen, wenigstens für kurze Zeit wieder ihrem gelernten Beruf nachgehen zu können. Wie ein Junkie vermisste sie den Geruch von Holz und Leim. Und sie hatte Sorge, ihr Fachwissen und ihre Fertigkeiten könnten hinter dem Bemühen um das Wohl ihrer Gäste verblassen.

Sie liebte das B&B, aber das war wie in einer Beziehung: Das Glück musste man sich jeden Tag neu erarbeiten.

Mary nahm die erste Langspielplatte aus der Schutzhülle. Sie hatte erst zu Hause den wahren Wert der

Schallplatten entdeckt. Simon hatte die Box ehrfurchtsvoll in den Händen gedreht und mit ungläubigem Staunen den Titel gemurmelt: *Monterey Pop The Summer Of Love*.

Er hatte sie ursprünglich um sieben Uhr zum Abendessen abholen wollen, aber sie hatten die Abfahrt zum Shipwrights Arms in Helford um fast eine Stunde verschoben. Sie hatte Simon nicht davon abhalten können, *Ball And Chain* von Janis Joplin zu hören, oder Songs der Paul Butterfield Blues Band. Erst nach *Hey Joe* von Jimi Hendrix hatte er sich loseisen können.

Mit einem Lächeln dachte sie an jenen Abend zurück und drehte in Erinnerung an Simons kindliche Begeisterung die Lautstärke auf. Sie störte niemanden. Ihre Gäste hatten längst das Haus verlassen und gingen ihren diversen touristischen Leidenschaften nach.

Nach einer halben Stunde gab sie sich geschlagen. Schnöde Büroarbeit und die Ikonen der Anti-Spießer-Bewegung jener wilden Jahre wollten auch in diesen Tagen einfach nicht zusammenpassen. Schon gar nicht an einem Sonntag. Vielleicht lag es auch daran, dass sie lieber an der frischen Luft war, als sich mit so überflüssigen Dingen wie Steuern zu befassen. Papierkram war einfach nicht ihr Ding. Entschlossen klappte sie den Ordner mit den Rechnungen zu. Bevor sie hinunter zum Dorfladen ging, wollte sie noch ein wenig dem Treiben im Hafen zuschauen – ihre kleine Auszeit, bevor es im Laden, den sie stellvertretend für Tante Margaret und Onkel David führte, mit der Arbeit weiterging. Mit einem zufriedenen Blick in den Spiegel schnappte sie sich ihre Strickjacke und verließ das Haus.

Im Dorf war wenig Betrieb. Ein paar Touristen standen nahe an der Wasserlinie und sahen zu, wie die See unaufgeregt in die Bucht lief. Ein Grüppchen Lachmöwen stolzierte auf dem groben Kies umher, als wollten sie den anderen Zweibeinern klarmachen, wer hier in der Bucht von Cadgwith das Sagen hatte.

Die Flut hatte noch nicht ihren Höchststand erreicht. Mary legte die Arme um den Oberkörper, schloss die Augen und streckte das Gesicht der Sonne entgegen. Bis zum Frühsommer waren es noch ein paar Wochen hin. Sie freute sich darauf, denn ihr Haus war für die kommende Saison so gut wie ausgebucht. Zugleich wusste sie aber auch, dass Augenblicke wie diese in den kommenden Monaten rar sein würden. Sie sog die frische Luft tief in ihre Lungen, roch den Tang und schmeckte das Salz, das die sich leicht kräuselnden Wellen freigaben. Am Küstenpfad würde der Stechginster bald in prachtvollem Gelb blühen. Für nichts auf der Welt würde sie diesen Ort aufgeben wollen.

Wind kam auf – ein deutliches Zeichen, dass man die Wärme nicht voreilig für den Vorboten des Sommers halten sollte.

Als Mary sich auf den Weg zum Laden machen wollte, bemerkte sie eine Gestalt, die abseits dicht am Rand der mit Flechten überzogenen Felswand stand. Durch den Schatten, den das grün und braun gesprenkelte Gestein warf, war ihr die Person zunächst nicht aufgefallen. Bei näherem Hinsehen erkannte sie sie. Sie wirkte verloren, wie sie da mit hängenden Armen stand. Ihre Jacke stand offen, als würde sie die Kühle des Vormittags nicht bemerken.

»Tracy?« Mary trat einen Schritt auf sie zu. »Ist dir nicht gut?«

Ihre Bekannte schien sie nicht zu hören. Regungslos starrte sie auf die See hinaus, die jetzt deutlichere Wellenkämme bildete.

Mary hatte Tracy schon eine ganze Weile nicht mehr gesprochen. Aber das war nicht ungewöhnlich. Sie wusste, dass Tracy ganz für ihre Schülerinnen und Schüler lebte. Die Grundschule oben in Ruan Minor war ihr eigentliches Zuhause, hatte sie ihr einmal erzählt. Nebenher engagierte sie sich noch in der Kirchengemeinde und im Verschönerungsverein. Ansonsten sah man sie eher selten. Tracy war der Typ Mensch, ohne den eine Dorfgemeinschaft nicht funktionieren konnte, der zugleich aber nie aus ihrem Schatten heraustrat.

Tracy beschrieb sich selbstironisch gerne als der geborene CKB-Typ: Couch, Kissen, Buch. Zu den wenigen Ausnahmen gehörten die Treffen mit ihren Freundinnen im Gig Club, um zu rudern und dabei Neuigkeiten auszutauschen.

Mary kannte sie schon lange. Tracy war als Kind mit ihren Eltern nach Cadgwith gezogen. Schon in der Grundschule war sie die graue Maus gewesen und hatte Probleme gehabt, Anschluss zu finden. Schüchtern und immer einen Schritt zu weit im Abseits.

Mary vermutete, dass der Grund für dieses Verhalten in Tracys Familie zu finden war. Damals hatte sie nur Mitleid mit ihr gehabt und war ihr ansonsten eher aus dem Weg gegangen. Tracy war niemand, mit dem man nach der Schule freiwillig etwas unternehmen wollte.

Über die Jahre war sie dennoch ein höflicher und auf

gewisse Art zugeneigter Mensch geworden, wenn sie ihre Scheu vor anderen erst mal abgelegt hatte.

Mary war zwar auch Mitglied im Ruderklub, aber ihr blieb durch die Arbeit im Laden und der Pension kaum Zeit für ernsthaft betriebenen Sport.

Wobei es in Wahrheit den Frauen im Klub eher um den Spaß als um sportliche Erfolge ging. Das galt vor allem für das Quartett, zu dem Tracy gehörte. Auch wenn sie nicht die überdrehte Albernheit und ausgelassene Trinkfreudigkeit von Millie, Louise und Fiona hatte. Im Grunde passte Tracy nicht so recht zu den dreien, aber das ging Mary nichts an.

»Tracy?« Ihr kam es so vor, als sei sie zuletzt noch schlanker geworden, als sie ohnehin schon war.

»Er hat mit mir eine Kreuzfahrt machen wollen. Er liebt mich, hat er gesagt.« Ihre tonlose Stimme kündete von Schmerz und einer tiefen Enttäuschung.

»Er?«

Tracy nahm ihre Brille ab, blinzelte auf das Wasser hinaus und setzte sie umständlich wieder auf. Klarer wurde ihr Blick dadurch nicht. »Er hat mir sogar die Buchungsbestätigung geschickt. Im Herbst sollte es losgehen. Karibik.« Sie schniefte.

»Von wem sprichst du?« Soweit Mary wusste, lebte Tracy allein.

Als Antwort zog Tracy ihr Smartphone hervor und wischte hektisch über das Display. Nachdem sie mit angestrengter Miene durch die verschiedenen Namen und Nachrichten gescrollt hatte, hielt sie ihr das Telefon hin.

»So was macht man doch nicht einfach so, oder? Ich meine, eine Kreuzfahrt nur zum Schein buchen.« Tränen rannen ihr über die Wangen. Sie sah Mary an, als sei sie die Einzige, die ihr das Entsetzen, die Enttäuschung und den Schmerz nehmen könnte. Oder, besser noch, ihr versicherte, dass sie, Tracy, nur etwas falsch verstanden habe und alles in Ordnung sei mit ihrem Leben.

»Weißt du was? Du kommst jetzt mit. Ein heißer Tee wird dir guttun, und dann erzählst du mir alles der Reihe nach.« Mary legte ihren Arm um Tracy und zog sie aus dem Schatten.

Im Dorfladen blieb Tracy an der Theke stehen, während Mary kurz im Nebenraum verschwand, der nicht nur als Lager, sondern auch als improvisierte Teeküche diente.

»Hast du heute keinen Dienst in der Kirche?« Mary kam mit einem dampfenden Becher Tee zurück.

Tracy schüttelte den Kopf. »Er hat mir immer wieder gesagt, dass er mich liebt. Und ich habe ihm geglaubt.« Ihre Augen füllten sich erneut mit Tränen.

»Kenne ich ihn?«

Tracy schüttelte den Kopf.

»Woher kommt er?«

Sie zuckte mit den Schultern.

»Tracy?«

»Er ist aus Oxford. Sagt er. Aber nach allem, was passiert ist, was soll ich da noch glauben?« Sie suchte in ihrer Jeans nach einem Taschentuch.

»Wo habt ihr euch kennengelernt? Was ist genau passiert?« Mary wollte ein wenig Struktur in dieses zusammenhanglose Gespräch bringen.

Tracy sah sie lange an, seufzte dann und schlug die Augen nieder. »Du hältst mich sicher für völlig übergeschnappt. Und vielleicht bin ich das auch. Aber … ich … na ja … ich habe ein bisschen gesurft …«

»Gesurft?«

»Also, ich habe gedacht, ich probiere das mal, und ich habe mich angemeldet.«

Mary ahnte, worauf das Ganze hinauslief. Sie nickte aufmunternd.

»Bei einer Dating-Plattform. Mein Gott.« Tracy setzte den Becher mit einer heftigen Bewegung auf den Tresen. »Ich wollte doch nur … ich wollte doch nur jemand Nettes kennenlernen. Ein bisschen«, ihr Lächeln geriet arg schief, »flirten. Das ist doch erlaubt. Ich bin direkt an seinem Profil hängen geblieben.«

»Tracy …«

Die Tür schwang auf, ein älteres Pärchen in funktionaler Wanderkleidung und schweren Schuhen polterte in den Laden und machte sich grußlos über den Ständer mit Ansichtskarten her.

Mary hob eine Hand, um Tracy zu signalisieren, dass sie sich gleich wieder um sie kümmern würde, und bedachte die Kundschaft mit einem professionellen Lächeln. »Kann ich helfen?«

Die Frau musterte Mary abschätzig und deutete mit Missfallen auf einen der Kartenständer. »Haben Sie nur die da? Scheinen nicht die neuesten zu sein.«

»Schatz«, versuchte der Mann die Situation mit einem sanften Unterton zu retten, »wir haben doch schon allen geschrieben. Ich möchte nur den *Guardian*. Und du wolltest doch die *Daily Mail*.« Er trat mit zwei Zeitungsausgaben an den Verkaufstresen und zählte das Geld ab.

Beim Hinausgehen hörte Mary die Frau auf ihren

Mann einreden: »Diese Käffer haben aber auch so gar nichts zu bieten. Meine Güte, das wird man ja wohl noch sagen dürfen.«

Tracy hatte während des Intermezzos wie ein angepflocktes Schaf im Raum gestanden. Als würde sie auf etwas warten, oder weil ihr alles egal war. Nun trank sie doch einen Schluck Tee. »Aber das ist es ja nicht allein.«

»Was meinst du damit?«

Tracy blies über den Rand des Bechers, als wollte sie den Weg frei machen für das Unaussprechliche. »Ich …«

»Ja?«

»Ich bin eine so blöde Kuh. Ich habe ihm tatsächlich Geld geliehen. Dreitausend Pfund.«

Mary hob die Augenbrauen. »Das ist viel Geld. Er wird sich gefreut haben.« Von wem, verdammt noch mal, redete sie die ganze Zeit? Und wofür brauchte der Typ dreitausend Pfund?

Tracy zuckte mit den Schultern.

»Er wird doch was gesagt haben?«

»Keine Ahnung.«

»Tracy …«

Sie schluchzte. »Ich dumme Gans habe mich mit ihm getroffen. Es kam völlig überraschend. Wir waren verabredet, für ein langes Wochenende in zwei Wochen. Aber dann kam sein Anruf. Peter meinte, er habe umdisponieren müssen, wollte mich aber dennoch sehen. Ich war völlig perplex – und habe sofort reagiert. Bin noch schnell zur Bank. Wir haben uns im Tea Room in Helston getroffen. Ich war so aufgeregt. Wochenlang nur Mails und Telefonate, und dann sollte er so ganz plötzlich vor mir stehen. Ich hatte mir unser Treffen eigentlich ganz anders vorgestellt. Sehr romantisch. Lange intensive Gespräche, Kerzenschein, Händchen halten …« Sie konnte die Tränen nicht länger zurückhalten. »Er habe nicht viel Zeit. Sein Chef sitze im Auto. Sicher, das kam mir alles schon seltsam vor. Erst ist er wochenlang offshore auf einer Bohrinsel, dann sitzt er wie aus heiterem Himmel vor mir. Er war so süß und so verzweifelt. Ich habe ihm dann den Umschlag mit dem Geld gegeben.« Tracy schnäuzte sich vernehmlich. »Er war so lieb. Wir haben Cream Tea bestellt. Gelacht. Dann hat er auf die Uhr gesehen und gemeint, nun sei er doch länger als geplant bei mir. Er würde schnell seinem Chef Bescheid sagen, dass er noch ein wenig Zeit brauche. Dann ist er aufgestanden, hat mir einen schnellen Kuss auf die Stirn gegeben und gemeint, er sei in fünf Minuten zurück.«

Sie rieb ihre Wangen trocken und schwieg. Mit den Augen verfolgte sie das Touristenpaar von eben, das nun auf der anderen Straßenseite stand und angeregt diskutierte. Dabei gestikulierte die Frau, als müsste sie mit ihren Armbewegungen das Gleichgewicht halten.

Tracy behielt die beiden im Blick. »Ich habe dann dagesessen und auf Peter gewartet, bis die Cafébetreiberin meinte, sie wolle jetzt schließen. Ich konnte nicht einmal heulen. Ich habe mich noch nie in meinem Leben derart schmutzig gefühlt.«

»Du musst etwas unternehmen, zur Polizei gehen.«

Tracy schlug die Augen nieder. »Nein. Es ist meine eigene Schuld. Und ich schäme mich so.«

»Du musst zur Polizei gehen.«

»Auf keinen Fall. Lieber verzichte ich auf das Geld. Ich war einfach zu blöd. Ich hätte merken müssen, dass er mich verarscht und nur mein Geld will. Auf den Fotos sieht er so einfühlsam aus. Seine blauen Augen, sein jungenhaftes Lächeln, seine sportliche Figur, der hippe Bart. Ein paar Jährchen älter als ich. Kurz davor, sich selbständig zu machen. Er stehe sozusagen am Beginn einer erfolgreichen Karriere.« Sie zählte es auf, als würde sie für ihn Werbung machen. »Als ich ihn im Café zum ersten Mal von Angesicht zu Angesicht gesehen habe, dachte ich noch: Er sieht genauso aus wie auf dem Foto. Was habe ich für ein Glück mit diesem Mann.«

Mary nahm sie in den Arm wie die Mutter ihr verzweifeltes Kind. »Tracy, du musst zur Polizei gehen. Dieser Typ darf nicht einfach so davonkommen.«

»Nein.« Tracy löste sich aus der Umarmung und wischte mit entschiedener Geste die Tränen weg. »Ich muss damit leben, und das werde ich.« Ihr Trotz klang nicht sonderlich überzeugend.

»Ich muss das noch einmal für mich zusammenfassen: Du hast im Internet jemanden kennengelernt, der sich Peter nennt. Dieser Mann hat mit dir geflirtet, hat behauptet, dass er dich liebt und dass er Geld braucht. Und du hast diesem Peter bedenkenlos dreitausend Pfund übergeben.« Mary hütete sich davor, missbilligend den Kopf zu schütteln oder ihr auf andere Art einen Vorwurf zu machen.

Tracy nickte schwach und lachte dann auf. »Wenn ich davon gelesen habe, habe ich immer gedacht, so etwas passiert mir nicht. Diese Frauen müssen nicht ganz richtig im Kopf sein, oder sie müssen verzweifelt sein. Aber offenbar war mein Wunsch nach ein bisschen Liebe und Aufmerksamkeit zu groß. In seinen Whatsapps und Mails hat er mich auf Händen getragen. Es waren so schöne Momente, wenn wir gechattet haben. Diese Stunden waren ein einziges Rosarot. Ich hatte diese scheiß Schmetterlinge im Bauch, bin auf Wolken geschwebt. Ich Idiotin. Ich wäre mit ihm bis ans Ende der Welt gegangen. Ich hasse mich dafür.« Sie unterbrach sich. »Ich weiß, was du jetzt sagen willst. Aber ich habe nicht eine Sekunde daran gedacht, Erkundigungen über ihn einzuziehen, ob gegen ihn etwas vorliegt. Aber weiß ich denn, ob sein Name überhaupt stimmt? Ich glaube nicht, dass ich bei den Behörden weit gekommen wäre.«

Mary nickte. Tracy hatte recht. Ihr standen rechtlich zwar Auskünfte darüber zu, ob es gegen einen neuen Partner zu früheren Zeiten einmal Ermittlungen wegen sexualisierter oder häuslicher Gewalt gegeben hatte, sie wäre aber sicher nicht sehr weit gekommen, denn das Profil dieses Peter war höchstwahrscheinlich nicht echt. Alles andere hätte Mary gewundert. Und jetzt hatte Tracy erst recht keine Chance. Der Betrüger hatte sicher längst eine neue Mobilnummer und auch einen neuen E-Mail-Account. »Erzähl mir die ganze Geschichte. Hast du sein Profil auf der Dating-Plattform gecheckt?«

»Viel mehr gibt es darüber nicht zu erzählen.« Sie nickte resigniert. »Peters Profil existiert nicht mehr. Habe es eben noch einmal versucht. Es ist so, als habe er nur in meiner Fantasie existiert.« Sie schluchzte.

»Das tut mir sehr leid.«

Tracy lachte gallig auf. Ihr Zynismus reichte dennoch nicht so tief wie ihre Verbitterung. »Danke. Aber Mitleid bringt mich jetzt auch nicht weiter. Bin selber schuld, dass ich auf das Schwein reingefallen bin.« Tracy sah sich um, als suche sie am Ständer mit den Ansichtskarten Halt. »Ich kann noch froh sein, dass es *nur* dreitausend Pfund sind. Ich habe im Netz Posts von anderen Frauen gefunden. Es gibt Fälle, da wurden sie um dreißigtausend Pfund oder sogar sechzigtausend betrogen. Keine Ahnung, warum er nur dreitausend wollte. Ich habe also noch Glück gehabt.« Ihre Finger markierten das Wort mit angedeuteten Gänsefüßchen. »Vielleicht sollte die Kohle auch nur ein Test sein, was noch möglich wäre und wie lange er mich dumme Kuh würde melken können.«

»Du musst was tun.«

»Was denn?«

VII.

»So ein Dreckskerl. Den packen wir uns.« Millie ließ keinen Zweifel, dass der Betrüger schon so gut wie gefasst war. Sie klang wie der Kopf eines Spezialeinsatzkommandos in der finalen Lagebesprechung.

Frauensolidarität. Nachdem die drei Freundinnen von Tracys Drama gehört, die Umstände ausgiebig erörtert hatten und sich auch einen Hauch Schadenfreude nicht hatten verkneifen können, war klar: Dem Betrüger musste das Handwerk gelegt werden. Jedenfalls war das für Millie klar.

»Und wie willst du das genau anstellen?« Fiona rückte auf dem Sessel in Millies Wintergarten vor bis an die Kante. Betrug an Seele und Geldbeutel gehörten zu ihrem Geschäft. Bedauernswert, aber nicht eben selten. Dieser Fall glich den Dutzenden, die in der Kanzlei dicke Ordner füllten – mit dem Unterschied, dass ihr das Schicksal ihrer Freundin deutlich näherging als das der Frauen, die ihre anwaltliche Hilfe suchten.

»Wir melden uns bei dieser Dating-Plattform an.« Millie sah triumphierend in die Runde. »So simpel ist das. Wir legen einen Köder aus, und dann schnappt die Falle zu.«

»Und dann?« Louise gähnte. Sie hatte in dieser Woche mehrere Nächte hintereinander Dienst gehabt und sollte eigentlich längst im Bett liegen. »Sein Profil ist doch gelöscht. Das ist Fischen im Trüben.«

»Der Typ, heißt er nun Peter oder anders, wird seine Masche nicht aufgegeben haben, bloß weil er Tracy um dreitausend Pfund betrogen hat. Ich gehe davon aus, dass er weitermachen wird. Soviel ich gelesen habe, ändern diese Typen einfach den Namen, tauschen ein paar Eckdaten ihres Profils aus und tauchen wieder auf.« Millie blickte in fragende Gesichter und hob die Schultern. »Die arbeiten tatsächlich so. Könnt ihr auf der Webseite der Polizei nachlesen. Wir werden ihn anlocken und, wenn er am Haken hängt, der Polizei übergeben. Ganz einfach, wirklich.«

»Das kann Wochen dauern. Willst du dich durch sämtliche Profile scrollen? Meinetwegen. Aber ich mach da nicht mit.« Fiona schüttelte heftig den Kopf. »Wie soll ich das in der Kanzlei vertreten, meinem Chef klarmachen, dass ich mit euch im Netz auf der Suche nach einem Lover bin, der Frauen abzockt? Und das auch noch ohne Mandat. Wenn das schiefgeht. Nein, das kann ich mir in meinem Job echt nicht leisten. Entschuldigt bitte, aber das Ganze hat nichts mit *ernstzunehmender Juristin* zu tun. Ich habe einen Ruf zu verlieren.«

»Er muss es ja nicht unbedingt wissen.« Millie zwinkerte verschwörerisch. Warum musste Fiona auch immer alles kompliziert machen? Sie konnte manchmal eine echte Spaßbremse sein. Sie hätte es wissen müssen, Anwälte führten ein Leben zwischen und in den Paragrafen. Allein die dröge Sprache ihrer Texte. Wie kamen solche Bedenkenträger nur durchs Leben?

Louise legte die Hände auf die Oberschenkel. »Ich kann Fiona verstehen. Überhaupt – wie soll das gehen? Das ist doch viel zu aufwendig. Nee, nee.« Sie gähnte erneut und wedelte verständnisheischend mit der Hand. »Sorry.«

»Wir haben doch ein Foto von diesem Peter. Tracy hat es mir gemailt.« Millie nickte Tracy zu, die bei dem Namen leicht zusammenzuckte und dann beflissen nickte. Auch ihr war die Idee nicht geheuer. Sie hatte Angst davor, diesem Mann erneut zu begegnen.

Millie ließ nicht locker. »Wir basteln uns ein echt geiles Profil: blond, große Titten, schmaler Arsch, so was. Ihr wisst schon. Sachen, an denen Männer einfach nicht vorbeikönnen.«

Ihr Enthusiasmus schien nicht zu ziehen, ihr Blick in die Runde traf auf skeptische Gesichter.

Sie zuckte mit den Schultern. »Na gut, wir können auch auf graue Maus machen.« Sie sah Tracy an und konnte nur mühsam ein Grinsen verbergen. »Nichts für ungut, Süße, ist ein bisschen plakativ, ich weiß. Und ganz sicher nicht auf dich bezogen. Geht aber in die richtige Richtung. Solche Typen suchen doch liebeshungrige Mäuse.«

Tracy verzog den Mund.

»Und dann warten wir einfach ab, bis er anbeißt. Und das wird er, Mädels. Ein paar zuckersüße, sehnsuchtsvolle Whatsapps oder Mails sollten da Wunder wirken. Wenn er mit seiner Mitleidsmasche um die Ecke kommt, dass er kurzfristig Geld braucht, gehen wir darauf ein. Nur zum Schein natürlich. Wir machen einen Treffpunkt aus, und dann schnappt die Falle zu.«

»Du sprichst immer von *wir*.« Louise nahm mit müder Geste einen Schluck Rotwein. »Ich hab die kommenden drei Tage zwar frei, die werde ich aber wohl überwiegend im Baumarkt verbringen und auf der Baustelle. Außerdem muss ich dem Installateur auf die Füße treten. Er hat immer noch kein Angebot für die Fußbodenheizung abgegeben. Außerdem hat sich der Experte für die denkmalgerechte Sanierung des Daches nicht wieder gemeldet. Im Augenblick bin ich echt nicht sicher, ob der Kauf des historischen Gemäuers eine kluge Entscheidung war. Auf mich kannst du nicht wirklich zählen.«

Millie nickte entschieden, ohne einer ihrer Freundinnen in die Augen zu sehen. »Eine von uns muss den Lockvogel spielen.«

»Viel zu gefährlich.« Fiona schüttelte vehement den Kopf. »Schlechter Film, sehr schlechtes Drehbuch.«

»Überhaupt nicht«, konterte Millie. »Während sich der Lockvogel mit diesem Typen trifft, liegen wir auf der Lauer und machen Fotos. Im geeigneten Augenblick, zum Beispiel, wenn er die Kohle entgegennehmen will, kommt die Polizei hinzu. Es gibt da kein Mauseloch, in das er verschwinden kann. Und schwups!, gibt es einen Betrüger weniger auf der Straße.« Millies Blick streifte kurz Tracy, dann lehnte sie sich zurück, als habe sie gerade ein üppiges Abendessen mit Freunden abgeschlossen. »Ganz einfach. Ich meine, es geschieht doch nichts Spektakuläres.« Sie warf Fiona einen tadelnden Seitenblick zu. »Wir bringen doch niemanden um.«

»Du hast zu viel Fantasie, meine Liebe.« Fiona war noch längst nicht überzeugt. Sie warf einen Blick durch die bodentiefen Fenster hinaus in den Garten. Das Wetter war umgeschlagen, wie erwartet. Dunkle Wolken hatten es bereits vor Stunden angekündigt. Nun schlugen Regenschauer in ungleichem Rhythmus gegen die Scheiben. An den Pflanzen und Büschen, die den Rasen säumten, waren noch nicht alle Knospen aufgegangen. Das Frühjahr hatte sich in der Natur noch nicht überall herumgesprochen.

»Mädels, nun seid doch mal kreativ, das wird klappen – und es wird ein Heidenspaß. Und das ist doch was. Glaubt mir. Stellt euch nur das Gesicht von dem Kerl vor, wenn er merkt, dass er in der Falle sitzt.« Sie legte die Zuversicht einer Bibelverkäuferin in ihre Stimme und wurde dann übergangslos ernst. »Man muss diesen Wichsern das Handwerk legen. Überlegt doch, es gibt allein in unserem schönen England Tausende potenzielle Opfer. Tausende Frauen, die in ihrer kleinen Zweizimmerwohnung einsam auf den Ritter in glänzender Rüstung warten, der sie auf seinem stolzen Schimmel aus ihrem armseligen Leben herausholt.« Ihr Blick streifte erneut Tracy. »Sorry, Schätzchen, war echt nicht so gemeint.«

In den Augen ihrer Freundin glitzerte es verdächtig.

»Ich weiß nicht.« Louise schüttelte langsam den Kopf. »Ich weiß echt nicht.« Sie griff erneut zum Glas. »Sorry, ich bin nicht ganz bei der Sache. Mir geht gerade anderes durch den Kopf. Ich werde Mary fragen. Vielleicht hat sie ja eine Idee, wie ich an einen kompetenten Dachdecker komme.«

Millie winkte ab. »Papperlapapp. Ich hab da schon mal was vorbereitet.« Schwungvoll stand sie auf und verließ die Runde, nur um wenige Sekunden später mit einem Laptop zurückzukehren. Sie ignorierte das pladdernde Geräusch des Regens. »Die Anmeldung ist ein Klacks. Und die Kosten für die ersten drei Monate übernehme ich. Na? Ist das was?« Sie machte auf dem Tisch Platz wie ein Generalstabschef, der seine Pläne ausrollt und zugleich alle Bedenken beiseitewischt.

»Klingt, als seist du Profi.« Tracy kicherte nun doch.

»Quatsch. Ich hab nur schon mal einen Blick auf einige der einschlägigen Seiten geworfen.«

Fiona zog verschwörerisch ein Unterlid herunter. »Schon klar, oder? Millie hat nur mal *einen Blick darauf geworfen.*«

Louise nickte schwach. »Wir sind doch keine siebzehn mehr. Und mein Leben besteht gerade überwiegend aus Dienstplänen und Einkaufslisten.«

»So müde?«, fragte Millie.

»Dauerzustand im Moment.« Louises Gähnen ließ keinen Zweifel daran, dass sie lieber zu Hause im Bett sein wollte, statt sich hier Millies Pläne anzuhören.

»Kein Wunder. Bist ja Anästhesistin.« Fiona lachte eine Spur zu schrill.

»Der Witz hat einen langen Bart. Nein. Um ehrlich zu sein, ich fürchte, ich habe mich mit der Renovierung von Hillside ein wenig übernommen. Ich komme zwischen Krankenhaus und Mörtelkübel kaum zum Schlafen.«

»Und ich dachte schon, du hast 'nen Lover, der dir hilft. Breite Schultern und willig.« Fiona zog ein wenig den Kopf ein, denn sie wusste, dass ihr Scherz nicht gut ankommen würde.

Aber Louise reagierte gar nicht darauf. »Es ist jedenfalls noch eine Menge zu tun. Keine Ahnung, wann ich einziehen kann.«

»Wir kommen gerne und helfen, oder, Mädels?«, versuchte Fiona ihren Fauxpas zu überspielen. »Das wird lustig. Abends dann Rotwein und Pasties.«

Louise lächelte. »Klingt schon besser. Es gibt eine Menge zu tun, bei dem ihr nicht im Weg wärt. Müllsäcke schleppen, Steine stapeln, Löcher zuspachteln, Büsche beschneiden. Hiermit gerne so vereinbart.« Sie trank einen Schluck. »Und wenn ihr Ideen für die Einrichtung habt – her damit. Ich werde auch noch Mary fragen. Sie wird mich sicher auch beim Kauf schicker alter Möbel beraten können.«

Millie hatte Sorge, dass ihr die Aufmerksamkeit verloren ging, und klatschte in die Hände. Louise hatte sich von ihrem Ersparten ein altes Haus geleistet und völlig unterschätzt, dass Umbau und Renovierung etwas anderes waren als lediglich Tapeten abreißen und Türen streichen. »So, Kinder, lasst uns anfangen.« Sie sah auf die Uhr. »Ist schon reichlich spät. Und Louise will ins Bett.«

Nach anfänglichem Zögern entpuppten sich die vier Frauen doch noch als veritabler Klub der Verschwörerinnen. Recht schnell stand das Profil der Frau, die diesen Peter ködern sollte, fest: um die vierzig, Single. Hobbys: Kochen, Musikhören, Lesen, DVDs gucken, am liebsten Thriller. Seit vielen Jahren im Büro einer Sanitärfirma tätig. Finanziell unabhängig. Besondere Anmerkungen: Nach einigen unschönen Erlebnissen suche ich auf diesem Weg einen netten, verständnisvollen, liebevollen Partner. Aussehen nicht wichtig, der Charakter zählt. Und das Lächeln in deinen Augen. Ehrliches und anschmiegsames Cornish Girl sucht dauerhaften Hafenmeister.

Fiona meldete Zweifel an. »Klingt das nicht ein wenig too much, zu kitschig? *Sucht dauerhaften Hafenmeister*?«

»Quatsch. Im Gegenteil.« Millie lehnte sich zufrieden zurück. »Klingt doch nach einsamer Seele, die schon viel zu lange darauf wartet, wachgeküsst zu werden.«

Eine nach der anderen nickten ihre Freundinnen.

»Wir brauchen jetzt nur noch ein Foto.« Millie sah in die Runde. Es war wie in der Schule: Die anderen schauten zu Boden oder kümmerten sich um imaginäre Krümel auf der Tischdecke. »Na los, Freiwillige vor.«

»Ich bin raus. Mit meinen schwarzen Haaren.« Louise schüttelte den Kopf.

Millie ließ den Blick auf Fiona ruhen.

»Ich? Nein. Das geht nicht. Auf gar keinen Fall. Ich hab doch gesagt, ich mach mich doch nicht zum Affen. Das könnt ihr nicht von mir erwarten. Wie gesagt, das kann ich mir in meinem Job nicht leisten.« Sie hob abwehrend die Hände.

»Aber die Beschreibung passt doch perfekt«, gab Tracy Millie Schützenhilfe. »Da muss ich ihr recht geben.«

Louise hob ihr Glas. »Geht gerade die Stimmung flöten? Wir sollten die ganze Idee begraben, wenn euch das nicht behagt. Und Tracy sollte ihre Scham und ihre Scheu vor der Öffentlichkeit ablegen und die Polizei benachrichtigen. Wenn du willst, begleite ich dich.«

In Tracys Augen stand Entsetzen. »Nein, bitte nicht. Dann begraben wir lieber beides. Polizei und Dating.«

»Wie ihr wollt. Dann war die Mühe umsonst, und wir vergeben die einmalige Chance, den Herren der Schöpfung mal die Schranken aufzuzeigen. Ich habe uns vier schon als Klub der bösen Schwestern gesehen. Bedenkt doch: Wir könnten viele Frauen in diesem Land vor einem ähnlichen Schicksal wie Tracys bewahren.« Millie tat so, als wollte sie den Laptop schließen, beugte sich dann aber zu Fiona. »Oder?«

»Schon, aber ... Was werden meine Mandanten sagen, wenn sie mein Bild auf dieser Plattform sehen?«

»Die Beschreibung passt einfach perfekt zu dir«, bekräftigte Tracy. »Wer sagt denn, dass dein Klientel auf diesen Webseiten unterwegs ist? Wir nehmen doch sowieso einen anderen Namen und ändern die Ortsangaben. Da kommt niemand auf die Idee, dass sich hinter dem Profil in Wahrheit die erfolgreiche Anwältin Fiona Richards verbirgt. Sollte sich einer deiner Mandanten zufällig durch die Profile klicken, wird er sich über die Ähnlichkeit wundern – aber mehr auch nicht.«

Tracy schien froh, dass der Abend doch noch diese Wendung genommen hatte, stellte Millie zufrieden fest. Außerdem schien sie sich von ihrem Engagement geschmeichelt zu fühlen.

Fiona sah zu Louise. »Du bist so schweigsam. Ich gäbe was dafür, wenn ich deine Gedanken lesen könnte.«

Louise erwiderte mit scheinbarer Gelassenheit ihren Blick, dann gab sie sich einen Ruck und stand auf. »Lass doch noch mal sehen, Millie. Sieht doch schick aus. Also, ich als Mann würde auf so eine Anzeige mit fünf Sternchen reagieren und mich melden.« Sie drehte sich zu Millie um. »Einen kleinen Schluck für den Heimweg würde ich noch nehmen.«

Ihre Freundin nickte und verschwand mit geheimnisvollem Blick in die Küche.

»Also, ich finde das spannend. Und ich freue mich, dass ihr den Kerl jagen wollt, der mich so verarscht hat.«

»Kein Ding, Tracy. Aber ich weiß nicht. Soll ich wirklich?«

Louise stupste Fiona in die Seite. »Wer anders als du? Du siehst diesem gefakten Profil tatsächlich am ähnlichsten. Also rein äußerlich, meine ich. Außerdem wirst du als Anwältin am besten wissen, auf was du dich einlassen kannst und worauf besser nicht.«

»Und wir werden bei dem Treffen in der Nähe sein. Dir kann also nichts passieren. Im Gegenteil. Du kannst zur Heldin aller Frauen werden.« Millie stieß mit einer kurzen Bewegung ihres Fußes die Tür zum Wohnzimmer zu und balancierte mit einer Hand ein Tablett Sandwiches zum Tisch. In der anderen hielt sie eine geöffnete Rotweinflasche. »Greift zu, Kinder.« Sie füllte die Gläser auf und hob ihr Glas. »Auf uns. Auf den Klub der bösen Schwestern. Wir werden noch viel Spaß haben. Peter ist erst der Auftakt. Ich sehe schon die dämlichen Gesichter der Gockel, die auf uns hereinfallen. Wir stehen im Dienst der Gerechtigkeit und der Frauen in diesem Land. Auf dich, Tracy. Cheers.«

Louise prostete den anderen zu. »Ich hab den ganzen Tag noch nichts Anständiges gegessen. Aber egal. Hauptsache, ein ordentlicher Schluck.«

VIII.

Simon brachte Gill zur Tür. Dabei stützte er sich schwerfällig auf seinen Gehstock. Seit Tagen quälten ihn Schmerzen in der Halswirbelsäule. Er hatte eigenmächtig die Dosis erhöht, um sich überhaupt bewegen zu können. Die Pillen machten ihn müde, zugleich aber schlief er schlecht. Ein Flashback hatte ihn in der Nacht heimgesucht, und zurückgeblieben war die Erinnerung an den Horror, dazu Schmerzen im Rücken und verkrampfte Kiefermuskeln.

Dieser Flashback war einer von mehreren Settings, die ihn immer wieder heimsuchten. Sie kamen stets unangekündigt. Er wusste nicht, wodurch sie ausgelöst wurden; ob es eine Begebenheit am Tag war, eine Begegnung im Hafen, ein Geruch oder das Bild in einer Zeitung. Dann lag er nicht länger in seinem Bett, sondern stand zum Beispiel wieder an jener Wand in Croydon. Es war so, als habe sich die Wirklichkeit verschoben und alles passiere in genau diesem Augenblick.

Die Dinge, die er in seiner Zeit bei der Spezialeinheit der London Metropolitan Police durchlebt hatte, suchten ihn in den vergangenen Monaten immer häufiger heim. Körper, bis zur Unkenntlichkeit verstümmelt, Einsätze, die er nur denkbar knapp überlebt hatte, das ungläubige Verzweifeln im Gesicht seiner Freundin, kurz bevor sie in ihrem Auto verbrannte. Verfolgungsjagden, die im Nichts endeten.

Alles hatte sich im Kopf zu einem Brei vermengt, der sein Denken und Fühlen verstopfte. Ohne Ankündigung zerplatzte das blasige Gemisch und setzte toxische Gefühle frei, denen er mit seinem Verstand nicht mehr Herr werden konnte. Dann war er nicht nur körperlich ein Krüppel, sein ganzes Wesen war nicht viel mehr als ein notdürftig zusammengeflicktes Etwas, das irgendwo auf dem Weg von der Front zurück in die vermeintliche Sicherheit verloren gegangen war.

»Simon? Ist dir nicht gut?« Gill blieb an der Tür stehen. Er wischte sich übers Gesicht. Er war derart abwesend gewesen, dass er beinahe Lukes Frau vergessen hatte, die ihn sorgenvoll ansah.

»Sorry, Gill, mir ging nur gerade etwas durch den Kopf. Ich bin okay. Danke. Bitte vergiss nicht, Luke von mir zu grüßen. Er soll die Zeit genießen.«

Gill nickte und hob zum Abschied wortlos die Hand.

Simon wusste, dass sie unter Lukes Abwesenheit stärker litt, als sie zugeben wollte. Sie war die Frau eines Fischers, und als solche hatte sie stark zu sein. Vor allem nach außen hin. Eine Haltung, die sich über die Jahrhunderte in die DNA der Frauen an Cornwalls Küste eingelagert hatte. An jedem Tag konnte das Miteinander der Menschen zerreißen wie das Netz, das sich zwischen den Felsen verfangen hatte. Die Liebe und das Glück mussten jeden Tag neu geknüpft werden. Das war das Schicksal, und das war die Aufgabe. Ihr Mann zur Kur weit weg von der Küste, das passte nicht ins Bild.

Nachdem Gill auf den unbefestigten Fußweg Richtung Dorf eingebogen war, schloss Simon sorgsam die Tür seines Cottages, als wollte er sichergehen, dass sich kein weiterer Flashback an ihm vorbei ins Haus drängte. Er legte sich im Wohnzimmer auf die Couch. Gills Besuch hatte ihn angestrengt, und er wollte später noch zu Mary, auf die andere Seite des Dorfes. Er musste erst ein wenig Kraft schöpfen.

Mary wollte ihm einen Stuhl zeigen, an dem sie über Wochen gearbeitet hatte. Im Grunde hätte das Stück längst in den Ofen gehört, hatte sie geschimpft. Der Stuhl mit der gebogenen Arm- und Rückenlehne hatte über Jahrzehnte im Schuppen ihrer Eltern ein kümmerliches Dasein gefristet. Er war wurmstichig, dennoch wollte sie dem trostlosen Familienerbstück eine zweite Chance geben. Mit Hingabe und einer gehörigen Portion Verbissenheit hatte sie ungezählte Wurmlöcher gespachtelt und das Holz wieder und wieder geschliffen. Nun stand der Stuhl kurz davor, lackiert zu werden.

Simon bewunderte ihr handwerkliches Geschick, das ihr bei der Renovierung ihres Elternhauses sehr geholfen hatte. Mary hatte als junge Frau zunächst eine Schreinerlehre gemacht und danach eine Ausbildung zur Restauratorin und Kunsthistorikerin. Ein paar Jahre hatte sie dann im deutschen Köln gearbeitet, um ihre Kenntnisse und Fertigkeiten zu vertiefen. Nun war es schon fast zwei Jahre her, dass sie nach Cadgwith zurückgekehrt war. Er wusste, dass sie aus Deutschland buchstäblich geflüchtet war, um so viel Raum wie möglich zwischen sich und ihren Ex-Freund zu bringen. Michael hatte sie mehr und mehr als sein Eigentum betrachtet und sie schließlich regelrecht eingesperrt. Hinzu kam, dass Marys Mutter gestorben war und das alte Cottage über der Bucht auf eine neue Nutzung wartete.

Mary war von einer Entschlusskraft, die ihn tief berührte. Er mochte sie sehr, ihre Kreativität, ihre Zugewandtheit zu den Menschen, denen sie im Dorfladen oder ihrer Pension begegnete, ihren Humor. Er konnte sich sein Leben ohne ihre Freundschaft längst nicht mehr vorstellen. Und doch, so musste er sich eingestehen, wich er immer wieder aus, wenn er spürte, dass sie mehr Nähe wollte, als er ihr geben konnte.

Moiras entsetzlicher Tod hatte damals in London sein Leben von einer Sekunde zur anderen derart elementar verändert, dass er sich scheute, eine neue Beziehung einzugehen. Zu sehr trieb ihn die Angst um, erneut einen Menschen, den er liebte, gehen lassen zu müssen. Er wollte diesen Schmerz nicht noch einmal erleben. Und diese mangelnde Bereitschaft wollte er Mary ersparen. So waren sie auf eine sehr intensive Art Freunde, und ihre Beziehung stützte sich nicht zuletzt auf ihre beiderseitige Begeisterung für die Kunst.

Er hatte bisher das Gefühl gehabt, Mary habe Verständnis für sein Verhalten. Aber er fragte sich in jüngster Zeit immer häufiger, wie lange dieser Zustand anhalten würde. Mary hatte das Recht auf eine klare Haltung und eine klare Entscheidung. Und er würde akzeptieren müssen, wenn sie sich anders orientierte. Sie hatten dieses Thema bisher ausgeklammert, aber was war dagegen einzuwenden, wenn Mary einen Mann kennenlernte, der sie auf Händen trug?

Simon stöhnte, als er sich mühsam aufrichtete. Seine Gedanken fuhren Achterbahn. Er würde jetzt doch keine Ruhe finden. Da konnte er genauso gut hinüber ins Atelier gehen, um ein wenig zu arbeiten. Er hatte vor ein paar Tagen begonnen, mit blauer und roter Farbe Abdrücke von Baumscheiben zu machen. Ihn reizte die Ursprünglichkeit und die Kraft, die von solchen Drucken ausging.

Das Holz hatte Luke bei einem befreundeten Bauer abgeholt. So spiegelte sich in den gedruckten Motiven die Geschichte Cornwalls auf ganz eigene Weise.

Es kam ihm gar nicht so lange vor, und doch war Luke schon fast vier Wochen in Kur. In einer Klinik hoch oben in Yorkshire. Die Stichverletzungen, die er erlitten hatte, als sie auf der Spur eines Mörders gewesen waren, hatten ihn fast das Leben gekostet. Sie waren zwar längst verheilt, aber die seelischen Wunden noch nicht.

Simon warf einen Blick über seinen Werktisch und die bereits begonnenen Arbeiten. Er atmete tief ein und aus. Unschlüssig stand er mitten im Atelier. Eine unsichtbare Kraft zog ihn schließlich zu der Staffelei, die seit Monaten abgedeckt in der Ecke stand. Es war, als rufe Moiras Porträt nach ihm. Widerstrebend folgte er schließlich dem Impuls und zog mit einer müden Bewegung das Leinentuch von dem großformatigen Bild.

Das Porträt hatte er vor Monaten rein aus dem Gedächtnis gemalt. Er schien ihm nun, als sei dies in einem anderen Leben gewesen. Ihre Gesichtszüge waren zu erkennen, aber ihr Antlitz hatte etwas Abstraktes, das ihn in diesem Moment eher erschreckte, als die Sehnsucht nach ihr zu entfachen. Gemalt hatte er das Gesicht mit kräftigen Farben und ebenso kräftigem Pinselstrich. Teilweise hatte er die Ölfarben aus der Tube direkt auf die Leinwand gedrückt.

Rot, Orange und Gelb waren die beherrschenden Farben. Die Pinselstriche wirkten, als züngelten sie über ihr Gesicht. Und so war ihr Ausdruck in dem Augenblick ja auch gewesen, als ihr bewusst wurde, dass sie in diesem Auto verbrennen würde. In ihren Augen hatten Liebe gestanden, Verzweiflung und die vergebliche Hoffnung auf Rettung. Und er hatte Vergebung darin gesehen. Vergebung für das, was nicht sein konnte. Er hatte sie nicht retten können. Ihr Einsatzfahrzeug, aus dem er hinausgeschleudert worden war, hatte den Unfallort in einem grellen Feuerball aufleuchten lassen.

Erst Monate später hatte er die Kraft gefunden, ihr Grab zu besuchen – nach mehreren Operationen und der Diagnose, den Rest seines Lebens mit Schmerzen zubringen zu müssen. Und der Gefahr, dass ihn eine falsche Bewegung endgültig zum Krüppel machen könnte. Wiederum Monate später hatte er gewusst, dass und wie er sie malen musste. Gleichzeitig war die Gewissheit in ihm gekeimt, das Porträt niemals aufhängen zu können, geschweige denn zu verkaufen.

Mit entschlossenem Schwung deckte er das Tuch wieder über das Bild. Moira war und blieb sein Schicksal. Sie hatten damals kurz vor der Hochzeit gestanden, als ihr Dienstwagen bei der Verfolgung eines Tatverdächtigen auf nasser Fahrbahn in einer engen Kurve ausgebrochen war, sich überschlagen hatte und in Flammen aufgegangen war.

»Da bist du ja.« Mary nahm Simon vorsichtig in den Arm und schob ihn dann sanft von sich. »Du hast Schmerzen.«

»Nicht so schlimm. Zeig mir deinen Armlehnstuhl.«

Im Schuppen zog sie die Folie von dem Möbel, das auf ihrem Werktisch stand. »Die Holzwurmlöcher haben mich fast um den Verstand gebracht. Aber jetzt, wo er wieder zusammengebaut ist, sieht er eigentlich ganz hübsch aus. Oder?«

»Und mit der Armlehne auch bequem.«

Mary strich über das Halbrund. »Wenn er lackiert ist, bringe ich ihn dir vorbei.«

»Aha.« Simon verstand nicht ganz.

»Ich schenke ihn dir.«

Er trat einen Schritt zurück. »Das kann ich nicht annehmen.«

»Du musst aber.«

»Mary …«

»Eben weil er so bequem ist. Er wird dir guttun. Ich habe auch bereits die passende Auflage genäht.« Sie verschränkte die Arme. Ende der Diskussion.

»Ich weiß nicht …«

»Freu dich einfach.« Sie zog die Folie wieder über den Stuhl. »Er ist ja noch nicht fertig. Hast also noch Zeit, dich an den Gedanken zu gewöhnen, dass du ihn in dein Atelier stellen und von ihm aus deine Kunst betrachten kannst.« Sie trat auf ihn zu und knuffte ihn. »Er passt zu einem Künstler. Und schließlich brauchst du im Alter einen bequemen Sessel.« Sie kicherte.

»Ich weiß nicht, was ich sagen soll.«

»Sag einfach nichts. Komm, lass uns ein wenig an der frischen Luft sitzen.«

Sie umrundeten das Cottage und ließen sich auf der Bank nieder, die Mary vor das Haus gestellt hatte und von der aus man einen weiten Blick über die Bucht hatte. Bei gutem Wetter waren in der Entfernung selbst die weißen Gebäude der Leuchtturmanlage am Ende des Lizard gut zu erkennen.

Simon war schweigsam. Er freute sich sehr über das Möbelstück, wusste aber nicht so recht, wie er seine Freude angemessen ausdrücken sollte.

Mary wies auf das über die Jahrtausende natürlich gewachsene Hafenbecken, das ihnen zu Füßen lag. »Nicht mehr lange, und die Touristen werden wieder im Kies nach besonders hübschen Steinen suchen.«

Simon nickte stumm. Ihm klang das tausendfache Rauschen im Ohr, wenn die Steine kullernd den Wellen zurück ins Meer folgten.

Mary streckte ihre Beine aus. »Ich glaube, dass wir eine schöne Saison haben werden.« Sie warf einen Seitenblick auf Simon. »Jedenfalls behauptet das meine Buchungskladde.«

»Ich freue mich über den Stuhl.«

Sie lachte. »Dann ist mein Ziel schon erreicht.«

»Du hast eine Art, Menschen eine Freude zu machen, die mich umhaut.«

Mary wurde ernst. »Sollten das Menschen nicht immer tun? Habe ich dir eigentlich von Tracy erzählt?«

Simon schüttelte fragend den Kopf.

»Ich wollte es kaum glauben, aber Tracy ist einem üblen Betrüger aufgesessen. Sie hat den Typen auf einer Dating-Plattform im Internet kennengelernt. Er heißt Peter – angeblich. Er hat ihr über Wochen per Mail und am Telefon die große Liebe und eine unstillbare Sehnsucht vorgegaukelt – und sie am Ende um dreitausend Pfund betrogen.«

»Unfassbar. Dass es so etwas noch gibt. Dass Frauen auf solches Gesindel hereinfallen.« Simon kannte Tracy Coates als engagierte Grundschullehrerin. Auf den ersten Blick wirkte sie ein wenig schüchtern. Wenn er sie im Dorf sah, war sie oft mit ihrer Clique unterwegs. Ein schrilles Klübchen. Meist waren sie zu viert, und sie ließen kaum einen Freitagabend aus, um es krachen zu lassen. Das passte eigentlich nicht zu Tracy, aber so gut kannte er sie auch wieder nicht.

»Und der Typ ist abgetaucht?« Seine Frage klang eher wie eine Feststellung. Romance Scam – die alte Leier. Die Betrüger grasten im Netz mit gefälschten Profilen die Singlebörsen ab, um ihren Opfern durch Liebesbeteuerungen das Geld aus der Tasche zu ziehen.

»Tracy ist natürlich geschockt. Nicht nur, weil sie viel Geld verloren hat, sondern vor allem, weil ausgerechnet sie auf so einen Betrüger hereingefallen ist. Sie hatte sich für cleverer gehalten. Sie schämt sich so sehr.«

»Das haben andere auch schon gedacht – dass sie clever sind. Und dann sind sie doch auf Betrüger hereingefallen. Vermutlich hat der Typ schnell herausgefunden, welche Knöpfe er bei ihr drücken muss, um sie für sich einzunehmen. Diese Männer haben ein sehr feines Gespür für ihr Gegenüber.«

»Könnte mir vermutlich auch passieren.« Mary legte die Arme entspannt hinter den Kopf. Sie lächelte und war gespannt auf seine Reaktion, die nicht auf sich warten ließ.

Simon nahm seinen Stock von der Tischkante und stellte ihn doch wieder zurück. »Du? Einem Heiratsschwindler aufsitzen? Nein.«

»Aber du hältst es durchaus für möglich, dass ich mich bei einer Singlebörse anmelde.« Mary hielt die Augen geschlossen.

»Das habe ich nicht gesagt.«

»Aber die Aussage, ich würde nicht auf diese miese Masche hereinfallen, impliziert, dass ich mich sehr wohl an einer dieser Börsen anmelden könnte.« Sie öffnete für einen Moment ein Auge und bemerkte eine gewisse Röte auf seinem Gesicht.

»Mary …«

Sie sah ihn unvermittelt an und stieß ihn in die Seite. »Du wirst ja rot.« Dann lachte sie schallend.

»Wie kannst du nur so etwas denken?« Er fand, er klang wenig überzeugend. Ihm wurde heiß.

»Du musst dich nicht erklären.«

Simon schüttelte den Kopf. Er wollte weg von dem dünnen Eis, auf das ihn Mary gezogen hatte. »Hat Tracy erzählt, wie das Ganze abgelaufen ist?«

»Soviel ich mitbekommen habe, ist der Typ, der sich Peter nennt, ganz klassisch vorgegangen. Zunächst einmal passt sie in das Beuteschema dieser Typen. Sie ist um die vierzig. Die perfekte Zielgruppe also. Sie haben auf dieser Börse nur kurz gechattet, dann sind sie auf eine andere Seite umgezogen. Und dann haben sie stundenlang geskypt, Whatsapps geschrieben oder telefoniert. Und immer ging es um die große Liebe. Peter habe sich sofort in ihr Profil verliebt, sie sei genau sein Typ, inspiriere ihn zu Liebesgedichten. So etwas sei ihm schon lange nicht mehr passiert, das ganze Gelaber. Und dann hat Tracy angebissen, und er hat sie nicht mehr vom Haken gelassen.«

Simon nickte. »Der Klassiker. Schon zu meiner aktiven Zeit sind die Typen so vorgegangen. Die Singlebörsen hatten da aber auch schon Kontrollmechanismen, um solche Betrugsversuche möglichst im Keim zu ersticken. Aber offenbar nicht engmaschig genug.«

»Ich verstehe nicht, dass die mit ihrer Masche so erfolgreich sind.«

»Die Betrüger treffen auf einsame Herzen, um es mal

platt auszudrücken. Das ist das eine. Das andere: Sie sind absolut konsequent in ihrem Tun. Und sie wissen, dass viele Frauen aus Scham nicht zur Polizei gehen. Diese Typen haben auf allen verfügbaren Internetkanälen ein sehr überzeugendes Profil hinterlegt. Das wird auch jene Frauen überzeugen, die zunächst misstrauisch sind und überprüfen wollen, ob es diesen Don Juan im wahren Leben tatsächlich gibt. Schau dir solche Profile an. Es handelt sich stets um Durchschnittstypen, deren Profil keinen Verdacht erregt, weil die Person etwa zu schön aussieht. Diese Auftritte im Netz sind plausibel, lassen wenig Raum für Argwohn, zerstreuen mögliche Bedenken.« Während er sprach, hatte Simon erneut nach seinem Stock gegriffen und drehte ihn nun in der Hand.

»Ich versteh's immer noch nicht.«

Simon zuckte mit den Schultern. »Gefakte Profile lassen sich überall anlegen. Das Geld wird bar übergeben. Bei einem ersten und dann einzigen Treffen. Die angeblichen Verehrer investieren in einen teuren Blumenstrauß, um dann am Ende des Tages mit einem noch hübscheren Sträußchen Pfundnoten auf Nimmerwiedersehen zu verschwinden. Nur um den nächsten Beutezug zu planen. Anderes Profil, ein etwas anderes Bild, neues Glück.«

»Du klingst reichlich zynisch.«

Er nickte. »Aber genau so läuft das. Diese Typen verdienen ein paar Jahre Knast.«

Mary schwieg und zeigte dann über die Bucht. »Schau, die *Scorpio* kehrt zurück.« Sie sah Simon an. »Wusstest du, dass es eigene Dating-Portale nur für Fischer gibt?«

IX.

»Ich bin total aufgeregt.«

»Was soll schon passieren?«

Die vier Frauen saßen in Hellys Tea Room auf der Meneage Street. Von ihrem Platz am Fenster aus hatten sie freien Blick auf das Treiben draußen. Wie jedes Jahr bevölkerten bereits seit dem frühen Morgen die Besucher des Flora Day die Straßen. Sei es, um am Straßenrand den besten Platz als Zuschauer der Umzüge zu behaupten oder um von einem Pub ins nächste zu wechseln. An einen normalen Einkaufsverkehr war heute in Helston nicht zu denken. Der Asphalt war zum Tanzboden für die fantasievoll Kostümierten geworden, die nach festgelegten Regeln sogar durch die Häuser tanzten.

Fiona betrachtete nachdenklich die floralen Dekorationen, mit denen die Eingänge der Läden auf der gegenüberliegenden Straßenseite geschmückt waren. »Was, wenn dieser Ron nicht kommt?«

»Er wird kommen, keine Bange, Fiona.« Millie legte ihr die Hand auf den Arm. »Als Anwältin bist du vor Gericht doch deutlich Schlimmeres gewohnt. Es ist doch nur ein Date. Na ja, mit fatalem Ende für Ron. Aber das weiß er ja nicht.«

Tatsächlich hatte sich auf Fionas Fake-Profil jemand gemeldet. Ein Mann namens Ron, Ende dreißig, sportlich, gut aussehend, auf dem Sprung in die Selbständigkeit und unentwegt Süßholz raspelnd. Tracy hatte auf dem Foto sofort »Peter« erkannt.

Nachdenklich drehte Fiona die Teetasse am Henkel.

»Denk doch nur an die vielen Posts, die er allein in den vergangenen Tagen geschickt hat. So viel Liebesschmalz und -schmerz. Meine Güte, was habe ich gelacht. So ein Idiot. Wie kann er nur glauben, dass eine Frau auf solch ein Gesülze hereinfällt?« Millie warf einen Seitenblick auf Tracy. »Sorry, Süße.«

»Schon gut.«

Louise lachte bei dem Gedanken an die Treffen bei Millie. »Ich habe mich selten so köstlich amüsiert. Die Abende bei dir mit dieser besonderen Art von Unterhaltung waren die perfekte Ablenkung nach einem anstrengenden Arbeitstag in der Klinik.«

»War schon gut, dass der Account über meinen Laptop gelaufen ist.« Millie warf einen verschwörerischen Blick in die Runde. »Die bösen Schwestern ganz privat. Ich werde nur meinen Vorrat an Sekt auffüllen müssen. Aber das dumme Gelaber von dem Typen war echt nur mit Alkohol zu ertragen. Wir hatten unseren Spaß, Mädels, oder? Seine Posts kamen zum Schluss beinahe im Minutentakt. Einer blöder als der andere.« Unvermittelt wurde sie ernst und sah Fiona an. »Mach dir keinen Kopf, Liebes. Ron oder Peter, oder wie immer der Typ auch heißen mag, wird völlig arglos sein und im Grunde nur den Umschlag in deiner Handtasche wollen. Er wird nicht lange fackeln. Das wird keine große Sache. Ein paar nette Worte, ein bisschen flirten, dann der Blick auf die Uhr und das Versprechen, sich umgehend zu melden und einen Termin für eine heiße Nacht auszumachen. Das war es dann. Ich sag mal, maximal eine Stunde. Wenn es ganz hart kommt, gehst du mit ihm ein Bier trinken. In der Zwischenzeit rufen wir die Polizei.« Sie klatschte in die

Hände wie eine Gouvernante, die ihre Zöglinge auf Trab bringen will. »Also, wir machen das wie besprochen. Wir sind ständig in deiner Nähe und beobachten das Ganze. Und schau, ich habe die Nummer der Polizei bereits auf meinem Telefon aufgerufen. Die werden ruckzuck da sein und dem Spuk ein Ende machen. Dir kann überhaupt nichts passieren.« Sie hielt ihr Smartphone hoch.

Tracy und Louise nickten aufgekratzt. Sie waren *im Namen des Herrn* unterwegs und Fionas Versicherung. Sie hatten entschieden, den Kreuzzug gemeinsam zu unternehmen und ihn mit Vorsicht und Entschlossenheit durchzuziehen.

Es hatte schon an ein Wunder gegrenzt, dass sich Ron oder Peter, oder wie immer er auch hieß, gemeldet hatte, kaum dass ihr gefaktes Profil im Netz gestanden hatte. Offenbar war der Typ ununterbrochen online und sozusagen rund um die Uhr auf der Suche. Wie einer dieser Riesenhaie, die es auch vor Cornwalls Küste gab und die mit geöffnetem Maul durchs Wasser pflügten und wie mit einem großen Korb Plankton in Mengen aufnahmen. Auch eine Art Geschäftsmodell.

»Ihr habt gut reden. Ich habe Schiss. Bei Gericht habe ich wenigstens meine Robe, die mich schützt.« Fiona hob ihre Tasse und stellte sie sofort wieder ab. »Ich verstehe gar nicht, wie ihr so ruhig sein könnt.«

»Eine wunderbare Idee, uns hier zu treffen. Ich habe solchen Appetit auf Cream Tea, das könnt ihr euch nicht vorstellen.« Mit einem entschlossenen Griff brach Tracy eins der noch warmen, duftenden Scones auseinander und bestrich eine Hälfte zunächst mit hausgemachter Erdbeermarmelade. Dann türmte sie obenauf die Clotted

Cream. Der Tag versprach ihr die Rache, die sie sich so sehr wünschte.

»Allein beim Zusehen schnellen meine Fettwerte nach oben.« Louise wandte sich kopfschüttelnd ab. »Wie könnt ihr nur so ungesund essen?«

»Schon gut, Frau Anästhesistin, ab und an ein Cream Tea wird unseren Cholesterinwerten schon nicht schaden«, warf Millie ein und sah auf die Uhr. »Wir sollten uns nicht mehr allzu lange mit Tee und Gebäck aufhalten. Wir müssen uns langsam auf den Weg runter zum Monument machen. Bei den Menschenmassen wird das nicht einfach werden.«

»Wann bin ich mit ihm verabredet?«

»Fiona, das weißt du aber doch.« Millie schüttelte in gespielter Missbilligung den Kopf. »Mein liebes Kind, immer noch um fünfzehn Uhr.«

»Ich glaube, ich muss aufs Klo.«

Die drei Frauen sahen ihr schmunzelnd hinterher. Dann wurde Louise unvermittelt ernst. »Was, wenn sie recht hat?«

Auf der Straße zog in diesem Augenblick eine Musikkapelle vorbei, um sich schon mal für den nächsten Umzug einzuspielen, frenetisch beklatscht von den dicht gedrängt stehenden Zuschauern auf den Bürgersteigen.

»Es wird nichts passieren. Ihr werdet sehen.« Millie hielt das Mobiltelefon erneut hoch. »Neil hat einen Kumpel bei der Polizei. Ich hab mir die Durchwahl eingespeichert.«

»Und wenn wir sie in dem Gedränge verlieren?«

»Louise, sei nicht so negativ. Wir sind hier, um diesen Ron zur Strecke zu bringen. Habt ihr vergessen? Wir sind die bösen Schwestern. Und – wir – werden – sie – nicht – verlieren.«

»Millie hat recht, wir werden alles tun, um Fiona zu schützen. Da kann nichts schiefgehen«, kam Tracy ihrer Freundin zur Hilfe. »Wir haben doch alles bis ins Kleinste durchgesprochen und geplant.«

»Hab ich etwas verpasst?« Fiona kam deutlich entspannter von der Toilette zurück.

»Nein. Wir sind nur noch mal die Details durchgegangen. Die Menschenmenge wird dich schützen. Keine Sorge, dir kann wirklich nichts passieren.« Millie warf einen Blick auf Tracys Teller. »Beeil dich, bitte. Und bevor ich es vergesse, Mädels: heute Abend bei mir – auf den Erfolg unserer ersten Mission anstoßen. Ich habe sturmfreie Bude. Die Kinder schlafen aushäusig, und Neil ist mit seinen Kumpels vom Ruan Minor FC unterwegs.« Sie seufzte und deutete durch das große Ladenfenster. »Vermutlich sitzen sie jetzt schon bei einem Pint im Blue Anchor. *Abschied* feiern. Und das nur, weil Neil ein paar Tage in München sein wird. Die Jungs lassen auch keine Gelegenheit aus. Na ja, man lebt nur einmal.«

Nachdem Tracy hastig ihre Scones aufgegessen und sie ihre Rechnungen bezahlt hatten, machte sich Fiona auf den Weg. Die anderen warteten einen Augenblick, um ihr einen Vorsprung zu geben. Auf Millies Rat »Und mach den Blick frei auf deine hübschen Zwillinge«, den sie mit einer Bewegung unterstützte, als wolle sie ihren BH zurechtrücken, reagierte Fiona mit einer unwirschen Handbewegung.

Auf der Straße gerieten sie sofort mitten hinein in den Flora Day. Es war kaum ein Durchkommen, besonders an der Straßenkreuzung zur Wendron Street. Die Luft war angefüllt mit einer Mischung aus Alkoholdunst, Schweiß, Zigaretten, dem Duft der frischen Blumen, die an jeder nur möglichen Stelle an den Häusern und an den Straßenschildern angebracht waren, und den Tönen der mitgebrachten Instrumente, mit denen sich die Menschen am Straßenrand die Zeit bis zum nächsten Umzug vertrieben. Dazwischen schallte laute Musik aus offenen Fenstern in den Obergeschossen der Häuser.

»Die Kostüme sind wieder großartig, nicht?« Millie wies über die Köpfe hinweg auf eine Gestalt, die auf Stelzen über die Hauptstraße flanierte. Ein Fabelwesen, das aus Seidenschleiern wie Spinnweben in verschiedenen Grüntönen bestand, über und über mit Pflanzen behängt, halb Waldgeist, halb Nixe, sphärisch und zugleich gespenstisch.

»Ich sehe Fiona nicht mehr.« Tracy reckte sich.

»Doch, da vorne.« Louise deutete voraus. »Sie ist schon fast am Blue Anchor.«

»Jetzt sehe ich sie.« Tracy legte ihre Arme eng an den Körper, um eine Gruppe älterer Frauen zu passieren, die dicht an dicht auf dem Bürgersteig standen und übermütig Fähnchen mit dem Union Jack schwenkten. Alle trugen dieselben Hüte, auf denen die britische Flagge aus glitzernden Pailletten nachgebildet war. Sie lehnte dankend ab, als ihr eine Frau im gewagten Minirock, die gewiss schon weit über die sechzig war, sichtlich angeheitert eine offene Sektflasche entgegenhielt.

»Ich weiß gar nicht, ob es wirklich klug war, dass Fiona sich am Monument mit ihm trifft.« Louise bahnte sich stoisch den Weg durch das Gedränge.

»Unsinn.« Millie musste die Klänge der Musikkapelle übertönen, die nach einer kurzen Pause mit geballter Kraft neu einsetzte. »Du wirst sehen, der Ort ist ideal. Hinter dem Eingang und der großen Grünfläche wird es gleich ruhiger. Dort können wir sie bestens beobachten. Der Bowlingplatz wird leer sein.«

Das Trio hatte in dem immer stärker werdenden Getümmel Mühe, Fiona im Blick zu behalten. Für einen Augenblick sah es so aus, als hätten sie sie aus den Augen verloren, aber dann tauchte ihr menschlicher Köder am mächtigen Torbogen des Monuments wieder auf. Die drei blieben stehen, um die Szene aus gebührendem Abstand zu beobachten. Sie wollten unter allen Umständen vermeiden, dass Fionas Verabredung Verdacht schöpfte.

»Hast du auch wirklich die Nummer des Polizisten eingespeichert?«, flüsterte Tracy unnötigerweise. Ihre Angst, tatsächlich auf Peter zu treffen, wurde von Minute zu Minute größer. Auch wenn sie ihn nur aus der Entfernung sehen würde.

Mit verschwörerischem Blick hielt Millie erneut ihr Smartphone hoch. »Zweimal tippen.«

»Das ist er«, rief Louise, und alle drei erstarrten.

Tatsächlich. Aus der Menge der Zuschauer hatte sich ein Mann gelöst, der mit einem Blumenstrauß auf Fiona zuging. Er musste sie an dem verabredeten Erkennungszeichen, einem zusammengerollten Schirm im Union-Jack-Look, erkannt haben.

»O mein Gott. Er ist es. Was er ihr wohl gerade erzählt?« Tracy reckte den Hals. Zu ihrer eigenen Überraschung verspürte sie nicht den Impuls, auf ihn zuzustürzen und ihn zur Rede zu stellen. Sie hatte eher das Gefühl,

Teil eines Films zu sein, der nichts mit ihren Erfahrungen aus der Vergangenheit zu tun hatte.

»Vermutlich sülzt er schon«, gab Millie zurück.

»Sieht doch eigentlich ganz manierlich aus, der Typ.«

»Meine Güte«, stellte Tracy fest, »mag er nun Peter heißen, Ron oder wie auch immer – was heißt manierlich? Er ist und bleibt ein Arschloch.«

»Wenn ich nicht wüsste, dass Ron ein Betrüger ist ...« Millie lehnte sich gegen die Hauswand und stieß sich gleich wieder ab. Sie sah den fragenden Blick ihrer Freundinnen. »Keine Angst, Kinder, is'n Witz.«

Louise runzelte die Stirn. Das tat sie immer, wenn sie sich konzentrierte. »Na ja, hässlich ist er ja wirklich nicht. Sieht nach Fitnessstudio aus. Nicht zu groß, nicht zu klein. Seine Klamotten kommen auch nicht gerade aus dem Charity Shop, soweit ich das von hier erkennen kann. Würde mich nicht wundern, wenn er Volvo fährt.«

Tracy musste ungewollt kichern. »Nach Mottenkugeln hat er nicht gerochen, das stimmt.«

»Was sie wohl reden? Sie scheinen sich auf Anhieb gut zu verstehen.« Louise ließ Fiona und ihre Verabredung nicht aus dem Blick.

»Der Blumenstrauß ist für meinen Geschmack eine Nummer zu groß. Ein echtes Angeberteil. Will wohl beweisen, dass er es ernst meint.«

»Nach allem, was er ihr in den vergangenen Tagen geschrieben hat, macht er eher auf schmachtend und finanziell angeschlagen. Wie gehabt. Ich wundere mich, dass er nicht misstrauisch wird, weil seine Angebetete so leicht zu verführen ist.« Louise schüttelte den Kopf. »Irgendetwas stört mich. Ich weiß nur nicht, was. Geht euch das nicht auch so? Das geht mir alles zu glatt.« Sie drehte sich zu Millie um. »Vielleicht hätten wir besser doch nicht so dick auftragen sollen. Von wegen, ich bin schon viel zu lange allein. Ich brauche einen Partner, der mich versteht und mit mir durchs Leben gehen will. Und ich bin bereit, mein Leben ganz auf dich einzustellen. Das klang schon ziemlich notgeil.«

»Diese Typen suchen doch genau solche Frauen.« Millie verzog den Mund. »Nee, das war schon okay. Ich hätte allerdings nicht so deutlich reagiert, als er mehr *private* Fotos verlangt hat. Da hat sie an dem Abend vielleicht ein bisschen zu stark auf die Sahne gehauen.«

»Scheiße.«

Die Köpfe der beiden Freundinnen flogen zu Tracy.

»Sie gehen in Richtung Almshouse Hill. Wir verlieren sie.« Louise nickte erschrocken und zog Tracy mit sich. Sie durften Fiona auf keinen Fall aus den Augen lassen. Das hatten sie ihr versprochen.

X.

Der schmale Taleinschnitt des Poltesco Valley lag im Licht des späten Nachmittags. Wie an fast jedem Tag war Linda Wilkinson mit ihrem Labrador dem schmalen Asphaltweg hinunter von Ruan Minor zur Bucht Carleon Cove gefolgt. Am Parkplatz und dem kleinen Informationszentrum des National Trust vorbei führte ihr Weg über zwei Holzbrücken. Sie überspannten einen Bach, der mal gemächlich plätscherte, dann wieder forsch der See entgegenlief. Von dort führte der Pfad zur Ruine einer längst aufgegebenen Fabrik. In der Bucht war ab Mitte des 19. Jahrhundert das seltene Serpentine-Gestein, das hier in der Gegend allgegenwärtig war, zu Vasen, Schalen oder Kaminumfassungen verarbeitet worden. Im fernen Buckingham Palace, aber auch im übrigen Europa wurde das glänzende Schwarz mit den schillernden grünen und brauen Sprenkeln geschätzt. Der Lärm der großen Schleif- und anderen Maschinen, die von einem mächtigen Wasserrad angetrieben wurden, musste damals infernalisch gewesen sein. Von dem einst blühenden Gewerbe zeugten heute lediglich ein paar wenige Gebäudereste und Bruchsteinmauern. Und es war auf angenehme Weise still.

Während Linda gemächlich auf den breiten Kies- und Steingürtel zusteuerte, der die Bucht von der See trennte, verschwand ihre Hündin zwischen den von Gras überwucherten Fabrikresten.

Linda Wilkinson liebte die Bucht. Sie war von ihrem Haus oben in Ruan Minor nur ein paar Minuten Fußweg entfernt, und doch hatte sie bei jedem Besuch immer wieder aufs Neue das Gefühl, in eine völlig andere Welt einzutauchen. Das mochte daran liegen, dass der Weg dorthin größtenteils von Gestrüpp zugewuchert war. Linda suchte sich einen besonders dicken Stein als Sitzplatz und ließ den Blick langsam über das Wasser schweifen, das wie ein graues Tuch vor ihr lag.

Sie konzentrierte sich mit geschlossenen Augen ganz auf das leise Fließgeräusch des Baches, der sich an dieser Stelle mühsam seinen Weg zwischen den Kieseln bahnte. Die Luft roch salzig und nach Frühling. Sie spürte eine tiefe Ruhe, die ihr den inneren Frieden brachte, den sie so sehr brauchte.

Sie öffnete wieder die Augen und erfreute sich an den Figuren, die frühere Besucher mit ruhiger Hand aus passenden Steinen übereinander gefügt hatten. Es mochten mehr als ein Dutzend sein, in den unterschiedlichsten Größen. Übermütig kam die Hündin angelaufen und sprang ihr beinahe auf den Schoß. Mit Mühe konnte sie ihren Körper ausbalancieren.

»Maggie, was machst du?« Sie liebkoste den Kopf und kraulte ihr kurzes Fell. »Mach schön Platz. Lass mich noch ein bisschen hier sitzen und die Aussicht genießen. Mach Platz, Maggie, mach Platz.«

Aber die Hündin stob schon wieder davon. Sie ließ sie laufen, denn hier konnte sie sich gefahrlos bewegen. Bis zur nächsten Straße war es weit, außerdem rechnete sie um diese Uhrzeit kaum mit Wanderern. Sie würde schon keinen Schaden anrichten, da auch die Station des National Trust ihren Saisonbetrieb noch nicht in vollem Umfang aufgenommen hatte.

Auf den der Bucht vorgelagerten Felsen saßen einige Kormorane mit ausgebreiteten Flügeln und lauerten auf Beute.

Je länger Linda auf ihrem Stein saß, umso mehr spürte sie, dass die Sonne noch nicht kräftig genug war. Es wurde Zeit zurückzugehen. Sie stand auf und sah sich nach ihrem Hund um.

»Maggie?« Sie rief erneut. »Maggie?«

Aber Maggie kam nicht. Kopfschüttelnd wandte sie sich zum Gehen. Vermutlich hatte die Hündin mal wieder ein Kaninchen aufgestöbert oder eine Wühlmaus. Auf dem Weg zurück warf sie noch einmal einen Blick aufs Meer hinaus. Sie wusste, dass die ruhige Dünung trügerisch war. Unter der Oberfläche lauerten scharfkantige Felsen. Dennoch löste das friedliche Bild eine verstörende Sehnsucht in ihr aus, die sie mit in ihr Haus nehmen wollte.

»Maggie, wo steckst du?«

Sie schlenderte Richtung Brücke. Hoffentlich suhlte sich die Hündin nicht in einer dreckigen Pfütze. Sie blieb einen Augenblick stehen und blickte in den aufgestauten Bachlauf. Im klaren Wasser, das über grün schimmernden Steinen stand, sah sie ihr Spiegelbild und die langsam ziehenden Wolkenbänder vor blauem Himmel. Sie musste sich beeilen. Sie war in Mullion mit ihrer früheren Vermieterin auf ein Schwätzchen verabredet.

»Da bist du ja.« Maggie war neben ihr aufgetaucht und bellte kurz. »Na, dann komm.«

Aber Maggie blieb stehen und bellte erneut. Dann wandte sie sich ab.

»Was ist?«

Maggie rannte ein paar Meter in Richtung der Ruinen und blieb wieder abwartend stehen.

Linda schüttelte den Kopf. »Keine Zeit zum Spielen. Lass uns gehen.«

Ihre Hündin kam angerannt, aber nur um sich sofort wieder abzuwenden und zurückzulaufen.

»Was ist denn da?« Sie machte ein paar Schritte auf Maggie zu, die daraufhin kläffend im Gestrüpp zwischen den halb zerfallenen Steinwänden verschwand.

Neugierig folgte sie ihr. Was sie sah, ließ sie in ihrer Bewegung einfrieren. Vor ihr lag eine Frau, den Kopf zur Seite gedreht, als schäme sie sich für ihre missliche Lage, die Augen halb geschlossen, die Beine verdreht. Auf der fahlen grauen Haut zeichneten sich am Hals blutunterlaufene Streifen ab. Neben ihr saß Maggie und hechelte abwartend. Sie schien die Situation nicht zu verstehen.

Panisch versuchte Linda ihr Mobiltelefon aus der Jackentasche zu ziehen. Dabei fiel es klappernd zu Boden und rutschte über die glatten Steine auf die Leiche zu. Sie wandte den Blick ab und tastete nach dem Handy. Erst nach mehreren Versuchen gelang es ihr, die Nummer der Polizei einzutippen, 999. Aber sie bekam keine Verbindung. In der Bucht von Carleon Cove war das Signal zu schwach.

Sie packte Maggie entschlossen am Halsband und zog sie fort. Linda Wilkinson hatte die Frau erkannt. Maggie bellte und ließ sich nur mühsam beruhigen.

XI.

Mary legte ihr Telefon auf den Wohnzimmertisch. Fiona meldete sich immer noch nicht, dabei war sie bereits mehr als eine Stunde überfällig. Das passte nicht zu ihr. Mary ging hinüber zum Panoramafenster, das wie ein riesiges Landschaftsbild den Blick über die Bucht von Cadgwith freigab. In der anbrechenden Dunkelheit überwogen die dunklen Farben. Das Wasser hatte den Höchststand der Ebbe erreicht. Einige wenige Silbermöwen trudelten gelangweilt über die Wellen. Sie würden bald ihre Schlafplätze aufsuchen. Ein halbes Dutzend Fischerboote lag mit den Kufen auf dem Kies. Betankt und aufgerüstet, warteten sie darauf, dem immer gleichen Kreislauf folgend in der Morgendämmerung auszulaufen. Die Gegend um den Lizard war berühmt für ihre reichen Bestände an

Krabben, Riesenkrabben, Hummern, aber auch an Seehecht, Seelachs, Wolfsbarsch oder Dorsch. Etwa vierzig verschiedene Fischarten sorgten für das wirtschaftliche Überleben ihrer Freunde, die schon in der x-ten Generation Fischer waren und eisern den ökonomischen Widrigkeiten Cornwalls trotzten.

Sie nahm erneut das Telefon auf, aber auch diesmal meldete sich lediglich die Mailbox.

»Hi, Fiona, ist etwas nicht in Ordnung? Wir sind ja verabredet. Hast du's vergessen? Oder ist dir etwas passiert? Bitte melde dich.«

Unschlüssig wog sie das Telefon in der Hand und ging dann hinüber in die Küche. Sie hatte zwar keine Lust auf Bürokram, aber es galt, die Lebensmittelbestände aufzufüllen und dafür eine Liste zu schreiben. Auch wenn sie selbst lieber anderes frühstückte, wusste sie, dass ihre Gäste liebend gerne ein Full English Breakfast bestellten. Eine Zeitlang hatte sie sich gegen diese Kalorien- und Cholesterinbombe aus Speck und Würstchen gewehrt, aber am Ende hatte sie sich doch den Klischeevorstellungen ihrer Gäste gebeugt und eine neue Frühstückskarte geschrieben.

Bei der Kontrolle des Bestands stellte sie fest, dass sie auch frische Clotted Cream würde kaufen müssen. Tante Margaret hatte für einen Basar in der Village Hall zwei Dutzend Scones bestellt, die sie kommenden Donnerstag fertig haben musste.

Als es klopfte, stand sie überrascht auf. Aber noch bevor sie den Flur erreicht hatte, erschien auch schon Margaret im Türrahmen. Wenn man an den Teufel dachte …

»Tante Margaret. Hatten wir uns nicht erst für Mittwoch verabredet?« Mary hielt mitten in der Bewegung inne.

»Ist es nicht schön, dass wir hier bei uns noch nicht die Haustüren abschließen müssen wie in London?« Tante Margaret sah sich um, als würde sie das Zimmer zum ersten Mal betreten. »Machst du gerade Kassensturz?« Sie trat an den Tisch, um einen Blick auf die Unterlagen zu werfen.

»Ich schreibe meine Einkaufsliste.« Mary ärgerte sich über solch unverhohlene Neugier. Margaret bewegte sich im Haus, als wäre es ihr eigenes. »Was kann ich für dich tun?«

»Ich wollte nur kurz nach dem Rechten sehen.« Margaret Bishop war nicht die Größte, daher hob sie ihre Fersen, um an Mary vorbei doch einen Blick zu erhaschen. »Na ja.« Sie schrumpfte wieder auf Normalmaß. »Geht mich ja nichts an. Es ist nur so, ich habe vorhin mehrere Polizeiwagen gesehen, wie sie mit eingeschaltetem Blaulicht Richtung Poltesco fuhren. Hast du etwas gehört?«

»Warum sollte ich?«

»Du sitzt doch quasi an der Quelle. Ich meine, du bist doch mit diesem … Polizisten befreundet.« Sie korrigierte sich: »Ex-Polizisten.«

»Verstehe ich nicht.«

»Dein Freund hört doch bestimmt bei seinen früheren Kollegen mit.«

Ihre Tante hatte das Wort Freund mal wieder besonders deutlich betont.

»Lass gut sein, Tante Margaret.«

»Ich meine es nur gut mit dir, mein Kind. Bevor du wieder an die Decke gehst«, sie hob die Hände, »lass es mich dir im Guten sagen: Es ist nun mal so, dass deine biologische Uhr tickt. Da bist du keine Ausnahme. Heirate. Es gibt eine ganze Reihe hübscher Kerle, die würden sich glücklich schätzen, wenn …«

»War's das? Ich habe noch zu tun.«

»Was bist du so garstig? Da komme ich in netter Absicht vorbei und dann …« Sie zog den Mantel enger um den Oberkörper. Die personifizierte Entrüstung.

»Ich habe das nicht so gemeint, Tantchen. Ich«, Mary suchte nach den richtigen Worten, »ich mag es einfach nicht, wenn jemand meint, mir gute Ratschläge geben zu müssen. Sätze wie *Ich meine es nur gut mit dir* bringen mich auf die Palme. Das weißt du. Ich kann gut auf mich selbst achtgeben.«

Ihre Tante musterte sie von oben bis unten. »Du musst es ja wissen. Ist deine Sache. Nur jammer später nicht, ich hätte dir nicht frühzeitig einen Wink gegeben. Schon gut. Im Grunde bin ich nur gekommen, um nachzufragen, ob du die Aufregung um Poltesco mitbekommen hast.«

»Nein, habe ich tatsächlich nicht. Wie gesagt, ich habe an der Buchführung und den Bestellungen gearbeitet. Außerdem warte ich auf Fiona. Wir sind auf einen Wein verabredet. Sie will mir bei der Gelegenheit ein paar juristische Tipps geben, wie ich mit Gästen umgehen soll, die auschecken, ohne die Rechnung zu begleichen.«

»Die Welt wird immer schlechter. Zu meiner Zeit …«

»Du hast doch das Ohr überall«, unterbrach Mary sie. »Weißt du, ob Fiona krank ist? Sie wollte vorgestern zum Flora Day und mir heute von etwas ganz Wichtigem erzählen. Muss etwas Phänomenales sein, hat sie angedeutet. Alles ziemlich geheimnisvoll.«

»Du weißt, dass ich nichts auf Dorftratsch gebe, mein Kind. Aber nein, ich habe nichts gehört.«

Und das sagt sie, ohne rot zu werden, dachte Mary. Sie war jedes Mal aufs Neue beeindruckt vom unerschütterlichen Selbstbild ihrer Tante.

»Na dann.«

»Du könntest übrigens etwas für deine Familie tun.«

Mary war gespannt.

»Du könntest auf deiner Homepage Werbung für unseren Verein machen. Und für die Gartensafari, die wir ausrichten. Netzwerken, du verstehst.«

»Ist das deine Idee, oder hat das euer neuer *Administrator* vorgeschlagen?« Sie war sicher, dass Margaret der Begriff Marketing bis vor Kurzem völlig fremd gewesen war. Als sie sah, dass ihre Tante zu einer langatmigen Erklärung anheben wollte, setzte sie schnell nach: »Kein Problem. Ich verlinke gerne auf eure Webseite.«

»Verlin...? Klar, mach das.«

»Das ist kein Aufwand. Die Idee ist übrigens prima. Ich werde mal schauen, ob ich nicht noch mehr Aktivitäten unseres Dorfes auf die Homepage setzen kann. Ein paar Tipps können da nicht schaden. Sie werden sicher den Aufmerksamkeitswert der Webseite steigern.« Sie hätte sich längst um einen professionelleren Internetauftritt kümmern sollen, ihre Seite war zugegebenermaßen etwas altbacken und selbstgestrickt. Aber ihr fehlte die Zeit, sich ausführlicher mit dem Thema zu beschäftigen.

»Du könntest auch damit werben, dass dein B&B der perfekte Ort für Verliebte ist. Ein paar Bilder von den

Zimmern, dazu Kerzenschein, Sekt, ein romantisch gedeckter Frühstückstisch. Das lockt bestimmt. Ein unvergessliches Wochenende zu zweit.«

Ihre Tante musste einen Kurs in Sachen Internetmarketing belegt haben. »Ich denk darüber nach, Tante Margaret.«

»So, es ist spät. Ich muss los. Dein Onkel David wird wohl mittlerweile von seiner Vorstandssitzung zurück sein. Es gibt ein paar Probleme bei der Organisation der diesjährigen Vintage Rallye.«

»Aber die Grade Ruan Vintage Rallye ist doch erst im August?«

»Die Umweltauflagen wurden verschärft. Die Oldtimer dürfen nicht mehr ohne Weiteres auf der Wiese stehen, auf der die Rallye seit Jahrzehnten stattfindet. Bisher hat das nie jemanden gestört. Keine Ahnung. Ist mir auch egal. Mit den stinkenden Blechungetümen habe ich es sowieso nicht. Von mir aus muss sie nicht stattfinden.«

Mary kannte den wahren Grund für Margarets Unmut. Bei der jährlichen Versammlung der Vereine in Ruan Minor im Januar war herausgekommen, dass der Verein, der die Rallye organisierte, inzwischen mehr Mitglieder hatte als der Verschönerungsverein, dem ihre Tante vorsaß. Es ging zwar nur um ein Mitglied, aber das konnte Margaret nicht hinnehmen. Sie fasste diese Entwicklung als Kampfansage auf. Vor allem auch, weil es ihr eigener Ehemann war, der mit der höchsten Mitgliederzahl prahlen konnte. Mary erinnerte sich, dass Margaret über Wochen versucht hatte, den Namen dieses neuesten Mitglieds herauszufinden. Die Herrschaft im Verein und in ihrer Ehe, beides war gleichermaßen wichtig.

»Was ist daran so lustig, bitte?« Margaret beäugte sie argwöhnisch.

»Ich musste nur gerade …«

»Was?«

Mary kannte diesen Tonfall. »Schon gut. Übrigens, deine Scones werden wie immer pünktlich geliefert.«

Mit einem sachlichen »Davon gehe ich aus« und einem knappen Kopfnicken rauschte ihre Tante von dannen.

Mary goss sich ein Glas Wasser ein und trank es nachdenklich Schluck für Schluck leer. Der Besuch hatte bei ihr eine merkwürdige innere Unruhe hinterlassen. Sie stellte das leere Glas zurück in die Spüle und griff zu ihrem Telefon. Sie wollte wissen, was es mit den Streifenwagen auf sich hatte.

»Hi, Simon, ich bin's.«

XII.

»Wir müssen zur Polizei gehen.«

»Natürlich müssen wir das, Tracy.« Millie stand mit einer entschiedenen Bewegung auf. »Ich rufe jetzt in Helston an.«

»Wir hätten uns nicht darauf einlassen dürfen.« Es klang wie *Hab ich doch gewusst, dass es so kommt.* Louise hatte keines der Sandwiches angerührt, die Millie aufgetischt hatte. Der Tee war auch längst kalt geworden.

»Hätte, wäre, wenn. Das bringt uns nicht weiter. Passiert ist passiert, oder?« Tracy suchte in Millies Gesicht nach Zustimmung. »Das haben wir doch nicht ahnen können. Oder?« In ihren Augen sammelten sich Tränen.

»Tracy hat recht.« Millie suchte vergeblich nach dem Telefon. Sie hatte es wohl im Schlafzimmer liegen lassen. »Wer konnte das voraussehen? Niemand. Hör auf zu heulen. Das macht nur Falten.«

Tracy schniefte und schwieg. Sie war jetzt nicht in Stimmung für Millies Witze.

»Bevor wir die Polizei informieren, sollten wir uns genau überlegen, was wir denen sagen.« Louise griff nach der Tasse und nahm nun doch einen Schluck. Kalt. Angewidert stellte sie den Tee zurück.

»Wo ist das Problem?« Millie war schon auf dem Weg in ihr Schlafzimmer, das am anderen Ende des Hauses lag, und blieb mitten im Wintergarten stehen, unfreiwillig eingerahmt von zwei Palmen, die auch schon im Haus ihrer Eltern gestanden hatten.

Louise fasste sich an die Schläfen. Sie hatte das Gefühl, dass gleich eine Ader platzen würde. »Die Polizei wird Fionas Umfeld auf den Kopf stellen, jeden befragen und genau unter die Lupe nehmen. Wollt ihr das? Wir hätten schon bei Tracy die Polizei einbinden sollen. Uns hätte klar sein müssen, in welch gefährliche Situation wir Fiona schicken. Es war arrogant und dumm, uns für so überlegen zu halten. Nach dem Motto: Wir sind zu dritt, und der Typ ist allein. Was wird der schon gegen uns ausrichten können? Mann, warum habe ich mich bloß dazu breitschlagen lassen? Ich hätte an jenem Abend nicht so viel trinken sollen.«

Millie sah ihre Freundin wütend an. »Frau Dr. Neunmalklug. Danke für die Diagnose. Im Nachhinein ist man immer klüger.« Sie schlug einen versöhnlicheren Ton an. »Im Augenblick ist Fiona lediglich verschwunden. Vielleicht taucht sie putzmunter wieder auf und lacht über die ganze Sache. Was schlägst du vor?«

»Wir werden der Polizei sagen, dass wir eine blöde Idee hatten und die möglichen Folgen nicht bedacht haben. Dass wir nicht eigenmächtig Ermittler hätten spielen und dem Betrüger eine Falle hätten stellen dürfen. Machen wir uns nichts vor, wir sind auf eine gewisse Art schuldig an Fionas Verschwinden. Punkt.«

»Meine Güte.« Tracy schlug die Hände vors Gesicht, und ihr Schluchzen wurde lauter. »O Gott, hoffentlich ist ihr nichts passiert.« Sie sah von einer zur anderen. »Sie ist nun schon seit mehr als einem Tag verschwunden.«

Millie kam zum Tisch zurück und setzte sich. Ohne auf Tracy einzugehen, sah sie Louise an. »Du hast recht, Louise, wir müssen genau überlegen, was wir der Polizei erzählen und *wie* wir es der Polizei erzählen.« Versöhnlich legte sie ihre Hand auf Louises Arm.

Tracys Schluchzen hörte abrupt auf. »Was sagt eigentlich Neil zu der Sache?«

Millie zuckte mit den Schultern. »Er ist noch in München und sitzt jetzt sicher in irgendeiner Almhütte. Er kommt erst Sonntag zurück. Ich habe ihm noch nichts erzählt. Vielleicht ist ja alles längst geklärt, wenn er zurück ist.« Sie sah in die Runde. »Also? Ideen, was wir denen in Helston erzählen?«

»Es darf nicht aussehen wie Anstiftung zu einer Straftat.« Tracy hatte sich festgelegt. Entschlossen trocknete sie ihre feuchten Wangen.

»Straftat? Fiona ist lediglich verschwunden. Und außerdem hat sie sich keiner Straftat schuldig gemacht. Allein der Betrüger begeht eine Straftat, wenn er unschuldige Frauen ausnimmt wie Weihnachtsgänse. Sich auf die Lauer legen, das ist doch keine Straftat.«

»Da bin ich mir nicht sicher. Sicherlich ein Graubereich. Wir hätten das nicht tun dürfen.« Louise seufzte und griff nun doch nach einem Sandwich. Seit ihrem schnellen Frühstück in der Kantine hatte sie nichts gegessen, sah man mal von dem Apfel ab, der immer noch angebissen auf dem Tisch in ihrem Arztzimmer lag. »Ich weiß es ja auch nicht, aber wir müssen alle Möglichkeiten durchgehen.«

»Deine Diagnose?« Millie klang eine Spur verächtlich.

»Offenheit.«

»Wir haben tatsächlich nichts zu verbergen. Wir können offen sagen, dass wir uns Sorgen machen. Mehr ist doch nicht.« Millie bemerkte den aufkommenden Protest. »Versteht mich bloß nicht falsch. Ich mache mir auch Sorgen. Was haltet ihr von dieser Idee: Wir sagen nichts von unseren Plänen. Wir erzählen lediglich, dass Fiona auf diesem Weg einen Partner gesucht hat. Machen heute doch viele. Da ist nichts Schlimmes dran. Die Polizei muss nicht wissen, was der eigentliche Grund für das Date in Helston war. So kommen wir problemlos aus der Nummer raus. Niemand wird uns wegen einer möglichen Straftat belangen können. Fakt ist, dass Fiona verschwunden ist. Sie hat sich mit einem Typen verabredet. Wir waren als geistiger Beistand mit vor Ort, und weil Flora Day war … und damit sind wir aus dem Schneider.«

Es klingelte an der Haustür. Die Frauen sahen sich an. Millie verzog fragend den Mund und zuckte mit den Schultern. »Vielleicht kommt gerade die Lösung unseres Problems.«

»Fiona.« Tracy lehnte sich erleichtert zurück.

Millie ordnete umständlich ihren Rock und ihre Bluse, bevor sie öffnete.

»DI Chris Marks, Polizei Helston. Das ist meine Kollegin DS Annie Bley. Dürfen wir einen Moment hereinkommen?«

Sie sah auf die Ausweise der beiden, aber sie konnte sich nicht auf die Namen oder auf die Fotos konzentrieren. Sie konnte sich mit einem Mal nicht einmal mehr auf sich selbst konzentrieren. Vor ihr stand die Polizei. Was hatte das zu bedeuten?

»Mrs. …« der Mann las den Namen vom Klingelschild ab, als habe er Zweifel, ob er richtig war, »Henderson, wir möchten Sie gerne sprechen. Es ist wichtig.«

»Natürlich.« Sie hatte sich wieder gefangen. »Kommen Sie doch bitte herein.«

Millie führte die Beamten in den Wintergarten. Dort gingen die Blicke ihrer beiden Freundinnen von einem zum anderen. Tracy hatte gerade ihr Weinglas nachgefüllt. Vor lauter Schreck trank sie es in einem Zug leer.

»Wollen Sie sich nicht setzen?« Millie wies auf das Sofa, das an der Stirnwand des Wintergartens stand. »Was führt Sie zu mir? Dazu in Zivil. Ich kann mich nicht erinnern, falsch geparkt zu haben.« Sie lachte unsicher. »Nein. Es geht sicher um etwas anderes.« Abwartend blieb sie in der Mitte des Raumes stehen und breitete die Arme aus. »Das sind meine Freundinnen Tracy Coates und Louise Taylor. Wir … wir haben uns zu einer kleinen Besprechung getroffen. Wir bereiten den Saisonstart des Ruderklubs vor. Wir … na ja, wir rechnen uns mit unserem Boot ein paar Chancen aus.« Sie fasste sich an die Stirn und sah sich suchend um. »Entschuldigen Sie bitte. Ich bin ein wenig durch den Wind. Es klingelt ja nicht jeden Tag die Polizei an der Haustür. Ich habe völlig vergessen zu fragen, ob ich Ihnen etwas anbieten kann.«

Während die Angesprochenen Platz nahmen, winkte DI Marks ab. »Sehr freundlich, nein, danke. Wir haben nur ein paar Fragen. Es geht um eine Ihrer Freundinnen, Fiona Richards.« Aufmerksam warf der Beamte einen Blick in die Runde.

Seine Kollegin wollte etwas hinzufügen, aber der DI hielt sie zurück. »Es tut mir leid, aber ich muss Ihnen mitteilen, dass Mrs. Richards tot ist. Wir müssen davon ausgehen, dass sie Opfer eines Gewaltverbrechens wurde.«

Millie sah, dass Tracys Gesicht die Farbe wechselte. Louise atmete hörbar ein und aus.

»Tot?« Mehr brachte auch sie selbst nicht heraus.

DI Marks legte die Hände zusammen und sah in die Runde. »Ich fürchte, das entspricht den Tatsachen. Ja.« Er richtete sich erneut an Millie. »Man hat uns gesagt, dass Sie eng befreundet waren.«

»Wer …?« Tracy kämpfte sichtlich mit den Tränen.

»Wir sind alle drei ihre Freundinnen. Also, wir *waren* mit ihr befreundet«, verbesserte sich Louise Taylor. »Wie ist sie zu Tode gekommen?«

»Das wird erst die Leichenschau zeigen. Es ist noch zu früh, um Genaueres zu wissen.«

Louise nickte. »Sie haben sie nach Truro gebracht, klar. Royal Cornwall Hospital. Sie sind wahre Könner dort, was das betrifft. Ich kenne ein paar von den Kollegen.«

Der Detective Inspector sah sie interessiert an.

»Ich bin Narkoseärztin. In Penzance. Ich habe zuvor eine Zeitlang in Truro gearbeitet.«

»Anästhesistin? Aha.« DS Bley machte sich Notizen und hob dann erwartungsvoll den Kugelschreiber. »Wann haben Sie das Opfer, Ihre Freundin, das letzte Mal gesehen?«

Millie sah, dass Tracy antworten wollte, und versuchte mit einem schnellen Satz Fakten zu schaffen. »In Helston, beim Flora Day. Wir wollten dort ein bisschen feiern. Na ja, wir hatten eigentlich nicht vor, lange zu bleiben. Je länger der Tag, umso mehr Alkohol ist im Spiel, wissen Sie.«

Marks hob seufzend die Hand. »Großkampftag für uns.«

»Sie sagten *eigentlich*?« DS Bley war bis an die Sofakante vorgerückt. Mit ihren halblangen Haaren, die ungebändigt vom Kopf wegstanden, machte sie auf Millie den Eindruck eines Terriers, der Witterung aufgenommen hatte.

»Wir haben erst in einem Tea Room gesessen und wollten dann ein wenig in den Trubel eintauchen. In dem Durcheinander haben wir uns aber schnell aus den Augen verloren. Hier ein Schwätzchen mit Bekannten, da ein ordentlicher Applaus für die vorbeiziehenden Musiker, dort ein Glas Sekt im Vorbeigehen, und schon war es passiert. Und dann die Tanzerei: rein in die Gebäude, wieder raus. Da kann man sich schon mal aus den Augen verlieren. Stimmt doch, Mädels?« Sie sah ihre Freundinnen eindringlich an. Als sie das kaum wahrnehmbare Einverständnis für ihre Geschichte registrierte, fuhr sie fort. »Wir haben uns schließlich im Blue Anchor wiedergetroffen, allerdings ohne Fiona. Wir sind davon ausgegangen, dass sie schon den Heimweg angetreten hatte. Fiona war an dem Tag nicht gut drauf. Sie stand wohl vor einem großen Prozess in Exeter. Der machte ihr ziemliche Sorgen. Wir haben uns also nichts dabei gedacht, dass wir ohne sie nach Cadgwith zurück sind. Mein Gott, Fiona tot? Ich begreife das nicht.« Sie sank auf ihren Stuhl.

»Wenn ich Sie richtig verstehe, sind Sie zu viert nach Helston gefahren und zu dritt nach Hause zurückgekehrt.«

»Wir sind getrennt gefahren. Jede mit ihrem eigenen Auto.« Ihre Freundinnen stimmten zu.

»Können Sie sich daran erinnern, wann und wo Sie sich aus den Augen verloren haben?« DS Bley hob erneut erwartungsvoll den Stift.

Die drei Frauen sahen sich fragend an. Louise antwortete stellvertretend. »Nicht wirklich. Wir haben uns alle vier aus den Augen verloren. Ich kann das nur für mich sagen, ich habe mich ein wenig treiben lassen. Für ein paar Stunden nicht an die Klinik denken, nicht an die Kollegen, nicht an die Patienten, die Narkoseberichte, den Dienstplan. Einfach mal den Kopf frei bekommen.«

Die Polizistin nickte. »Verstehe.« Sie sah in die Runde. »Und Sie?«

Tracy räusperte sich. »Als ich gemerkt habe, dass ich meine Mädels verloren habe, bin ich zurück zum Tea Room. Sie werden wohl schon wieder auftauchen, habe ich gedacht. Aber nach einer Stunde ist mir dann doch langweilig geworden und ich bin wieder zurück auf die Straße. Dort habe ich eine Nachbarin getroffen. Wir haben Pasties gekauft und uns im kleinen Park am Parkplatz auf eine Bank gesetzt. Haben eine ganze Zeit gequatscht.«

»Und Sie?« DI Marks sah Louise aufmunternd an.

»Ich?« Louise sah zu Millie hinüber. »Ich?«

»Erinnere dich. Der Haupttanz war längst vorbei und wir wollten uns bis zum Tanz um fünf die Zeit vertreiben. Wir sind dann irgendwann vor unseren Verehrern geflüchtet, du bist ins Heimatmuseum. Das beste Versteck, hast du gesagt. Erinnerst du dich? Um fünf Uhr wollten wir uns pünktlich am Blue Anchor treffen. Aber du warst nicht da.« Millie wandte sich an den DI. »Sie wissen Bescheid über den Flora Day, nicht?«

Marks nickte ergeben. »Ich bin zwar nicht hier in der Gegend aufgewachsen, mache aber schon lange Dienst in Helston. Glauben Sie mir, ich weiß, was im Ort jedes Jahr Anfang Mai los ist. Vier, eigentlich fünf Tänze. Der erste schon um sieben in der Früh. Ursprünglich für die Angestellten der großen Häuser, damit auch sie ihren Spaß haben. Der nächste Tanz dann um halb neun. Eher ein Schauspiel in mehreren Aufzügen als ein Tanz: St. Michael verjagt den Teufel, der heilige Georg und der Drache. Das ganze Zeug. Später dann der Tanz der Kinder. Dann folgt der Haupttanz des Furry Dance am Mittag durch die Kirchen, Häuser und Gärten. Und immer alle in ihren besten Kleidern. Und dann eben der Tanz um fünf.« Marks verzog halb bekümmert und halb belustigt das Gesicht. »Jedes Jahr dasselbe. Erst ist es ein ausgelassenes Volksfest mit keltischen Wurzeln, um die Geister des Winters zu vertreiben. Und dann geistern nur noch Besoffene durch die Straßen.« Er sah Tracy direkt in die Augen. »Das ist so richtig, was Ihre Freundin über Ihren Tag in Helston berichtet?«

Tracy nickte entschlossen.

»Sie machen einen etwas nervösen Eindruck«, fragte Bley an Tracy gewandt. »Gibt es dafür einen Grund?«

»Nein. Ich ... also ... ich bin es nicht gewohnt, mit der Polizei zu sprechen. Und dann Fiona.« Sie rückte sich zurecht, als bereite ihr eine unbequeme Sitzgelegenheit Probleme. »Wissen Sie, ich bin Lehrerin in Ruan Minor, und meine Gegenüber sind in aller Regel die Kinder, meine Schülerinnen und Schüler.«

»Sie müssen sich nicht entschuldigen.« DI Marks lächelte ihr freundlich zu.

Tracy schien das nicht zu beruhigen.

»Sie haben Ihre Freundinnen dann im Blue Anchor getroffen?« DS Bley sah ihren Vorgesetzten missbilligend an, bevor sie sich wieder Tracy zuwandte.

»Ja.«

»Und Sie, Mrs. Henderson? Wo waren Sie, nachdem Sie sich aus den Augen verloren haben?« Marks behielt sein Lächeln unbeirrt bei.

»So genau weiß ich das nicht mehr.« Millie zog die Augenbrauen zusammen. »Ich habe einen Kollegen getroffen. Wir haben uns über den Wohnungsmarkt in der Region unterhalten. Ich bin Maklerin, müssen Sie wissen.«

»Ein Kollege, sagen Sie?«, fragte Bley in übertrieben neutralem Ton.

»Eher ein Mitbewerber. Es ging um nichts Wichtiges. Will sich ja niemand in die Karten schauen lassen. An dem Tag will man sich ja amüsieren.« Sie zog ihre Bluse zurecht.

»Mehr können Sie nicht berichten?«

Millie sah DS Bley indigniert an. »Natürlich nicht. Sonst hätte ich Ihnen das doch schon gesagt.«

Die Polizistin ließ keine Reaktion erkennen. »Amüsieren, sagten Sie?«

»Ja, der Tag ist dazu da, Spaß zu haben. Hier ein Pint und dort ein Pint. Nette Gespräche, der eine oder andere Blick, wenn Sie wissen, was ich meine.«

»Weiß ich nicht, Madam.«

DI Marks stand auf, um der aufkommenden Situation die Schärfe zu nehmen. »Danke, dass Sie uns empfangen haben, und für Ihre Auskünfte. Wenn wir noch Fragen haben, melden wir uns.« Er wandte sich zum Gehen, drehte sich aber noch einmal um. »Ach, bevor ich vergesse zu fragen: Hatte Mrs. Richards einen Lebenspartner?«

»Nicht aktuell.« Louise sah ihre Freundinnen an.

Marks wandte sich ihr zu. »Sie klingen so zögerlich.«

»Nun ja. In erster Linie wollten wir den Flora Day feiern. Fiona hat uns dann im Tea Room erzählt, dass sie kurz noch jemanden treffen wollte.«

DS Bley schlug ihr Notizbuch wieder auf. »Heißt?«

»Viel hat sie nicht gesagt. Nur dass sie jemanden treffen wollte. Jemanden, den sie im Netz kennengelernt hat.«

»Warum haben Sie das nicht gleich gesagt?« DI Marks ging zu seinem Platz zurück und setzte sich. »Welche Art Verabredung?« Sein Blick verriet, dass er kurz davorstand, seine professionelle Ruhe zu verlieren.

»Na ja«, versuchte Millie die Situation zu entschärfen, »wissen Sie, die Nachricht, dass unsere Freundin tot ist, bringt uns ziemlich durcheinander. Es ist also so ...« Sie suchte Zustimmung bei den anderen, als habe sie Angst, zu weit zu gehen. »Fiona hatte sich gerade erst auf einer

Singlebörse angemeldet. Sie hatte Lust auf eine neue Beziehung, mit der Aussicht auf Familie. Sie ist ja nicht mehr taufrisch, was die Biologie betrifft, wenn Sie wissen, was ich meine.«

Marks nickte ungehalten. »Weiter.«

»Sie hat sich mit ihm in Helston verabredet, wollte aber nur kurz Hallo sagen.«

»Hat dieser Er auch einen Namen?« Bleys Blick verengte sich.

»Ron. Soviel wir wissen, oder? Fiona hat nicht viel darüber gesprochen. Sie schien selbst noch nicht zu wissen, was sie von dem Mann halten sollte. Wird wohl nichts Ernstes gewesen sein. Jedenfalls ist das mein Eindruck.«

»Und trotzdem verabredet sie sich mit ihm?«

»Wir waren ja in der Nähe. Quasi als Versicherung.« Millie straffte die Schultern. »Wir haben sie dann aber im Gedränge aus den Augen verloren. Bedauerlicherweise.«

»Und Sie haben nichts unternommen?«

Sie zuckte mit den Schultern. »Wir sind davon ausgegangen, dass wir uns im Pub wiedersehen.«

»Ron. Und weiter?« DS Bley ließ nicht locker.

»Keine Ahnung. Sie hat nur von Ron gesprochen.«

»Gut. Sie war Anwältin. Hat sie nicht mal etwas aus der Kanzlei erzählt? Ein Kollege, den sie besonders nett findet, vielleicht?«

Millie lachte auf. »Diese Typen stauben beim Gehen, hat sie mal gesagt. Nein, mit denen würde sie kaum etwas anfangen. Fiona steht eher auf echte Typen. Fischer, Hafenarbeiter, solche Männer.« Sie musterte Bley. »Schweiß und Muskeln.«

DI Marks stand auf und nickte der Gastgeberin zu.

»DS, kommen Sie? Wenn Ihnen noch etwas einfällt, lassen Sie es uns bitte wissen.«

DS Bley sagte erst wieder etwas, als sie im Wagen saßen. »Diese überdrehten Schnepfen, eingebildet und nichtsnutzig.« Sie sah Marks eindringlich an. »Da ist doch was faul. Die wissen doch was. Vier Freundinnen auf dem Flora Day. Das Date mit diesem Ron. Fiona Richards verschwindet, und die anderen suchen sie nicht? Wenn es stimmt, dass sie ständig aufeinanderhängen, werden sie alles voneinander wissen. Nicht nur die Körbchengröße. Schweiß und Muskeln – dass ich nicht lache. Was bilden die sich ein? Vor allem diese Mrs. Henderson.«

Marks konnte sich ein Lächeln nicht verkneifen. »Wir sind da wohl in ein wahres Schickimicki-Nest gestoßen. Wir werden unsere Fragen schon noch beantwortet bekommen. Keine Sorge.«

»Haben Sie gesehen, wie diese Tracy an den Lippen ihrer Freundin hing?«

»In jeder Clique gibt es einen Leitwolf, das ist sicher auch hier nicht anders.« Marks nickte. »Sie haben natürlich recht. Mir ist Tracy Coates auch aufgefallen. Eine verhuschte graue Maus, die glücklich ist, dabei sein zu dürfen.«

»Die Anästhesistin scheint die einzig Vernünftige zu sein.«

»Wir werden sehen. Auf jeden Fall werden wir die Kanzlei unter die Lupe nehmen müssen und auch die Mandantenliste der Toten. Vielleicht hilft uns das weiter.« Er bemerkte den säuerlichen Gesichtsausdruck seiner Mitarbeiterin. »Ganz richtig. Sie nehmen sich Fiona Richards' Fälle vor. Außerdem weiß sicher von den Kollegen in der Kanzlei jemand etwas.«

»Warum nur immer ich?«

»Weil Sie auch einmal DI werden wollen. Nicht, dass Sie mich missverstehen, Annie. Ich halte große Stücke auf Sie. Verglichen mit dem Rest der Mannschaft sind Sie ein echter Lichtblick. Wir müssen auf Richards' PC nach dieser Singlebörse und diesem Ron suchen. Auch ein guter Job für Sie.«

DS Bley rümpfte die Nase und schwieg.

DI Marks lächelte und startete den Motor.

XIII.

»Du kannst dir das nicht vorstellen, Mary.« Beim Gedanken an das Gesicht der toten Fiona schüttelte es Linda immer noch. Hastig nahm sie einen Schluck Tee und verbrannte sich fast die Lippen. »Sie war so fröhlich. Und immer hilfsbereit. Und nun lebt sie nicht mehr. Wer tut so etwas? Wer bringt einen Menschen um?«

Mary hatte Linda auf einen Tee eingeladen, um mit ihr über eine in Öl gemalte Ansicht des Hafens und der Fischerboote zu sprechen, die Lindas hochbetagte Großtante verkaufen wollte.

Mary sah hinaus auf die Bucht. Was sollte sie antworten? Sie hatte Fiona als lebenslustige Frau wahrgenommen, die ihren Job dennoch sehr ernst nahm. Als Anwältin hatte sie allein von Berufs wegen auch Kontakt zu Menschen mit einem gewissen Gewaltpotenzial. Aber ob das als Erklärung ausreichte?

»Die Polizei wird das klären.«

»Sie lag im Gestrüpp. Wie weggeworfen.« Linda war in Gedanken immer noch am Fundort der Leiche. »Maggie war völlig außer sich.« Sie schüttelte den Kopf. »Die Bucht ist so ein friedlicher Ort, und dann das.«

»Gewalt hat eben keinen Sinn für Romantik.«

»Was können wir nur tun?«

»Nichts. Außer warten. Die Polizei wird den Fall bestimmt aufklären. Da bin ich mir sicher.«

Linda Wilkinson schloss die Augen. »Ich werde den Anblick nie vergessen. Und ich werde niemals mehr in die Bucht gehen können. Diese besondere Aura ist für alle Zeit zerstört.« Sie schüttelte stumm den Kopf. Ihr Hund hatte die ganze Zeit über ruhig neben ihr gelegen. Nun rappelte Maggie sich auf und legte ihren Kopf auf Lindas Schoß. Erwartungsvoll wedelte der dunkelbraune Labrador mit dem Schwanz.

»Simon müsste gleich hier sein. Möchtest du noch einen Tee? Vielleicht hat er ja eine Idee.«

»Nein, besser nicht.« Sie sah Mary an. »Es ist nicht wegen ihm. Es ist wegen Maggie. Sie ist längst überfällig.«

Bei ihrem Namen sprang die Hündin auf, lief zur Tür, die zum Flur führte, und blieb dort stehen.

Nachdem Linda das Haus verlassen hatte, räumte Mary das Geschirr beiseite und setzte sich an das breite Fenster.

Sie versuchte sich an die letzten Begegnungen mit Fiona Richards zu erinnern. Engen Kontakt hatten sie in Wahrheit nie gehabt, sah man einmal von den wenigen Begegnungen an den Freitagabenden ab, im Pub, in der Bucht oder im Klub. Bei einer dieser Begegnungen hatte Fiona spontan ihre Hilfe bei juristischen Fragen zugesagt.

Sie hatte im vergangenen November ihren vierzigsten Geburtstag gefeiert. Sie war in Poltesco aufgewachsen, sozusagen mitten im Wald. Soviel Mary wusste, kannte Fiona Millie und Louise vom Sport. Einmal die Woche fand in der Dorfhalle ein Fitness- und Gymnastikabend statt. Dort musste auch Tracy zu ihnen gestoßen sein. Tracy, die eigentlich lieber allein Joggen ging.

Mary musste sich eingestehen, dass Fiona ein echter Hingucker gewesen war, blond, blaue Augen, dazu schlank. So jedenfalls würde Luke sie beschreiben: ein echter Hingucker.

Tatsächlich war Fiona sich ihrer Wirkung auf Männer sehr bewusst – was sie vor Gericht bei Bedarf auch gerne mal einsetzte. Das hatte sie ihr einmal freimütig gestanden. Alle drei Frauen ruderten in Cadgwith im Gig Club.

Fiona war eine durchaus erfolgreiche Anwältin mit Schwerpunkt Strafrecht. Nach Studium und Jahren in Exeter war sie nach Hause zurückgekehrt. Insofern hatten sie beide eine ähnliche Geschichte. Fionas Vater war Fischer gewesen, mit einem eigenen Boot in Cadgwith, ihre Mutter hatte den Haushalt versorgt. Das Leben in dem Weiler Poltesco war ein Leben in bescheidenen Verhältnissen gewesen. Ein Wunder, dass Fiona überhaupt den Sprung ins Anwaltsmilieu in Exeter geschafft hatte. Sie hatte sich nach oben gekämpft.

Mary musste bei dem Gedanken lächeln. Fiona hatte nie ihre Wurzeln verleugnet. Das ließ sich leicht daran ablesen, dass sie freitagabends beim traditionellen Singen der Fischer im Pub schon mal mit ihnen um die Wette trank.

Und nun war sie tot. Ermordet. Das Ende eines, ja, was war es, eines glücklichen Lebens? Eine erfolgreiche Anwältin, unabhängig, gut aussehend, lebenslustig.

Es klopfte an der Küchentür.

Erstaunt drehte sie den Kopf. Simon klopfte nie.

»Darf ich?« Chris Marks trat ins Wohnzimmer und wies mit der Hand hinter sich. »Die Tür stand offen.«

Mary erhob sich. »Komm rein. Freut mich. Tee? Oder lieber was Stärkeres?« Sie zwinkerte ihm zu. »Du bist im Dienst, oder?«

Der DI nickte. Er zog seinen Mantel aus und legte ihn über eine Stuhllehne. »Danke. Weder noch. Und ja, ich bin noch im Dienst. Allerdings bin ich informell hier, daher ohne DS Bley.«

»Fiona Richards?«

»Yep.«

»Schlimme Sache. Aber du hättest deine Kollegin gerne mitbringen können. Simon müsste auch bald hier sein.« Seit dem Anschlag auf Luke und der erfolgreichen Aufklärung einer Reihe von Verbrechen waren sie zum Du übergegangen. Das hatte sich auf der inoffiziellen Feier zum Abschluss der letzten Ermittlungen einfach so ergeben.

»Nein. DS Bley muss nicht wissen, dass ich bei euch bin.« Er sah das Fragezeichen in Marys Augen. »Noch nicht. Sie wird es früh genug erfahren. Sie ist eine gute Polizistin, aber ich will sie nicht unnötig verwirren.«

»Du wirst wissen, was du tust.«

»Sie ist jetzt drei Monate in Helston. Fleißig ist sie. Und talentiert. Sie ist nicht unbedingt den geraden Weg zur Polizei gegangen, aber aus ihr kann noch was werden.«

»Gut.« Mary setzte sich zu ihm an den Tisch. »Was kann ich tun?«

Er sah sie schuldbewusst an. »Um ehrlich zu sein, möchte ich dich als Informationsquelle nutzen. Ich will mir erst einen Überblick verschaffen, bevor ich offizielle Ermittlungen anstelle.«

»Du vermutest den Grund für den Mord hier bei uns?« Sie lächelte über seinen Gesichtsausdruck.

Er hob leicht die Hand. »Wir schließen zum gegenwärtigen Zeitpunkt nichts aus. Kennst den Spruch sicher.«

»Habt ihr einen Verdacht?«

»Nein, um ehrlich zu sein. Nicht den geringsten. Bley kämpft sich gerade durch Richards' Gerichtsakten und recherchiert im Umfeld der Kanzlei. Und ich versuche mein Glück hier.«

»Der Mord an Fiona trifft mich zutiefst und macht mich nervös.« Mary strich sich eine Strähne ihrer dunklen Locken aus dem Gesicht.

»Wir waren bereits in ihrer Wohnung. Nichts. Kein Hinweis auf Herrenbesuch. Ihr Laptop ist unauffällig, ebenso ihr Telefon. Es ist, als habe sie völlig isoliert gelebt. Auch in der Kanzlei. Oder sie war extrem vorsichtig. Bis jetzt gibt es absolut nichts Auffälliges. Weißt du, ob sie auch ein iPad hatte?«

»Soviel ich weiß, hatte sie keins. Aber so eng befreundet waren wir auch wieder nicht, dass ich so etwas wissen könnte.«

»Weißt du etwas darüber, dass sie sich bei einer Singlebörse angemeldet hat?«

»Nein«, antwortete sie zögernd.

»Sagt dir der Name Ron etwas?«

»Wer soll das sein? Ein Kollege aus der Kanzlei?«

»Richards hat ihn womöglich im Internet kennengelernt.«

»Aha.« Sie runzelte die Stirn. »Was sagen Millie, Tracy und Louise? Sie haben doch hoffentlich nichts mit der Sache zu tun?«

»Haben wir bereits abgeklärt. Die drei scheinen sauber zu sein.«

»Scheinen?«

»Du kennst die drei?«

»Natürlich.« Ihre dunkelblauen Augen wirkten im Zwielicht des Wohnzimmers noch dunkler. »Du weißt doch, hier im Dorf kennt jeder jeden. Fluch und Segen zugleich.«

Er nickte. »DS Bley meint, dass die drei etwas wissen, aber nicht preisgeben wollen.«

»Was soll das sein?«

Er hob die Schultern. »Ich hatte gehofft, du könntest mir ein bisschen auf die Sprünge helfen.«

»Wie könnte ich? Ich kenne die Clique zwar, wir rudern im Gig Club, in unterschiedlichen Teams. Aber was heißt schon kennen? Netter Small Talk auf der einen oder anderen Feier, der gemeinsame Muskelkater nach dem Training. Das ist es auch schon. Du weißt, ich war lange von zu Hause fort. Da weiß ich nicht wirklich viel über diese Zeit. Und seit meiner Rückkehr bin ich so mit dem Laden und meinem B&B beschäftigt, dass ich nicht viel Zeit mit Rudern oder Feiern verbringen kann.« Sie zögerte kurz. »Außerdem ist deren Welt nicht meine Welt. Denen geht es mehr ums Vergnügen als um das wahre Leben. So ist jedenfalls mein Eindruck. Da haben sich verwandte Seelen getroffen. Cocktails, der neueste Tratsch und Klatsch, Mode und nicht viel mehr.«

»Ein hartes Wort.«

»Ein Leben voller Oberflächlichkeiten und wenig Tiefgang. In der Tat.«

»Aber ein Leben.«

Sie sah ihn erstaunt an.

»Um auf den Punkt zu kommen: Bley meint, wir könnten bei Tracy Coates ansetzen, um mehr über die vier Frauen zu erfahren.«

»Tracy?«

»Eher eine Mitläuferin, die froh ist, wahrgenommen zu werden.«

»So? Meint sie das?«

»Nicht?«

»Ich kenne Tracy vor allem als gewissenhafte Lehrerin. Die Schüler lieben sie. Ein wenig schüchtern vielleicht, wenn sie allein unterwegs ist. Die graue Maus im Quartett. Ihre Brille tut ein Übriges. Mit ihren 38 Jahren hat sie nie eine *richtige* Beziehung gehabt. Das ist das, was man sich im Dorf so erzählt. Träumt immer noch vom Ritter auf dem weißen Pferd.« Von Tracys Internet-Debakel wollte sie vorerst nichts erzählen. Sie lächelte ein wenig schuldbewusst. »Klingt nach Klischee, ich weiß. Jedenfalls ist sie an unserer Grundschule eine gute Lehrerin, hilft in der Kirchengemeinde und ist auch Schriftführerin im Verschönerungsverein.« Sie seufzte. »Die anderen drei machen sie manchmal zum Opfer ihres Spotts.«

Marks nickte und runzelte zugleich die Stirn.

»Stimmt etwas nicht?«

»Das haben wir bereits gehört. Ein bisschen verklemmt.« Nach einer winzigen Pause fügte er hinzu: »Wie meine neue Assistentin DS Bley …« Er schüttelte den Kopf, als könne er nicht glauben, was ihm durch den Kopf ging.

Mary ignorierte das. »Dass Tracy ansonsten gerne allein lebt, macht sie doch nicht gleich sonderbar, oder?«

»Keineswegs. Es ist nur so, dass sie vielleicht eher als die anderen bereit ist, ein wenig aus dem Nähkästchen zu plaudern. Es gibt sicher einen Grund, dass sie so anders ist als die anderen. Sie ist Teil einer Art Zweckgemeinschaft: Die graue Maus wird akzeptiert, weil dadurch die Sterne der anderen umso glänzender strahlen.«

»Wie gesagt, du wirst wissen, was zu tun ist.«

Marks schwieg.

Mary räusperte sich. »Es geht mich im Grunde ja nichts an, aber vielleicht solltest du ein wenig über ihre Geschichte wissen, bevor du falsche Schlüsse ziehst.«

Marks sah sie erwartungsvoll an. »Darum bin ich hier.«

Sie begann ganz behutsam. »Na ja. Tracy war nicht immer so zurückhaltend und schüchtern. Wie man sich erzählt, war sie ein aufgeschlossenes Mädchen, höflich, neugierig, aufmerksam. Sie konnte aber auch eigensinnig sein, manchmal eine kleine Pippi Langstrumpf.« Sie musste bei dem Gedanken lächeln. »Bis zu jenem Tag.«

Mit einer Kopfbewegung signalisierte Marks, dass er zuhörte.

»Sie muss so elf, zwölf Jahre alt gewesen sein. Wenn ich mich recht erinnere, was meine Tante mir erzählt hat.« Sie hielt kurz inne. »Es gab da diesen Priester in Truro. Er kam regelmäßig ins Dorf, um mit den Kindern an der Bibel zu arbeiten.« Sie nickte. »Tante Margaret sagte tatsächlich: *Um an der Bibel zu arbeiten.* Tracy war zunächst Feuer und Flamme, aber mit einem Mal wollte sie nicht mehr an den Treffen teilnehmen. Sie hat sich mit Händen und Füßen gewehrt. Kurz darauf wurde die Bibelarbeit eingestellt, und der Priester ist nie mehr aufgetaucht. Es gab wohl Gerüchte damals.«

»Du meinst, es ging um Missbrauch?«

»Ich weiß es nicht. Wie gesagt, ich kann nur wiederholen, was meine Tante erzählt hat.«

»Und das ist alles? Wie ist das Ganze ans Licht gekommen? Hat es Ermittlungen gegeben?«

»Die offiziellen Stellen der Kirche haben natürlich alles abgestritten.«

Marks nickte. »Wäre nicht das erste Mal.«

»Der Priester bekam dennoch sein Fett weg.«

»Aha?«

»Die Menschen hier regeln manche Dinge nach ihren eigenen Vorstellungen von Recht und Ordnung.«

»Nämlich?«

»Ein paar Fischer sollen ihm abends aufgelauert und ihn halbtot geschlagen haben. Jedenfalls wurde der Priester irgendwo außerhalb des Dorfes gefunden, auf halbem Weg zur Küste.«

»Selbstjustiz?«

»Ich würde es eher als den Ehrenkodex der Fischer bezeichnen. Hart, aber aus ihrer Sicht gerecht.«

»Warum erzählst du mir das?«

»Vielleicht ist das der Grund, warum Tracy als erwachsene Frau so unscheinbar wirkt. Wie jemand, der um keinen Preis auffallen will.«

»Und so jemand sucht sich solche Freundinnen?«

»Na ja. Sie verhalten sich womöglich so, wie Tracy gerne sein möchte. Sie genießt es zuzusehen, wie die anderen all das tun, was sie sich nicht zu tun getraut.«

»Sie lässt ihre Freundinnen für sich leben?«

»Ich bin keine Psychologin, aber es könnte doch so sein, oder?«

»Aber was hat das mit unserem Fall zu tun?«

Mary hob unschlüssig die Hände.

»Jedenfalls gut, dass du mir davon erzählt hast. Es ist von Vorteil, bei Ermittlungen möglichst viele Facetten der Menschen zu kennen, die auf irgendeine Weise beteiligt sind.«

Mary wollte etwas erwidern, als sich plötzlich Marks' Smartphone meldete. Der Klingelton glich dem Schrillen alter Bakelittelefone aus den Sechzigerjahren.

»Ja?« Marks hob entschuldigend die Hand. »DS Bley?«

Mary beobachtete interessiert, wie sich Marks' Gesichtsausdruck veränderte. Schließlich trennte er die Verbindung und steckte das Telefon zurück in seine Jackentasche. Wortlos stand er auf und trat an das große Wohnzimmerfenster. Mary ließ ihn gewähren. Schließlich sprach er, ohne sich ihr zuzuwenden.

»Ich vergesse immer wieder, welch großartiges Panorama sich dir hier bietet.«

»Ja, ich liebe diesen Blick und möchte ihn niemals mehr missen.«

Marks drehte sich zu ihr um. »Du weißt, dass ich es nicht sagen dürfte. DS Bley hat mir gerade berichtet, dass Fiona Richards am Gericht in Truro offenbar einen Lover hatte. Es soll sich um einen verheirateten Anwalt oder Staatsanwalt handeln. Bley überprüft das.«

»Am Crown Court? Das ist doch mal was. Klingt jedenfalls nachvollziehbarer als dieser ominöse Ron.«

»Wir werden sehen.« DI Marks sah auf seine Armbanduhr. »Ich will dann mal wieder los. Im Büro wartet noch Arbeit, und ich bin gespannt auf Bleys Bericht.«

»Ich war dir keine große Hilfe, fürchte ich.« Sie verschränkte die Arme.

»Das werden wir am Ende der Ermittlungen wissen.« Marks lächelte. »War auf jeden Fall nett, mit dir zu plaudern. Grüße an Simon.«

»Richte ich aus. Er …« Mary zögerte. »Ihm geht es nicht gut. Die Schmerzen werden einfach nicht weniger. Ich fürchte, wenn das so weitergeht, wird er an einer Operation nicht vorbeikommen.«

In Marks' Blick stand Sorge. »Das klingt nicht gut.«

XIV.

»Was haben wir bis jetzt?« DI Marks sah seine Assistentin an.

DS Bley hatte den Notizblock gezückt und an der entscheidenden Stelle aufgeschlagen.

»Wie schon gesagt, es ist nicht viel mehr als ein Gerücht. Das hat allerdings im Café im Gericht schnell die Runde gemacht. Ich habe mit mehreren gesprochen, und alle behaupten das Gleiche. Bei Fiona Richards' Liebhaber soll es sich um Ben Barnes handeln. Staatsanwalt, verheiratet mit einer Anwältin. Smarter Typ. Hält unter anderem an der Universität Exeter Vorlesungen in Strafrecht. Keine Kinder, dafür aber ein großes Haus und zwei

SUV. Moment …« Sie blätterte eine Seite weiter. »Beides BMW.«

»Höre ich da etwa Neid in Ihrer Stimme, DS Bley?« Marks spielte mit seinem Bleistift. Er konnte sich das spitzzüngige Geschwätz der Justizbediensteten gut vorstellen. Der postmoderne Komplex aus den Achtzigerjahren war schon immer eine Nachrichtenbörse gewesen, so wie eine mittelalterliche Burg oder ein Viehmarkt in späterer Zeit. Die Menschen, die dort arbeiteten, hatten schon allein aus geografischen Gründen den Überblick, lag der Komplex des Truro Crown Court doch auf einem Hügelkamm mit Blick über die Kathedrale und die Stadt.

»Unsinn.« Bley versuchte eine widerspenstige Haarsträhne zu bändigen. »Ich finde diese Angeberkarren völlig überflüssig und dazu noch schädlich für die Umwelt.«

»Sie sind also auch Umweltaktivistin?«

Bley überhörte die Spitze. »Ich brauche auch keine Villa. Meine Wohnung ist groß genug.«

Das würde er ungesehen unterschreiben. DS Bley schien ihre Wohnung nur zum Duschen und Schlafen aufzusuchen, ansonsten war sie entweder in Ermittlungen unterwegs oder saß im Büro an ihrem PC. Ihm konnte das nur recht sein. Marks kannte keine fleißigere und einsatzfreudigere Polizistin.

»Gut. Also hatte Richards einen Lover.«

»Soll ich mich um ihn kümmern, Sir? Ich meine, überprüfen? Also, diesen Barnes?«

»Tun Sie das. Aber seien Sie taktvoll. Wenn das Gerücht nur ein … Gerücht ist, könnte es Ärger geben.«

»Keine Angst, das manage ich schon. Andererseits,

wenn er wirklich mit Richards im Bett war, sollte seine Frau das erfahren.«

Der DI wiederholte nachdrücklich: »Seien Sie taktvoll.«

Bley rümpfte die Nase.

»Ich kümmere mich in der Zwischenzeit noch einmal um dieses Klübchen in Ruan Minor und Cadgwith.«

»Diese überdrehten Hühner? Was erhoffen Sie sich davon? Außer Prosecco- und Chichi-Geschwätz wird da nicht viel kommen. Wir …«, sie bemerkte Marks hochgezogene Augenbraue, »wir … also, ich sollte … könnte mich auch in Exeter umhören. An der Uni. Dort wird Ben Barnes kein Unbekannter sein.«

DI Marks überhörte den vorwurfsvollen bis missbilligenden Unterton seiner Mitarbeiterin. »Das ist noch zu früh. Wir haben im Augenblick nicht den geringsten Hinweis, dass Exeter eine Rolle spielen könnte. Auch die Spurenlage in der Bucht und am Körper der Toten gibt nichts her.«

»Warum nicht? Ben Barnes und seine Studentinnen etwa. Wäre eine Theorie.«

»Sie haben von Männern keine hohe Meinung, stimmt's, DS Bley?«

»Wie meinen Sie das, Sir?« Die Strähne wollte wieder gebändigt werden.

Statt auf die Frage zu antworten, tippte Marks mit dem Kugelschreiber auf die vor ihm liegenden Unterlagen. »Tracy Coates scheint mir diejenige zu sein, mit der man am ehesten ins Gespräch jenseits von Sekt und Rotwein kommen könnte.«

»Wenn Sie meinen.« DS Bley stand auf. »Ich werde sehen, ob ich bei ihr heute noch fündig werde.« Sie sah auf die Wanduhr. »Kurz nach vierzehn Uhr. Je nach Dauer der Befragung sehe ich mich danach noch am Gericht um.«

Marks war ihrem Blick gefolgt. »Dürfte knapp werden.« Er war sich mit einem Mal nicht sicher, ob es wirklich eine so gute Idee war, sie auf Tracy Coates loszulassen.

Sie wandte sich zum Gehen. Im Türrahmen blieb sie stehen. »Sie haben recht. Ich versuche es lieber in Truro. Vielleicht hat der gute Mr. Barnes heute Nachmittag sitzungsfrei und ich erwische ihn im Büro beim Aktenstudium.« Bevor sie sich umdrehte, stellte sie noch eine Frage. »Was machen wir mit diesem Ron?«

»Nicht viel, solange wir nicht mehr als nur den Namen haben. Wir können derzeit einzig durch die Singlebörsen surfen. Vielleicht taucht dieser Ron irgendwo auf und wir können ein Foto mit ihm in Verbindung bringen.«

»Sie kennen die Geschichte von der Nadel im Heuhaufen?«

»Eben. Daher hat dieser Lover zunächst Priorität. Besser, Sie überlassen mir Coates.«

Marks sah ihr hinterher. Auf dem ausgetretenen Linoleum des Flurs war ein ständiges Kommen und Gehen, und es roch nach Kaffee. Die übliche Unruhe am frühen Nachmittag. Als müssten alle die Zeit der Mittagspause mit gesteigerter Emsigkeit aufholen.

Der DI fühlte sich müde. Ihn hätte nicht gewundert, wenn Annie Bley um Uhrenvergleich gebeten hätte. Obwohl sie nicht beim Militär gewesen war, hatte sie eine zackige Art, die ihn verwunderte. Wenn er es recht bedachte, irritierte ihn diese Frau ständig.

»Mrs. Coates? Kann ich Sie kurz sprechen?«

Die Lehrerin hielt die Haustür wie einen Schutzschild vor ihre linke Körperhälfte.

»Ja?«

Marks wartete geduldig darauf, dass sie den Weg frei machte. »Es geht ganz schnell. Nur ein paar Fragen.«

Tracy Coates nickte widerwillig. »Bitte, folgen Sie mir.«

Die Lehrerin lebte direkt neben der Schule in einem Bungalow aus den späten Sechzigern. Der Flachbau war durch ein breites Gatter zugänglich, das eher zu einem der nahen Felder passte.

»Tee? Oder lieber Kaffee?« Sie führte ihn ins Wohnzimmer, das von zwei großen Fenstern dominiert wurde. »Ich bin gerade erst aus der Schule zurück.«

Marks nahm auf dem Sofa gegenüber dem offenen Kamin Platz. »Ich nehme gerne einen Kaffee.«

Sie blieb vor ihm stehen, als müsse sie seinen Wunsch erst abwägen. Dann lächelte sie. »Kein Problem, Detective. Ist ja noch nicht Tea Time.«

Während sie im offenen Durchgang in Richtung Küche verschwand, nutzte Marks die Gelegenheit, sich umzusehen. Vor dem Kamin stand ein Hitzeschild aus getriebenem Messing, an den Wänden hingen Stahlstiche mit Pferdeansichten. Auf einem niedrigen Sideboard stand eine kleine Musikanlage, daneben stapelten sich CDs. In der Ecke neben einem der Fenster hatte eine schmale Vitrine mit altem Porzellan ihren Platz. Bücher sah er keine. Kein Regal, keine aufdringlichen Coffee-Table-Books. Nichts, mit dem sie hätte angeben wollen.

Die Lehrerin kam mit einem Tablett und zwei dampfenden Bechern zurück. Daneben standen eine Tüte Milch und ein Dose mit Süßstoff. Sie stellte das Tablett auf den niedrigen Couchtisch und setzte sich. »Bedienen Sie sich. Kekse habe ich keine.«

»Nicht schlimm.« Marks stellte den Becher ab.

»Sie wundern sich sicher über die Einrichtung.« Coates nickte wie zur Bestätigung. »Da sind Sie keine Ausnahme. Ich habe den Bungalow möbliert gemietet. Ist praktischer so. Außerdem liegt er direkt neben der Schule.«

»Ich …«

»Dagegen ist Millies Haus die reinste Villa. Aber egal.« Sie sah ihm direkt in die Augen. »Warum sind Sie gekommen? Ich dachte, wir hätten Ihnen schon alles erzählt.«

»Es wäre hilfreich, wenn wir uns noch einmal über den Tag in Helston unterhalten könnten. Der Tag, an dem Ihre Freundin Fiona verschwunden ist. Flora Day.« Marks nahm einen Schluck.

Coates legte die Hände im Schoß zusammen und schaute schweigend vor sich, bevor sie antwortete. »Es war wie bereits berichtet.«

»Sie haben sich im Tea Room auf der Meneage Street getroffen.«

Sie nickte.

»Sie sind nicht mit einem Wagen gekommen.«

»Ja. Jede mit ihrem.«

»Warum das?« Marks nahm einen Schluck. Der Kaffee schmeckte bitter. Zu viel Kaffeepulver auf zu wenig Wasser, wohl ein Schnellkaffee.

»Alle, auch Fiona, wollten mit dem eigenen Auto kommen«, bekräftigte sie.

»Wollten Sie nicht gemeinsam feiern? Da hat es doch Sinn, nur mit einem Fahrzeug zu kommen. Wegen des

Alkohols. Gerade an Flora Day will man ja nicht noch fahren müssen, oder?«

»Aber Fiona wollte nicht.« Ihre Antwort klang fast patzig.

»Diese Verabredung war der einzige Grund, nehme ich an?«

Tracy Coates nickte. Sie wollte etwas sagen, behielt es dann aber doch für sich.

»Sind Sie sicher?«

Sie schwieg.

Marks ließ ihr Zeit. Er hatte das untrügliche Gefühl, dass mehr dahintersteckte als nur eine Laune von Richards.

»Ich habe gesehen, dass Sie Miles Davis mögen.«

Coates sah ihn fragend an.

Marks deutete auf den CD-Stapel. »*Kind of blue*. Seine erste, wenn ich das richtig erinnere.«

»Ach, die. Ja … nein … hat mir ein Kollege ausgeliehen. Er meinte, sie könnte mir gefallen. Aber um ehrlich zu sein, das ist nicht meine Musik.«

»Was mögen Sie?« DI Marks versuchte weiterhin, sie vom eigentlichen Thema seines Besuchs abzulenken. Möglicherweise käme er auf diesem Umweg eher zum Erfolg.

Sie zuckte mit den Schultern. »Alles Mögliche. Ich bin da nicht festgelegt. Früher habe ich die Stones gehört. Wie mein Vater. Später The Smiths. Im Augenblick eher von allem etwas: Folk, Rock, tatsächlich auch das eine oder andere von Rihanna. R&B halt. Aber auch die Cadgwith Singers.« Sie zuckte erneut mit den Schultern.

»In der Tat, eine ziemliche Bandbreite.«

»Ach ja, auch Amy Mcdonald.«

»Mrs. Richards ist also lieber mit ihrem eigenen Wagen nach Helston gefahren?«

Tracy Coates zuckte unter der Frage merklich zusammen. »Wie gesagt, wie jede von uns.«

»Warum?«

Sie holte tief Luft, schwieg aber, rang die Hände, und ihre Gesichtszüge arbeiteten. Schließlich sah sie den Detective Inspector direkt an.

»Sie wollte jemanden treffen. Das haben wir Ihnen doch schon gesagt.« Sie stieß hörbar die Luft aus.

»Ja, am Flora Day ist es nicht ausgeschlossen, dass man auf einen netten Menschen trifft, den man gerne näher kennenlernen möchte.«

Die Einträge in den Meldebüchern der Polizei sprachen eine eigene Sprache. Wo Alkohol im Spiel war und wo so viel davon floss wie am Flora Day, passierten an einem einzigen Tag die abenteuerlichsten Dinge, mehr als sonst in einem ganzen Jahr. Auf den Schreibtischen der Constables türmten sich im Anschluss an die Feierlichkeiten die Anzeigen wegen Ruhestörung, sexueller Belästigung, Handgreiflichkeiten; ganze Ehedramen um untreue Ehepartner waren vermerkt worden. Da wäre es kein Wunder, wenn Richards die Gelegenheit genutzt hätte, für ein paar Stunden mit Barnes oder wem auch immer zu verschwinden.

Tracy Coates nickte schwach.

»Und sie hat nichts über diesen Ron erzählt?«

Sie schüttelte heftig den Kopf. »Hat sie nicht.«

»Sicher?«

Sie sah zu Boden und nickte entschieden, blieb aber stumm.

»Sie verschweigen doch etwas, Mrs. Coates.«

Keine Reaktion.

»Fiona Richards hat also einen Mann getroffen. Hat sie einen verheirateten Mann getroffen?«

Coates' abwehrende Körperhaltung ließ keinen Zweifel. Er war davon überzeugt, dass er mit seiner Vermutung richtig lag. Fiona Richards hatte ihren Lover getroffen und den Flora Day als Tarnung und Alibi benutzt.

»Hören Sie, Mrs. Coates, Fiona Richards ist tot. Ermordet. Und Sie drei haben sehr zögerlich davon gesprochen, dass sie einen Ron treffen wollte. Wissen Sie, was das Ganze bedeuten könnte? Fiona Richards könnte ihrem Mörder begegnet sein. Was wissen Sie wirklich, Mrs. Coates?«

Er konnte sehen, wie es in ihr arbeitete. Aber sie schwieg weiterhin.

»Ich könnte Ihnen Ihr Schweigen als Behinderung unserer Ermittlungen auslegen, Mrs. Coates.«

Sie sah den Detective erschrocken an. »O Gott, nein.«

»Also?«

»Ich weiß es nicht. Ich weiß nur, dass sie einen Mann treffen wollte, den sie auf einer Singlebörse kennengelernt hat. Sie hatte sich mit ihm zu einer ersten kurzen Begegnung verabredet. Mehr weiß ich wirklich nicht, Detective Inspector.«

Konnte tatsächlich so sein, dachte er. Als Anwältin wusste Fiona Richards, welche Folgen Geschwätzigkeit haben konnte. So lag es nahe, dass sie ihre Freundinnen absichtlich über die Identität ihres Lovers im Unklaren gelassen hatte. Möglich, dass sie diesen Ron einfach nur erfunden hatte, um sich ungestört mit Barnes treffen zu können und sich vor allzu großer Neugier zu schützen. Zumindest so lange, wie die Beziehung hielt oder bis er die Scheidung einreichen würde. Er musste DS Bleys Bericht abwarten. Vielleicht kamen sie dann ein Stück weiter.

»Darf ich Sie etwas fragen?«

»Bitte.«

»Sind Sie solo?«

Sie nickte und schien erleichtert über die plötzliche Wendung. »Im Augenblick.« Sie sah Marks direkt ins Gesicht. »Etwas länger schon, um ehrlich zu sein. Bevor Sie fragen: Ich bin ganz glücklich dabei. Meine Schüler belegen mich den ganzen Tag mit ihren kleinen und großen Sorgen. Da bleibt neben der Schule nicht mehr viel Zeit für anderes. Und hier wachsen die richtigen Männer auch nicht gerade auf den Bäumen.« Sie lachte, vielleicht eine Spur zu laut.

Tracy Coates wirkte nicht länger verunsichert. Und schon gar nicht wie eine Frau, die Missbrauchserfahrungen gemacht hatte. Ihr Gesichtsausdruck war klar und entschieden.

»Verstehen Sie mich bitte nicht falsch, aber es gibt heute ja jede Menge Dating-Portale. Da muss niemand lange allein bleiben. Wie gesagt, bitte nicht falsch verstehen.«

»Sind Sie liiert, Detective Inspector?« Ihr Blick suchte seine Hände nach einem Ring ab.

Die Frage überrumpelte ihn, und er spürte, wie er rot wurde. »Nein. Wie sagten Sie eben? Die Arbeit. Da bleibt nicht mehr viel Zeit für anderes.«

Er sah auf seine Uhr. Er würde ein schnelles Pint im Pub trinken und dann zurück ins Büro fahren. Er warf einen

Blick auf den Kaffee in seinem Becher. Auf seiner Oberfläche hatte sich ein Film gebildet, der ölig aussah und ungesund. Er schob ihn von sich.

»Eine Frage habe ich dann doch noch.«

»Ja?« Sie war bereits aufgestanden, weil sie das Gespräch für beendet gehalten hatte, und setzte sich wieder.

»Als Freundinnen unterhalten Sie sich sicher nicht nur über, ähm, Strickmuster.« Er bemerkte ihren irritierten Blick. »Ich meine natürlich, Sie rudern doch gemeinsam. Beim Training und bei Wettkämpfen sind Sie lange zusammen. Da spricht man doch miteinander. Über die Arbeit, über die Familie, die Ehemänner – und vielleicht auch über Intimeres.«

»Worauf wollen Sie hinaus, Detective?«

»Nun, ich meine, hatte Mrs. Richards eine Liaison mit einem … verheirateten Mann? Ich frage das noch einmal.«

»Nein. Das heißt, ich weiß es nicht. Aber das habe ich doch schon gesagt.«

»Sie hatte also eine Liaison?«

Sie antwortete ungehalten. »Mit *ich weiß es nicht* meine ich, dass ich nichts weiß. Ehrlich gesagt, Männergeschichten sind nicht Dauerthema, wenn wir uns treffen. Da geht es um andere Dinge. Zum Beispiel um Millies Kinder, um die Probleme im Job, um meine Arbeit im Kirchenvorstand, neue Kollegen in der Schule – solche Themen.«

»Verstehe.«

Nachdem er sich verabschiedet hatte, blieb er auf halbem Weg hinunter zur Bucht stehen. Durch den tunnelartig zugewachsenen Fahrweg zum Hafen hindurch sah er die See ruhig und grau daliegen. In der Entfernung zog ein Containerschiff vorbei. Die Wasserstraße des Ärmelkanals weitete sich hier zum Atlantik. Eine vielbefahrene Route, die seit Jahrhunderten von ungezählten Schiffen genutzt wurde. Viele von ihnen hatten nie ihr Ziel erreicht, weil der Sturm sie gegen die rasiermesserscharfen Klippen gedrückt hatte. Oder sie waren absichtlich mit falschen Leuchtfeuern angelockt worden, um dann leichte Beute von cornischen Seeräubern zu werden.

Betrug und Tod waren für bestimmte Bevölkerungsgruppen in dieser Gegend einträgliche Geschäftsmodelle. Der Tod war in Cornwall allgegenwärtig, nicht nur für die Fischer oder die Seeleute aufgebrachter Schiffe.

Marks zog sein Smartphone hervor und wählte Bleys Nummer. Aber es meldete sich lediglich ihr Anrufbeantworter. Sie saß vermutlich noch mit dem Anwalt der Krone zusammen. Marks setzte achselzuckend seinen Weg fort, gerade als eines der wenigen Fischerboote, die es noch in Cadgwith gab, in Richtung Hafen lief.

Im Pub war es um diese Zeit noch leer. Lediglich im hinteren Teil des alten Gemäuers waren Geräusche zu hören.

»Detective Inspector.« Garry Holmes, seit gut zehn Jahren Wirt des Cadgwith Cove Inn, rieb sich mit einem Tuch die Hände trocken, als er in den Schankraum trat.

»Ich hätte gerne ein Doom.«

Holmes legte das Handtuch achtlos zur Seite. »Die Kühlung. Ich werde wohl mal einen Techniker kommen lassen müssen. Das Doom ist frisch angeschlagen. Gute Wahl.«

Marks wartete auf das Bier und setzte sich anschließend auf die Bank, die gegenüber der Bar über die gesamte Breite der Wand lief. Holmes nahm keine Notiz mehr von seinem Gast und verließ mit dem Handtuch in der Hand den Schankraum Richtung Küche.

Ihm war nur recht, dass der Wirt ihn nicht in ein Gespräch verwickeln wollte. So konnte er in Ruhe die Unterhaltung mit Coates Revue passieren lassen. Etwas störte ihn. Nicht, dass sie ihm ablehnend oder unsympathisch erschienen war. Ihn störte vielmehr die geschäftsmäßige Art, seine Fragen zu beantworten. Die Lehrerin verbarg etwas vor ihm. Ganz sicher unterhielten sich die Frauen über weitaus intimere Details als nur über ihre Arbeit und den Familienalltag.

Nachdenklich ließ der Detective Inspector den Blick schweifen. Im Pub schien die Zeit stehen geblieben zu sein. Die Wände waren von den Jahrzehnten gelb, der Fußboden aus Eichenbohlen nahezu schwarz. An der Decke hingen Schlaufen aus Seil, an denen sich die Gäste wie im Sturm auf einem Schiff festhalten konnten. Aus Erzählungen wusste er, dass Übermütige und Angetrunkene die Konstruktion auch mal als Turngerät zweckentfremdeten und einen Überschlag versuchten. Was in schöner Regelmäßigkeit dazu führte, dass einer der niedrigen Tische umkippte und das Bier auf die Hosen und Kleider der Gäste verteilt wurde. Das Gebäude war mehr als 300 Jahre alt und hatte in dieser Zeit sicher so manche Kapriolen erlebt. An den Wänden hingen viele Fotos. Sie zeigten Stammgäste – in der Regel knorrige Typen, die zur See fuhren. Neben dem Bullauge, das in die Außenwand eingelassen war und als Lampe diente, hing das Ölgemälde eines Mannes mit Pfeife. Sein Anzug ließ darauf schließen, dass er kein Fischer war.

Marks' Gedanken kreisten weiter um die Ermittlungen, aber er kam zu keinem Schluss. Der Mord an Fiona Richards war mit zu vielen Fragezeichen behaftet. Die Anwältin konnte genauso gut ein Zufallsopfer sein wie das Opfer einer geplanten Tat. Ihm kam die zweite Option wahrscheinlicher vor.

Tracy saß in Millies Wintergarten. Millie hatte sofort Zeit für sie gehabt, nachdem sie vom Besuch des DI erfahren hatte. Louise hatten sie nicht informiert. Sie wussten, dass sie Dienst im OP hatte.

»Ich bin noch völlig von der Rolle.« Dankbar nahm Tracy den heißen Tee entgegen.

»Was genau wollte der DI wissen?« Millie setzte sich ihr gegenüber und legte mit einer beruhigenden Geste ihre Hand auf Tracys Unterarm.

»Er wollte wissen, ob Fiona einen Lover hatte. Also unabhängig von diesem Ron, diesem Arsch.«

»Was hast du ihm gesagt?«

»Die Wahrheit. Dass ich keine Ahnung habe.«

Millie nickte. »Und was hast du sonst noch erzählt?«

»Nichts von Bedeutung.«

»Sicher? Hast du ihm den wahren Grund für unseren Ausflug nach Helston genannt?«

»Nein, natürlich nicht. Hatten wir doch so beschlossen.«

»Dann ist es ja gut.« Millie lehnte sich in ihrem Stuhl zurück.

»Aber wir müssen es ihm erzählen.« In Tracys Gesicht hatte sich ein ängstlicher Zug geschlichen.

»Warum sollten wir? Das wird nur unnötig Ärger geben.« Millie tätschelte erneut ihren Arm. »Die Polizei macht einen guten Job. Du wirst sehen, sie werden auch ohne unsere Hilfe auf den Täter kommen.« Sie räusperte sich. »Ich habe versucht, Rons Profil zu öffnen, aber es existiert nicht mehr.«

»Sein Profil ist gelöscht? War ja klar.«

»Ich habe auch auf anderen Plattformen danach gesucht. Nichts. Es ist, als hätte er nie existiert. Also, was können wir der Polizei schon Großartiges erzählen? Im Gegenteil, wir würden uns nur lächerlich machen und am Ende zum Gespött der Leute werden. Darauf habe ich absolut keine Lust. Außerdem wäre es schlecht für unser Geschäft. Ganz abgesehen davon, was mein Mann sagen wird. Und du willst sicher auch nicht zum Spottobjekt werden, wenn die Menschen im Dorf erfahren, dass ihre keusche Lehrerin nächtelang auf irgendwelchen Dating-Plattformen unterwegs ist.«

Wie sich das anhörte. Als hätte sie etwas Verbotenes getan. Tracy wollte etwas erwidern, nickte dann aber nur. Was, wenn sie Fiona durch ihre blöde Idee in den Tod geschickt hatten?

»Du klingst, als hieltest du es für möglich, dass Peter oder Ron, oder wie immer er heißt, Fiona umgebracht hat.«

Millie zuckte bedeutungsvoll mit den Schultern.

»O mein Gott.«

»Hast du eine andere Erklärung?«

»Ich weiß nicht. Ja, du hast bestimmt recht. Oder sie ist zufällig ihrem Mörder begegnet.«

»Und wer soll das sein?« Millie schüttelte entschieden den Kopf. »Es kann nur dieser Ron gewesen sein.«

Tracy verfiel in Schweigen und drehte den Becher in ihren Händen, als könnte sie aus ihm eine andere Erkenntnis ziehen als die, die Millie ihr präsentiert hatte.

»Jetzt kann ich es dir ja offen sagen.« Millie tat geheimnisvoll. »Fiona hatte tatsächlich einen Lover.« Sie konnte ein leises Kichern nicht unterdrücken. »Unsere ach so korrekte Fiona.«

»Sie hatte einen Freund?«

»Yep.«

»Woher ... ich meine, seit wann weißt du das?«

»Wir haben uns vor ungefähr sechs Monaten zufällig in der Sauna getroffen. Fiona war ganz aufgekratzt. Beim letzten Aufguss hat sie eine Andeutung gemacht. Später beim Sekt hat sie dann mehr erzählt.«

Tracy konnte kaum glauben, was sie da hörte. »Und wer ist es?«

»Das hat sie mir nicht verraten. Sie hat lediglich angedeutet, dass er auch Anwalt ist, Staatsanwalt, um genau zu sein – und verheiratet.«

»Meine Güte. Und jetzt?«

»Nichts *und jetzt*. Der Typ wird schon mitbekommen, was mit ihr passiert ist. Er wird sich schön bedeckt halten, wenn er klug ist.«

»Ich kann es immer noch nicht glauben.«

XV.

»Angenommen, Sie haben ein, zwei dicke Freundinnen. Würden Sie alles mit denen teilen? Ich meine nicht Kolleginnen, eher Freundinnen von früher, aus der Schulzeit oder aus den Zeiten, in denen man sich Lebensweisheiten ins Poesiealbum geschrieben hat.« Marks fühlte sich ein bisschen unwohl, weil er merkte, dass die Frage entgegen seiner Absicht nun doch weit ins Intime reichte.

DS Bley hatte kaum die Jacke ausgezogen und über den Stuhl gehängt. »Bevor ich Ihnen antworte, Sir, kann ich mir erst etwas zu trinken holen? Außerdem habe ich noch nichts gegessen.«

Marks entließ sie mit einer gönnerhaften Geste und legte die Füße auf den Schreibtisch.

Als sie mit einem Becher Automatenkaffee zurückkehrte, sagte Marks: »Wenn wir hier fertig sind, können wir einen Happen essen gehen.« Als er ihren ablehnenden Blick sah, fügte er hinzu: »Sie haben doch noch nichts gegessen, haben Sie gesagt.«

»Sie haben mich gefragt, ob ich meinen Freundinnen alles von mir erzählen würde.« Sie setzte sich umständlich und stellte den Kaffeebecher ab. »Keine Ahnung, ehrlich.« Sie trank einen Schluck. »Diese Frage habe ich mir noch nicht gestellt. Ich war noch nie in der Situation.«

Das denke ich mir, dachte Marks. Bley verbreitete eine Aura aus Arroganz, feministischem Selbstbehauptungswillen, gepaart mit einer Art Strebertum, die gewiss auch ihre Geschlechtsgenossinnen abschreckte. »Schon gut. Eigentlich wollte ich Ihnen mit der Frage lediglich mitteilen, dass Coates nichts von einer Affäre von Fiona Richards weiß.«

Bley zog die Augenbrauen hoch. »Und dieser Ron?«

»Vergessen Sie ihn. Ich vermute, er ist nur ein Phantom. Richards hat ihn lediglich erfunden, um von Ben Barnes abzulenken.«

Sie nickte nachdenklich. »Möglich.«

»Ich kann es mir nicht anders vorstellen.« Er sah ihren skeptischen Blick. »Jedenfalls im Augenblick nicht.« Marks hob sein Notizbuch an und ließ es wieder zurückfallen. »Die vier Frauen haben ständig zusammengehockt, und das nicht nur während der Trainingszeiten des Ruderklubs, wie man im Dorf hört. Da müssen doch Andeutungen gemacht worden sein.«

»Auf mich machen die Frauen den Eindruck einer verschworenen Gemeinschaft verwöhnter, eitler Weibsbilder.« Sie sah den Kaffeebecher an, als ob er etwas dafür könnte.

»Das sagten Sie bereits. Es trifft vor allem auf Richards und Millie Henderson zu. Coates scheint mir eher die typische Mitläuferin zu sein. Über die Anästhesistin, wie heißt sie noch gleich?«, er blätterte in seinen Aufzeichnungen, »Louise Taylor, habe ich mir noch keine abschließende Meinung gebildet.« Er machte sich eine Notiz. »Ich werde mit ihr sprechen.«

»Kann ich jetzt loslegen, Sir?« Sie nippte erneut an ihrem Becher und schlug dann ihre Notizen auf.

»Ich bin schon sehr gespannt, was Sie in Truro in Erfahrung gebracht haben.« Marks lehnte sich erwartungsvoll zurück.

»Anwälte können verdammt verschwiegen sein.« Bley

kniff die Lippen zusammen, als ließe sich so die Recherche besser memorieren. »In der Kanzlei sind alle entsetzt über Richards' Tod. Schweigen, ungläubiges Kopfschütteln, auch Tränen. Niemand wollte etwas Negatives über die ehemalige Kollegin sagen. Alle waren voll des Lobes: kompetent, zugewandt, hart in der Sache, humorvoll, sportlich. Immer auch die Karriere im Blick. So etwas halt.« Sie blätterte weiter. »Das war es in der Kanzlei. Kein böses Wort, keine versteckten Anspielungen auf eine wie auch immer geartete Verfehlung. Fiona Richards, die schöne, erfolgreiche, perfekte Anwältin. Zu Hause auf vielen juristischen Feldern. Und absolute Spitze in Strafrecht.«

Marks sah seine Vermutungen bestätigt.

»In der Gerichtskantine – da sah die Sache dann ein wenig anders aus.« DS Bley sah ihren Chef triumphierend an und wartete auf seine Aufforderung weiterzusprechen.

»Ich habe eine Sekretärin getroffen, die nach anfänglichem Zögern kein gutes Haar an Richards gelassen hat.«

»Sekretärin?«

»Justizhauptsekretärin, ja.«

Marks wedelte entschuldigend mit der Hand. »Ich wollte Sie nicht unterbrechen. Sorry.«

»Ich wollte schon unverrichteter Dinge fahren, als ich sie zufällig auf dem Flur mit einem Stoß Akten im Arm auf dem Weg in das Gerichtsarchiv getroffen habe. Typ graue Maus. Eher frustriert als lebensfroh.«

»Hat sie sich vielleicht posthum an Fiona Richards rächen wollen?«

DS Bley verzog den Mund. »Ich bin nicht sicher. Was hat sie davon? Und ich kann mir nicht vorstellen, dass sie

Richards als Konkurrentin gesehen hat. Bauchgefühl.« Sie sah den Blick ihres Chefs. »Natürlich muss das noch überprüft werden.«

»Was genau hat sie über Fiona Richards gesagt?«

»Dass sie sich regelrecht an Barnes rangeschmissen hat. Auf, wie sie sagt, geradezu schamlose Weise. Dass es jeder mitgekriegt haben muss. Sie hat ihm selbst in Verhandlungen verliebte Blicke zugeworfen. Die Verteidigerin dem Staatsanwalt.«

»Und dieser Ben Barnes ist also derjenige welcher?«

Bley nickte. »Sie hat mir den Namen bestätigt.«

»Und Barnes hat das Werben der Anwältin beantwortet?«

Sie nickte. »Sie hat sie ein paarmal gemeinsam weggehen sehen.«

»Das heißt aber doch noch nichts.«

»Das stimmt. Nach dem Gespräch mit der Sekretärin habe ich mich dann noch einmal umgehört. Ich hatte ja nun einen Namen.«

»Und?«

»Wie schon gesagt, Anwälte können schweigen. Allerdings habe ich einigen Andeutungen entnommen, dass an der Geschichte, die mir die graue Maus erzählt hat, etwas dran ist.« Annie Bley trank mit einem großen Schluck den Pappbecher leer und warf ihn in den Papierkorb.

»Wir werden mit diesem Barnes reden müssen.«

»Soll ich das übernehmen?«

»Natürlich, DS.«

»Gerne.« Sie sah auf die Uhr. »Ich vereinbare gleich morgen einen Termin.«

Marks schlug mit der Hand auf den Schreibtisch. Es

sollte eine aufmunternde Geste sein, gepaart mit einem zufriedenen Lächeln. »Tun Sie das.«

Bley warf einen Blick über Marks' Schreibtisch und rümpfte die Nase. »Der Papierkram ist soweit erledigt. Meinen Bericht über die Ermittlungen in Sachen Barnes schreibe ich zu Hause, wenn es recht ist.«

»Für heute ist es genug, DS Bley. Der Bericht kann bis morgen warten. Lassen Sie uns etwas essen gehen. Gleich um die Ecke ist ein wirklich guter Italiener.« Er suchte Zustimmung in ihren Augen.

»Ich bin nicht für Pasta oder Pizza. Lieber Fish 'n' Chips.«

»Oh.« Er hatte sie offenbar völlig falsch eingeschätzt. Er war davon ausgegangen, dass diese Generation Frauen allenfalls Italienisch aß, wegen der Kalorienbilanz.

Annie Bley war bereits aufgestanden und hatte nach ihrer Umhängetasche gegriffen. »Wir sehen uns morgen. Schönen Abend noch.« Sie legte einen Finger an ihre imaginäre Dienstmütze und verließ ohne weitere Umstände das Büro.

DI Marks brauchte eine Weile, bis er die unsanfte Abfuhr verdaut hatte. Er hatte doch nur mit ihr zu Abend essen wollen. Er horchte in sich hinein. Oder hatten sich da in seinem Hinterkopf ein paar Gedanken zusammengefunden, von denen sein Bewusstsein nichts gemerkt hatte – oder hatte merken wollen? So ein Unsinn, dachte er. Es war ihm einzig und allein um einen Teller Pasta gegangen, den er nicht ohne Gesellschaft essen wollte.

Schließlich fuhr er seinen PC herunter und verließ das Büro. In der kleinen Bäckerei auf der Meneage Street ergatterte er die letzten Sandwiches. Zu Hause warf er die

Tüte achtlos auf den Küchentisch und schenkte sich einen Whisky ein. Anschließend verfolgte er in den Nachrichten die Beiträge über die Schwierigkeiten der Wirtschaft seit dem Brexit. Er schaltete den Fernseher wieder aus und suchte stattdessen lieber in seiner CD-Sammlung nach einer Feierabendmusik. Aber auch das wollte ihm nicht gelingen.

Er sah zum Fenster hinaus. Der Tag hatte längst seine Farben verloren. Er schwenkte die goldgelbe Flüssigkeit im Glas. Etwas stimmte mit dem Viererklub nicht. Er meinte, die Ursache beinahe mit Händen greifen zu können, allerdings entglitt ihm der Gedanke in dem Augenblick, in dem er ihm in den Sinn kam. Die drei Frauen verbargen etwas vor ihm.

Marks ging in Gedanken die Ermittlungsergebnisse durch, die sich bisher ergeben hatten.

Es gab keine Verbindung von Richards zum Fundort der Leiche, außer dass er in der Nähe ihres Wohnorts lag. Die Leichenschau hatte nichts ergeben, was auf einen möglichen Tatort hindeutete. Klar war nur, dass Poltesco lediglich der Ablageort war. Andererseits: Wer machte sich schon mit einer Leiche auf den schmalen Weg hinunter zur Bucht? Wenn derjenige nachts unterwegs war, musste er sich in dem schwierigen Gelände auskennen. Was wiederum auf einen Täter hindeutete, der aus der Umgebung stammte. Bisher gab es keinen echten Anlass, den Einlassungen der Freundinnen nicht zu glauben. Keine der drei hatte einen Grund, Richards zu töten.

Und doch gab es etwas zwischen den Frauen, das sie bisher noch nicht entdeckt hatten. Eine Art Übereinkunft, ein Geheimnis, irgendwas.

Marks stellte sein Glas ab und ging hinüber in die Küche. Die Sandwiches hätte er beinahe vergessen.

XVI.

Simon legte das Messer beiseite. Der Linolschnitt war beinahe fertig. Zufrieden hob er die Platte an und begutachtete die feinen Striche und Einkerbungen mit den verschiedenen Eisen, dazu die großflächigen Abtragungen. Die drei Hummer waren wie in der Auslage eines Fischhändlers angeordnet. Selbst an die Gummibänder über den gefährlichen Scheren hatte er gedacht. Er hatte sie erst am Tag zuvor aus einem von Lukes Hummerkörben gezogen und sofort gewusst, dass sie die perfekte Vorlage für einen Linolschnitt sein würden.

Der erste Abzug würde zeigen, ob das Motiv tatsächlich etwas hermachte. Bisher war er ganz zufrieden. Er konnte es kaum abwarten, Mary den Probeabzug zu zeigen. Sie hatte als Kunsthistorikerin und Restauratorin den professionellen Blick, der ihm so wichtig war.

Sie hatten sich erst vor ein paar Tagen lange über die Technik des Linolschnitts unterhalten. In ihrer Zeit in Köln hatte sie sich unter anderem mit verschiedenen Drucktechniken beschäftigt und Begeisterung für Künstler wie Frans Masereel oder Erich Heckel entwickelt: feingliedrige Aussagen in, oberflächlich betrachtet, grober Ausarbeitung.

Den gesamten Vormittag über hatte er an dem maritimen Motiv gearbeitet. Er wusste, dass es den Geschmack der Touristen treffen würde, die damit ein Stück Urlaub kaufen und mit zurück in ihren Alltag nehmen konnten. Als Erinnerung an den Geruch der grünen, manchmal türkisen, manchmal bleigrauen See, den Hauch Salz in der Luft und die Hummerkörbe, die im Hafen trockneten und auf den nächsten Einsatz warteten.

Er hatte das Linoleum zwar mit Hingabe bearbeitet, aber auch mit einem diffusen Gefühl der Unruhe, das er bis gerade nicht richtig hatte einordnen können. Bei einer unachtsamen Bewegung war ihm das Messer beim Ausarbeiten eines Hummerpanzers abgerutscht und hatte seine Hand verletzt. Dieses Malheur hatte ihm klargemacht, was ihn die ganze Zeit abgelenkt hatte: Der Tod von Fiona Richards hatte sich in unterschiedlichen Schattierungen auf seinen Gedanken festgesetzt wie die Flechten auf den schrundigen Felswänden in der Bucht. Sie ließen sich weder übersehen noch abwaschen. Ein kleines Pflaster, eng über die Wunde an seinem Finger geklebt, hatte zumindest die Blutung gestoppt.

Simon ließ den Arbeitstisch unaufgeräumt und nahm den Stuhl, den Mary ihm geschenkt hatte, mit hinaus vors Atelier. Es war windstill in seinem winzigen Garten, und die Sonne tat ihm gut. Er legte den Kopf in den Nacken. Ein Rotkehlchen sang in der Hecke. Er hielt die Augen geschlossen und wähnte sich für einen kurzen Augenblick weit weg von seiner Arbeit und seiner Behinderung. Ausnahmsweise schmerzten der Nacken und die Lendenwirbel nicht. Das Leben konnte in unerwarteten Momenten, wenigstens für einen kurzen Augenblick, ein Paradies sein.

Er legte eine Hand über die Augen, um ins Licht zu blinzeln und seine Gedanken neu zu ordnen. Die frühlingshafte Sonne hatte eine Kraft, die ihn überraschte. Er suchte eine andere Sitzposition, um den Rücken zu entlasten, und ließ die Gedanken zu Mary zurückkehren. Sie hatte ihm von den vielen Gerüchten erzählt, die im Dorf kursierten und auch in ihrem Laden nicht verstummten.

Einige hatten dem Mordopfer gar verschiedene Liebschaften angedichtet, mithin ein lasterhaftes Leben, für das sie nun, Gott habe sie selig, hatte bezahlen müssen. Mary hatte das mit Entrüstung erzählt, versehen mit dem Hinweis, dass es im Dorf einige gab, die in dieser Hinsicht besser vor der eigenen Haustür kehren sollten, statt derartige Gerüchte in die Welt zu setzen.

Er hatte sofort gewusst, worum es ging. Mary würde ihn nicht bitten, die Wahrheit herauszufinden, sondern hoffen, dass er von allein mit »Ermittlungen« beginnen würde.

Er hatte natürlich zugesagt, ein wenig die Augen und Ohren offen zu halten, ohne viel Aufhebens um ihre unausgesprochene Bitte zu machen. Dafür kannten sie sich mittlerweile gut genug, dass er sich ihrem Anliegen nicht lange verschließen konnte. Mary hatte ihm beim Abschied mit einem zögerlichen Wangenkuss gedankt. Er meinte die Berührung jetzt noch zu spüren.

Simon beobachtete, wie das Rotkehlchen suchend über den Boden hüpfte und mal hier und dort pickte. Seine Anwesenheit schien es nicht zu stören. Regelrecht vertraulich kam es bis auf einen halben Meter an ihn heran. Der zarte Vogel mit der rötlichen Färbung auf der Brust war sicher auf Nahrungssuche, um seine Brut zu füttern. Vermutlich warteten vier oder fünf Junge in dem Nest, das in einer alten kleinen Gießkanne steckte, die er im Gerümpel hinter dem Schuppen gefunden und dann achtlos auf das Fensterbrett des Ateliers gestellt hatte.

Wärme und Geborgenheit: Die Natur hatte alle Lebewesen mit dieser Sehnsucht und diesem Ziel ausgestattet, um den eigenen Fortbestand zu sichern. Das galt für ein Rotkehlchen ebenso wie für einen Menschen.

»So lässt es sich leben.«

Simon zuckte zusammen. So sehr in Gedanken versunken, hatte er Chris Marks gar nicht kommen hören.

»Was hast du gemacht? Bist du in eine Messerstecherei zwischen Fischern geraten?« DI Marks deutete mit leichtem Spott in der Stimme auf das Pflaster auf Simons Hand.

»Nicht der Rede wert. Das kommt davon, wenn man bei der Arbeit an einem Linolschnitt nicht aufpasst. Was führt dich zu mir?« Er musterte den Detective, der wie gewohnt seinen langen Mantel trug.

»Hast du noch einen Stuhl für mich?« Marks sah sich um. Außer dem alten Ölfass, in dem Simon seine Gartenabfälle verbrannte, war der kleine Garten leer.

»Ich hole einen.« Simon machte Anstalten aufzustehen.

»Bleib sitzen. Ich geh schon. Küche?«

Er nickte und sah dem DI hinterher. Zwischen ihnen hatte sich eine Vertrautheit eingestellt, die er bei ihrem ersten Aufeinandertreffen nicht vermutet hätte – und auch nicht gewollt hatte. Marks war ihm als Verkörperung all dessen erschienen, was er hinter sich gelassen hatte. Niemals mehr, so hatte er sich bei seinem Umzug nach Cadgwith geschworen, wollte er mit Polizeiangelegenheiten zu tun haben. Sein Leben als DS einer Londoner Spezialeinheit war mit Moiras Tod zu Ende gewesen.

Und er hatte lange gebraucht, um sich in ein anderes Leben zurückzukämpfen. Und dann war doch alles anders gekommen, als eine Frau an der Teufelspfanne zu Tode gekommen war.

DI Marks war ihm als arrogant und wenig empathisch erschienen. Er wollte sich Simon unbedingt vom Hals halten, als lästiger ehemaliger Polizist. Erst nach und nach hatten sie sich angenähert und ihre gegenseitigen Vorurteile abgeschält, bis sie sich als Menschen erkannt hatten, die nur ein Ziel hatten: die Wahrheit ans Licht zu bringen.

Er wusste nicht viel über den privaten Chris Marks, aber das Wenige reichte, um Sympathie zu entwickeln für den eher verschlossenen Detective Inspector. Luke hatte es in seiner hemdsärmeligen Lebensphilosophie einmal bei einem Pint auf den Punkt gebracht: »DI Marks steht sich manchmal selbst im Weg.«

Mit einem wohligen Ächzen rückte Marks den Küchenstuhl nahe an Simon heran und ließ sich fallen.

»Schön, nicht? Es wird endlich wärmer.« Marks lehnte sich zurück. »Dieser Flecken ist ein kleines Paradies. Könnte mich dran gewöhnen.«

Simon sah ihn von der Seite an und hob eine Augenbraue. »Hast du deine Liebe zur Natur entdeckt? Willst du aus Helston weg? Sag nicht, dass dir die Stadt zu groß geworden ist.«

»Bei zehntausend Einwohnern sprichst du von einer Stadt? London, das ist eine Stadt. Nein, ich fühle mich ganz wohl in meinem Häuschen.« Er machte eine kurze Pause. »Etwas einsam vielleicht.«

»Oh, das klingt ein bisschen traurig. Sorry.«

»Du musst dich nicht entschuldigen. Aber du weißt das

ja selber, Polizisten haben es in Beziehungsfragen nicht immer leicht.« Marks sah, wie sich Simons Blick verdüsterte. »Jetzt muss ich mich entschuldigen.«

Simon schüttelte den Kopf und wechselte das Thema, bevor es zu sehr schmerzte. »In Ruan Minor sind übernächste Woche Gemeinderatswahlen. Aber deshalb bist du sicher nicht hergekommen.«

»Hast du dich aufstellen lassen?« Marks streckte die Beine aus.

Simon schüttelte belustigt den Kopf. »Ich liebe dieses Dorf. Aber ich glaube, dass ich nicht der Richtige bin für den Job. Da gibt es deutlich Qualifiziertere. Außerdem weiß ich nicht, ob ich eine so enge Beziehung zum Dorf möchte. Als Künstler bin ich doch eher der Exot. Dreizehn Kandidaten stehen auf der Liste, alle ambitioniert und engagiert. Verglichen mit anderen Gemeinden ist Ruan damit in einer komfortablen Situation. Anderswo müssen die Verantwortlichen regelrecht betteln, um Einwohner zum Engagement zu überreden.«

Marks lachte. »Wie ich Marys Tante kenne, hat sie sich als Erste auf die Liste setzen lassen.«

Simon lächelte, wurde dann aber ernst. »Du bist wegen Fiona Richards gekommen, stimmt's? Ihr kommt nicht weiter.«

»So ist es.« Marks zog die Füße wieder zu sich. »Wir treten auf der Stelle.«

Mit ein paar Sätzen informierte er Simon über den Stand der Ermittlungen. Nicht ohne ihn daran zu erinnern, dass er eigentlich mit ihm nicht darüber reden durfte.

»Ich weiß nicht, wie ich dir helfen könnte. Mary hat

auch schon gemeint, ich soll mich umhören.« Simon griff nach seinem Gehstock und drehte ihn in den Händen. »Viel mehr als das, was im Dorf an Gerüchten kursiert, weiß ich auch nicht.«

»Wie ist denn deine Einschätzung? In jedem Gerücht steckt doch immer auch ein Körnchen Wahrheit.«

Chris hatte natürlich nicht unrecht. Allerdings wollte Simon keine voreiligen Schlüsse ziehen. Er hatte sich zwar schon Gedanken gemacht, aber er fand es noch zu früh, sie laut auszusprechen.

»Ich seh doch, wie der Bulle in dir arbeitet«, versuchte Marks ihn zu locken.

»Fiona Richards hat sich aufstellen lassen.«

Marks wäre beinahe vom Stuhl aufgesprungen. Er beugte sich stattdessen vor. »Woher weißt du das?«

»Mary hat es mir erzählt. Die Wahlliste sollte in dieser Woche veröffentlicht werden.«

»Das ist doch mal ein echter Ermittlungsansatz. Ich werde Easterbrook auf die Wahlliste ansetzen. Die übrigen Bewerber müssen überprüft werden.« Er räusperte sich. »In der Politik wird mit harten Bandagen gekämpft. Das gilt fürs Parlament in London, und das gilt auch auf kommunaler Ebene.«

»Ich kann mir nicht vorstellen, dass einer von der Liste Richards getötet hat. Das passt nicht hierher. Worum geht es denn in Ruan? Um Straßenbeleuchtung, die Wartung der kleinen öffentlichen Toilette, das löchrige Mobilfunknetz. Es geht um die Frage, ob der Hafen … also, die Gebäude an einen Investor verkauft werden, in öffentlicher Hand bleiben oder in eine Stiftung übergehen sollen. Ein Mord passt da nicht hinein.«

»Investor? Terry Bennett ist aus dem Rennen.«

»Es gibt nicht nur ihn, Chris. Die Gegend ist äußerst beliebt bei Touristen in der ganzen Welt. Wenn du die richtige Immobilie besitzt, kannst du hier unten sehr reich werden. Die Wohnlage am Hafen ist nicht zu toppen.«

»Ich halte nichts für ausgeschlossen, Simon. Ich bleibe dabei, Politiker sind zu allem fähig. Es kommt immer auf den Preis an, den sie zu zahlen bereit sind.«

Simon hob die Schultern. »Dein Fall, deine Ermittlungen.«

»Du weißt selbst, wir dürfen nichts außer Acht lassen.«

»Wie gut ist diese DS Bley? Was du erzählst, klingt nicht so schlecht.«

»Sie wird ihren Weg machen. Sie kann sich in ihre Ermittlungen verbeißen und behält dennoch den Überblick.« Er dachte kurz nach. »Wobei ich schon denke, dass sie sich nicht um das Frauenklübchen kümmern sollte. Sie scheint die drei nicht zu mögen. Ich werde noch mal mit ihr reden müssen. Antipathie kann den Blick auf die wichtigen Dinge verstellen.«

»Ich kann sie verstehen. Die Damen sind schon sehr speziell. Vor allem, wenn Alkohol im Spiel ist.«

Marks atmete kräftig durch. Ein Lächeln erschien auf seinem Gesicht. »Bin gespannt, was DS Bley noch so alles aus Truro mitbringt. Staatsanwalt liebt Anwältin. So eine Affäre macht die Rechtspflege nicht gerade leichter und kann auch schon mal verhängnisvoll enden. Na ja. Wir werden sehen.«

XVII.

DS Annie Bley hatte etwas zu heftig an die Tür geklopft und ohne abzuwarten die Tür zum Geschäftszimmer geöffnet.

»Sie wünschen?« Die Sekretärin der Staatsanwaltschaft machte nicht den Eindruck, so kurz vor Feierabend sonderlich erfreut über die Störung zu sein. Abwartend schwebten ihre Hände über der PC-Tastatur. Ihre Augen wanderten wie ein Scanner über Bleys Körper.

Die Polizeibeamtin zückte ihren Dienstausweis und stellte sich vor. »Ich möchte Staatsanwalt Ben Barnes sprechen.«

Die Sekretärin warf einen Blick über die Aktenstapel auf ihrem Schreibtisch und einigen Ablageböcken, um dann das offene Regal zu streifen, in dem sich Ordner an Aktenordner reihte. Ganz so, als vermutete sie ihren Vorgesetzten in einem der unbearbeiteten oder bereits abgelegten Vorgänge. »Tut mir leid, Staatsanwalt Barnes ist nicht in seinem Büro.«

»Dann sagen Sie mir bitte, wo ich ihn erreichen kann.«

Der Blick der Sekretärin wanderte erneut von der Besucherin über die Akten. »Das ist derzeit nicht möglich. Kann ich Ihnen vielleicht weiterhelfen? Wenn Sie mir ein Aktenzeichen nennen …«

»Ein Aktenzeichen würde mir in diesem Fall nicht helfen. Ich muss ihn persönlich sprechen …«

»Wie ich bereits sagte«, die Sekretärin nahm die Hände von der Tastatur und machte den Rücken gerade, um damit die ganze Strenge ihrer Behörde zum Ausdruck zu bringen, »das ist derzeit nicht möglich. Ich richte ihm gerne etwas aus.«

»Sie würden mir eher helfen, wenn Sie mir sagen, wo ich ihn finden kann. Es ist wichtig.« Meine Güte, was für eine Schnepfe. Annie Bley war offensichtlich an eine jener Spezies Angestellte geraten, deren Hauptanliegen es war, alles zu verhindern, was nach Arbeit aussah – für sich selbst und ihren Chef. Und die davon überzeugt war, dass die Autorität einer Behörde gleichzusetzen war mit der eigenen Autorität. Widerwillig fügte Bley hinzu. »Bitte.«

»Das ist nicht so einfach.«

»Hören Sie.« Bleys Geduld war am Ende. »Sie sagen mir jetzt, wo ich Ihren Chef finde, oder ich muss mich an die Leitung der Verwaltung wenden. Wie ist überhaupt Ihr Name?«

Ihr Gegenüber blieb völlig unbeeindruckt. Derlei Gespräche hatte sie wohl schon öfter geführt. Und mit jedem Mal war ihr Fell dicker geworden.

»Nun?«

Die Sekretärin stand auf und trat einen Schritt auf DS Bley zu. »Es ist komplizierter, als Sie denken, DS.« Mit einem Mal wirkte die Frau verlegen. Vielleicht lag es aber auch bloß an der Geste, mit der sie ihre Strickjacke glattstrich. »Ben, also Staatsanwalt Barnes, ist nicht zum Dienst erschienen.«

»Ist er krank?« Bley trat ungeduldig von einem Fuß auf den anderen. Warum sagte das die Frau nicht gleich? »Wann erwarten Sie ihn zurück? Hat er dazu etwas gesagt?«

Die Sekretärin schüttelte stumm den Kopf.

»Aber Sie werden doch mit ihm gesprochen haben.«

In den Augen der Frau glitzerte es plötzlich verdächtig. »Wir haben im Augenblick keinen Kontakt zu ihm. Er geht nicht ans Telefon und reagiert auch nicht auf Mails.«

»Seit wann geht das schon so?«

»Seit ein paar Tagen.«

»Und es kommt Ihnen nicht merkwürdig vor, dass sich ein Staatsanwalt nicht meldet?« In DS Bleys Nacken machte sich ein Kribbeln bemerkbar.

»Nein, nein, überhaupt nicht. Er hatte sich ein paar Tage freigenommen. Überstunden abbauen. Aber er hätte vorgestern wieder zum Dienst erscheinen sollen.« Sie wies mit der Hand ins Zimmer. »Hier wartet jede Menge Arbeit auf ihn.«

»Ist das schon einmal vorgekommen, dass sich Ihr Chef nicht an Absprachen hält? Dass er seinen Urlaub verlängert, ohne Bescheid zu sagen?«

»Das ist es ja. Ben, also Mr. Barnes, ist immer korrekt und überaus pünktlich. Wir machen uns große Sorgen um ihn.«

»Er lebt doch nicht allein?«

Die Sekretärin wollte den Kopf schütteln, hielt aber inne. »Ja … nein. Seine Frau hat sich von ihm getrennt und ist zu Hause ausgezogen.«

»Wie lange ist das her?« Bley hatte ihren Notizblock gezückt und begann, Notizen zu machen.

»Erst vor Kurzem.«

»Kennen Sie den Grund?«

»Nein.«

Bley sah, dass sie log. »Hat sie ihn betrogen oder er sie?« Sie hatte weder Zeit noch Muße, länger um den heißen Brei herumzureden.

»Dazu kann ich nichts sagen. Das steht mir nicht zu.«

»Haben *Sie* eine Affäre mit Ihrem Chef?« Annie Bley sah mit Genugtuung, wie das Gesicht der Justizangestellten übergangslos von Frühlingsblass zu Knallrot wechselte.

»Um Gottes willen, nein. Was denken Sie?«

»Sie sind also eine ehrbare Person.« Bley nickte, aber ihr Ton geriet ein wenig spöttisch.

»Allerdings.« Die Sekretärin zog die Jacke eng um ihren Oberkörper, als sei mit einem Mal die Temperatur im Büro gegen null gesunken. »Ich bin seine Sachbearbeiterin. Wir arbeiten schon viele Jahre zusammen. Wir haben ein rein dienstliches Verh…«, sie verbesserte sich, »wir arbeiten ausschließlich korrekt, inhaltlich nachhaltig und immer auch zielorientiert zusammen.«

Außerdem war sie viel zu alt für den smarten Staatsanwalt, dessen Foto Bley im Internet gefunden hatte. So wie Barnes aussah, stand er mit Sicherheit auf junge Hühner, wie sich ihr früherer Vorgesetzter ausgedrückt hätte. Eine Endvierzigerin mit am Ansatz schlecht gefärbtem Haar und schlaffem Busen gehörte sicher nicht zu seinem Beuteschema. In welchem Fortbildungsseminar mochte seine gute Seele der Büroarbeit Vokabeln wie *zielorientiert* und *nachhaltig* gelernt haben? Bley wollte die Frau nicht länger unter Druck setzen. »Sachbearbeiterin, also. Gut. Ein sehr wichtiger Beruf. Bitte nennen Sie mir die Anschrift Ihres Chefs. Ich werde hinfahren und nachsehen.«

Die Justizangestellte nannte ihr die Adresse, sichtlich erleichtert, dass sie die Polizeibeamtin gleich los sein würde. »Kennen Sie sich aus in Truro?«

»Ich werde das Haus schon finden. Kein Problem.« Bereits im Gehen begriffen, drehte Bley sich noch einmal um und legte ihre Visitenkarte neben den PC der Sachbearbeiterin. »Sollte sich Ihr Chef melden, rufen Sie mich bitte umgehend an.«

»Sie haben mir noch gar nicht gesagt, worum es geht, Detective Sergeant. Mein Name ist übrigens Samantha. Samantha Wiggins.«

DS Bley verließ knapp nickend das Büro, ohne die Frage der verunsicherten Mitarbeiterin beantwortet zu haben.

Das Reihenhaus lag in einer ruhigen Seitenstraße in einem der besseren Wohnviertel Truros. Von hier aus war es nicht allzu weit bis in die City. Das Geschäftsviertel und die neogotische Bischofskirche, Wahrzeichen der Stadt, waren leicht zu Fuß zu erreichen. DS Bley war auf dem Weg durch die Innenstadt an Charlotte's Tea House vorbeigekommen, das sie an ihre Tante erinnerte. Sie hatte sie immer wieder mal zu einem Cream Tea in einem ihrer Lieblingscafés einladen wollen, aber bei der Absicht war es am Ende geblieben. Tante Isabelle war nun schon seit einigen Jahren tot.

Annie Bley parkte am unteren Ende der Straße und schloss den Wagen ab. Sie blickte an den Häusern entlang, die auf beiden Straßenseiten stolz ihren viktorianischen Ursprung herzeigten. Die nahezu identischen Fassaden waren in Weiß gestrichen, die Eingänge wurden von Säulen eingerahmt. Die geschmiedeten Zäune, die die Abgänge zu den ursprünglichen Dienstboteneingängen sicherten, und die Zugangstore waren in Schwarz gehalten. Die Hauseingänge lagen einige Stufen höher als das Straßenniveau. Eine überaus gepflegte Gegend, stellte sie fest. Der blaue Himmel und die optimistisch scheinende Sonne verstärkten den Eindruck. Die Straße erinnerte sie an Gegenden in Westminster. Ganz anders als die Straße in Helston, in der sie eine Wohnung gemietet hatte.

Barnes' Haus lag ein Stück voraus auf der linken Seite. Die Beamtin ging an den Häusern vorbei und blieb dann vor dem Eingang stehen. Bevor sie die Stufen zur Haustür hinaufging, blickte sie die Straße hinauf und hinunter. Bis auf ein paar Autos lag sie wie ausgestorben da. Entweder spielte sich das Leben der Bewohner in den rückwärtigen Räumen ab, oder die Menschen waren mit Einkaufen beschäftigt oder gingen ihren Berufen nach.

Im Briefkasten der schwarz gestrichenen Tür steckten eng aneinander gepresst einige Broschüren.

Bley betätigte die Klingel, die im Inneren einen Gong mit Westminsterklang auslöste. Warum hatte sie gewusst, welcher Klingelton es sein würde? Als niemand öffnete, läutete sie erneut.

Nichts.

Sie versuchte es noch ein paarmal, aber mit dem stets gleichen Ergebnis. Staatsanwalt Ben Barnes öffnete nicht. Bley wollte die Broschüren aus dem Briefkastenschlitz ziehen, um einen Blick durch den Schlitz zu werfen. Was, wenn Barnes tot im Flur lag?

»Was machen Sie da, junge Frau?«

Hinter ihr war eine ältere Frau aufgetaucht, die einen Hund an der Leine führte. Der Pinscher begutachtete sie mit hechelnder Zunge, als habe er in dieser Straße das Sagen.

»Gut, dass ich Sie treffe. Kennen Sie Mr. Barnes? Und wissen Sie, wo ich ihn erreichen kann?«

Wer will das wissen, fragte der Hundeblick.

»Wer will das wissen?«, fragte die Frau und stellte sich näher zu ihrem Hund, der sich abwartend auf die Hinterpfoten setzte.

»Entschuldigung. DS Bley, Polizei Helston.« Sie zückte ihren Dienstausweis.

Der Hund stand auf und kam näher. Neugierig starrte er hinauf. Von seiner Warte aus war sicher nicht viel zu erkennen. Sein Hecheln klang jetzt gleichgültig. Die Frau indes hob ihre Augenbrauen. »Ich habe meine Brille nicht dabei. Ist das ein Dienstausweis?«

Bley nickte. »Können Sie mir bitte …«

»Mein Mann«, sie hob ihren Blick, »Gott hab in selig, hatte einen Bruder bei der Polizei in Yorkshire. Auch schon tot. Er war mit einer entfernten Cousine verheiratet, wissen Sie. Sehr kurios, finden Sie nicht? Ich habe immer gesagt, wo die Liebe hinfällt, wächst selten Unkraut.« Sie kicherte. »Betty war eine Seele von Mensch. Wir haben die beiden oft besucht, oben in Staiths. Betty war eine Schönheit, und im Dorf sehr beliebt – wenn Sie wissen, was ich meine.«

Wusste DS Bley nicht. »Hören Sie …«

»Alle Männer waren hinter ihr her. Sogar mein Harold. Aber sie ist standhaft geblieben, unsere Betty.« Sie hob den Blick erneut gegen den Himmel. »Gott hab sie selig.« Sie sah ihren Hund an, der mittlerweile das Hecheln eingestellt hatte. Allerdings hing seine Zunge schräg aus dem Maul, als sei sie zu lang geraten oder ausgeleiert. »Was hat die junge Dame gefragt, meine Süße? Sie heißt übrigens auch Betty.« In ihrem runzligen Gesicht erschien ein Lächeln, das man durchaus auch verschlagen oder hinterhältig hätte nennen können.

»Wissen Sie, wo ich Mr. Barnes finden kann?«

»Na, dort. Sie stehen genau vor seiner Tür.« Ihre Locken waren derart mit Haarspray an den Kopf geklebt, dass sie sich beim tadelnden Kopfschütteln keinen Millimeter bewegten. »Aber er ist nicht da. Jedenfalls schon ein paar Tage nicht.« Sie deutete auf das Haus gegenüber. »Harold hat mir das Haus vermacht.«

»Ein paar Tage, sagen Sie?«

»Wenn ich's doch sage.«

Vermutlich hockte die Alte den ganzen Tag am Fenster, um ja nichts zu verpassen. »Wohin er ist, wissen Sie nicht zufällig?«

»Was glauben Sie? Ich spioniere meinen Nachbarn doch nicht hinterher. Das ist eine hochanständige Gegend hier. Es wohnen ausschließlich honorige Menschen in dieser Straße. Was sagst du dazu, Betty?«

Es fehlt nicht viel, und die Töle geht mir an die Gurgel, so wie die das Maul verzieht. »Hat er vielleicht mal etwas verlauten lassen? Wann haben Sie das letzte Mal mit Staatsanwalt Barnes gesprochen?«

»Was wird das jetzt?« Der vertrauliche Ton, den sie zuvor angeschlagen hatte, als es um ihren Harold ging, war einer Kälte gewichen, die Bley der alten Frau gar nicht zugetraut hätte.

»Ich …«

»Ich gebe grundsätzlich keine Auskunft über meine Nachbarn«, fiel sie Bley ins Wort. Ihr Hund ging mit den Hinterläufen in die Hocke und pinkelte.

»Es ist aber wichtig. Es geht um die Aufklärung eines Verbrechens. Sie könnten mir dabei helfen.«

Fast sah es so aus, als würden sich Hund und Frauchen synchron auf die Hinterpfoten setzen wollen, so unvermittelt wechselte ihre Körperhaltung von Ablehnung zu unverhohlener Neugier.

»Verbrechen? Hast du das gehört, Betty? Verbrechen?«

Betty ließ sich nicht ablenken. Sie hatte jetzt ausschließlich Augen und Ohren für DS Bley.

»Ich muss Mr. Barnes dringend sprechen.«

»Warum haben Sie das nicht gleich gesagt, mein liebes Kind?« Sie schien Witterung aufgenommen zu haben. Ihr nachmittägliches Gassigehen nahm gerade eine unverhofft spannende Wendung. Sie zog Betty auf die Beine. »Wollen Sie nicht auf einen Tee zu mir kommen? Ich habe erst heute Mittag frische Crumpets gemacht. Als hätte ich unsere Begegnung vorausgesehen.«

»Aber ich …«

»Kommen Sie.« Ohne auf die Reaktion der Beamtin zu achten, drehte sie sich um und zog Betty mit sich über die Straße. Die Hündin schien nicht erfreut über den plötzlichen Sinneswandel ihres Frauchens. Vermutlich hatte Betty sich auf die ausgiebige Begutachtung des Baumbestandes eingestellt, der sie am oberen Ende der Straße erwartete.

»Ihnen kann man es aber auch nicht recht machen, DS. Erst ist Ihnen das Frauenkränzchen in Cadgwith zu überdreht, und nun beschweren Sie sich über das Verhalten einer alten Dame.« DI Marks sah seine Mitarbeiterin schelmisch tadelnd an.

Annie Bley hatte ihm ausführlich von der keinen Widerspruch duldenden Einladung zum Tee berichtet, von den kalten Crumpets und von Betty, dem Pinscher, der ständig um ihre Beine gestrichen war. Und sie hatte davon berichtet, dass sie wenig Erhellendes über Ben Barnes erfahren hatte. Außer der Tatsache, dass niemandem in der Straße das Verschwinden des Juristen aufgefallen war.

Barnes führte demnach ein äußerst unauffälliges Leben, schon zu Zeiten, als seine Frau noch bei ihm war. Das Paar hatte nach Aussage von Mrs. White, so hatte sich die alte Nachbarin schließlich vorgestellt, wenig Wert auf so etwas wie Nachbarschaft und *socialising* gelegt. Abgesehen von ein paar Bemerkungen über das Wetter und einem freundlichen Kopfnicken sei man sich nicht nähergekommen.

Auch der Auszug der Ehefrau war eher geräuschlos über die Bühne gegangen. Die Rentnerin hatte lediglich an einem Nachmittag, kurz bevor sie mit Betty Gassi gehen wollte, Mrs. Barnes mit zwei großen Koffern auf dem Bürgersteig stehen und schließlich in ein Taxi einsteigen sehen. Barnes habe sie nicht zu Gesicht bekommen. Mrs. Barnes habe sehr schlecht ausgesehen. Ihr, Mrs. White, sei dann am Abend aufgefallen, dass alle Räume im Hause Barnes hell erleuchtet gewesen waren.

Seither habe sie den Staatsanwalt noch seltener zu Gesicht bekommen. In der Straße habe man schon hinter vorgehaltener Hand gemutmaßt, dass über kurz oder lang das Haus zum Verkauf stehen würde. Eine Nachbarin habe gar zu wissen vorgegeben, dass die Scheidung eingereicht sei. Über die Gründe für die Trennung habe es die verschiedensten Gerüchte gegeben: Er habe eine Neue, sie habe einen Lover, sie habe sich beruflich neu orientieren wollen, er habe nicht aus Cornwall weggewollt, sie habe sich in Truro an keinem Tag zu Hause gefühlt, er habe ihre Erwartungen nicht erfüllt, was seine Karriere anging, etc.

»Also alles nur Gerüchte?« Marks langweilte der Bericht. Gut, dass Bley ihn nicht schon gestern Abend zu Hause damit genervt hatte.

»Yep.« Sie nickte knapp.

»Niemand hat eine andere Frau bei Barnes ein- und ausgehen sehen? Hat diese Schreckschraube nichts erzählt?«

»Mrs. White ist überzeugt davon, dass Barnes keinen Frauenbesuch hatte. Jedenfalls keinen sichtbaren. Wenn Barnes sich mit Richards getroffen hat, dann müssen sie sehr diskret vorgegangen sein. Ich habe mal nachgesehen, es gibt keinen Zugang vom Garten zum Haus.«

»Aber am Gericht wird doch kolportiert, dass die beiden ein Verhältnis hatten.«

»Auch dort nur Gerüchte.« Bley nippte an ihrem Becher, den sie zur Besprechung mit in Marks' Büro genommen hatte.

»Es muss eine Verbindung geben. Das ist doch kein Zufall: Richards wird ermordet, und Barnes ist verschwunden.« Marks drehte sich mit dem Bürostuhl von der einen zur anderen Seite, so als halte er selbst seine Vermutung für unglaubwürdig.

»Ich habe noch eine andere Theorie. Barnes' Ex hat ihre Nebenbuhlerin auf dem Gewissen. Wir sollten uns bei der Justiz noch einmal umhören.« Bleys Gesichtsausdruck ließ keinen Zweifel, dass sie das Gedrehe ihres

Chefs nervte. »Und wir sollten die Hotels in der Region abklappern. Vielleicht haben sie sich regelmäßig irgendwo eingemietet, so als frisch verliebtes Paar.«

»Gute Idee, Bley. Tun Sie das. Besorgen Sie sich auch ein Foto des Staatsanwalts. Vielleicht identifizieren die Frauen in Ruan Minor und Cadgwith ihn als den großen Unbekannten. Wir müssen Barnes unbedingt auftreiben. Ich setze ganz auf Sie.« Marks war froh, dass sie ihm das zeitraubende Abklappern freiwillig abnahm. »Wenn Sie wollen, können Sie Easterbrook mit einbeziehen.«

»Allan?«

Marks interpretierte ihre Entrüstung so: *Dieser Pedant, auf dessen Schreibtisch der rechte Winkel ein strenges Regiment führt, und Verfechter absolut fester Pausenzeiten hat mir gerade noch gefehlt.*

»Der Detective Constable mag zwar etwas schwerfällig wirken, aber im entscheidenden Moment ist er eine große Hilfe.«

Bley schwieg, obwohl ihr eine heftige Entgegnung deutlich anzusehen war.

»Also, abgemacht.« Marks blätterte oberflächlich durch die Mappe, die vor ihm auf dem Tisch lag. »Sie beide kümmern sich um die Hotels.«

Bley blieb abwartend sitzen.

»Mögen Sie jetzt mit mir Essen gehen?« Marks deutete auf die Bürouhr über der Tür. »Ein gut gewürztes Curry wär jetzt nicht schlecht.« Als er sah, dass sie zögerte, fügte er hinzu: »Ich spendiere Ihnen eine kleine Auszeit, bevor ich Sie in die Fänge von DC Easterbrook entlasse.«

»Indisches Curry ist nicht so meins.«

Marks hatte es geahnt. Auf ein Mittagessen mit ihrem

Chef schien sie noch weniger Lust zu haben als auf die Arbeit mit dem langweiligen Easterbrook.

»Im Anchor haben sie neuerdings auch Burger und Fish 'n' Chips.«

»Danke.«

»Danke, ja. Oder danke, nein?«

Statt zu antworten stand DS Bley auf.

»Habe ich Sie verletzt?« Marks war tatsächlich unsicher. Er wollte doch einfach nur höflich sein und kollegialen Kontakt suchen. Immerhin würden sie die kommenden Jahre zusammenarbeiten müssen. Da war eine gewisse Vertrautheit von Vorteil. Vermutlich verstand sie ihn falsch. Er suchte keine neue Beziehung.

»Na, dann gehen wir.« DI Marks versuchte Optimismus zu verbreiten.

»Ich habe keinen Hunger, und DC Easterbrook wird eine Einweisung in die laufenden Ermittlungen brauchen.« Sie hatte den Satz kaum ausgesprochen, als sie auch schon aus der Tür war.

Marks war sprachlos. Langsam setzte er sich auf seinen Drehstuhl und ließ ihn quietschend vor- und zurückrollen.

XVIII.

»Meine Tante hat diese Woche Geburtstag, und ich brauche noch eine Postkarte. Die Dame ist sehr altmodisch und besteht auf handgeschriebene Zeilen.« Millie war regelrecht in den Laden gestürmt. »Ich habe leider nicht viel Zeit. Hast du etwas, das passen könnte?«

Mary deutete einladend auf die beiden Ständer mit den Ansichtskarten. »Grußkarten wirst du keine finden. Bei mir gehen nur die typischen Ansichten aus der Gegend.«

»Macht nichts.« Millie drehte bereits an dem Ständer, ohne sich weiter um Mary zu kümmern. »Ist eigentlich auch ziemlich egal. Hauptsache, mit der Hand geschrieben.« Sie zog eine Karte hervor, die den Hafen von Cadgwith zeigte, und legte sie neben die Kasse. »Bitte mit Briefmarke.«

Millie Henderson war an diesem Morgen die erste Kundin. Nachdem der Tag sonnig begonnen hatte, waren wie aus dem Nichts Wolken über der Bucht aufgetaucht. Schnell hatte sich der Himmel zugezogen, und es goss in Strömen. Zugleich waren die Temperaturen gefallen, und es war empfindlich kalt geworden. Der Wind hatte zugenommen, und die See war grau und aufgewühlt.

»Darf ich dich etwas fragen?«

»Sicher. Alles, was du willst.« Millie machte allerdings nicht den Eindruck, sich auf ein längeres Gespräch einlassen zu wollen.

»Ich habe gehört, dass Fionas Leichnam noch nicht freigegeben ist. Gibt es dazu Neuigkeiten?«

»Leider nicht. Es ist so tragisch.« Sie legte das Geld für die Karte abgezählt auf den Tresen.

»Ich will nicht tratschen, Millie, aber wir kennen uns schon lange. Hatte Fiona tatsächlich ein Verhältnis mit einem Mann aus Exeter? Sie soll ihn in Helston getroffen haben.«

»Exeter?« Millie lachte auf. »Was die Leute so reden. Nein.«

»Du kennst das Dorf ja.«

»Woher wollen die das wissen?«

»Einige aus dem Gemeinderat wollen das gehört haben.«

»Diese Trutschen und senilen Knacker sollen mal lieber still sein. Fiona hatte niemanden aus *Exeter* als Lover.« Millie beugte sich verschwörerisch zu ihr. »Weil wir uns so gut und so lange kennen, Mary: Fiona hatte einen Kerl aus Truro im Bett.«

»Mit dem sie sich in Helston beim Flora Day getroffen hat?«

»Die beste Gelegenheit für ein Treffen. Die ganze Stadt war auf den Beinen. Da fällt es nicht auf, wenn zwei sich *zufällig* über den Weg laufen.« Millie klebte die Briefmarke auf und steckte die Karte in ihre Handtasche. »Ich muss wieder los.«

»Hat sie etwas über diesen Mann erzählt?«

»Warum willst du das wissen?« Millie Henderson stand schon fast in der Tür.

»Das ist doch alles seltsam, findest du nicht? Ich kann die Gerüchte einfach nicht einordnen. Und du sprichst nun von einem Kerl in Truro.«

Millie nahm die Hand vom Türgriff und kam zur Theke zurück. In ihren Augen standen offenes Misstrauen und eine Spur Verschlagenheit.

»Wenn du es für dich behalten kannst: Er ist ein bekannter Staatsanwalt. Und was den Gemeinderat angeht, Fiona wollte sich zur Wahl stellen, etwas für das Dorf tun. Du solltest nichts auf Gerüchte geben, die absichtlich gestreut werden. Die Kandidaten für den Gemeinderat haben nur ihren eigenen Erfolg im Sinn und nutzen jede Gelegenheit, den anderen schlecht dastehen zu lassen.

Wenn es um Wählerstimmen geht, ist niemand zimperlich, egal ob in Ruan Minor oder im House of Commons. Aber na ja, das hat sich in Fionas Fall ja sozusagen ganz von selbst erledigt. Sie ist tot und für niemanden auf der Wahlliste mehr eine Gefahr.«

»Weißt du, was du da andeutest? Dass jemand aus dem Ort sie umgebracht haben könnte, weil er um seinen Einzug in den Gemeinderat bangt. Ehrlich, Millie, ich traue den Leuten hier viel zu, aber das?«

»Ich will gar nichts andeuten. Denk nicht das Falsche. Ich wollte nur auf diese dämlichen Gerüchte eingehen.« Sie wandte sich erneut Richtung Tür. »So, ich muss. In Porthleven wartet ein Kunde. Ein Haus am Hafen sucht einen neuen Besitzer, und ich habe einen potenten Interessenten an der Angel, einen mit ganz viel Kohle.«

»Eine Frage noch. Glaubst du, dass Fionas Verabredung in Helston der Mörder ist?«

»Hast du eine andere Erklärung? Ich nicht. Zum Glück hat der Regen nachgelassen.« Mit diesen Worten verließ Millie Henderson den Dorfladen.

Mary blieb noch eine Weile am Verkaufstresen stehen, um ihre Gedanken zu sortieren.

Im Grunde genommen konnte es gar nicht anders gewesen sein. Fiona traf sich mit dem angeblich Unbekannten, der in Wahrheit der Staatsanwalt war, in Helston. Aus irgendeinem Grund kam es zum Streit, der tödlich endete. Vielleicht waren die beiden zur Aussprache nach Poltesco gefahren. Carleon Cove war der richtige Ort für ein ruhiges Gespräch. Etwas versteckt gelegen, mit nur wenigen Besuchern. Dort musste das Ganze dann eskaliert sein. Anders konnte es nicht sein.

Andererseits störte sie etwas an diesen Überlegungen. Warum nahmen die beiden – vorausgesetzt es war der Staatsanwalt – den Weg von Helston bis an die Küste in Kauf? Sie hätten auch nach Truro fahren können. Dort wäre ein unauffälliges Treffen genauso möglich gewesen. Sie verwarf den Gedanken sofort wieder. Die beiden waren dort als Juristen viel zu bekannt. Kolleginnen oder Kollegen hätten ihnen begegnen können. Und was, wenn der Staatsanwalt verheiratet war? Da war eine einsame Bucht sicher die bessere Wahl.

Aber das war es nicht allein, was sie nicht verstand. Wenn es stimmte, dass nicht der Staatsanwalt, oder wen immer sie beim Flora Day getroffen hatte, der Täter war, sondern jemand anderes? Vielleicht doch jemand aus dem Dorf? In Gedanken ging sie die Mitglieder der Gemeindevertretung und die Kandidaten für die Neuwahl durch. Millie hatte unrecht. Die meisten von ihnen waren längst im Rentenalter und jenseits aller Mordfantasien. Wenn sie das Wohl der Gemeinde im Sinn hatten, hätten sie sich über Fionas Bewerbung eher freuen müssen. Sie hätte frischen Wind in die Verwaltung gebracht, allein schon, weil sie Juristin war.

Seit Fionas Tod war es still um das Frauenklübchen geworden. Im wahrsten Sinne des Wortes. Mary hatte die drei am vergangenen Freitagabend im Pub gesehen. Von ihrer üblichen Feierhysterie, die von den unterschiedlichsten Cocktails begleitet wurde, war nichts zu sehen gewesen. Der Tod ihrer Freundin musste sie tief getroffen haben. Die drei hatten auf der Bank neben dem offenen Kamin gesessen, die Köpfe zusammengesteckt und das Gewusel völlig ausgeblendet.

Es war schon weit nach sechzehn Uhr, als Mary den Laden abschloss. Das Wetter hatte sich nicht gebessert. Schon bald nach Millies Abgang hatte der Regen wieder eingesetzt. Es hatte so ausgesehen, als habe sich die See bis hoch in die Wolken aufgefaltet und ihr nasses Gewand über Cadgwith stülpen wollen. Diese Wucht kannte sie nur von den Herbststürmen. Zu einem Frühling wollte dieses Wetter nicht passen.

Am Hafen traf sie auf Jonathan, der gegenüber dem Dorfladen seinen winzigen Fischhandel betrieb. Er stand mit hochgezogenen Schultern vor dem kleinen Fischkutter und fluchte über das Wetter und den Klimawandel, freute sich aber auch darüber, dass der Fang seiner Kollegen übermäßig üppig ausgefallen war. Jonathan war in seiner knorrigen, dabei aber stets dem Leben zugewandten Art der typische Vertreter der Menschen auf der Halbinsel Lizard. Ab und an holte er seinen aus einer Teekiste und einem Besenstiel gebastelten Bass hervor und begleitete die Musiker der dienstäglichen Folk Night.

Sie unterhielten sich über den Mord an Fiona und wie grausam das Leben an der Küste sein konnte.

Später saß Mary im ehemaligen Wohnzimmer ihrer Eltern, das jetzt ihr Frühstücksraum war, und blätterte im Buchungsbuch. Die kommenden Wochen und Monate versprachen eine erfolgreiche, wenn auch anstrengende Zeit zu werden. Selbst im Herbst gab es kaum noch freie Termine. Ihre Pension gehörte mittlerweile zu den beliebtesten Unterkünften in diesem Teil Cornwalls. Das lag vor allem an der grandiosen Lage des Cottage, hoch über der Bucht von Cadgwith. Bei schönem Wetter ging der Blick bis weit hinüber zur Llody's Signal Station, die zusammen mit dem Leuchtturm und den Nebelhörnern von Lizard Point die nördliche Einfahrt in den Ärmelkanal markierte.

Die Wolken hingen tief über der Bucht, und die einsetzende Flut trieb die Wellen weit in den Naturhafen hinein. Das unablässige Rollen der Gischtkämme ließ ahnen, dass es draußen im Kanal sehr stürmisch sein musste. Das Tief sollte sich nach Angaben von BBC Radio Cornwall erst im Laufe des kommenden Tages über den Kanal Richtung Kontinent verziehen. Die dichte Wolkendecke ließ nur wenig Tageslicht durch. Herbststimmung im Frühjahr. Eine verrückte Zeit. Im Zimmer war es nicht kalt, aber Mary zog unwillkürlich die Strickjacke enger um den Körper.

Es waren nicht die Temperaturen, es waren die Erinnerungen an den vergangenen Herbst. Sie schüttelte den Gedanken an die schlimme Zeit ab. Sie wollte sich nicht von diesen Erinnerungen beherrschen lassen, aber an Tagen wie diesen waren sie plötzlich wieder da. Als hätten sie nur auf diese Lichtstimmung gewartet, um aus der dunkelsten Ecke ihrer Gedanken hervorzukriechen und zu zeigen: Du wirst uns niemals los.

Mary stand auf. Sie musste sich ablenken. Gut, dass sie für den kommenden Tag noch backen wollte. Ihr hausgemachtes Gebäck schmeckte nicht nur den Touris gut, auch die Menschen aus dem Dorf kamen in den Laden, um ihre frischen Scones zu kaufen. Das machte sie besonders stolz.

In der Küche war sie gerade dabei, auf dem alten langen Küchentisch das Mehl abzuwiegen, als sie von der Tür her ein Geräusch hörte.

»Als hätte ich es gerochen.«

Tante Margaret stand wieder einmal in der Küche wie aus dem Boden gewachsen. Mit einem routinierten Rundumblick suchte sie den Raum nach Dingen ab, nach Einrichtungsgegenständen, Kochbüchern oder Töpfen, die sie noch nicht kannte und die einen willkommenen Gesprächsanlass bieten würden. Aber in Marys Küche sah es aus wie immer. Alles war an seinem Platz, und der alte AGA wartete darauf, dass das Backfach die nötige Hitze entwickelte.

»Wie gefällt dir meine neue Frisur?«

Na ja, dachte Mary, *du siehst immer noch aus wie weiland Queen Mum*. Da halfen auch die besten Kniffe der Friseurin nichts. »Gut. Steht dir gut. Was hast du vor?«

»Du weißt, die Gemeinderatswahlen. Außerdem wird Jeremy übermorgen einen kleinen Film über unsere Arbeit drehen.«

»Der Filmemacher aus London?«

»Jawohl. Jeremy Wootliff.« Tante Margaret warf sich in Pose, als stünde sie bereits am Filmset.

»Oh. Das wird aber sicher eine nicht ganz billige Produktion.«

»Unsinn. Ein echter Liebesdienst.«

»Tante!«

»Nicht an mir, du Schelmin. Am Dorf. Er liebt Cadgwith. Morgen Abend will er hier sein. Den Kurzurlaub nutzt er für ein paar Aufnahmen vom Dorf und von uns. Also vom Vorstand. Er wird mit mir ein längeres Interview führen.« Sie verstärkte ihre Pose. »Natürlich wird es im Wesentlichen um die Arbeit gehen. Nichts Großes.« Sie versuchte die Sache kleinzureden, um damit zugleich ihre Professionalität herauszustellen.

»Natürlich.« Mary wusste es besser. Wie sie ihre Tante kannte, würde sie Jeremy Wootliff nicht eine Sekunde aus den Augen lassen und sich bei jeder sich bietenden Gelegenheit vor seine Linse drängen.

»Brauchst gar nicht so süffisant zu sein. Es geht allein um das Dorf. Wir müssen unbedingt aus unserem Dornröschenschlaf erwachen, wenn wir als Dorfgemeinschaft vorankommen wollen. Die Liebe der Menschen zu diesem Landstrich ist unser größtes Potenzial. Das müssen wir bedienen.«

»Klar. Wir brauchen auch tatsächlich all die Investoren, die unsere Häuser aufkaufen und zu Wochenend-Ressorts machen. Das wird am Ende dazu führen, dass mittelfristig die Einheimischen bei der Suche nach einem bezahlbaren Häuschen oder einer Wohnung das Nachsehen haben. Die Preise werden steigen, und die Häuser sind dann nur noch an den Wochenenden belegt. Das ist das Ende der Dorfgemeinschaft. Guck dich doch mal um. St. Ives ist nur ein Beispiel von vielen. Willst du das? Wir werden als Cadgwith nur überleben, wenn die Menschen, die hier Häuser kaufen, im Dorf auch ihren Lebensmittelpunkt haben.«

»Du solltest nicht so schwarzsehen, Kindchen.«

»Und du sollst mich nicht immer Kindchen nennen.« Mary griff nach der Mehldose. Diese Diskussion hatte sie mit Margaret schon mehrfach geführt. Sie verschloss natürlich nicht gänzlich die Augen vor der Realität. In den vergangenen Jahren waren mehr und mehr Häuser zu begehrten Ferienwohnungen umgewandelt worden. So weit, so gut. Aber es war auch eine gefährliche Entwicklung. Sie mussten achtgeben, dass sie nicht überrollt wurden. Mary musste an Terry Bennett denken, der mit seinen dubiosen Aufkaufversuchen am Ende das Dorf gegen sich aufgebracht hatte. Die Fischer hatten widerstanden. Aber wie lange würde das noch halten? Erst kürzlich hatten sie mit einem großangelegten Spendenaufruf den Verkauf des Gebäudes, in dem die Winde zum Hochziehen der Schiffe untergebracht war, an einen Investor verhindert. Das alte Haus würde auch künftig das markante Dorfbild in seiner historisch gewachsenen Form prägen.

»Ist ja schon gut.« Tante Margaret zog ein Gesicht. »Wenn dir Cadgwith so sehr am Herzen liegt, hättest du dich ja auch zur Wahl stellen können.«

»Du weißt genau, dass ich keine Zeit habe, mich intensiv um Gemeindearbeit zu kümmern.«

Ihre Tante hatte in der Tat einen wunden Punkt getroffen. Sie war schon bald nach ihrer Rückkehr darauf angesprochen worden, sich mehr ins Dorfleben einzubringen. Aber sie hatte damals bereits mit der gleichen Begründung abgewunken. Die Zeit war noch nicht reif dafür. Sie half, wo sie konnte, aber sie wollte ihre Hilfsbereitschaft nicht zu einem offiziellen Amt ausweiten. Das lag neben ihrer begrenzten Zeit auch daran, dass ihr jede Form von Vereinsleben suspekt war.

Margaret hingegen hatte in der Vereinsarbeit ihr Lebenselixier gefunden: Immer auf dem neuesten Stand des Dorftratsches sein, die Aufmerksamkeit genießen, die mit dem Posten der Vorsitzenden verbunden war, und auch etwas für Cadgwith erreichen. Im Grunde war sie der Verschönerungsverein.

»Habe ich dir eigentlich schon erzählt, dass wir für unseren Auftritt beim Furry Dance in Helston ausgezeichnet worden sind? Das dritte Jahr in Folge war der Flora Day ein Triumph für uns.«

»Ich hätte mich gewundert, wenn es anders gekommen wäre.« Mary hatte das Bild vor Augen: der Reigen der Tanzenden, die Frauen wie beim Pferderennen in Ascot, aufwendige Kleider und noch üppigere Hüte, die Männer im eleganten Cut und mit grauem Zylinder, am Revers ein Strauß Maiglöckchen.

Tante Margaret stellte ihre Handtasche auf einen der Küchenstühle und setzte sich – das untrügliche Zeichen, dass ihr Besuch noch längst nicht beendet war.

»Schön, dass du das Rezept meiner Schwester in Ehren hältst und nicht auf eine Backmischung setzt, wie das die jungen Frauen heute machen.«

»Anders würde mir auch keiner die Scones abkaufen. Außerdem bin ich beim Backen immer in Gedanken bei Mama.« Mary hielt einen Augenblick inne.

»Ja. Sie ist viel zu früh von uns gegangen.« Ihre Tante nickte. »Sie war so lebenslustig und so verliebt in deinen Vater. Sie haben sich beim Flora Day kennengelernt. Sie waren das schönste Paar des Tages … Wie grausam. Fiona fährt mit ihren Freundinnen nach Helston und liegt dann erwürgt unten in Carleon Cove.«

»Ja. Ich kann das Ganze immer noch nicht begreifen.«

»Fiona war so erfolgreich als Anwältin. Und bei den Männern im Dorf galt sie als schöne Frau, wenn auch als unnahbar.«

»Wenn eine Frau mit ihnen im Pub ein Doom trinkt, heißt das noch lange nicht, dass sie Freiwild ist.«

»Du wieder mit deinem Feminismus. Ich habe doch lediglich sagen wollen, dass sie hier die Liebe ihres Lebens hätte finden können, wenn sie es nur gewollt hätte. Die Jungs sind hart arbeitende, ehrliche Männer, die ihre Frauen auf Händen tragen.«

»Wenn sie nicht gerade einen zu viel intus haben.« Mary warf ihrer Tante einen Blick zu. »Die Sache mit der Liebe ist etwas komplizierter, als manch ein Mann vermuten mag.«

»David und ich jedenfalls – ach, lassen wir das.« Margaret griff zu ihrer Handtasche, hob sie ein Stück an, als würde sie ihr Gewicht prüfen wollen, und setzte sie dann wieder ab. »Wer mag Fiona auf dem Gewissen haben?«

Mary zuckte mit den Schultern.

»Aus dem Dorf wird es niemand gewesen sein. Das steht für mich fest. So etwas tut hier niemand.«

Mary hielt prüfend den Teig in die Höhe, den sie mit den Händen geknetet hatte. »Woher nimmst du diese Gewissheit?«

»Weil ich es weiß. Ich weiß es einfach.« Sie klang unwirsch, so als sei es unerhört, ihre Überzeugung in Zweifel zu ziehen.

»Und was ist deine Vermutung?« Mary setzte das Kneten fort. Sie würde sich hüten, Margaret von ihrem Gespräch mit Millie zu erzählen. Und dass Fiona mit einem Staatsanwalt liiert gewesen sein soll.

»Ich kann mir vorstellen, dass es jemand aus ihrem direkten Arbeitsumfeld war.«

Oha, also hatte sich das Gerücht bereits bis zu ihr herumgesprochen. Mary würde auf keinen Fall Öl ins Feuer gießen. Die Neuigkeit wäre schneller im Dorf rund, als die Scones fertig gebacken waren.

»Direktes Arbeitsumfeld? Du meinst, jemand, der in Truro bei Gericht arbeitet?«

»So in etwa.«

»Du scheinst mehr zu wissen.«

»Man hört so einiges.« Margaret zupfte eine imaginäre Fluse vom Ärmel ihres Jackenkleides. »Ich will jetzt nicht tratschen.«

Na so was. Um nicht laut loszulachen, versuchte sie ihre Tante zu locken. »Der Mord an Fiona hat deiner Meinung nach aber nichts mit den anstehenden Wahlen zu tun?«

»Bist du verrückt? Ich kenne niemanden, der Fiona als Konkurrentin gesehen hätte, geschweige denn geplant hat, sie zu töten. Es geht doch nur um unsere Gemeindewahl.«

»Menschen sind schon für weniger getötet worden.« Mary konnte das Sticheln nicht lassen.

Nun wurde Margaret doch nachdenklich. Sie suchte ihren Ärmel nach weiteren Flusen ab, bevor sie antwortete. »Das wäre ja eine Katastrophe. Mord, weil die politische Karriere auf dem Spiel steht.« Sie schüttelte den Kopf. »Das wäre ja schrecklich. Ein Mörder in unseren Reihen.«

»Tante Margaret, du machst ein Gesicht, als seist du gerade dem Unaussprechlichen begegnet.« Mary ließ einen Teigklumpen auf die Arbeitsplatte klatschen.

»Mach dich nur lustig über mich, Mary.«

»Aber, Tante Margaret …«

»Im nächsten Jahr stehen die Vorstandswahlen im Verein an …« Im Blick ihrer Tante stand leichte Panik.

Nun konnte Mary das Lachen nicht länger zurückhalten. »Aber, Tante Margaret, du glaubst doch nicht im Ernst, dass dich jemand von der Spitze des Vereins verdrängen will und dabei zu einem Mord fähig wäre? Du wirst nächstes Jahr wiedergewählt. Und wie immer ohne Gegenstimme. Mach dir da mal keine Sorgen. Deine Position ist so sicher wie das Amt unseres Königs.«

Margaret Bishop machte ein Gesicht, als wolle sie noch am Abend eine Sondersitzung des Vorstands ansetzen, um dort die Vertrauensfrage zu stellen.

XIX.

»Meine Tante hat auch schon das Gerücht gehört, Fionas Mörder käme aus dem beruflichen Umfeld.«

Simon lächelte. »In den meisten Fällen handelt es sich bei Mord um eine Beziehungstat. Kann also sein, dass da etwas dran ist.«

»Millie scheint mehr zu wissen, als sie vorgibt. Zumindest hatte ich den Eindruck, als sie bei mir im Laden war. Irgendetwas stimmt da nicht.« Mary stand aus dem Sessel auf und legte eine neue CD ein. Dann reichte sie Simon die Hülle. »Kam heute mit der Post: *Who is to know?* Ray Austin.«

»Hm.« Er nahm die Hülle achtlos entgegen und legte sie neben sich aufs Sofa. Seit Tagen ging ihm das Damenquartett nicht aus dem Kopf. »Louise, Millie, Tracy und Fiona – ein merkwürdiges Gespann. Wann immer die vier zusammen waren, hatte man den Eindruck, dass sie unter einer Art Glasglocke sitzen. Nur auf sich selbst fixiert und immer zu den anderen abgegrenzt. Wer nicht ihren Humor hat und ihre Einstellung, der hat keine Chance, zu ihnen durchzudringen.« Er musste lachen bei dem Gedanken. »Sie scheinen ganz nach dem Motto zu leben: Happy hour nonstop. Als gebe es in dieser Welt nur sie und ihre Liebe zu Cocktail, Wein und Bier.«

»Wie oft habe ich die vier an einem Sonntagnachmittag unten im Hafen auf der Bank vor dem Maschinenhaus Sektflaschen köpfen sehen.« Mary schüttelte den Kopf. »Was für sie zählt, sind schrille Kleidchen, möglichst große Kreolen, ebenso große Sonnenbrillen und Flipflops. Sie wirkten auf mich wie Frauen, die nicht akzeptieren wollten, dass sie ihre Teenagerjahre längst hinter sich haben. Und die unter allen Umständen so *posh* wirken wollen wie ihre Vorbilder in den Hochglanzmagazinen, die Victoria Beckhams oder Kim Kardashians dieser Welt.« Sie sah Simon an. »Nicht, dass du mich falsch verstehst, ich bin nicht neidisch auf diese Sicht des Lebens. Ganz im Gegenteil. Mir tun diese Frauen ehrlich leid. Wobei es schon graduelle Unterschiede gibt, was das Schrille betrifft. Tracy ist die Mitläuferin und Louise eher die Gelassene. Millie ist die treibende Kraft. Ich würde zu gerne wissen, was Millies Mann über die Umtriebe der Clique denkt.« Mary setzte sich wieder und trank einen Schluck Tee.

»Vermutlich findet er das alles großartig. Er scheint aus dem gleichen Holz geschnitzt zu sein, wenn ich daran denke, mit welchen Typen er abhängt. Überlegen wirkende Machos, allesamt trinkfest und wenig an dem interessiert, was sonst noch auf der Welt vor sich geht. Man könnte das leicht für Lebenshunger halten. Für mich sind das aber eher bedauernswerte Geschöpfe. Spätestens dann, wenn sie eines Tages aus ihren Träumen aufwachen. Der Kater wird dann gewaltig sein. Aber im Augenblick, denke ich, hält Millies Mann seine Frau noch für das heißeste Gerät unter Cadgwiths Sonne.«

Mary lächelte. »Solche Sprüche kenne ich gar nicht von dir. Bist du etwa neidisch?«

Auf Simons Gesicht erschien ein Anflug von Röte. »Natürlich nicht. Und der Spruch ist auch nicht von mir. Den hab ich bei einer Folk Night am Tresen im Pub aufgeschnappt.«

»Wie auch immer. Der Erfolg gibt den Hendersons recht. Er ein erfolgreicher BMW-Verkäufer, mit immer dem neuesten Modell vor der Tür, und sie eine Immobilienmaklerin. Bei dem, was bei ihnen monatlich reinkommt, brauchen sie sich keine Sorgen zu machen.« Mary streckte die Hand aus, und Simon reichte ihr die CD-Hülle zurück. »Die Hendersons führen eine Beziehung, wie es heutzutage viele gibt. Jeder ist mit der eigenen Karriere beschäftigt, und die gemeinsamen Kinder sind so etwas wie der Kitt. Millies Mann ist doch oft im gesamten Königreich unterwegs, sogar auf dem Kontinent. Stets gibt es neue BMW-Modelle anzupreisen und zu verkaufen. Millie hat mir vor Monaten einmal erzählt, dass Neil kaum einen Abend zu Hause ist.« Sie wechselte unvermittelt das Thema. »*The Wind and the Sea.* Der Song passt zu unserer Bucht.«

Simon nickte. »Eine schöne Entdeckung, diese CD. Da muss ich dir zustimmen. Diese Ruhe und Gelassenheit in den Songs.«

Mary warf einen Blick durch das Frühstückszimmer des B&B. »Mit der Ruhe ist es bald vorbei. Nicht mehr lange und meine Gäste werden sich die Klinke in die Hand geben.«

»Klingt, als machtest du dir Sorgen wegen der ganzen Arbeit.«

»Nein, im Gegenteil. Ich freue mich sehr. Die Arbeit ist schon heftig, aber ich weiß, wofür ich mich anstrenge. Außerdem geben mir die Gäste viel zurück.« In diesem Augenblick brach die Sonne durch die dichte Wolkendecke, die seit dem Morgen über der Halbinsel lag. Ein breiter Sonnenstrahl ließ die See mit einem Mal silbern glänzen. Zwei Möwen zogen vom Meer aus durchs Bild.

Simon war nicht ganz bei der Sache. »Die vier haben sich so derart gegen ihre Umwelt abgeschottet, dass ich nur schwer fassen kann, was in ihnen tatsächlich vor sich gehen mag. Und ich stimme dir zu, etwas stimmt nicht. Es scheint, als würden sie etwas oder jemanden schützen.«

»Millie hat nur Andeutungen gemacht. Aber wenn die vier so eng miteinander waren, dann wissen sie vermutlich alles voneinander.« Mary nahm die Hülle und drehte sie in der Hand. *Blues Run the Game.* »Ist Chris mit seinen Ermittlungen schon weiter?«

Simon schüttelte den Kopf. »Das einzig Brauchbare sind die Untersuchungsergebnisse des Rechtsmediziners.«

»Aha.« Mary zog die Beine unter.

»Ich habe heute mit Chris telefoniert. Nun ist sicher: Der Fundort ist auf keinen Fall der Tatort. Fiona Richards wurde tatsächlich erdrosselt. Soll ich weitersprechen?« Eine rein rhetorische Frage.

»Nur zu.«

»Der Rechtsmediziner vom Royal Cornwall Hospital in Truro vermutet eine Krawatte als Tatwerkzeug. Oder etwas Ähnliches. Das muss er noch genauer untersuchen. Es gibt da wohl Faserspuren.«

Mary legte die Arme um den Oberkörper. Eine Obduktion gehörte auf keinen Fall zu ihren Lieblingsthemen.

»Chris war sehr offen zu mir. Er hätte es gar nicht so detailliert schildern dürfen.«

»Sprich ruhig weiter.«

»Es wurden die in solchen Fällen üblichen Hauteinblutungen gefunden und Oberhautvertrocknungen. Fiona hat sich vermutlich gewehrt, also wenigstens einen Finger zwischen diese, ich sag jetzt mal, Krawatte und ihren Hals bekommen.«

Mary hörte ihm aufmerksam zu.

»Sie haben bei der Leichenschau eine obere Einflussstauung gefunden. Der typische Befund. Das habe ich damals in London mehrfach gesehen. Oberhalb der Drosselmarke besteht eine deutliche Stauung vom Kopf und vom Halsbereich.« Unversehens war er in seinen früheren dienstlichen Fachjargon verfallen, als zitiere er vor Kollegen aus einem Obduktionsbericht.

»Die anderen Details kannst du mir ersparen.« Mary seufzte.

»Das Interessante ist die Krawatte. Das deutet in der Tat auf einen männlichen Täter hin. Und es passt zum Tag ihres Verschwindens.«

Mary konnte ihm nicht ganz folgen. Er sah ihren fragenden Blick.

»Nun ja. Die Tänzer beim Flora Day. Eleganter Cut, Weste, Krawatte, Zylinder.«

»Du meinst, dass einer der Tänzer Fiona auf dem Gewissen hat?«

»Möglich wäre das. In dem Trubel fällt es nicht auf, wenn jemand aus dem Zug der Tanzenden ausschert, wo doch die Paarungen auf dem Weg durch die Innenstadt ständig wechseln.«

»Das habe ich so noch nicht bedacht. Ist ja gruselig. Fiona trifft auf ihren Mörder, der sich eigens für seine Tat in Schale geworfen hat.«

»Eine bessere Tarnung gibt es für einen Tag wie diesen nicht.«

»Dann könnte es ja jeder gewesen sein.«

»Das macht die Sache so schwierig.«

»Aber das Motiv? Ich will nicht glauben, dass Fiona ein Zufallsopfer geworden ist.«

»In der Tat eine eher unwahrscheinliche Variante. Aber sie ist eben auch nicht auszuschließen.«

Mary schwieg und gab sich eine Zeitlang den Klängen der CD hin. So schien es. Aber Simon wusste es besser. Er sah an ihren Gesichtsmuskeln, dass es in ihr arbeitete. Er wollte sie ihre Gedanken ordnen lassen und schwieg daher. Schließlich sah Mary ihn an.

»Du musst etwas tun.«

»Mary …«

»Du musst etwas tun, Simon.«

»Du weißt …«

»Ich weiß, dass Chris ein guter Bulle ist. Aber ist es nicht besser, wenn du zusätzlich von einer anderen Warte aus den Fall angehst?«

»Andere Warte?«

»Du lebst hier, du kennst die Menschen. Sie vertrauen dir. Du erfährst sicher mehr und vieles schneller als ein Polizist mit offiziellem Ermittlungsauftrag.«

»Du meinst die alte Mär: Wir regeln manche Angelegenheit besser unter uns, und die Polizei bleibt mal schön außerhalb der Dorfgrenze? Ich weiß nicht. Was, wenn der Mörder gar nicht hier aus Ruan Minor oder Cadgwith kommt? Dann laufen meine *Ermittlungen* ohnehin ins Leere. Außerdem will ich Chris nicht in die Quere kommen.«

»Dann frage ihn einfach offiziell, ob du helfen kannst.«

Simon hatte während des Telefonats mit dem DI in der Tat das Gefühl gehabt, dass Marks ihm nicht ohne Hintergedanken vom Stand der Ermittlungen berichtet hatte. »Ich bin nicht mehr Teil des Systems, Mary.«

»Aber du hast eine Menge Erfahrung, und die kann doch nur nützlich sein. Bitte, Simon. Auch wenn du Fiona nicht wirklich gekannt hast, tu es für sie.« Sie stand auf, um die CD zu wechseln. »Wenn sich herausstellt, dass niemand von hier etwas mit ihrem Tod zu tun hat – das ist doch auch ein Ermittlungsergebnis, oder?« Sie runzelte die Stirn. »Chris' Mitarbeiterin ist doch diesem Staatsanwalt auf der Spur. Der angebliche Lover von Fiona. Das lässt durchaus auch den Schluss zu, dass der Täter nicht von hier ist.«

Sie drückte die Starttaste. Van Morrison und Joey DeFrancesco. Sie mochte besonders das vordergründig swingend daherkommende Titelstück: *You're Driving Me Crazy*.

»Was denkst du?«

Mary setzte sich wieder. »Ach, ich weiß auch nicht. Alles so kompliziert.«

»Ein Mord ist nicht kompliziert. Die Aufklärung ist das Komplizierte.«

»Je länger wir diskutieren, umso mehr komme ich mir vor wie eine der Markierungsbojen für die Hummerkörbe draußen bei unruhiger See. Mal neige ich mich in die eine, dann wieder in die andere Richtung. Diese stete Unruhe macht mich nervös. Je länger ich darüber nachdenke, wird das, was Millie mir erzählt hat, immer schlüssiger. Dass Fiona diesen Typen in Truro hatte, den Staatsanwalt.«

Simon nickte. »Chris hat diesen Vertreter der Krone mit Namen benannt. Ben Barnes. Er ist offenbar abgetaucht. Die zeitliche Nähe seines Verschwindens zum Mord an Fiona könnte in der Tat auf eine Verbindung hinweisen.«

DS Bley schob ihrem Vorgesetzten ein großes Foto über den Schreibtisch zu.

»Was ist das?«

»Eine Examensfeier. Ein junger Richter hatte zum Umtrunk geladen. Sekt und Sandwiches.« Annie Bley deutete auf einen blonden Mann, der inmitten einer fröhlichen Schar Menschen mit einer Flasche Sekt in Richtung Kamera grüßte. Eine x-beliebige Firmenfeier. »Christopher Gould. Einserabschluss. Hat wohl eine goldene Zukunft vor sich.«

»Sagt wer?«

Sie zuckte mit den Schultern. »Das erzählt man sich auf den Gerichtsfluren.« Sie tippte hart mit den Zeigefinger auf einen Mann, der am linken Bildrand ein Sektglas in der Hand hielt und ein nachdenkliches Gesicht machte. »Das ist er. Ben Barnes.«

Barnes überragte alle. Sein dunkelbraunes Haar war

von ein paar grauen Strähnen durchsetzt, leicht gewellt und nach hinten gekämmt. Die Augenfarbe konnte Marks nicht erkennen. Das markante Kinn des etwa 45-jährigen Staatsanwalts verriet Entschlossenheit und Durchsetzungsfähigkeit. Seine schlanke Figur steckte in einem offenbar maßgeschneiderten Anzug, weißes Hemd, Krawatte. Seine Schuhe könnten handgenähte Budapester sein. Insgesamt eine attraktive Erscheinung. Und doch glaubte Marks, in Barnes' glattrasiertem Gesicht eine gewisse Kälte und Berechnung zu entdecken. Der nachdenkliche Blick wirkte auf den Betrachter irgendwie auch spöttisch. Diese Kombination umgab ihn mit einer geheimnisvollen Aura, die auf Frauen durchaus anziehend wirken mochte.

Marks nickte anerkennend. DS Bley hatte ihre Hausaufgaben gemacht. Mal sehen, was sie sonst noch zu bieten hatte. »Welchen Eindruck macht Barnes auf Sie?«

»Ein arroganter Fatzke, wenn Sie mich fragen.«

Warum überraschte ihn diese Aussage nicht? »Woher stammt das Foto?«

Bley lehnte sich im Stuhl zurück und spielte mit ihrem Bleistift. Er rotierte in ihrer Hand wie ein Propeller. »Es hing gerahmt im Geschäftszimmer der Staatsanwaltschaft. Ich habe es mir ausgeborgt.«

»Und der Mann ist ganz sicher Staatsanwalt Barnes?«

»Yep.«

»Dann sollten wir den Ausschnitt vergrößern und in Helston und den umliegenden Hotels herumzeigen.«

»Schon veranlasst.«

Marks hob die Augenbrauen. »Guter Job. Auch wenn ich nicht so wirken mag, ich schätze Eigeninitiative.«

Auf Bleys Gesicht meinte er eine Spur Genugtuung zu erkennen. Es konnte aber genauso gut der Ausdruck von Überlegenheit sein. Bei dieser Frau wusste man nie.

Ohne weitere Worte nahm Bley das Foto wieder an sich und verließ Marks' Büro.

Der DI legte die Füße auf den Schreibtisch. Bley lieferte im Augenblick den einzig brauchbaren Ansatz für ihre Ermittlungen. Er musste Geduld haben, aber Geduld war nicht seine Stärke. Einer plötzlichen Eingebung folgend, nahm er die Füße vom Tisch und griff zum Telefonhörer.

»Constable Easterbrook, hören Sie? Sehen Sie zu, dass Sie DS Bley noch erwischen, und lassen Sie sich von ihr einen Schwung Fotos geben. Welche? Das wird Sie Ihnen schon sagen. Sie arbeiten auch die nächste Zeit mit ihr zusammen. Was? Ihr Schreibtisch liegt voll mit Papieren? Wollen Sie nun Karriere machen? Jetzt können Sie sich beweisen. Suchen und finden Sie Staatsanwalt Ben Barnes. Die Einzelheiten bekommen Sie von Bley.«

Er steckte das Telefon zurück auf die Ladestation. Bley konnte jede Unterstützung brauchen. Ob sie nun wollte oder nicht.

XX.

»Hallo?« Isobel Franklin versuchte durch den Spalt, den die offene Tür freigab, etwas zu erkennen. Der Flur war bis auf die Garderobe leer. Unter den Kleiderhaken standen ein paar Schuhe. Pumps, Straßenschuhe mit flachen Absätzen, Turnschuhe, ein Paar Gummistiefel und ein Paar grobe Herren-Arbeits- oder Wanderschuhe.

»Hallo?«, wiederholte die Seniorin und verlieh ihrer Stimme einen kräftigen Klang. »Abigail? Bist du da?«

Als keine Antwort kam, setzte sie die beiden prall gefüllten Taschen eines schwedischen Einrichtungshauses ab und sah sich um. In der kurzen Stichstraße mit den anliegenden Gemeindehäusern war außer ihr niemand zu sehen. In einem Vorgarten, der den Namen nicht verdiente, stand ein einsames Bobbycar. Aus einem Fenster in der Nachbarschaft hing Bettzeug mit ausgeblichenem Blümchenmuster.

»Na so was«, murmelte sie und sah an der schnörkellosen Fassade empor, die sich kein bisschen von denen der anderen Häuser unterschied. Ein Fenster stand auf Kipp. Das war die einzige Besonderheit.

Wo mochte Abigail stecken? Vielleicht war sie nur schnell auf eine Tasse Tee zu einer Nachbarin gehuscht. *Sie wird nicht weit sein*, entschied Isobel, verschränkte die Arme und wartete.

Ihre Taschen waren vollgepackt mit Kinderspielzeug, einer Puppe, ein paar Gesellschaftsspielen, Büchern, Bettwäsche, die sie bei Freundinnen und Nachbarn zusammengetragen hatte. Obenauf hatte sie einen abgelegten, aber noch akzeptablen Mantel ihres verstorbenen Mannes gepackt.

Zu Hause waren die Schränke noch voll mit ordentlich gefalteter oder aufgehängter Kleidung, obwohl er schon ein paar Jahre nicht mehr bei ihr war. Das Wort *gestorben* mochte sie nicht in den Mund nehmen. Es hatte einen viel zu grausamen und vor allem endgültigen Klang. Sie hatte sich lange nicht von den Sachen ihres geliebten Mannes trennen können, aber nun war es an der Zeit, hatte sie eines Abends beschlossen. Den Verlust zu akzeptieren und das Aussortieren waren ein längst überfälliger erster Schritt hin zu einer neuen Normalität. Irgendwann würde sie auch die vielen Kästen mit Dias sichten und sortieren, die sich schon zu Tonys Lebzeiten weitgehend unbeachtet im Abstellraum gestapelt hatten.

Nur ganz selten hatten sie die Leinwand und den Projektor hervorgeholt und die Dias angeschaut, die sie auf den ungezählten Touren durch Cornwall, Wales, den Lake District und die Midlands gemacht hatten. Das waren stets herrlich nostalgische Abende gewesen.

Sie spürte, wie ihr die Erinnerung an die gemeinsame Zeit einen Stich versetzte, und verscheuchte mit einem Stirnrunzeln die traurigen Gedanken.

Isobel Franklin warf einen Blick auf die beiden Taschen. Abigail würde ihre Freude an den Spenden haben und sie mit nach Helston in den Charity-Laden nehmen, in dem sie zweimal die Woche arbeitete. Sie hatte ihr schon vor ein paar Tagen versprochen, die Sachen heute vorbeizubringen, und nun war Abigail nicht da.

Isobel sah ratlos die schmucklose Straße entlang. Noch immer ließ sich niemand blicken. War aber auch kein Wunder, dachte sie. War ja schließlich Vormittag, und die Bewohner waren an ihren Arbeitsstellen, oder besser: zu den Behörden unterwegs, um die eine oder andere finanzielle Hilfe zu beantragen oder andere Probleme zu lösen.

»Abigail?«, versuchte sie es noch einmal, diesmal deutlich lauter. Sie hatte keine Lust, die Taschen zurückzuschleppen. *Wenn sie nicht bald auftaucht, stelle ich sie einfach in den Flur. Sie wird schon wissen, von wem die Spende ist.*

Sie zögerte noch einen Augenblick, denn ungefragt ein Haus zu betreten, gehörte nicht zu den Dingen, die sie normalerweise in Erwägung zog. Aber das Gewicht der mitgebrachten Spenden und Abigails Abwesenheit ließen ihr keine Wahl.

»Ich komme jetzt rein«, rief sie zur Sicherheit, aber sie bekam keine Antwort.

Mit ein paar scheuen Bewegungen wuchtete sie die Taschen in den Flur. Bevor sie das Haus wieder verließ, blieb sie noch einen Augenblick stehen und horchte ins Obergeschoss hinein. Aber auch dort war alles ruhig. Mit der Erkenntnis, dass bescheidene Wohnverhältnisse ihren ganz eigenen Geruch verströmten, machte sie sich auf den Rückweg.

Hoffentlich hat mich niemand für eine Einbrecherin gehalten, dachte sie, als sie auf dem Nachhauseweg einen Zwischenstopp im kleinen Lebensmittelladen einlegte, um *The Helston Packet* zu kaufen. Sie wollte in der Zeitung ein Inserat schalten, um Tonys Schallplattensammlung zu verkaufen. Sie brauchte auch noch ein paar Briefmarken, und zum Mittagessen wollte sie sich ein Pasty gönnen. Außerdem hoffte Isobel auf ein Schwätzchen mit Claire. Ihr Store lag nicht weit von ihrem Häuschen entfernt und war so etwas wie die inoffizielle Nachrichtenbörse Ruan Minors.

»Isobel Franklin, wie schön. Hab dich länger schon nicht gesehen. Geht es dir gut?«

Isobel wäre beim Klang der Stimme beinahe zusammengezuckt. Am Zeitungsregal war neben ihr Margaret Bishop aufgetaucht. Wenn sie jemanden am liebsten von hinten sah, dann war es diese neugierige Schreckschraube.

»Hallo, Margaret. Mir geht es gut. Ich habe viel Arbeit, weißt du, und komme in letzter Zeit kaum vor die Tür.« Sie nahm eine Ausgabe der *Helston Packet* aus dem Regal und sah sich nach einer Möglichkeit zur Flucht um.

»Ja, ja. Ich habe gesehen, wie du schwer bepackt zur Siedlung unterwegs warst. Hast du jemanden besucht?« Bishop hatte sich so positioniert, dass Isobel nicht an ihr vorbeikam, ohne sie zur Seite schieben zu müssen.

Widerwillig gab sie Antwort. »Ich habe Abigail ein paar Spenden für den Wohltätigkeitsladen gebracht. Aber sie war nicht da. Da die Tür offen war, habe ich die Taschen in den Flur gestellt. Abigail weiß, dass ich komme, vermutlich war sie nur kurz bei einer Nachbarin und hat die Haustür offen gelassen, damit ich meine Taschen nicht wieder mitnehmen muss.«

»Du hast eine Menge loszuwerden, wie mir scheint.« Bishop wechselte ihre Handtasche vom einen auf den anderen Arm. »Du hättest die Sachen aber auch für unseren Wohltätigkeitsbasar im Juni aufheben können. Du weißt, dass mein Verschönerungsverein jeden Pence brauchen kann.«

»Das nächste Mal, Margaret, ganz bestimmt. Ich wollte nur jetzt die Sachen loswerden.« Was bildete sich die dumme Kuh ein? Nur weil sie die Vorsitzende des Vereins war, hatte sie nicht das Recht, als Inquisitorin aufzutreten.

»Ich zähle auf dich, Isobel.« Margaret Bishop schaute sich um, als müsse sie etwas Verschwörerisches kundtun. »Unter uns, und nur unter uns: Abigail ist nicht sonderlich glücklich mit ihrem Mann. Es heißt, dass sie keine Kinder bekommen können. Und dass er als Fernfahrer viel zu lange und zu oft unterwegs ist. Ich meine, welche

Frau will schon auf Dauer mit einem Fernfahrer zusammen sein?«

Dein David hat sicher schon öfter darüber nachgedacht, wie er möglichst oft unterwegs sein kann, ging es Isobel durch den Kopf. Sie hatte schon mehr als einmal gehört, dass Margaret Bishop zu Hause ein strenges Regiment führte.

Isobel zuckte mit den Schultern. »Dazu kann ich nichts sagen. Das muss jeder für sich entscheiden, wie und mit wem er glücklich ist.«

»Und die Tür stand offen, sagst du? Dann ist ihr Mann sicher schon wieder auf Achse.«

»Was Fernfahrer ja tun.« Sollte die Bishop doch endlich verschwinden.

»Fernfahrer sind wie Seeleute, in jeder Stadt 'ne andere.« Margaret Bishop hob beide Hände. »Aber ich will nichts gesagt haben.«

Isobel Franklin wusste, dass keine Stunde vergehen und ganz Cadgwith genau Bescheid wissen würde: die offene Tür und der Mann wieder auf Tour. Sie konnte nur hoffen, dass Abigail das Getratsche kaltließ. Sie hatte es ohnehin nicht leicht im Dorf. Sie und ihr Mann stammten nicht aus der Gegend. Vor zwei Jahren waren sie aus einem Dorf in den Midlands hierhergezogen, vor allem wegen der Luft. Abigail litt an Asthma, und das Klima hier tat ihr gut.

Nur mit Mühe hatten sie das Haus mieten können, das wie die anderen in der Straße von der Gemeinde errichtet worden war. Cadgwith hatte damit preiswerten Wohnraum für Menschen schaffen wollen, die finanziell nicht auf Rosen gebettet waren.

Erst hatten die beiden Arbeit bei der Royal Navy gefunden, aber die Arbeitsstellen als Putzfrau und als ziviler Fahrer hatten sie nach etwas mehr als einem Jahr verloren. Der Grund waren die Sparmaßnahmen der Navy. Seither tourte ihr Mann Carl für eine Spedition durch Europa, und Abigail ging putzen. In verschiedenen Häusern. Und sie verkaufte alles Mögliche auf den diversen Plattformen im Internet. Das Paar kam zurecht, auch wenn es keine großen Sprünge machen konnte. Und obwohl sie immer knapp waren, arbeitete Abigail ehrenamtlich in einem der Charity Shops in Helston – eine Art Abwechslung in den Zeiten, in denen ihr Mann nicht zu Hause war. Und sie wollte, so hatte sie es Isobel einmal bei einem Becher Tee im Dorfladen erzählt, etwas tun für die Menschen, denen es noch schlechter ging.

»Ich meine es ernst.«

»Was?« Isobel hatte nicht zugehört.

»Kannst du uns unterstützen bei der Sammlung für den Basar? Du kennst doch eine Menge Leute.«

»Ja, ja, schon gut. Ich werd sehen, was ich tun kann.«

Offenbar war es genau das, was Margaret Bishop hören wollte. Ohne sich weiter um sie zu kümmern, verließ sie den Laden, gefolgt vom erstaunten Blick der Betreiberin.

Isobel Franklin legte die Zeitung auf den Tresen und zählte das Geld ab. Sie würde doch noch einmal nach Abigail sehen. Ihr ging die offene Tür nicht aus dem Kopf. Vielleicht brauchte Abigail Hilfe.

XXI.

Sylvester Fallon zog sein Holz drei aus der Golftasche.

»Was willst du denn damit?« Sein Kumpel und Geschäftspartner Felix Myer feixte. »Damit schlägst du bis nach Coverack.«

»Unsinn.« Fallon steckte das Tee in den weichen Boden und legte den Ball auf. »Du wirst schon sehen. Der nächste Schlag sitzt.« Er richtete sich auf und nahm seine Position ein.

Myer warf einen Blick hinaus auf die vor ihnen liegende See. Unmittelbar hinter dem Grün führte der Küstenpfad vorbei, der den Golfplatz von den steil abfallenden Klippen trennte.

»Schlag ihn nicht in die Hecken.«

»Mein Gott, wird schon nicht passieren. Und wenn schon, die Kosten für einen Golfball werden uns nicht umbringen. Sei nicht so geizig, Felix. Ständig liegst du mir mit solchem Zeugs in den Ohren. Zu teuer hier, zu teuer da. Warum bist du überhaupt mitgekommen?«

»Ist ja schon gut.« Myer rückte seine Sonnenbrille zurecht. Im Grunde hatte er sich auf die Auszeit gefreut. Für ein paar Stunden nicht an den Laden denken müssen, abschalten, die Sonne und die frische Luft genießen. Die Sorgen um die drohende Insolvenz ihres Autohandels würden sie noch früh genug wieder einholen.

Fallon fixierte den Horizont. »Ich weiß, was du jetzt denkst. Aber das kriegen wir schon hin. Entspann dich einfach und genieße den Tag.« Er trat einen Schritt zurück vom Tee. »Schau dir die Landschaft an. Gibt es einen schöner gelegenen Golfplatz? Der Kanal liegt uns zu Füßen. Und diese Ruhe. Und was das Geschäftliche betrifft: Wir sollten den Handel mit Gebrauchten dazunehmen. Ich habe Kontakt zu Neil Henderson aufgenommen. Er meint, dass er uns eine Menge Kunden liefern kann.«

»Der Typ von BMW? Ich traue ihm nicht über den Weg. Ich finde ihn aalglatt und ein bisschen zwielichtig.«

»Als hätte uns das je gestört.« Er lachte auf. »Ich habe ihn erst gestern getroffen. Du weißt, das Mittagessen im Mullion Hotel mit dem Chef der Bank. Er war mit seiner Frau im Hotelpool schwimmen. Auslüften nach der anstrengenden Tagung in München, wie er meinte. Wir haben ein bisschen an der Bar geplaudert.« Er bemerkte Myers kritischen Blick. »Hab vergessen, es dir zu erzählen. Jedenfalls, er ist stark an einer Kooperation interessiert.«

»Er ist nur auf seinen Vorteil aus. Ich traue ihm nicht.«

»Die Soldaten der Royal Navy seien so was von scharf auf die gebrauchten BMWs, sagt er. Besonders die Weiber. Wo ist also das Problem? Er verkauft seine Neuwagen, und wir übernehmen die gebrauchten. Zu einem coolen Preis. Wenn er verdient, dann verdienen wir auch. Also, wo ist die Falle? Ich sehe keine.« Er grinste. »Und vielleicht ist unter den Kundinnen die eine oder andere, die wir tieferlegen können. Könnte ein bisschen Frischfleisch auf meiner Hebebühne gebrauchen.« Er griff sich anzüglich in den Schritt und stellte sich wieder in Position. »Nein, ernsthaft, lass uns morgen oder übermorgen gemeinsam mit ihm reden. Bei einer Partie Golf. Es sei höchste Zeit für eine Runde auf dem Grün, hat er gemeint. Du wirst sehen, wir können bei dem Deal nur gewinnen. Vor allem in der jetzigen Situation.«

»Die er schamlos ausnutzen wird.«

»Haben wir eine Wahl?« Fallon schlug ab. »Haben wir nicht.« Er trat zurück, um die Flugbahn besser einschätzen zu können.

»Ich hab's dir gesagt. Hab ich es dir nicht gesagt? Nun ist der Ball in der Hecke gelandet. Na prima.«

»Du meine Güte. Na und? Dann suche ich ihn halt, wenn er dir so viel wert ist. Ich fand den Schlag gelungen. Ein bisschen weit vielleicht, aber gelungen.« Kopfschüttelnd schob er das Holz in die Golftasche zurück. »Bin gleich zurück.« Auf halbem Weg zur Hecke drehte er sich zu seinem Freund um. »Mach dir bloß keine Hoffnungen. Am Ende des Tages werde ich dich geschlagen haben. Du wirst sehen.«

Felix Myer hob mit einer lässigen Geste den Daumen. »Abwarten.«

Die beiden kannten sich seit der Schule in Helston. Danach waren sie verschiedene Wege gegangen. Auf einem Treffen der Oldtimerliebhaber in Goodwood, West Sussex, waren sie sich zufällig über den Weg gelaufen. Fallon hatte gerade ein Foto von Charlie Watts machen wollen, der vor einem historischen Motorrad stehen geblieben war, als Myer mit seinem Handy auftauchte, um ebenfalls ein Foto von dem Drummer aufzunehmen. Anschließend hatten sie bis *last order* im Pub gehockt und dort Pläne für einen Autohandel geschmiedet. Zum An- und Verkauf von Oldtimern hatte es schon damals nicht gereicht. Dafür hatten sie mit dem Verkauf von Vauxhall und Toyota begonnen. Zunächst war das Geschäft sehr vielversprechend angelaufen, aber dann hatte es über Jahre immer nur so gerade eben zum Leben gereicht.

Wo Fallon nur steckte? Myer hob den Kopf. Sein Freund war im Dickicht am Rande des Platzes verschwunden. Er übertrieb mal wieder. Wenn der Ball weg war, war er eben weg. Er steckte seine Hand in die Hosentasche. Dort waren noch drei weitere. Also, was soll's? Er hatte eben nur deshalb so verärgert reagiert, weil er noch mit seinem Kater zu kämpfen hatte, der ihn an den Vorabend mit einem Kumpel im Blue Anchor in Helston erinnerte. Und daran, dass er mit fast sechzig auch nicht mehr so viel vertrug wie früher.

»Hey, Sylvester, komm schon, lass den verdammten Ball. Ich brauch Bewegung. Ich hab noch drei.« Er hielt einen frischen Golfball in die Höhe.

Aber sein Freund kam nicht.

Verwundert steckte er den Ball wieder ein und machte sich auf den Weg. In der Nähe des Dickichts aus Ginster und anderen Büschen, das an dieser Stelle eine Art Öffnung zeigte, hörte er ein deutliches Würgen.

»Warst du gestern auch noch saufen und lässt dir gerade den Abend noch mal durch den Kopf gehen? Du verträgst wohl nichts mehr, was? Hehe.« Sein Lachen klang hämischer als beabsichtigt.

»Sylvester?«

Sein Freund antwortete nicht.

»Was ist mit dir?«

Blätter rauschten und Zweige knackten, als Sylvester Fallon aus der Hecke hervorgetaumelt kam, bleich im Gesicht, mit wirrem Blick. Auf seinem Golfshirt und seiner karierten Hose klebten Reste von Erbrochenem.

»Was ist pa...?« Myer stoppte mitten in der Bewegung.

»Die Frau.« Fallon deutete hinter sich ins Dickicht. »Die Frau ist tot. Da ist Blut.«

Quer über das Grün des Golfplatzes nahe Kennack Sands hatten die Reifen mehrerer Polizeifahrzeuge und Rettungswagen tiefe Spuren hinterlassen. Die Beamten hatten sich auf keine Diskussion mit dem Greenkeeper eingelassen und waren direkt zum Fundort der Leiche gefahren. Der Gärtner saß nun mit traurigem Blick kopfschüttelnd auf den Stufen eines der Mobilheime, die den Platz säumten.

DI Marks sah dem diensthabenden Rechtsmediziner zu, der, ungerührt vom Chaos um ihn herum, seine Tasche packte. »Und?«

»Mir als Golfer blutet das Herz, wenn ich das hier sehe. Es wird dauern, bis hier wieder jemand seine Schläger auspacken kann.« Er zog die Augenbrauen hoch, als die Verschlüsse seines Arztkoffers nicht sofort zuschnappen wollten. »Wie du gesehen hast, ist ihr die Kehle durchgeschnitten worden. Und zwar mit einiger Gewalt. Sie ist wohl Mitte bis Ende vierzig. Sie trägt einen Ehering. Ich habe schon nachgesehen, die Gravur zeigt lediglich zwei ineinander verschlungene Herzen.«

»Abwehrverletzungen?«

»Auf den ersten Blick nicht.«

»Das Opfer hat den Täter gekannt oder ist überrascht worden. Kannst du schon sagen, wie der Schnitt gesetzt wurde? Ich vermute mal von hinten, oder?«

Der Mediziner stand auf. »Das ist das Merkwürdige, Chris. Es sieht so aus, als sei der Schnitt von vorne gemacht worden. Das ist äußerst ungewöhnlich. Außerdem stimmt die Menge Blut nicht, die wir gefunden haben.«

»Das Gebüsch ist also nicht der Tatort?« Marks zeigte auf das Buschwerk. »Also kein verstecktes Tête-à-Tête, das außer Kontrolle geraten ist?«

»Das ist es nicht allein, was mich stutzig macht. Ich schließe nicht aus, dass die Frau bereits tot war, als man ihr die Kehle durchgeschnitten hat. Näheres weiß ich aber erst, wenn ich sie in Truro auf dem Tisch habe.«

»Wer macht so etwas? Einer Toten die Kehle durchschneiden? Toter als tot gibt es nicht, hat mir mein Ausbilder beigebracht.«

Der Rechtsmediziner zuckte mit den Schultern. »Keine Ahnung. Ein Sadist? Ist dein Job, das herauszufinden. Ich muss los. Wir sehen uns.« Mit einem lässigen Gruß verabschiedete er sich.

Was für ein Gemütsmensch, dachte Marks und sah sich um. Hier gab es für ihn nichts mehr zu tun. Die Spurensicherung war noch bei der Arbeit, hatte aber bis auf ein paar Golfbälle nichts zutage gefördert, was auf den ersten Blick für die Ermittlungen verwertbar erschien. Marks wollte schon dem Mediziner folgen, als DC Allan Easterbrook über den Rasen herangetrabt kam. Mit seinem leichten Übergewicht machte er dabei keine gute Figur.

Ich sollte ihm ein Sportprogramm verpassen, dachte Marks. Ein paar Kilos weniger würden Easterbrook und damit der ganzen Abteilung guttun. Er brauchte fitte Polizisten, die Arbeit forderte den ganzen Körper.

»Nun, was gibt es, Detective Constable?«

Easterbrook blieb vor seinem Vorgesetzten stehen und

zog ein Taschentuch hervor, um sich den Schweiß von der Stirn zu wischen. Erst dann gab er Antwort.

»Ganz schön warm für die Jahreszeit.« Er sammelte sich. »Also, niemand hat etwas bemerkt. Das Personal ist schockiert, weiß aber nichts. Die Mobilheime sind nicht alle belegt, die Befragung der Gäste und Eigentümer läuft noch. Im Augenblick sieht es so aus, dass die Frau hier nicht bekannt ist.« Easterbrook umschrieb mit einer vagen Handbewegung das Terrain. »Die Frau kann von überall stammen. Sie kann auf dem Campingplatz nebenan Urlaub gemacht haben. Sie kann auch nur zum Schwimmen in die Bucht von Kennack Sands gekommen sein. Vielleicht stammt sie aus der weiteren Umgebung oder von ganz woanders.«

»Dann wird es Zeit, dass wir ihre Identität klären. Machen Sie sich wieder an die Arbeit.« Marks fiel etwas ein. »Sie wollen doch vorankommen, Easterbrook. Unterbrechen Sie die Ermittlungen zum Fall Richards und fahren Sie mit DS Collins nach Truro ins Royal Cornwall Hospital. Sie begleiten die Obduktion. Fragen Sie nach Kevin Hammett. Er wird Sie betreuen. Für die Befragung hier haben wir genug Personal.« Als er das Stirnrunzeln des Detective Constable wahrnahm, fügte er hinzu: »Karriere fragt nicht nach Mittagspausen und Dienstschluss. Abmarsch jetzt.« Kopfschüttelnd sah er dem Kollegen hinterher. Er wusste, dass sein Detective Constable Obduktionen hasste wie der Teufel das Weihwasser. Vor allem, wenn er dafür seinen geliebten festen Dienstplan opfern musste.

Auf dem Weg zu seinem Wagen nickte er dem verzweifelt dreinblickenden Greenkeeper teilnahmsvoll zu und zog sein Smartphone hervor.

»Simon? Gut, dass ich dich erreiche. Wir haben eine zweite Leiche. Ich kann deine Hilfe gebrauchen. Du kennst dich doch sicher in der Gegend um Kennack aus.«

Mary sah Simon fragend an.

»Chris. Sie haben eine weitere tote Frau. Er wird gleich vorbeikommen.« Er legte das Telefon beiseite.

»Um Gottes willen. Weiß man schon, wer es ist?«

»Nein, noch nicht. Sie werden ein Foto machen, soweit sie sie herrichten können.«

»Was ist nur los? Erst Fiona und nun eine zweite Tote.«

Er wollte Mary nicht beunruhigen. »Komm mit ins Atelier. Ich möchte noch schnell wissen, was du davon hältst.« Er stand vom Küchentisch auf und ging voraus.

Im Atelier herrschte das übliche Chaos eines Künstlers. An den Wänden und in einem Regal stapelten sich Leinwände, bemalt oder unbemalt. Auf zwei Staffeleien standen Leinwände, die mit Tüchern verhängt waren. Auf einem schmalen Tisch steckten Pinsel unterschiedlicher Größe in alten Konservendosen, daneben Flaschen mit Acrylfarben. Auf einem Stuhl hatte eine Kiste mit Tuben Ölfarben ihren Platz gefunden. Auf dem großen Arbeitstisch lag eine angefangene Arbeit, zusammen mit mehreren Linolschnittmessern.

»Was sagst du dazu?«, fragte Simon unsicher und ließ Mary an den Tisch treten.

»Oh.« Sie beugte sich über den Linolschnitt. Zu sehen war ein Teil der Bucht, dort, wo ihr B&B stand. Darunter dümpelte ein Boot, an dessen Außenwand deutlich *Kraken* zu lesen war, Simons Boot.

»Ist noch nicht fertig.«

»Ich finde es schön.« Ihr B&B und sein Boot. Was nur wollte er damit ausdrücken?

»Eine typische Szene aus Cadgwith. Ich hoffe, dass die Touristen das genauso sehen und es gerne kaufen.« In seiner Stimme schwang immer noch Unsicherheit mit.

»Ganz bestimmt, Simon. Die Drucke werden nicht so groß werden und passen in jeden Koffer. Ein tolles Mitbringsel. Da bin ich sicher. Wenn du willst, biete ich sie auch im Laden an.« Sie biss sich auf die Lippe. »Besser nicht. Ich will Gilly von The Crow's Nest gegenüber keine Konkurrenz machen.«

»Dir gefällt es also?«

Sie nickte.

»Du bekommst den Erstdruck.« Er lächelte versonnen.

»Ich weiß auch schon einen Platz dafür.«

»Das ist schön.« Er räusperte sich verlegen. »Und damit deine Tante nicht meckert, bekommt sie zwei Abzüge für ihren Basar. Die kann sie dann gerne versteigern.«

Mary kicherte. »Gute Idee. Aber sei mir bitte nicht böse, ich muss jetzt wirklich los. Erzählst du mir, was Chris zu berichten hat?«

»Wer hat was zu berichten?«

Mary fuhr herum, denn ihre Tante stand wie aus dem Boden gewachsen vor ihr.

»Du guckst, als hätte ich dich beim Naschen erwischt«, spöttelte Margaret vergnügt. »Entspann dich. Ich bin nicht wegen dir hier. Ich wollte den *Künstler* fragen«, sie betonte das Wort übermäßig, »ob ich mit einer Spende für den Basar rechnen kann.« Sie deutete in den Raum. »Sein – wie sagt man? – Oeuvre ist ja beachtlich. Da ist bestimmt etwas möglich.«

»Frag ihn.«

Simon deutete eine elegante Verbeugung an, soweit dies mit seinem Stock möglich war. »Aber natürlich. Es wird mir eine Freude sein.«

»Nun, da komme ich ja gerade richtig. Darf ich mich umsehen?« Ohne auf eine Antwort zu warten, musterte sie mit neugierigem Blick die Arbeiten. »Gilly hat mir schon gesagt, dass die Bilder Verkaufsschlager sind.« Sie klang nicht so, als würde sie der Künstlerin und Galeristin Glauben schenken.

»Ich stelle Ihnen etwas zusammen und bringe die Sachen vorbei.«

»Sehr freundlich, junger …« Sie verkniff sich das *Mann* und räusperte sich stattdessen. »Schön, dass Sie so freigiebig sind. Die Bereitschaft der Menschen, etwas zum Wohl von Ruan Minor und Cadgwith beizutragen, lässt ein wenig zu wünschen übrig. Das war schon einmal anders.«

»Du meinst doch nicht etwa mich damit, Tante?«

»Mary, Kind, natürlich nicht. Ich habe Isobel Franklin getroffen. Sie stand mit großen Taschen vor dem Haus dieser Abigail und ihrem Mann, dem Fernfahrer. Abigail sollte die Sachen mit zum Charity Shop nach Helston nehmen. Sie hilft doch im Fishermen's Mission aus. Als wenn sie dort nicht schon genug Spenden bekämen. Aber Isobel hat niemanden angetroffen. Und statt die Sachen an uns zu geben, hat sie Abigail die Taschen einfach in den Flur gestellt.« Aus ihren Worten klang deutliches Missfallen. »Ich habe Isobel ins Gewissen geredet. Beim nächsten Mal will sie uns bedenken, hat sie behauptet. Na, wer's glaubt. Und was die Putzfrau betrifft, da gibt es noch weitere … Ach, lassen wir das.«

»Sei doch nicht immer so …« *Herzlos*, wollte Mary sagen, verkniff es sich aber.

»Wie bin ich denn?« Margaret Bishop nahm eine ablehnende Haltung ein. »Ich bin doch kein Unmensch. Ich bin dann am späten Nachmittag zu ihr, um ihr ein paar Sachen zu bringen, die nicht zu unserem hochwertigen Basar passen, aber ich habe sie nicht angetroffen. Isobels Taschen standen noch im Flur, von Abigail keine Spur, geschweige denn von diesem Fernfahrer.«

»Vielleicht hat sie auf dem Weg zur Arbeit vergessen, die Tür richtig zuzuziehen. Du weißt doch, dass sie mehrere Putzstellen hat, um über die Runden zu kommen.« Mary ärgerte sich über den *hochwertigen Basar*. In Wahrheit waren die Basare des Verschönerungsvereins genauso bestückt wie alle anderen Basare in der Gegend.

»Ich will ja nicht tratschen, um die beiden soll es ja nicht sonderlich gut bestellt sein. Die Ehe kriselt. Ist ja auch kein Wunder, der Mann ist ständig unterwegs, und das Geld reicht hinten und vorne nicht.«

»Ist das so? Ich habe dieses Gerücht noch nicht gehört.«

»Wenn es stimmt, was mir eine Nachbarin von Abigail erzählt hat, führt sie kein allzu glückliches Leben.«

»Wenn ich mehrere Putzstellen hätte, und die würden immer noch nicht reichen, um ein anständiges Leben zu führen – ich weiß nicht, ob es mir nicht ähnlich erginge.«

»Aber dir geht es doch gut. Deine Pension ist gut gebucht. Oder etwa nicht? Muss ich mir Sorgen machen?«

Mary schüttelte den Kopf. »Aber hör auf, Gerüchte in die Welt zu setzen. Mir gefallen deine Andeutungen nicht.«

»Wenn du es genau wissen willst, Abigail soll Spenden

entgegennehmen, die aber nicht im Shop landen, sondern auf einer Verkaufsplattform im Internet.«

Mary ließ diese Behauptung unkommentiert und schüttelte nur den Kopf.

»Ich gebe lediglich weiter, was man mir zuträgt.«

»Gerüchte sind gefährliche Waffen.« Simon hatte genug gehört. »Ich würde jetzt gerne weiterarbeiten, wenn es recht ist.«

Margaret Bishop wandte sich brüsk ab. »Ich habe mein Anliegen ohnehin vorgebracht. Auch ich habe noch zu tun. Ich habe mit Mary noch einige wichtige Dinge zu besprechen, was den Dorfladen betrifft.«

Mary sah hinüber zu Simon. In ihren Augen lag ein Ausdruck milder Verzweiflung. »Dann sollten wir nicht länger Simon von der Arbeit abhalten.«

Nachdem die beiden ungleichen Frauen das Atelier verlassen hatten, zog er einen Stuhl zu sich und setzte sich an den Tisch. Der Linolschnitt war im Grunde genommen fertig, nur ein paar Feinheiten galt es noch einzuarbeiten. Vor allem die Konturen der steil aufragenden Felsen, auf denen Marys B&B stand, gefielen ihm noch nicht; eine zu große Fläche ohne optische Tiefe und für den Betrachter kaum als Felsformation zu erkennen. Er beugte sich über die Platte und begann sorgfältig aus der glatten Fläche Überflüssiges wegzuschneiden.

»Simon. Immer bei der Arbeit. Der unermüdliche Künstler.«

Er hatte Marks nicht kommen hören. Simon drehte sich zu Chris um, der die Hände in den unvermeidlichen beigen Staubmantel gesteckt hatte und abwartend in der Tür stand.

»Komm rein. Nimm dir einen Stuhl. Du hast Mary und ihre Tante gerade verpasst. Sei froh. Die alte Schreckschraube hat mal wieder Gift verspritzt.«

Marks zog den zweiten Stuhl an den Tisch und setzte sich.

Simon schüttelte amüsiert den Kopf und legte das Messer zur Seite, mit dem er gerade eine Felsspalte herausgearbeitet hatte. »Tee?«

»Nein, danke.« Marks rückte sich zurecht. »Die Tote vom Golfplatz wurde im Gebüschriegel gefunden, das den Rasen vom Küstenpfad und den Klippen trennt. Das Merkwürdige: Ihr wurde der Hals durchtrennt, nachdem sie bereits tot war.«

Simon hörte aufmerksam zu und nickte nur.

»Der Rechtsmediziner ist der Überzeugung, dass der Fundort nicht der Tatort ist. Die Frau ist am Rand des Platzes abgelegt worden. Easterbrook hat mich eben angerufen. Der Rechtsmediziner sei schon bei der ersten Leichenschau der Überzeugung, dass die Frau zunächst erwürgt wurde. Im Gesicht finden sich die typischen Merkmale für eine Strangulation. Einblutungen und so weiter. Muss ich dir ja nicht sagen. Er will noch klären, ob er das Tatwerkzeug eingrenzen kann. Wird aber dauern.«

»Dann heißt es also: Wer ist die Frau? Wie ist sie von wem zu dem Golfplatz transportiert worden? Und warum ausgerechnet der Golfplatz?«

»Das sind exakt die Fragen, die wir klären müssen.«

»Was ist mit der Funkzellenabfrage?«

Marks nickte. »Routine. Dauert.«

»Wie soll ich helfen?«

»Hör dich einfach um. Vielleicht bekommt Luke ja was mit. Er hat das Ohr immer nah am Geschehen. Wir lassen gerade ein Bild von der Toten machen. Sobald es vorliegt, schick ich es dir auf dein Smartphone.«

Simon nickte. »Luke ist noch in der Reha.«

»Stimmt. Habe ich vergessen. Wie geht es ihm?«

»Gill meint, dass ihm die Auszeit nicht bekommt. Er fühlt sich fit und will lieber mit seinem Boot aufs Wasser als zur Wassergymnastik. Aber er wird wohl noch vierzehn Tage aushalten müssen.«

Beide mussten bei dem Gedanken an den Fischer in seiner neuen Beziehung zu seinem ureigenen Element grinsen.

»Ehrlich gesagt sind wir etwas ratlos. Die einzige Spur in Sachen Golfplatz sind ein paar Golfbälle.«

»Ihr werdet vorankommen.« Simon versuchte ermutigend zu klingen.

»Ja, ja. Aber auch mit den Ermittlungen zur Toten aus der Bucht treten wir auf der Stelle. Es gibt auch dort keine Spuren. Die Leiche ist klinisch sauber. Bis auf die Fasern am Hals.«

Simon zuckte mit den Schultern. »Ich werde euch wohl keine große Hilfe sein.« Er spürte, dass ihm die Gedanken an die Polizeiarbeit Schmerzen machten. Seine Muskulatur verhärtete sich zunehmend – die ersten Anzeichen für einen seiner gefürchteten Flashbacks. Er musste sich ablenken. Aber Chris Marks wollte nicht lockerlassen.

»Mary hört doch auch viel.«

»Mag sein.«

»Ist dir nicht gut? Du bist mit einem Mal so blass.«

XXII.

Mary war wütend. Ein Pärchen in den Vierzigern hatte zwei Nächte gebucht. Angeblich wanderten sie mit wenig Gepäck über den Küstenpfad. Nach der zweiten Nacht waren die beiden nicht zum Frühstück erschienen. Irgendwann war ihr das Ganze merkwürdig vorgekommen. In aller Regel freuten sich die Gäste auf das Frühstück, nicht nur wegen der frischen, liebevoll drapierten Zutaten. Sie genossen auch die Aussicht auf die Bucht und den Naturhafen.

Und nun das. Nicht genug, dass das so freundlich und zugewandt auftretende Pärchen sie um zwei Übernachtungen und ein Frühstück betrogen hatte. Sie war wütend auf sich selbst, weil ihre Menschenkenntnis sie im Stich gelassen hatte.

Nachdem die übrigen Gäste zu ihren Tagesausflügen aufgebrochen waren, hatte sie an der Tür der beiden geklopft. Konnte ja sein, dass sie verschlafen hatten. Als sie allerdings keine Antwort bekommen und nachgesehen hatte, war das Zimmer der beiden so unberührt gewesen, wie sie es nach dem Bettenmachen hinterlassen hatte. Das Paar war einfach auf und davon. Sie würde mit dem Verlust leben müssen. Eine Anzeige hatte keinen Sinn. Die Angaben im Gästebuch waren garantiert falsch.

Mary hatte dringend frische Luft gebraucht und war den Weg hinunter ins Dorf gegangen, um sich auf der schmalen Landzunge Todden, die den Hafen und den steinigen Badestrand voneinander trennte, auf eine Bank zu setzen.

Wie blöd sie gewesen war. Aber dieses Lehrgeld würde sie nur einmal zahlen.

Sie schob die dunklen Gedanken beiseite. Die Frühlingssonne hatte heute Mühe, sich durchzusetzen. Der Himmel war wolkenverhangen, und ein frischer Wind strich über die Bucht. Die Felsen unter ihr lagen weitgehend frei. Die Wellen klatschten träge an das Gestein. Sie genoss den Ausblick und fühlte sich einmal mehr in Einklang mit der Natur.

Auf dem Weg zum Laden traf sie auf Jocelyn Higham, die die schmale Teerstraße von Ruan Minor heruntergekommen war.

Mary begrüßte die schlanke Seniorin mit dem kurz geschnittenen grauen Haar herzlich mit Handschlag. Sie mochte Joss, eine Frau, die aus ihrem Herzen keine Mördergrube machte, einen ausgeprägten Sinn für Humor und einen völlig anderen Blick auf die Welt hatte als Tante Margaret. Joss hatte ein paar Jahre in Ruan Minor gelebt und wohnte nun in Stithians. Seit ihrer ersten Begegnung vor einigen Monaten, die man durchaus als dramatisch bezeichnen konnte, waren sie sich erst einmal wieder begegnet. Zufällig, beim kleinen Umtrunk zum Einschalten der *Christmas Lights* im Hafen, das sie niemals verpasste.

»Joss. Was treibt dich her?« Mary nahm sie in den Arm.

»Nun«, Joss rückte ihre Brille zurecht, als sie sich wieder voneinander lösten, »ich habe meinen Wagen voller Textilien und anderem Kleinkram. Die wollte ich Abigail bringen. Ich hätte sie direkt in Helston abliefern können, aber ich habe auf ein Schwätzchen mit ihr gehofft. Allerdings ist sie nicht zu Hause. Außerdem wollte ich mich mit dem Kirchenvorstand unterhalten. Du weißt, das Dach von St. John muss saniert werden. Ich habe mit meinem Großneffen in Exeter telefoniert. Er kennt einen hilfsbereiten Dachdecker, der ein großes Herz für marode Kirchen hat.«

»Das klingt doch super. Willst du die Sachen nicht bei mir lagern? Ich bringe sie Abigail gerne vorbei. Dann brauchst du nicht ein zweites Mal herzukommen.«

»Nein, aber vielen Dank, Mary. Ich habe als Pensionärin ja alle Zeit der Welt.« Ihre Augen blitzten freundlich, wurden dann aber ernst. »Ich mache mir ein wenig Sorgen um Abigail. Sie ist schon seit ein paar Tagen nicht mehr aufgetaucht, sagt ihre Nachbarin. Und ihr Mann ist auch nicht zu erreichen. Jedenfalls geht er nicht an sein Handy.«

Mary bekam Gänsehaut. Abigails Abwesenheit hatte nichts zu bedeuten. Sie hatte keine Kinder, und warum sollte sie nicht auf Besuch bei Freunden oder Verwandten sein, wenn ihr Mann auf Tour war? Oder er hatte sie mitgenommen. Es kam nicht selten vor, dass Fernfahrer ihre Ehefrauen oder Partnerinnen mit an Bord hatten. Und dennoch beschlich sie ein ungutes Gefühl.

»Komm doch auf einen Tee mit zu mir ins Geschäft.« Sie zog Joss am Arm mit sich.

»Warum nicht.«

Mary setzte im Nebenraum des Ladens den Kessel auf und bat ihre Bekannte, Platz zu nehmen.

»Ist etwas nicht in Ordnung im Dorf?« Joss ließ Mary nicht aus den Augen. »Schon als ich oben in Ruan Angela getroffen habe, hat sie so merkwürdige Andeutungen gemacht.«

»Auf dem Golfplatz bei Kennack Sands ist eine Frau tot aufgefunden worden. Noch ist nicht klar, wer sie ist. Niemand dort scheint sie zu kennen. Und nun ist Abigail nicht auffindbar. Das muss nichts bedeuten, aber ich habe eine furchtbare Ahnung.«

»Du meinst …?«

Mary nickte. »Von der toten Frau in der Bucht von Poltesco hast du sicher in der Zeitung gelesen. Und nun die Tote auf dem Golfplatz, kaum eine Woche später.«

»Du vermutest einen Zusammenhang?«

»Das wäre doch ein sehr seltsamer Zufall, oder?«

»Und nun?«

»Simon sollte mit Abigails Nachbarin reden. Vielleicht gibt es ja eine simple Erklärung für ihre Abwesenheit. Wenn nicht, wird er sicher umgehend DI Marks informieren.«

»Du hast recht. Nur nicht die Pferde scheu machen. Das nutzt niemandem.«

Nachdem die beiden ihren Tee getrunken und sich über dies und das im Dorf ausgetauscht hatten, machte Joss sich auf den Weg zum Kirchenvorstand.

Mary rief Simon an.

Er nahm bereits beim ersten Klingeln ab. »Eine Frau aus Ruan Minor ist verschwunden. Sie wohnt mit ihrem Mann in einem der neuen Gemeindehäuser. Ich mache mir Sorgen.«

»Du kennst die Frau?«

»Abigail Reid. Ich kenne sie nur ganz flüchtig. Ich werde meine Ahnung nicht los.«

»Du meinst, sie könnte das Opfer sein?«

»Ich weiß es nicht.«

»Chris war bei mir und hat mich um Hilfe gebeten. Er will, dass ich mich umhöre. Und er schickt mir ein Foto der Toten. Sobald das da ist, höre ich mich um.«

»Wie gesagt, es muss alles nichts heißen.«

Einen Tag später machte sich Simon Jenkins auf den Weg nach Ruan Minor. Am Morgen hatte er das Foto auf sein Smartphone geschickt bekommen. Das Bild der Frau sagte ihm nichts. Eine Mittvierzigerin vielleicht, oder auch älter. Das Haar hatte sie gefärbt. Ihre Gesichtszüge waren eher herb als hübsch. Zu Lebzeiten hatte sie auf die Menschen sicher freundlich gewirkt. Das Durchschnittsgesicht einer Frau, die zeit ihres Lebens hart für ihren Lebensunterhalt hatte arbeiten müssen.

Der Weg die Straße hinauf strengte ihn an. Normalerweise nahm er den Weg aus Cadgwith hinaus und dann die Straße hinunter, die nach Kuggar führte. In der Kurve hinter der kleinen Brücke wäre er dann rechts abgebogen und hätte den Pfad genommen, der mit gemächlicher Steigung hinauf nach Ruan Minor führte. Ein Umweg, den er wegen seiner Gehbehinderung gerne in Kauf nahm. Aber an diesem Morgen hatte er den direkteren Weg eingeschlagen.

Das stetig ansteigende Sträßchen war eng, und die Hecken rochen nach Frühling. Die ersten Blütenknospen waren längst aufgebrochen, dort, wo die Sonne hinkam. Ein friedliches Bild. Die erste Steigung kostete ihn Kraft und Konzentration. In Höhe des Recreation Ground, der zudem auch als Fußball- und Cricketplatz genutzt wurde, kam er leichter voran.

Nach einer guten halben Stunde, die ihn quer durch Ruan Minor geführt hatte, erreichte er die Siedlung. Die letzten Häuser waren erst vor zwei Jahren fertiggestellt worden. Die Gleichförmigkeit ihrer Fassaden wirkte zum Glück nicht eintönig. Der Anstrich machte immer noch einen frischen Eindruck und wirkte einladend.

Simon sprach eine Frau an, die gerade aus einem der Häuser kam und einen Kinderwagen schob. Sie wies ihm den Weg zum Haus von Abigail Reid. Dabei sah sie ihn misstrauisch an, ohne ihn auf den Grund seiner Frage anzusprechen.

Das Haus lag am hinteren Ende der Straße auf der linken Seite. Ein paar Straßenbäume und Büsche versuchten eine kleinbürgerliche Idylle zu erzeugen. Simon trat an die Tür. Sie war zugezogen. Die Gardinen waren nicht geschlossen. Im Inneren nahm er keine Bewegung wahr. Entschlossen drückte er die Klingel. Sollte Abigail Reid nicht zu Hause sein, dann vielleicht ihr Mann.

Er versuchte es noch ein paarmal, aber niemand reagierte. Er wollte sich schon abwenden, als im Haus links von ihm ein Fenster in der ersten Etage geöffnet wurde.

»Da ist niemand zu Hause. Seit Tagen nich. Was woll'n Se? Geld eintreiben? Bei denen ist nichts zu holen.«

»Nein, Mrs. …?«

Die Frau reagierte nicht.

»Ich habe lediglich ein paar Fragen.«

»Das sagen sie alle.«

»Im Ernst, mir geht es nicht um Geld. Ich suche sie.«

»Suchen? Haben die beiden was ausgefressen?«

»Nein. Absolut nicht …«

»Was woll'n Se dann?«

»Hören Sie, ich möchte nicht unhöflich sein. Ich will lediglich etwas klären.«

»Klären?«

»Hätten Sie vielleicht die Güte herunterzukommen? Ich kann schlecht in die Höhe blicken.« Er hob seinen Stock. »Der Nacken, Sie verstehen?«

Die Frau reagierte zunächst nicht und schien das Für und Wider abzuwägen, was eine Begegnung mit diesem Fremden bedeuten könnte. Schließlich ließ sie ein kurzes »Moment« hören und schloss das Fenster. Es dauerte eine Weile, bis die Haustür einen Spalt geöffnet wurde.

»Un jetzt?«

»Ist Mrs. Reid schon länger nicht mehr zu Hause gewesen?«

»Sind Sie 'n Bulle?«

»Nein.«

Wieder dieses Abwägen. »Abigail hat sich schon ein paar Tage nicht blicken lassen. Und ihr Alter bringt mal wieder Fisch auf den Kontinent. Zu den Froschfressern.«

»Können Sie das genauer eingrenzen?«

»Na, seit sie mit ihrem geliebten Carl den Riesenkrach hatte.«

»Das war?«

»Na, letzten Donnerstag.«

»Gab es öfter Streit zwischen den beiden?«

»Sind Sie nicht doch 'n Bulle?« Sie schob die Tür eine Winzigkeit weiter zu.

»Nein. Und seit dem Tag ist auch ihr Mann nicht mehr nach Hause gekommen?«

»Carl musste am Freitag wieder 'ne Fuhre machen. Wir wussten nie, wann er zurückkam. Schon fast Standard, dass sich eine Fuhre übergangslos an die andere anschloss.«

»Darf ich Ihnen ein Foto zeigen?«

»Wenn's sein muss.«

Simon holte sein Smartphone hervor und hielt es der Frau hin. »Könnte das Abigail Reid sein?«

»Keine Ahnung. Moment.« Die Frau öffnete die Tür weit und trat hinaus. Ungefragt griff sie nach dem Telefon und hielt es nah vor ihr Gesicht.

»O mein Gott. Das ist Abi. Aber sie sieht so anders aus. Was ist mit ihr?« Die Frau schlug entsetzt eine Hand vor den Mund und wich einen Schritt zurück, als könnte sie sich im Halbdunkel des Hausflurs vor dem Grauen schützen.

Vor dem Haus standen drei Streifenwagen, einer davon quer und mit eingeschaltetem Blaulicht. Im Haus waren trotz der nachmittäglichen Sonne sämtliche Lampen eingeschaltet. Ein Team der Kriminaltechnik war seit gut zwei Stunden mit der Spurensicherung beschäftigt. Die Nachbarn, die sich zunächst auf der Straße versammelt hatten, um das Spektakel aus nächster Nähe zu beobachten, waren mittlerweile in ihre Häuser zurückgekehrt und warteten darauf, von der Polizei befragt zu werden, oder saßen bereits mit den Ermittlern zusammen.

Simon Jenkins hatte bis zum Eintreffen von Marks und seinen Leuten in der Küche von Abigails Nachbarin gewartet und sich nach einem kurzen Austausch mit dem Detective Inspector auf den Weg zurück zu seinem Cottage gemacht. Für ihn gab es nichts mehr zu tun.

»Was gibt es Neues?« DI Marks sah DS Sue Temple an, die seit gut zwei Wochen in Helston Dienst tat und mit einem aufgeschlagenen Notizblock auf ihn zukam.

»Die Angaben der Nachbarn, soweit wir sie schon befragen konnten, belegen, dass Abigail Reid am frühen Abend vor ihrem Auffinden auf dem Golfplatz das letzte Mal gesehen wurde.«

»Wie kann das sein? Steht hier jeder hinter der Gardine und beobachtet seine Nachbarn?«

Temple schüttelte den Kopf. »Die Leute haben einen Streit zwischen den Eheleuten gehört, der wohl ziemlich lautstark ausgetragen wurde. Die Auseinandersetzung wurde bei offenem Fenster geführt. Anschließend hat Reid das Haus mit lautem Türenschlagen verlassen.«

»Worum ging es? Hat jemand Genaueres gehört?«

»Wohl nicht. Alle haben die Schreierei gehört, sich aber nichts weiter dabei gedacht.«

Marks runzelte die Stirn.

»In den vergangenen Wochen hat es wohl immer wieder lautstarken Streit gegeben, der aber stets ohne erkennbare Handgreiflichkeiten abgelaufen ist. Die Nachbarn haben lediglich registriert«, sie schlug eine andere Seite auf und suchte das passende Zitat, *»dass gegenüber mal wieder der Haussegen ziemlich schief hängt.«*

»Das ist alles? Niemand hat sich weitere Gedanken oder Sorgen gemacht?«

Temple schüttelte den Kopf. »Die Menschen hier haben genug mit sich zu tun. Da fallen Streitigkeiten anderer nicht sonderlich ins Gewicht. Außerdem hat die Frau von gegenüber ausgesagt, sie habe angenommen, Abigail habe sich auf den Weg zu einer ihrer vielen Putzstellen gemacht.«

»Ist der Mann Auslöser der Streitereien?«

DS Temple blätterte in ihren Aufzeichnungen. »So sieht

es aus. Es ist wohl meist um seine lange Abwesenheit gegangen, und dass er kein Interesse am Haushalt hatte. Reid gehört offenbar zu der Sorte Mann, für den ausschließlich die Frau für den Haushalt zuständig ist.«

»Ist er jemals gewalttätig gegen sie geworden?«

»Dazu gibt es keine Indizien, lediglich Gerüchte. Ihm soll schon mal die Hand ausgerutscht sein. Beweise gibt es nicht. Sie ist nie mit einem blauen Auge gesehen worden oder mit einem Verband. Wie gesagt, lediglich Gerüchte.«

Marks brummte etwas Unverständliches und setzte hinzu: »Wo hat die Frau geputzt?«

»Das konnte man uns nicht sagen. Alle wissen nur zu berichten, dass sie mehrere Arbeitsstellen hatte. Welche genau, darüber hat sie wohl nie gesprochen. Sie hat sich offenbar geschämt, dass sie die Klos anderer Leute sauber machen musste.« DS Temple schlug noch eine Seite um. »Die Kollegen berichten außerdem, dass das Paar ein eher zurückgezogenes Leben geführt hat, sieht man mal ab von den lautstarken Streitereien.« Sie zögerte mit ihrer Einschätzung. »Ist irgendwie ja auch naheliegend, wenn der Mann als Lkw-Fahrer unterwegs ist und sie kaum Zeit für sich hat.« Sie nickte wie zur eigenen Bestätigung. »Ich kümmere mich um den abschließenden Bericht. Er liegt spätestens morgen früh auf Ihrem Schreibtisch, DI.«

»Gute Arbeit, Temple. Wir müssen mit den Ehrenamtlichen in der Fishermen's Mission sprechen. Vielleicht bringen die uns weiter. Und wir müssen herausfinden, wo Mrs. Reid überall geputzt hat. Aber vor allem müssen wir Carl Reid auftreiben.«

»Ich kümmere mich darum, Detective Inspector.« Sie nickte und wollte sich abwenden.

»Um den Charity Shop soll Easterbrook sich kümmern. Und um die Putzstellen. Versuchen Sie Reid ausfindig zu machen.«

XXIII.

Simon hatte einige Linolschnitte mit unterschiedlichen Motiven in Seidenpapier eingeschlagen und in seine Umhängetasche gepackt. Nun saß er in Marys Frühstücksraum und wartete auf Margaret Bishop. Mary hatte ihm gesagt, dass ihre Tante sie besuchen wolle, um ein paar Details zum Wohltätigkeitsbasar zu besprechen. Diese Gelegenheit wollte er unbedingt nutzen, denn er hatte keine Lust auf eine halbherzig eingeschenkte Tasse Tee im Haus der penetranten Vereinsvorsitzenden. Und nun konnte er zwei Dinge miteinander verbinden: die Übergabe der gespendeten Kunstwerke und die Gerüchte über Abigail Reid und ihre Putzstellen.

Marks hatte ihn am Vormittag angerufen und berichtet, dass es keine klaren Aussagen über die Arbeitsstellen der Toten gab. DC Easterbrook war mit seiner Befragung einmal mehr gescheitert. Den Bewohnern des Küstenortes war wegen ihrer Abneigung gegen die Obrigkeit nicht beizukommen. Chris wollte sich und seinen Mitarbeitern die aufwendige Reihenbefragung von Reids potenziellen Auftraggebern ersparen beziehungsweise sie abkürzen, also setzte er auf Simon.

»Ich hoffe, dass deine Tante sorgsam mit den Arbeiten

umgeht.« Er deutete auf seine Tasche. »Wo sie doch nicht sonderlich viel von meiner Arbeit hält.«

»Sie ist zwar in manchen Dingen ein Stinkstiefel, aber sie ist äußerst geschäftstüchtig. Du kannst sicher sein, dass sie die Preise für deine Werke so hoch ansetzt wie möglich.«

Simon lächelte. »Nun gut. Die kleineren Arbeiten sind ja für die Verlosung, aber die großen Linolschnitte mit den Lobster-Motiven oder den Cadgwith-Booten will ich nicht zum Schleuderpreis verkauft wissen.«

Mary wollte ihm intuitiv über die Wange streichen, ließ es aber. Stattdessen schaute sie auf die Uhr. »Tante Margaret muss jeden Augenblick da sein.«

»Sie ist schon ziemlich schräg. Ich möchte zu gerne wissen, wie ihr David es mit ihr aushält.«

»Sie muss etwas an sich haben, dass Onkel David bei ihr bleiben lässt. Er liebt sie trotz ihrer Schrullen über alles, hat er mir einmal am Ende eines feuchtfröhlichen Abends im Pub gestanden.« Sie schmunzelte bei dem Gedanken. »Zum Ausgleich hat er ja seine alten Seekarten und die Forschungen über die Lizard-Felsen als Klippengrab.«

»Hält er nicht demnächst einen Vortrag über dieses Thema?«

»Ja, tatsächlich. Und ausgerechnet in der Offiziersmesse der Marinebasis.« Mary deutete aus dem Fenster. »Wenn man vom Teufel spricht. Tantchen ist im Anmarsch.«

Anmarsch ist das richtige Wort, dachte Simon, denn Marys Tante hatte einen Schritt drauf, auf den Ausbilder beim Militär stolz wären.

»Mary.« Außer Atem kam Margaret buchstäblich hereingerauscht. »Du glaubst ja nicht, was oben in Ruan Minor los ist. Die arme Abigail tot, die Kehle durchgeschnitten, und dann noch Fiona. Und die Polizei hat mal wieder keinen Plan.« Erst auf den zweiten Blick bemerkte sie Simon. »Ah, der Künstler. Schön, schön.«

»Du bist ja völlig von der Rolle, Tante. Setz dich erst mal.« Mary deutete auf einen Küchenstuhl.

»Das kannst du wohl sagen. Wir haben gestern Abend beschlossen, die Wahlen zum Gemeinderat zu verschieben. Angesichts der Morde wäre es pietätlos, so zu tun, als ginge uns das alles nichts an und wir könnten zur Tagesordnung übergehen. Die Wahlen laufen uns schon nicht weg.«

»Müsst ihr nicht bestimmte Fristen einhalten?«

»David hat in den Statuten und Gesetzesvorgaben eine Lücke gefunden. Endlich hat er sich mit seiner Rechercheerfahrung mal nützlich gemacht.« Sie stellte ihre Handtasche auf den Tisch.

»Bist du sicher?«

Margaret Bishop zuckte mit den Schultern. »Das ist nicht mein Thema. Darum müssen sich andere kümmern. Schließlich kann ich nicht überall den Vorsitz haben.«

Mary hätte beinahe laut losgeprustet. Stattdessen deutete sie auf Simons Tasche. »Ich glaube, du wirst zufrieden sein.«

Simon nahm die Tasche auf und breitete die Bilder auf dem Küchentisch aus – nachdem Margaret Bishop ihre Tasche wieder an sich genommen hatte.

Bishop warf nur einen kurzen Blick auf die Arbeiten. »Wie erwartet. Danke. Übrigens, Mary, wir tragen uns mit dem Gedanken, den Wohltätigkeitsbasar den beiden toten Frauen zu widmen. Ich denke, das ist dem Anlass angemessen.«

»Eure Entscheidung.« Sie ärgerte sich maßlos über die Ignoranz ihrer Tante.

Simon ließ nicht erkennen, was er von dem unverschämten Verhalten der Vereinsvorsitzenden hielt, und blieb freundlich. »Das freut mich, dass Ihnen die Sachen so sehr gefallen. Ich lege sie wieder zusammen, dann können Sie sie gleich mitnehmen. Viel Erfolg beim Verkauf und bei der Verlosung.«

Sein Sarkasmus prallte von Margaret ab wie ein Tennisball von einer Betonwand.

»Sag, Tante, du hast doch immer dein Ohr am Volk.« Auch Marys Sarkasmus zeigte keine Wirkung. »Weißt du, wer im Dorf oder in der Umgebung die Dienste von Abigail Reid in Anspruch genommen hat?«

Die Angesprochene zuckte mit den Schultern. »Ich bin mir nicht sicher. Sie putzt wohl bei den Keeleys, dann ist sie regelmäßig bei den McMinns, ich habe die Arme einmal auf dem Weg dorthin getroffen. Und sie ist wohl ab und an bei den Coudrills. Das ist alles, was ich weiß. Ob sie noch andere Putzstellen hat, keine Ahnung. Mir fällt ein, dass Helen aus dem Pub sie ab und an bucht, wenn sie in der Küche zu viel zu tun hat und mit dem Saubermachen der Pensionszimmer nicht nachkommt.«

»Das sind doch schon mal Ansätze für Befragungen.« Jenkins nickte zufrieden. Er würde Marks anrufen.

»Bin ich nun ein Informant der Polizei? Gibt es etwa eine Belohnung?«

Mary konnte an ihrem Gesicht ablesen, dass sie neuen

Gesprächsstoff für ihre Runden durchs Dorf gefunden hatte.

»Das wird DI Marks einschätzen müssen. Ich denke, dass er sich über den Hinweis freuen wird.«

»Das werden wir ja sehen.« Ihre Tante stand auf.

»Wolltest du nicht noch ein paar Einzelheiten zum Basar mit mir klären?«

»Das können wir ein anderes Mal tun, hat ja noch ein wenig Zeit. Mir ist gerade klar geworden, dass ich mich jetzt um die Ausrichtung einer Gedenkveranstaltung für die beiden Opfer kümmern muss. Die Dorfhalle muss hergerichtet werden, und ich muss mit dem Pfarrer sprechen, er soll eine Rede halten. Dann habe ich noch ein Treffen mit unserem Systemadministrator. Wir brauchen noch ein paar zusätzliche Tools.« Sie hielt kurz inne. »Das Thema könnte Schuld und Sühne sein ... Das Thema des Pfarrers. Ich rufe dich dann an, Kindchen.«

Mit schnellen Griffen raffte sie die gespendeten Kunstwerke zusammen und verließ mit einem gnädigen Nicken in Richtung Simon das Haus.

»Ärgere dich nicht zu sehr, Simon. Wir werden sie nicht ändern.«

Simon winkte ab, das Verhalten von Margaret Bishop war ihm in diesem Augenblick egal. Er zog sein Smartphone hervor und wählte die Nummer des DI.

»Chris, ich bin's. Es gibt ein paar Ansätze.« Mit wenigen Worten fasste er die Angaben von Marys Tante zusammen und beendete das Gespräch mit: »Keine Ursache.« Dann sah er Mary an, besorgt und angespannt.

»Er wird die vier Adressen aufsuchen und seine Fragen stellen. Vielleicht bringt ihn das etwas weiter.«

»Die Namen, die Tante Margaret genannt hat, sind doch völlig unverdächtig.«

»Ich weiß, aber es könnten sich aus der Befragung neue Ermittlungsansätze ergeben.« In seinen Augen erschien ein weicher Ausdruck. »Ein Tee wäre nach diesem Auftritt deiner Tante nicht das Schlechteste.«

Während Mary mit dem Geschirr hantierte, sah er ihr zu. Er mochte die unaufgeregte Art, wie sie die alltäglichen Dinge regelte.

»Hat Chris etwas von seinen Ermittlungen erzählt?« Mary hatte offensichtlich seinen Blick gespürt und drehte sich zu ihm um. Unbewusst strich sie sich eine Locke aus der Stirn.

»Der Rechtsmediziner hat die Vermutung, dass Abigail mit dem gleichen Tatwerkzeug erdrosselt wurde wie Fiona. Allerdings konnte er diesmal keine Fasern sicherstellen.«

»Es könnte sich also um den gleichen Täter handeln. Um einen Mann.«

»Wer weiß?«

»Es muss sich um einen Mann handeln, wenn Fiona mit einer Krawatte erdrosselt wurde. Außerdem muss jemand Kräftiges Abigail umgebracht haben. Du hast mir erzählt, dass sie nicht auf dem Golfplatz getötet wurde. Wer sonst hat die Kraft, eine tote Frau über den gesamten Golfplatz zu schleppen und im Gebüsch zu verstecken? Es gibt doch nur die eine Zufahrt zum Gelände.« Sie hielt inne, um einen weiteren Gedanken zu fassen. »Na ja, sie könnte auch von Kennack Sands aus, also von dem improvisierten Parkplatz nahe des Eingangs zum Küstenpfad, den Weg hinauf zum Golfgelände geschleppt worden sein. Aber auch das kann nur jemand bewerkstelligen, der die Kraft dazu hat.«

»Du hast recht. Ich denke aber, dass sie auf direktem Weg zum Ablageort gebracht wurde. Der Küstenpfad ist in diesem Bereich zu schmal und zu steil, um eine schwere Last über eine längere Strecke zu schleppen. Auch für einen kräftigen Mann. Marks muss unbedingt ihren Mann finden.«

»Ob er der Täter ist?«

»Die Vermutung ist nicht ganz abwegig. Schließlich sind die meisten Gewalttaten Beziehungstaten, und die Täter kommen aus dem direkten Umfeld der Opfer.«

»Die Spedition muss doch wissen, wo ihr Fahrer sich aufhält.«

»Marks' Team hat die Namen mehrerer Speditionen im Haus des Opfers gefunden. Vermutlich arbeitet er als freier Mitarbeiter für mehrere Auftraggeber gleichzeitig.«

»DS Temple. Was gibt's?«

»Wir haben Carl Reid aufgetrieben. Besser: sein Telefon. Er ist offenbar gerade auf dem Weg in die Schweiz. Sein Chef hat ihn von Frankreich aus mit einem zweiten Auftrag weitergeschickt. Das ist in der Branche wohl nicht unüblich.«

»Wann wird er zurück sein?«

»Das wusste sein Chef nicht so genau. Wenn alles nach Plan läuft, dürfte er übermorgen in Dover ankommen.«

»Haben Sie dafür gesorgt, dass Reid nicht erfährt, dass wir ihn suchen?«

»Selbstverständlich, Sir. Sein Chef wird ihn nicht darüber informieren.«

»Wie zuverlässig ist das?«

Sie zuckte mit den Schultern. »Ich fürchte, wir haben nur sein Wort.«

»Da es derzeit keinen konkreten Tatverdacht gibt, können wir nicht einmal sein Telefon überwachen. Wir können nur darauf hoffen, dass wir ihn bei seiner Rückkehr befragen können. Wo ist der Sitz der Spedition?«

»London.« Sie hob erklärend die Hand, als sie Marks' Gesichtsausdruck sah. »Keine Sorge. Chelten & Son. Sie haben eine Dependance in Truro. Das Büro dort wickelt sämtliche Aufträge an Reid ab.«

»Na, immerhin. Danke, DS.«

Sue Temple hatte kaum die Klinke der Bürotür losgelassen, als DS Annie Bley im Türrahmen erschien.

»Ich will Ihnen nur kurz einen Zwischenstand geben, bevor wir in die Besprechung zum Fall Richards gehen.«

»Nur zu, immer hereinspaziert. Setzen Sie sich und fühlen Sie sich ganz wie zu Hause.« Beim letzten Satz biss er sich auf die Lippe. Too much. Was hatte diese Frau nur an sich, dass er sich in ihrer Gegenwart aufführte wie ein pickliger Teenager mitten in der Pubertät?

DS Bley sah ihn an, als zweifle sie an seinem Verstand. »Mein Zuhause ist sicher nicht diese Polizeiwache.« Sie stützte die Hände auf der Rückenlehne des Besucherstuhls ab. »Der Staatsanwalt ist wie vom Erdboden verschluckt. Niemand hat ihn in den vergangenen Tagen gesehen. Sein Verschwinden fällt etwa mit dem Todeszeitpunkt von Fiona Richards zusammen. Das lassen jedenfalls die Gespräche vermuten, die ich im Gericht geführt habe. Barnes hat sein Telefon ausgeschaltet. Es wird schwer bis unmöglich sein, seinen Standort zu orten. Ich habe seine Ex kontaktiert, aber sie hat auch keine Idee, wo er stecken könnte. Soll ich ihn zur Fahndung ausschreiben lassen?«

»Mit welcher Begründung? Dass er möglicherweise mit dem Tod der Rechtsanwältin in Verbindung steht? Nein, wir haben nicht den geringsten Anhaltspunkt für diese Annahme. Wir können nur abwarten.«

»Bin gleich wieder da.« Bley verschwand unvermittelt und tauchte kurz darauf mit einer großen Klarsichthülle auf, in der ein Aktendeckel steckte. Beinahe feierlich überreichte sie ihm die Tüte.

»Was ist das?«

»Ein Aktendeckel mit Fingerabdrücken von Ben Barnes.«

»Was zum Teufel …«

»Ich habe mir das Pappstück ganz offiziell von seiner Sekretärin übergeben lassen. Auf ihm werden wir ihre und seine Fingerabdrücke finden.«

»Und weiter?«

»Wir sollten Richards' Wohnung auf diese Fingerabdrücke hin checken lassen. Dann haben wir zumindest den Hinweis, dass sie mehr miteinander hatten als ein ausschließlich berufliches Verhältnis. Das würde uns einem Fahndungsersuchen ein gehöriges Stück näher bringen.«

Marks musste zugeben, dass Bley die richtigen Ideen hatte. »Versuchen Sie es. Obwohl ich nicht glaube, dass Sie mit Ihrer Argumentationskette Erfolg haben werden. Die Indizienlage wäre immer noch dünn.«

»Ich kümmere mich darum.« Bley machte ein zufriedenes Gesicht, in dem sich auch wieder eine Spur Überlegenheit zeigte.

Er war versucht, ihr eine Wette vorzuschlagen, verkniff es sich aber.

»Nur zu.« Er stand auf. »Wir sollten die Kollegen nicht warten lassen.«

»Und was ist mit den Kolleginnen?«

Marks schwieg. Jetzt kam die Frau auch noch mit dem ganzen Feministinnenquatsch. Natürlich hatte er auch die Frauen gemeint.

»Sie haben natürlich völlig recht. Ich wollte mit meinem Sprachgebrauch niemanden verletzen. Und seien Sie sicher, schon gar nicht Frauen.« Er war zufrieden mit sich, hatte er es doch geschafft, ehrlich und nicht sarkastisch zu klingen.

Bley sagte nichts.

»Bevor ich es vergesse: Wir müssen das Leben von Barnes auf links drehen. Vielleicht fällt irgendwo von irgendwem eine Bemerkung, die uns am Ende zu ihm führt. Freunde, Nachbarn, Kolleginnen und Kollegen, sie alle müssen noch einmal eingehend befragt werden. Wo kauft er ein? Wo lässt er sein Auto reparieren? Ist er in einem Sportverein? Wie war sein Umfeld im Studium? Zunächst geht es lediglich um eine Vermisstensache. Da muss es das Anliegen aller sein zu helfen.«

»Ist schon in Arbeit.«

»Großartig.«

Auf dem Weg zum Besprechungsraum kam ihnen DC Easterbrook entgegen.

»Was machen die Ermittlungen in Sachen Abigail Reid, Detective Constable?« Er war so sehr in Gedanken versunken, dass er Marks beinahe angerempelt hätte.

Easterbrook machte eine Handbewegung, die den

kompletten Flur umfasste, aber ebenso gut das gesamte Universum. »Noch viel zu viele lose Enden.«

»Ich zähle auf Sie, Allan.« Im Vorübergehen schlug Marks ihm auf die Schulter.

Bley und Easterbrook wechselten einen schnellen erstaunten Blick.

DI Marks machte einen zufriedenen Eindruck.

XXIV.

»Die Kollegen folgen ihm unauffällig.«

»Und du bist sicher, dass er nach Ruan Minor fährt?« Simon saß mit DI Marks auf der Bank vor Marys Dorfladen.

»Sie haben seinen Lkw in Dover aufgenommen und sind seither an ihm dran. Er verhält sich bisher völlig unauffällig. Im Büro der Spedition hat er sich nicht lange aufgehalten und dort den Lkw gegen seinen Privatwagen eingetauscht.« Marks sah auf die Uhr. »Er müsste gleich zu Hause sein.«

»Du wirst losmüssen. Du willst ihn sicher sofort befragen.«

»Ich sitze schon viel zu lange hier, du hast recht.« Marks stand auf und klopfte imaginären Staub von seinem Mantel.

In diesem Augenblick klingelte sein Smartphone.

»Was gibt's?« Er hörte wegen der schlechten Verbindung angestrengt zu und trennte sie dann. Mit einer ungehaltenen Geste stopfte er das Telefon zurück in die Manteltasche.

»Ärger?«

»Reid ist von der Hauptstraße nicht die erste Abfahrt Richtung Ruan Minor abgebogen. Erst ein Stück weiter Richtung Lizard hat er die Zufahrt nach Cadgwith genommen. Möchte mal wissen, warum.«

»Das heißt, wenn er nicht vorher abbiegt Richtung Kuggar, wird er auf direktem Weg ins Dorf fahren und kommt an uns vorbei.«

»Aber warum?«

»Vielleicht ist er mit jemandem verabredet. Oder er hat bloß Lust auf ein Pint.« Simon nahm seinen Stock und machte Anstalten aufzustehen.

»Ich werde ihn hier befragen. Oben auf dem Todden. Zunächst ist es ja lediglich ein klärendes Gespräch. Wir haben noch keinen Hinweis darauf, dass er mit dem Tod seiner Frau etwas zu tun hat.«

Simon führte den Gedanken zu Ende. »Und wenn doch, ist er unglaublich kaltblütig und sich seiner Sache sicher.«

»Ich will erst mal glauben, dass er unschuldig ist.« Er bemerkte Simons zweifelnden Blick. »Ich will ihn nicht in der Polizeiwache befragen. Wenn er nichts vom gewaltsamen Tod seiner Frau weiß, ist es besser, wenn die Umgebung, in der er es erfährt, nicht bedrohlich wirkt. Und ich weiß, was du denkst, Simon, aber der Todden ist kein schlechter Ort für dieses erste Gespräch. So oder so. Wir werden dort allein sein. Flüchten kann er von dort nicht, es gibt nur den einen schmalen Zugang, ansonsten nur links und rechts die steilen Klippen. Der Trampelpfad ist mit meinen Leuten sehr einfach abzusperren. Ein – das stimmt – ungewöhnlicher Ort für eine Befragung, aber dennoch.«

Simon nickte. Marks hatte nicht unrecht. Es gab im Moment nicht den geringsten Grund, Reid wie einen Verdächtigen oder gar Beschuldigten zu behandeln.

»Da kommt ein Wagen die Straße herunter.« Simon deutete mit dem Kopf Richtung Telefonzelle, die die Kurve der Dorfstraße markierte.

Marks sah sich um.

In der Kurve fuhr der rote Vauxhall älteren Baujahrs ein Stück weiter geradeaus und parkte auf dem schmalen Streifen, kurz vor den ersten Gebäuden des Hafens, auf dem überdies die Bottiche mit alten Netzen abgestellt waren. Dahinter lag etwas versteckt der schmale Zugang zum Todden.

Der Mann, der aus dem Fahrzeug stieg, trug eine schwarze Baseballkappe. Über seinem Bauch spannte sich ein schwarzes Polohemd mit dem Emblem des Ruan Minor FC. Das kurz geschnittene Haar lag ungekämmt an seinem runden Kopf. Kinn und Wangen sahen aus, als habe Reid sich seit mehreren Tagen nicht rasiert. Ohne auf Marks und Jenkins zu achten, machte er sich auf den Weg Richtung Pub.

»Mr. Reid?«

Der Angesprochene blieb stehen. »Wer will das wissen?«

DI Marks zog seinen Dienstausweis aus der Manteltasche. »Haben Sie einen Augenblick für mich?«

Reid stutzte und warf einen schnellen Blick auf den Vauxhall.

»Es ist sehr wichtig.«

Reid forschte in Marks' Gesicht nach einem Grund für das Gespräch. Schließlich willigte er ein. »Wo?«

»Setzen wir uns auf eine Bank hier auf dem Todden.« Der Detective Inspector wies mit der Hand auf den Zugang.

»Wenn es sein muss. Ich bin müde.« Reid zuckte mit den Schultern und trottete voraus.

Chris Marks deutete auf die Bank, die den direkten Blick auf die Bucht ermöglichte. »Nehmen Sie Platz.«

Reid setzte sich mit abwartendem Blick.

Simon blieb ein Stück abseits stehen. Er war ohne nachzudenken mitgegangen, und Marks hatte ihm nicht bedeutet fernzubleiben. Aus dem Augenwinkel sah er, dass zwei Detectives am Eingang zum Todden Position bezogen hatten.

»Detective Inspector, ich verstehe nicht ganz.«

DI Marks setzte sich und wandte sich ihm zu. »Ich muss Ihnen eine traurige Mitteilung machen, Mr. Reid.«

»Ja?« Reid sah ihn stirnrunzelnd an.

»Nun, es ist ... Ich habe die traurige Pflicht, Ihnen mitteilen zu müssen ...«

»Was ist passiert?« Reid rückte ein Stück von Marks ab. »Ist was mit Abigail?«

Marks nickte langsam. »Ihre Frau lebt nicht mehr.«

Aus Reids Gesicht wich schlagartig alle Farbe. »Was ist passiert? Hatte sie einen Unfall? Reden Sie.«

Der Detective Inspector nickte langsam, als müsste er sich des nächsten Satzes vergewissern. »Es tut mir sehr leid. Ihre Frau ist einem Gewaltverbrechen zum Opfer gefallen.«

»Das kann nicht sein. Als ich auf Tour gegangen bin, hat sie noch gelebt. Das ist unmöglich. Abi ... es muss eine Verwechslung vorliegen. Sicher eine Verwechslung.«

Reids Kopf zuckte vor und zurück, als habe er die Kontrolle über seine Halsmuskulatur verloren.

»Es tut mir leid.«

»Wo ist sie?«

»In Truro. In der rechtsmedizinischen Abteilung des dortigen Krankenhauses.«

Carl Reid setzte seine Kappe ab und wieder auf, dann fuhr er sich mit den Händen übers Gesicht. Abwesend starrte er hinaus auf die See. »O mein Gott. Abigail.«

»Brauchen Sie Hilfe, Mr. Reid? Kann ich etwas für Sie tun?«

»Meine Frau ist tot?«

Marks sagte nichts.

»Bringen Sie meine Frau zurück.«

»Sir …«

Reid sprang auf und setzte sich wieder. »Das kann nicht sein. Meine geliebte Abigail.« Er nahm die Baseballkappe ab und drehte sie in der Hand.

»Ich hätte Ihnen das gerne erspart.«

Reid rieb sich über die Wangen. In seinen Augen glitzerte es verdächtig. Er schluckte schwer.

»Ich will sie sehen.« Reid schaute einer Möwe hinterher, die quer über die Bucht an ihnen vorbei in Richtung Lizard verschwand.

»Später.«

»Jetzt. Ich will sie jetzt sehen.« Er sah Marks direkt in die Augen. »Das ist doch alles nicht wahr. Sie müssen sich irren. Wie ist sie gestorben?«

»Wir gehen davon aus, dass sie erwürgt wurde.«

»Erwürgt? Sie erlauben sich einen üblen Scherz mit mir.«

Marks schüttelte stumm den Kopf.

»Wer tut so etwas?«

»Das versuchen wir gerade herauszufinden.«

»In Truro ist sie? In der Rechtsmedizin, sagen Sie?«

»Ich muss Ihnen ein paar Fragen stellen. Sollen wir dazu zu Ihnen fahren?«

Reid schüttelte den Kopf. »Mein Zuhause? Ich kann da jetzt nicht hin.«

»Wann haben Sie Ihre Frau das letzte Mal gesehen?«

Reid musste nicht überlegen. »An dem Abend, kurz bevor ich meine neue Tour übernommen habe.«

»In welcher Verfassung war sie da?«

»Sie war wie immer. Warum fragen Sie?«

»Wie haben Sie sich voneinander verabschiedet?«

Der Fernfahrer schwieg erst, bevor er antwortete. »Ich verstehe die Frage nicht.«

»Wie haben Sie sich voneinander verabschiedet?«

»Abigail hatte an dem Abend noch eine Putzstelle zu bedienen. Und ich bin kurz darauf nach Truro, um meinen Lkw zu übernehmen.«

»Und sie war wie immer?«

Reid nickte.

»Sind Sie sicher?«

Er zögerte, bevor er erneut nickte.

»Zeugen geben an, es habe einen heftigen Streit gegeben.«

»Wer sagt das?«

»Es gibt Zeugen.«

»Das muss die Alte von gegenüber gewesen sein. Die hat ihre Ohren überall, diese Schlampe.«

»Es hat also Streit gegeben?«

»Wir hatten ein paar Meinungsverschiedenheiten.«

»Meinungsverschiedenheiten?«

»Warum ist das jetzt wichtig?«

»Beantworten Sie bitte meine Frage.«

»Wir hatten eine kleine Auseinandersetzung. Nichts von Bedeutung.«

»Worum ging es dabei?«

Reid zuckte mit den Schultern. »Um meinen Job. Dass ich dauernd unterwegs bin. Dass ich sie nicht bei der Arbeit im Haus unterstütze. Wie gesagt, nichts Wildes.«

»Sie sind demnach also im Streit auseinandergegangen?« Reids Schulterzucken war ihm Antwort genug. »Ist das öfter vorgekommen? Solche Meinungsverschiedenheiten?«

»Kommt das nicht in jeder Ehe vor? Dass man nicht immer einer Meinung ist? Ist doch normal.«

»Haben Sie versucht, Ihre Frau von unterwegs anzurufen?«

Er schüttelte den Kopf.

»Warum nicht?«

»Machen wir nie. Wir sind nicht so die Romantiker. Wenn ich weg bin, bin ich weg. Und sie wusste immer, dass ich zurückkomme.«

»Und Sie haben Ihre Meinungsverschiedenheiten immer nur mit Worten ausgetragen?«

»Wie meinen Sie das?«

»Zu Tätlichkeiten ist es nicht gekommen?«

»Ob ich meine Frau geschlagen habe? Nein, Detective Inspector, das habe ich nie. Ich würde meiner Abigail nie etwas antun.«

»Sie haben also eine glückliche Ehe geführt?«

»Meistens jedenfalls.«

Jenkins bemerkte, dass Marks' Rücken immer gerader wurde. Es sah so aus, als sei der Detective Inspector bereit, jeden Augenblick aufzuspringen, um einer Flucht Reids zuvorzukommen.

»Tragen Sie Krawatten?«

Carl Reid war sichtlich erstaunt über den plötzlichen Themenwechsel. »Sehe ich so aus?« Er klang beinahe amüsiert.

Marks hob die Schultern.

»Aber in der Tat, ich habe ein paar. Wie alle Männer. Für Taufen, Hochzeiten und Beerdigungen. Warum fragen Sie?«

»Darf ich einmal einen Blick auf sie werfen?«

»Was? Na klar. Warten Sie. Nein, das geht nicht.«

»Weil?«

»Ich habe sie nicht mehr.«

»Was heißt das?«

»Ich habe sie nicht mehr. Hab sie Abigail gegeben. Für The Fishermen's Mission.«

»Sind Sie sicher?«

»Warum sollte ich das nicht sein? Ich war die Dinger leid. Ich hatte sie seit Jahren. Scheußliche Dinger, dünn und längst aus der Mode.«

»Sie machen nicht gerade den Eindruck, als seien sie übermäßig modebewusst.«

»Nur weil ich eine Kappe und das Poloshirt des Vereins trage? Lächerlich. Was ist daran unmodern?« Er besann sich auf das eigentliche Thema. »Ich konnte sie einfach nicht mehr sehen. Und dann habe ich sie Abigail mitgegeben. Reicht das?« Carl Reid machte Anstalten aufzustehen. »Ich brauch jetzt ein Bier, und dann will ich ins Bett. Ich bin viel zu lange auf den Beinen.« Ihm wurde in diesem Augenblick bewusst, dass der Tag nicht so enden würde wie die anderen Tage, an denen er von seinen Touren vom Kontinent zurückkehrte. Er setzte sich wieder. »Was soll ich denn jetzt machen ohne meine Abigail?«

Nachdem sie Carl Reid ins Pub gefolgt waren und ihn ein schnelles Bier hatten hinunterstürzen und die Wirtschaft wieder verlassen sehen, hatten sich Marks und Jenkins auf den überdachten Hof des Cadgwith Cove Inn zurückgezogen. Die beiden Beamten, die Reid in ihrem Wagen folgten, wurden von Marks angewiesen, ihn nicht aus den Augen zu lassen und in der Nähe des Hauses Position zu beziehen.

»Was hältst du von ihm?«

Simon drehte nachdenklich seinen Gehstock, den er mit den Knien festgehalten hatte.

»Ein Fernfahrer, der seinen Job liebt, weil er dann für sich allein sein kann. Kein Stress zu Hause.«

»Jemand, der vor der Verantwortung flüchtet.«

»So in etwa.«

»Und der am Ende ausrastet, weil er die ständigen, wie er sagt, Meinungsverschiedenheiten nicht mehr aushält und dem Ganzen ein Ende macht, auf seine Weise? Um dann abzutauchen, und so tut, als sei nichts gewesen, und für die Spedition seine Fuhren macht?«

»Er wäre nicht der erste.«

»Allein im Lkw, muss ihm sein Gewissen die Tat doch jede Sekunde vor Augen führen.«

»Ein Meister der Verdrängung. Was nicht sein darf,

existiert nicht. Das wäre in dem Fall eine mögliche Variante.«

»Und die andere?«

»Hast du gesehen, wie er auf die Todesnachricht reagiert hat? Ich bin nicht sicher, ob man so etwas spielen kann. Sein Entsetzen erschien mir echt.«

»Am Ende sind Mörder zu allem fähig.«

»Ich weiß.« Simon stellte den Stock zur Seite. Er musste an einen Buchhalter aus dem Londoner Süden denken. Ein nach außen hin unbescholtener Mann, unauffällig, höflich zu den Nachbarn. Nur durch einen Zufall stellte sich heraus, dass er für den Tod von zwei alleinstehenden Frauen verantwortlich war.

Die Opfer waren beide in der Nähe einer Parkanlage gefunden worden, für deren adeligen Betreiber er nach Feierabend als Sachbearbeiter in der Bezirksverwaltung die Buchführung gemacht hatte.

Simon hatte den Viscount vernommen, weil er wegen seiner bekannten Promiskuität und seiner Vorliebe für Rothaarige schnell in Verdacht geraten war. Als sie die wirtschaftliche Lage des Parkbetreibers untersucht hatten, war ihnen der Buchhalter ins Visier gerückt. Der Mann hatte ein großes Interesse am Fortgang der Ermittlungen gezeigt, das weit über normale Neugier hinausging. Hätte er sich weiterhin ruhig und unauffällig verhalten, wäre er niemals in Verdacht geraten.

In der Wohnung des Buchhalters waren sie auf einen Altar mit Bildern rothaariger Frauen gestoßen, auf dem zudem einige Gegenstände wie Opfergaben drapiert waren, die eindeutig den toten Frauen zugeordnet werden konnten.

»Du bist so schweigsam.«

»Ich musste gerade an einen Fall in London denken, der uns damals ziemlich auf Trab gehalten hat. Es gilt der dumme Satz: Man kann den Menschen nur vor den Kopf gucken.«

»Wir werden Reid keine Sekunde aus den Augen lassen. Und wir werden uns in der Spedition und bei anderen Fernfahrern umhören. Reid muss ein Leben außerhalb der Ehe geführt haben. Irgendwer wird uns davon berichten können.«

»Viel Glück dabei.«

»Du bist anderer Meinung?« Marks trank einen Schluck von seinem Pint.

»Wenn er schuldig und so clever ist, wird er um sich eine Legende aufgebaut haben, die ihn in seiner beruflichen Umgebung in einem anderen Licht erscheinen lässt.«

»Es wird ein hartes Stück Arbeit. Aber ist das nicht das Los aller Polizisten?«

»Dein Los, Chris, nicht meins. Ich bin raus.«

»Einmal Bulle, immer Bulle. Ist es nicht das, was Mary sagt? Und du kannst nicht aus deiner Haut. Du steckst schon viel zu tief drin. Das weißt du. Und du wirst mir helfen. Das weiß *ich*.«

Simon schwieg. Marks lag mit seiner Einschätzung richtig. Er wollte die Ermittlungen unterstützen, aber er musste auf sich und seine Gesundheit achten. Die Flashbacks kamen in letzter Zeit zu häufig. Die Gedanken an die beiden Gewalttaten waren Gift für ihn.

Er stand auf und trank sein Glas im Stehen leer. »Sei mir nicht böse, aber ich muss mich jetzt ausruhen.«

»Warte, ich komme mit. In Helston wartet der andere Mordfall auf mich.«

XXV.

Louise pustete sich eine Strähne aus dem Gesicht und zog die Arbeitshandschuhe aus. »Feierabend für heute.«

Tracy und Millie waren froh, dass endlich das Signal kam. Tapetenreste und Schutt wegräumen war etwas anderes, als in der Schule zu unterrichten oder sich um den Musikunterricht des Nachwuchses zu kümmern.

»Ich bin fix und alle.« Tracy ließ sich auf einen umgedrehten Speißkübel nieder. »Ich spüre jeden einzelnen Knochen.«

»Aber es geht voran. Wir haben ordentlich was geschafft. Du solltest einen Container bestellen. Das ist am Ende preiswerter, als den Kram mit mehreren Fuhren zur Müllkippe zu bringen. Wenn du willst, frage ich Neil. Er hat gute Kontakte zu Firmen, die Container vermieten. Er bekommt sicher einen Sonderpreis. Du weißt ja, eine Hand wäscht die andere.« Sie lachte ermutigend auf. »Für irgendwas müssen seine Golfrunden ja schließlich gut sein.«

»Dann frag ihn bitte.« Louise sah ihre Freundinnen an. »Was wollt ihr trinken? Wenn eines in diesem Haus funktioniert, dann ist es der Kühlschrank.«

»Da wir quasi deine hartgesottenen Bauhelfer sind, will ich standesgemäß ein Bier. Am liebsten ein eisgekühltes Foster«, feixte Tracy.

»Sollst du haben. Und du, Millie?«

»Ich schließe mich an.«

»So soll's sein.« Louise verschwand Richtung Küche.

»Das Haus ist viel zu groß für sie.« Millie stand auf und trat ans Fenster. »Möchte mal wissen, wie sie das finanziert. Wird nicht ganz billig sein. Allein die Aussicht.«

Tracy trat zu ihr. »Wirklich grandios. Sie hat von hier den besten Blick über die Bucht und das Dorf.« Sie knuffte Millie in die Seite. »Vielleicht hat Louise eine reiche Tante beerbt. Oder sie hat einen potenten Gönner.«

»Potent?«

Tracy prustete los. »Finanziell.«

»Wer weiß. Ich glaube, dass sie viel mehr Wochenend- und Nachtdienste macht als früher.« Millie legte ihren Arm um Tracys Schultern. »Findest du nicht auch, dass sie in letzter Zeit anders ist als früher? Ständig müde – angeblich. Nicht so unbeschwert und fröhlich wie früher. Und so fahrig in vielem.«

»Der Job.«

»Nein. Da steckt mehr dahinter.«

»Was meinst du damit?«

Millie zuckte mit den Schultern und ließ Tracy los. »Ich mach mir einfach nur Sorgen.«

»Also, wenn ich so eine Baustelle wie Hillside am Bein hätte, wüsste ich auch nicht, ob ich abends noch Lust auf Party hätte.« Sie musste unwillkürlich lächeln. »Außerdem nähern wir uns so langsam unserem Verfallsdatum. Da geht vieles nicht mehr so einfach.«

»Das stimmt.« Millie wies aus dem Fenster. »Schau, da kommt gerade die *Scorpio* rein. Ziemlich spät, finde ich.«

»Was meinst du damit, dass da mehr dahintersteckt?«

»Es ist so …« Sie brach ab.

»Genießt ihr die Aussicht? Darauf freue ich mich am meisten: nach dem Dienst auf der Terrasse sitzen und dem Leben unten in der Bucht zuschauen.« Sie reichte den beiden ihre Getränke und stutzte dann. »Ist etwas nicht in Ordnung? Ihr schaut so ernst drein.«

Millie drehte sich zu ihr um. »Unsinn. Es ist nichts. Wir genießen tatsächlich die phänomenale Aussicht. Du Glückskind. Man könnte direkt neidisch werden. Nein, unsere Knochen machen sich bemerkbar. Das ist alles. Wir haben ja nicht jeden Tag mit schwerer Arbeit zu tun. Cheers.« Sie prostete ihren Freundinnen zu.

»Ja. Manchmal weiß ich abends nicht, wie ich das alles in den Griff kriegen soll.« Sie prostete ihrerseits den beiden zu. »Aber ich habe ja euch.«

»Mit Fiona wären wir …« Tracy schüttelte den Kopf.

»Schneller?« Millie sah sie stirnrunzelnd an.

»Tut mir leid. Ich wollte uns die Stimmung nicht verderben. Sorry.«

»Ja«, sagte Louise, »sie fehlt mir auch.« Nachdenklich trank sie einen Schluck. »Ein Drama, dass die Polizei noch keine konkrete Spur hat.«

»Sie hat nun viel zu tun. Der Mord an Abigail Reid.«

»Wer tut so etwas?« Tracy schüttelte sich. »Ich trau mich abends schon nicht mehr raus. Die Morde machen mir Angst.«

»Ich bin froh, dass Neil wieder zu Hause ist. Mit einem starken Mann im Haus fühle ich mich gleich wohler. Und du, Louise?«

»Ach«, sie nippte an ihrem Bier, »was soll mir hier schon passieren? Ich fühle mich sicher. Kein Problem.«

»Und wenn du abends in deinem Wohnzimmer sitzt und es knarzt und quietscht im Gebälk?« Tracy kicherte.

»Spuken tut's hier jedenfalls nicht, wenn du das meinst. Hillside ist frei von Gespenstern. Das nächste Gespenst soll im Pub hausen. Ich mach mir keine Sorgen.« Louise drückte den Rücken durch. »Tun wir noch was, oder machen wir Feierabend?«

Tracy und Millie sahen sich fragend an.

»Neil ist noch mit irgendwelchen neuen Geschäftspartnern unterwegs, die seine angekauften Gebrauchtwagen übernehmen wollen. Also, ich habe noch Zeit. Die Kids werden sich freuen, wenn sie noch ein bisschen ohne ihre Eltern sein können. Außerdem habe ich die Nachbarin gebeten, nach ihnen zu sehen.«

»Auch ich bin dabei. Morgen habe ich erst zur zweiten Stunde Unterricht.« Tracy trank einen großen Schluck. »Allerdings, um ehrlich zu sein, habe ich einen Bärenhunger.«

»Kein Problem.« Louise stellte ihre Bierdose auf die Fensterbank. »Natürlich habe ich uns ein paar Pasties besorgt. Standesgemäß. Wollt ihr mit runter in die Küche kommen, oder wollt ihr hier oben essen?«

»Ich will das Leben eines Bauarbeiters genießen. Lass uns hier oben Pause machen.«

»Wie ihr wollt.« Louise machte sich auf den Weg hinunter in die Küche.

Tracy horchte den Schritten auf der Treppe nach, bevor sie halblaut sprach. »Du hast eben so Andeutungen gemacht. Das klang irgendwie komisch.«

»Ach was. Ich habe doch nur gemeint, dass ich mich immer mehr über Louise wundere. Sie kommt kaum noch zum Training. Und wenn wir uns treffen, hat sie oft merkwürdige Sprüche drauf.«

»Ist mir noch nicht aufgefallen.« Tracy trank von ihrem Bier.

»Nicht? Ist dir nicht aufgefallen, wie sie in letzter Zeit über Fiona geredet hat?«

»Nein. Was meinst du genau?«

»Na, die ganzen Sticheleien über die Justiz, über die Arroganz von Anwälten, denen es nicht um Gerechtigkeit für ihre Mandanten geht, sondern darum, möglichst viel Geld aus ihnen herauszuholen durch unnötige Streitereien vor Gericht.«

»Nee. Ganz im Gegenteil. Ich hatte den Eindruck, Louise war sehr damit zufrieden, wie Fiona ihr bei der Abwicklung des Hauskaufs geholfen hat.«

Millie nickte nachdenklich. »Vielleicht liegt da das ganze Problem.«

»Wieso?«

»Kannst du dich nicht an den smarten Kollegen von Fiona erinnern? Den sie mitgeschleppt hat, weil er die juristischen Spitzfindigkeiten viel besser kannte als sie?«

»Na und?«

Millie sah hinüber zum Flur und beugte sich dann zu Tracy. »Ich hatte das Gefühl, dass Fiona mit ihm etwas am Laufen hatte. Und dass Louise an deutlich mehr interessiert war als an Vertragsverhandlungen.«

»Millie, du spinnst doch. Eifersucht? Kann ich mir nicht vorstellen.«

»Wer weiß, wer weiß.« Sie legte wieder ihren Arm um Tracy. »Nun mach dir mal keinen Kopf. Ist nur mein Eindruck. Ich will hier kein Gerücht in die Welt setzen. Dazu ist die Sache zu ernst. Vergiss das Ganze wieder. Lass uns lieber noch einen Schluck nehmen.« Millie stieß ihre Bierdose gegen Tracys.

Tracy war völlig irritiert. »Ich darf den Gedanken nicht zu Ende spinnen. Eifersucht. Das könnte bedeuten, dass ...«

»Papperlapapp. Das sollst du nicht einmal denken. Und tu mir einen Gefallen, behalte für dich, was ich dir gerade erzählt habe. Wie gesagt, alles nur meine kruden Gedanken.«

»Du hättest sie besser für dich behalten. Nun muss ich ständig daran denken.«

»Ach, Tracy, kleine dumme Tracy.« Millie schubste sie von sich. »Wie siehst du eigentlich aus? Der ganze Staub in deinem Haar. Die nackten Arme staubgrau. Mit deiner geflickten Jeans, dem alten T-Shirt und den Arbeitshandschuhen siehst du aus wie ein Kerl. Ich könnte mich glatt in dich verlieben, wenn ich lesbisch wäre.«

Tracy wurde rot. »Millie.«

»Scherz.« Sie sah an sich herunter. »Ich seh nicht besser aus, Kumpel. Keine Ahnung, wie ich den ganzen Staub wieder aus den Haaren kriegen soll.« Millie lachte schallend und drehte sich zur Tür um. »Wo bleiben nur die Pasties?«

Wie aufs Stichworte hörten die beiden Louise die Treppe heraufsteigen.

»Na, immerhin hat euch der Dreck die Laune nicht verdorben. Christines Pasties schmecken am besten aus der Hand gegessen. Vorsicht, heiß. Sie waren kurz in der Mikrowelle.« Louise verteilte die Tüten mit den Pasties. »Außerdem habe ich flüssigen Nachschub geholt.« Zwei Bierdosen wechselten ihren Besitzer.

Nachdem sich die drei Frauen Sitzgelegenheiten gesucht hatten, wollte Louise wissen: »Was war denn gerade so lustig?«

»Millie meint, der Baustaub hat uns zu Kerlen gemacht.«

»Na, da kann ich als Medizinerin nur sagen, dass ich euch aus anatomischer Sicht enttäuschen muss. Zum Kerl fehlt dann doch noch so einiges.« Sie grinste.

»Wie schaffst du das eigentlich? Im Umbau leben könnte ich nicht. Der ganze Dreck. Das Putzen.« Millie biss von ihrem Pasty ab. »Ich brauche meine Ordnung. Ich kriege schon zu viel, wenn Neil seine Klamotten einfach hinter sich fallen lässt.«

»Halb so schlimm. Das Ende ist ja abzusehen.«

»Ich habe ja keine Ahnung, aber wann willst du damit fertig sein?« Tracy machte eine raumgreifende Handbewegung.

»Halloween.«

»Halloween?«

»Tracy, das ist ein ganz normales Datum.«

»Na, da hast du ja noch einiges vor der Brust«, meinte Millie, »da werden wir wohl noch ein paarmal als dienstbare Geister hier erscheinen müssen. Oder? Vorausgesetzt, dein Kühlschrank ist immer gut gefüllt, und die Mikrowelle funktioniert. Auf lange Sicht gesehen, könntest du eine Putzfrau gebrauchen. Der Staub sitzt noch nach Monaten in allen Ritzen.«

»Mädels, ihr seid großartig. Was täte ich ohne euch?«

Kurz vor Mitternacht verließen Millie und Tracy Hillside. Auf dem Heimweg passierten sie das Pub und gingen das unbeleuchtete Sträßchen hinauf nach Ruan Minor.

»Ich hätte nicht so viel trinken sollen. Mir ist gerade ganz schwummrig zumute.«

»Ist ja nicht mehr weit. Das schaffen wir.« Millie hakte ihre Freundin unter. »Ich finde, Hillside ist ein echter Hingucker. Es gibt Menschen, die würden schon eine Menge Geld hinlegen, um es zu besitzen.«

»Ja, Louise hat echt Glück gehabt.«

»Die Kaufverhandlungen standen ein paarmal auf der Kippe, hat Fiona mir erzählt, aber dank Louises Zähigkeit und ihrer Bereitschaft, finanziell nachzubessern, hat es am Ende ja geklappt.«

Den Rest des Weges brachten sie schweigend hinter sich, und in der Kurve an der Schule verabschiedeten sie sich. In ihrem Bungalow schaltete Tracy alles Licht an. Das Gerede über Gespenster und über die beiden Toten machte ihr Angst. Nachdem sie sicher war, dass sie allein im Haus war und Fenster und Türen geschlossen waren, machte sie sich fertig für die Nacht.

Obwohl sie müde war, fand sie nicht sofort in den Schlaf. Ihr wollte nicht aus dem Kopf gehen, was Millie über Louise gesagt hatte. Je länger sie darüber nachdachte, umso mehr war sie der Überzeugung, dass Millie recht haben könnte. Louise hatte sich in der Tat in den vergangenen Wochen und Monaten rargemacht. Sie hatte das immer mit der Arbeit im Krankenhaus in Verbindung gebracht.

Vielleicht hatten Louise und Fiona zuletzt nicht mehr das beste Verhältnis gehabt. Ob Missgunst oder Eifersucht dabei eine Rolle gespielt hatten? Sie konnte sich keinen Reim darauf machen. Und wenn, dann war das in ihren Augen kein Grund, einen Menschen umzubringen.

Wobei Louise sowieso nicht der Mensch war, der einem anderen Leid zufügen konnte. Louise war Medizinerin und immer für ihre Patientinnen und Patienten da. Sie wollte den Menschen helfen. Sie würde nie jemandem etwas antun.

Und doch hatte Millie leichte Zweifel gesät. Über den Versuch, endlich Klarheit zu bekommen, schlief Tracy Coates schließlich doch noch ein.

XXVI.

Marks hatte den Tee bisher nicht angerührt, den Reid aufgebrüht hatte. »Ich muss noch einmal auf Ihre Krawatten zurückkommen.«

»Warum ist das so wichtig?« Reid trug erneut seine schwarze Baseballkappe und das schwarze Poloshirt des FC. Er hatte sich in der Zwischenzeit allerdings rasiert. »Mich interessiert viel mehr, wann ich Abi sehen und sie anständig beerdigen kann.«

»Sobald die Ermittlungen abgeschlossen sind. Sie sagen, Sie haben die Krawatten Ihrer Frau gegeben, damit sie im Charity Shop verkauft werden können.«

»Genau. Das habe ich so gesagt.« Reid warf einen Blick auf die Küchenanrichte. »Darf ich eine rauchen?« Er deutete mit dem Daumen auf die Packung Lucky Strike.

Marks nickte. Reid brauchte wohl Zeit, um sich eine schlüssige Antwort zu überlegen.

Der Fernfahrer nahm das Päckchen und fischte umständlich eine Zigarette heraus. Nachdem er sie angezündet und einen tiefen Zug genommen hatte, bestätigte er lapidar: »Yep. Wie gesagt, Detective Inspector, habe ich.« Er stieß den Rauch vernehmlich aus.

»Im Shop kann sich allerdings niemand an diese Krawatten erinnern.«

Reid zuckte mit den Schultern. »Was weiß ich, Abigail wird sie dann halt im Internet vertickt haben. Sie kauft und verkauft dort ständig gebrauchtes Spielzeug, Möbel, Schmuck, aber auch Klamotten.«

»Wir haben bisher keine Kontobewegungen gefunden, die darauf schließen lassen.«

Carl Reids Blick verfinsterte sich zusehends. »Darf die Polizei das? Im Konto unbescholtener Bürger herumschnüffeln? Ich denke, nein.« Mit einer aggressiven Handbewegung schnippte er die Asche in den Aschenbecher.

»Das darf die Polizei. Es ist doch merkwürdig, müssen Sie zugeben: Ihre Frau wurde vermutlich mit einer Krawatte erwürgt. Und die einzigen Krawatten, die Sie besitzen, sind verschwunden.«

»Was wollen Sie damit sagen? Dass ich meine Frau umgebracht habe? Das ist doch lächerlich.« Er schnaubte verächtlich. »Bullen.«

Marks überhörte die Beleidigung. »Ihr Verhältnis zur Polizei will ich nicht bewerten. Das geht mich nichts an. Was mich wohl etwas angeht, ist, wo Ihre Krawatten abgeblieben sind.«

»Sie verdächtigen mich, stimmt's?« Er wischte mit der Hand über die Tischplatte. »Am besten, Sie gehen jetzt. Und ich werde mir wohl einen Anwalt besorgen müssen. Das ist ungeheuerlich, was Sie hier in meinem Haus veranstalten.«

»Bitte, Mr. Reid, bleiben Sie ruhig. Ich beschuldige Sie

keineswegs. Ich habe nur die ganz einfache Frage nach dem Verbleib Ihrer Krawatten gestellt.«

Reid schnaufte und schwieg. Marks sah, wie es in dem Fernfahrer arbeitete. Er konnte nur hoffen, dass die Situation nicht eskalierte und Reid ihn angriff.

»Mr. Reid?«

»Keine Ahnung. Vielleicht hat Abi sie auch verschenkt. Meine Frau handelt manchmal spontan. Sie handelte manchmal spontan.« Reid musste schlucken.

»Sie verstehen, dass wir das prüfen müssen. Können Sie mir sagen, welche Farben die Krawatten hatten? Und aus welchem Material sie sind? Ich will ausschließen, dass Sie zu Unrecht verdächtigt werden.«

»Ich weiß es doch nicht. Krawatten aus Stoff halt.« Reid schob den Becher mit dem Logo seiner Spedition von sich, so heftig, dass der Tee überschwappte.

»An wen könnte Ihre Frau sie verschenkt haben?«

»Keine Ahnung«, presste Reid wütend durch die Zähne. »Hat Abigail sehr leiden müssen?«

»Nein«, log Marks. Es hatte keinen Sinn, ihm zu erklären, dass ihr nach dem Erwürgen die Kehle durchgeschnitten worden war und dass beim Erwürgen der Tod nicht etwa reflexartig eintritt, sondern frühestens nach etwa drei Minuten. Sie mussten das Drosselwerkzeug unbedingt finden. Denn dort fand sich so gut wie immer Täter-DNA. Marks wollte die Situation entspannen, unbedingt. Wenn Reid dichtmachte, hätten sie ein Problem. »Erzählen Sie mir von Ihrer Arbeit.«

Der Ärger in Reids Gesicht wich Verblüffung und einer Spur Misstrauen.

»Was transportieren Sie?«

Reid zeichnete mit dem Finger die Teeflecken nach, als suche er auf einer Landkarte die beste Route. »Alles, was man sich denken kann: Mikrowellen von Wales auf den Kontinent, Rotterdam oder weiter runter. Fisch, Muscheln, alles, was das Meer hergibt, bring ich rüber nach Frankreich. Meinetwegen auch Steine aus unseren Brüchen nach Deutschland.«

»Spannend.«

»Was ist daran spannend? Ist 'n Job, haben schon mein Vater und Großvater so gemacht.«

»Muss ein tolles Gefühl sein, sein eigener Herr zu sein, immer auf Achse. Das klingt ein bisschen nach Freiheit und Abenteuer.«

»Alles Mist. Sonst noch was?«

»Sind Sie nicht gerne Fernfahrer?«

»Schon, nur nicht in diesen Zeiten. Dieser verdammte Brexit. Wissen Sie, was es bedeutet, mit dem Bock nicht direkt auf die Fähre fahren zu können? Hinter dir tonnenweise frischer Fisch, und die Papiere werden nicht fertig? Der Gestank vergammelter Hummer, Muscheln und dem ganzen anderen verdammten Fisch. Der Papierkram an der Grenze macht einen schier wahnsinnig. Allein bei den Meeresfrüchten und den Fischen gibt es über fünfundsechzig Sorten. Und alles muss genau gekennzeichnet und klassifiziert sein. Dazu kommt, dass auf einen Lastwagen die unterschiedlichsten Sorten geladen werden, die dazu noch von verschiedenen Booten kommen. Das Ganze ist ein einziges Drama. Und zu allem Übel erzählt dir einer, dass die Papiere, die er fertig machen sollte, noch irgendwo in einer anderen Verwaltungsstelle liegen. Mann, das hat mich fast umgebracht.«

»Ich habe davon gehört.«

»Es ist besser geworden. Ein bisschen. Gleichzeitig ist es härter geworden. Die Kohle fließt heute längst nicht mehr so leicht.« Er zündete sich eine neue Zigarette an. »Mir tun vor allem die Fischer leid. Mit ihrem Ja zum Brexit haben sie tief ins Klo gegriffen. Nicht wenige werden wohl ihren Job an den Nagel gehängt haben oder noch hängen müssen.« Reid nahm einen tiefen Zug. »Ich bin jedenfalls froh, wenn ich meinen Zug, neunzehn Meter lang, Zugmaschine und Auflieger«, in seiner Stimme klang Stolz mit, »so'n Jumbo-Lkw in Grün, in Truro abstellen und dann zu Hause entspannen kann. Bisschen Pub, bisschen Dart, ein paar Pint und dann zu meiner Abigail.« Er schluckte bei dem Gedanken.

»Womit hat Ihre Frau ihr Geld verdient?«

»Das wissen Sie doch schon, oder? Den Dreck anderer Leute wegmachen.«

»Das klingt ein wenig abfällig.«

»Welcher Ehemann will das schon? Aber was blieb ihr, was blieb *uns* anderes übrig? Damals, als die Navy uns Zivile *freigesetzt* hat, wie sie so schön gesagt haben.«

»Sie haben keine Kinder.«

»Hat nie gepasst. Außerdem, wovon hätten wir sie ernähren sollen? Nee. Ist besser so.«

»Ihre Frau hatte also mehrere Putzstellen.«

»Yep.«

»Wissen Sie, bei wem sie gearbeitet hat?«

»Mal hier, mal da.« Er zuckte mit den Schultern.

»Können Sie die Frage etwas genauer beantworten?«

»Hat mich nicht wirklich interessiert. Hauptsache, die Kohle hat gestimmt.«

»Hat sie etwas über ihre Auftraggeber erzählt? Dass es dort besonders schmutzig war, dass sie unsympathisch oder dass sie besonders nett waren, dass die Kinder dort sie genervt haben. So etwas in der Art.«

»Small Talk war nicht so unser Ding, wissen Sie.«

»Aber der eine oder andere Name wird doch sicher mal gefallen sein.«

Reid hob eine Augenbraue. »Wenn ich recht überlege, dann war sie regelmäßig bei diesen Tussis. Diese Wannabes, Möchtegerns, diese Chichi-Tanten, die Weiber, die ständig zusammenhocken. Und immer mit Alkohol. Altgewordene Teenager mit jeder Menge Falten am Arsch, wie Abi sie genannt hat. Denen geht es doch immer nur ums Feiern.«

»Namen?«

»Weiß nicht, habe nicht wirklich zugehört. Frauenkram. Hat mich nicht interessiert.«

»Und weiter?«

»Unten in Cadgwith hat sie geputzt, fällt mir ein, bei den McMinns. Ehrenwerte, ehrliche Leute. Dann hatte sie noch ein paar Rentnerinnen auf der Liste, wo sie ab und an war.«

»Das ist alles?« Warum musste er Reid alles aus der Nase ziehen?

»Ein paarmal ist sie im vergangenen Jahr sogar bis nach Truro gefahren. Hat sich aber nicht gelohnt. Wegen der langen Fahrt.«

»Haben Sie von dort einen Namen?«

»Nee. Muss ein hohes Tier gewesen sein. Richter oder sogar Staatsanwalt.«

Marks horchte auf. »Staatsanwalt?«

»Oder Anwalt, ja.«

»Können Sie sich wirklich nicht an einen Namen erinnern?«

»Sollte ich? Abi war ja nur zwei-, dreimal dort. Wie gesagt, der Verdienst stand in keinem Verhältnis zum Aufwand.«

»Sagt Ihnen der Name Barnes etwas? Ben Barnes, er ist Staatsanwalt.«

»Kann sein. Nee, sagt mir nichts.«

In Marks wuchs die Ahnung, dass Reid möglicherweise gerade einen entscheidenden Hinweis gegeben hatte. »Ich muss Sie bitten, sich zu unserer Verfügung zu halten.«

»Wie lange?« Reid fingerte nach der dritten Kippe.

»Das kann ich Ihnen nicht sagen. Das hängt vom weiteren Verlauf der Ermittlungen ab.«

»Wie soll das gehen?«, brauste Reid auf. »Ich muss Geld verdienen. Mein Chef kann jede Minute anrufen und mich auf Tour schicken.«

»Das ist bedauerlich, aber ich kann Ihnen das gegenwärtig nicht gestatten.«

»Ihr Bullen macht es euch einfach – *das kann ich Ihnen nicht gestatten.* Und wovon sollen die Raten für das Haus bezahlt werden? Oder mein Essen? Ich muss fahren, um überleben zu können. Und ich brauche das Geld für Abis Begräbnis.« Er stützte den Kopf in die Hände und starrte auf die Tischplatte. Die Zigarette in seiner Hand hatte er vergessen anzuzünden.

Nachdem er Reid zurückgelassen hatte – nicht ohne dem Trucker anzubieten, mit der Spedition zu sprechen, was Reid strikt abgelehnt hatte –, fuhr Marks hinunter nach

Cadgwith. Er wollte mit Simon über seine Vermutungen sprechen.

»Er hat keine weiteren Namen genannt?«

Marks schüttelte den Kopf.

»Ich habe von Tante Margaret gehört, dass Abigail ab und an auch bei den Keeleys gearbeitet hat, und sie war hin und wieder drüben bei den Coudrills.« Mary war erst kurz vor Marks bei Jenkins eingetroffen. Sie hatte die Bestellung Leinwände und Papier dabeigehabt, die Simon bereits vor zwei Wochen aufgegeben und die er dringend erwartet hatte. Ihm war das Reispapier für die Linoldrucke ausgegangen.

»Ich weiß. Was mich mehr interessiert im Augenblick, ist die Verbindung nach Truro. Zu dem Juristen, dessen Name im Zusammenhang mit Fiona Richards aufgetaucht ist.«

»Stimmt, hast du erzählt.«

Mary sah Simon erstaunt an.

»Ben Barnes. Er ist seit dem Mord verschwunden.«

Mary rieb sich mit beiden Händen durchs Gesicht. »Sorry. War heute ein langer Tag.«

»Ich vermute, dass es sich bei Reids Beschreibung der Frauen um Millie Henderson und ihre Freundinnen handelt.«

Simon nickte nachdenklich. »Du glaubst also, dass die Morde etwas miteinander zu tun haben?«

»Hast du eine bessere Idee?«

»Ich meine, du fischst gerade im Trüben, um ehrlich zu sein.«

»Es ist zumindest ein vielversprechender Ansatz.«

Mary musste sich zwingen, nicht zu gähnen. »Damit scheidet Reid als Täter aus?«

»Auf keinen Fall. Wir ermitteln weiter in alle Richtungen.« Marks zögerte. »Vielleicht hatte Reid etwas mit Fiona Richards. Sie hat ihn vor die Wahl gestellt: ich oder deine Frau. Und dann hat er Fiona erwürgt. Seine Frau musste sterben, weil sie hinter die Affäre gekommen ist. Reid, der Macho, der nur sich selbst verpflichtet ist – ist doch möglich.«

»Klingt ein wenig dünn, aber ausgeschlossen ist das nicht.«

»Die Anwältin und der ungehobelte Fernfahrer? Kann ich mir nicht vorstellen. Auch wenn Fiona kein Kind von Traurigkeit war.«

»Manche Frauen stehen auf solche Typen. Sie haben etwas Archaisches, das sie magisch anzieht.« Marks sah sich in Simons Küche suchend um. »Ich könnte jetzt etwas zu trinken vertragen.«

»Tee?«

»Hast du nicht etwas Stärkeres?«

Simon verneinte.

Mary sagte: »Ihr könnt mit zu mir kommen. Ich bin mit dem Wagen da. Im Kühlschrank stehen ein paar Flaschen Weißwein aus Deutschland. Ich habe bei dem netten Winzer schon früher mal bestellt. Ich wollte den neuen Jahrgang probieren. Dabei könnte ich eure Hilfe gebrauchen.«

Marks sah auf die Uhr. »Es ist schon reichlich spät. In der Dienststelle werden sie wohl schon Feierabend gemacht haben. DC Easterbrook auf jeden Fall.« Er lächelte bei dem Gedanken. »Lasst mich noch ein, zwei Anrufe erledigen, und dann auf ins B&B. Mary, du hattest schon immer die besten Ideen.«

Es dauerte eine Weile, bis er DS Bley an der Strippe hatte. »Bringen Sie mich kurz auf den neuesten Stand. Wie weit sind Sie mit den Ermittlungen?« Er stellte das Telefon auf laut.

»Da Ben Barnes nicht unter Verdacht steht, im Augenblick jedenfalls, haben wir keine Chance, an sein Bankkonto oder andere sensible Daten zu kommen.«

»Klar. Das ist alles?«

»Ich habe dennoch meine Kontakte bemüht.«

»Und?«

»Barnes ist so sauber wie eine frische Babywindel. Selbst seine Frau bestätigt, dass es keine dunklen Stellen in seinem Leben gibt. Sieht man mal von seiner Affäre mit Richards ab. Keine Schulden, keine Darlehen, alles bezahlt. Ein überaus korrekter Staatsanwalt.«

»Allein das macht mich schon skeptisch«, warf Marks mit einem sarkastischen Unterton ein.

»Wir treten ein bisschen auf der Stelle. Bis auf die Tatsache, dass uns die Angestellten des Norway Inn in Perranarworthal einen wertvollen Hinweis geben konnten. Sie haben die beiden auf den Fotos erkannt, die wir ihnen gezeigt haben. Auf meine Nachfrage hin wurde mir bestätigt, dass die beiden regelmäßig dort abgestiegen sind.«

»Wie sind Sie auf das Inn gekommen?«

»Zufall. Ich bin im Gericht auf einen Boten gestoßen, und der hat mir davon berichtet, dass er die beiden vor dem Gasthaus aus dem Auto hat steigen und Arm in Arm ins Haus gehen sehen.«

»Bisschen dumm von den beiden. Das Hotel liegt direkt an der vielbefahrenen A 39 zwischen Truro und Falmouth. Da ist die Gefahr doch erheblich, gesehen zu werden. Ich hätte mir einen anderen Ort ausgesucht.«

»Keine Ahnung, DI. Sie waren sich ihrer Sache wohl sehr sicher. Jedenfalls bietet das Inn ein paar verschwiegene Eckchen und Winkel, wo die Gäste ungestört sein können. Ideal für Geschäftsleute und Liebespaare. Außerdem sind die Zimmer ganz nett. Hab mich umgesehen.«

»Gute Arbeit, DS Bley. Machen Sie jetzt Feierabend. Wir sprechen morgen weiter.« Es klickte in der Leitung, ohne dass Annie Bley noch etwas gesagt hatte.

»Nun haben wir den Beweis, dass die beiden ein Paar waren. Das macht Barnes umso verdächtiger.« Marks sah die beiden zufrieden an.

»Wenn ich den Faden von eben aufnehme … wie passt Abigail Reid ins Bild?«

»Sie kann die beiden überrascht haben, als sie in Fionas Wohnung war; weil sie eine Frage hatte, weil sie unangekündigt zum Putzen kam. Vielleicht hatte sie einen Schlüssel.«

Marks sah Mary verblüfft an. »Warum nicht? Gute Idee, Detective Sergeant Mary Morgan.«

Mary winkte ab. »Deine gute Laune kommt sicher zu früh. Wer weiß, ob es so gewesen ist.«

»Und warum hat Barnes Fiona ermordet?«

Marks sah zu Simon.

»Vielleicht hat sie ihm damit gedroht, alles auffliegen zu lassen. Das hätte das Ende seiner Karriere bedeutet.«

Marks deutete auf Mary. »Da hörst du es, Simon.«

Simon schüttelte lächelnd den Kopf. »Touché.«

»Lasst mich noch schnell mit Easterbrook telefonieren.«

Das kurze Gespräch mit dem Detective Constable verlief erwartungsgemäß. Easterbrook eröffnete die Unterhaltung damit, dass er bereits Feierabend habe und sein Bericht auf Marks' Schreibtisch liege. Erst auf sanften Druck seines Vorgesetzten gab er ihm eine Kurzversion. Danach seien alle Besitzer der Mobilheime am Golfklub überprüft worden und negativ, Stand jetzt. Außerdem seien die Klubmitglieder und temporären Golfspieler überprüft worden. Auch unter ihnen sei niemand, der verdächtig war.

Dann setzte er hinzu: »Golfspieler sind ein ignorantes und arrogantes Volk. Sie glauben gar nicht, was ich mir alles anhören musste. Der Hinweis, man müsse dringend zu einem Geschäftstermin nach Perranarworthal. Es gehe um einen großen Abschluss in der Automobilbranche, um sehr viel Geld. Und wenn der nicht zustande käme, würde man die Polizei haftbar machen, war noch das Harmloseste, was wir uns haben anhören müssen, Chef.«

»Schönen Feierabend, Easterbrook. Und grüßen Sie Ihre Frau von mir.«

»Sie steht gerade neben mir und hört zu. Grüße zurück. Wir sind kurz vor dem Abendessen. Shepherd's Pie, mein absolutes Lieblingsge...«

»Shepherd's Pie? Bis morgen, Easterbrook, bis morgen.« Er trennte die Verbindung und ließ das Telefon sinken.

»Könnte ich auch mal wieder kochen.« Mary musste lachen. Marks machte ein Gesicht, als sei mit dem DC die Strafe Gottes über ihn gekommen.

»Was ist? Der Weißburgunder wartet auf den Korkenzieher.«

XXVII.

»Habt ihr schon eine neue Putzfrau? Jetzt, da Abigail nicht mehr lebt?« Louise Taylor saß mit ihren Freundinnen in der Sonne auf der schmalen Bank vor dem historischen Maschinenhaus der Fischer.

Millie setzte ihr Glas Rosé ab, das sie gegenüber im Pub gekauft hatte. »Sie war echt billig.«

»Millie!« Tracy war entsetzt. Auch sie hatte sich mit einem Getränk versorgt, um sich auf den Freitagabend einzustimmen.

»Nicht, was du denkst. Man soll über Tote nicht schlecht reden. Was ich meine, sie war preiswert und dazu absolut zuverlässig. Ich konnte sie allein im Haus machen lassen. Es ist nie irgendetwas vorgefallen. Schon gar nichts weggekommen. Kein Bargeld, keine Manschettenknöpfe. Ich kann nur Gutes über sie berichten.«

»Wo ist eigentlich Neil?« Tracy wollte von dem heiklen Thema wegkommen. »Ich habe ihn schon länger nicht mehr gesehen.«

»Du weißt doch, der Markt ist in Bewegung. Die Autos lassen sich nicht mehr so leicht verkaufen wie noch vor einigen Jahren. Das liegt an der Klimadiskussion, aber vor allem daran, dass den Soldaten hier das Geld nicht mehr so locker in den Taschen sitzt.«

»Ja, alle haben im Augenblick zu knapsen.«

»Woher willst du das wissen? Du bist Lehrerin und damit fein raus.«

»Ich mein ja nur.« Tracy wollte Millie nicht verärgern.

»Wenn ihr also eine gute Fee wisst, dann her mit der

Adresse. Ich kann demnächst Hilfe beim Putzen gut gebrauchen.« Louise nippte von ihrem Pint. Der Staub im Haus nahm einfach kein Ende.

»Gutes Personal ist rar. Wir sollten Mary fragen. Sie hat bestimmt jemanden, der ihr beim Saubermachen hilft.« Millie deutete auf Mary, die gerade ihren Laden abschloss und sich auf den Heimweg machte.

»Wochenende.« Tracy hielt ihr Glas in Marys Richtung. »Komm und trink ein Glas mit uns.«

»So gut wie ihr möchte ich es auch mal haben.« Gespielt tadelnd stemmte sie die Hände in die Hüften. »Das B&B wartet auf mich. Ich muss noch ein paar Buchungsanfragen beantworten. Aber was soll's. Bin gleich zurück.«

Millie sah ihr hinterher. »Die Pension läuft ja Bombe, freut mich für sie.«

»Sie investiert auch eine Menge Zeit und Energie und vor allem Herzblut in ihr Haus.«

»Mein Ding wär das nicht. Ehrlich. Ständig Fremde im Haus. Jeden Morgen Frühstück und dann die Aufräumerei. Bettenmachen und fremdes Zeug anfassen.« Millie schüttelte sich.

»Musst du ja auch nicht.« Louise trank einen Schluck. »Mary hat meine Hochachtung. Und sie ist ihre eigene Herrin. Schon ziemlich tough.«

»Na ja, du bist ja auch den Umgang mit Kranken und ihren Ausdünstungen gewohnt.«

»Schlechte Laune?«

»Dagegen hilft shoppen. Am besten mit uns. Truro? Kommende Woche? Ich war schon länger nicht mehr in einer Boutique.«

»Was brauchst du als Lehrerin schon? Hauptsache bequem, oder? Aber meinetwegen, ich bin dabei.«

Millie musterte Tracy. »Du könntest in der Tat ein wenig auf dein Äußeres achten. Im Augenblick fällt mir dazu das Attribut *altbacken* ein. Wenn du ein paar Tipps brauchst, ich habe gerade erst gestern in der *Woman & Home* super Beispiele für die kommende Sommermode gesehen. Süß, sage ich euch. Einfach geil, Mädels. Ein unbedingtes must have. Dazu noch der passende Eyeliner, schicke Flipflops, und ab geht die Luzie. Mädels, allein die Farbe: Apricot und Paisleymuster. Der Hingucker. Die Jungs werden uns dafür lieben.«

»In der *Bella* hab ich ein paar schöne Rezepte gefunden für die perfekte Bikinifigur.« Tracy warf einen verträumten Blick über die Bucht.

»Hab ich zum Glück nicht nötig, oder?« Millie hob die Brust und strich über ihre Jeansjacke.

Louise lachte gespielt verständnislos. »Wer könnte jemals so etwas auch nur denken, Millie?«

Millie reagierte nicht.

»Kann es sein, dass ihr heute nicht gut drauf seid? Ich höre einen leicht aggressiven Unterton.«

Millie sah Tracy mit ausdruckslosem Gesicht an und stand dann mit einer entschlossenen Bewegung auf. »Die nächste Runde geht auf mich.«

»Lass uns doch auf Mary warten.« Louise sah zu ihr auf.

»Das dauert mir zu lange«, entgegnete Millie schroff und wandte sich ab.

»Wie ist die denn drauf?«, meinte Tracy halblaut zu Louise.

»Keine Ahnung. Vielleicht hat sie Krach mit Neil.«

»Und ich dachte, dass die beiden wieder besser miteinander klarkommen.«

»Du glaubst auch noch an den Weihnachtsmann, oder?«

Tracy schüttelte irritiert den Kopf.

»Von wegen, Neil ist ständig zu Geschäftsessen unterwegs. Hach, nächste Woche ist mein Liebster wieder in München zur Fortbildung.« Louise versuchte Millies Tonfall nachzuahmen. »Neil hängt immer wieder mit anderen Frauen ab. Und ich bin sicher, dass es nicht dabei bleibt. Die Truppe, mit der er unterwegs ist, sind alles schlimme Finger. Immer auf das nächste Pint aus und den nächsten Rock.«

»Woher willst du das wissen, Louise?«

»Das sieht doch jeder halbwegs vernünftig denkende Mensch. Die Ehe der beiden ist doch nur noch Fassade. Der erfolgreiche Geschäftsmann und die schöne Frau an seiner Seite, die dazu noch im Immobiliengeschäft dicke Kohle macht. Wenn die Kasse nicht stimmen würde, wären die beiden längst auseinander.«

»Louise.« Tracy war entsetzt.

»Achte auf meine Worte. In dem Augenblick, in dem keine Kohle mehr in die Kasse kommt, kennen die sich nicht mehr.«

»Ich weiß nicht. Und die Kinder?«

»Die laufen doch schon lange nur noch mit. Hast du schon mal erlebt, dass Millie in dem Zusammenhang irgendetwas anderes als Gesprächsthema hat als *Das passt meiner Süßen am besten* oder *Unser Kleinster wird auch mal ein ganz großer Geschäftsmann.* Also, ich finde, wahre Mutterliebe klingt anders. Noah und Emily können einem leidtun.«

»Wie kannst du nur so etwas sagen, Louise? Also, ich bin wirklich ents…«

»Drei Gin Fizz für die drei unschlagbaren Fizzies.« Millie balancierte ein Tablett zur Bank. »Die bringen uns auf Touren, Mädels. Auf einen aufregenden Abend.«

»Hab ich schon länger nicht mehr getrunken.« Louise nahm ihr Glas mit einem fröhlichen Nicken entgegen.

Tracy sah sie verwundert an und bedankte sich dann mit einem Lächeln bei Millie. »Cheers.«

Louise stellte ihr Glas neben sich. »Jetzt, wo Fiona nicht mehr lebt, müssen wir eine Entscheidung treffen.« Sie machte eine Kunstpause und genoss sichtlich die irritierten Blicke der anderen. »Es ist ein Platz im Boot freigeworden. Wer soll Fiona ersetzen? Wir müssen uns entscheiden, ansonsten können wir die Saison abhaken.«

»Ist die für uns nicht schon gelaufen?« Tracy sah mit einem zweifelnden Blick in die Runde. »Woher sollen wir so schnell Ersatz bekommen? Diejenigen, die infrage kommen, haben bereits eine Mannschaft. Und anlernen bringt nichts. Das dauert viel zu lange.«

»Was ist mit Sarah Jacobs?« Louise nahm ihr Glas wieder auf.

»Nee.« Millie schüttelte den Kopf. »Die mag zwar kräftig genug sein, aber sie passt nicht zu uns. Eine echte Spaßbremse. Also, ich bin dagegen.« Millie hob ihre Hand.

»Hast du eine andere Idee? Hier in Cadgwith ist die Zahl der Kandidatinnen endlich. Guck dir doch an, der Gig Club leidet ebenso unter Mitgliederschwund wie die anderen Vereine. Nimmt man mal den Verschönerungsverein aus.«

»So, da bin ich.« Mary bog um die Ecke des Maschinenhauses. »Ging schneller, als ich dachte.« Sie sah in die Runde. »Ihr seid versorgt, sehe ich. Gebt mir eine Minute, ich brauch jetzt dringend ein Bier.«

Tracy sah ihr hinterher. »Wie wäre es, wenn Mary wieder stärker einstiege?«

»Ich glaube nicht, dass sie Zeit und Lust hat. Wann hat Mary das letzte Mal in einem Ruderboot gesessen? Also, ich kann mich nicht erinnern. Den Trainingsrückstand holt sie niemals auf.«

Nachdenkliches Schweigen setzte ein.

»Ihr mögt mich ja für verrückt halten«, unterbrach Louise schließlich die Stille, »aber was haltet ihr von dieser Kommissarin? Die, die mit dem Detective Inspector bei uns aufgetaucht ist? Sie macht auf jeden Fall einen überaus durchtrainierten Eindruck.«

»Bist du bescheuert? Eine Fremde? Und dann noch ein Bulle?« Millie hätte sich beinahe verschluckt. »Diese Zicke? Niemals.«

»Ich dachte ja nur.« Louise lächelte in sich hinein, als habe sie Spaß daran gehabt, Millie auf die Palme zu bringen.

»Habe ich gerade Zicke gehört?« Im Gehen nahm Mary einen Schluck von ihrem Bier. Suchend sah sie sich nach einer Sitzgelegenheit um und zog einen angeschmutzten Plastikstuhl aus dem Eingang des Steinbaus zu sich.

»Wir sprechen gerade darüber, durch wen wir Fiona ersetzen können. Sie muss rudern können, und vor allem muss sie zu uns passen«, klärte Tracy Mary auf.

»Das wird schwierig.«

»Sag ich ja.« Millie schüttelte den Kopf.

»Was ist mit dir?« Louise prostete Mary zu.

»Ich?« Sie dachte einen Augenblick nach. »Nett, dass ihr an mich denkt, aber nein, das passt nicht. Habt ihr doch schon gemerkt. Wann soll ich trainieren? Der Laden und das B&B lassen mir einfach keine Zeit.« Sie schüttelte den Kopf. »Aber ich höre mich gerne um. Vielleicht fällt mir ja jemand Passendes ein.«

»Im Augenblick ist ja mächtig Aufregung im Dorf.« Millie nippte an ihrem Drink. »Die Polizei schnüffelt in jeder Ecke. Hast du Genaueres? *Dein* Simon ist ja ziemlich dicke mit dem Inspektor, wie man hört.«

Mary überhörte die Spitze. »Ich weiß vermutlich auch nicht mehr als ihr.«

»Erst Fiona und dann Abigail Reid. Das ist doch gruselig. Ich trau mich abends kaum noch auf die Straße.« Tracy schüttelte sich.

»Ich kannte die Frau kaum.« Louise runzelte nachdenklich die Stirn. »Ich kann mich nicht wirklich erinnern, sie einmal hier unten gesehen zu haben. Ich weiß nur, dass sie mehrere Putzstellen hatte, unter anderem bei Millie. Tragische Sache.«

Mary sah zu Millie.

»Ich kann nicht viel zu ihr sagen. Sie kam einmal die Woche, ab und an auch zweimal. Absolut zuverlässig. Wir haben aber nicht viel Privates erzählt. Sie war ja nur die Putzfrau. Wenn sie kam, konnte ich meine Termine wahrnehmen.« Sie dachte nach. »Die Kinder haben sie gemocht, das ja. Bezahlt haben wir sie nach Stunden. Bevor ich los bin, oder auch Neil, haben wir ihr das Geld auf den Wohnzimmertisch gelegt. Wie man das so macht, wenn man einen Dienstleister im Haus hat. Wie gesagt, zuverlässig. Sie hatte sogar einen Schlüssel. Schade um sie. Nun suche ich eine neue. Wenn du also jemanden weißt ...« Sie sah Mary an.

»Gute sind in der Tat rar.«

»Wen hast du?« Louise hoffte ernsthaft auf einen Tipp. »Wenn der Umbau abgeschlossen ist, brauche ich zumindest jemanden für die Grundreinigung.«

»Noch kriege ich es selbst hin. So gerade eben. In der Hochsaison ist es eine Quälerei, zugegeben, aber bisher hat noch alles geklappt, und ich muss ja immer noch ein bisschen auf die Kosten gucken.«

»So. Jetzt sollten wir aber den Freitagabend genießen und uns nicht länger über Putzfrauen unterhalten.« Millie schlug in die Hände. »Noch ein Gin Fizz, die Damen? So jung kommen wir nicht mehr zusammen, und ich will nicht nüchtern nach Hause.«

»Gute Idee.« Louise trank ihr Glas leer.

»Wie läuft es denn bei dir in der Klinik?« Mary hatte keine Lust auf eine *Druckbetankung*, wie Millie solche Abende zu nennen pflegte.

Louise sah in den Abendhimmel, der sich langsam grau färbte. »Es ist wie überall. Die Patienten werden nicht weniger. Umgekehrt aber werden die Pflegekräfte immer weniger. Der Stresslevel steigt auch in der Anästhesie. Wir suchen gerade einen Oberarzt. Unsere Assistenzärzte sind noch nicht so weit. Die Klinikleitung hat die Oberarztstelle zwar bewilligt, aber bis sie besetzt werden kann, wird es dauern.«

»Das klingt wenig entspannt.«

»Die Lage ist immer angespannt, aber in den vergangenen Monaten war es besonders schlimm. Und Besserung ist nicht in Sicht.«

»Wird Zeit, dass du dir einen reichen Chefarzt angelst und dich um seine Rosen kümmerst.« Millie lachte laut.

»Meinst du nicht eher *Neu*rosen?« Tracy prustete los.

»Macht euch um mich mal keine Sorgen. Ich werde damit schon fertig. Und was brauche ich einen Chefarzt, wenn ich mein eigenes Cottage habe? Meine Unabhängigkeit lass ich mir nicht nehmen. Und Rosen züchten kann ich auch oben in meinem Hillside.« Sie deutete über die Gebäude hinweg zum Hügel gegenüber, auf dem ihr Cottage über der Bucht wie ein Ausguck thronte.

XXVIII.

DI Marks schaltete vor der Ampel einen Gang runter und versuchte einen Scherz. »Und? Was hat die Witwe des Lieutenant der Royal Navy nun gesagt? Oder hat eher ihr Köter – wie heißt er noch? – Betty, ausgesagt?«

»Sie sind nicht witzig, DI.« DS Annie Bley wandte ihr Gesicht zum Fenster und sah hinaus.

Marks räusperte sich. »Nun, ich habe gehofft, wir könnten uns die Fahrt nach Truro mit ein wenig Small Talk vertreiben. Ich möchte nur nett zu Ihnen sein.«

»Nett?«, knurrte Bley gegen die Windschutzscheibe.

»Wie lange sind Sie nun schon bei uns?«

»Heute exakt drei Monate.«

»So lange schon?«

»Sie scheinen das zu bedauern, Detective Inspector.«

»Keineswegs, Detective Sergeant. Es ist nur so, dass es mir schon viel länger vorkommt. Wir haben bisher doch einiges miteinander erlebt und ermittelt.« Chris Marks spürte sein wachsendes Unbehagen. Warum nur hatte er sich auf dieses dünne Eis begeben? Sollte er einbrechen, hätte er sich das selbst zuzuschreiben.

»Das ist mein Job und entspricht insoweit exakt meiner Stellenbeschreibung.« Bley sah weiterhin aus dem Fenster.

»Ich hoffe, Sie sind zufrieden – mit den Kolleginnen und Kollegen.« Marks sah zu ihr hinüber und beschleunigte, als die Ampel den Weg freigab.

Ein schwaches Nicken.

»Das ist schön.«

Keine Reaktion.

»Und? Haben Sie sich schon eingelebt in Ihren vier Wänden?«

»Hören Sie, Detective Inspector, Sie sind mein Vorgesetzter, und ich bringe Ihnen den schuldigen Respekt entgegen. Aber damit ist meine Beziehung zu Ihnen hinreichend geklärt und ausgefüllt.«

Marks sah, wie sie sich mit der Hand durchs Haar fuhr und es dadurch noch mehr in Unordnung brachte als ohnehin schon. Bley wirkte auf eine unerklärliche Art anziehend auf ihn, trotz ihrer sperrigen Art und dem haarigen Desaster auf ihrem Kopf. Warum nur führte er sich in ihrer Gegenwart derart hölzern auf?

»Entschuldigung. Sie haben recht, aber ich wollte, wie ich bereits andeutete, nett zu Ihnen sein.«

»Ich brauche niemanden, der *nett* zu mir ist. Danke.« Sie begleitete das mit zwei symbolischen Anführungszeichen ihrer Finger.

»Nun gut. Ich habe verstanden, Detective Sergeant.« Er musste auf der Hut sein. Die #MeToo-Debatte wollte er tunlichst vermeiden. Nicht, dass er sich demnächst vor seinem Chef verantworten müsste, von wegen unangemessenes Verhalten im Dienst. Er sog hörbar die Luft durch die Nase ein. Er hatte sich nichts vorzuwerfen.

Er konnte sich an einen Fall von vor einem Jahr erinnern. Auf der Halloweenparty einer Polizeidienststelle in Exeter hatte ein sichtlich angeschickerter Kollege einer Kollegin im Vorbeigehen kumpelhaft gegen den Oberschenkel geknufft. Das hatte gereicht, um ihn in eine andere Dienststelle zu versetzen und ein Disziplinarverfahren gegen ihn einzuleiten. Seither war der DI als dienstuntauglich gemeldet und wegen Depressionen in Behandlung.

»Taschentuch?« Bley hielt ihm ein Papiertaschentuch hin.

»Warum?« Marks war völlig irritiert.

»Schnupfen?«

Marks musste erst überlegen. »Wegen der Nase? Nee. Ja. Danke.« Er nahm das Taschentuch an und schnäuzte sich, soweit das beim Fahren und mit einer Hand ging.

War das jetzt ein Friedensangebot von Bley, oder wie hatte er das zu bewerten? Er würde weiter vorsichtig sein. Er wollte sie weder im Pub besoffen machen und an ihr rummachen, noch wollte er sie ins Bett ziehen. Sie war überhaupt nicht sein Typ. Er wollte lediglich, dass zwischen ihnen ein gutes Klima herrschte.

»Sie sollten die Klimaanlage nicht so hoch einstellen.« Bley sah geradeaus durch die Windschutzscheibe.

»Oh, sorry.« Marks griff zum entsprechenden Knopf.

»Schon gut, nicht nötig. Mir macht das nichts.«

Marks entfuhr ungewollt ein tiefer Seufzer.

»Tee mit Ingwer und Zitrone. Hilft.«

Marks umklammerte das Lenkrad mit beiden Händen derart fest, dass seine Fingerknöchel weiß hervortraten. Er verkniff sich für den Rest der Fahrt jeden weiteren Versuch, eine Unterhaltung in Gang zu bringen.

»Sie müssen da hinten links abbiegen, danach zweimal rechts und wir sind in der richtige Straße«, war die erste Äußerung nach langem Schweigen.

Marks folgte den Hinweisen seiner Mitarbeiterin.

»Da vorne ist es.« Bley deutete geradeaus.

Marks sah an der Häuserzeile entlang. Bley hatte recht. Eine der besseren Wohngegenden Truros. Die meisten Gebäude waren aus viktorianischer Zeit. Kurze Treppen, von Säulen gerahmte Türen. Ein gepflegtes Ambiente bis hin zum frischen Schwarz der eisernen Zäune.

»Andere Straßenseite, direkt gegenüber.« Bley schnallte sich ab und stieg aus. Ohne auf Marks zu warten, überquerte sie die Straße. Erst vor den Stufen von Betty Manor drehte sie sich zu ihrem Vorgesetzten um.

Marks trat neben sie. »Betty Manor. Wer nennt sein Haus nach einem Köter?«

Wortlos stieg DS Bley die wenigen Stufen hinauf und klingelte. Unmittelbar darauf wurde die schwarz gestrichene Tür geöffnet.

»Mein liebes Kind, ich habe Sie schon erwartet.« Zwischen den Beinen der Frau tauchte der Hund auf. »Und natürlich auch meine kleine Betty.« Erst jetzt bemerkte sie Marks und beugte sich ein wenig vor, so als wollte sie in einem Modegeschäft die dargebotene Ware genauer in

Augenschein nehmen. »Ah. Sie haben einen jungen Mann mitgebracht. Sicher Ihr Freund. Kommen Sie herein. Die Crumpets stehen bereits auf dem Tisch.«

Der Hund machte keine Anstalten, den Weg freizugeben. Ganz im Gegenteil. Er beäugte Marks mit dem gleichen Blick wie sein Frauchen.

»Dann wollen wir mal.« Marks stieg eine Stufe höher – das Zeichen für die Witwe und für Betty, den Besuch einzulassen. »Mein Name ist Chris Marks. Ich bin ihr Vorgesetzter.«

Die Frau kommentierte die Korrektur nicht und ging den beiden voraus ins Wohnzimmer. Schon auf dem Weg dorthin begann sie ungefragt mit ihrer Lebensgeschichte. »Mein Mann selig ist vor fast auf den Tag genau zehn Jahren gestorben. Kurz nachdem er von der Navy noch einmal für seine Verdienste geehrt worden war und er mir Betty zu meinem Geburtstag geschenkt hat. Bitte, nehmen Sie doch Platz.«

»Danke, sehr freundlich.« Marks setzte sich an den Tisch mit dem aufgedeckten Teegeschirr. Im Zimmer roch es nach Lavendel. Das konnte ja heiter werden. Er wollte lediglich von ihren Beobachtungen hören, die sie im Zusammenhang mit dem verschwundenen Staatsanwalt gemacht hatte.

Sie habe wichtige Neuigkeiten für die Polizei, hatte sie DS Bley am Telefon lapidar mitgeteilt und darauf bestanden, dass sie persönlich vorbeikamen. Und er wollte auf keinen Fall von diesen Crumpets essen. Er hasste diese Hefedinger, die ihm seine Mutter in der Kindheit regelmäßig vorgesetzt hatte.

»Mein Harold war ja Lieutenant. Und in der ganzen

Welt im Einsatz für Ihre Majestät. Falklandkrieg, Südostasien, wo immer sie ihn hingeschickt hat.« Sie deutete auf eine Fotografie, die neben anderen auf einem Sideboard in einem schweren Silberrahmen steckte. »Die Queen.«

»Sehr schön. Sagen Sie …«

»Wir hatten eine sehr schöne Zeit, mein Harold und ich. Das Leben im Ausland war immer aufregend. Und sich für sein Land einzusetzen, für die Krone und für die Gerechtigkeit – genauso wie Sie beide.« Sie hob den Kopf. »Sie sind ein schönes Paar.« Sie zwinkerte Bley zu. »Er ist ein echter Gentleman, nicht? Davon gibt es nicht mehr viele heutzutage. Mein Harold war auch so einer. Ein echter Mann in seiner Galauniform.«

»Mrs. White, Sie haben meiner Kollegin mitget…«

»Die Crumpets habe ich nach dem Rezept meiner Mutter gemacht. Mein Harold war verrückt nach ihnen.« Ungefragt legte sie ihm zwei vor. »Die Butter steht zu Ihrer Verfügung. Und die Marmelade selbstverständlich auch, Detective Inspector. Sagen Sie, Ihr Dienstrang, ist der vergleichbar mit dem eines Lieutenants?« Sie strahlte ihn an.

Er war viel zu überrascht, um das Hefegebäck abzulehnen. Und um keine weiteren Erklärungen abgeben zu müssen, nickte er zur Bestätigung.

Sie lehnte sich zu ihm und versuchte einen lasziven Blick. »Ich würde Sie so gerne einmal in Ihrer Uniform bewundern, Lieutenant Detective Inspector.«

»Mrs. White, mein Chef würde gerne mit Ihnen über Ihre Beobachtung sprechen.«

»Der Tee, o mein Gott, fast hätte ich ihn vergessen.« Mrs. White machte auf dem Absatz kehrt und verschwand in die Richtung, in der Marks die Küche vermutete. »Sie haben mit keinem Wort erwähnt, dass die Frau nicht mehr ganz richtig im Kopf ist, Bley.« Er warf einen Blick auf den Hund, der sich zu seinen Füßen gesetzt hatte und offenbar auf seinen Anteil an dem Crumpet wartete. Aufmerksam beobachtete er jede Bewegung des DI.

»Also, ich finde die Dame recht amüsant. Und sie wird uns sicher gleich ihre Beobachtungen mitteilen.«

»So, der Tee. Nichts geht über eine ordentliche Tasse, nicht wahr? Da kann die Welt in Trümmern liegen, mit einer guten Tasse Tee geht es dann gleich wieder aufwärts.«

»Mrs. White, bitte, wir wollen Ihre kostbare Zeit nicht unnötig in An...«

»So, nun greifen Sie ordentlich zu. Sie haben einen sehr anstrengenden und verantwortungsvollen Beruf. Ich habe meinem Mann immer gesagt: Essen und Trinken hält Leib und Seele zusammen. So sind wir noch durch jede Krise gekommen. Selbst im größten Schlamassel.« Sie setzte sich ihnen gegenüber und beobachtete mit prüfendem Blick, wie die beiden Ermittler zögernd nach dem Tee und den Crumpets griffen.

DI Chris Marks kratzte widerwillig ein wenig Butter auf das Gebäck und griff zögernd nach der Marmelade.

»Beste Quitte. Nur zu. Ich habe ein Glas aufgehoben, für ganz besondere Anlässe. Wann habe ich schon mal einen echten Lieutenant Detective Inspector zu Gast?« Sie strahlte ihn erneut an.

Marks trat die Flucht nach vorn an. Vorsichtig schob er den Kuchenteller von sich. »Bitte, Mrs. White, seien Sie mir nicht böse. Ich kann Ihre sicherlich vorzügliche Marmelade nicht essen. Ich habe unglücklicherweise eine hartnäckige Quittenallergie. Mein Arzt meint, dass der

Genuss dieser Frucht für mich böse enden könnte. Ein Eiweißschock wäre dagegen ein reines Kinderspiel.«

»Ein ganz klein wenig wird Ihnen schon nicht schaden. Mein Arzt meint – der kluge und verehrte Dr. Grosch –, dass Quitten wie ein Jungbrunnen für mich sind. Damit kann ich einhundert Jahre alt werden. Und das genau habe ich vor, junger Mann.« Sie schob den Teller wieder in Marks' Richtung.

Gott behüte, dachte Marks und lächelte freundlich.

Bley griff ein. »Wissen Sie, Mrs. White, unser Dienstplan für heute ist sehr eng. Ich fürchte, dass wir Ihre Gastfreundschaft nicht mehr lange in Anspruch nehmen können. Bitte sagen Sie uns, was Sie meinen beobachtet zu haben.«

Nanu, dachte Marks, *Rettung in letzter Sekunde*. Das würde er Bley nicht so schnell vergessen. Die Frau steckte voller Überraschungen. »Genau.« Er strahlte die Seniorin an. »Zum Appell müssen wir zurück sein. Und Sie wissen sicher, dass es von Truro nach Helston ein ganz schön weiter Weg ist.«

»Gut«, die alte Dame hob einen Zeigefinger, »das geht auf keinen Fall. Ich möchte nicht der Grund für ein Dienstvergehen sein. Also, was wollen Sie wissen?« Sie riss umstandslos ein Stück von Marks' Crumpet ab und warf es ihrem Hund zu. »Du sollst doch nicht immer betteln, du böses, böses Hundchen. Lass den Herrn in Ruhe. Sonst denkt er nachher noch, du seist ungezogen.«

»Sie haben mich angerufen, weil …?« Auch DS Bley hatte ihren Teller ein Stück von sich geschoben.

»… ich den Staatsanwalt gesehen habe.« Sie setzte sich gerade hin. »Nicht, dass Sie denken, dass ich neugierig bin. Ich war mit Betty Gassi, und da stand er plötzlich vor mir.«

»Er stand Ihnen gegenüber, Mrs. White? Wo genau?« DS Bley beugte sich vor.

»Nun, direkt vor seinem Haus.« Sie deutete mit einer knappen Handbewegung durch das Fenster.

»Und was ist dann passiert?«

»Was soll schon passiert sein? Angegriffen hat er mich jedenfalls nicht.« Sie riss erneut ein Stück vom Crumpet und warf es dem Hund hin.

»Er hat also dort gestanden, vor seinem Haus?«, versuchte Bley der Frau auf die Sprünge zu helfen.

»Das sagte ich bereits. Er hat freundlich gegrüßt und ist dann im Haus verschwunden. Mit einem großen Koffer. Er war wohl verreist. Allerdings kann er nicht im Ausland gewesen sein. Er war recht blass im Gesicht und wirkte auch irgendwie krank und erschöpft.«

»Ist Ihnen sonst noch etwas aufgefallen, Mrs. White?«

»Seither hat er das Haus nicht verlassen.«

»Das wissen Sie so genau?« Marks lächelte sie an.

»Halten Sie mich etwa für senil, oder warum stellen Sie diese dumme Frage?«

Marks hob beide Hände. »Wir kämen nie auf die Idee.«

Der missbilligende Blick der Seniorin hatte durchaus das Zeug zu töten.

»Ihrer Einschätzung nach ist er also noch im Haus?« DS Bley nickte, um ihr zu bestätigen, dass sie diese Nachricht für höchst wichtig hielt. »Sie haben sicher Verständnis dafür, dass wir sofort aufbrechen müssen. Wir haben nämlich einige sehr wichtige Fragen an Mister Barnes.«

»Ich verstehe Sie sehr gut, mein Kind. Sie müssen Ihrer

Pflicht nachkommen. Das finde ich sehr löblich. Es sollte mehr Frauen wie Sie in den Streitkräften geben. Dann wären wir längst einen gehörigen Schritt weiter.«

»Vielen Dank für Ihr Verständnis.« Marks stand auf und wollte sich verabschieden.

»Halt.« Mrs. White hatte sich ebenfalls erhoben. »Sie beide verlassen mein Haus nicht, ohne dass ich Ihnen meine Crumpets einpacke. Sie werden Proviant brauchen.«

»Natürlich, sehr freundlich.« Marks gab sich geschlagen. Zumal der Köter zu seinen Füßen Anstalten machte, sich ihm in den Weg zu stellen.

Nachdem sich die beiden Ermittler von Mrs. White und ihrer Betty verabschiedet hatten und ihren wachsamen Blick im Rücken spürten, deponierte Marks erst das Gebäck im Fahrzeug und stieg dann die Stufen zu Barnes' Haus empor.

Bevor er die Klingel betätigte, raunte er DS Bley zu: »Sie haben was gut bei mir. Danke für die Rettung.«

Es dauerte eine Zeitlang und bedurfte mehrfachen Klingelns, bevor ihnen geöffnet wurde.

»Ja?«

Vor den Schranken des Gerichts wäre Ben Barnes nicht für eine Sekunde als Staatsanwalt durchgegangen, allenfalls als Hühnerdieb. Vor Marks stand ein Mittvierziger mit tiefen Ringen unter den Augen, unrasiert und mit zerzaustem Haar, das Bleys problemlos Konkurrenz machte. Der Mann hatte offenbar mehrere Nächte nicht geschlafen. Sein weißes Hemd stand am Kragen offen und war so zerknittert wie sein Gesicht. Schuhe und Strümpfe trug er nicht.

»Mr. Barnes? Ben Barnes?«

Der Angesprochene fuhr sich durchs Haar und antwortete nicht.

Marks zog seinen Dienstausweis. »DI Chris Marks, und das ist meine Kollegin DS Bley. Dürfen wir hereinkommen?«

Barnes zögerte. »Um ehrlich zu sein, ich bin nicht auf Besuch eingerichtet. Muss das jetzt sein? Hat das nicht Zeit? Warum kommen Sie überhaupt zu mir? Wenn Sie dienstlich unterwegs sind, dann sollten Sie die Kolleginnen und Kollegen im Amt kontaktieren. Ich bin nicht im Dienst.«

»Es geht um etwas, das wir nicht in der Staatsanwaltschaft besprechen möchten«, schaltete Bley sich ein.

»Und worum genau?«

»Können wir das bitte drinnen bereden?« Marks steckte seinen Ausweis ein.

Barnes zögerte argwöhnisch und gab schließlich doch den Weg frei. »Ich habe nicht viel Zeit.«

Sie folgten dem Staatsanwalt in das großzügige Wohnzimmer, das zur Straße hin lag. Die Einrichtung war in hellen Tönen perfekt aufeinander abgestimmt. Auffällig war, dass es unaufgeräumt war. Auf dem Couchtisch, auf der Anrichte, sogar auf der Fensterbank standen leere Gläser, Zeitungen lagen zerlesen neben den beiden Sesseln. Einen Aschenbecher konnte Marks nicht entdecken. Es roch auch nicht nach kaltem Rauch.

Barnes machte keine Anstalten, irgendetwas von dem milden Chaos zu beseitigen, noch wollte er ihnen etwas anbieten.

»Nehmen Sie Platz. Ihren Mantel können Sie über die Stuhllehne dort hängen.«

»Danke, nicht nötig. Ich behalte ihn an.«

Barnes zuckte mit den Schultern und blieb im Türrahmen mit verschränkten Armen stehen.

»Sie waren längere Zeit nicht im Dienst«, begann DS Bley und schlug ihren Notizblock auf.

Barnes nickte. »Und deshalb kommen Sie eigens her? Ich kenne Sie nicht. Von welcher Dienststelle sind Sie?«

»Sie werden im Amt schmerzlich vermisst. Man macht sich dort Sorgen. Sie haben keine Verlängerung Ihres Urlaubs eingereicht, sich nicht krankgemeldet. Das ist doch schon ungewöhnlich für einen Mann in Ihrer Position. Verhandlungen mussten wegen Ihrer ungeklärten Abwesenheit verschoben werden.«

»Ich hatte meine Gründe. Ich frage mich, warum Sie das überhaupt interessiert. Gab es eine Vermisstenanzeige?«

»Nein.«

»Warum sind Sie dann hier? Es ist meines Wissens keine Straftat, ein paar Tage unentschuldigt zu fehlen. Ich hatte meine Gründe. Private Gründe.«

»Wo waren Sie am Abend des …«

Marks hielt Bley am Arm zurück. »Es tut mir leid, Ihnen mitteilen zu müssen, dass Rechtsanwältin Fiona Richards tot ist.«

»Was sagen Sie da?« Barnes ließ die Arme hängen und trat ins Wohnzimmer. Ohne den Blick von Marks zu nehmen, setzte er sich.

»Sie kennen Fiona Richards?« Bleys Frage zerschnitt die Luft, wie ein scharfes Messer durch einen Seidenstoff schneidet.

»Natürlich kenne ich Fiona Richards. Sie arbeitet …

o mein Gott ... sie ist zugelassene Anwältin an unserem Gericht. Was ist passiert? Hatte sie einen Unfall?«

»Ihre Leiche wurde in der Bucht von Poltesco gefunden. Sie wurde ermordet.«

»Ermordet? Fiona wurde ermordet? Wie? Wann?« Barnes reckte den Kopf, als wollte er sich verzweifelt gegen den Strang wehren, der sich um seinen Hals legte.

»Hatten Sie ein intimes Verhältnis mit Mrs. Richards?«, fragte Bley ungerührt nach.

»Ein intimes Verhältnis? Wer sagt das?«

»Es gibt Gerüchte. Und Sie sind mit ihr zusammen gesehen worden.«

»Wir hatten ein gutes Verhältnis. Und es lässt sich nicht vermeiden, dass sich eine Anwältin und der Ankläger der Krone auf den Gerichtsfluren und in den Verhandlungen begegnen.« Barnes schüttelte den Kopf und fuhr sich durchs Haar. »Fiona tot? Das kann nicht sein.«

»Sie sind außerhalb des Gerichts gesehen worden.« Bley genoss offensichtlich das Katz-und-Maus-Spiel.

»Und wo?« Barnes fuhr sich über die Augen.

»Mehrfach in und vor dem Norwegian Inn. Wir haben das bereits überprüft.«

Ben Barnes' Blick ging an den beiden vorbei und verlor sich auf der gegenüberliegenden Wand. »Ja. Ich gebe es zu. Wir haben uns ein paarmal dort getroffen, Fiona und ich. Nichts Ernstes. Ehrlich.«

»Wusste Ihre Frau davon?« Marks bedeutete Bley mit einem leichten Kopfnicken, mit der Befragung fortzufahren.

»Ich bin mir nicht sicher. Keine Ahnung. Vielleicht.«

»Sie hat sich von Ihnen getrennt?«

»Ja. Erst vor Kurzem.«

»Was war der Grund?«

»Wenn ich das wüsste.«

»Das verstehe ich nicht.«

Barnes legte die Hände zwischen die Oberschenkel und zog sie wieder hervor. »Sie sei müde, wolle einen anderen Weg gehen, sich neu finden. Vielleicht studieren, was weiß ich. Ich habe es nicht verstanden.«

»Wo waren Sie am Abend des achten Mai?«

»Warum fragen Sie mich das?« Barnes runzelte die Stirn.

»Beantworten Sie bitte meine Frage.«

»Sie glauben doch nicht im Ernst, dass ich etwas mit dem Tod von Fiona zu tun habe?«

»Der achte Mai. Es war Flora Day in Helston. Wo waren Sie an dem Abend?«

»Ich?«, fragte Barnes überflüssigerweise nach. »Ich war zu Hause. Ja, genau. Am achten Mai ist meine Frau mit zwei Koffern aus unserer Ehe ausgestiegen.«

»Wann war das genau?«

»Gegen Mittag.«

»Und Sie? Was haben Sie dann gemacht?«

»Nichts. Ich war wie paralysiert. Catherines Auszug kam für mich völlig überraschend.«

»Sie waren anschließend den ganzen Tag daheim?«

Barnes nickte zögernd. »Nein, nicht sehr lange.«

»Was heißt das?«

Er räusperte sich. »Ich bin durch die Gegend gefahren, habe gehofft, dadurch einen klaren Kopf zu bekommen. Aber es hat nichts gebracht.«

»Bis wohin sind Sie gekommen?«, fragte nun Marks.

»Sind Sie bis Helston gefahren, haben sich dort mit Fiona getroffen? Oder waren Sie doch mit ihr im Norwegian Inn verabredet?«

»Sind Sie wahnsinnig? Nein, natürlich war ich weder in Helston noch im Hotel. Fragen Sie doch dort nach.« In Barnes' Blick glomm echter Zorn. »Was wollen Sie mir unterstellen?«

»Mrs. Richards ist am achten Mai mit ihren Freundinnen beim Flora Day in Helston gewesen. Von dort ist sie dann verschwunden.«

»Ich verstehe das nicht.«

»Wir haben die CCTV-Kameras aus der infrage kommenden Gegend ausgewertet, soweit uns die Bilder vorlagen. Wir können auf den Aufnahmen lediglich erkennen, dass sie plötzlich gezielt auf jemanden zuzugehen scheint. Allerdings hält sich dieser Jemand im toten Winkel der Kamera auf. Das sind die letzten Aufnahmen von Fiona Richards. Anschließend verliert sich ihre Spur.« Marks warf einen Blick zu Bley. »Das Gedränge in der Stadt ist unglücklicherweise so groß gewesen, dass keine eindeutigen Zuordnungen möglich sind. Zudem, nun ja, ist die eingesetzte Technik ein wenig veraltet. Die Kameras sollen erst im kommenden Jahr ausgetauscht werden.«

»Ein wenig?« Bley warf Marks einen schnellen Blick zu. »Das trifft es nicht ganz.« Sie wandte sich wieder an Barnes. »Wir werden das im Hotel noch einmal überprüfen. Wenn Sie nicht in Helston gewesen sein wollen, wo waren Sie dann?«

»Ich denke, an dieser Stelle sollten wir unsere informelle Unterhaltung – denn das ist sie ja wohl – beenden. Ich habe Ihnen gesagt, dass es für mein Untertauchen private Gründe gibt, die nichts mit Fionas Tod zu tun haben. Ich werde meinem Vorgesetzten alles erklären und am kommenden Montag wieder ganz normal zum Dienst erscheinen. Das muss Ihnen genügen.«

»Normal ist hier gar nichts.«

Marks legte erneut seine Hand auf Bleys Arm. »Nur noch zwei Fragen: Haben Sie eine Putzfrau? Und: Tragen Sie auch außerhalb des Dienstes Krawatte?«

»Ich weiß zwar nicht, was Sie das angeht, aber ja, wir haben eine Putzfrau. Allerdings«, er deutete in den Raum, »wird meine Frau ihr gekündigt haben. Sie sehen ja selbst. Und ja, ich trage Krawatte.«

»Können Sie uns bitte den Namen der Putzfrau nennen?«

Barnes runzelte die Stirn. »Keine Ahnung. Sie war noch nicht oft bei uns. Ich habe mich um solche Dinge nicht groß gekümmert. Aber warten Sie: irgendetwas mit A. Abi, ja, der Vorname ist Abigail.«

XXIX.

Simon hatte eine unruhige Nacht hinter sich. Die Schmerzen vor allem im Bereich der Halswirbel hatten ihn zunächst nicht einschlafen lassen. Nachdem er schließlich doch noch in den Schlaf gefunden hatte, war er von einem Flashback heimgesucht worden.

Er hatte wieder in dieser stinkenden Gasse gestanden, wieder allein. Seine Waffe steckte gesichert im Holster. Sein Team war bereits abgezogen, nur er hatte noch einen letzten Kontrollgang machen wollen. Und nun stand er einem Mann gegenüber, von dem er auf dem engen, dunklen Weg nur die Umrisse erkennen konnte.

Er hatte ihn angerufen, aber der Mann hatte nicht geantwortet. Stattdessen hatte er seine Waffe gehoben. Simon hatte zu fliehen versucht, aber er hatte auf diesem Stück Brache wie angewurzelt gestanden. Zitternd hatte er auf den nächsten Schritt des Unbekannten gewartet. Er ahnte, dass er ihm nicht entkommen und sein Team nur noch seine Leiche finden würde. Noch einmal hatte er ihn angerufen, die Waffe abzulegen. Wie absurd. Sein Tod war nur Sekunden entfernt.

Mit hängenden Armen hatte er dort gestanden und auf das Mündungsfeuer gewartet. Das er doch nicht sehen würde, denn die Kugel würde zuvor sein Gehirn zerfetzen. Dann war der Unbekannte weiter auf ihn zugegangen. Und mit jedem Schritt hatte er es deutlicher sehen können: Sein Mörder würde Hans Lehmann sein.

Eine hochgewachsene Gestalt, dünn, kurzes Haar, graue Augen, ein Allerweltsgesicht, seine natürliche Tarnung. Niemand vermutete hinter der Visage den gefährlichsten Vertreter der Organisierten Kriminalität auf den Britischen Inseln.

Der Legende nach in Hamburg geboren und noch als Baby kurz vor oder irgendwann nach Kriegesende nach England gebracht. Sein genaues Alter war unbekannt. Niemand wusste, ob er tatsächlich Jude war und wie er wirklich ins Land gelangt war.

Lehmann, den sie in den Hallen gesucht hatten, weil er eine Lieferung Heroin persönlich hatte entgegennehmen und prüfen wollen. Das hatte ihnen ein Informant gesteckt. Aber sie hatten niemanden angetroffen, weder die

Lieferanten noch Lehmann. Nun wusste Simon, dass er in eine Falle gelockt worden war.

Simon hatte noch das Mündungsfeuer grell aufblitzen sehen, dann war er aufgewacht. Schweißgebadet hatte er sich aus dem Bett gequält und war ins Wohnzimmer gewankt. Er hatte The Doors aufgelegt, *Riders On The Storm*. Aus den Boxen dröhnte in voller Lautstärke *There's a killer on the road, his brain is squirmin' like a toad.*

Er hatte gehofft, damit den Geistern in seinem Kopf Herr zu werden, aber das Gegenteil war der Fall. Am Fenster hatte er auf die Morgenröte gewartet, die ihm Heilung bringen sollte vom Entsetzen der Nacht. Ohne es bewusst wahrzunehmen, hatte er dort gestanden und in die Finsternis gestarrt. Aber auch das lodernde Farbenspiel des Morgens hatte keine Erleichterung gebracht. Stattdessen lieferten die Sonne und die Wolkenfetzen Bilder von Moiras Feuertod, die ihn schon lange nicht mehr heimgesucht hatten.

Irgendwann hatte er seine Malutensilien zusammengepackt und sich auf den Weg ins Dorf gemacht. Der frische Wind in der Bucht, der nach Ferne roch, sollte ihn auf andere Gedanken bringen. Ebenso wie das aufkeimende Grün auf dem Küstenpfad. Das helle Blau des Himmels und die rastlos an ihren Nestern bauenden Vögel versprachen Frieden.

Simon hielt sich nicht lange in der Bucht auf, in der wenig Betrieb war. Statt der aufkommenden Flut zuzusehen, die mit gemächlichem Wellenschlag auf den Kies auflief, gab er dem Impuls nach und folgte den Stufen hinauf nach Hillside.

Der Weg war kaum mehr als fußbreit und beschwerlich, sein Gehstock fand nur schlecht Halt. Er nahm die Anstrengung dennoch auf sich, weil er sich von der Höhe eine lohnende Perspektive auf die Bucht versprach, die er so noch nicht gemalt hatte. Der schmale Zugang zu dem kleinen Gärtchen, das zu dem Haus gehörte, bot Platz genug, um die Staffelei aufzubauen.

Er war kaum mit seinen Vorbereitungen fertig, als er hinter sich die Stimme von Louise Taylor hörte.

»Du hast die richtige Lichtstimmung ausgesucht. Die Bucht strahlt frisch, geradezu jungfräulich.«

Er drehte sich zu ihr um. »Guten Morgen! Heute keinen Dienst im OP?«

Taylor lächelte, zog die Arbeitshandschuhe von den Händen und stopfte sie in eine Gesäßtasche ihrer Jeans. »Ich wollte gerade die Leiter aufsetzen und das Dach inspizieren. Es gibt ein oder zwei undichte Stellen. Die müssen abgedichtet werden, bevor der Schaden größer wird und mich die Reparaturkosten in die Ohnmacht treiben.«

»Gott bewahre.«

»Wenn du magst, kannst du meine Terrasse benutzen. Von dort aus hast du einen noch besseren Blick.« Sie wies einladend zur Seite. »Und einen Tee gibt es dazu auch.«

Er überlegte nicht lange. Ihr unangestrengtes Du gefiel ihm. »Warum nicht?«

Simon packte Staffelei und Farben notdürftig zusammen und folgte ihr neben das Haus. Er war der Anästhesistin das erste Mal in der Klinik in Penzance begegnet, als er dort Fragen zu seiner Medikamentierung klären wollte.

Luke hatte ihn hingefahren und auf »die Ärztin aus unserem Dorf« aufmerksam gemacht, die in einer Nische ins

Gespräch mit anderen Ärzten vertieft war. Später waren sie sich noch einmal in der Cafeteria begegnet, und Luke hatte ihn vorgestellt. Bis dahin war sie ihm nur in Verbindung mit den anderen Frauen begegnet.

»Die Aussicht ist genial.« Simon trug die Staffelei bis an die schmiedeeiserne Brüstung der Terrasse.

»Ich habe mich auf den ersten Blick verliebt. Das Haus ist für mich allein tatsächlich ein wenig groß. Aber ich werde es um keinen Preis wieder hergeben.« Sie war neben Simon getreten und hielt ihr Gesicht in die Sonne. »Tee?«

»Später. Ich will genau diese Stimmung.«

»Dann lass dich nicht stören. Ich bin hinter dem Haus.«

Er nahm die Ankündigung gerne zur Kenntnis. Wenn er malte, vor allem wenn er die ersten Kohlestriche auf die Leinwand setzte, um sich ein Grundgerüst zu schaffen, blieb er lieber unbeobachtet.

Er würde das Panorama der Bucht als Ganzes einfangen. Der winzige Naturhafen, in dem gerade nur zwei Fischerboote lagen, die mit ihren Steuerkabinen und den roten Fendern an der Reling von hier oben puppenhaft wirkten. Dazu die mit Reet gedeckten Häuser auf der gegenüberliegenden Seite der Bucht. Klar und selbstbewusst stach Marys B&B aus der Reihe Häuser hervor, die wie Perlen an der Klippe entlang aufgereiht standen. Darüber das aus Bruchsteinen gemauerte Gebäude, das dort thronte, als gehöre es nicht dorthin. Die von Flechten und Moosen grün, ocker und braun gemusterten Felsen strahlten eine ungewohnte Gelassenheit aus. Simon wusste, dass sie zu einer anderen Jahreszeit und bei einem anderen Wetter düster und furchteinflößend wirkten.

Er hatte Cadgwith bereits ungezählte Male auf die

Leinwand gebracht, aber er entdeckte jedes Mal etwas Neues. Fast eine Stunde verbrachte er konzentriert vor der Staffelei, ohne auf die Zeit zu achten. Simon setzte Pinselstrich neben Pinselstrich, schnell und intuitiv. Mit jedem Strich tauchte er tiefer in das Thema seines Motivs ein. Dabei entledigte sich sein Kopf auf angenehme Weise der düsteren Gedanken, die ihn noch vor wenigen Stunden nicht hatten ruhen lassen. Auch die Schmerzen im Rücken schienen gebannt.

»Kommst du gut voran?«

Louise war wieder neben ihn getreten und warf einen prüfenden Blick zwischen der Landschaft und dem Motiv auf der Leinwand hin und her.

»Könnte ich doch nur so malen.« Sie lächelte. »Mein Talent erschöpft sich allerdings schon im Streichen der Wände.« Sie verschränkte die Arme und sah schweigend über die Bucht.

»Wunderschön, nicht?«

»Wenn es doch auch so friedlich wäre, wie es scheint.« Louise sah ihn an. In ihren irritierend hellen Augen lagen viele Fragen und auch Sorge.

Simon nickte. »Zwei Frauen in so kurzer Zeit.«

»Das ganze Dorf scheint unter Schock zu stehen. Eine Stille, als erwarte man jeden Augenblick eine Festnahme.«

»Die Polizei ermittelt in alle Richtungen.« Dass Marks ihm davon berichtet hatte, dass sie einen Zusammenhang zwischen den Morden vermuteten, wollte er nicht erwähnen.

»Die übliche Floskel.« Louise Taylor deutete mit dem Kopf Richtung Dorf. »Ob der Mörder irgendwo dort unten unter ihnen steckt? Oder kommt er von außerhalb?«

»Das ist die zentrale Frage. Du hörst doch einiges, und du hast doch sicher eine eigene Meinung zu den Morden.«

»Was soll ich sagen? Ich bin unter der Woche nicht so oft im Dorf unterwegs. Ich kann mir keinen Reim darauf machen. Wer hat ein Interesse an den Morden? Zwei so unterschiedliche Frauen. Ich kann mir tatsächlich vorstellen, dass einer von Fionas früheren Mandanten ausgerastet ist, aus welchem Grund auch immer. Zum Tod von Abigail Reid habe ich keine Meinung. Dazu kannte ich sie zu wenig.«

»Keine Idee?«

»Ich bin Medizinerin, keine Ermittlerin. Ich kümmere mich darum, dass die Menschen, mit denen ich zu tun habe, möglichst keine Schmerzen haben. Ich kenne mich mit den chemischen Vorgängen im menschlichen Körper aus, nicht mit seiner Psyche. Ich fürchte, ich bin der falsche Adressat für deine Fragen.«

»Du bist doch oft mit Fiona zusammen gewesen. Soweit ich das beurteilen kann, wart ihr eine ziemlich eingeschworene Clique, Millie, Tracy, du und Fiona.«

»Wir wollen zusammen Spaß haben, mehr nicht.« Sie lächelte. »Natürlich werden auch die Hintern der Männer im Klub oder im Pub diskutiert, aber das ist auch nichts Ernsthaftes.«

»Wenn ich offen sein darf: Meiner Einschätzung nach passt du nicht unbedingt zu den anderen.«

»Wie kommst du denn darauf?« Louise Taylor schüttelte den Kopf. »Da liegst du sicher falsch.«

»Na ja, Millie wirkt eher, ich will es einmal vorsichtig formulieren, überdreht in ihrer etwas schrillen Art. Ständig ist sie um Aufmerksamkeit bemüht, sie genießt es, im Mittelpunkt zu stehen. Du dagegen wirkst ruhig und gelassen, als beobachtest du das Geschehen aus der Distanz. Der exakte Gegenpol zu Millie. Tracy ist eher die graue Maus, Fiona führte ein Eigendasein. Sie konnte schrill sein wie Millie, aber auch ernsthaft wie du.« Simon hob die Hände. »Du hast sicher recht. Ich kann das nur aus der Distanz beurteilen.«

Louise Taylor legte Simon eine Hand auf die Schulter. »Frauen folgen einer eigenen Logik, wenn es um Freundschaften oder Gemeinschaft geht. Ich mach uns mal einen Tee.« Im Weggehen drehte sie sich zu ihm um. »Die Schäden am Dach sind doch schlimmer als gedacht. Ich muss Mary fragen, sie kennt sicher einen Handwerker.«

Frauen folgen einer eigenen Logik, wenn es um Freundschaften geht. Simon versuchte den Sinn hinter diesem Satz zu verstehen. Was war der Antrieb der vier Frauen, sich als Freundinnen zu verstehen und zu verhalten?

»Ich habe dir Milch in den Tee getan. Ich hoffe, das ist für dich okay?« Louise reichte ihm einen dampfenden Becher.

»Sag, was verbindet dich wirklich mit den anderen?« Simon sah Louise direkt an.

Sie musste lächeln. »Weißt du, wenn man den ganzen Tag mit Narkosemitteln zu tun hat, mit Stille und Besprechungen, mit der Hoffnung, die jeweils richtige Dosierung gefunden zu haben, dann sehnt man sich automatisch nach Abwechslung, nach bunten Lichtern, nach Gelächter und nach sinnfreiem Geschwätz am Freitagabend. Jedenfalls geht mir das so. Mal für ein paar Stunden nicht mehr an den Beruf denken müssen, an Operationen, an Leid und Tod. Da sind oder waren die drei Mädels das richtige Heilverfahren.«

»Also eher so etwas wie eine Zweckgemeinschaft?«

Sie nickte nachdenklich und sprach zögernd. »Sicher nicht zu jedem Augenblick, aber ja, oft.«

»Im Dorf geltet ihr als Feierbiester, die keinem Pint und keinem Cocktail aus dem Weg gehen.«

»Ist das so?«

»Mary hört ja viel im Laden.«

»Dann wird da wohl ein bisschen Wahrheit drinstecken. Mich stört das Image nicht.« Sie sah sich um. »Ich denke, ich werde jetzt mal weitermachen.« Sie zog wieder die Handschuhe über.

»Ihr sprecht doch sicher über die Morde. Was ist denn die Meinung der beiden anderen?«

»Entsetzen und Unverständnis. Fiona war der friedfertigste Mensch, den ich kenne. Zugewandt, fröhlich, jemand zum Knuddeln – auch wenn die gegnerischen Parteien vor Gericht sicher völlig anderer Meinung sind.« Bei diesem Gedanken zeigte sich ein trauriges Lächeln auf ihrem Gesicht.

»Ist niemandem von euch etwas aufgefallen? War sie anders als sonst? Hat sie davon gesprochen, dass sie andere Schwierigkeiten und Probleme als sonst im Beruf hatte? Gab es Streit mit jemandem hier aus dem Dorf?«

Sie schüttelte stumm den Kopf und sah auf die Bucht hinaus.

»Ihr seid oder wart eng befreundet. Da ist man doch sensibel für den anderen. Es kann doch nicht sein, dass eure Treffen oder eure Freitagabende nur aus Lachen und Alkohol bestanden haben.«

»Kommt da jetzt deine Vergangenheit zutage? Oder warum habe ich das Gefühl, in einer Vernehmung zu stecken?« Sie verschränkte die Arme.

»Unsinn. Ich versuche nur zu verstehen, wie euer Verhältnis war. Und vielleicht bringt dich meine Fragerei auf Dinge, an die du bisher nicht gedacht hast oder denen du keine Bedeutung beigemessen hast. Manchmal hilft Reden.«

Louise Taylor schüttelte erneut den Kopf und schwieg.

Simon ließ ihr Zeit. Unten in der Bucht waren mittlerweile ein paar Menschen unterwegs. Ihre Gesichter konnte er nicht erkennen, aber ihr Verhalten ließ darauf schließen, dass es Touristen waren. Ein Einheimischer ließ ein Motorboot zu Wasser. Es musste der alte Jan sein, der mit seiner *Cringle* hinausfahren wollte, um seine Hummerkörbe zu kontrollieren. Die See war glatt und ruhig. Ein paar Möwen zogen Schleifen über dem Wasser.

»Es hat alles mit Tracy begonnen.« Louises Stimme klang unsicher und rau.

»Was meinst du damit?«

»Wollen wir uns nicht setzen?« Sie deutete hinter sich auf die beiden Holzstühle, die an einem runden Tischchen standen, neben dem ein zusammengefalteter Sonnenschirm im Ständer steckte.

»Was meinst du damit, alles hat mit Tracy begonnen?« Simon rückte sich im Stuhl zurecht.

Louise Taylor zögerte einen Augenblick und sah sich nach allen Seiten um, so als befürchtete sie ungebetene Zuhörer. Nachdem sie ein paarmal mit den Händen über die Oberschenkel gefahren war, begann sie zu sprechen. Ausführlich schilderte sie, wie Tracy einem Betrüger aufgesessen war, wie sie aus blinder Liebe und wider besseres Wissen diesem Mann Geld übergeben hatte. Und dass sie darauf in der Clique geschworen hatten, diesen Männern, die die Sehnsucht nach Geborgenheit und Liebe einsamer Frauen ausnutzten, um sich zu bereichern, das Handwerk zu legen.

Dass die Clique als Klub der bösen Schwestern ein gefälschtes Profil ins Netz gestellt und darauf aus gewesen war, auf diese Weise den Romance-Scamming-Betrüger anzulocken und der Polizei zu übergeben.

Louise gestand ihm mit unsicherem Blick, dass er tatsächlich angebissen hatte und dass Fiona als Lockvogel ausgeguckt worden war, um diesen Mann beim Flora Day zu treffen.

Simon war aufgebracht. »Ich fasse es nicht. Wie leichtsinnig kann man sein? Weiß DI Marks davon?«

»Nein. Nur dass wir Fiona an dem Tag in dem ganzen Trubel aus den Augen verloren haben. Was ja auch so war.« Sie zog die Handschuhe wieder aus.

»Habt ihr den Mann gesehen?«

»Nur kurz. Wir haben uns im Hintergrund gehalten, nachdem Fiona sich auf den Weg zum vereinbarten Treffpunkt gemacht hat.«

»Und warum habt ihr nicht sofort die Polizei eingeschaltet?«

»Wir hatten ja keine Beweise. Was hätten wir denn vorbringen können? Dass Fiona sich mit einem Mann treffen wollte?« Sie schüttelte vehement den Kopf. »An einem Tag wie Flora Day ist das alles andere als ungewöhnlich. Nein, wir hätten uns nur lächerlich gemacht. Außerdem waren wir sicher, dass Fiona wieder auftauchen würde. Sie war doch wie wir alle mit dem eigenen Wagen dort.«

»DI Marks hätte aber wissen müssen, was der Auslöser für Fionas Verschwinden war. Das verstehe ich nicht. Warum habt ihr ihm nichts davon gesagt? Das war mehr als leichtsinnig oder naiv, das war unverantwortlich.«

Louise machte ein schuldbewusstes Gesicht. »Wenn wir das nur geahnt hätten. Ich mache mir große Vorwürfe.«

»Das reicht mir nicht.« Simon wurde wütend. So viel Dummheit war ihm in seiner gesamten Dienstzeit nicht untergekommen.

»Millie war davon überzeugt, dass wir uns nur zum Gespött der Leute machen, wenn herauskommt, dass wir uns als wahre Retter der Frauen versucht haben. Sie hat gemeint, die Polizei würde schon ihre Arbeit machen. Wir waren so schockiert, als wir die Nachricht von Fionas Tod bekommen haben, dass wir wie erstarrt waren.«

»Ihr habt euch strafbar gemacht.«

»Ja. Das ist mir jetzt klar.« Sie schob sich mit dem Stuhl vom Tisch weg. Eine trotzige Geste. »Ich kann es nicht ändern. Nenn es Dummheit, nenn es Übermut, nenn es – ich weiß nicht was. Wir haben so richtig Scheiße gebaut.«

»Marks muss das wissen. Sofort. Existiert das Profil noch? Und das Profil des Mannes?«

»Millie hat alles von ihrem Computer gelöscht.« Sie sah, dass Simon auffahren wollte. »Die Profile der Typen sind eh gefälscht. Ich kann mir nicht vorstellen, dass die Suche nach diesen Betrügern etwas bringen wird.«

»Für die Polizei ist dies eine wichtige Spur. Millies PC wird beschlagnahmt werden. Die Experten können vielleicht die Daten retten und damit dem Unbekannten ein

Gesicht geben, auch wenn es gefaked sein sollte. Es wäre ein Anfang.«

»Ich bin froh, dass ich dir alles erzählt habe. Mich belastet das sehr. Ich kann kaum schlafen, weil mir längst klar ist, dass wir falsch gehandelt haben. Aber … Millie war so überzeugend. Und wir wollten Tracy vor dem Gerede der Leute schützen.«

»Ich fürchte, ihr habt großen Schaden angerichtet.«

»Simon, was soll ich jetzt nur tun?«

XXX.

»In Ihrem eigenen Interesse, Mr. Barnes, wo waren Sie in den vergangenen Tagen? Warum sind Sie untergetaucht? Und wo waren Sie in der Mordnacht? Außerdem möchte ich von Ihnen wissen, in welchem Verhältnis Sie zu Mrs. Richards standen.« Marks hob beschwichtigend die Hand. »Bevor Sie uns nun mit juristischen Spitzfindigkeiten kommen, wir bewerten unser Gespräch als eine Unterhaltung, mehr nicht. In Ihrem eigenen Interesse sollten Sie das ebenfalls so sehen. Wir möchten derzeit so wenig Aufsehen wie möglich erregen. Daher auch dieses erneute Treffen bei Ihnen zu Hause.«

Ben Barnes ging im Wohnzimmer auf und ab. In seinem Gesicht arbeitete es. Für und Wider lieferten sich in seinem Kopf eine heftige Diskussion.

Marks wartete ab. Barnes wirkte ausgeschlafener als bei ihrer ersten Begegnung. Der Staatsanwalt trug frische Jeans und einen hellen Cashmerepullover. Das Wohnzimmer war aufgeräumt.

Schließlich ließ Barnes sich wieder auf das Sofa nieder. »Natürlich, Sie haben recht. Ich habe nichts zu verbergen.« Er rieb sich durchs Gesicht. »Ich bin nicht abgetaucht, wie Sie sagen.«

»Sondern?« DS Bleys Blick ließ keinen Zweifel daran, dass sie ihm kein Wort glaubte.

»Der plötzliche Auszug meiner Frau hat mich völlig aus der Bahn geworfen. Ich habe gemerkt, dass mein Leben und meine Ehe den falschen Weg genommen hatten.« Er machte eine Pause.

»Nämlich?«

Barnes sah Bley an. »Ich wollte Erfolg in meinem Beruf. Und den habe ich. Dafür habe ich alles andere vernachlässigt. Und meine Allmachtsfantasien haben dafür gesorgt, dass ich meine Frau betrogen habe. Ich bin tagelang umhergeirrt, bin von einem Ort zum anderen gefahren. Ich wollte zur Ruhe kommen, nachdenken. Aber mit jedem Kilometer wurde es schlimmer. Ich habe in der Straße vor ihrer Wohnung geparkt, sogar im Wagen geschlafen. Aber sie hat sich nicht gezeigt. Ich war zu feige, um zu klingeln. Als ich es dann doch getan habe, habe ich mir sagen lassen müssen, dass man sie dort nicht kennt. Sie hat mir einfach die falsche Anschrift genannt.« Er sah, dass sie ihm immer noch nicht glaubte. »Ich will kein Mitleid. Ich will nur, dass Sie mich verstehen.«

»Gibt es Hinweise darauf, wo Sie überall waren?« Marks wollte auf der sachlichen Ebene bleiben. Barnes' Schilderungen waren ihm nicht unbekannt. Er selbst hatte beim Auszug seiner Frau ähnlich gehandelt.

»Natürlich.« Barnes stand auf. »In meinem Wagen müssen noch ein paar Quittungen sein. Ich bin sofort zurück.«

»Der lügt doch.« DS Bley sah zur Tür, durch die Barnes gerade verschwunden war.

»Abwarten.«

»Als Staatsanwalt kennt er doch die Tricks und weiß, wie er die Ermittlungen manipulieren kann.«

»Noch gilt die Unschuldsvermutung.«

Sie schnaubte verächtlich.

Barnes war zurück und hielt Marks einige Zettel hin. »Ich habe drei Tankquittungen, und das hier, wie Sie sehen, das ist eine Restaurantquittung.«

Marks nahm die Quittungen und überprüfte die Daten. Eine stammte von der Tesco-Tankstelle in Helston. Danach war er dort am frühen Abend gewesen. Marks reichte die Zettel an Bley weiter. Eine andere Quittung stammte aus Exeter.

Bley deutete mit dem Kugelschreiber auf die Tankquittung. »8. Mai, 18.27 Uhr.«

»Exakt.« Barnes lehnte sich auf dem Sofa zurück.

»Das soll Ihre Unschuld beweisen?«

»Natürlich. Ich habe lediglich in Helston getankt.« Er runzelte die Stirn. »Nachdem meine Frau weg war, bin ich durch die Gegend gefahren. Irgendwann hatte ich den Impuls, Fiona zu besuchen. In Helston bin ich allerdings umgekehrt, weil ich sie nicht mit meinen Problemen belasten wollte. Ich habe lediglich getankt und bin zurück Richtung Truro gefahren. Sehen Sie die Uhrzeit auf der Quittung des Zeitungsladens in Truro? In der Nacht habe ich mich dann auf den Weg zur angeblich neuen Anschrift meiner Frau gemacht.«

»Die Quittungen taugen nicht als Beweis Ihrer Unschuld. Ganz im Gegenteil. Die eine zeigt, dass Sie in der

Stadt waren, anders als zunächst behauptet. Sie haben jede Gelegenheit gehabt, Mrs. Richards zu treffen und ...« Den Rest des Satzes ließ sie offen.

Barnes schaute Marks an. Offensichtlich wollte er nicht weiter mit Bley sprechen.

»Was meine Kollegin sagt, ist nicht von der Hand zu weisen, Mr. Barnes.«

»Meinen Sie, ich hätte die Quittung aufgehoben, wenn es so gewesen ist, wie Sie mir unterstellen?« Barnes hatte sich doch wieder an Bley gewandt.

»Nun. Es kann doch sein, dass Sie damit nur beweisen wollen, dass Sie außer Verdacht sind, weil Sie sie nicht weggeworfen haben.«

Barnes schüttelte den Kopf. »Diese Logik ist mir zu abwegig und kompliziert.«

»Als hätten Sie so etwas nicht auch schon vor Gericht genutzt, um Angeklagte mit ihren Aussagen zu konfrontieren.«

»Was wollen Sie von mir? Werfen Sie mir immer noch den Mord an Fiona vor?«

Bley unterbrach ihre Notizen. »Vermissen Sie eine Ihrer Krawatten?«

Barnes hob irritiert die Augenbrauen und verzog den Mund. »Ich verstehe nicht ganz.«

»Es geht um Ihre Krawatten.«

»Ja, selbstverständlich.« Er konnte sich offenbar immer noch keinen Reim auf den Zusammenhang machen. »Sie sind fester Bestandteil meiner Garderobe. Auch meiner beruflichen.«

»Und Sie vermissen keine?«

»Warum sollte ich?« Er nickte. »Das Mordwerkzeug?«

»Wann haben Sie zuletzt einen Ihrer Binder aussortiert?«

»Keine Ahnung. Vor einem Jahr? Was weiß ich. Um solche Dinge habe ich mich bisher nicht gekümmert. Meine Frau hat einen Blick darauf ... hatte einen Blick darauf, dass meine Krawatten zu meiner Garderobe passen.«

»Dürfen wir nun einen Blick darauf werfen?«

»Das geht jetzt zu weit, Detective Inspector. Meinen Sie nicht? Ich bin natürlich zur Kooperation bereit. Aber nun ...«

»Wir müssen das überprüfen.« Marks versuchte verständnisvoll zu wirken. Er wollte unbedingt vermeiden, dass Barnes dichtmachte und sie heute nicht weiterkamen. Wenn der Staatsanwalt nicht freiwillig mitspielte, würde er die Befragung offiziell machen müssen und damit ein juristisches Prozedere in Gang setzen, das nicht nur unnötig Zeit kosten, sondern auch die Presse auf die mögliche Verwicklung des Juristen in den Fall aufmerksam machen würde. Diese öffentliche Aufregung wollte Marks auf jeden Fall vermeiden. Zumal er sich in dem Fall auch vor seinem Detective Chief Inspector zu verantworten hatte, was ihm ebenso wenig schmeckte. »Es wäre für uns alle von Vorteil, wenn Sie ein wenig kooperieren würden.«

Ben Barnes stand auf und bediente sich an den Getränken, die zusammen mit teuer aussehenden Gläsern auf der antiken Anrichte zwischen den beiden Fenstern standen.

»Wollen Sie auch einen Whisky? Alter schottischer. Aus der Destillerie meines Onkels.« Er wandte sich an Bley. »Oder lieber einen Sherry, DS?«

Marks und Bley lehnten ab, wobei Annie Bley sich weiter Notizen machte und lediglich abwinkte.

Ben Barnes trat an eines der Fenster. Während er die Straße musterte, trank er von der goldgelben Flüssigkeit in seinem Glas. »Die gute alte Mrs. White. Entweder läuft sie mit ihrer Betty ständig die Straße rauf und runter, oder sie sitzt in ihrem Sessel am Fenster, um ja nichts zu verpassen, was sich in ihrer Umgebung abspielt. Man könnte den Eindruck bekommen, sie habe *Blockwart*-Aufgaben.« Das deutsche Wort kam schnarrend aus seiner Kehle.

Schließlich drehte er sich um. »Wenn Sie mir bitte folgen wollen?« Ohne die Reaktion der beiden Ermittler abzuwarten, goss er sich noch einmal einen Fingerbreit ein und verließ mit dem Glas das Wohnzimmer.

Marks und Bley folgten ihm in die erste Etage. Der dicke Teppichboden schluckte das Geräusch ihrer Schritte. Alle Türen waren geschlossen.

Vor einer Tür im hinteren Teil des Gebäudes blieb er stehen. »Unser, nein, mein Ankleidezimmer, bitte, zu Ihrer Verfügung.« Einladend deutete er voraus.

Wie konnte ein Mann nur so viele Schuhe haben? Marks trat an das Regal und betrachtete mit einem Anflug von Neid die sicherlich handgenähten Rahmen. Dann ließ er den Blick über die lange Kleiderstange mit den Anzügen gleiten. Seine passten in eine Ecke des Schranks. Unwillkürlich warf er einen Blick auf seinen Mantel. Er sollte ihn dringend reinigen lassen.

»Hier sind meine Krawatten untergebracht.« Barnes zog eine Schublade auf, in der ein gutes Dutzend Binder nach Farben und Muster sortiert lagen.

Bley trat an die Kommode, als besichtige sie eine Ausstellung im Britischen Museum. »Das sind alle, ja?«

»Wo denken Sie hin? Natürlich nicht.« Er zog eine weitere Schublade auf. Dort lagen lediglich sechs Stück. »Oh.«

Marks bemerkte das nervöse Zucken in Barnes' Gesicht. »Ist etwas nicht in Ordnung?«

»Sie werden es nicht glauben, aber es fehlen fünf oder sechs Stück. Das ist mir bisher nicht aufgefallen, denn im Augenblick bevorzuge ich eher die Krawatten aus der anderen Schublade.«

DS Bley warf Marks einen Blick zu, der unmissverständlich klarmachte: *Hab ich es doch gewusst.*

»Haben Sie eine Erklärung für das Fehlen der Stücke?« Marks war ebenfalls an die Schublade getreten.

Barnes lachte nervös. »Tut mir leid. Keine Ahnung, wo die abgeblieben sein können.« Er trank sein Glas leer. »Verdammt.«

»Das glauben Sie doch selbst nicht.« Bley warf Marks erneut einen wissenden Blick zu.

»Ich habe wirklich keine Ahnung. Ich weiß es nicht.« Er schüttelte ungläubig den Kopf. Dann ein Lächeln wie eine Erleuchtung. »Ich kann mir das nur so erklären, dass meine Frau die Krawatten aussortiert hat.« Er seufzte. »Sie hat einige Kleidungsstücke aussortiert. Für einen Charity Shop. Da wird sie die Gelegenheit genutzt und auch ein paar Krawatten weggegeben haben. Was Mode betrifft, ist sie sehr speziell. Sie achtet sehr auf solche Dinge.«

»Charity Shop?« Bley hob eine Augenbraue.

»Ich erinnere mich jetzt daran, dass meine Frau die Sachen an diese Putzfrau weitergegeben hat. Die, die nur ein paarmal bei uns war.« Sein Ausdruck wechselte von Hoffnungsschimmer zu Entsetzen. »Die tote Putzfrau. Mein Gott, wurde auch sie mit einer Krawatte umgebracht?«

Bley fixierte seinen Blick, sagte aber nichts. Chris Marks beobachtete das Mienenspiel des Staatsanwalts. In seinen Augen stand ungläubiges Entsetzen und Angst.

»Ich habe damit nichts zu tun.« Ben Barnes drehte das Whiskyglas aus schwerem Bleikristall in seiner Hand. Er schien unschlüssig, was er tun sollte, damit fliehen oder einfach nur abstellen.

»Es sieht im Augenblick nicht sonderlich gut für Sie aus, Mr. Barnes.«

Der Staatsanwalt schien sich wieder in der Gewalt zu haben. Er drückte den Rücken durch. »An den Opfern muss es doch Spuren der Krawatten geben, Fasern, irgendwas. Sie müssen sie finden. Dann werden Sie feststellen, dass ich nichts damit zu tun habe.«

Marks nickte. »Wir brauchen eine Aufstellung von Ihnen. Welche Farbe, welches Material, welcher Hersteller. Am besten auch die Kaufbelege.« Er legte Barnes die Hand auf den Arm, was dieser ohne Widerstand zuließ. »Und halten Sie sich auch weiterhin zu unserer Verfügung. Nicht, dass Sie doch wieder untertauchen. Wir kommen wieder.«

Barnes nickte stumm.

»Kommen Sie, DS Bley.«

Der Staatsanwalt geleitete sie zur Haustür. Marks hatte den Eindruck, dass Barnes ihnen noch etwas sagen wollte, allerdings brachte er kein Wort mehr heraus. Sie würden die Schlinge enger ziehen.

»Ich traue ihm keinen Millimeter über den Weg«, meinte Bley und schloss den Wagen auf. Dabei warf sie einen Blick nach gegenüber. Dort hatte sich eine Gardine bewegt. Sie bemerkte den Hund, der auf die schmale Fensterbank gesprungen war und sie hechelnd beobachtete. Er sah aus, als würde er sie angrinsen. »Ich hasse diesen Köter.«

Marks sprach erst wieder, als sie die Stadtgrenze passiert hatten und die Gegend ländlicher wurde. »Ich bin mir nicht ganz sicher, aber ich glaube, dass Barnes die Wahrheit sagt.«

»Und ich glaube fest daran, dass der Mann uns ein großes Theater vorspielt. Die Sache stinkt von vorne bis hinten zum Himmel, mein Gott.«

»Sie sollten sich nicht von Gefühlen, sondern nur von Fakten leiten lassen, Bley.« Obwohl er bezweifelte, dass sie überhaupt Gefühle hatte.

»Dreh- und Angelpunkt sind diese verdammten Krawatten. Ich werde der Kriminaltechnik noch einmal Dampf machen, wenn Sie erlauben, Chef. Sie müssen doch etwas gefunden haben.«

»Tun Sie das, tun Sie das, Bley.« Marks nickte.

»Barnes kannte beide, Richards und Reid. Das ist kein Zufall, dass beide Frauen tot sind.«

Er nickte zustimmend. »Eine steile Hypothese, aber eben auch eine Arbeitshypothese und damit unsere derzeit einzige Spur. Aber wir können natürlich auch den Ehemann von Abigail Reid nicht aus dem Blick lassen. Wir müssen noch einmal die Nachbarschaft befragen, Freunde, Bekannte. Vielleicht ist Reid schon früher einmal massiv gegen seine Frau gewalttätig geworden, was doch jemand mitbekommen haben könnte.« Er stemmte plötzlich die Arme gegen das Armaturenbrett. »Jesus, Bley, rasen Sie doch nicht so.«

Nachdem sie zurück im Präsidium waren, begann Marks mit der Durchsicht der aufgelaufenen Post und der Unterlagen zu anderen Fällen. Nach einer Stunde machte er Schluss. Es wurde bereits dunkel, der Tag war lang genug gewesen, und die Fahrt mit Bley hatte ihn angestrengt. Und das hatte nicht allein an ihrem Fahrstil gelegen.

Er wurde aus der Kollegin einfach nicht schlau, die längst das Büro verlassen hatte, ohne sich von ihm zu verabschieden. Einerseits erledigte sie ihre Arbeit mit Umsicht und absoluter Genauigkeit, andererseits ließ sie sich zu oft von ihrem etwas kruden Männerbild leiten. Das musste einen Grund haben. Auch dass sie wenig Wert auf ihr Äußeres legte und kein gutes Haar an Männern ließ.

Das Telefon klingelte. »Marks?«

Es war Mary. Sie wollte ihn auf eine Lasagne einladen, begleitet von einem Glas Rotwein. Da er den Tag über noch nichts Ordentliches gegessen hatte und weil ihm die Aussicht auf etwas Abwechslung guttun würde, sagte er spontan zu.

Auf dem Weg nach Cadgwith kam er an der hell erleuchteten Marinebasis vorbei. Der Zaun zog sich über mehrere Kilometer hinter Helston links die Straße entlang. Das Areal war für ihn ein Sinnbild von Verlässlichkeit und Ordnung. Ein streng geregeltes Leben ohne Überraschungen oder Unterbrechungen. Ein Hort britischer Tradition und Verpflichtung.

Als junger Mensch hatte die Armee oder die Marine für

ihn nichts Attraktives gehabt. Befehl und Gehorsam waren nicht sein Ding. Gleichwohl schätzte er das Gefühl, für Ordnung und auch Gerechtigkeit sorgen zu können. Deshalb war er Polizist geworden. Wobei ihm nach all den Jahren im Dienste der Gerechtigkeit nicht mehr klar war, ob er das Leben überhaupt verstanden oder in den Griff bekommen hatte. Das Leben der anderen und sein eigenes. Er hatte längst keine klare Antwort mehr auf die Frage, ob die Menschen, für deren Schicksal er sich verantwortlich fühlte, tatsächlich Gerechtigkeit wollten oder am Ende doch nur auf ihren eigenen Vorteil aus waren.

Zwei Frauen waren tot, offenbar nach der gleichen Methode ermordet. In beiden Fällen spielte ein Stück Stoff die entscheidende Rolle. Stoff, der eine Krawatte sein konnte oder aber ein – ja, was denn? Bley hatte recht, die Kollegen der Kriminaltechnik mussten endlich mit einer eindeutigen Zuordnung der Fasern aufwarten.

»Chris. Du kommst gerade recht. Die Lasagne ist fertig. Simon ist auch schon da.« Mary nahm ihn am Arm und ging mit ihm in den Frühstücksraum.

»Stress?« Simon erhob sich aus dem Sessel nahe dem großen Fenster, nahm sein Weinglas und setzte sich zu Marks an den Tisch. »Du siehst müde aus.«

Marks winkte ab. »Der ganz normale Wahnsinn.«

»Der nicht besser wird.«

»Wie meinst du das?«

»Ich habe heute Louise Taylor getroffen. Hat sie dich bereits kontaktiert?«

»Nein. Warum sollte sie?« Er nickte Mary lächelnd zu, die ihm das Weinglas füllte.

»Sie hat mir eine auf den ersten Blick absurde Geschichte erzählt, die die Ermittlungen in eine völlig andere Richtung lenken könnte.«

Marks machte eine erschöpfte Handbewegung. »Mich kann heute nichts mehr schockieren. Was ist los?«

»Das soll sie dir persönlich sagen. Nur so viel: Auslöser des ganzen Dramas war wohl der Versuch der Frauenclique, einen Betrüger dingfest zu machen. Einen dieser Typen, die wie Haie im Internet Jagd auf einsame Frauen machen, um sie mit falschen Liebesschwüren finanziell auszunehmen.«

Er nickte stirnrunzelnd. »Romance Scamming? Meinst du das?«

»Ja.«

»Was hat Taylor dir erzählt?«

»Sie hat eine Art Beichte abgelegt. Fiona Richards war als Köder beim Flora Day. Sie war mit dem Mann verabredet, der sich auf das Profil gemeldet hatte, das die Clique als Lockmittel ins Internet gestellt hat, um im entscheidenden Augenblick, also bei der Geldübergabe, die Polizei auf den Plan zu rufen.«

Marks hatte mit wachsendem Entsetzen zugehört. »Sind die Weiber von allen guten Geistern verlassen? Welche Fantasien leben die aus? Sie haben ihre Freundin auf dem Gewissen! Suchen wir jetzt den großen Unbekannten? Die Auswertung der CCTV-Kameras, jedenfalls der, die funktionieren, hat keine verwertbare Spur erbracht.« Nach kurzem Nachdenken setzte er hinzu: »Unfassbar. Das Spiel mit dem Feuer ist gründlich danebengegangen. Mit dieser Schuld werden die Frauen leben müssen.«

Simon nickte. »Das klingt wie aus einem schlechten Film.«

»Jetzt können wir das Ganze neu aufrollen. Nach wem sollen wir jetzt fahnden?« Er sah auf seine Armbanduhr. »Heute ist es zu spät, um mit der Auswertung der Dateien zu beginnen. Ich werde morgen das Team zusammenrufen. Aber erst nehme ich mir diese Weiber zur Brust.«

»Guter Plan. Voilà.« Mary setzte die Auflaufform mit der Lasagne auf den Tisch.

Chris Marks war der Appetit vergangen.

XXXI.

»Diese Frauen sind schlimmer, als Sie sich das vorstellen können.« Marks bot Bley den Stuhl vor seinem Schreibtisch an. Mit ein paar Sätzen skizzierte er die neue Entwicklung. »Sie hatten mit Ihrer Einschätzung recht, DS. Diese Frauen sind oberflächlich, dumm und von einem gefährlichen Hang zur Dramatik besessen. Wir müssen sie zumindest wegen Behinderung unserer Arbeit belangen.«

DS Annie Bley fixierte Marks mit durchdringendem Blick. »Nichts würde mir mehr Genugtuung verschaffen, Chef. Wir müssen die Clique derart unter Druck setzen, dass ihnen ihre faltigen Ärsche auf Grundeis gehen. Da haben Sie recht. Auf der anderen Seite kann ich sie schon verstehen. Diese männliche Arroganz und kriminelle Energie, Frauen mit faulen Versprechen an sich zu binden und auszunehmen, kann nicht hart genug bestraft werden. Wie sonst sollen solche Betrüger dingfest gemacht werden, wenn man sie nicht auf frischer Tat ertappt? Wie oft finden geschädigte Frauen bei uns kein Gehör, wenn sie endlich ihre Scham überwunden haben und die Taten ihrer angeblichen Romeos zur Anzeige bringen.«

»Ich versteh nicht ganz.« Marks zog eine Akte zu sich, um sie sofort wieder auf den Stapel zurückzuwerfen – eine echte Übersprungshandlung.

»Sie haben mich schon verstanden. Natürlich hätten die Frauen anders vorgehen müssen, verstehen kann ich sie dennoch. Wir müssen ihnen wirklich Druck machen. Dann ergeben sich vielleicht doch noch neue Ansätze. Vergessene Einzelheiten, Beobachtungen, kleine Bemerkungen, die uns weiterhelfen und auf eine neue Spur bringen können.«

»Wir fahren gleich gemeinsam zu Millie Henderson. Sie ist der Kopf dieser unheilvollen Verschwörerbande.« Er warf erneut einen Blick auf den Aktenstapel. »Ich bin noch nicht dazu gekommen, die neuen Ermittlungsergebnisse durchzusehen. Bringen Sie mich bitte auf den neuesten Stand.« DI Marks versuchte ein Lächeln, das Bley allerdings übersah.

»Die KTU hat endgültig die Herkunft der Fasern klären können. Es handelt sich tatsächlich um Krawattenstoff. Eine handelsübliche Sorte, nichts Exklusives, aber auch nichts Billiges. Und in beiden Fällen handelt es sich um dieselbe Krawatte.«

»Können Sie ein Muster besorgen?«

»Easterbrook arbeitet daran.«

Marks nickte. »Gut. Zwei Frauen, ein Täter, jedenfalls ein und dieselbe Krawatte. Ist Barnes damit aus dem Rennen? Was meinen Sie?«

Bley schüttelte den Kopf. »Bei einer Billigmarke würde ich sagen, ja, er ist aus dem Rennen. Aber es soll eine sein, die im mittleren Preissegment liegt.« Sie zögerte kurz. »Wie ist das mit Ihnen? Tragen Sie immer die gleiche?«

Schuldig sah er an sich herunter. Er trug in der Tat immer die gleiche Krawatte. Nichts Modisches, im Gegenteil. Die Form war längst aus den Schaufenstern der einschlägigen Geschäfte verschwunden. Er trug sie in Wahrheit lediglich, um der Pflicht zu einem adretten Auftreten der Polizei nachzukommen.

Ansonsten ging er Krawatten aus dem Weg. Selbst bei seiner Hochzeit hatte er darauf verzichtet und zu einer Fliege gegriffen. Er bemerkte einen kleinen Fleck und versuchte ihn möglichst beiläufig von dem dunkelblauen Binder zu kratzen, vermutlich ein Rest Soße. Statt dass es besser wurde, machte er das undefinierbare Etwas nur noch sichtbarer. Er warf einen Blick auf DS Bley. Statt so zu tun, als bemerke sie nichts, verfolgte sie interessiert seine Reinigungsversuche. Er gab daher auf und massierte stattdessen seine Schläfen.

»Na ja, um ehrlich zu sein, ich stehe nicht auf Krawatten, sie geben mir stets das ungute Gefühl, kurz vor dem Erwürgen zu stehen.«

»Krawatten sind eine wunderbare Ergänzung zur Garderobe – wenn sie denn zum Hemd und zum Anzug passen.«

Marks versuchte sich auf die Arbeit zu konzentrieren und sah auf die Uhr. »Noch mehr als nur Krawatten?«

»Ja. Barnes' Frau hat endgültig mit ihrem Mann gebrochen. Sie wird sich erst bei Übergabe des Scheidungsantrags wieder offiziell äußern. Im Augenblick ist sie abgetaucht.« Bley hob die Hand. »Neues gibt es in der Sache also nicht. Wir haben ein paar Charity Shops abgeklappert, aber von teuren Krawatten weiß man nichts. Niemand kann sich an Abigail Reid als Anbieterin erinnern. Wenn sie sie tatsächlich im Internet verkauft hat, werden wir kaum eine Spur finden. Im Haus Reid gibt es keinen PC. Sie wird, wenn überhaupt, ein Internetcafé benutzt haben. Wo sollen wir da suchen? Vielleicht hat sie sie auch auf einem Basar verkauft oder auf einem Flohmarkt. Das würde erklären, dass es dazu keine Bankunterlagen gibt.«

Marks nickte zustimmend.

»Barnes ist also noch längst nicht aus dem Rennen. Das gilt auch für Carl Reid, aus dem gleichen Grund. Auch seine Krawatten sind nach wie vor nicht auffindbar. Dazu kommt, dass es mittlerweile ein paar interessante Aussagen seiner Kollegen gibt.«

»Nämlich?«

»Easterbrook hat sich in ein paar Kneipen umgehört, in denen vor allem Trucker verkehren. Die meisten kennen Reid. Sie treffen sich unregelmäßig auf Rastplätzen hier oder auf dem Kontinent, je nachdem wie ihre Fuhren sind. Und bei diesen Treffen ist Reid mehrfach mit einer anderen Frau gesehen worden. Angeblich eine Anhalterin, die er aufgegabelt und mitgenommen hat. So sagen es einige. Andere erzählen, dass Reid sie regelmäßig mit auf Tour nimmt. Einer hat sogar behauptet«, Bley zog ihr Büchlein hervor und blätterte kurz, »dass Reid über *den ständigen Stress mit seiner Alten* geklagt hat und sich angeblich trennen wollte.«

»Wenn das kein Motiv ist. Wir werden sehen.« Er lächelte sie an. »War's das? Dann danke für Ihre Ausführungen. Wir sollten nun zuallererst Henderson befragen. Kommen Sie, DS, Sie fahren.«

Er hielt ihr auffordernd die Autoschlüssel hin. Bley hob nur unmerklich eine Augenbraue.

Sie mussten dreimal klingeln, bevor Millie Henderson ihnen öffnete. Sie hielt ein Smartphone an ihr Ohr und winkte den beiden Ermittlern wortlos, ihr zu folgen. Im Wintergarten wies sie auf zwei Sessel und sprach dabei weiter ins Telefon.

»Gut, dann fasse ich kurz zusammen: Wir treffen uns in einer Woche am Objekt. Bis dahin habe ich alle Unterlagen bereit, über die wir gerade gesprochen haben. Richtig, der Besichtigungstermin ist für Sie völlig unverbindlich. Ich schicke Ihnen aber gleich noch eine Mail mit der Bestätigung. Herzlichen Dank, bis nächsten Donnerstag, auf Wiedersehen.« Henderson trennte die Verbindung und legte das Smartphone auf den Tisch. »Entschuldigung, aber im Augenblick steht das Telefon nicht still. Wochenlang ist Flaute, und dann wollen alle auf einmal einen Besichtigungstermin. Seien Sie herzlich willkommen, was kann ich Ihnen anbieten?«

Marks hob ablehnend eine Hand, ebenso Bley.

»Nun gut. Sie machen sicher keinen Höflichkeitsbesuch. Ich bin ziemlich busy.«

»Schön zu hören, dass Ihr Geschäft Früchte trägt.« Marks nickte höflich. »Sie haben recht. Wir kommen aus einem ganz bestimmten Grund.«

»Da bin ich gespannt.« Sie zupfte ihre helle Bluse aus Satin zurecht und setzte sich ihnen gegenüber. Sie schlug die Beine übereinander, die in einer dreiviertellangen Jeans steckten, die an einem Knie modisch aufgescheuert war. Die Maklerin machte einen entspannten Eindruck.

»Es geht noch einmal um den Flora Day.« Marks übernahm die Gesprächsführung.

»Darüber haben wir doch schon ausführlich gesprochen.«

Bley schüttelte stumm den Kopf.

»Nicht?«

»Sagt Ihnen der Begriff Romance Scamming etwas?«

Sie zog die Stirn kraus, schwieg aber.

»Sie kennen den Begriff?«

»Ab und an steht so etwas in einer der Zeitschriften, ja.« Sie deutete auf den Stapel Illustrierte, die auf einem Beistelltisch lagen. »Wenn ich das richtig verstanden habe, gibt es Betrüger, die im Internet Frauen die große Liebe vorgaukeln, nur um sie dann um Geld zu betrügen. Scheußliche Sache.«

»Bevor wir weiter Höflichkeiten austauschen, Mrs. Henderson, Sie haben sich eines Vergehens schuldig gemacht, das für Sie sehr unangenehme Konsequenzen hat.«

Sie fuhr sich durchs Haar, das sie an diesem Vormittag offen trug und diese gewisse Nachlässigkeit zeigte, die auf einen teuren Friseur schließen ließ. »Wovon reden Sie?«

»Bitte hören Sie auf, die Unwissende zu spielen. Das steht Ihnen nicht. Sie haben Fiona Richards als Lockvogel benutzt, um einen solchen Betrüger dingfest zu machen. Aber die Sache ist aus dem Ruder gelaufen. Sie haben Ihre Freundin auf direktem Weg in den Tod geschickt.«

»Wie können Sie so etwas behaupten?« Ihre entspannte Haltung war mit einem Mal verschwunden.

Marks registrierte mit Interesse, dass sie unter ihrem Make-up kreidebleich wurde.

»Wie gesagt, keine Spielchen. Sie hätten uns davon berichten müssen. Dass Sie das nicht getan haben, erfüllt den Tatbestand der Behinderung von Polizeiarbeit.«

Millie Henderson sprang unvermittelt auf und machte Anstalten, etwas zu sagen. Aber dann blieb sie doch stumm und begann auf und ab zu gehen wie ein Tier im Käfig. Dann blieb sie vor den beiden stehen und sah sie lange an, bevor sie endlich sprach.

»Es stimmt. Das war ein Fehler. Wir machen uns alle große Vorwürfe. Aber wir haben nichts gesagt, weil wir Tracy vor dem Geschwätz der Leute schützen wollten. Mein ganz persönlicher Grund: Ich wollte nicht, dass mein Mann von unseren Plänen erfährt. Und dass unsere Namen später in der Zeitung erscheinen wegen dieser unseligen Geschichte. Das wäre nicht gut für unser Geschäft gewesen. Weder für meins noch für das meines Mannes. Sie wissen doch, wie diese Hyänen der Boulevardblätter sind. Sie schrecken vor nichts zurück, wenn sie eine Schlagzeile wittern, die die Auflage steigert.« In ihrem Gesicht stand die Bitte um Verständnis. »Wir hatten Angst, dass die *Sun* davon erfährt. Können Sie das denn nicht verstehen, Detective Inspector?«

Marks schüttelte den Kopf.

»Mir tut das alles furchtbar leid. Ich würde alles dafür geben, es ungeschehen zu machen.«

»Das bringt Mrs. Richards nicht wieder zurück.«

In ihren Augen sammelten sich Tränen. »Was wird denn jetzt nur? O mein Gott.« Sie schlug die Hände vors Gesicht und schluchzte.

»Bitte, setzen Sie sich.« Marks' Stimme schwankte zwischen Härte und Nachsicht.

Sie nahm die Hände vom Gesicht und suchte in ihrer Jeans nach einem Taschentuch. »Bitte entschuldigen Sie mich für einen Augenblick. Ich bin gleich zurück.« Sie verschwand ins Innere des Hauses.

Marks sah seine Kollegin an. »Was halten Sie davon?«

Bleys Antwort kam prompt. »Ha. Diese falsche Schlange. Das sind nur Krokodilstränen.«

Marks nickte nachdenklich. Bevor er etwas sagen konnte, war Millie Henderson wieder zurück. »Kann ich Ihnen wirklich nichts anbieten?«

Erneutes Kopfschütteln.

Sie nickte und setzte sich wieder. »Was wird denn jetzt nur?«, wiederholte sie und sah die beiden aus rot geränderten Augen an.

»Sie werden sich für Ihr Fehlverhalten rechtfertigen müssen.«

»Wie kann ich Ihnen jetzt helfen? Vielleicht kann ich den Schaden wenigstens ein bisschen wiedergutmachen.«

»Einen Mord kann man nicht wiedergutmachen.« DS Bley schoss den Satz wie eine Kugel gegen Henderson.

Millie wollte etwas sagen, entschloss sich aber erneut zu schweigen.

»Lassen Sie uns den Tag noch einmal Minute für Minute durchgehen. Und gibt es auf Ihrem Computer vielleicht doch noch ein Profilbild des Unbekannten?«

Sie schüttelte den Kopf.

»Wir werden Ihren Laptop mitnehmen müssen. Unsere Techniker können die Daten sicher wiederherstellen.«

Sie sah DS Bley erschrocken an. »Das geht nicht. Das

ist mein Arbeitsgerät. Da sind alle meine Kontakte, Unterlagen und andere wichtige Dokumente drauf.«

»Das hätten Sie sich früher überlegen sollen.« Bleys Blick zeigte unerbittliche Härte.

Henderson sank sichtbar in sich zusammen. Vom Image der selbstbewussten Geschäftsfrau war nichts mehr geblieben.

»Sie waren also verabredet«, nahm Marks die Befragung wieder auf.

Henderson zögerte, nickte dann jedoch. »Ja, das stimmt. Wir waren verabredet.«

»Getroffen haben Sie sich zur letzten Lagebesprechung in Hellys Tea Room. Und dann?«

»Woher wissen Sie das alles überhaupt?« In ihrem Blick lag echtes Erstaunen.

»Wir tun unsere Arbeit«, entgegnete Bley. Henderson musste die Quelle ihrer Informationen nicht wissen.

»Wie sollte das Treffen mit dem Mann ablaufen?«

»Fiona sollte auf ihn zugehen und ein Lokal vorschlagen, oder besser noch den Tea Room als Ort für ein ungestörtes Gespräch.« Sie sah Bleys Stirnrunzeln. »Ein fester Ort war so etwas wie eine Versicherung. Fiona sollte ihn dort in ein langes Gespräch verwickeln. Das hätte uns die Chance gegeben, Sie, also die Polizei, zu informieren.«

»Aber dann kam es anders.«

»Dann kam es anders.« Henderson kämpfte erneut mit den Tränen.

»Was ist genau passiert?«

»Sie ist den Hügel Richtung Monument hinuntergegangen und wir sind ihr mit Abstand gefolgt. Aber wir haben sie dann in dem Gedränge verloren.«

»Und Sie haben nichts unternommen?« Marks schüttelte ungläubig den Kopf.

»Wir sind davon ausgegangen, dass Fiona ihre Verabredung getroffen hat. Und dass sie die Lage im Griff hat.« Henderson klang trotzig. »Sie ist … Fiona war eine starke Frau. Sie hätte das auch allein durchgestanden.« Ihr Ton wurde hörbar trotziger. »Was hätten wir auch tun sollen? Die Polizei ansprechen: Unsere Freundin ist mit einem wildfremden Mann verschwunden? Die Beamten hätten uns ausgelacht. Der Flora Day bietet tausendfach die Gelegenheit, mit einer Verabredung unbemerkt zu verschwinden, um anderswo das Tête-à-Tête fortzusetzen. Und wenn wir den Beamten den Hintergrund erklärt hätten? Sie hätten das Ganze als Räuberpistole ein paar überdrehter Weiber abgetan oder auf ihrer Agenda weit nach hinten geschoben. An so einem Tag gibt es sicher wichtigere Aufgaben zu erledigen.«

»So? Meinen Sie?« In Bleys Augen blitzte es zornig.

Henderson schwieg und starrte vor sich hin.

»Lassen wir das für einen Augenblick. Ab welchem Zeitpunkt haben Sie begonnen, sich Sorgen zu machen?«

»Wir sind ja mit getrennten Autos unterwegs gewesen. Wir haben sie gesucht. Später am Abend hatten wir uns ja ohnehin treffen wollen, zur Lagebesprechung, wenn Sie so wollen, sollte etwas nicht zu unserer Zufriedenheit gelaufen sein. Da ist Fiona schon nicht erschienen. Erst am Tag danach, als sie sich nicht gemeldet hat, sind wir nervös geworden.«

»Nur nervös?«

»Nun, wir haben alle unsere Berufe und Aufgaben. Außerdem haben wir angenommen, dass Fiona wichtige

Termine bei Gericht hat und vergessen hat, uns zu informieren.«

Da war wieder der Trotz.

»Haben Sie keine Idee, was in Wahrheit passiert ist?«

»Ich weiß, dass das alles eine Katastrophe ist. Aber ich fürchte, dass es ein Zusammentreffen unglücklicher Umstände war, das zu dem schrecklichen Ende geführt hat.«

DS Bley schaltete sich erneut ein. »Das klingt mir zu einfach.«

»Aber das ist die Wahrheit. Ich weiß, dass das in Ihren Ohren hohl klingen muss, aber es war diese Verkettung, ja, unglücklicher Umstände.« Henderson sah Bley mit einem Blick an, der ihre wahren Gedanken verriet: *Was willst du von mir, du Loserin? Markierst hier die Harte, stattdessen wärst du froh, endlich mal wieder einen anständigen Kerl im Bett zu haben.*

»Denken Sie nach, Mrs. Henderson. Gibt es etwas, das Sie im Nachhinein verstört? Etwas, das Sie nicht zuordnen können?«

Sie wandte den Blick von Bley ab und sah Marks an. »Ich liege seither ganze Nächte wach und denke an nichts anderes mehr. Aber so sehr ich mich auch bemühe, ich komme zu keinem Ergebnis.«

»Manchmal sind es Details. Winzige Kleinigkeiten.«

Millie Henderson stand erneut auf und trat ans Fenster. »Ich würde Ihnen ja gerne helfen, Fionas Mörder zu finden.« Sie drehte sich um. »Wir haben im Tea Room gesessen und alles besprochen. Wir waren natürlich aufgeregt, alle vier. Schließlich hätte am Ende des Tages ein Verbrecher verhaftet sein können.« Sie fuhr sich erneut durchs Haar. Eine hilflose Geste. »Wir haben dann das Café verlassen und sind Fiona gefolgt. Weiter unten, nicht weit vom Monument, haben wir sie dann aus den Augen verloren. Mehr weiß ich nicht.«

»Das sagten Sie bereits.«

Henderson runzelte mit einem Mal die Stirn. »Da waren viele Menschen. Ein Gedränge und Geschiebe. Wir haben uns aufgeteilt, jede sollte einen anderen Abschnitt der Gegend abgehen, in der Hoffnung, dass wenigstens eine von uns Fiona findet.«

»Den Mann haben Sie nicht gesehen?«

»Nein, nicht wirklich. Es war da tatsächlich jemand mit einem Blumenstrauß. Es hätte der Typ mit dem verabredeten Erkennungszeichen sein können. Aber wie gesagt, da waren ja auch diese vielen Menschen, die gefeiert und getrunken haben. Und es ging alles so schnell. Auf einmal waren die beiden verschwunden.« Sie dachte kurz nach. »Wir haben gesucht und gesucht, ohne Erfolg. Wir haben uns dann spät am Abend bei mir getroffen. Tracy kam zuerst, Louise erst sehr spät. Wir waren durcheinander und haben Wein getrunken. Tracy hat in einer Tour geheult. Louise war seltsam still.« Sie zögerte, bevor sie weitersprach. »Den Rest kennen Sie. Wie können wir Ihnen helfen? Ich würde so gerne meine Schuld begleichen. Und ich denke, das gilt auch für die anderen.«

Marks sah DS Bley an. »Für den Augenblick ist das genug. Wir melden uns wieder bei Ihnen. Haben Sie noch eine Frage, DS?«

»Und Sie sind absolut sicher, dass Sie den Mann nicht erkannt haben? Oder jemand anderen, von dem Sie erstaunt waren, ihn dort zu treffen?«

»Wie meinen Sie das? Ich kenne natürlich viele Menschen in Helston.«

»Na, zum Beispiel Arbeitskollegen von Mrs. Richards oder Bekannte von ihr, die nicht zu Ihrer Clique gehören.«

»Fiona hat in Truro gearbeitet. Ihren Bekanntenkreis dort kenne ich nicht.«

»Sie hat nie von einem Mann erzählt, der ihr, sagen wir es unumwunden, Liebhaber ist?«

»Liebhaber?« Millie Henderson schüttelte nachdenklich den gesenkten Kopf. Dann sah sie auf. Um ihre Lippen spielte ein feines Lächeln. »Fiona war hübsch und erfolgreich. Sie hatte sicher auch am Gericht Verehrer.«

»Namen? Hat sie einmal einen Namen genannt?«

»Wenn Sie mich so direkt fragen, ja. Er ist Staatsanwalt, und verheiratet.« Sie machte ein Gesicht, als sei ihr das Geständnis peinlich. »Sie hat mir ein-, zweimal von ihm erzählt. Aber nur im Vertrauen. Eine Anwältin und ein Staatsanwalt, das darf nicht sein. Die beiden hätten sofort ihre Beziehung abbrechen müssen, wenn das publik geworden wäre. Wobei ich nicht weiß, wie ernsthaft die Sache war. Wie gesagt, im Grunde hat Fiona nur Andeutungen gemacht. Ich habe dann auch nicht weiter nachgefragt.« Sie zuckte achtlos mit den Schultern. »War ihre Sache.«

»Ein Bild von ihm haben Sie also nicht gesehen?«

»Nein. Das wäre Fiona zu indiskret erschienen.«

»Der Name«, insistierte DS Bley.

»Sie hat lediglich seinen Vornamen erwähnt, Ben, wenn ich mich recht entsinne.«

Bley notierte den Namen und deutete dann mit dem

Stift auf Millie Henderson. »Ihren Laptop.« Mit leichter Verzögerung fügte sie ein »Bitte« hinzu.

»Muss das wirklich sein? Ich habe Ihnen doch bereits alles gesagt.«

DI Marks nickte. »Unsere KTU wird versuchen, die Dateien zu rekonstruieren. Daraus ergibt sich vielleicht eine Spur.«

»Wie lange wird das dauern?«

»Bis wir fertig sind. Das Gerät bitte.« Bley hielt ihr fordernd die Hand entgegen.

In Hendersons Augen blitzte Zorn, aber sie wandte sich schweigend ab und verließ den Wintergarten, um mit dem Laptop zurückzukehren. Mit einer betont lässigen Geste überreichte sie der Polizistin das Gerät.

»Wir werden Ihnen den Laptop baldmöglichst zurückgeben.« Marks nickte freundlich.

»Das sollten Sie.«

»Wie gesagt, wir melden uns bei Ihnen«, verabschiedete sich Marks, DS Bley folgte ihm mit einem knappen Nicken.

»Warum so wütend, Bley?« Marks nahm auf dem Beifahrersitz Platz.

»Die selbstgefällige Art der Tussi gefällt mir nicht. *Ich würde so gerne meine Schuld begleichen.* Dass ich nicht lache.«

Marks sah auf die Uhr im Armaturenbrett. »Wir fahren zu Reid, anschließend ist Mittagspause im Pub. Danach zurück ins Büro.«

Schweigend startete Bley den Motor und hielt kurz darauf vor Reids Haus. Die Tür stand einen Spalt weit offen, dennoch klingelte Marks.

»Ich habe doch gesagt, ich habe kein Intere... Ach, Sie sind es.« Reid hatte die Tür aufgerissen und starrte die Ermittler erstaunt an. »Was wollen Sie? Haben Sie Abis Mörder? Kann ich sie endlich begraben?«

»Können wir hereinkommen?« Marks lächelte Reid an, der unrasiert und mit ungekämmtem Haar vor ihnen stand. »Es lässt sich drinnen besser sprechen.«

Reid gab zögernd den Weg frei und ließ die Beamten ins Wohnzimmer. Dort sah es immer noch so aus wie bei ihrem ersten Besuch. Die Unordnung hatte mittlerweile den gesamten Raum erfasst. Die Gardinen waren vor das Fenster gezogen. Der übervolle Aschenbecher hatte Gesellschaft in Form leerer Fish 'n' Chips-Verpackungen und Bierdosen einer Billigmarke bekommen, auf dem Tisch und einem Sessel türmten sich jede Menge Prospekte, Werbeflyer und diverse Versandhauskataloge, die allesamt aussahen, als seien sie bereits Dutzende Male durchgearbeitet worden.

»Machen Sie sich Platz. Das Zeugs können Sie auf den Boden werfen. Ist eh nur noch Müll, seit Abi tot ist.« Reid zog umständlich eine Zigarette aus einer Packung und zündete sie an. Abwartend sah er Marks an, der sich einen der Sessel freigeräumt hatte. Bley war stehen geblieben und hatte ihr Notizbuch gezückt.

»Nun?« Reid inhalierte tief und blies den Rauch langsam aus.

»Den Leichnam Ihrer Frau können wir leider noch nicht freigeben. Wir sind aus einem anderen Grund hier.«

»Wüsste nicht, warum.«

»Wir haben uns ein wenig in der Szene umgehört. Mr. Reid«, begann Marks vorsichtig. »Ihr Job ist nicht leicht. Ganz enge Zeitkorridore, unregelmäßige Arbeitszeiten, dazu die schlechte Bezahlung, die Billigkonkurrenz aus Osteuropa drängt hinter die Lenkräder, die immer komplizierteren Zollbestimmungen, und meistens reicht am Ende des Monats der Verdienst nur so gerade eben.«

»Sind Sie von der Gewerkschaft?«, knurrte Reid. »Ich komme schon klar.«

Marks ignorierte die Bemerkung. »Soweit ich weiß, sind Trucker eine verschworene Gemeinschaft, kein Wunder bei den harten Bedingungen. Man ist froh, wenn man Gleichgesinnte trifft und sich bei einem Bier den ganzen Frust von der Seele reden kann.«

Reid sagte nichts.

»Und da erzählt man auch mal Persönliches – zum Beispiel was der Job aus einer Beziehung macht. Man lässt den Frust über den Stress mit der Partnerin raus, sucht die Bestätigung seiner Kumpels, dass man es nicht leicht hat und die Frauen zu Hause den besseren Part erwischt haben. So was.«

»Worauf wollen Sie hinaus?« Carl Reid sah dem Rauch seiner Zigarette hinterher, als würde er ihm am liebsten folgen.

»Wir haben erfahren, dass Sie in der letzten Zeit häufig über Ihre Frau geklagt haben. Dass sie kein Verständnis für Ihre Arbeit hat, dass sie nörgelt, Sie würden sich zu Hause um nichts kümmern. Dass Sie manchmal Touren annehmen, um aus der Beziehung flüchten zu können.«

»Das soll ich alles gesagt haben?«

Marks nickte. »Ist es nicht so?«

»Seit Abigail bei anderen Leuten putzen geht, hat sie

sich verändert. Davor war sie zufrieden, aber seit sie sieht, wie manche Menschen leben, ohne finanzielle Sorgen, hatte meine Frau ständig etwas an mir auszusetzen. Da ist es doch normal, dass man sich als Mann auch mal bei seinen Kumpels auskotzt. Tut gut und reinigt die Seele.« Reid stand auf. »Ich brauch jetzt ein Bier.«

Ohne eine Reaktion abzuwarten, verschwand er Richtung Küche. Von dort war das Aufhebeln und das Zischen eines Metallrings zu hören. Die Dose am Mund, kam er zurück. Bevor er sich setzte, nahm er erst einen großen Schluck.

»Was ist falsch daran, wenn man mit seinen Kollegen zusammen ist und quatscht? Was wollen Sie mir unterschieben? Was?«

»Sie wurden in letzter Zeit regelmäßig mit einer Frau gesehen. Wer ist sie? Haben Sie ein Verhältnis mit ihr?« Bley durchbohrte Reid mit ihren Blicken.

»Was? Nein. Wieso?«

»Beantworten Sie bitte die Frage.«

»Was wollen Sie von mir?«

Marks wiederholte die Bitte. »Diese junge Frau. Ihren Namen.«

Reid hustete und drückte die Zigarette aus. »Das ist Natalie. Eine Studentin. Sie schreibt ihre Masterarbeit an einer Uni auf dem Kontinent. Irgendwo in den Niederlanden. Utrecht, Amsterdam, ich habe es vergessen. Es geht um Warenströme, das Leben der Trucker, so was. Im Grunde habe ich es nicht verstanden.«

»So, so. Eine Studentin.« Spott klang aus Bleys Stimme.

Er reagierte nicht auf sie. »Detective Inspector, wenn ich es doch sage.«

»Wie kommt eine Studentin ausgerechnet an Sie?«

»Sie hat mich in Dover angesprochen, an einer Tankstelle. Zuerst habe ich sie für eine Tramperin gehalten. Sie war sehr höflich und nett. Ich habe sie mitgenommen und mir nichts dabei gedacht. Außer vielleicht, dass ich auf der Fahrt ein bisschen Unterhaltung gebrauchen könnte. Das ist alles.«

»Sie wurden mehrfach zusammen gesehen. Und das zu ganz unterschiedlichen Zeiten.«

»Das stimmt.« Reid zündete sich eine weitere Zigarette an. »Wie gesagt, sie war ... sie ist eine Studentin. Sie wollte möglichst genau recherchieren und ist dann immer wieder mal auf dem Bock mitgefahren. Die unterschiedlichsten Strecken. Hat viel gefragt und sich noch mehr Notizen gemacht.«

»Das ist alles?« Der ungläubige Tonfall war nicht aus Bleys Stimme gewichen.

»So war das«, beteuerte Reid. »Wir sind vielleicht vier- oder fünfmal zusammen gefahren. Sie war ... sie ist nett. Eine kluge junge Frau. Irgendwann hat sie sich verabschiedet. Sie habe genug Material. Wir haben noch ein Abschiedsessen beim Italiener in Truro gehabt, danach habe ich nichts mehr von ihr gehört.« Er seufzte. »Eine typische Bekanntschaft auf der Straße. Man lernt sich kennen und geht dann auch schon bald wieder auseinander.«

»Haben Sie mit ihr geschlafen?«

»Was? Nein. Natürlich habe ich das nicht. Ich bin ... ich war verheiratet. Ich war Abigail immer treu.«

»Hat Ihre Frau von Natalie gewusst?«

»Nein.«

»Warum nicht? Wenn doch alles so harmlos war, wie Sie sagen.«

»Ich wollte Abi nicht damit belasten. Hören Sie, es gibt genug Beispiele von Truckern, die ihre Frauen betrügen. Schneller Sex auf dem Bock, und niemand bekommt etwas mit. Aber das habe ich nie getan. Ich habe meine Frau geliebt. Und wir wollten viel arbeiten, um irgendwann ein besseres Leben zu führen.«

Bley reagierte nicht.

»Das müssen Sie mir glauben.« Er wandte sich hilfesuchend an Marks. »Ich soll meine Frau umgebracht haben. Ist es das, was Sie glauben?«

»Wir glauben gar nichts. Wir sammeln lediglich Fakten. Haben Sie die Telefonnummer der jungen Frau?«

»Wozu?« Reid runzelte die Stirn. »Natürlich. Warten Sie.« Er zog sein Mobiltelefon aus der Hosentasche und scrollte. »O nein. Mir fällt ein, ich habe die Nummer gelöscht.«

»Dann müssen wir Ihr Telefon mitnehmen.«

»Wozu? Ich bin darauf angewiesen. Mein Chef kann jederzeit anrufen.« Reid nahm eine aggressive Haltung ein.

»Beruhigen Sie sich. Es ist zu Ihrem eigenen Nutzen. Wir müssen Ihre Angaben überprüfen.«

»Glauben Sie mir nicht? Bin ich jetzt verdächtig? Ich habe nichts getan, was die Polizei interessieren könnte.«

»Wir tun nur unsere Pflicht. Wenn Sie nichts zu verbergen haben, umso besser. Ihr Telefon, bitte.«

»Dürfen Sie das überhaupt? Hier einfach aufkreuzen und mich mit Vorwürfen konfrontieren?«

»Mr. Reid«, begann Marks in beruhigendem Ton. »Bisher ist das lediglich eine Befragung. Sie stehen nicht unter Verdacht. Wir müssen alles ausschließen. Das verstehen Sie sicher.«

»Nein. Das verstehe ich nicht.«

»Kennen Sie Fiona Richards?«

»Die andere Tote? Nein, kenne ich nicht.«

»Sie haben Sie nie getroffen? Waren Sie schon einmal in ihrer Wohnung? Eine Verabredung?«

»Wieso? Nein. Ich kenne den Namen nur aus den Nachrichten. Mehr ist da nicht.«

»Waren Sie rund um den Flora Day hier?«

Marks warf Bley einen fragenden Blick zu. Was sollte diese Frage?

»Flora Day. Flora Day.« Reid dachte sichtlich angestrengt nach. »Achter Mai? Da war ich in Frankreich unterwegs.« Er sah erleichtert aus.

»Dafür gibt es Zeugen?«

»Rufen Sie meinen Chef an.«

»Sie könnten die Tour getauscht haben.« Bley ließ nicht locker.

»Geht nicht.« Reid lächelte triumphierend.

»Geht vielleicht doch? Fahrertausch auf einem Rastplatz. Nur für ein paar Stunden? Nein?«

»Was unterstellen Sie mir? Und überhaupt, was hat der Flora Day damit zu tun?«

»Lassen wir das für den Augenblick. Wir werden auch das überprüfen. Um Ihnen reinen Wein einzuschenken: Im Augenblick ist so einiges unklar. Eine Mitfahrerin, die sie Ihrer Frau verschweigen. Die Klagen vor den Kollegen über Ihre kaputte Beziehung, das ungeklärte Datum achter Mai. Wir werden auch in den kommenden Tagen noch eine Menge Fragen haben. Dazu wäre von Vorteil, wenn Ihre Krawatten wieder auftauchen würden.«

Carl Reid schüttelte stumm den Kopf und trank die Bierdose leer.

Marks und Bley verabschiedeten sich. Marks nahm Reids Telefon vom Tisch und steckte es ein. »Halten Sie sich bitte weiterhin zu unserer Verfügung, Mr. Reid. In Ihrem eigenen Interesse.«

Statt eine Antwort zu geben oder sie hinauszubegleiten, griff der Trucker zur Fernbedienung und schaltete kurzerhand den Fernseher ein. Es lief eine Daily Soap. Reid drehte die Lautstärke auf.

»Ich brauche jetzt Bewegung, DS Bley. Lassen Sie uns das kurze Stück runter in die Bucht laufen.«

Bley hob wortlos die Schultern und folgte ihm.

»Ist das nicht wunderbar? Die Natur explodiert geradezu. Diese Farben.« Marks genoss die frische Luft. »Ich kann die See schmecken.«

Bley warf nur einen kurzen Blick auf die Umgebung, die Marks mit einer Handbewegung umschrieb. Sie schien angestrengt über etwas nachzudenken.

Schweigend folgten die beiden dem schmalen Teerweg, der kaum die Bezeichnung Straße verdiente. Kurz vor Cadgwith hatten sich die Hecken beiderseits des Weges zu einem grünen Tunnel formiert.

»Ich bin davon überzeugt, dass Reid Dreck am Stecken hat. So wie er sich verhält. Die Ehe der beiden war sicher nicht so harmonisch, wie er den Eindruck zu erwecken versucht. Ich werde noch einmal die Nachbarn befragen.«

»Wir sollten uns auch noch einmal die Fälle von Fiona Richards vornehmen. Vielleicht hat ja ein Verurteilter

Rache genommen. Oder ein Mandant war unzufrieden. Aber zunächst hat Ihre These Priorität.«

»Könnte ja sein, dass Abi Reid von Frau zu Frau mal eine Bemerkung hat fallen lassen.«

»Ehrlich? Von Putzfrau zu Society Lady? Glaube ich kaum. Aber wie gesagt – Ihre These.«

»Es gibt spirituelle Verbindungen zwischen Frauen, von denen Sie keine Ahnung haben, Chef.«

»Das ist wohl wahr. Ich habe jetzt einen Bärenhunger.«

Im winzigen Hafen war um diese Uhrzeit schon viel Betrieb. Die größeren Boote waren zwar noch weit draußen auf See, dafür werkelte der eine oder andere Besitzer eines der kleineren Boote an seinem Fahrzeug. Außerdem war offenbar gerade eine größere Reisegruppe eingetroffen, die am Wasser stand und eifrig Fotos von den schroffen Felsen und von sich machte.

»Fehlt nur noch, dass die Reiseführerin ihren Schirm hochhält und zur Weiterfahrt drängt«, versuchte Marks einen Scherz.

»Wundert Sie das? Pilcher, Poldark oder du Maurier, eine bessere Werbung für Cornwall gibt es nicht.«

»Sie kennen Daphne du Maurier?«

»Warum wollen Sie das wissen?«

»Reines Interesse.« Hätte er nur die Klappe gehalten. Er ließ sie vorgehen auf den Hof des Pubs. »Was meinen Sie, wollen wir nicht besser hineingehen? Ist noch ein wenig kühl, draußen zu sitzen.«

»Nein. Ist prima so.« Bley steuerte eine der Bänke unter dem Dach an.

»Gut. Ich hol uns schon mal etwas zu trinken. Wasser?«

»Ein Bier. Und eine Portion Fish 'n' Chips.« Sie achtete

nicht weiter auf Marks, sondern richtete ihr Interesse auf ein Paar in Wanderkleidung, das mit Walking Sticks forschen Schrittes und mit weit ausladenden Armbewegungen am Pub vorbei Richtung Hafen ging.

Marks fühlte sich wie ein begossener Pudel, sagte aber nichts und betrat das Pub.

»Detective Inspector.« Garry Holmes kam gerade mit einem Tablett Gläser aus Richtung Küche. »Schön, Sie zu sehen.«

Er nickte nur kurz und gab seine Bestellung auf. Nachdem er bezahlt hatte, nahm er einen der nummerierten Kochlöffel entgegen, die den Servicekräften als Orientierungshilfe beim Ausliefern des Essens dienten. Zusammen mit den Getränken trug er ihn hinaus zu Bley.

»Ihr Bier.« Er stellte das Glas ab.

»Sie nur Wasser?«

Marks nickte. »Ich brauche ab und an mal eine Auszeit.«

»Mit Verlaub, wir sollten hier nicht allzu viel Zeit mit Essen verbringen. Es gibt noch genug zu tun.«

»Entspannen Sie sich, Bley. Wie sagt Easterbrook gerne und zu Recht: Ohne ein ordentliches Mittagessen kann ich nicht ermitteln.«

»Der DC sollte mehr Sport machen.«

»Finden S…?« Er unterbrach sich. Jetzt bloß keine Diskussion über Übergewicht im Beruf. »Sie haben recht. Er geht immer mehr in die Breite.«

Bley grinste schief. Marks war nicht klar, worüber. Über Easterbrook oder weil sie seine Figur musterte.

»Ich glaube immer noch, dass Millie Henderson uns etwas verschweigt.«

Er nippte an seinem Glas. »Was denken Sie?«

»Ich bin mir noch nicht sicher. Aber etwas stört mich an ihr. Ich weiß nur noch nicht genau, was es ist.« Sie sah, dass Marks etwas sagen wollte. »Und das hat nichts damit zu tun, dass ich solche Schickimicki-Weiber nicht mag. Wenn es das ist, was Sie mir sagen wollen.«

»Dann sollten wir versuchen, es herauszubekommen.«

»Mir ist immer noch nicht so ganz klar, was die Clique gemacht hat, nachdem sie den Kontakt zu Fiona Richards verloren hatte.«

»Sie haben sich aufgeteilt und sie gesucht.«

»Wie lange haben sie gesucht, und wo waren sie genau?«

»Warum ist das so wichtig?«

»Versuchen Sie mir nicht jeden Tag aufs Neue beizubringen, dass man jeder auch noch so winzigen Frage nachgeht, bis man eine Antwort hat?«

»Das stimmt. Aber man darf sich dabei nicht verzetteln.«

»Ich weiß, das ist die Kunst.« Sie trank ihr Glas in einem Zug halb leer.

»Da kommt unser Essen. Wir sollten es nicht kalt werden lassen.« Freundlich lächelnd nahm er seine Portion von der Kellnerin entgegen.

»Guten Appetit, DS Bley.«

Die Ermittlerin erwiderte nichts, sondern widmete sich ihrem Fisch.

XXXII.

»Ja. Die arme Abigail hat einen ganzen Schwung Klamotten auf dem Flohmarkt in Newquay verkauft. Darunter war alles Mögliche: Blusen, Hemden, auch Krawatten, sogar Schuhe.«

»Woher wissen Sie das so genau, Mrs. Bishop?«

»Hätte ich nicht kommen sollen?«

»Wie kommen Sie darauf?«

»Sie klingen, als würden Sie mir nicht glauben.«

Simon schob ihr eine Flasche Milch hin. »Warum sollte ich Ihnen nicht glauben.«

»Mary hat mir gesagt, dass Sie das interessieren könnte.« Sie verbesserte sich. »Dass das die Polizei interessieren könnte. Aber bevor ich mich auf den Weg nach Helston mache, dachte ich mir, ich komme erst zu Ihnen – der kürzere Weg.« Sie ließ erneut ihren Blick durch Simons Küche schweifen. Es sah aus, als sei sie Mitglied einer staatlichen Hygienekommission.

»Ich informiere DI Marks gerne über Ihre Beobachtungen.«

»Ich war mit David in Newquay. Dort gibt es einen kleinen Trödelladen, wissen Sie? Der Betreiber dort hat ab und an alte Seekarten im Angebot, und die wollte sich mein Mann ansehen. Ein kleiner gemeinsamer Ausflug, selten genug in diesen Zeiten.«

»Haben Sie mit Mrs. Reid über die Kleidungsstücke gesprochen?«

»Nein. Wo denken Sie hin? So gut kennen wir uns nun auch nicht. Nur ein bisschen woher und wohin, gute Geschäfte, so etwas. Ich hatte ohnehin den Eindruck, dass es ihr ein wenig peinlich war, mich zu treffen.«

»Warum das?«

»Nun, sie weiß, dass uns Spenden sehr wichtig sind. Und ich hatte ihr schon mehrfach den Hinweis gegeben, doch uns zu bedenken.«

»Vielleicht brauchte sie das Geld.«

»Sie hat doch einen Mann, der verdient. Da hätte sie doch wohl spenden können.«

Simon verkniff sich eine Erwiderung. »Warum sind Ihnen gerade die Krawatten aufgefallen?«

»Wer kauft heute noch Krawatten auf dem Flohmarkt? Also, da war ein Mann, vermutlich ein Händler, der hat mit ihr lange über den Preis für alle Binder gefeilscht. Ich vermute mal, der hat für seinen Laden in London eingekauft, so wie er sprach und auftrat. Na ja, mehr weiß ich nicht.« Sie stand auf und nahm ihre Handtasche an sich. Den Tee ließ sie unberührt stehen. »Einen guten Tag noch. Ich finde allein hinaus.« Im Weggehen drehte sie sich noch mal um. »Sollten Sie einmal Ihr Atelier ausmisten, wissen Sie ja, wie Sie mich erreichen.«

Simon goss den Tee in den Ausguss und stellte die Milch zurück in den Kühlschrank. Welch impertinente Person Marys Tante doch war. Allerdings hatte sie offenbar eine entscheidende Beobachtung gemacht, die möglicherweise Barnes ebenso wie Reid entlastete, zumindest zum Teil. Allerdings waren Krawatten auch heute noch ein Allerweltsutensil. Da blieb die Frage, wo das Tatwerkzeug abgeblieben war, das beiden Opfern zum Verhängnis geworden war.

Simon griff zu seinem Mobiltelefon und wählte Marks'

Nummer. »Hi, nur kurz, Marys Tante hat Abigail Reid dabei beobachtet, wie sie auf dem Flohmarkt in Newquay einen ganzen Schwung Krawatten an einen Händler verkauft hat, vermutlich einen Londoner.«

»Damit könnten Reids und Barnes' Angaben stimmen.« Marks räusperte sich nachdenklich. »Dennoch könnte jeder von ihnen sein Tatwerkzeug anders entsorgt haben.«

»Ja. So kommen wir nicht weiter.«

»Hast du eine Idee?«

»Beide Frauen sind an einem Ort abgelegt worden, der nicht einfach zu erreichen ist. Die Bucht und der Golfplatz. Es muss also jemand sein mit Kraft. Vermutlich ein Mann.«

»So weit sind wir schon.«

»Die Leichen wurden vermutlich mit einem Fahrzeug transportiert. Das müsst ihr suchen. Der Täter ist ein hohes Risiko eingegangen, beim Transport entdeckt zu werden. Er muss sich seiner Sache sicher gewesen sein.«

»Oder verzweifelt.«

»Jedenfalls geht so etwas nicht ohne Plan und ohne gute Vorbereitung.«

»Es muss also jemand sein, der die Gegend kennt. Ein Urlauber und eine spontane Tat scheiden also aus.«

»Wenn es jemand aus der Gegend ist, dann muss auch das Motiv nahe bei den Opfern sein.«

»Das haben wir im Ermittlerteam schon durchdekliniert. Am Ende sind wir immer wieder auf Ben Barnes oder Carl Reid gestoßen.«

»Wo ist die Verbindung zwischen den beiden Frauen?«

»Gute Frage.«

»Die Lebensumstände der Opfer können unterschiedlicher nicht sein.«

»Und doch haben sie etwas gemeinsam. Nur was? DS Annie Bley ist eine hervorragende Polizistin und verbeißt sich regelrecht in den Fall. Aber auch sie kommt nicht weiter.«

»Habt ihr alle auf dem Golfplatz und in den Mobilheimen vernommen? Was ist mit der Bucht von Poltesco? An der schmalen Zufahrt zum Gelände des National Trust stehen ein paar Wohnhäuser. Vielleicht hat dort jemand etwas bemerkt. Ein Auto in der Nacht muss doch auffallen, so einsam wie es dort ist.«

»Hm. Die Ermittlungen haben bisher nichts ergeben. Aber wir werden dort noch mal ansetzen.«

»Die Ablageorte haben für den Mörder vielleicht auch eine besondere Bedeutung. Die Bucht und der Golfplatz sind für ihn ein Symbol – für was auch immer.«

»Das ist ein interessanter Aspekt. Das habe ich so noch nicht bedacht. Ich werde Bley gleich damit beauftragen. Sie soll sich Gedanken machen.«

»Der Golfplatz ist für mich besonders interessant.« Simon griff nach seinem Tee und der Blechdose mit den Medikamenten. Er spürte, dass sich seine Nacken- und Rückenmuskulatur zunehmend verhärtete.

»Warum das?«

»Nehmen wir an, dass sich der Täter auskennt. Dann liegt die Vermutung nahe, dass er eine Beziehung zum Golfsport und dem Platz hat. Ein Mitglied des Klubs? Ein Besucher?«

»Auch das werden wir noch mal gründlich überprüfen. DC Easterbrook soll sich kümmern.«

»Wer ist seit wann Mitglied? Nur Einheimische oder auch von außerhalb? Wer hat sonst noch Zugang zum Gelände?«

»Dein Brainstorming in allen Ehren, wir dürfen nur nicht vergessen, dass der Täter auch vom Küstenpfad aus auf den Golfplatz kommen kann, denn der Weg führt auch ein kurzes Stück über das Gelände.«

»Stimmt. Ich vergaß. Was sagen deine Kriminaltechniker?«

»Die Spurenlage ist nicht eindeutig. Es gibt ein paar Fußspuren, die geben aber nichts her, weil sie kaum zu sichern waren. Und die Spuren an den Büschen können auch durch ganz normale Wanderer entstanden sein.«

»Bleibt vorerst also nur ein Fahrzeug. Ein SUV?«

»Wir haben das überprüft. Die meisten Platzbenutzer haben das nötige Geld, um sich einen dicken Wagen zu leisten. Das sind Dutzende Wagen, Simon.«

»Überprüft die Halter.« Simon spürte, dass er das Gespräch beenden musste. Die Muskeln verspannten sich immer mehr und drückten auf die Nervenstränge.

»Geht es dir nicht gut? Du klingst, als müsstest du die Zähne zusammenbeißen.«

»Ich muss mich hinlegen.«

»Tu das. Und danke für deine Ideen. Pass auf dich auf.«

Kaum hatte Simon sich auf die Couch gelegt, war er auch schon eingeschlafen.

In seinem Traum gingen die Szenen der vergangenen Tage wild durcheinander. Marys Tante saß wieder in seiner Küche und öffnete ihre Handtasche. Strahlend schüttete sie ein gutes Dutzend Scones auf den Tisch, dazwischen glitzerten eine Handvoll Diamanten. Plötzlich verfinsterte sich ihr Gesicht, und sie begann auf ihn einzureden, ohne dass er ein Wort verstand. Er spürte nur, dass er immer zorniger wurde und das Gebäck und die Steine mit der Hand vom Tisch fegte.

Mary kam dazu und legte ihre Hand sanft auf seine Schulter. Ohne auf ihre Tante zu achten, setzte sie sich auf seinen Schoß und küsste ihn. Als er sich aus ihrer Umarmung löste, stand er wieder in dieser stinkenden Gasse in London. Lehmann stand vor ihm und biss grinsend in ein Scone. Er lachte spöttisch, als er versuchte, Lehmann festzunehmen, weil er unerlaubt Tante Margrets Handtasche geöffnet hatte.

Schüsse dröhnten an sein Ohr, und er sah, dass Mary hinter ihrer Tante blutüberströmt zusammenbrach.

Es gab keine Möglichkeit, zu ihr zu kommen. Wild vor Zorn und Angst um Mary stürzte er sich auf Lehmann. Aber er griff ins Nichts.

Schwitzend vor Angst und Schmerzen wachte er auf. Er konnte sich zunächst nicht orientieren. Er war sicher, dass Lehmann immer noch vor ihm stand. Erst langsam gewöhnten sich seine Augen an das Halbdunkel im Zimmer. Er war allein, und er hatte nur einen Albtraum gehabt. Mühsam richtete er sich auf. Er musste ein paar Stunden geschlafen haben. Er brauchte lange, bevor er aufstehen und sich etwas zu essen machen konnte.

Später saß er in der Küche und schaute nachdenklich hinaus in die Dunkelheit. Aber er sah immer nur sein müdes Gesicht, das sich im Fensterglas spiegelte, und den leeren Teller. Er hatte sich eine Gemüsesuppe aufgetaut, die Mary ihm vor Wochen gebracht hatte.

Die Albträume mussten aufhören, sie brachten ihn

noch um den Verstand. Aber schlimmer noch waren die Flashbacks. Er würde sich doch professionelle Hilfe holen müssen. Er wollte nicht noch mehr Medikamente schlucken. Seine Nieren arbeiteten schon jetzt unter voller Belastung.

Simon wollte gerade das Radio auf der Fensterbank einschalten, als sein Telefon klingelte. Er hoffte, Marys Stimme zu hören.

»Ja?«

»Ich bin's, Luke. Dein Freund. Wen hast du denn erwartet? Deine Stimme klingt so sehnsuchtsvoll wie eine Meerjungfrau im Trockendock.«

Luke! Welche Überraschung. »Meine Güte, Luke, wie geht es dir? Wann kommst du heim?«

»Gar nicht.«

»Was?«

»Scherz. Hätte nicht gedacht, dass mir die Landluft hier oben guttut. Wenn mir das einer vor der Reha gesagt hätte, den hätte ich kielholen lassen. Es ist super hier, obwohl ich das Rauschen der Wellen vermisse.«

Lukes Stimme klang frisch und aufgeräumt. Seinem Freund musste es tatsächlich gutgehen.

»Ich vermiss Gill und meine Hummerkörbe. Aber die Reha ist ein voller Erfolg. Schon kommende Woche werde ich als *geheilt* entlassen. Keine Verlängerung nötig.«

Simon dachte an die vergangenen Wochen, in denen sein Freund massiv unter den Folgen seiner Verletzungen gelitten hatte, vor allem mental. Der zuvor stämmige und unverwüstliche Fischer war nur noch ein Schatten seiner selbst gewesen. Die Wunden waren schnell verheilt, und zunächst hatte es auch so ausgesehen, als könnten ihm die

Ereignisse nichts anhaben. Aber schon bald litt er unter Schlafstörungen und Albträumen. Simon kannte das nur zu gut und wunderte sich nicht, als Lukes Arzt eine Posttraumatische Belastungsstörung feststellte.

»Wie geht es Mary?«

»Sie hat ein volles Buchungsbuch. Schon jetzt bis weit in den Herbst hinein. Sie hat also gut zu tun. Kennst sie ja, immer gut drauf und hat für jeden ein Lächeln und ein offenes Ohr.«

»Ein echtes Cadgwith Girl. Immer geradeheraus und ehrlich.«

»Kann man so sagen.«

»Sie muss auf sich achtgeben, damit sie sich nicht übernimmt. Das B&B und der Laden.« Simon hörte ein sorgenvolles Lachen. »Und dann auch noch Tante Margaret.«

»Die macht ihr wohl die wenigsten Kopfschmerzen. Sie kennt sie ja nicht anders.«

»Apropos Cadgwith. Was ist nur los bei uns? Kaum ist man mal ein paar Wochen nicht da und schon passieren zwei Morde. Gill hat mir erzählt, dass zwei Frauen tot sind. Sie ist völlig aus dem Häuschen.«

»Abigail Reid und Fiona Richards. Kennst du die beiden?«

Es knisterte in der Leitung. »Sorry, musste mir ein ruhiges Plätzchen suchen. Muss ja nicht jeder mithören. So.« Er machte eine kurze Pause. »Fiona kenne ich aus dem Pub. Lebenslustig und immer für ein Pint gut. Kann mit jedem Fischer mithalten, beim Singen und beim Saufen. Und dabei immer noch eine feine Lady. Traurige Sache. Abigail Reid – das ist doch die Frau von Carl, dem

Fernfahrer. Ich kenne mehr ihn als seine Frau. Ich weiß nur, dass sie kämpfen müssen, um über die Runden zu kommen. Und dass sie alles Mögliche gemacht hat, um Geld zu verdienen. Unter anderem Trödelmarkt, Internet.«

»Abigail wurde auf dem Golfplatz von Kennack Sands gefunden.«

»Ja, hat mir Gill erzählt …« Er räusperte sich. »Du weißt ja, dass die Hütten und Mobilheime am Golfklub gerne mal für ein Stelldichein genutzt werden, oder?«

»Nein. Was willst du damit sagen?«

»Na ja, die reichen Herren vom Klub sollen da hin und wieder ihren Liebschaften nachgehen.« Luke lachte süffisant. »Ich würde ja vermuten, jetzt hat einer von ihnen da seine Liebschaft entsorgt …«

»Meinst du?«

»Du bist der Ex-Bulle. Das ist deine Baustelle.« Es raschelte am anderen Ende. Lukes Stimme klang jetzt gedämpft. »Du glaubst ja gar nicht, wie neugierig die Leute hier sind. Als hätten sie in der Reha sonst kein Vergnügen.«

Simon runzelte die Stirn. »Hm. Wenn ich das weiterspinne, komme ich auf eine neue Variante: Der Täter wollte eine Vergewaltigung vertuschen. Aus Angst, dass er vor Gericht muss.«

»Schlimmer. Aus Angst vor dem Gequatsche im Dorf. Er wäre fertig fürs Leben, wenn das herauskäme. Das Arschloch, dass sich an Frauen vergeht. Die Jungs haben ja ihre ganz eigene Vorstellung von Ehre und Moral.«

Simons Stirnrunzeln wurde stärker. Die Sache drohte immer komplizierter zu werden. Selbstjustiz.

»Hab ich dich jetzt zum Nachdenken gebracht? Du sagst ja nichts.«

»Du magst mit deiner Vermutung nicht ganz falschliegen, Luke.«

»Sind die Bullen noch nicht, äh, ist Chris noch nicht auf die Idee gekommen? Das ist doch die einfachste Erklärung.« Luke kicherte. »Muss ich denn immer eure Arbeit machen? Wird wirklich Zeit, dass ich zurück bin.«

»Du weißt, wie sehr wir dich vermissen. Nicht nur wegen deines scharfen Verstands.«

»Danke für die Blumen. Aber den Spott kannst du dir sparen. Ich versuche nur eins und eins zusammenzuzählen. Wie heißt Marks' Helferlein doch gleich? DC Easterbrook? Der scheint mir nicht gerade der Hellste zu sein.« Er lachte meckernd.

»Wenn ich nun allein den Fall Reid zu Ende denke: Du meinst also, der Täter hatte es nicht weit, um Abigail Reid abzulegen?«

»Ich würde das so machen, wäre ich der Mörder.«

»Carl Reid und Ben Barnes haben keinerlei Verbindung zum Golfklub. Das haben die Ermittler bereits geprüft. Dann kann es doch nur der große Unbekannte sein.«

»Ein Gelegenheitstäter, ja.«

»Das widerspricht aber der Tatsache, dass er zweimal gemordet hat. Das waren keine spontanen, ungeplanten Morde.«

»Wie auch immer, Moment ...« Luke hielt offenbar die Hand über sein Smartphone. »Die hübsche, wohlgeformte Psychologin mit dem aufregenden Schweizer Akzent wartet auf mich und meine Geschichten. Ich muss Schluss machen, Simon.«

»Dann mal los. Pass auf dich auf.« Simon trennte die Verbindung und wählte im gleichen Augenblick Lukes Nummer erneut.

»Simon, die Psychologin wartet. Und die kann ziemlich ungemütlich werden, wenn man sie versetzt.« Luke klang leicht genervt.

»Nur ganz kurz, kennst du jemanden aus dem Golfklub?«

»Sehe ich etwa so aus, als würde ich mich jemals mit diesen schnöseligen *Ach was bin ich wichtig*-Golfschlägertypen herumtreiben?«

»Hätte ja sein können.«

»Warte kurz. Ich kenne zwei oder drei von den Typen. Und nur vom Sehen. Emerson aus Kuggar, Fletcher aus Porthleven, ein widerlicher Typ, und Neil Henderson, der mit dem BMW-Handel. Hat mich mal beim Fish Barbecue angesprochen. Du weißt, das Fest, um die Weihnachtsbeleuchtung finanzieren zu können. Er hat großkotzig gemeint, er könne mir ein gutes Angebot für einen SUV machen. Würde sicher gut zu mir passen. So, jetzt muss ich aber.« Er trennte die Verbindung.

Beim Namen des BMW-Händlers gingen bei Simon alle Signallampen an. Er musste nachdenken. Und dann Chris anrufen.

XXXIII.

Marks parkte seinen Wagen auf der Hauptstraße und bog zu Fuß in die ruhige Seitenstraße ein. Er sah sich das Haus der Hendersons diesmal genauer an als bei den ersten beiden Besuchen. Der Bau lag etwas zurückversetzt. Der eher bescheidene Vorgarten wurde von einer Einfahrt dominiert, die in einem Bogen an der Doppelgarage und der Haustür zurück zur Straße führte. Eine niedrige Hecke gab den Blick auf das dreistöckige Gebäude frei, dessen Entstehungszeit der DI nicht zu bestimmen vermochte. Er tippte auf die frühen Sechzigerjahre des vergangenen Jahrhunderts. Nicht unbedingt schön, aber zweckmäßig. Die grüne Umgebung tat ihr Übriges, um dem Anwesen einen Anstrich gediegenen Wohlstands zu verleihen. Die geschlossenen Garagentore ließen nicht erkennen, ob er jemanden antreffen würde.

Er klingelte an der dunkelgrün gestrichenen Tür, die von zwei Buchsbäumen in Terrakottatöpfen gesäumt wurde, und wartete. Zu seiner Überraschung wurde die Tür geöffnet, bevor er noch einmal hätte klingeln müssen.

»Detective Inspector?«

Vor ihm stand Millie Henderson in einem pinkfarbenen Hausanzug und Turnschuhen. Außerdem trug sie ein Handtuch über der Schulter. Er hatte sie offensichtlich bei ihrer Gymnastik gestört.

»Kann ich kurz hereinkommen?«

»Ich bin gerade mit meinem Sport fertig. Hanteltraining und Gewichte stemmen. Fürs Rudern. Sie haben Glück. Eine Minute später und ich hätte unter der Dusche die

Klingel nicht gehört«, erklärte sie aufgeräumt. Sie nahm das Handtuch von der Schulter und ließ ihn herein. »Gehen Sie voraus in den Wintergarten, bitte. Sie kennen sich ja aus. Ich bin gleich bei Ihnen. Möchten Sie etwas trinken?«

»Nein, danke.«

Im Wintergarten setzte er sich in den Sessel, in dem er schon einmal Platz genommen hatte, und wartete auf die Hausherrin.

»Ich hab mir nur schnell ein Wasser geholt.« Sie hob ihr Glas und trank. »Was führt Sie zu uns?« Sie lächelte ihn freundlich an. »Haben Sie gute Nachrichten?«

»Es geht um Abigail Reid.«

Sie hob erstaunt eine Augenbraue und setzte sich.

»Ist Ihr Mann zu Hause?«

»Er hatte heute schon früh einen Geschäftstermin. Mein Mann steht gerade ziemlich unter Druck. Er muss jeden Terminwunsch akzeptieren, die Kunden haben wenig Verständnis.« Sie versuchte nachlässig ihre roten Haare zu ordnen.

»Ihr Mann ist also viel unterwegs, und das offenbar zu den unterschiedlichsten Zeiten?«

»Das war er immer schon. Aber in der letzten Zeit ist es deutlich schlimmer geworden.«

»Sein Kundenkreis geht über Helston hinaus?«

Sie nickte. »Bis rauf nach Truro und sogar Exeter. Es gibt unter den Händlern zwar eine Art Gebietsschutz, aber daran hält sich kaum noch jemand. Die Wilderei macht das Ganze nur noch schlimmer. Aber Rücksichtnahme ist Schwäche. Das können wir uns nicht leisten. So ist das Geschäft nun mal.«

»Klingt nach einem harten Brot.«

»Mal geht es einfacher, mal ist es härter. Neil kennt es nicht anders.« Sie zuckte mit den Schultern.

»Präsenz und Kontakte sind sicher wichtig.«

»Unser größtes Potenzial. In seinem wie in meinem Beruf.« Sie trank einen Schluck. Ihr fröhliches und aufgeräumtes Auftreten war einer gewissen Nachdenklichkeit gewichen. Sie fixierte Marks mit einem Blick, den er nicht deuten konnte.

»Geschäftsessen, Besprechungen, Probefahrten, so etwas?«

»Und ein möglichst voller Terminkalender.« Sie lächelte. »Warum fragen Sie mich das alles? Wollen Sie einen Termin für eine Probefahrt? Ich bin sicher, dass Neil das zeitnah hinbekommt. Und er kann Ihnen sicher ein gutes Angebot machen.«

Marks winkte ab. »Ein SUV ist nicht ganz meine Preisklasse.«

»Sagen Sie das nicht. Aber kommen wir zum wahren Grund Ihres Besuchs. Was kann ich für Sie tun?« Sie stellte übergangslos ihren Gesichtsausdruck von flirrender Verlockung zurück auf Geschäftsfrau.

»Gehört zu der öffentlichen Präsenz Ihres Mannes auch die Mitgliedschaft im Golfklub?« Marks sah, dass sie blass wurde.

»Was soll die Frage?«

»Golft Ihr Mann in Kennack Sands?«

Millie Henderson schien sich endgültig gefangen zu haben. »Aber sicher. Ein paar seiner wichtigsten Kunden golfen. Da ist es nur folgerichtig, dass auch Neil vor Ort ist. Na ja, was heißt schon golfen? An der Bar lassen sich in gelöster Stimmung die besten Geschäfte machen.«

»Ist er regelmäßig auf dem Grün?«

Sie zuckte mit den Schultern. »Wann immer es seine Zeit erlaubt und seine Kontakte verlangen. Aber er ist nicht jeden Tag dort.«

»Wann zuletzt?«

»Ich führe nicht den Terminkalender meines Mannes. Da müssen Sie ihn schon selbst fragen.« Ihre Stimme hatte etwas Lauerndes.

»Das werde ich tun.«

In ihrem Blick blitzte Erkenntnis auf. »Nun verstehe ich. Abigail wurde auf dem Golfplatz gefunden. Ist mein Mann jetzt verdächtig? Das ist ja lächerlich.« Sie rang sichtlich um Fassung. »Wie können Sie nur so etwas denken? Statt mit solchen Verdächtigungen zu kommen, sollten Sie sich um die Aufklärung des Mordes an Fiona kümmern.«

»Verdächtig oder nicht, das ist jetzt nicht die Frage. Ich möchte lediglich die Fakten abklären. Außerdem sind Sie nicht ganz frei von Geheimniskrämerei, so wie Sie versucht haben, den wahren Grund für Fionas Aufenthalt in Helston zu verschleiern.«

»Ich sollte unseren Anwalt anrufen.« Ihre Entrüstung klang echt.

Marks hob beschwichtigend die Hände. »Das steht Ihnen selbstverständlich frei. Aber ich halte es für unnötig. Dies ist nur eine Bitte um Mithilfe bei den Ermittlungen. Es wäre schön, wenn Sie zur Klärung beitragen könnten.«

»Fragen Sie meinen Mann.«

»Der fragliche Tag ist der fünfzehnte oder sechzehnte Mai. War er an einem der Tage auf dem Golfplatz?«

»Soweit ich das beurteilen kann, war er an den Tagen nicht dort. Aber Genaueres kann er Ihnen sagen.«

»Treffe ich ihn jetzt im Geschäft an?«

Sie warf einen Blick auf ihre Armbanduhr. »Er müsste im Büro sein. Er hat versprochen, die Kinder von der Schule abzuholen.«

»Dann will ich Sie nicht länger belästigen. Danke für Ihre Kooperation.« Marks erhob sich und ließ sich von Millie Henderson zur Tür begleiten.

Die BMW-Niederlassung lag in Helston an der Ausfallstraße Richtung Porthleven. Einer der aufdringlichen Glaspaläste, in denen Neu- und Gebrauchtwagen angeboten wurden wie das Versprechen auf eine spektakuläre und sorgenfreie Zukunft. Im Außenbereich standen auf den Parkflächen dicht an dicht Fahrzeuge der deutschen Nobelmarke. Die Preisschilder steckten bewusst unscheinbar hinter den Windschutzscheiben, als sei der Verkaufspreis eine lässliche Nebensache.

»Ich würde gerne Mr. Henderson sprechen.«

»Haben Sie einen Termin?« Die junge Blondine mit dem tiefen Ausschnitt musterte ihn gelangweilt wie den Billigpreis im Schaufenster einer Wohltätigkeitsorganisation. Marks hatte das Gefühl, unpassend angezogen zu sein.

»Ich komme in einer privaten Angelegenheit.« Er wollte erst einmal vermeiden, den Dienstausweis zeigen zu müssen und damit Unruhe aufkommen zu lassen. Das war er Neil Henderson schuldig.

»Einen Augenblick. Wie war Ihr Name noch mal?«

»Marks. Chris Marks.« Er steckte die Hände tief in die Taschen seines Trenchcoats.

Die Empfangsdame, die kaum über zwanzig Jahre alt sein konnte, tippte eine Nummer in ihr Telefon. »Hier ist ein Mr. Marks. Er sagt, es ist eine private Angelegenheit. Gut. Ich sag's ihm.« Sie legte auf und wandte sich an den DI. Mit ihrem einstudierten Lächeln, das es kaum durch das überdeutlich aufgetragene Make-up schaffte, flötete sie: »Mr. Henderson ist gleich bei Ihnen. Möchten Sie etwas trinken? Einen Kaffee vielleicht?«

»Danke, nein.«

Sie griff unter ihren Tresen, zog ein paar Prospekte hervor und reichte sie ihm. »Damit wird die Wartezeit angenehmer. Sie können schon mal schauen, wie Ihr neues Lieblingsmodell aussieht. Sie werden Ihre Freude am Fahren haben.« Dann wies sie wie die Stewardess einer Fluglinie auf die Sitzgruppe in der Nähe.

Er nahm dort Platz und sah sich um. Chrom, glänzender Lack, tiefschwarze Reifen, der Geruch nach Gummi, Leder und Neuwagen. Er hatte das Gefühl, in eine andere Welt eingetaucht zu sein. In seinem Dienstwagen roch es nach altem Schweiß und leeren Fastfood-Packungen.

Hinter ein paar Schreibtischen saßen Verkäufer, die kaum älter waren als die Blonde am Empfang, und telefonierten eifrig. Anzug, weißes Hemd, Krawatte, kurzer Haarschnitt waren offensichtlich der Dresscode. Die smarten Verkäufer sahen aus wie in zu kleine Uniformen hineingepresst. Er würde sie gerne einmal in ihrer Freizeitkleidung sehen. Die würde ihren wahren Charakter glaubwürdiger abbilden als diese Einheitsklamotten von Marks & Spencer.

»Ich hoffe, ich habe Sie nicht allzu lange warten lassen.« Neil Henderson kam mit ausgestreckter Hand und strahlendem Lächeln auf ihn zu. Er deutete auf die Prospekte. »Sie haben sich bereits entschieden? Ich sehe, der

Prospekt des neuen SUV. Ein wunderbares Auto. Gute Wahl, Mr. ...?«

»DI Chris Marks, Polizei Helston.«

Henderson hielt inne, und sein Blick veränderte sich. »Aha. Polizei? War ich zu schnell unterwegs?« Sein Lachen klang gezwungen.

»Ich habe ein paar Fragen an Sie. Und es hat nichts mit einer Verkehrssünde zu tun.«

Henderson warf einen unsicheren Blick in den Show- und Verkaufsraum hinein. »Dann sollten wir in mein Büro gehen.« Er wies mit der Hand den Weg und setzte wieder sein gewinnendes Lächeln auf.

Bloß die Fassade wahren, dachte Marks und folgte dem Niederlassungsleiter. Die Prospekte warf er ungelesen auf den niedrigen Tisch der Sitzgruppe.

»So. Hier sind wir ungestört.« Henderson schloss die Glastür hinter sich und deutete auf den Stuhl vor seinem Schreibtisch. »Was kann ich für Sie tun, Detective Inspector?«

»Hat Ihre Frau Sie angerufen?«

Hendersons Erstaunen schien echt. »Millie? Nein. Sollte Sie?«

»Sind Sie Mitglied im Kennack-Sands-Golfclub?«

»Yep. Seit drei Jahren. Seither ist mein Handicap stetig besser geworden. Obwohl ich leider nicht regelmäßig aufs Grün komme.« Sein Blick verdunkelte sich. »Die Sache mit dieser Frau, richtig?«

»Richtig.«

»Was habe ich damit zu tun?« Er lehnte sich in seinem Stuhl zurück und legte die Hände vor seinem Kinn zusammen.

»Das versuchen wir gerade herauszubekommen.« Er hob eine Hand. »Von allen Mitgliedern.«

»Ich habe natürlich nichts mit dem Mord zu tun.«

»Natürlich nicht, ich verstehe. Wann waren Sie das letzte Mal golfen?«

Henderson runzelte die Stirn. »Ich weiß zwar nicht, was das mit dem Mord zu tun hat, aber warten Sie.« Er blätterte in seinem Terminkalender. »Das war der zwölfte Mai. Den ganzen Vormittag über. Ich hatte eine Verabredung mit den Herren Myer und Fallon.«

»Ich nehme an, das war auch ein Geschäftstermin?«

»Richtig kombiniert. Ich versuche gerade mit den beiden ins Geschäft zu kommen. Sie könnten meine guten Gebrauchten übernehmen, die ich selbst nicht verkaufen kann. Ein sehr einträgliches Geschäft für beide Seiten. Wir stehen kurz vor dem Abschluss.«

»Der zwölfte Mai also? Danach nicht mehr? Sind Sie sicher?«

»Selbstverständlich bin ich sicher. Sie können gerne im Klub nachfragen. Dort hat man mich sicher nicht gesehen. Was soll diese Fragerei? Ich habe Ihnen doch schon gesagt, dass ich mit der Sache nichts zu tun habe.«

»Aber Sie kannten Mrs. Reid?«

»Was heißt schon kennen? Sie hat bei uns geputzt, ja. Aber wer kennt schon seine Putzfrau? Der dienstbare Geist taucht auf, tut pflichtgemäß seine Arbeit und verschwindet wieder. Das ist alles.«

»Sie hatten also nur flüchtigen Kontakt? Kein Small Talk, keine Gespräche über die Familie, die Arbeit? So etwas in der Art. Keine gemeinsame Tasse Tee?«

»Nichts dergleichen.«

»So?«

»Wenn die Putzfrau kam, war ich meist schon unterwegs. Meine Frau kann Ihnen sicher mehr über sie erzählen.« Henderson strich mehrfach nervös über seine Krawatte. »Kann ich sonst noch etwas für Sie tun?«

»Nein, danke. Das reicht für den Augenblick.« Er stand auf. »Eine letzte Frage noch: Kennen Sie Fiona Richards?«

»Natürlich kannte ich Fiona. Eine Freundin meiner Frau. Warum fragen Sie?«

»In welchem Verhältnis standen Sie zu ihr?«

»Mein Verhältnis zu Fiona war wie zu allen anderen Freundinnen meiner Frau, freundschaftlich und nett. Jedenfalls soweit ich sie kennenlernen durfte.«

»Es gab nie geschäftlichen Kontakt zu Mrs. Richards? Eine Probefahrt oder Ähnliches?«

Henderson antwortete mit undurchdringlicher Miene. »Worauf wollen Sie hinaus?«

»Haben Sie ihr ein Auto verkaufen wollen?«

Er lachte auf. »Nein. Ich kann sehr gut Privates vom Geschäft trennen. Ich hätte mit einem solchen Angebot nie die Freundschaft meiner Frau zu ihrer Clique aufs Spiel gesetzt. Etwas anderes wäre es gewesen, wenn Fiona auf mich zugekommen wäre.« Er räusperte sich. »Es hat lediglich ein paar völlig unverbindliche Bemerkungen gegeben über die Möglichkeiten, ein Fahrzeug zu kaufen.«

»Schön. Bleiben Sie bitte sitzen. Ich finde allein hinaus.« Marks nickte Henderson zu und schloss die Bürotür hinter sich. Am Empfangstresen blieb er einer plötzlichen Eingebung folgend stehen.

»Kurze Frage. Ihr Chef ist sich nicht sicher. Hat Mrs. Richards ihren neuen BMW schon bestellt?«

»Einen Augenblick bitte.« Die Blondine scrollte durch ein paar Anwendungen auf dem PC und runzelte die Stirn.

Es dauerte einen Augenblick, dann strahlte sie Marks an. »Mrs. Richards hat ihre Bestellung im Rahmen der Vorgaben storniert. Sie wolle zu einem späteren Zeitpunkt noch einmal auf das Angebot zurückkommen. So steht es hier. Kann ich sonst noch etwas für Sie tun?«

Marks verneinte und wünschte noch einen guten Tag.

Er stieg ein und blieb im Auto sitzen. Neil Henderson sagte also nicht die Wahrheit. Jedenfalls nicht, was sein geschäftliches Interesse an Fiona Richards betraf. Die Frage war nun, ob er auch noch ein anderes Interesse an ihr gehabt hatte. Und welche Rolle Abigail Reid in Wahrheit in seinem Leben gespielt hatte.

Im Augenblick wurde der Kreis der Verdächtigen größer statt kleiner: Reid, Barnes und nun auch noch Henderson. Das schmeckte Marks gar nicht. Nachdenklich startete er den Motor und lenkte den Dienstwagen Richtung Präsidium. Er musste mit Easterbrook und DS Bley reden.

Im Polizeigebäude herrschte lebhaftes Treiben. Am Empfangstresen stand eine aufgebrachte Rentnerin. Ihr war in dem schmalen Durchgang zwischen dem Parkplatz und der Coinagehall Street die Handtasche geklaut worden. Von einem »gruselig aussehenden Typen mit wilden Augen«, wie sie nicht müde wurde zu betonen. Aus den offen stehenden Büros im hinteren Teil des Flurs drangen Stimmen, es roch verführerisch nach Kaffee.

Er ließ sich in seinen Bürostuhl fallen und warf einen missbilligenden Blick auf den Stapel Unterlagen, der seit gestern wieder gewachsen war. Er würde Easterbrook damit beschäftigen. Das richtige Futter für den Detective Constable. Hauptsache, er kam mit einer ordentlichen Zusammenfassung rüber.

Den Rest des Nachmittags verbrachte Marks mit diversen Anrufen. Seine Fortbildung in Exeter, *Leichenschau und Totenschein*, stand in zwei Wochen an. Er würde sie absagen müssen, sollte er die Morde bis dahin nicht aufgeklärt haben. Im Zweifelsfall würde er einen der DS schicken. Die Freigabe dafür bei seinen Vorgesetzten zu bekommen, hatte ihn einige Überredungskunst gekostet.

Kurz vor Feierabend rief er das Team zusammen, um sich auf den neuesten Stand bringen zu lassen und von seinem Besuch bei Millie und Neil Henderson zu berichten. Bei der Sitzung vermisste er DS Bley. Ihm fiel ein, dass er sie bereits seit gestern nicht mehr gesehen hatte.

»Weiß jemand, wo Bley steckt?«, fragte er in die Runde im Besprechungsraum.

Allgemeines Schulterzucken, bis DC Easterbrook zögernd die Hand hob.

»Soviel ich weiß, hat sie sich krankgemeldet. Sie war kurz hier, ist dann aber wieder zurück in ihre Wohnung.«

»Was hat sie?«

»Keine Ahnung, Sir.« Easterbrook schüttelte den Kopf und sah hilfesuchend in die Runde. Aber auch von dort kam keine Erklärung.

»Wenn Sie weiter keine Anliegen oder Fragen haben, wünsche ich Ihnen einen schönen Feierabend. Wir sehen uns dann morgen wieder in alter Frische.«

Die Frauen und Männer in Uniform und in Zivil nickten und verursachten beim Hinausgehen das obligatorische Stühlerücken. Marks wartete, bis er allein war, und sammelte dann seine Notizzettel zusammen. Annie Bley hatte sich krankgemeldet. Es war das erste Mal seit ihrem Dienstantritt in Helston, dass sie nicht im Büro war. Er würde sie nachher anrufen und nachfragen. Das immerhin konnte sie ihm nicht verwehren. Er war immer noch ihr Vorgesetzter und dazu verpflichtet, sich um sein Team zu kümmern.

Zu Hause zog er sich noch im Flur mit einer fließenden Bewegung die Krawatte vom Hals. Er hatte das Gefühl, dass sie sich über den Tag hinweg immer enger zugezogen hatte. Im Wohnzimmer goss er sich einen Whisky ein und drückte den Startknopf des CD-Players. Müde ließ er sich aufs Sofa fallen. Die beiden Morde trieben ihn an den Rand der Erschöpfung.

Auch die anderen aus seiner Mannschaft waren ordentliche Polizisten, aber sie waren mit einer beschränkten Fantasie und einem begrenzten Maß an Ehrgeiz ausgestattet. Viele von ihnen hatten sich nach Helston gemeldet, weil sie die Deliktquote in der Kleinstadt als locker beherrschbar eingeschätzt hatten. Und sie wussten, dass die Militärpolizei ihnen die Arbeit abnehmen würde, sobald Angehörige der Marine in Straftaten verwickelt waren. Helston war für sie nicht mehr als ein beschaulicher Außenposten im äußersten südwestlichen Zipfel des Vereinigten Königreichs, mit überschaubaren Verbrechen irgendwo zwischen Ladendiebstählen, Einbrüchen und Nachbarschaftsstreitigkeiten. Marks ließ die Gesichter und Charaktere vor seinem geistigen Auge Revue passieren. Er konnte sich nicht beschweren. Insgesamt war sein Team ganz brauchbar.

Er stand wieder auf, goss sich das Glas erneut halbvoll und legte eine neue CD ein. Debbie Davies, *Love the Game*. Er betrachtete das Cover. Eine zufrieden und entspannt wirkende Gitarristin auf einer Art Sofa, mit Kappe und Lederjacke, in Hosen, die die Schlangenlederoptik der Stiefel aufgriffen. Neben sich eine Lampe, die mit ihrem altertümlichen Schirm ein gedämpftes Licht verströmte. Marks drehte die Lautstärke auf.

Er lehnte den Kopf gegen das Sofapolster und schloss die Augen.

Er hörte die CD bis zum Ende und griff dann zum Telefonhörer. Er merkte nicht einmal, dass er es tat. Auch nicht, dass er ihre Nummer wählte. Er hörte das Freizeichen, aber Annie Bley hob nicht ab.

XXXIV.

»Es ist schon eine Katastrophe, dass wir außer der Faserspur der Krawatte nicht den geringsten Anhaltspunkt auf den Täter haben.«

Simon schüttelte mitfühlend den Kopf. Marks war ganz offensichtlich nach Cadgwith gekommen, weil er das dringende Bedürfnis hatte, bei ihm den Ballast seiner dienstlichen Probleme abzuladen. Er hatte ihm erzählt, dass er in der Nacht schlecht geschlafen und wirres Zeug geträumt hatte.

»Dann geht die wenigen Fakten noch einmal konsequent durch.« Simon breitete die Arme aus. »Du kennst das Geschäft. Dranbleiben. Und wenn ihr die Akten noch hundert Mal durchkaut.«

»Du bist mir nicht gerade eine große Hilfe, Simon.«

Marks schien das nicht wirklich ernst zu meinen, und doch schwang ein Hilferuf mit. Chris hatte ihm das schon einmal gesagt: Seit er ihn getroffen hatte, fühle er eine wachsende Verbundenheit zu dem ehemaligen Kollegen, die diesen zu einem wichtigen Ratgeber und Helfer bei seinen Fällen mache. Er bringe immer wieder neue Impulse ein, die die Ermittler am Ende meist auch weiterbrachten. Das sei schon bei ihrer ersten Begegnung im Mordfall Victoria Bowdery so gewesen.

»Es handelt sich doch um eine Herrenkrawatte. Das lässt auf einen männlichen Täter schließen. Ihr habt den Mann von Abigail Reid im Visier, den Staatsanwalt Barnes und, wenn ich dich recht verstehe, auch Neil Henderson. Setzt sie weiterhin unter Druck.« Simon hatte das Gefühl, ganz von vorne beginnen zu müssen – wie bei einem Vortrag vor Erstsemestern auf der Polizeischule über erfolgreiche Ermittlungsarbeit.

Sein Freund nickte. »Ich werde den Verdacht nicht los, dass der Autohändler mehr mit der Sache zu tun hat, als er zugibt. Ich bin fast sicher, dass er sich mit Fiona Richards getroffen hat, ohne dass seine Frau davon wusste. Fiona wird ihr sicher nichts davon gesagt haben. Was, wenn eine dieser Begegnungen aus dem Ruder gelaufen ist?«

»Dann stellt sein Autohaus auf den Kopf. Nehmt seinen Wagen auseinander. Vielleicht findet ihr Faserspuren. Seien sie von Fiona Richards oder Abigail Reid.«

»Wie soll ich das begründen? Damit komme ich niemals durch. Der Mann gilt immer noch als unbescholten.«

»Dann hört euch im Autohaus um. Angestellte haben immer die Augen und Ohren offen, vor allem für jene Dinge, die nichts mit ihrem eigenen Job zu tun haben.« Simon musste lächeln.

»Angenommen, das ist so. Wie passt dann Barnes ins Bild? Er hat doch eingestanden, dass er ein Verhältnis mit Fiona Richards hatte.«

»Betrachte es mal von ihrer Seite aus. Sie galt als sehr kontaktfreudig. Was, wenn sie zwei Lover gleichzeitig hatte? Oder nur eine kurze Affäre mit Henderson, neben ihren Dates mit dem Staatsanwalt.«

Marks blies die Luft aus. »Wo sollen wir ansetzen? Auf Richards' Laptop haben wir keine Anhaltspunkte gefunden, die auf Henderson deuten. Und die Faserspuren in ihrer Wohnung geben auch keinen Aufschluss. Richards muss sehr diskret vorgegangen sein. Unsere Techniker haben nur Spuren von Textilien gefunden, die eindeutig Frauen zuzuordnen sind. Und die sichergestellten Fingerabdrücke passen zu dem, was ihre Freundinnen aussagen – dass sie sich hin und wieder bei ihr getroffen haben.«

»Ich höre mich noch einmal im Dorf um, versprochen.«

Simon war erst vor zwei Tagen im Hafen einigen Mitgliedern des Gig Club begegnet, als sie ihr Boot für eine spontane Trainingseinheit, sozusagen als Einstieg in den Feierabend, fertig machen wollten. Ein gemischtes Team, darunter auch Tracy Coates. Sie hatte auf ihn gewirkt, als sei sie nicht ganz bei der Sache, fahrig und unkonzentriert. Der Rest der Crew hatte sich über sie lustig gemacht, sie werde noch über Bord gehen.

»Hast du eine Idee?«, fragte Marks hoffnungsvoll.

»Nein, nicht wirklich.«

»Hm. Schade.« Marks stand auf. »Danke, dass du mir zugehört hast. Tut gut. Aber nun ruft die Arbeit wieder.«

»Geht es dir nicht gut?« Simon sah ihn aufmerksam an.

Marks winkte ab. »Alles gut. Ich bin vielleicht ein wenig überarbeitet. Das wird schon wieder.«

Simon warf einen Blick auf die Küchenuhr. »Für ein Pint ist es noch zu früh. Aber was ist mit kommendem Freitagabend? Ein Bier im Pub und den Fischern beim Singen zuhören?«

»Gute Idee. Mal sehen, wenn ich nicht in Arbeit versinke oder gerade den Doppelmörder festnehme …«

»Manchmal macht das den Kopf frei. Einen Abend mal nicht an den Fall denken.« Simon wusste, wie Marks sich fühlte.

»Vielleicht hast du recht.«

Nachdem sich DI Marks mit leicht verkniffenem Lächeln verabschiedet hatte, ging Simon hinüber ins Atelier und suchte seine Malutensilien zusammen. Er würde hinauf ins Dorf gehen und sich an einem neuen Motiv versuchen. Einige der älteren Mitglieder der Kirchengemeinde von St. Ruan hatten den hölzernen Zugang zum Kirchen- und Friedhofsgelände mit einem umlaufenden Kranz aus Blumen geschmückt, der sich exakt den Umrissen des schon leicht verwitterten Portals anpasste. Er wollte das leuchtende Gelb der Narzissen auf die Leinwand bringen, bevor die Blüten endgültig verwelkt waren. Er war spät dran für das Motiv, eigentlich schon zu spät. Mary hatte ihn darauf aufmerksam gemacht, mit dem Hinweis, dass die Kirchengemeinde stets das Glück habe, besonders langlebige Narzissen zu bekommen. Sie hatte gelacht, als sie anmerkte, dass »die Kirche auch in diesem Fall einen guten Draht nach oben« haben müsse.

Simon nahm den Weg über den Parkplatz oberhalb seines Cottage. Der längere Weg bot neben der Bequemlichkeit auch die Möglichkeit, länger den Gedanken nachhängen zu können.

Zunächst hatte er der Begegnung mit der Rudercrew keine große Bedeutung beigemessen. Je mehr er aber über Tracy Coates' Verhalten nachdachte, umso mehr hatte er das Gefühl, dass er mit der Lehrerin sprechen musste. Es war nur so ein Gefühl, aber vielleicht konnte er ihr beistehen, bei was auch immer. Ihn beschlich das ungute Gefühl, dass sie mehr über den Mord an Fiona Richards wusste, als sie preisgeben wollte. Er war neugierig, was er herausfinden würde.

Der Weg führte vom Parkplatz aus über eine kleine Wiese, an deren Rand sich ein von Büschen nahezu überwucherter Weg schmiegte. An seinem Ende stieß Simon auf die schmale Straße, die hinauf nach Kuggar führte. In der Kurve, in der links das alte, herrschaftlich wirkende Pfarrhaus zu sehen war, bog er nach rechts in einen unscheinbaren Pfad ein, der ihn in gemächlichem Anstieg bis hoch nach Ruan Minor brachte. Dort ließ er das Kirchlein der Methodisten links liegen, ebenso den kleinen Ruan Minor Store, und stieß schließlich auf die Umgrenzungsmauer der Grundschule und den daneben liegenden Eingang zur Kirche St. Ruan.

Der in weiten Teilen unbefestigte Weg hatte ihn erfrischt, und er fühlte sich so stark wie schon lange nicht mehr. Die Luft war klar und roch nach Frühling.

Schon beim Näherkommen wusste er, dass er ein attraktives Motiv gefunden hatte, das sich überdies gut an die Touristen verkaufen lassen würde. Der Turm war ein klassisches Beispiel englischer Kirchenbaukunst. Die Sandsteinquader trugen mit einiger Würde die Spuren der vergangenen Jahrhunderte und boten Flechten in unterschiedlichen Grün- und Erdtönen eine verlässliche Heimat. Im vorderen Bereich des Kirchhofs standen schiefe, bemooste Grabsteinplatten, deren Inschriften meist unleserlich waren. Die jüngsten Zeugnisse von Abschied und Trauer reihten sich als Urnengräber im hinteren Teil des Friedhofs aneinander.

Simon beschloss spontan, die Staffelei auf der kleinen asphaltierten Fläche vor dem Kirchengelände aufzubauen. Um schon mal erste Umrisse auf die Leinwand zu bringen und die Atmosphäre des Motivs einzufangen, würde die Zeit reichen, bis der Bus kam und den kleinen Platz als Wendemöglichkeit nutzte, um zurück nach Helston zu fahren.

Es war ein echtes Postkartenmotiv, zu schön und in seiner Bedeutung zu vielschichtig, um kitschig zu wirken. Simon machte sich nach längerer Zeit wieder voller Freude an die Arbeit. Für mehr als eine Stunde vergaß er die Zeit und auch die Gedanken um die beiden Mordfälle. Er verdrängte, dass Tracy Coates nur wenige Meter weiter unterrichtete. Und er vergaß, dass Carl Reid nur wenige Straßen weiter versuchte, mit dem Tod seiner Frau klarzukommen. Er spürte, dass er in diesem Moment selbst den Flashbacks ausweichen konnte, indem er sich ausschließlich mit der Schönheit seines Objekts beschäftigte. Während der Arbeit sog er die Luft tief in die Lungen. Mit jedem Pinselstrich verschmolz er mehr mit der Umgebung.

»Ach, der Maler. Sieh mal einer an. Diesmal keine Boote und keine Klippen.«

Neben ihm war Margaret Bishop aufgetaucht und sah ihm neugierig über die Schulter.

»Ein schöner Brauch, das mit den Narzissen.« Sie kam mit ihrem Finger so nahe an die Leinwand, als wollte sie die Frische der Blüten prüfen.

»Ihre Nichte hatte die Idee zu dem Bild.«

»Mary, ja, ja.« Margret zog die Nase kraus. »Sie hat schon einen besonderen Sinn für Schönheit. Hat sie von ihrer Mutter. Sie sollte sich mal ein bisschen mehr um die Kirchengemeinde kümmern.«

»Der Glaube eines Menschen manifestiert sich nicht allein in Gebäuden wie dieser Kirche oder im Schmücken irgendwelcher sakraler Zeugnisse.« Ihm war klar, dass seine Entgegnung eine Spur zu ablehnend ausfiel. Aber nun war es zu spät.

»Ach ja?«

»Treten Sie bitte einen Schritt zur Seite?«

»Oh, ich will dem Künstler natürlich nicht im Weg stehen«, entschuldigte sie sich mit einem schnippischen Unterton. Mit einem betont weiten Ausfallschritt trat sie von der Leinwand weg.

Er tauchte den Pinsel in das angemischte Grün auf der Palette und wollte konzentriert weiterarbeiten, aber sie ließ ihn nicht in Ruhe.

»Ist die Polizei in Sachen Morde schon weiter? Haben Sie etwas gehört? Sie sind doch als ehemaliger Polizist sicher im Bilde.«

Als Antwort brummte er etwas Unverständliches.

Margaret Bishop wollte dies offenbar als Aufforderung interpretieren und kam wieder ein Stückchen näher. »Also, haben Sie?«

Zu seiner aktiven Zeit hätte er sie nicht weiter beachtet oder ihr einen Platzverweis erteilt. Das ging nun natürlich nicht mehr. »Es gibt nichts Neues.« Er sprach gegen die Leinwand und räusperte sich.

Bishop ließ sich nicht abweisen. »Ich habe mal ein paar Erkundigungen eingezogen, schließlich kenne ich eine Menge Menschen«, betonte sie und drückte den Rücken durch, »so höre ich doch eine Menge, ohne zu neugierig zu wirken.« Um das Maß voll zu machen, fügte sie hinzu: »Ich habe manchmal das Gefühl, die Menschen legen sich bei mir auf die Couch, um ihre Neuigkeiten, Sorgen und Probleme mit mir zu teilen – ohne dass ich viel dazu beitragen muss. Ich muss sehr vertrauenswürdig auf sie wirken.«

Simon arbeitete ungerührt weiter. Von dieser aufgeblasenen Vorstandschefin des angeblich wichtigsten Vereins in Cadgwith wollte er sich nicht aus der Ruhe bringen lassen. Sollte sie doch quatschen, das ging ihm zum einen Ohr hinein und zum anderen gleich wieder hinaus. »Ja, ja.«

»Die Frau des emeritierten Professors für französische Geschichte zum Beispiel, sie wohnt hier direkt um die Ecke. Sie hat mir erzählt, dass sie häufig mit Tracy Coates, der Lehrerin, spricht. Sie wohnen ja praktisch nebeneinander. Also, sie hat mir erzählt, dass Tracy wohl sehr einsam ist. Und dass sie dringend einen Partner sucht. Und dass sie nur deshalb in dem Ruderklub ist, weil das auch ihre Freundinnen sind. In Wahrheit geht es ihr dort meist zu oberflächlich zu, um sich wirklich wohlzufühlen. Ein Wochenende sei okay, aber wirklich tiefergehende Begegnungen habe sie dort nicht.«

Simon mischte den passenden Farbton an, um dem kantig gedrungenen Kirchturm und dem Kirchenschiff die richtige Farbtemperatur zu verpassen. »Hm.«

Bishop reckte den Kopf. »Wird das nicht zu gelb?«

»Hm.«

»Na ja, jedenfalls scheint Tracy ein spätes Mädchen zu sein, das wohl nie den Richtigen fürs Leben finden wird.« Sie sah seinen erstaunten Blick und hob die Hände. »Was man so hört. Jedenfalls ist sie in letzter Zeit nicht gut drauf.«

»Woraus schließen Sie das?« Er wollte nicht zu unhöflich wirken. Vielleicht würde er sie auf diesem Weg einfacher los.

»Ich habe Cathrine getroffen.«

Als wenn er wüsste, wer Cathrine war.

»Cathrine, Sie wissen schon, die Frau, die vor einem Jahr nach Cadgwith gezogen ist. Cathrine, die ihren Mann durch Krebs verloren hat. Sie wohnt oben, nicht weit von The Coach House der McMinns. Na ja, sie ist diese Woche das erste Mal zu unserer Versammlung gekommen und gleich eingetreten. Ihr sind die vier Frauen auch schon aufgefallen. Dass sie keinen in ihren Kreis lassen. Und dass es nicht so weit her ist mit ihrer dicken Freundschaft. Eine nette Frau, Cathrine, sagen Paul und Paula. Sie haben sich schon ein paarmal zum Tee getroffen.«

Meine Güte, dachte Simon und setzte den Pinsel an, um dem Turm weitere Konturen zu geben. Er hatte von der Frau noch nie gehört.

»Sie hat einmal erlebt, dass die Frauen sich gezofft haben. Und zwar gehörig. Ist noch gar nicht so lange her. War wohl am Abend nach dem Wettangeln unten im Hafen. Und dass Tracy heulend an ihr vorbeigelaufen ist. Muss wohl 'ne Menge Alkohol im Spiel gewesen sein. Na ja. Muss ja jeder selbst wissen.«

Simon hätte Margaret Bishop am liebsten verscheucht. Ihr Gequatsche machte nicht nur seine Konzentration zunichte, sondern auch die positive Stimmung, mit der er nach Ruan Minor aufgebrochen war. Genervt legte er Pinsel und Palette ab. Er würde an diesem Tag nicht mehr weiterkommen. Das Beste war, er packte zusammen und ließ Marys nervige Tante einfach zurück.

»Ich störe Sie doch hoffentlich nicht?«

Er hoffte, dass sein Schweigen Antwort genug war.

»Ich geh dann besser mal.« Sie warf einen Blick auf ihre Handtasche. »Ich habe ohnehin zu tun. Claire hat zugesagt, sich an der Gartensafari zu beteiligen.«

Sie schien auf eine Reaktion zu warten. Als die nicht kam, zuckte sie mit den Schultern. »Dann noch viel Glück mit Ihrem Bild. Und grüßen Sie meine Nichte von mir.«

Simon sah ihr hinterher, froh, dass ihm weitere angebliche Neuigkeiten aus dem Dorf erspart blieben. Dennoch packte er seine Utensilien zusammen. Gerade, als er die Tasche umhängen wollte, strömten die Grundschüler aus ihren Klassenräumen auf den Schulhof. Sofort war die Luft von einem Durcheinander von Rufen, Rennen, freundschaftlichen Schubsereien und Ballspielen erfüllt. Er blieb stehen und sah dem Treiben lächelnd zu. Die Unbeschwertheit der Kinder schien aus einer anderen Zeit zu kommen und hatte nichts mit dem gemein, was er als sein

Leben bezeichnete. Er hatte kaum Kontakt zu Kindern. Seine beiden Cousinen waren zwar verheiratet und hatten Nachwuchs, aber er hatte sie schon Jahre nicht mehr gesehen.

Aus einem Pulk fröhlich lärmender Kinder löste sich eine Gestalt und kam auf ihn zu. Es war Tracy Coates, die an die wenig mehr als hüfthohe Umgrenzungsmauer trat.

»Auf Motivsuche?« Sie lächelte ihn an.

»Ich habe mein Motiv für diesmal bereits gefunden.« Er deutete auf die Kirche. »Der strenge architektonische Hintergrund und das leuchtende Gelb der Narzissen bilden einen schönen Kontrast. Das Ganze hat etwas von Zuversicht und Aufbruch.«

Sie nickte. »So habe ich das noch nicht gesehen, aber Sie haben recht. Ich könnte das Thema mit der Klasse aufgreifen, bevor alle Blüten verwelkt sind.« Sie warf einen Blick auf den Schulhof. »Dennis, lass Jenny in Frieden.« Sie wandte sich wieder zu Simon. »Kinder.«

Simon nickte. »Unbeschwert, vorurteilsfrei, aber manchmal können sie eine wahre Pest sein, wenn es darum geht, andere zu ärgern.«

»Ärgern? Manchmal artet das auch in Drangsalieren aus.« Sie deutete hinter sich. »Die reinen Bestien, manchmal.« Sie lächelte.

»Wie geht es Ihnen?«

Die Frage verdunkelte ihren Blick. »Ich komme nicht über Fionas Tod hinweg.«

»Ja, das muss schwer sein.«

»Ich komme ja nicht viel herum. Ich, nun ja, lebe für meine Schülerinnen und Schüler und für die Schule. Ich bin im Grunde gerne für mich.«

»Wie passt dann Ihre Clique dazu? Verzeihen Sie, wenn ich so offen frage.« Simon hatte Staffelei und Umhängetasche längst abgestellt.

Tracy Coates lächelte. »Ich weiß, dass Sie einmal Polizist waren. Da legt man die professionelle Neugier nicht so schnell ab, oder? Aber das ist kein Problem für mich. Fragen Sie ruhig.«

»Sie beobachten das ganz gut«, meinte er anerkennend und lächelte nun seinerseits. »Dann frage ich einmal ganz offen: Wenn Sie sich als eher in sich gekehrt beschreiben, wie passen dann die Wochenenden im Pub oder im Gig Club dazu?«

Sie trat von einem Fuß auf den anderen. »Ich verstehe schon, dass das merkwürdig erscheinen muss. Aber meine Freundinnen bedeuten mir viel. Ich bin gerne mit Ihnen zusammen. Wir haben oft die gleichen Themen und Interessen. Und wir verstehen uns blind. Sie sind die einzigen Menschen, denen ich wirklich vertraue. Ein geschlossener Zirkel. So etwas wie mein Rückzugsort.« Sie legte den Kopf leicht schief und sah ihn fragend an. »Wir schlagen doch nicht zu sehr über die Stränge, oder? Das klingt jedenfalls so, wie Sie es sagen.«

»Ich maße mir kein Urteil an. Das ist Ihre Privatsache.«

»Da klingt ein Aber mit.«

»Sie gelten schon«, sagte er, »als feierfreudig. Gleichzeitig spricht man aber auch über die Harmonie, die Sie vier ausgestrahlt haben. Weitgehend.«

»Weitgehend?« Tracy Coates zog die Augenbrauen zusammen. »Was meinen Sie damit?«

»Sie haben ein feines Gespür für Zwischentöne.« Er nickte. »Das findet man nicht mehr oft in diesen Zeiten.

Nun, es geht das Gerücht, dass nicht immer alles so harmonisch zwischen Ihnen abläuft. *Gerücht* ist vielleicht zu viel gesagt, aber beim jüngsten Wettangeln soll es anschließend zum Streit zwischen ihnen gekommen sein.«

»Streit? Wann soll das gewesen sein?« Sie schüttelte den Kopf.

»Wenn ich richtig rechne, muss das etwa zwei Wochen vor dem Mord an Fiona Richards gewesen sein.«

»Ich kann mich nicht … Jetzt weiß ich wieder.« Sie legte ihre Stirn noch mehr in Falten. »Da war nichts, wirklich. Wir hatten alle ein bisschen zu viel getrunken.«

»Darf ich Sie fragen, worum es dabei ging?« Er setzte sein gewinnendstes Lächeln auf.

»Das ist meine Privatangelegenheit.« Sie warf einen Blick über den Schulhof. Die kurze Pause war beendet, und die Kinder trotteten nach und nach ins Gebäude. »Ich muss jetzt wieder in meine Klasse, Mr. Jenkins.«

»Das ist wirklich schade. Ich hätte gerne … Ach, lassen Sie es gut sein. Es geht mich wirklich nichts an.«

Tracy Coates machte mit einem Mal einen verunsicherten und verletzlichen Eindruck. Sie behielt das Schulgelände im Blick, während sie sprach. »Kommen Sie nachher zu mir. Ich habe jetzt noch eine Stunde und danach frei. Ich muss allerdings später zur Sitzung der Kirchengemeinde. Ich wohne direkt um die Ecke.« Sie zeigte in die Richtung. »Der zweite Bungalow.« Sie verabschiedete sich und ließ Simon zurück.

Er blieb einen Augenblick unschlüssig stehen und wandte sich dann dem Kirchengelände zu. Seine Malsachen runter nach Cadgwith zu bringen, um dann wieder hier herauf zu müssen, wollte er seinem Rücken nicht zumuten. Im hinteren Bereich des Friedhofs stand eine große Bank. Das über und über mit Flechten bewachsene Tropenholz begann bereits zu verwittern und spiegelte auf diese Weise den endlosen Zyklus aus Werden und Vergehen. Sie passte perfekt zum Gelände, dachte er und strebte einigermaßen vergnügt der einladenden Sitzgelegenheit entgegen. Er würde dort die Stunde überbrücken, und die wärmende Frühlingssonne würde ein Übriges tun, das Warten erträglich zu machen.

Zufrieden ließ er sich auf der Bank nieder, streckte die Beine von sich und blinzelte in die Sonne. Nach der nervigen Begegnung mit Marys Tante fühlte er sich wieder mit dem Tag versöhnt.

Bis auf ein paar Besucher, die zwischen den Grabreihen hin und her huschten, um Blumen auszutauschen oder ein schnelles Gebet vor einem Grab zu sprechen, blieb Simon die nächste Stunde ungestört.

Schließlich stand er auf und machte sich auf den kurzen Weg hinüber zu Coates' Haus.

»Sind Sie sicher, dass Sie mich tatsächlich empfangen wollen?« Tracy hatte mit zweifelndem Blick vorsichtig die Tür geöffnet und gab nun einladend den Weg frei. Im Wohnzimmer, das zur Küche hin offen war, bot sie ihm einen Tee an.

Er nickte zustimmend, stellte seine Sachen ab und setzte sich. »Schön, dass ich zu Ihnen kommen kann.«

Noch beim Aufsetzen des Kessels kam sie zur Sache. »Ich weiß auch nicht mehr, warum und wann es begann, aber auf einmal haben sie mich aufgezogen.« Sie sah ihn unsicher an.

»Aufgezogen? Womit?«

Tracy antwortete nicht sofort, sondern begann umständlich das Teegeschirr zu arrangieren und die Teebeutel in die Becher zu hängen. Als sie ihn schließlich ansah, hatte sich eine leichte Röte auf ihre Gesichtszüge gelegt. »Sie meinten, ich solle endlich Nägel mit Köpfen machen und mir einen Mann angeln. Die biologische Uhr ließe nicht mit sich handeln. So etwas in der Art.« Sie stockte. »Irgendwann gingen die Bemerkungen unter die Gürtellinie. Ich habe das nicht länger ertragen und bin regelrecht geflüchtet.« Sie errötete noch mehr. »Manchmal können beste Freundinnen erbarmungsloser und grausamer sein als gehässige Schüler.« Sie fuhr sich übers Gesicht und beeilte sich hinzuzufügen: »Am nächsten Tag war alles wieder vergessen. Wie gesagt, es war wohl zu viel Alkohol im Spiel.« Sie machte ein zerknirschtes Gesicht.

»Man kann ja nicht immer einer Meinung sein«, versuchte Simon ihr eine Brücke zu bauen.

»Das ist wohl wahr. Im Augenblick ist alles tutti, wie Millie es formulieren würde. Wir sind jetzt häufiger bei Louise. Sie renoviert gerade ihr Haus. Da kann sie jede Hand brauchen, auch wenn es überwiegend die linken sind.« Sie sah auf ihre Hände und musste lächeln. Dann wandte sie sich abrupt ab. »Hätte beinahe den Tee vergessen.« Mit Schwung nahm sie den Kessel von der Herdplatte und füllte die Becher. Mit einem unsicheren Blick meinte sie: »Ich hoffe, Sie mögen Rhabarbertee.«

»Absolut.«

Sie bat ihn mit den beiden Bechern in der Hand zur Sitzecke. Dort stellte sie den Tee auf dem niedrigen Couchtisch ab. »Nehmen Sie doch Platz.«

Er fragte sich, wann sie ihre Haltung als eilfertige Gastgeberin aufgab und zum eigentlichen Grund für die Einladung kam. »Mrs. Taylor hat Hillside gekauft. Ich weiß. War wohl mal ein beliebtes Ferienhaus. Sie wird mit der Rückführung in ein Privathaus im Dorf auf jede Menge Zustimmung stoßen.«

Tracy nickte. »Das ist sicher so. Seit ein paar Jahren schon nimmt die Zahl der Häuser zu, die nicht mehr dauerhaft bewohnt, sondern an Touristen vermietet werden. Ich habe auch schon von den Sorgen einiger gehört, die den Ausverkauf des Dorfes und den damit verbundenen Verlust der Identität befürchten. Der Tourismus hat nicht nur positive Seiten. Man war froh, dass Louise gekauft hat, um dauerhaft dort zu wohnen. Das Ganze hätte auch anders ausgehen können.«

»Wie meinen Sie das?« Simon legte den Teebeutel auf das bereitgestellte Tellerchen.

»Millie hatte ein paar Interessenten, die Hillside kaufen wollten, um es dann doch wieder nur als Feriendomizil zu vermieten.«

»Hat also Mrs. Taylor das Rennen gemacht?«

»Das kann man so nicht sagen. Millie hatte auch Louise als Klientin. Louise hat offenbar mehr geboten als die anderen.«

»Da gab es also keinen Freundschaftsbonus?«

»Bei Geld hört die Freundschaft auf – heißt es nicht so?«

»Das stimmt. Es ist also alles glatt über die Bühne gegangen?«

»Den Eindruck habe ich gehabt – zumindest am Anfang.«

»Oh.«

Sie zuckte mit den Schultern. »Ich sollte besser meinen Mund halten.«

War es das, was sie ihm sagen wollte? Dass es innerhalb der Clique doch nicht so harmonisch zugegangen war? »Gab oder gibt es Streit?«

Tracy Coates wurde rot im Gesicht. »Millie hat Fiona mit der Abwicklung des Kaufs beauftragt, und seitdem war das Verhältnis zwischen Fiona und Louise nicht mehr wie früher. Wie gesagt, bei Geld …«

»Natürlich.« Er beugte sich zu ihr. »Ich habe den Eindruck, dass Sie mir etwas mitteilen wollen, Mrs. Coates.«

Sie stand unvermittelt auf. »Ich … die beiden Morde machen mir zu schaffen. Ich habe das Gefühl, dass wir eine gewisse Mitschuld am Tod von Fiona haben. Wir hätten uns nicht auf diese dumme Idee mit dem Klub der bösen Schwestern einlassen dürfen.«

In den folgenden Minuten erzählte sie ihm, wie es zu dem Plan gekommen und wie der Tag in Helston geendet war. Und dass sie seither keine Nacht mehr ruhig schlafe. Sie sei nicht so abgeklärt wie Millie, die das alles scheinbar unbeteiligt wegstecke. Wenn sie mit ihren Freundinnen über ihre Ängste sprach, bekäme sie von Millie lediglich mitleidige Blicke. Louise könne ihre Sorgen zwar verstehen, wahre am Ende aber die professionelle Distanz einer Medizinerin.

»Ich fühle mich alleingelassen. Und ausgerechnet von meinen besten Freundinnen. Ich verstehe das alles nicht mehr. Das ist ein schrecklicher Albtraum.«

Simon nickte. Er hatte nun das Gefühl, dass Tracy Coates jemanden zum Reden gesucht hatte. Das war alles. Es ging ihr nicht darum, ein Geheimnis auszuplaudern. Dass es zwischen Freundinnen auch schon mal Unstimmigkeiten gab, war nur natürlich. »Jeder Mensch geht mit Verlust, Trauer und möglichen Schuldvorwürfen anders um.«

»Sie haben recht. Es ist nur so, im Augenblick hänge ich völlig in der Luft, als sei mir der Boden unter den Füßen weggezogen worden.« In ihren Augenwinkeln sammelten sich Tränen. »Und dann wird auch noch Abigail umgebracht.«

»Sie kannten Sie näher?«

Sie schüttelte den Kopf. »Ich bin gerne in Helston in den Charity Shops unterwegs. Wissen Sie, dort kaufe ich Bücher und die eine oder andere Kleinigkeit, auch schon mal eine Bluse.« Sie machte den Eindruck, als geniere sie sich dafür. »Und ich war ein-, zweimal bei ihr zu Hause. Auf einen Tee und Plätzchen. Wir mochten uns. Ich denke, dass Abigail in mir so etwas wie eine Vertraute gesehen hat. Jemand, der ihr vielleicht die eine oder andere Tür im Dorf öffnen könnte. Sie wohnte ja im nicht gerade besten Viertel Ruan Minors.«

»Sie meinen die Gemeindehäuser?«

Sie nickte.

»Hat sie Ihnen gegenüber mal erwähnt, ob sich in ihrem Leben Dinge verändert haben?«

»Ich verstehe nicht.«

»Hat sie zum Beispiel erwähnt, dass es ihr schlecht ging? Dass sie vielleicht sogar Angst vor irgendetwas oder irgendwem hatte?« Er verfiel unbewusst in sein Polizeidenken. Er war nicht sicher, ob DI Marks davon wusste, dass Coates und Reid engeren Kontakt gehabt hatten.

»Nein, eigentlich nicht. Das Übliche, was Frauen sich so erzählen. Bisschen Haushalt, Mode, die Männer im Allgemeinen und im Besonderen, auch der gewisse finanzielle Notstand. Also, ihrerseits. Aber nur am Rande. Ich habe ihr dann die Stelle bei Millie besorgt.«

»Das ist schön.«

»Sie war so dankbar. Es lief damals nämlich nicht sehr gut zwischen ihr und ihrem Mann Carl. Er war mit dem Lkw manchmal wochenlang in Europa unterwegs, und wenn er zurück war, hat er offenbar nur gemeckert. Sie hat ihm nichts recht machen können. Sie war froh, wenn er wieder auf Tour ging.«

»Ist er gegenüber seiner Frau gewalttätig geworden?«

»Ob er sie geschlagen hat? Das kann ich nicht sagen. Darüber hat sie nichts erzählt. Ich hatte allerdings den Eindruck, dass sie mir auch nicht alles erzählt hat. Ich habe mir dann das eine oder andere zusammengereimt.«

»Wollen Sie mir davon erzählen?«

»Ich will über ihren Mann nichts Schlechtes sagen, aber ...« sie stockte, »ich würde mich nicht wundern, wenn er sie auch schon mal geschlagen hat.«

»An ihr haben Sie aber nichts bemerkt?«

Sie schüttelte erschrocken den Kopf. »Nein. Natürlich nicht.«

»Gewalt gegen Frauen hat viele Gesichter.«

Sie senkte den Blick. »Ich weiß.«

»Entschuldigen Sie bitte. Ich wollte Ihnen nicht zu nahe treten.«

Sie winkte ab. »Die Sache mit dem Dating-Portal – ich war eine dumme Kuh. Das passiert mir nicht mehr. Habe selbst Schuld.«

Er wollte schon entgegnen: *Wenn Sie so denken, nehmen Sie solche Betrüger nur in Schutz*, aber das verkniff er sich. »Abigail Reid, so scheint es, war eine Frau, deren Alltag ein einziger Kampf war, um in dieser Welt ein klein wenig Wärme abzubekommen.«

Sie sah ihn erstaunt an. »Das Gleiche habe ich auch gedacht. Schrecklich, dass sie tot ist ...«

»Ja.«

»Sie hat die Putzstelle bei Millie sehr gemocht. Sie hat Millie nett gefunden und auch die Kinder.«

»Und Mr. Henderson?«

Sie sog die Luft ein. »War wohl ein aufmerksamer Arbeitgeber.«

»Was verstehen Sie unter aufmerksam?«

»Er hat ihr Komplimente gemacht. Sie hat sie genossen, wie sie mir gestanden hat. So ein gut aussehender Mann. Jemand, der sie als Mensch und als Frau wahrnahm. Er hat ihr eine Stelle in seinem Autohaus angeboten. Er hat sie eingeladen, sich den Betrieb anzuschauen. Davor hatte sie ein wenig Respekt. In einem Autohaus putzen sei doch etwas anderes, als eine Wohnung aufzuräumen oder ein Cottage zu putzen.«

»Und? Hat sie die Stelle bekommen?«

Tracy Coates schüttelte traurig den Kopf. »Sie hätte in der kommenden Woche dort anfangen sollen. Aber ...«

»Sie haben eben erzählt, dass es mit der Ehe nicht zum Besten stand. Wollte Mrs. Reid sich von ihrem Mann trennen? Hat sie so etwas anklingen lassen?«

»Nein. Das hat sie nicht. Sie hat bei unserer letzten Begegnung so voller Zuversicht gewirkt. Und nun ...« Sie suchte in ihrer Jeans nach einem Taschentuch und schnäuzte sich.

Simon gönnte ihr eine Pause, bevor er die nächste Frage stellte. »Haben Sie eine Idee, wer ihr das angetan haben könnte?«

Sie schüttelte heftig den Kopf. »Wie ist sie gestorben?«

»Darüber kann ich nichts sagen.« Sie an seinem Wissen teilhaben zu lassen, hieße, sich in die Arbeit von DI Marks und seinem Ermittlungsteam einzumischen. Das würde Chris ihm zu Recht nicht verzeihen.

Sie nickte. »Ich kann nur hoffen, dass ihr Mörder schnell gefasst wird. Zwei tote Frauen. Nicht, dass noch mehr Menschen sterben müssen.«

»Ein Serienmörder, meinen Sie?«

Sie zuckte mit den Schultern. »Ich habe einfach nur Angst.«

»Wenn Sie ein bisschen Ablenkung brauchen, Mary würde sich sicher über einen Besuch freuen.«

»Nein, danke. Ich komme schon zurecht.« Sie warf einen Blick zur Uhr. »Ich hoffe, ich habe Ihre Zeit nicht zu lange in Anspruch genommen und Sie mit meinen Sorgen und Ängsten nicht unnötig belastet. Es ist nur so, ich bin froh, einmal mit jemandem reden zu können.« Sie sah ihm direkt in die Augen. »Sie waren doch einmal Polizist. Und Sie hatten sicher auch so etwas wie eine Schweigepflicht?«

»Keine Sorge, Mrs. Coates. Ich behalte für mich, was Sie mir erzählt haben. Im Gegenteil, ich bedanke mich für Ihr Vertrauen.«

»Jetzt ist Ihr Tee ganz kalt geworden«, sagte sie beim Aufstehen, »aber ich muss jetzt wirklich los. Die Sitzungen der Kirchengemeinde beginnen pünktlich.«

»Dann sollten Sie die Damen und Herren nicht warten lassen.«

Nachdem er sich von Tracy Coates verabschiedet hatte, schlug Simon den Weg über das Asphaltsträßchen zurück nach Cadgwith ein. Dabei hatte er keinen Blick für die See, die mit ihrer Weite einladend lockte. Ihm ging das Gespräch nicht aus dem Kopf.

Abigail Reid hatte in der Lehrerin offenbar jemanden gefunden, vor dem sie ungeschützt ihre Gefühle ausbreiten konnte. Pädagogen hatten in der Regel eine empathische Art, ein Wesenszug, der quasi zur Grundausstattung ihrer Arbeit gehörte.

Und steckte hinter Hendersons Angebot, im Autohaus zu putzen, vielleicht mehr als nur Höflichkeit? Oder bewertete er das am Ende über? Er würde das und andere Fragen mit Chris diskutieren. Aber zunächst würde er im Dorfladen bei Mary vorbeischauen und ihr davon erzählen, dass er Tracy Coates auf die Idee gebracht hatte, einmal bei ihr vorbeizuschauen. Er war sich sicher, dass sie ihm das nicht krummnehmen würde.

XXXV.

»Was wollen Sie?« Annie Bley hielt die Tür nur einen Spalt geöffnet.

»Ich wollte nur mal nach Ihnen sehen.«

»Ich bin krank.«

»Ich hab mir Sorgen gemacht.« Er legte die Hand leicht auf das Türblatt.

»Verschwinden Sie.«

»Annie – DS Bley.« Er wollte sich nicht abwimmeln lassen. Sie sah desolat aus. Ihr ohnehin widerspenstiges

Haar stand nach allen Seiten ab. Um ihre Augen hatten sich dunkle Ringe gelegt. Die Haut war grau. Von ihrer Kleidung sah er lediglich den Teil eines T-Shirts. Es sah so aus, als habe sie mehrere Nächte darin geschlafen.

»Was?« Sie sah ihn mit zornigem Blick an. Allerdings stand darin auch Verzweiflung.

»Darf ich hereinkommen?«

Sie starrte ihn an, sagte aber nichts.

»Sie sehen, mit Verlaub, echt scheiße aus, DS.«

»Das geht Sie nichts an.«

»Ich bin Ihr Vorgesetzter und dazu verpflichtet, nach Ihnen zu schauen.«

»Wollen Sie mir hier einen Vortrag über die Rechte und Pflichten eines Vorgesetzten halten? Darauf habe ich keine Lust. Hauen Sie ab. Ich melde mich zum Dienst, wenn ich …«

Er nahm die Hand von der Tür. »Können wir das nicht drinnen besprechen?«

»Auf Besprechungen habe ich ebenfalls keine Lust.« Sie drückte die Tür zu.

Marks blieb einen Moment lang verblüfft stehen. Annie schien es tatsächlich beschissen zu gehen. Umso mehr wollte er den Grund erfahren.

Er klopfte. »Bitte.«

Drinnen rührte sich nichts.

Er klopfte erneut. Auch diesmal blieb eine Reaktion aus. Marks überlegte, was er tun sollte. Als er sich gerade dazu entschlossen hatte, seine Mitarbeiterin in Ruhe zu lassen, öffnete sich die Tür erneut einen Spalt weit.

»Annie?«

Er bekam keine Antwort. Unsicher hob er die Hand.

Als er die Tür schließlich aufdrückte, war der Flur dahinter leer. In dem kurzen Stück war es düster. Die Türen zu den abgehenden Zimmern waren geschlossen, lediglich die Tür geradeaus stand offen. Entschlossen trat er ein und blieb gleich wieder stehen. In dem schmalen Durchgang roch die Luft abgestanden.

»Bley?«

Als er erneut keine Antwort bekam, ging er auf die offene Tür zu. Sie führte ins Wohnzimmer, jedenfalls in das, was Bley wohl dafür hielt. Der große Raum war karg eingerichtet. Eine Anrichte, eine Stehlampe, die Wände waren leer bis auf ein kurzes Regal, auf dem sich ein paar Bücher den Platz mit einer winzigen Kompaktanlage teilten. Auf dem Boden stand ein Fernseher. Die zugezogenen Vorhänge ließen nur wenig Licht in den Raum. Es gab noch ein Tischchen und eine Couch.

Auf dem Sofa hatte Annie Bley sich wie ein kleines Mädchen in eine graue Wolldecke gerollt und starrte die Wand an.

»Was ist mit Ihnen? Kann ich etwas für Sie tun?« Er blieb mit Abstand vor der Couch stehen, um ihr nicht den Eindruck zu vermitteln, er wolle sie zu irgendetwas drängen.

Sie antwortete nicht.

Er trat vorsichtig einen Schritt näher. »Brauchen Sie einen Arzt?«

Als Antwort hörte er ein schwaches Wimmern. Als er sich über sie beugen wollte, drehte sie ihm das Gesicht zu. Ihre Augen waren rot, die Wangen tränennass. Sie sah ihn an wie ein waidwundes Tier vor dem erlösenden Fangschuss.

Marks war entsetzt. DS Bley war ihm bisher als starke, wenn auch widerspenstige Frau erschienen, die vor nichts und niemandem Respekt, geschweige denn Angst hatte. Und nun sah er auf ein schluchzendes Bündel Mensch herab, das in den vergangenen Tagen durch die Hölle gegangen sein musste. Was war mit DS Annie Bley passiert?

Als er seine Hand auf ihre Schulter legte, zuckte sie zusammen. Augenblicklich nahm er sie weg und wechselte stattdessen zum Fenster.

»Darf ich das Fenster öffnen? Hier riecht es … nicht gut.« Er schlug einen aufmunternden Ton an. »Die frische Luft wird Ihnen guttun.«

Sie antwortete nicht, verfolgte stattdessen aufmerksam jeden seiner Schritte, so als fürchtete sie sich vor seinen Bewegungen.

Als Annie nicht antwortete, zog er die Vorhänge zurück und schob den Fensterladen ein Stück nach oben. Sofort klangen die Geräusche der Straße zu ihnen, heraufgetragen von der frischen Luft, die ins Zimmer drang.

Er wusste nun, was er zu tun hatte. »Ich hole Ihnen etwas zu trinken.« Intuitiv fand er die richtige Tür, die den Weg in eine winzige, schlauchartige Küche freigab. Im Kühlschrank fand er eine halbvolle Flasche Mineralwasser. In der Spüle stand, neben einer leeren Flasche Gin, ein Glas. Er füllte es und brachte es zu ihr.

»Hier, trinken Sie.«

Sie sah ihn an, als verlange er Unmögliches von ihr.

»Bitte.«

Mühsam drehte sie sich ganz zu ihm. Behutsam drückte er ihr das Glas in die Hand, nicht sicher, ob sie es würde halten können.

Sie trank mit kleinen gierigen Schlucken.

»Wie lange geht das schon so?«

Sie sah ihn über den Rand des Glases mit großen Augen an und leerte das Glas. Erschöpft sank ihr Kopf zurück. Er konnte gerade noch das Glas auffangen, bevor es auf dem Linoleumboden zerschellt wäre.

»Was ist passiert?«

Sie schloss die Augen.

»Sie müssen mir sagen, was passiert ist. Ich kann Ihnen sonst nicht helfen, Annie.«

Als sie ihren Namen hörte, zuckte sie zusammen.

»DS Bley, was ist passiert?«

»Die Ermittlungen …« Sie brach ab.

»Was ist damit?«

»Die Männer …«

»Was ist mit den Männern?« Er verfiel in einen sanften Ton, der sie ermuntern sollte weiterzureden.

»Die Männer.« Sie hielt die Augen geschlossen und hatte sichtlich Mühe, sich zu konzentrieren.

»Ja?« Er setzte sich zu ihr vor das Sofa und hütete sich, sie zu berühren.

»Die Männer und die Frauen. Was die Männer mit den Frauen machen.« Sie schluchzte.

»Ich bin bei Ihnen, und ich höre Ihnen zu, Annie.« Er berührte nun doch leicht ihre Schulter.

Sie rührte sich nicht und ließ es geschehen.

»Ich bin bei Ihnen, Annie.«

Sie schwieg. Auch das Schluchzen hatte aufgehört. Es schien, als sammle sie Kraft für das, was aus ihrem Mund hinauswollte. Er sah, wie es heftig in ihr arbeitete, und ließ seine Hand auf ihrer Schulter liegen.

Es kam ihm so vor, als habe er minutenlang unbeweglich an der Couch auf dem Boden gesessen, bevor sie endlich sprach.

»Männer haben nur eines im Sinn – Frauen wie ihren Besitz zu behandeln. Sie für ihre Zwecke zu missbrauchen, seelisch und auch körperlich. Als sei das ihre Bestimmung, ihr Recht, und als hätten sie Spaß daran.« Sie stockte und holte tief Luft. »Reid, Barnes, der Unbekannte in Helston – sie bringen nur Unglück über die Frauen. Ich ertrage das nicht länger.«

»Ich ziehe Sie von dem Fall ab.«

Sie fasste seine Hand, als habe er sie erschreckt. »Nein. Ich will sie zur Strecke bringen.«

»Das klingt nach Hass. Das ist ein schlechter Motor für eine erfolgreiche Ermittlung, Bley.«

»Ich will den Fall nicht abgeben. Dann hätten sie gewonnen. Nein, das wäre eine Niederlage, die ich nicht verkraften würde.« Ihre Stimme hatte an Festigkeit gewonnen.

»Sind Sie sicher?« Er nahm die Hand weg.

»Deshalb bin ich Polizistin geworden – um dem Recht Geltung zu verschaffen. Das Gute gegen das Schlechte schützen.«

»Das klingt nach einem … Märchen.«

»Ich …«

»Das Recht hat sich uns ausgesucht? Eine wunderbare Idee und doch ein Klischee.« Er wusste nicht, wie er sich ihr gegenüber angemessen verhalten sollte. Ihre Verfassung hatte ihn aus der Bahn geworfen. Als Detective Inspector wusste er immer, was zu tun war, meistens jedenfalls. Aber als Mensch war er sich gerade nicht so sicher.

Sie atmete schwer, bevor sie sprach. »Es hat alles mit dem Cousin meiner Mutter angefangen.«

»Hat er Sie missbraucht?« Marks hatte so etwas schon geahnt.

»Nicht körperlich.« Sie schüttelte den Kopf. »Aber er hat meine Seele verletzt.«

»Wollen Sie mir davon erzählen?«

»Es war bei einer Familienfeier. Da hat er mich auf dem Flur abgepasst. Er hat mich gierig angestarrt, dann hat er gegrinst und gemeint, ob ich mir *nicht endlich die Titten machen lassen* will.« Sie schüttelte den Kopf bei dem Gedanken. »Ich war damals dreizehn. Können Sie sich das vorstellen? Der alte Mann. Und ich war dreizehn. Er kannte mich seit meiner Geburt.« Ihre Stimme wurde mit jedem Wort leiser.

Marks wusste darauf nichts zu entgegnen.

»Zwei Jahre später ist er elendiglich an Krebs verreckt. Und ich habe mich so sehr gefreut, dass er mich nicht mehr so anstarren konnte. Ich ...«

»Schlimm.«

»Schlimm? Er hat mich missbraucht – mit Worten.«

»Es tut mir leid, was Ihnen zugestoßen ist.«

»Später habe ich dann Dinge gemacht, mit Männern.« Ihre Stimme kratzte wie über Glas.

Marks wollte sie reden lassen und schwieg. Er hatte das Gefühl, dass sie nicht länger zurückhalten konnte, was sich schon lange in ihr aufgestaut hatte.

»Mein Verlobter ... hat das verlangt. Er hat ... er hat diese Dinge von mir verlangt ... Und ich dumme Kuh ...« Sie spuckte die Sätze förmlich aus.

»Um Gottes willen.« Marks ahnte den Rest.

»Es hat lange gedauert, bis ich mich von ihm losmachen konnte. Er hatte mich völlig in der Hand, und ich habe es nicht einmal gemerkt.« Ihre Stimme wurde mit einem Mal hart. »Ich war selbst schuld. Das verzeihe ich mir niemals. Und es wird mir nicht ein zweites Mal passieren.«

Marks war entsetzt. Nun war ihm klar, warum Annie Bley sich im Dienst so verhielt, wie sie sich verhielt. Er verstand nun.

»Kann ich etwas tun?« Er räusperte sich. Er kam sich reichlich dumm und hilflos vor, wie er so vor ihr hockte. Wie vor einem fiebernden Kind. Aber DS Bley war alles andere als ein Kind. Sie war eine starke Frau.

»Sie können mir einen Tee machen und dann verschwinden.«

Er nickte wortlos und suchte in der Küche nach den Zutaten für das verlangte Getränk. Er wartete in der Küche, bis das Wasser heiß war, wollte ihr die Zeit geben, zur Ruhe zu kommen. Mit dem dampfenden Becher kehrte er ins Wohnzimmer zurück, reichte ihn ihr und schloss dann unaufgefordert das Fenster.

»Morgen melde ich mich wieder zum Dienst.« Sie ließ sich zurückfallen und schloss die Augen. »Jetzt bin ich nur noch müde, Detective Inspector.«

Er nickte. »Ich freue mich.« Dann ließ er sie allein. Sie würde wieder auf die Beine kommen. Davon war er überzeugt. Leise schloss er die Tür hinter sich.

Als er auf die Straße trat und zu seinem Auto ging, sah er an der schmutzigen grauen Fassade des Mehrfamilienhauses empor. Sie war offenbar aufgestanden, das Fenster stand wieder offen. Was mochte Annie in diesem Augenblick denken und fühlen? Hatte DS Annie Bley die Gespenster ihrer Vergangenheit hinausscheuchen können?

Zu Hause zog er sich aus und ging unter die Dusche, in der Hoffnung, sich vom Schmutz der vergangenen Stunden befreien zu können. Anschließend saß er noch lange im Wohnzimmer und hörte sich durch ein paar seiner Langspielplatten. Led Zeppelin, Juicy Lucy, Moby Grape, Jimi Hendrix, zum Schluss Joe Bonamassa. Zwischendurch schob er eine Pizza in die Mikrowelle und öffnete eine Flasche Rotwein. Sein Telefon klingelte mehrfach, aber er beachtete es nicht. Schließlich verließ er das unaufgeräumte Wohnzimmer und ließ sich aufs Bett fallen.

Was hatte Annie gesagt? Sie würde nicht eher aufgeben, bis sie den Mörder dingfest gemacht hätten. Eine starke Frau, die ein hartes Schicksal mit sich trug. Er konnte ihr Verhalten verstehen. Aber er fürchtete, dass sie im Verlauf der weiteren Ermittlungen ihre Professionalität verlieren könnte. Er würde auf sie achtgeben. Das würde er zumindest versuchen.

XXXVI.

»Hier steckst du.«

»Mittagspause.« DI Marks wies einladend auf den freien Stuhl neben sich. »Ich hatte plötzlich Lust auf Fish 'n' Chips. Gestern Abend hatte ich nur eine Billigpizza aus der Mikrowelle.«

»Und du meinst, frittierter Fisch und fettige Pommes sind gesünder?« Mit einem Lächeln nahm Simon das Angebot an und setzte sich. Er war mit dem Bus nach Helston gefahren, um Marks von seiner Begegnung mit Tracy Coates zu berichten. Außerdem brauchte er ein wenig Abwechslung.

Marks trank einen Schluck von seinem Pint. »Ehrlich? Ich wollte nur raus aus dem Büro. Das gesamte Präsidium geht mir gerade gehörig auf die Nerven.«

»Was ist los? Ärger?«

»Bestell dir erst mal ein Bier, dann erzählt es sich leichter.«

»Gute Idee. Ich muss ja nicht mehr fahren.« Simon klang ungewollt eine Spur sarkastisch und beeilte sich hinzuzufügen: »Luke ist ja noch nicht wieder zurück. Da habe ich eben den Bus genommen.«

Er stand auf und trat an die Bar. Nach einem kurzen Gespräch mit der Bedienung des Blue Anchor kehrte er an den Tisch zurück.

»Cheers.« Marks stieß mit ihm an. »Keinen Hunger?«

Simon verneinte. »Du hast mich neugierig gemacht. Was treibt dich um?«

Marks schob sich ein Stück Fisch in den Mund. »Zuerst du. Du kommst doch nicht den ganzen Weg von Cadgwith her, nur um mit mir ein Bier zu trinken.« Er lächelte und kaute gleichzeitig.

»Du hast recht. Ich hatte eine interessante Begegnung mit Tracy Coates.«

»Nun?« Marks sah ihn erwartungsvoll an.

Simon schilderte ihm ausführlich, was Coates über die Ehe der Reids zu berichten gewusst hatte, und dass die Lehrerin nicht ausschloss, dass Reid gegen seine Frau gewalttätig geworden war.

»Reid könnte also in einem Streit zu weit gegangen sein?«

»Möglich.«

»Wie passt dann aber Fiona Richards ins Bild? Wenn wir davon ausgehen, dass es sich bei ihrem Mörder um den gleichen Täter handelt. Und wenn wir dann noch annehmen, dass Fiona Richards' Date beim Flora Day nichts mit ihrem Tod zu tun hat – dann müsste Reid auch sie umgebracht haben. Das passt nicht.«

»Die Putzstelle bei Richards könnte die Verbindung sein.«

»Du meinst, Reid könnte sich an Richards herangemacht haben, nachdem er erfahren hat, dass seine Frau für sie putzt, lernt die Rechtsanwältin kennen, und dann – peng – rastet er aus, als er nicht ans Ziel kommt? Eine gewagte Theorie. Findest du nicht?«

»Du kennst den alten Polizei-Spruch: Der Teufel ist ein Eichhörnchen.«

»Trotzdem, ich weiß nicht.«

»Wir dürfen nichts ausschließen.« Simon trank einen Schluck. »Da ist noch etwas.«

»Mach's nicht so spannend.«

»Henderson wollte Abigail Reid in seinem Autohaus putzen lassen.«

»Was ist dagegen zu sagen?« Marks pickte eine Pommes auf und schob sie sich genussvoll in den Mund.

»Wenn ich Coates' Äußerungen richtig interpretiere und auch nicht das außer Acht lasse, was zwischen den Zeilen mitschwang, dann hatte Neil Henderson möglicherweise nicht nur geschäftliche Interessen, als er ihr den Job anbot.«

»Hat sie den Job denn akzeptiert?«

Simon nickte. »Sie hätte kommende Woche anfangen sollen.«

»Und nun ist sie tot.« Marks beugte sich vor, als wolle er sichergehen, dass niemand anderes zuhörte. »Henderson hatte auch Kontakt zu Fiona Richards.«

»Sicher hatte er das. Seine Frau war eng mit Fiona befreundet.«

Marks schüttelte den Kopf. »Da steckt mehr dahinter. Ich war bei ihm. Er hat meine Frage deutlich verneint, dass er mit Richards Kontakt hatte, der über das normale Verhältnis zu der Clique seiner Frau hinausging. Seine Empfangsdame hat mir dann aber arglos bestätigt, dass Fiona Richards erst einen BMW bestellt und dann wieder abbestellt hat.«

»Das muss noch nichts heißen.«

»Stimmt. Auf der anderen Seite: Er hat mich angelogen, ohne Not.«

Simon nickte nachdenklich. »Neil Henderson, der smarte Autohändler. Der Krawattenträger.«

»Und Golfspieler.«

»Fügen sich da etwa Puzzleteilchen zusammen?«

Marks trank von seinem Bier und schnitt ein Stück vom Fisch ab. »Ich liebe Kabeljau.« Er führte die Gabel zum Mund. »Ich weiß nicht, ob sich da nicht etwas zusammenbraut. Wir«, er lächelte verschmitzt, »und damit meine ich mein Team, werden dem nachgehen.« Er sah Simons irritierten Blick. »Das heißt natürlich nicht, dass du ganz draußen bist. Du bist zwar kein Bulle mehr, ich will aber trotzdem nicht auf deinen Instinkt verzichten.« Er hob sein Glas. »Nicht doch hungrig?«

Simon winkte ab. »Coates war sehr gesprächig. Sie hat mir bestätigt, dass es zwischen den Damen nicht immer nur nett zugeht. Im Gegenteil, sie können offenbar auch gehörig austeilen.«

Simon erzählte von den Hänseleien und dass es zwischen Fiona und Louise Taylor seit geraumer Zeit kriselte, was möglicherweise mit Taylors Kauf von Hillside zusammenhing.

»Zickenkrieg, nichts weiter.«

»Ich wäre da nicht so voreilig.«

»Was soll das mit unseren Fällen zu tun haben? Ich sehe da keinen Zusammenhang.«

»Habt ihr Alternativen?« Simon schob sein Glas ein Stück von sich. »Ich weiß es doch auch nicht.«

»Zerbrich dir mal nicht meinen Kopf.« Marks sah ihn entschlossen an. »Wir werden uns Henderson vorknöpfen und mal gehörig auf den Busch klopfen. Mal sehen, was dann dabei herausfällt.«

»Wie du meinst.«

»Wir machen es so: Du klopfst bei Millie Henderson auf den Busch. Vielleicht steckt da ja mehr drin, als wir derzeit vermuten. Und ich knöpfe mir den smarten Autohändler vor. Nach allem, was ich gerade von dir gehört habe, ist das doch eine vielversprechende Spur.«

»Was ist eigentlich mit dem Staatsanwalt, hinter dem DS Bley so vehement her war?«

Marks schob seinen leeren Teller beiseite. »Das ist eine etwas komplizierte Geschichte, die ich im Grunde lieber für mich behalten möchte.«

Simon hob erstaunt eine Augenbraue.

»Schon gut, Simon. So war das nicht gemeint, aber ich

habe meine Gründe. Nur so viel«, er leerte sein Glas, »Staatsanwalt Barnes ist raus aus der Nummer. Vorerst zumindest. Wir haben ihn und seine Angaben bis ins kleinste Detail überprüft. Danach liegt der Fall so: Ja, er hatte ein Verhältnis mit Fiona Richards. Ja, er hat es geheim gehalten, damit beide keine Schwierigkeiten mit der Krone bekommen. Ja, seine Frau hat sich von ihm getrennt, weil sie ihm auf die Spur gekommen ist. Und zu guter Letzt, ja, er war am Tag des Verschwindens von Fiona Richards in Helston, aber er kann sie nicht getötet haben.«

»Weil?«

»Er hat ausgesagt, er sei in der Gegend herumgefahren, weil er verzweifelt war. Er wusste nicht, wie es mit Fiona und ihm weitergehen sollte. Er habe gemerkt, dass er seine Frau nicht verlieren wollte. Er habe nach ihr gesucht, um sich auszusprechen. Er ist durch die Gegend gefahren, ohne zu wissen, wo er sie suchen soll. Er sei einfach verzweifelt gewesen.«

»Eine ziemlich schwache Verteidigungsstrategie für einen Staatsanwalt, findest du nicht?«

»Du hast recht. Aber etwas spricht für ihn. Er war just zum festgestellten Todeszeitraum von Fiona Richards längst in Exeter. Er hat dort an einer Tankstelle gehalten und hat nicht nur getankt. Barnes hat dort Sandwiches gekauft und eine Flasche Whisky. Er hat uns die Quittung gezeigt. Wir haben das überprüft. Die Dateien der Überwachungskameras waren noch nicht gelöscht. Außerdem konnte sich die Bedienung im Tankstellenshop an ihn erinnern. An«, er hob seine Finger zum Zitat, »den gut aussehenden Mann, der so traurig ausgesehen hat.« Er nahm die Finger wieder herunter. »Sie habe ihm noch eine gute Weiterfahrt gewünscht und gehofft, dass er sich nichts antut.«

»Das ist eine Zeugenaussage, die eindeutiger nicht sein kann.«

»Yep.« Marks klang irgendwie enttäuscht. »Er ist also raus aus der Sache. Solange es keine neuen Hinweise gibt.«

»Gut, dann kümmere ich mich um Millie Henderson. Mal sehen, was sie zu sagen hat.«

Marks machte nun wieder ein zufriedenes Gesicht. »Es ist mir ein Vergnügen, dich zu kennen.«

Gegen Abend war Simon wieder zurück in Cadgwith. Nach dem Treffen mit Marks war er zunächst durch Helston flaniert. Die Luft war kühl und frisch, auf der Hauptstraße floss in den Rinnen beiderseits der Fahrbahn geräuschlos das Wasser.

Der Anblick hatte ihn an die makabre Verstopfung des Kanalsystems und die darauffolgenden Ereignisse erinnert. Eine Zeit, die besonders für seinen Freund Luke dramatische Folgen gehabt hatte. Eine Weile hatte Simon auf einer Bank im kleinen Park gesessen und die vorbeieilenden Menschen beobachtet. Die Zeit bis zur Abfahrt des Busses hatte er schließlich für einen Besuch des Heimatmuseums genutzt.

Nun saß er müde, aber zufrieden mit sich und der Welt in Cadgwith im Pub bei einem Feierabendbier. An der Theke standen die üblichen Gäste, die meisten von ihnen Fischer, unter ihnen auch Stevyn Collins und der emeritierte Professor für französische Geschichte, die sich lachend unterhielten. Bei ihrem Anblick fiel Simon ein, dass er die letzten Folkabende verpasst hatte. Seine Schmerzen und die Vorgänge um die beiden Morde hatten ihn davon abgehalten. Er nahm sich vor, den nächsten Dienstagabend nicht zu verpassen. Das gemeinsame Musizieren war wie eine Zeitkapsel, die ihn für eine gewisse Spanne von allen Problemen abschirmte.

»Du siehst müde aus, Simon.« Stevyn war mit seinem Bier zu ihm getreten.

»Setz dich doch.«

Stevyn beäugte misstrauisch den kleinen Hocker am Tisch, dem er wohl sein Gewicht nicht zumuten wollte, und nahm auf der Bank Platz.

»Ich weiß, dass du mit dem Detective Inspector befreundet bist. Und ich weiß natürlich auch, dass du über den Stand der Ermittlungen nichts sagen darfst«, Collins machte ein listiges Gesicht, »aber wir sind hier völlig unter uns. Ein Pub hat seine eigenen Gesetze. Was hier erzählt wird, geht nur die handelnden Personen etwas an.«

»Netter Versuch, Stevyn.« Simon musste lächeln.

»Du musst mir ja nicht alles erzählen. Nur ein bisschen. Die Leute reden über nichts anderes, da werde ich doch mal fragen dürfen.«

»Und? Was reden die Leute so?«, drehte Simon den Spieß um.

Stevyn sah ihn von der Seite an. »Wenn ich dir etwas erzählen soll, hätte ich das gerne in gleicher Währung zurück.«

Simon wollte es sich mit Stevyn nicht verscherzen. Der pensionierte Kapitän war eine Autorität im Dorf. Er erfuhr vieles, was andere niemals zu hören bekamen. Stevyn

Collins war sich seiner Stellung sehr wohl bewusst. Touristen gegenüber behauptete er manchmal spitzbübisch frech, er sei der Bürgermeister des Ortes, warf dabei seinen stattlichen Körper in Positur und erntete bewundernde Blicke der ahnungslosen Touristen.

»Nun gut. Du zuerst.« Simon ließ sich auf das Spielchen ein.

»Das Entsetzen ist groß, wie du dir sicher vorstellen kannst. Zwei Frauen in so kurzer Zeit hintereinander. Wer tut so etwas? Wir«, er wies vage in den Raum, »sind alle davon überzeugt, dass es keiner von uns sein kann. Der Mörder muss von außerhalb kommen. In den letzten Monaten hat sich ja so manches lichtscheue Gesindel hier herumgetrieben. Einbrüche, Diebstähle. Cadgwith ist längst nicht mehr so sicher wie früher.«

Ein Einbrecher, der mit Krawatten mordet? Das ist doch eher unwahrscheinlich, dachte Simon.

»Nigel hat mir vor ein paar Tagen Aufnahmen von seiner Überwachungskamera gezeigt. Darauf ist ein Typ in Kapuzenjacke und mit Baseballkappe zu sehen, der in der Nacht ums Haus geschlichen ist. Der wollte die Umgebung ausbaldowern. Die Auflösung der Schwarz-Weiß-Aufnahme ist zwar nicht besonders, aber darauf sind eindeutig ein Kuhfuß und eine große schwarze Tasche zu erkennen. Das Gesicht ist leider zu undeutlich, der Schirm der Kappe wirft einen zu großen Schatten.«

»Ich hab davon gehört. Der Typ kann von Glück sagen, dass er nicht erwischt wurde. Der hätte das Dorf nicht lebend verlassen, glaub mir.«

»Na, na, na. Keine Selbstjustiz.« Collins tat ganz unbeteiligt und entrüstet.

»Die Polizei ist in ihren Ermittlungen nicht wirklich vorangekommen«, berichtete Simon nun.

»Im Hafen geht das Gerücht, dass der Fernfahrer mit dem Mord an seiner Frau zu tun hat.«

»Das ist tatsächlich ein Gerücht«, bestätigte Simon, ohne weiter auf die Ermittlungen einzugehen. »Man kennt Reid im Dorf?«

»Wie man Leute kennt, die man hin und wieder sieht. Er fährt für eine große Spedition durch halb Europa. Mehr weiß ich aber nicht.«

»Das stimmt, ja. Mr. Reid ist viel auf dem Kontinent unterwegs.«

»Seine Frau fand das wohl nicht immer toll.« Collins nickte Helen lächelnd zu, die vom Durchgang zur Küche aus einen Blick in den Gastraum warf.

»Du weißt also doch mehr.«

»Nur das, was man so hört auf der Straße und im Pub.« Stevyn trank einen Schluck. »Das übliche Zeugs: Wer mit wem und warum im Clinch liegt, warum die Regierung nicht endlich mehr für die Fischer tut, wie sehr die Preise für Diesel explodieren, lauter so'n Kram. Viel Getratsche über Nachbarn, über den einen oder anderen Krach in einer Beziehung. Wer mit wem ins Bett geht, so was halt.«

»Aufregerthemen gibt es in jedem Dorf ja genug.« Simon nippte an seinem Bier. »Wer auffällt und nicht in die Norm passt, wird peinlich genau beobachtet.«

»Wie meinst du das?«

»Nun, zum Beispiel die Frauen um Millie Henderson.«

»Die schrille Millie?« Collins grinste breit. »Immer für ein Pint oder einen Cocktail zu haben. Der Traum jeder einsamen Fischerseele.« Er wurde unvermutet ernst. »Eine überdrehte Möchtegern-Celebrity. Aufgebrezelt, manches Mal unnötig arrogant und selbstgefällig. Hält sich für was Besseres, bloß weil ihr Mann teure Autos verkauft.«

»Ähnliches habe ich auch schon gehört. Das ist ... war bis zu Fiona Richards' Tod schon ein illustres Grüppchen. Vier beste Freundinnen gegen den Rest Cornwalls.«

»Vier beste Freundinnen?« Collins schüttelte nachdenklich den Kopf. »Meine Frau kennt die vier auch ganz anders. Debbie hat die Frauen schon im heftigen Streit miteinander erlebt.«

»Das kommt mir bekannt vor.«

»Na ja«, relativierte Collins, »du weißt ja selbst, wie Freitagabende abgehen können. Von den privaten Partys mal ganz zu schweigen.« Er trank einen Schluck und drückte seinen Rücken gegen die Wand. »Da können sich kleine Missverständnisse schnell in lautstarke Auseinandersetzungen verkehren.«

Simon musste an das denken, was Tracy Coates erzählt hatte. »Worum ging es bei den Querelen?«

»So genau hat Debbie nicht hingehört. Aber es schien vor allem um einen Streit zwischen Fiona Richards und dieser Anästhesistin, die, die vor einiger Zeit Hillside gekauft hat, zu gehen. Um irgendwas im Zusammenhang mit der Vermittlung des Hauses.«

»Mehr weißt du nicht?« Simon wurde hellhörig.

Der Pensionär schüttelte den Kopf. »Weiberkram. Ich habe nicht wirklich zugehört. Außerdem war ich gerade in meiner kleinen Backstube dabei, ein neues Brotrezept auszuprobieren.« Er legte zufrieden die Hand auf seinen Bauch. »Das Geschäft läuft. Mein Stand an der Straße ist abends meist leer gekauft. Das Backen ist im Wortsinn ein echtes Zubrot zu meiner Pension.« Er sah in sein Glas. »Auch noch ein Pint Doom?«

Simon schüttelte den Kopf. »Ich mache mich lieber auf den Weg. War ein langer Tag, und ich habe meine Pillen noch nicht genommen. Wird Zeit.«

Stevyn Collins nickte verständnisvoll. »Sehen wir dich nächsten Dienstagabend? Deine Harp bringt ein bisschen Farbe in die Sache.«

»Habe ich mir fest vorgenommen. Mach's gut.«

Collins hob die Hand.

Simon stand auf und trug sein leeres Glas zum Tresen. Auf dem Weg nach draußen begegnete er im winzigen Pubflur Jan, dem pensionierten Kameramann, der zu seiner Zeit vor allem für CBS gearbeitet hatte.

»Simon.«

Er blieb kurz stehen. Eigentlich wollte er umgehend zu Millie Henderson. Das, was er bisher gehört hatte, machte ihn neugierig. Er wollte wissen, um was es bei den Streitereien zwischen den Frauen genau gegangen war. Aber er wollte sich wenigstens kurz mit dem groß gewachsenen, kurzhaarigen Mann unterhalten, von dem er wusste, dass er die Menschen im Dorf besser kannte als viele andere.

»Sag, du kennst sicher die Frauen um Millie Henderson.«

Er nickte. »Leidliche Ruderinnen. Manchmal ein wenig laut für meine Begriffe. Warum fragst du? Es geht um die beiden Morde, stimmt's?«

»Kennst du eine der Frauen näher?«

Jan lachte. »Nicht mein Alter. Viel zu jung für mich. Aber hübsche Frauen, soweit ich das beurteilen kann. Ist etwas mit ihnen?«

Ganz der alte Kameramann, dachte Simon, *immer noch an einer guten Story interessiert.* »Nein. Aber es soll zwischen ihnen nicht immer harmonisch zugegangen sein. Hast du davon schon mal etwas mitbekommen?«

Der Gefragte schüttelte den Kopf. »Nichts von Bedeutung. Ich bin ja nicht so oft am Hafen. Abends mal eine kurze Spritztour mit meinem Roller bis zum Pub, ein Pint und dann wieder ab in meine Hütte. Da erfährt man nicht so viel.«

»Jetzt stapelst du aber tief.«

»Na ja. Sind ja an sich nette Frauen. Manchmal halten wir im Hafen ein Schwätzchen.« Er lächelte in sich hinein. »Du ermittelst?« Er zwinkerte Simon zu.

»Ich bin ein Ex-Bulle, schon vergessen.« Er zwinkerte zurück. Er mochte den erfahrenen Medienmann, dem man so leicht nichts vormachen konnte.

»Ich weiß nicht viel. Nur dass Fiona einmal heftig mit Louise aneinandergeraten ist.«

»Hm.«

»Nicht sehr hilfreich, oder?«

»Das kann man nie wissen.«

Jan war zu erfahren, um nachzubohren. Er wusste, dass Simon sich nicht mehr entlocken lassen würde.

»Was machen deine Modellbauarbeiten?«

»Schön, dass du fragst. Ich arbeite gerade an einer Ansicht von St. Ives. Wenn ich sie fertig habe, schicke ich sie meinem Enkel nach Australien.«

»Schön, dich getroffen zu haben.« Simon hob zum Abschied die Hand und verließ das Pub in Richtung des Henderson-Hauses. Er warf einen Blick zum abendlichen Himmel. Der hatte sich zugezogen, und die dunklen Wolken versprachen nichts Gutes. Dennoch wollte er den Weg auf sich nehmen. Vielleicht ließ der Regen noch auf sich warten. Er warf einen Blick auf seine Uhr. Eigentlich doch schon reichlich spät. Kurzerhand entschied er sich, den Besuch auf den nächsten Tag zu verschieben. Das würde auch seinem Rücken guttun. Denn die ersten Schritte auf dem Asphalt hatten ihn deutlich daran erinnert, dass er dringend seine Medizin brauchte.

XXXVII.

Am nächsten Tag machte sich Simon am späten Vormittag auf den Weg. Ihm war nicht ganz wohl dabei, denn er beteiligte sich nun mehr oder weniger direkt an Chris' Ermittlungen. Er musste behutsam vorgehen, um den DI nicht in Erklärungsnöte seinen Vorgesetzten gegenüber zu bringen. Andererseits hatte ihn die professionelle Neugier gepackt. Ein angenehmes Gefühl, wie er sich eingestehen musste.

Jenkins blieb in der Einfahrt stehen. Es gab keinerlei Anzeichen, dass jemand zu Hause war. Er hatte gehofft, Millie Henderson allein anzutreffen. Ihr Mann war um diese Uhrzeit sicher längst im Geschäft. Aber nun sah es so aus, als sei auch sie unterwegs. Ihm fiel ein, dass die Hendersons Kinder im schulpflichtigen Alter hatten. Möglich, dass sie in der Schule war, weil es dort etwas zu regeln gab. Vielleicht war sie auch einkaufen. Oder sie traf sich mit jemandem zu einer Hausbesichtigung.

Er wollte gerade klingeln, als die Haustür auch schon geöffnet wurde.

»Worauf warten Sie? Kommen Sie doch herein.« Millie Hendersons Lachen klang hell und freundlich. »Nicht so schüchtern. Verkürzen Sie mit Ihrem Besuch die Langeweile einer Frau.« Kess fügte sie hinzu: »Ich habe Sie vom Schlafzimmer aus beobachtet.«

Simon folgte der Aufforderung. »Sie haben es wirklich schön hier.« Er hoffte, dass seine Höflichkeit nicht zu aufgesetzt klang.

»Ach, hören Sie schon auf. Ich weiß doch, was die Leute reden. Neureicher Protzbau.« Sie streckte ihm die Hand entgegen. »Was führt Sie zu mir? Haben Sie in unserer bescheidenen Hütte ein neues Motiv für Ihre künstlerische Arbeit entdeckt? Nur zu. Sie können hier alles malen.«

Er nickte freundlich. »Das ist nett von Ihnen.«

»Kommen Sie doch erst mal herein.«

Sie führte Simon in den Wintergarten, der so aussah, als habe gerade erst eine Putzkolonne ganze Arbeit geleistet.

»Ich kann Ihnen ein Smoothie anbieten. Sehr gesund.« Sie sah ihn abwartend an. »Frische Mango mit ein wenig Gemüse. Empfiehlt mein Fitnesstrainer.«

»Ein Mineralwasser reicht.«

Simon sah sich um. Der Raum war eine geschmackvolle Mischung aus Grünpflanzen und Loungemöbeln, die von dicken Polstern dominiert wurden. Ein großer Raum, der auch noch Platz für einen Tisch mit Stühlen bot. Wären die bodentiefen Fenster nicht gewesen, man hätte den Eindruck gewinnen können, man säße im Freien.

»Warum setzen Sie sich nicht?« Millie Henderson war in Rekordzeit mit einem Tablett zurückgekehrt, auf dem neben einer Karaffe Wasser und einem Trinkglas auch ein Glasbecher stand, in dem eine grünlich gelbe Flüssigkeit schimmerte. Sie stellte das Tablett auf dem Tisch ab und goss ihm ein.

»Vielen Dank.« Simon platzierte seinen Stock neben die Sofalehne, setzte sich, stand aber sofort wieder auf, um das Glas in Empfang zu nehmen. Dann sank er in die angenehm weichen Polster zurück.

»Was führt Sie nun wirklich her, Mr. Jenkins?« Millie Henderson musterte ihn mit einem Blick, als taxiere sie seinen Wert. Dann setzte sie sich ihm gegenüber an den Tisch.

»Nun ja, um ehrlich zu sein, bin ich ein wenig neugierig.«

Sie fiel ihm ins Wort. »Einmal Polizist, immer Polizist?« Die Bemerkung klang spöttisch.

»Wenn Sie es so nennen wollen – touché.«

»Das ganze Dorf ist in Aufruhr. Ich verstehe daher Ihre Neugier.« Sie nippte an ihrem Smoothie. »Was wollen Sie wissen? Wie kann ich Ihre Neugier befriedigen?« Sie schlug die Beine übereinander.

»Es gehen die unterschiedlichsten Gerüchte um. Und ich möchte nicht, dass zu viel Unsinn erzählt wird.«

Sie zuckte mit den Schultern. »Die Leute reden sowieso. Da ändert es sicher nichts, wenn Sie für Klarheit sorgen wollen. Aber nur zu.«

»Im Grunde geht es mir allein um die Frage, inwieweit es zwischen Mrs. Richards und Mrs. Taylor gekriselt hat.« Sein Räuspern klang, als fühle er sich unwohl.

»Und was leiten Sie daraus ab?« Nun klang sie eine Spur unterkühlt.

»Es ist zunächst nur eine Frage.«

»Ach, kommen Sie. Was steckt dahinter?«

»Es soll um das Haus gehen, Hillside.«

»Ach das.« Sie winkte ab. »Ich hatte ein paar ernsthafte Interessenten, Louise hat das meiste Geld geboten. Fiona hat bei der juristischen und notariellen Abwicklung geholfen. Es gab zwischen den beiden ein wenig Stress.« Sie holte Luft. »Nichts Ernstes, aber zwischen ihnen gab es schon länger Unstimmigkeiten. Da war die Sache nur eine von mehreren. Alles gut.«

»Der Zwist war also ausgeräumt?«

Millie Henderson sah aus dem Fenster, als suche sie im Garten zwischen den Beeten nach den richtigen Worten. Ihr Blick wurde zunehmend düster. Dann drehte sie sich abrupt zu ihm.

»Ich kann es nicht belegen, aber ich glaube, dass der Krach zwischen den beiden tiefer geht.«

»Was heißt das?«

Sie legte die Arme um den Oberkörper, als wollte sie ihn schützen. Sie schüttelte stumm den Kopf.

»Können oder wollen Sie mir das nicht sagen?« Vor ihm stand eine elegante rothaarige Frau in einem teuren Hausanzug, deren Körperspannung sichtlich verfiel.

Es dauerte eine Weile und eine noch festere Umarmung ihres Oberkörpers, bevor sie antwortete. »Es ist komplizierter, als Sie denken.«

Simon sah sie erwartungsvoll an.

»Ich trage das schon seit Fionas Tod mit mir herum. Und mit jedem Tag macht es mir mehr zu schaffen.«

»Was meinen Sie, Mrs. Henderson?«

»Ich kann nicht.«

»Manchmal hilft es, wenn man das Unangenehme einfach ausspricht.«

Sie setzte sich wieder an den Tisch. Ihre Hände griffen nach dem Smoothie, ließen das Glas wieder los und fuhren ziellos über die Tischdecke.

Simon ließ sie gewähren. Schließlich sprach sie mit einer Stimme, die voller Brüche und Kratzer war. »Louise … ich … es ist so schrecklich.« Sie schlug die Hände vors Gesicht.

Er betrachtete sie stumm. Er kannte solche Situationen aus seiner aktiven Zeit. Bestimmte Dinge auszusprechen, konnte am Anfang quälend sein.

»Louise. Sie ist so hilfsbereit, so nett. Überlegt. Eine gute Anästhesistin, eine warmherzige Frau. Fröhlich. Dabei auch nachdenklich und sehr besonnen. Ich kann mir nicht vorstellen, dass …«

»Dass?«

»Dass sie Fiona etwas angetan haben könnte.«

»Wie kommen Sie darauf?« Simon spürte, wie sich jeder Muskel anspannte und der daraus erwachsende Schmerz durch seine Wirbelsäule jagte. Er presste die Lippen aufeinander und versuchte ihn zu ignorieren.

»Es sind nur Kleinigkeiten. Aber je länger ich darüber nachdenke, umso mehr passen sie zusammen.«

»Brauchen Sie eine Pause?«

Sie verneinte. »Nachdem wir Fiona aus den Augen verloren und sie gesucht haben, haben wir uns hier getroffen. Tracy kam fast unmittelbar nach mir. Louise ist erst kurz vor Mitternacht hier angekommen. Wir wollten gerade den Abend beenden.« Sie schluckte und hielt ihren Blick starr auf das Tischtuch gerichtet. »Dazu kommt, dass ich in der Woche vor ihrem Tod Fiona besucht und sie weinend vorgefunden habe. Sie hat erst nicht darüber sprechen wollen, aber dann hat sie erzählt, dass Louise sie unter Druck setzt, ja beschimpft und ihr am Ende sogar gedroht hat. Sie sei so wütend gewesen. Fiona habe in dem Augenblick regelrecht Angst gehabt vor Louise.«

»Worum ging es dabei?«

Henderson stand erneut auf und begann nervös im Wintergarten umherzugehen. »Es hat mit Hillside zu tun.«

»Das müssen Sie mir erklären.«

»Louise hat Fiona vorgeworfen, ein falsches Spiel zu treiben.« Sie sah Simon an, als warte sie auf eine Reaktion. Dann fuhr sie entschlossen fort. »Angeblich soll Fiona mit einem Mitbewerber gemeinsame Sache gemacht haben. Indem sie ihn als Käufer mit viel Geld und Einfluss präsentiert hat, habe sie den Preis in die Höhe getrieben. Vielleicht war es so. Sie wusste ja, dass Louise das Haus unbedingt wollte, weil Kindheitserinnerungen daran hingen. Eine Großtante von ihr hat dort gewohnt. Louise habe behauptet, die Preistreiberei habe als Effekt eine viel zu hohe Vermittlungsprovision gehabt. Und die wollte Louise wohl nicht bezahlen. Sie sprach offen von Betrug und anderen schlimmen Dingen. Ich war tief getroffen, denn ich hatte das Geschäft ja ursprünglich angebahnt und Fiona dann das weitere Prozedere überlassen. Dass Fiona auf eigene Rechnung ihr Honorar in die Höhe treiben wollte, habe ich nicht gemerkt.« Sie sah Simons zweifelnden Blick. »Beim Verkauf oder Kauf einer Immobilie kann man schon mal was drehen, wenn man will. Das muss man dann aber so tun, dass das Gegenüber es nicht merkt.« Sie hob die Hände. »Nicht, dass Sie jetzt meinen, das gehört zu meinen Geschäftspraktiken. Ich arbeite nicht mit solchen Tricks. Das kann ich mir nicht leisten. Der Ruf wäre dahin, und das hätte sicher auch Auswirkungen auf das Geschäft meines Mannes.«

Unglaublich. Die Immobilienmaklerin war gerade dabei, ihm ein perfektes Motiv für einen Mord zu präsentieren. Aber – welche Rolle spielte dabei dann Abigail Reid?

»Wissen Sie den Namen des potenziellen Mitbewerbers?«

»Ich habe ihn nicht einmal zu Gesicht bekommen. Später habe ich mir gedacht, es könnte ihr Lover gewesen sein, Barnes, der Staatsanwalt. Aber ob der tatsächlich damit zu tun hat oder Fiona lediglich den Namen ins Spiel gebracht hat, weiß ich nicht.«

»Das klingt alles sehr spannend, Mrs. Henderson.«

»Ich bin froh, dass ich mir das von der Seele geredet habe. Ich will Louise wirklich nicht schaden, aber ich fürchte«, sie stockte kurz, »dass sie tatsächlich ein perfides Spiel treibt.«

»Haben Sie darüber schon mit der Polizei gesprochen?«

»Nein.«

»Das sollten Sie aber tun. Dringend.«

Sie wand sich sichtlich. »Meinen Sie? Ich will Louise nicht schaden. Auf der anderen Seite …«

»… sind Sie das Fiona schuldig.«

»Ihr – und meiner Seele.«

»Dann sollten Sie nicht damit warten.«

Sie atmete tief durch. »Das ist wohl das Beste, ja.«

Simon zog sein Smartphone hervor und hielt es ihr hin. »Wollen Sie DI Marks anrufen?«

Millie Henderson zuckte zurück. »Nein. Ich ... ich will mich erst mit meinem Mann besprechen.« Sie sah die Skepsis in seinen Augen. »Bitte.«

Er steckte das Telefon wieder weg. »Warten Sie nicht zu lange mit dem Anruf. Möglicherweise können Sie wichtige Hinweise geben, die die Ermittlungen beschleunigen.«

Sie nickte wie abwesend. »Nach dem Streit zwischen den beiden hatte ich das Gefühl, etwas ist zerrissen. Seither ist vieles schwieriger geworden. Das Unbeschwerte ist weg.«

»Jeder Hinweis ist wichtig. Und ein Streit zwischen Louise und Fiona ist ein schwerwiegendes Indiz.«

»Ich wünschte, ich hätte es nicht angesprochen.«

»Sie haben das Richtige getan«, beschwichtigte er sie.

Sie sah ihn nachdenklich an. Auf ihrer Stirn hatten sich Sorgenfalten gebildet. »Gott möge ihr vergeben.«

»Wenn Sie jemanden zum Reden brauchen, Sie wissen ja, wo Sie mich finden.« Er stand auf. Henderson tat ihm leid, aber er konnte ihr nicht helfen. Den nächsten Schritt musste sie allein gehen. Sonst hätte ihre Aussage vor Gericht wenig Gewicht.

Mit einem abschließenden Nicken ließ er Millie Henderson zurück.

Auf dem Weg zurück nach Cadgwith überdachte er das Gespräch. Die Immobilienmaklerin hatte Louise Taylor schwer belastet. Auch wenn sie bisher gezögert hatte, nun tat sie hoffentlich das Richtige. Was sie über den Konflikt zwischen Richards und der Anästhesistin gesagt hatte, war durchaus schlüssig. Dass der Name des Staatsanwalts aufgetaucht war, musste nicht zwangsläufig bedeuten, dass er in die Sache verwickelt war. Marks würde ihn also befragen und auch die Aussage von Henderson aufnehmen müssen. Vor allem würde er mit Louise Taylor sprechen und in ihrem Umfeld ermitteln müssen.

Simon machte einen Umweg über die Bucht. Vom Hafen aus hatte er einen freien Blick auf Hillside mit seiner markanten Holzveranda. Auf der Terrasse und an den Fenstern war nichts zu erkennen. Vermutlich hatte Louise gerade Dienst im Operationssaal. Simon beglückwünschte sie in Gedanken zu ihrer Wahl. Das Haus bot einen fantastischen Ausblick auf diesen Teil des Ärmelkanals und machte den Eindruck, jedem Sturm standhalten zu können.

Ihm ging das Gespräch durch den Kopf, das sie vor ein paar Tagen erst geführt hatten. Ihm hatte ihre besonnene und offene Art gefallen, die ihn an Mary erinnerte. Nicht eine Sekunde lang hätte er für möglich gehalten, dass Louise in den Mord an Fiona Richards verstrickt sein könnte.

Und nun war alles anders.

Sogar Hillside.

Das Anwesen schien von einer Ruhe umgeben, die er nun als trügerisch bezeichnen würde, nicht länger einladend und wie seine Besitzerin im besten Sinn kosmopolitisch.

Sollte er sich in Louise Taylor geirrt haben? Ihm fiel der Satz ein, den sie gesagt hatte: *Frauen folgen einer eigenen Logik, wenn es um Freundschaften geht.*

Simon wandte den Blick ab und betrachtete die Möwen, die über der Bucht kreisten. Sie wussten nichts von den menschlichen Abgründen. Für sie zählte nur der nächste Fisch und der Aufwind über den schroffen Abgründen der Kliffs.

Die Fischerboote waren längst zurück und ihr Fang auf dem Weg zu den Märkten und Restaurants. Der ewig gleiche Rhythmus an diesem Küstenstreifen. Eine trügerische Idylle aus Meer, Leidenschaft, harter Arbeit und Sehnsüchten.

Er würde jetzt Marks anrufen.

Chris Marks und DS Bley standen vor der Tür von Hillside. Auf ihr Klopfen hatte sich bisher nichts getan.

»Sind Sie sicher, dass die Chefsekretärin der Anästhesie gesagt hat, Taylor habe ihren Dienst beendet und sei zu Hause zu erreichen?« Nichts an Bley erinnerte mehr an die denkwürdige Begegnung in ihrer Wohnung.

Sie schnaubte nur und klopfte erneut. Marks hätte sich die Bemerkung sparen können, wusste er doch, dass sie bei der Arbeit nicht schluderte.

»Mrs. Taylor«, rief Marks und klopfte mit der flachen Hand gegen das Türblatt.

Annie Bley machte kehrt, um einen Blick durch das große eckige Erkerfenster zu werfen, das auf die Bucht hinausging.

»Sie schläft.« Bley hatte sich vorgebeugt und ihre Hand als Abschirmung für das Sonnenlicht genutzt, um einen Blick ins Innere zu werfen. Sie klopfte hart gegen die Scheibe.

»Sie schläft?« *Nicht, dass ihr etwas zugestoßen ist*, dachte Marks, der ein wenig abseits stand.

»Zusammengerollt wie ein unschuldiges Kind.« Bley klopfte erneut. »Na endlich.« Sie drückte ihren Dienstausweis gegen das Fenster und versuchte Taylor mit Gesten klarzumachen, dass sie aufstehen und die Tür öffnen sollte.

Nach einer gefühlten Ewigkeit hörten sie den Schlüssel im Schloss knirschen, und die Tür schwang auf.

»Ja?« Louise Taylor machte einen orientierungslosen Eindruck. Ihr T-Shirt war verrutscht, sie war barfuß und ihr Haar aufgelöst. Sie fuhr sich durchs Gesicht und gähnte. »Ich war gerade erst eingeschlafen.«

»Können wir reinkommen?«, übernahm Marks die Initiative.

»Ja, sicher. Worum geht es, bitte? Ist etwas in der Klinik passiert?«

»Dürfen wir?« Er deutete auf den Flur hinter ihr.

Wortlos gab sie den Weg frei und ging voran.

Marks und Bley sahen sich neugierig um. Überall hingen Kabel von der Decke. Sie kamen an der Küche vorbei, in der bereits Lampen hingen. Die Wände waren zum Teil noch ohne Tapeten, die Böden mussten noch überarbeitet werden. In einem Raum lagen dunkle Müllsäcke. Es roch nach einer Mischung aus Putz und Staub.

Louise Taylor führte sie ins Wohnzimmer. Dabei fuhr sie sich durchs Haar, was ihre zerzauste Frisur aber nicht besser machte. Außerdem schob sie ihr T-Shirt in die Hose. »Entschuldigen Sie bitte meinen Aufzug. Die Nacht war nicht gerade erholsam. Wir hatten zwei schwere Not-OPs, die fast die ganze Nacht gedauert haben. Beim Auslaufen eines Fischerboots ist ein Matrose mit dem Bein zwischen Stahlseil und Winde geraten. Außerdem hat ein Motorradfahrer nahe Mousehole eine Kurve übersehen. Innere Verletzungen. Wir konnten seinen Arm nicht retten. Dazu kam der Mangel an Blutkonserven sowie bei einem Patienten eine komplizierte Medikamentenunverträglichkeit.« Sie hob entschuldigend die Arme. »Ich kann Ihnen im Augenblick nur diese Campingstühle anbieten.«

»Wir haben nur ein paar Fragen.« Marks bedeutete Bley, sich ebenfalls zu setzen.

DS Bley zückte ihr Notizbuch. »Wir möchten mit Ihnen zunächst noch einmal den Tag durchgehen, an dem Mrs. Richards verschwand.«

Taylor sah abwechselnd von Marks zu Bley. »Darüber bin ich ... sind wir doch alle bereits befragt worden.«

»Wir müssen genau klären, wer wann wo war. Können Sie uns bitte schildern, was Sie getan haben, als Sie das Verschwinden Ihrer Freundin bemerkt haben?«

Die Medizinerin runzelte die Stirn. Sie schien abzuwägen, was sie antworten sollte.

Marks wollte ihr eine Brücke bauen. »Wir wissen, warum Sie und Ihre Freundinnen in Helston waren. Eine äußerst dumme und auch gefährliche Idee. Dass Sie uns das zu Beginn verschwiegen haben, will ich jetzt nicht kommentieren. Uns geht es im Augenblick nur um die exakten Einzelheiten.«

Louise Taylor wirkte erleichtert. »Ich würde am liebsten diese dumme Idee aus meinem Leben streichen. Ich weiß auch nicht mehr, was uns geritten hat, als *Rächer aller Frauen* auftreten zu wollen. Wir ...«

Bley unterbrach sie rüde. »Wo haben Sie sich befunden, als Sie gemerkt haben, dass Fiona nicht mehr zu sehen war? Und was haben Sie dann gemacht?«

Taylor ließ nicht erkennen, ob ihr der Ton der Ermittlerin nicht passte. Souverän sah sie sie an. »Wenn ich mich recht erinnere, waren wir ihn Höhe des Monuments, unten am Fuß der Hauptstraße. Es waren unglaublich viele Menschen unterwegs. Auf einmal war Fiona verschwunden. Wir haben uns kurz beraten und sind dann ausgeschwärmt. Ich habe mich vom Monument nach links gewandt und bin die Sträßchen abgegangen, die am Ende auf den Parkplatz münden, der gegenüber der Lidl-Filiale liegt.«

»Warum sind Sie ausgerechnet in diese Richtung gegangen?«

Taylor zuckte mit den Schultern. »Zufall. Intuition. Nennen Sie es, wie Sie wollen.«

»Sie haben sie aber dort nicht entdeckt.«

»Das stimmt. Ich bin die Strecke zwei-, dreimal abgegangen, aber ich habe sie nirgends entdecken können. Ich bin sogar in den Supermarkt gegangen – nichts.«

»Was haben Sie dann gemacht?«

»Weitergesucht. Meine Sorge um Fiona wurde immer größer. Ich habe mir Vorwürfe gemacht, dass wir sie in das Abenteuer mit dem miesen Betrüger geschickt haben. Mir ging alles Mögliche durch den Kopf. Mein Gott.« Bei dem Gedanken schien sie zu frieren. Sie schlang die Arme um den Oberkörper. »Tut mir leid, dass die Heizung nicht läuft. Um diese Jahreszeit ist es noch empfindlich kühl in einem ungeheizten Haus. Der Heizkessel kommt erst in zwei Wochen. Die Firma hat offenbar Lieferschwierigkeiten.« Und als fiele es ihr erst jetzt ein, setzte sie hinzu: »Leider kann ich Ihnen nichts zu trinken anbieten. Meine Teevorräte sind zur Neige gegangen. Und einen Wein kann ich Ihnen wohl nicht anbieten, oder?«

»Wie lang hat Ihre Suche gedauert?« Bley ignorierte Taylors Versuch, die Situation zu entspannen.

»Ich weiß es nicht. Zwei Stunden?«

»Zwei Stunden? Haben Sie in der Zwischenzeit mit Ihren Freundinnen Kontakt gehabt?«

Sie schüttelte den Kopf. »Schon auf dem Hinweg nach Helston habe ich gemerkt, dass ich mein Mobiltelefon hier auf dem Sofa habe liegen lassen. Zum Glück hatte ich keine Bereitschaft, sonst hätten wir umkehren und es holen müssen.«

»Sie haben Ihre Freundinnen also weder angerufen noch getroffen?«

Marks hörte an Bleys Tonfall, dass sie an den Angaben der Medizinerin größte Zweifel hatte.

Taylors »Ja« klang patzig.

»Was haben Sie nach der vergeblichen Suche gemacht?«

»Ich habe angenommen, dass Fiona schon nichts passieren würde. War wohl ein wenig blauäugig. Ich bin dann zurück über die Lady Street zur Coinagehall Street. Dort war immer noch viel Betrieb. Ich wollte im Blue Anchor noch ein Bier trinken und auch eine Kleinigkeit essen.« Sie sah Marks direkt an. »Ich war kurz davor zu unterzuckern.«

»Wie ging es dann weiter?«

»Im Pub war es mir zu voll. Zu viele überdrehte Feiernde, zu viele Angetrunkene. Ich bin dann wieder raus. Hab mir bei Nettles eine Portion Fish 'n' Chips geholt.«

»Und?«

»Gut.« Sie nickte.

»Ich meinte eher: Was haben Sie dann gemacht? Hatten Sie nicht verabredet, dass Sie sich nach Ihrem Helston-

Abenteuer bei Millie Henderson treffen?« DS Bley klang zunehmend ungeduldig.

»Das stimmt, ja. Aber Fionas Verschwinden hat alles verändert.«

»Lassen Sie sich doch nicht alles aus der Nase ziehen.«

»Hören Sie, Detective Sergeant, ich bin es nicht gewohnt, dass man in solch einem Ton mit mir spricht.«

Bley hob lediglich eine Augenbraue. Die Kritik ließ sie ansonsten unbeeindruckt.

Das blieb Louise Taylor nicht verborgen. »So recht weiß ich nicht mehr, was ich dann gemacht habe. Ich bin noch eine Zeitlang durch die Straßen gelaufen, in der Hoffnung, Fiona doch noch anzutreffen. Ich habe mir zusammengereimt, dass sie eine Freundin oder einen Bekannten getroffen hat, wo sie sich dann verquatscht hat. Oder dass sie bereits nach Cadgwith gefahren ist und ich mir unnötig Sorgen gemacht habe.«

»Sie hat ihren Mörder getroffen.«

Taylor zuckte leicht, sagte aber nichts.

»Sie sind erst gegen Mitternacht bei Millie Henderson aufgetaucht.«

Marks sah, dass Taylors Augenlider zuckten, sie aber ansonsten keine Regung zeigte. Lediglich die Hände fuhren über die Oberarme, als suchten sie Halt.

»Können Sie uns das bitte erklären?« Bley stieß unerbittlich nach wie ein Hai, der seine Beute nicht mehr loslassen wollte.

Marks ließ sie gewähren.

»Ich … ich kann Ihnen das nicht genau erklären. Ich werde wohl die Zeit vergessen haben.« Taylors Blick irrte im Raum umher.

»Es wäre allerdings sehr zu Ihrem Vorteil, wenn Sie das erklären könnten.«

»Was soll das heißen?«

»Das soll heißen, dass zwischen Ihrem Aufenthalt in Helston, der vom Zeitraum ohnehin im Vagen bleiben muss, und der Ankunft bei Ihrer Freundin gegen Mitternacht ein schwarzes Loch existiert. Und das wirft eine Menge Fragen auf.« Bley verbiss sich immer tiefer in Taylors fragwürdige Angaben.

»Was wollen Sie damit sagen?«

»Was haben Sie wirklich gemacht an jenem Tag?«

»Ich habe Ihnen alles gesagt, was ich weiß.«

»Nein, das haben Sie nicht.«

»Was unterstellen Sie mir?«

»Ich stelle lediglich Fragen, Mrs. Taylor.« Bley bedachte sie mit einem kalten Blick.

»Warten Sie ... ich ... mir fällt ein, ich habe auf der A 3083 lange im Stau gestanden. Am Abzweig zur Old Cider Barn war ein Lkw mit einem Kleinwagen zusammengestoßen. Die Straße hat ausgesehen wie ein Schlachtfeld. Der Lastwagen muss das Auto voll erwischt haben. Als ich dann endlich zu Hause war, habe ich mehrfach mit der Klinik telefoniert. Ja, genau, es waren lange Gespräche. Jetzt erinnere ich mich wieder.«

»Warum sind Sie nicht sofort zum vereinbarten Treffpunkt gefahren?«

»Ich hatte ja mein Mobiltelefon hier liegen gelassen. Und ich wollte nachschauen, ob sich das Krankenhaus in der Zwischenzeit bei mir gemeldet hat; weil ein Kollege oder eine Kollegin nicht zum Dienst erschienen ist und ich einspringen sollte. Aber es hat sich niemand gemeldet.«

»Sie haben aber dann dennoch mit Penzance telefoniert?«

Taylor nickte. »Ich wollte Dan sprechen.«

»Dan?«

Marks bemerkte, wie sich Verunsicherung auf Louises Gesicht breitmachte.

»Ein Kollege aus der Notaufnahme. Wir wollten uns für das Wochenende verabreden. Dan ist Chirurg. Er ist noch nicht so lange bei uns. Er ... wir sind uns ... sympathisch. Ich wollte wissen, ob er noch im Dienst ist. Ich brauchte nach dem Tag jemanden zum Reden.«

»Und?«

»Er war schon weg.«

»Gerade haben Sie gesagt, dass sie mehrfach und lange telefoniert haben.«

»Das ist richtig.«

»Erklären Sie mir das.« Mit einem Blick zu Marks fügte Bley ein halbherziges »Bitte« hinzu.

»Wie soll ich Ihnen das erklären? Das ist eine eher lange und komplizierte Geschichte.«

»Nur zu.«

»Es herrscht gerade eine ziemlich Unruhe bei uns. Um es mit wenigen Worten zu sagen: Wir haben nicht genug Personal, die Strukturen sind veraltet, statt an einem Strang zu ziehen, arbeiten einzelne Abteilungen gegeneinander, die Finanzen sind knapp, und zu allem Übel gibt es einen Hauptgeschäftsführer, der von Personalführung keine Ahnung hat. Im Gegenteil, er betreibt seine eigene Politik und sät Unfrieden, statt die Sorgen und Nöte seiner Mitarbeiterinnen und Mitarbeiter ernst zu nehmen, sich im besten Sinn zu kümmern. Ein äußerst unangenehmer Zeitgenosse, der sich darüber hinaus noch für den Größten hält. Er steht kurz vor dem Rauswurf.« Sie machte eine Pause und atmete tief durch. »Sie können sich also vorstellen, dass es jede Menge Gesprächsbedarf gibt.« Sie hatte die Sätze beinahe atemlos abgespult, als hätte sie sie bereits mehrfach benutzt und sie drohten auszuleiern.

»Wir werden das überprüfen. Das mit dem Unfall auf der A 3083 und Ihre Telefongespräche.«

»Tun Sie das. Ich bin sicher, Sie werden meine Angaben bestätigt bekommen.«

»Die Namen Ihrer Telefonpartner an jenem Abend?« DS Bley hielt ihren Stift bereit.

Kopfschüttelnd nannte sie mit einem deutlich spöttischen Unterton die Namen von zwei medizinischen Kolleginnen und einer Frau, die im Sekretariat der Geschäftsführung arbeitete. »Reicht das oder wollen Sie mehr?«

»Was mich noch interessiert: Wenn Sie Ihren Dienst antreten, ziehen Sie sich gewiss in der Klinik um.«

»Selbstverständlich.«

»Haben Sie einen eigenen Spind?«

Taylor nickte.

»Sind die Spinde sicher?«

»Jeder hat einen eigenen Schlüssel für seinen Spind.« Sie betonte jedes Wort.

»Kommt dennoch schon mal etwas abhanden?«

»Ob bei uns geklaut wird? In jedem Krankenhaus, in jeder Pflegeeinrichtung wird geklaut. Patienten beklauen sich untereinander, Besucher können ihre Finger nicht bei sich behalten, und auch unter dem Personal gibt es Langfinger.« Bei dem Gedanken musste sie lachen. »Aus der

Umkleide des OP-Trakts wurde einem Kollegen letztens eine Baseballcap geklaut. Eine Cap. Das muss man sich mal vorstellen.« Ihr Lachen brach abrupt ab. »Was soll die Fragerei?«

»Also muss man im Grunde zu jeder Zeit damit rechnen, dass einem etwas geklaut werden kann?«

»Das habe ich doch gerade gesagt.«

»Kleinigkeiten werden also entwendet, aber auch Bargeld, sogar Kleidungsstücke.«

»Worauf wollen Sie hinaus?«

»Auch Kleidungsstücke also.«

Taylor nickte.

»Auch so Kurioses wie ... Krawatten?«

»Was? Jetzt ahne ... Sie verdächtigen mich?« Louise Taylor nahm die Arme herunter und ballte die Hände zu Fäusten. »Das ist nicht Ihr Ernst.« Ihre Gesichtszüge verhärteten sich. Marks sah, dass sie kurz davorstand, die Beherrschung zu verlieren. »Eine Krawatte! Fiona ist mit einer Krawatte getötet worden. Das ist im Dorf ein offenes Geheimnis. Ich fasse es nicht.« Sie wurde laut. »Sie verdächtigen mich, meine Freundin getötet zu haben!«

»Mrs. Taylor, bitte beruhigen Sie sich.« Marks sah Bley an und schüttelte leicht den Kopf. »Wir tun nur unsere Arbeit. Und Sie werden sicher verstehen, dass wir alle offenen Fragen abklären müssen.«

Ihre Brust hob und senkte sich unter ihrem heftigen Atmen und dem Versuch, ihre Gefühle unter Kontrolle zu bringen. Schließlich gewann ihr professioneller Umgang mit schwierigen Situationen die Oberhand.

»Wie kommen Sie ausgerechnet auf mich?«

Marks sah Bley an, die schon antworten wollte, und

bedeutete ihr mit einem Blick, dass sie sich zurückhalten sollte.

»Wir haben mehrere Hinweise darauf erhalten, dass Sie mit Fiona wenige Tage vor ihrem Tod einen heftigen Streit hatten.«

Sie sah ihn irritiert und zugleich fassungslos an. »Was hat das mit dem Mord zu tun?«

»Sagen Sie es mir.«

Louise Taylor hatte die ganze Zeit über mit hängenden Armen im Raum gestanden. Nun zog sie einen Stuhl zu sich, der in der Nähe des Erkerfensters gestanden hatte, und setzte sich. Sie klang müde und enttäuscht. »Ich bringe doch nicht meine Freundin um. Wie können Sie so etwas von mir denken? Ganz abgesehen davon, dass ich mit meinem Beruf dazu beitragen will, dass Menschen wieder gesund werden.« Erschöpft fügte sie hinzu: »Mord ist da eher kontraproduktiv, oder?«

Dass auch Anästhesisten dank ihrer medizinischen Kenntnisse zu Serientätern werden konnten, wollte Marks nicht ansprechen. »Sie hatten also Streit. Worum ging es da?«

»Ach, um nichts wirklich Wichtiges.«

»Wir haben anderes gehört. Nämlich, dass es um den Kauf von Hillside ging.« Marks wies mit einer Hand in den Raum. »Sie sollen mit Fionas Arbeit nicht zufrieden gewesen sein. Sie hat Ihnen doch geholfen, das Anwesen zu kaufen.«

Sie sah Marks konzentriert und erwartungsvoll an.

»Sie sollen sich darüber geärgert haben, dass Fiona mit einem angeblichen anderen Interessenten den Preis in die Höhe getrieben hat und damit auch ihre Provision.«

»Ich habe mit ihr gestritten, ja. Aber wegen einer Provision bringt man keinen Menschen um. Außerdem haben wir den Konflikt schnell beigelegt. Fiona hat mir versichert, dass sie fair gehandelt hat.«

»Es gab also keinen anderen Interessenten?«

Sie zuckte mit den Schultern. »Und wenn schon. Am Ende hat meine Freundschaft zu Fiona den Ausschlag gegeben. Sie hat mir ihr Wort gegeben, und das hat mir am Ende gereicht.«

»Haben Sie Zugang zu Krawatten?«, warf DS Bley plötzlich ein.

Marks warf ihr einen verärgerten Blick zu.

»Natürlich nicht, Detective Sergeant. Das letzte Mal, dass ich eine Krawatte in der Hand hatte, war an Weihnachten vor zwei Jahren. Ein Geschenk an meinen Vater.«

»Wo haben Sie sie gekauft?«, fragte Marks.

»Bei einem Herrenausstatter in Truro.«

»Die Adresse?«

Taylor gab sie an Bley weiter.

»Wir überprüfen das.«

»Tun Sie, was Sie nicht lassen können.« Sie machte eine gleichgültige Handbewegung.

»Wir werden auch in der Klinik nachfragen müssen.«

»Unterstehen Sie sich. Ich habe nichts getan. Wenn Sie im Krankenhaus ermitteln, beschädigen Sie meinen Ruf. Ich denke, ich brauche einen Anwalt.«

»Ich fürchte, wir kommen nicht darum herum.« Marks ließ offen, ob er die Ermittlungen oder die Hinzuziehung eines Anwalts meinte.

»Wer hat Ihnen von dem Streit erzählt?«

»Die Schilderungen klangen sehr glaubwürdig.«

»War es Millie?«

Die beiden Ermittler schwiegen.

»Es war Millie. Oder Tracy ... Ich denke, es ist besser, wenn Sie mein Haus verlassen.« Sie stand auf und wies ihnen mit der Hand den Weg.

»Sie werden verstehen, dass wir vermutlich wiederkommen werden.«

Louise Taylor presste die Lippen aufeinander. Ihr Gesicht hatte eine unnatürliche Blässe angenommen.

XXXVIII.

DS Bley kam mit einem Zettel in Marks' Büro. Anspannung lag in ihrem Blick. Offenbar hatte sie sich am Morgen in aller Eile zum Dienst aufgemacht, trotz Make-up sah sie mitgenommen aus. Ihr Haar schien ungekämmt, auf ihrem rechten Blusenärmel war ein roter Fleck zu sehen, der ein Marmeladenrest sein konnte, aber genauso gut auch ein Blut- oder Lippenstiftfleck. »Habe ich es doch geahnt.«

»Nun kommen Sie doch erst einmal herein und setzen Sie sich.« Er deutete auf den Stuhl vor seinem Schreibtisch. »Sie sehen aus, als könnten Sie einen Kaffee gebrauchen.«

»Ich brauche keine Streicheleinheiten, Detective Inspector Marks.« Sie riss sich sichtlich zusammen. »Aber trotzdem, danke.«

»Setzen Sie sich. Was haben Sie für mich?«

Noch im Setzen schob sie ihm den Zettel zu. »Der Verkäufer hat sich an Taylor erinnert. Sie sei, sagte er, etwa eine gute Dreiviertelstunde im Geschäft gewesen und habe sich lange nicht entscheiden können. Und jetzt kommt es: Sie hat zwei Krawatten gekauft, von der gleichen Marke, aber mit einem leicht veränderten Design.«

»Zwei?«

»Zwei Krawatten von der gleichen Machart, dazu von ein und demselben Hersteller. Zwei tote Frauen. Wir müssen Louise Taylor festnehmen.«

»Seien Sie nicht ganz so voreilig. Die Indizien gibt es, ja, da haben Sie recht, aber im Grunde heißt das noch nichts.«

Im Hintergrund fielen im Flur Aktenordner zu Boden, begleitet von einem unterdrückten Fluchen. Kaffeegeruch wehte in sein Büro.

Bley rutschte auf ihrem Stuhl hin und her, als müsse sie sich mit Gewalt zügeln.

»Manchmal macht es keinen Sinn, einfach loszurennen. Am Ende hat man sich nur vergaloppiert und seine ganze Kraft verbraucht. Das ist auch der Grund, warum wir Staatsanwalt Barnes vorerst lediglich befragt haben. Nicht, dass Sie meinen, ich hätte Angst vor den Konsequenzen, wenn wir im Umfeld der Justiz ermitteln. Zudem bin ich immer mehr der Überzeugung, dass Barnes mit den Morden nichts zu tun hat.« Er lächelte sie an. »Nicht doch einen Kaffee?«

Sie zuckte mit den Schultern und sah ihn eindringlich an.

»Heißt das nun Ja, oder heißt das Nein?«

»Mit viel Zucker.« Sie nestelte an ihren Ärmeln und strich über die Hosenbeine, dabei ließ sie den Blick durch das Büro schweifen.

»Geht es Ihnen gut, Detective Sergeant?«, fragte Marks mit einem warmem Unterton.

»Hören Sie, DI Marks, um das klarzustellen: Was Sie in meiner Wohnung erlebt haben, hat nichts mit meiner Arbeit zu tun. Vergessen Sie alles, was Sie gehört haben.« Sie rieb über den Fleck auf ihrer Bluse und starrte ihn an.

»DS Bley, bitte, Sie müssen mir nichts …«

»Sie sollen den, ähm, Vorfall vergessen. Haben Sie mich nicht verstanden?«

»Sie können sich auf mich verlassen, Annie.« Er lächelte sie verständnisvoll an.

»Sprechen Sie mich nie mehr darauf an.« Ihr Rücken versteifte sich. »Und unterlassen Sie das senile Grinsen. Vergessen Sie den Kaffee.«

Chris Marks wollte ihr mitteilen, dass sie mit ihrer unverschämten Äußerung eine unsichtbare Grenze überschritt, ließ es aber. »Sie nehmen Kontakt mit Taylors Eltern auf, und ich kümmere mich um Taylors Kontakte in der Klinik.«

DS Bley erhob sich und verließ wortlos das Büro. Sie hinterließ eine Aura aus Sturheit, Verzweiflung und Einsamkeit.

Marks seufzte und blätterte dann durch die Unterlagen, die Easterbrook am Abend zuvor in seinen Posteingang gelegt hatte. Der DC hatte den Berichten auch eine akribische Aufstellung der bisher geleisteten Überstunden beigefügt. Marks seufzte erneut. Wenn Easterbrook einmal ins Rollen kam, dann rollte er. Nicht mit Höchstgeschwindigkeit, sondern mit einer Gemächlichkeit, die provozierend war. Allerdings gaben ihm seine Ermittlungsergebnisse meist recht. Sein Vorgehen war zwar mehr von seinem Verständnis von Work-Life-Balance geprägt als von überschüssiger Energie, das Ergebnis war am Ende allerdings meist das gleiche. Es war halt nur nervend, ihm bei der Arbeit zuzusehen.

Easterbrooks Berichte enthielten nichts wesentlich Neues. Es stimmte offenbar, dass der Autohändler Neil Henderson am von der Rechtsmedizin festgestellten Todeszeitpunkt des zweiten Opfers nicht auf dem Golfplatz war. Aber das musste in der Konsequenz nichts heißen. Und es stimmte, dass Henderson mit Felix Myer und Sylvester Fallon in Verhandlungen über die Übernahme seiner Gebrauchtwagen stand. Die beiden hatten bei ihrer Befragung übereinstimmend gesagt, dass sie Henderson für einen offenen und ehrlichen Geschäftsmann hielten, von dem sie sich zu keiner Zeit über den Tisch gezogen fühlten. *Ein absolut integrer Mann, frei von jedem Verdacht*. Das musste ebenfalls nichts heißen, und es brachte sie in ihren Ermittlungen auch nicht weiter.

Er warf einen Blick zur Uhr und schätzte ab, ob sich die Fahrt nach Penzance noch lohnte, dann griff er entschlossen zum Telefonhörer. Bevor er sich auf den Weg machte, wollte er sicher sein, dass er diejenigen in der Klinik auch erreichen würde, deren Namen Taylor ihm gegeben hatte. Nach drei Gesprächen entschied er sich, die Klinik aufzusuchen.

Marks parkte nahe am Klinikeingang. Das Gebäude machte nicht den gleichen trostlosen Eindruck, den er von den Zweckbauten des Krankenhauses in Truro hatte. Das lag auch daran, dass das Gebäude zweistöckig war und ein ausgebautes Dachgeschoss hatte, dessen Schindeln an ein Wohnhaus denken ließen. Im Inneren herrschte allerdings eine Enge aus schmalen Fluren, schlecht beleuchtet und zum Teil mit medizinischem Gerät und Transportstühlen vollgestellt. Im Brandfall würden sie als Fluchtwege kaum taugen. Er fragte sich bis zur Röntgenabteilung durch und musste dann warten. Die Röntgenassistentin, von der die Anästhesistin gesprochen hatte, war gerade im CT-Raum beschäftigt.

Die Befragung der jungen Frau, die eine Vorliebe für Tattoos zu haben schien, ergab nicht viel. Außer, dass Louise Taylor zwar mit ihr am fraglichen Abend telefoniert hatte, allerdings nur kurz. Sie konnte sich erinnern, weil der Anruf von einem Notfall unterbrochen worden war, dem sie sich sofort hatte widmen müssen.

Der Detective Inspector sprach noch mit den anderen beiden Frauen. Die Sekretärin des Hauptgeschäftsführers bestätigte ebenfalls Taylors Anruf, wollte aber ebenso nur ganz kurz telefoniert haben. Sie zögerte, als es um den Inhalt ging. Die Auskunft war ihr sichtlich peinlich, und sie achtete darauf, dass sie beide allein im Büro und alle Türen geschlossen waren. Schließlich bestätigte sie, dass es in dem Gespräch um die schlechte Stimmung im Haus und die Ursachen dafür gegangen war.

Die Leitende Schwester der Notaufnahme wollte ebenfalls nur kurz mit Taylor gesprochen haben. Aus Zeitmangel, denn an dem Abend sei die Station innerhalb kurzer Zeit mit Patienten vollgelaufen.

So stand Marks am Ende nur mit dem mageren Ergebnis da, dass Taylors Zeitangaben nicht stimmen konnten. Sofern die Angaben der drei Frauen der Wahrheit entsprachen. Was hatte Taylor an dem Abend sonst noch gemacht? All ihre Zeitangaben blieben vage, auch die zu ihrem Aufenthalt in Helston. Etwas stimmte nicht. Hatte sie sich durch die Anrufe lediglich vorauseilend ein Alibi verschafft? Sie hätte doch wissen müssen, dass ihre Kolleginnen im Dienst nur wenig Zeit für Small Talk hatten.

Sie musste gelogen haben. Oder sie war an jenem Abend derart durch den Wind gewesen, dass sie jegliches Zeitgefühl verloren hatte. Er musste das überprüfen.

Die Wiederbegegnung mit der Klinik löste in Marks ein sehr zwiespältiges Gefühl aus. Die Zeit mit seiner Ex stand mit einem Mal sehr lebendig vor seinem inneren Auge. Er erinnerte sich noch gut daran, wie er sie nach ihrem Dienst von dort abgeholt hatte. In der Rückschau eine glückliche Zeit. Bis zu dem Tag, an dem sie ihm ihre Affäre gestanden hatte und ausgezogen war. Seither hatte er die Klinik gemieden.

Auf dem Rückweg machte er einen Zwischenstopp in Porthleven. Er war enttäuscht über seinen Besuch in Penzance, denn er hatte Taylors Bekannten nicht erreicht, der nicht im Dienst war, weil er sich kurzfristig krankgemeldet hatte. Dafür hatte er aber immerhin dessen Mobilnummer.

Im Harbour Inn bestellte er eine Portion Shepherd's Pie und ein Pint und setzte sich an eines der Fenster, die zum Hafen hinausgingen. Es war Ebbe, und die wenigen Freizeitboote lagen auf dem Schlick. Der Anblick passte zu seiner momentanen Stimmung. Er kam einfach nicht von der Stelle. Hinzu kam ein Gefühl der Einsamkeit. Das Abendessen nahm er tief in Gedanken versunken zu sich. Er war so sehr mit seiner Vergangenheit und den Ermittlungen beschäftigt, dass er nicht einmal das Vibrieren seines Mobiltelefons registrierte.

Schließlich verließ er das historische Hotel und ging an der Hafenmauer entlang. Das innere Hafentor wurde auf beiden Seiten von Kanonen bewacht. An der diesseitigen machte ein Pärchen ein Erinnerungsfoto. Über ihnen lauerten gefräßige Möwen, die auf eine günstige Gelegenheit für einen Überraschungsangriff warteten. Allerdings würden sie leer ausgehen, denn die beiden hielten lediglich ihre Smartphones in Händen.

Marks folgte der Kaimauer bis hinaus zu ihrem Ende, das weit in die See hinausragte. Dort betrachtete er den Sonnenuntergang, der den Himmel am Horizont nahezu glutrot erscheinen ließ. Aber der Anblick tat ihm nicht gut. Er verstärkte nur noch das Gefühl der Verlorenheit.

Er wandte sich um und betrachtete die Szene vor ihm. Ein kleiner Fischerort, der sich seit ein paar Jahren zu einem wahren *It place* gewandelt hatte, begründet durch die Ansiedlung von Köchen der gehobenen Klasse. Rechts von ihm ragte am Eingang zu den Häuserreihen der schlanke Uhrenturm gen Himmel, der dem südlichsten Hafen Großbritanniens sein unverwechselbares Aussehen verlieh.

Der Bau beherbergte den Stadtrat, das wusste Marks von den wenigen Malen, die er beruflich dort zu tun gehabt hatte. Auf dem Weg zurück zu seinem Wagen kam er an dem Denkmal für die beiden Polizeibeamten James Childs und Martin Ross vorbei. Sie waren in der Nacht vom 12. auf den 13. Dezember 1978 ertrunken, als ihr Streifenwagen bei einem schweren Sturm ins Hafenbecken gedrückt worden war.

Ihm fiel ein: Porthleven war die Heimatstadt von Guy Gibson, dem Kommandanten der Dambusters, die 1943 deutsche Staudämme zerstört und katastrophale Überschwemmungen mit vielen Toten ausgelöst hatten.

Er fuhr sich über die Augen. Unnützes Wissen. Warum kramte sein Gedächtnis das alles ausgerechnet jetzt hervor? Ablenkung von seinen Gefühlen für seine Ex?

Er wollte sich an all das nicht erinnern, und schon gar nicht an die Sommerabende, die er mit ihr an den Tischen des Harbour Inn nahe der Kaimauer verbracht hatte, und an die Gespräche über das dramatische Ende der Polizisten und den zweifelhaften Ruhm Gibsons. Aber die dunklen Gedanken wollten an diesem merkwürdigen Tag einfach nicht aufhören. Als er im Auto saß, nicht weit von der Unglücksstelle, rief er Annie Bley an.

»Haben Sie Taylors Eltern erreicht?«

»Hab ich, Sir.«

»Und?«

»Ihr Vater war dermaßen glücklich über die Krawatten, dass er beide behalten hat.«

»Da hat seine Tochter mit ihrem Geschenk ja voll ins Schwarze getroffen.«

»Richtig. Und wir haben wieder nichts in der Hand. Wie war es bei Ihnen?«

»Nada. Bis auf die Erkenntnis, dass Taylors Zeitangaben nicht stimmen. Je mehr wir recherchieren, umso klarer wird, dass es graue Flecken in ihrem Zeittableau gibt.«

»DI, das ist doch nicht nichts.« Ihre Stimme klang überraschend aufmunternd.

»Sie haben recht. Wir werden das überprüfen. Ich hatte nur mit mehr gerechnet. Vermutlich habe ich nur einen schlechten Tag.«

»Haben Sie mir nicht heute noch gesagt, es nützt nichts,

einfach loszurennen? Gute Ermittlungsarbeit braucht eben ihre Zeit, auch für einen Detective Inspector.« Ihre Stimme hatte jetzt einen ungewöhnlich neckenden Unterton, der ihm nicht behagte. »Vielleicht brauchen Sie nur ein heißes Bad und ausreichend Schlaf. Vielleicht noch ein Schlaflied. Sie sind doch stolz auf Ihre Vinylsammlung. Da werden Sie sicher was Passendes finden.«

»DS Bley, ich …«

»Ich mache jetzt Feierabend und drehe eine Joggingrunde. Das macht den Schädel frei. Wir sehen uns morgen.«

Es klickte in der Leitung.

Er starrte durch die Windschutzscheibe und sah doch nichts. Nach den deprimierenden Gedanken nun auch noch diese ungewohnte Fröhlichkeit seiner Kollegin. Es reichte ihm endgültig. Er startete den Motor und setzte vorsichtig zurück. Jetzt nur nicht Gas und Bremse verwechseln und über die Hafenmauer stürzen.

Auf dem Weg nach Helston überdachte er die Möglichkeiten. Der Fisch musste schwimmen, am besten in einem Whisky ohne Eis. Und er würde ein, zwei alte Scheiben von Crosby, Stills & Nash aus dem Regal ziehen, Fundstücke von einem seiner viel zu seltenen Besuche im Trödelladen in Newlyn. Auf jeden Fall die passende Musik zu seiner Stimmung. Er wollte jetzt solche Stücke hören wie *You Don't Have To Cry* oder *Helplessly Hoping*.

XXXIX.

Mary ging hinunter in den Hafen, um den Dorfladen pünktlich zu öffnen. Dort fand sie ihre Tante auf dem schmalen Bänkchen vor dem Geschäft sitzend.

»Ich habe schon gedacht, du kommst nicht mehr.« Margaret Bishops hochgezogene Brauen unterstrichen die Rüge.

»Nein, Tantchen. Ich bin pünktlich.«

»Nun denn, ich habe etwas mit dir zu besprechen.« Margaret drückte die Tasche fest an ihre Hüfte.

Mary verdrehte die Augen. Nicht auch das noch. Sie hatte sich schon genug darüber geärgert, dass zwei Pärchen ihre Buchung kurzfristig storniert hatten und sich nun weigerten, die fällige Gebühr zu zahlen. Die Anruferin mit einem deutlichen Akzent der Midlands hatte einen derart arroganten Ton in der Stimme gehabt, dass Mary kurzerhand die Verbindung getrennt hatte. Besser auf das Geld verzichten, als sich noch länger mit ihr auseinanderzusetzen.

»Wir müssen über die kommende Saison sprechen. Mir sind ein paar unschöne Dinge zu Ohren gekommen.«

»Aha?« Normalerweise hätte sie ihrer Tante einen Kaffee oder Tee angeboten, aber ihr forscher, fast oberlehrerhafter Ton ließ Mary ihre Höflichkeit vergessen.

»Nun, es ist ja so, dass ich zu einer ganzen Reihe netter und engagierter Ferienhaus- und Zimmervermieter Kontakt habe. Und die haben mir bei unserer letzten Versammlung deutlich zu verstehen gegeben, dass ihre Gäste äußerst unzufrieden sind mit dem Angebot im Laden.«

Hörte dieses Gemecker denn nie auf? Mary öffnete den Laden und ließ ihre Tante zurück.

»Hörst du mir überhaupt zu, Mary Kindchen?« Margaret folgte ihr ungerührt.

»Sag, was du sagen willst. Ich habe nicht viel Zeit, ich muss die Post bearbeiten und Inventur machen.«

»Und da sind wir auch schon mitten im Thema.« Margaret wies in den Laden. »Du bietest die falschen Waren an. Um deinen Umsatz zu steigern, musst du die Wünsche der Kunden besser berücksichtigen. Ich habe dir das bereits mehrfach gesagt.« Sie wies erneut in den Raum. »Postkarten und Zeitungen, Eis und die paar Süßigkeiten oder das Sandspielzeug reichen nicht, meine Liebe. Das hat mich das Geschäft über viele Jahre gelehrt.«

»Ich bin ganz im Gegenteil der Meinung, dass ich genau den Geschmack und die Bedürfnisse der Kunden treffe.« Mary wurde wütend. Sollte Margaret den Laden doch wieder übernehmen. Mary wusste allerdings nur zu gut, dass sie das nicht tun würde. Allein schon, weil ihr Mann null Interesse an dem Geschäft hatte, heute weniger denn je, und ihre Tante viel zu sehr damit beschäftigt war, das Dorf nach ihren Vorstellungen zu formen.

»Noch einmal: Du solltest unbedingt wieder die niedlichen Telefonzellen und Bobbies anbieten, die Touristen stehen auf diese Mitbringsel. Wie auch auf die Robbenbabys. Dass ihr Fell nicht echt ist, stört niemanden. Zu meiner aktiven Zeit waren das echte Verkaufsschlager.«

»So? Meinst du? Ich hatte den Eindruck, dass der Kitsch in den Regalen verstaubt, deshalb ist das Zeug aus dem Sortiment geflogen.« Ihre Tante war eine Ewiggestrige.

»Nimm die Sachen wieder rein. Du wirst sehen, man

wird sie dir aus den Händen reißen. Und vergiss bitte nicht die mit Muscheln besetzten Holzdosen und die Leuchttürme. Schau mal in die Branchenzeitung, da steht es schwarz auf weiß, Mary: Die Tradition ist unser kräftigstes Umsatzpferd.«

Mary schüttelte energisch den Kopf. »Du hast mir die Führung des Ladens übertragen, also musst du auch meine Entscheidungen akzeptieren. Ich habe eine völlig andere Wahrnehmung der Wünsche meiner Kunden.«

»Beratungsresistent wie immer. Dein Onkel David hat mir schon prophezeit, dass ich nur meine Zeit und meine Energie verschwende.«

Die Ladenglocke beendete den Streit um das richtige Sortiment. Helen Holmes war eingetreten.

»Mary. Mrs. Bishop.« Sie nickte ihnen freundlich zu. »Ich brauch ein paar aktuelle Wanderkarten. Unsere sind mir, na ja, abhandengekommen. Am Morgen lagen sie noch im Frühstücksraum, nun sind sie weg.« Sie machte ein bekümmertes Gesicht. »Manche Gäste können doch sehr besitzergreifend sein.«

»Bediene dich.« Mary wies auf das einschlägige Regal.

»Schön, dass ich Sie treffe.« Margaret schob sich nach vorne. »Wir machen gerade eine kleine Umfrage. Was halten Sie von unserem Sortiment?« Sie lächelte einladend wie eine Avon-Beraterin.

Die Betreiberin des Pubs stutzte und warf Mary einen schnellen Blick zu. »Ich finde es gut. Übersichtlich, zeitgemäß. Vor allem nicht so altbacken wie in vielen anderen Shops.«

Margaret sah aus, als sei sie gerade gegen eine unsichtbare Wand geprallt. »Meinen Sie?«

»Ja.« Sie legte drei Karten auf den Tresen und lächelte Mary an. »Mal sehen, wie lange sie in meinem Bestand bleiben.«

»Ich fand unser früheres Angebot deutlich schöner«, konterte Margaret mit einem vorwurfsvollen, beleidigten Unterton. »Das Rot der kleinen Telefonzellen und unserer Busse passt auf jeden Kaminsims.«

»Jeder hat seinen eigenen Geschmack.« Helen zahlte. »Ich muss wieder, Mary. Die Zimmer sind noch nicht gemacht, und die neuen Gäste werden nicht lange auf sich warten lassen.«

»Sie haben sicher von der armen Abigail gehört«, wollte Margaret die Wirtin aufhalten.

»Ja, natürlich. Ich war schon drauf und dran, ihr eine feste Stelle im Pub anzubieten.«

»Tja, das haben mir auch andere schon berichtet. Eine fleißige Frau. Ihr Mann soll ja das genaue Gegenteil sein.«

Helen zuckte mit den Schultern. »Dazu kann ich nichts sagen.«

»Schade.« Margaret schob sich ein Stück weiter zwischen Holmes und die Ladentür. »Aber Sie kennen sicher die Umstände von Fiona Richards' Tod.«

»Nein. Sie etwa?« Sie hatte bemerkt, dass sie Margaret so schnell nicht würde entkommen können. »Ich muss jetzt wirklich los.«

»Sie war ja wohl nicht nur mit Millie befreundet, sondern auch mit deren Mann.«

»Liebe Mrs. Bishop, ich beteilige mich nicht an Gerüchten. Das kann ich mir in meinem Beruf nicht leisten.«

»Aber gehört haben Sie davon?« Sie warf auch Mary einen Blick zu.

»Was meinen Sie mit befreundet?«

»Nun ja, sie hat offenbar bei Henderson einen teuren BMW bestellt, ihn aber wieder storniert.«

»Ja und?«

»Zufällig kenne ich einige Mitarbeiter im Autohaus. Fiona soll engen Kontakt zu Mr. Henderson gehabt haben. Und der soll nicht nur rein geschäftlich gewesen sein.« Sie bemerkte, dass Mary unruhig wurde, und hob mit unschuldiger Miene die Hände. »Damit will ich nichts behaupten. Ich gebe nur wieder, was man mir zugetragen hat.«

»Privatangelegenheiten sind Privatangelegenheiten. Ich habe Fiona Richards als fröhliche und aufgeschlossene Rechtsanwältin kennengelernt, die sich auch nicht zu fein war, bei juristischen Fragen auszuhelfen, ohne gleich eine Rechnung zu schreiben.«

»Man kann den Menschen nur vor den Kopf gucken, hat meine Mutter immer gesagt.«

»Ich muss nun wirklich los.«

Margaret Bishop gab nur widerwillig den Weg frei. »Ich will Sie nicht aufhalten. Bitte.« Sie trat zur Seite. »Und ich bleibe dabei: Unsere Tradition und unsere Geschichte verlangen das Festhalten an Liebgewonnenem.«

»Wenn für Sie Telefonhäuschen dazugehören, bitte. Guten Tag.« Sie verließ den Laden und eilte nach links dem Pub zu.

»Was für eine unfreundliche Person, diese Helen. Findest du nicht?«

»Überhaupt nicht. Wer sich unfreundlich und überheblich benimmt, bist du.« Mary stützte ihre Arme angriffslustig auf der Ladentheke ab.

»Dass sie auf ihre Art noch Gäste bekommt …« Margaret rückte ihre Handtasche zurecht. »Hast wenigstens du von dem Gerücht gehört, dass zwischen Neil Henderson und der armen Fiona mehr war als …«

»Nein, habe ich nicht. Das interessiert mich auch nicht.«

»Sie sollen ein Verhältnis gehabt haben«, trumpfte ihre Tante auf, als habe sie unumstößliche Beweise.

»Wer sagt das?«, fragte Mary, denn sie wusste, dass sie ihre Tante anders nicht loswerden würde.

»Die kleine Tina, die Tochter von Cathrine, du weißt, die oben neben den McMinns wohnt, arbeitet im Autohaus am Empfang. Ein kluges Mädchen, das es noch weit bringen wird. Sie sitzt quasi an der Quelle. Ihr entgeht nichts. Und sie hat mir erzählt, als ich sie neulich auf dem Parkplatz getroffen habe, dass sie gesehen hat, wie sich die beiden zur Begrüßung umarmt haben, also Henderson und Fiona. Das ist ja durchaus okay. Aber kurz darauf habe sie aus Hendersons Büro einen lauten Streit gehört. Danach habe Fiona heulend das Autohaus verlassen. Und kurz darauf sei Henderson weggefahren. Er habe sehr wütend ausgesehen. Als sie dann später die eingegangenen Rechnungen und auch seine Spesenaufstellungen sortiert und zur Buchhaltung gegeben hat, seien ihr ein paar Belege eines Hotels nahe Truro aufgefallen. Sie habe sie nicht richtig zuordnen können. Als sie später ihren Chef darauf angesprochen hat, sei er noch einmal richtig wütend geworden, habe die Belege an sich genommen und vor ihren Augen zerrissen. Sie hat dann später den Papierkorb geleert und noch einmal auf die Belege geschaut. Es waren Rechnungen über zwei Essen, Wein und auch

Champagner. Als sie die Daten mit seinem Terminkalender verglichen hat, fand sie keine Übereinstimmungen. Das hat ihr sehr zu denken gegeben.« Sie beugte sich zu Mary, als könnte jemand mithören, obwohl nur sie beide im Laden standen. »Ein cleveres Mädchen. Ich bin sicher, dass Henderson etwas zu verbergen hat.« Ihr Unterton ließ kaum einen Zweifel zu.

»Henderson hat Fiona umgebracht? Das ist doch absurd.«

Margaret sah ihre Nichte mit unschuldigem Blick an. »Ich will nichts gesagt haben.«

»Du solltest keine Gerüchte streuen. Das kann gefährlich werden.«

Margaret nahm ihre Handtasche vom Arm und betrachtete sinnend das Leder. »Keine Angst, mein Kind, ich weiß mich schon zu wehren.«

»Du solltest dich lieber um deine Angelegenheiten kümmern, das ist besser.«

»Was du nicht sagst«, kam es schnippisch zurück, »das habe ich schon versucht. Aber du willst ja nicht auf mich hören. Denk über das Sortiment nach. Ich meine es ja nur gut mit dir.«

Das ist ja das Problem, dachte Mary. »Was macht eigentlich deine Internetkarriere?«

»Spar dir den Spott. Wir sind zufrieden. Die Klickzahlen sind mehr als beachtlich, sagt unser Admin. Wir haben in den kommenden Monaten noch eine Menge vor. Zum Beispiel müssen wir uns schon jetzt um die Finanzierung der Weihnachtsbeleuchtung im Dorf kümmern. Die wenigen Barbecues im Sommer reichen längst nicht mehr für die Illuminierung. Neue Bilder müssen angeschafft, Kaputtes ausgetauscht oder repariert werden. Außerdem brauchen wir endlich vernünftige Lagerflächen für die Dekorationen. Wir werden auf unserer Internetseite in der kommenden Woche mit der Werbung beginnen. Wir brauchen unbedingt neue Sponsoren.«

»Dann hast du ja in der Tat jede Menge zu tun.«

Margaret Bishop atmete tief aus. »Du sagst es, mein Kind, du sagst es.« Ein listiger Glanz erschien in ihren Augen. »Der Künstler, dein Freund, könnte uns mit ein paar weiteren Bildern aushelfen, die wir im Netz versteigern können. Weihnachtliche Motive fände ich schön. Tannenbäume, Krippenbilder, so etwas. Kann er doch, oder?«

»Bisher warst du ja nicht gerade angetan von seiner Arbeit.«

»Du kennst doch den Spruch: Der Wurm muss nicht dem Angler schmecken, sondern dem Fisch. Adieu. Ich muss los.« Die Ladenglocke klang wie der Abgesang auf eine längst vergangene Zeit.

Am späten Nachmittag machte Mary sich auf, um Simon in seinem Atelier aufzusuchen. Sie hatte ein flaches Paket für ihn dabei.

Sie hatte ihn schon ein paar Tage nicht mehr gesprochen. Neugierig klopfte sie an die Ateliertür und trat ein. Der helle Raum war leer. Seltsam. Sie hatten sich doch hier verabredet. Irritiert legte sie das Paket ab und wandte sich den Wohnräumen zu. Sie fand ihn schlafend auf dem Sofa, auf dem Boden ein Wasserglas und eine Medikamentenschachtel. Das bedeutete nichts Gutes. Er hatte wohl wieder eine seiner Schmerzattacken und brauchte

Ruhe. Sie wollte sich still zurückziehen, als er sie ansprach.

»Komm ruhig herein. Ich habe nur die Augen zugemacht. Ich kann nicht schlafen. Die Tabletten helfen nicht wirklich. Die Schmerzen gehen nicht weg.« Er richtete sich mit Mühe auf. »Schön, dass du da bist.«

»Kann ich etwas für dich tun?«, fragte sie besorgt und setzte sich ihm gegenüber. So hatte sie ihn schon länger nicht mehr erlebt.

Er schüttelte den Kopf. »Geht gleich. Was gibt es Neues? Ich war in den vergangenen Tagen kaum vor der Tür.«

»Es geht das Gerücht, dass Millies Mann ein Verhältnis mit Fiona Richards gehabt haben soll.« Auch wenn sie ihrer Tante nicht alles glaubte, was sie herumerzählte, war ihr das den ganzen Tag über nicht aus dem Kopf gegangen.

»Wer sagt das?« Mit einem Mal war er voll konzentriert.

»Meine Tante.«

Simon entspannte sich. »Die alte Schachtel. Hat nichts anderes im Sinn als ihre Hetzerei.«

»Ich habe lange darüber nachgedacht. Auch wenn ich ihr genauso kritisch gegenüberstehe wie du, habe ich den Eindruck, da könnte etwas dran sein.« Sie erzählte ihm, was Cathrines Tochter Tina mit geradezu detektivischem Spürsinn über die Machenschaften ihres Chefs herausgefunden hatte.

»Was Mitarbeiter oder Mitarbeiterinnen so alles über ihre Chefs zu wissen meinen.« Seine Miene sprach Bände.

»Für mich klang das nicht abwegig.«

»Vielleicht ist die Kleine nur eifersüchtig und hat selbst ein Auge auf ihren Chef geworfen.«

»Sie ist doch viel zu jung.«

»Geld macht sexy. Wäre nicht das erste Mal, dass so etwas vorkommt.«

»Du meinst, dass Chris dem nicht nachzugehen braucht?«

Er hob die Schultern. »Soviel ich von ihm erfahren habe, verfolgen sie gerade einen ganz anderen Ansatz. Der könnte sehr vielversprechend sein.«

»Worum geht es dabei?«

»Louise Taylor.« Er berichtete ihr davon, dass Marks' Team auf immer mehr Indizien stieß, die in Richtung der Anästhesistin deuteten.

»Das wäre ja schrecklich. Ich käme nie auf die Idee, dass Louise etwas mit den Morden zu tun haben könnte.«

»Für die Ermittler stellt sich das Ganze längst nicht mehr so eindeutig dar.«

»Wie will er jetzt vorgehen?«

»Mein letzter Kenntnisstand ist, dass er Louise offiziell vorladen und mit den Indizien konfrontieren wird. Und das schon bald.«

»Ich kann es immer noch nicht glauben.«

»Wir werden abwarten müssen, was er erreicht.«

»Ich kann für Louise nur hoffen, dass sie unschuldig ist.« Sie dachte einen Augenblick nach. »Selbst wenn sie schuldig wäre, wie passt dann Abigail ins Bild?«

»Das weiß ich auch nicht. Bisher gibt es wohl keine direkte Verbindung zwischen Mrs. Reid und Louise.«

»Was können wir jetzt tun, Simon?«

»Nicht viel, fürchte ich.«

»Arme Louise, was mag sie – wenn es stimmt – dazu getrieben haben?«

»Keine Ahnung. Es scheint alles mit dem Kauf von Hillside zu tun zu haben. Vielleicht ist es zwischen den beiden zu einem Streit über die Vertragsverhandlungen gekommen, der tödlich endete.«

»Aber warum sollte Louise ihre Freundin töten? Sie hat das Haus doch bekommen. Da gab es doch keinen Grund mehr für einen Mord.«

»Guter Punkt, Mary.«

»Kannst du nicht etwas tun? Zum Beispiel könntest du doch Henderson mit dem Gerücht konfrontieren. Und abwarten, wie er reagiert.«

»Soviel ich weiß, war Marks schon bei ihm.«

»Hat er denn da schon von dem Gerücht gewusst?«

»Nein, ich glaube nicht.«

»Reizt dich nicht, dem nachzugehen?«

Simon lächelte schief. »Mary Morgan, was willst du von mir?«

Sie tat unschuldig. »Nichts. Ich dachte nur, dass dich interessiert, ob nicht doch eher Henderson eine dubiose Rolle in dem Ganzen spielt.«

»Du hältst ihn für einen Gewalttäter?«

Mary verzog das Gesicht zu einem Fragezeichen. »Wenn du mich so fragst, ich weiß nur, dass er und seine Kumpels Schürzenjäger sind und sich für unwiderstehlich halten. Dass sie es auf ihren Kurztrips, sei es mit dem Fußballverein oder mit den Golfkumpels, gerne ordentlich krachen lassen.« Sie runzelte die Stirn. »Das ist aber nicht alles. Ich habe einmal im Pub aufgeschnappt, dass er seine Frau geschlagen haben soll. Ich weiß nicht mehr, wer das erzählt hat, aber derjenige schwor, dass er Millie mit einem blauen Auge gesehen hat und sie ihm auf seine Frage, was passiert sei, keine Antwort gegeben hat. Wenn ich es recht überlege, könnte es Luke gewesen sein, der davon erzählt hat. Ist aber schon lange her.«

»Luke. Gut, dass du ihn erwähnst. Er kommt doch morgen nach Hause.« Simons Blick hellte sich deutlich auf. »Der alte Schwerenöter. Ich habe ihn vermisst.«

»Richtig. Seine Frau holt ihn in Redruth vom Bahnhof ab. Wir könnten Gill und Luke mit einem Wein bei mir willkommen heißen.«

Er nickte.

Sie sah ihn forschend an. »Was wirst du nun tun, Simon? Wirst du den Vorwürfen nachgehen?«

»Ich würde mich am liebsten aus allem heraushalten.«

»Und ich weiß, dass du das doch nicht kannst, alter Bulle.« Sie stand schwungvoll auf. »Ich mach uns einen Tee.«

Am nächsten Tag stand Simon erneut vor der Haustür der Hendersons und betätigte den Klopfer.

»Sie schon wieder? Wird das jetzt ein regelmäßiger Besuch?« Millie Henderson öffnete sofort nach dem Klopfen die Tür, als habe sie seine Ankunft erneut beobachtet.

Ihr ungehaltener Ton änderte sich, als ihr klar wurde, dass sie eine Spur zu unfreundlich gewesen war. Mit einer Bewegung, die den Eindruck von Gelassenheit und Snobismus erwecken sollte, schob sie ihr Haar zurück, das sie diesmal offen trug. Und statt eines Hausanzugs trug sie ein dunkles Business-Kostüm.

»Schön, Sie zu sehen, Simon.« Sie sah an sich herunter.

»Leider habe ich wenig Zeit. Ich habe ein Date mit einem Kunden.« Ihr Lächeln sollte in ihm wohl eine erotische Fantasie wecken. »Natürlich ist es nicht das, was Sie denken.« Sie ließ die Tür aufschwingen. »Eine Viertelstunde habe ich noch für Sie. Nur herein, Simon. Sie kennen ja den Weg.«

Im Wintergarten drehte er sich zu ihr um. »Ich würde mich gerne setzen. Mein Rücken.«

Wortlos deutete sie auf die Couch.

»Gut. Ich will nicht lange drumherum reden. Ihr Mann soll eine Affäre mit Ihrer Freundin Fiona gehabt haben.«

»Was erlauben Sie sich? Ihr früherer Job als Polizist gibt Ihnen nicht das Recht, solche Behauptungen aufzustellen.« Ihre Augen sprühten vor Zorn.

»Ich will Ihnen sicher nicht zu nahe treten, aber …«

»Verlassen Sie sofort mein Haus.« Ihr Gesicht hatte jegliche Farbe verloren.

»Ich bin sicher, dass die Polizei Ihnen die gleiche Frage stellen wird.« Simon blieb ganz ruhig.

»Sie drohen mir?«

»Keineswegs. Ich wollte Ihnen lediglich ersparen, dass ein Polizeifahrzeug vor Ihrem Haus hält, um Sie zu einer Befragung ins Präsidium zu bringen.«

Es arbeitete sichtlich in Millie Henderson, bevor sie antwortete. Sie suchte Halt an einer Stuhllehne. »Neil ist ein Schürzenjäger. Das weiß ich schon lange. Aber wir lassen uns beide unsere Freiheiten. Das haben wir vor langer Zeit vereinbart. Und wir leben gut damit.« Sie schloss kurz die Augen. »Dass er etwas mit Fiona gehabt haben soll, kann ich mir allerdings nicht vorstellen. Wie Sie bereits sagten, es ist ein Gerücht. Ein sehr unangenehmes, zugegebenermaßen. Wer bringt so etwas in Umlauf?«

»Das fragen Sie besser die ermittelnden Beamten.«

»Ich werde Neil fragen.« Sie erlangte stückchenweise ihre Fassung zurück.

»Es ist also völlig ausgeschlossen, dass Ihr Mann etwas mit Fiona Richards hatte?«

»Wollen Sie damit andeuten, er könnte etwas mit ihrem Tod zu tun haben?«

»Das habe ich nicht sagen wollen.«

Erneut blitzte es in ihren Augen. »Ich weiß natürlich nicht, was Fiona wirklich getrieben hat. Ob sie nicht versucht hat, Neil zu verführen. Sie war ja wahrlich kein Kind von Traurigkeit. Sie war gerne mit Männern zusammen. Denken Sie nur an ihren heimlichen Lover, diesen Staatsanwalt.« Sie straffte sich. In ihrem Kopf arbeitete es. Dann sprach sie weiter, eine Spur zu entschlossen. »Nein. Ich kann mir nicht vorstellen, dass sie Neil ins Bett gezogen hat. Das hätte ich bemerkt. Flirten – vielleicht. Aber sicher nicht mehr. Fiona war mir gegenüber absolut loyal. Immer. Da bin ich mir hundertprozentig sicher.«

Simon wunderte sich, wie vehement sie ein Verhältnis zwischen Fiona und ihrem Mann abstritt. Sie musste ihre Gründe haben. Eine Frage, die Marks klären sollte. Es war nicht ausgeschlossen, dass sie ihren Ehemann schützen wollte.

»Vergessen Sie meinen Mann.«

»Vielleicht sollten Sie von sich aus DI Marks kontaktieren und Ihre Einschätzung abgeben, bevor man auf Sie zukommt.« Jenkins schlug einen verbindlichen Ton an. »Ich bin sicher, dass die Polizei mehr wissen möchte.«

Sie hob die Hände. »Sie haben vermutlich recht.« Sie warf einen Blick nach draußen. »Sie wissen ja, wie Nachbarn sein können.«

»Es wäre auch schlecht fürs Geschäft, vermute ich mal.«

»Warum kümmern Sie sich so um mich und meine Familie?« Millie Henderson schien sich wieder in der Gewalt zu haben. »Das machen Sie doch nicht aus lauter Nächstenliebe.«

»Es geht mir um die Wahrheit. Sei es im Zusammenhang mit Gerüchten oder im Zusammenhang mit Gewalttaten.« Er lächelte sie an.

Sie blickte ihn intensiv an und dann auf die Uhr. Sie sah aus, als wüsste sie nicht weiter. »Was machen eigentlich die Ermittlungen in Sachen Louise?«

»Das kann ich Ihnen nicht sagen. Ich bin ja nicht Teil der Mordkommission.«

»Ich dachte nur, weil Sie mit dem Detective Inspector befreundet sind, wie man hört.«

»DI Marks wäre schlecht beraten, wenn er mich in seine Arbeit einbinden würde. Ich bin lange raus aus dem Polizeidienst.« Er musste auf der Hut sein. Er wollte ihr keine Argumente liefern, gegen die Polizei vorzugehen, sollte sie einmal Grund dazu haben. Dass sie sich über die Fälle austauschten, musste sie nicht wissen.

Sie seufzte. »Um ehrlich zu sein, ich bin längst nicht mehr so sicher, dass Louise keinen Anteil an den Taten hat. Sie ist nicht die Unschuld vom Lande, die sie immer gibt.«

»Das ist ein schwerwiegender Verdacht, den Sie da äußern. Und das zum wiederholten Mal. Sie sollten vorsichtig sein mit dem, was Sie sagen.«

»Ich würde das niemals öffentlich behaupten.«

»Wie ich schon einmal geraten habe: Sprechen Sie mit DI Marks. Er muss das wissen.«

Sie nickte und sah mit einem Mal traurig aus. »Mich lässt die Sache schier verzweifeln. Im Grunde will ich darüber nicht reden. Vor allem nicht in Louises Gegenwart. Nicht, dass ich ihr am Ende doch unrecht tue. Ich weiß es einfach nicht, Simon.«

»Wann hatten Sie das letzte Mal Kontakt zu Ihrer Freundin?«

Henderson stand auf. »Das ist schon eine ganze Weile her. Wir hatten uns ursprünglich für diese Woche verabredet, um ihr wieder bei der Renovierung zu helfen. Aber sie hat abgesagt. Sie fühlt sich nicht fit, hat sie gesagt. Ich fürchte, sie hat sich ein wenig übernommen. Den Aufwand bei so einem alten Haus darf man nicht unterschätzen. Gerade auch, wenn man so einen stressigen Job hat wie Louise.« Sie streckte Simon die Hand hin. »Ich muss jetzt wirklich los. Ich möchte meinen Klienten nicht warten lassen. Zuverlässigkeit ist mein größtes Kapital als Immobilienmaklerin.« Sie hielt kurz inne. »Sie sind noch zufrieden mit Ihrem Cottage? Ich könnte Ihnen unter Umständen ein interessantes Angebot machen. Ich habe in der Gegend gute Kontakte. Interessante Häuser sind immer wieder mal auf dem Markt.«

»Danke, aber eine bessere Kombination aus Wohnhaus und Atelier kann ich mir nicht vorstellen.«

Nachdem er sich von Millie Henderson verabschiedet hatte, wandte er sich nicht Richtung Bucht, sondern folgte dem Zubringer zur A 3083. An der kleinen Kreuzung, an der es nach rechts zur Treleague Farm ging, bog er links ab. Der Weg würde ihn in einem weiten Bogen zurück nach Cadgwith führen, aber er fühlte sich stark genug für die Strecke. Außerdem wollte er nachdenken.

Er war noch nicht weit gegangen, als hinter ihm ein Auto hielt.

»Simon!«

Es war Luke, der ihn durch das offene Beifahrerfenster anstrahlte. »Was treibst du dich hier in der Landschaft herum? Hast du kein Zuhause?« Sein Freund stieg aus und umarmte ihn. »Was habe ich dich vermisst, Alter.« Luke schlug ihm mit der Hand mehrfach auf die Schulter.

»Schön, dass du wieder zurück bist. Gut siehst du aus. Die Reha war wohl ein voller Erfolg.«

Luke grinste und schob seine unvermeidliche Wollmütze zurück. »Hätte schlimmer kommen können.« Er deutete auf seinen Bauch. »Das Essen war wenigstens gut. Ein paar Kilos zu viel.« Er drehte sich zu seiner Frau um, die ebenfalls ausgestiegen war. »Gill gefällt es.« Er legte einen Arm um sie. »Aber nix geht über ihre Küche.« Er gab ihr einen Kuss auf die Wange, den sie lachend akzeptierte.

»Ich bin wirklich froh, dass du wieder da bist.« Simon begrüßte auch Lukes Frau herzlich. »Nun hast du ihn endlich wieder zu Hause, und er ist fast wie neu.«

Sie wehrte lachend ab. »Hauptsache, mein Luke ist wiederhergestellt.«

»Was gibt's Neues, Simon? Steht das Pub noch? Habt ihr den Mörder endlich gefasst? Ist hoffentlich nicht noch mehr passiert. Was sagen die Fischer über ihre Arbeit? Steigen die Gewinne endlich? Wie geht es Mary?« Aus Luke sprudelte die Neugier nur so heraus.

»Treffen wir uns heute Abend bei Mary. Da können wir alles in Ruhe besprechen.«

»Gute Idee. Sollen wir dich mit zurück ins Dorf nehmen, oder willst du dir die Strecke antun?« Luke musterte kritisch Simons Körperhaltung.

»Na gut, wenn du mich so fragst. Ihr könnt mich unten am Hafen absetzen.« Er stieg in den Wagen ein.

Auf der Fahrt setzte Luke seine aufgekratzte Fragerunde fort. Simon hatte das Gefühl, dass sein Freund die kleinen und großen Ereignisse wie ein Schwamm aufsog. Luke war ein Kind des Dorfes, hatte nie etwas anderes sein wollen und würde auch niemals von hier wegziehen.

»Mann, was habe ich diesen Blick vermisst«, freute Luke sich, als er seinen Freund am Eingang zum Hafen verabschiedete. Er sog die salzige Luft tief ein. »Die beste Reha für die Lungenflügel.« Er wollte Simon erneut auf die Schulter schlagen, hielt aber inne. »Ich weiß, tut weh. Wir sehen uns dann heute Abend. Oder?« Er warf seiner Frau einen fragenden Blick zu. Als sie nickte, lächelte er selig. »Dann bis heute Abend, Simon.«

Es war noch zu früh, um Mary aufzusuchen, deshalb ging Simon das kurze Stück zum Todden und setzte sich auf der Felsnase auf Toby's Bench. Sie stand dort zur Erinnerung an den Sechzehnjährigen, der vor ein paar Jahren beim übermütigen Klettern von den Klippen gestürzt und verstorben war.

Es war Flut, und die Wellen hatten sich bis fast zu den kleinen Fischkuttern hochgeschoben, die am frühen Nachmittag auf den Kiesstrand gezogen worden waren. Bis auf ein paar Möwen, die im schmalen Seetangstreifen nach Beute suchten, herrschte im Augenblick Ruhe dort unten. Wie sehr doch die Idylle der Bucht täuschen konnte. Zwei Frauen tot, kurz nacheinander erwürgt. Beide kannten sich, an beiden Leichen waren die gleichen Faserspuren gefunden worden.

Welche Verbindungen zu den Frauen waren so schicksalhaft, dass es zu diesen Taten gekommen war?

Gab es vielleicht doch eine Verbindung in die Szene, die so passend mit *Romance Scamming* überschrieben war? Der große Unbekannte, der nicht nur Geld von den Frauen wollte und den es am Ende zu finden galt.

Simon war versucht, den Unbekannten auszuschließen. Diese Typen, angeblich einsame Soldaten, Afghanistan-Veteranen, Arbeiter auf Bohrinseln und so weiter, waren eher darauf aus, die ebenso einsamen wie liebebedürftigen Frauen auszunehmen wie gut gestopfte Truthähne, waren nur an Geld interessiert. Warum sollte so jemand eine Frau umbringen? Das Risiko, erwischt zu werden, war doch ungleich höher als bei einem Betrug.

Nein, der Täter musste im direkten Umfeld der Frauen gesucht werden. Aber was war das Motiv, und wo war die entscheidende Verbindung zwischen Opfern und Täter?

Ihm ging das Ehepaar Henderson durch den Kopf. Sie führten angeblich eine offene Beziehung. Wo begann so etwas und, vor allem, wo endete es? Gab es überhaupt eine offene Beziehung, oder war das nur Selbstbetrug? Er lehnte sich zurück und schloss für einen Moment die Augen. Wo waren seine Intuition und sein Instinkt geblieben? Waren sie ihm am Ende doch abhandengekommen, oder wurden sie von den Flashbacks überlagert, die ihn in immer kürzeren Abständen heimsuchten?

Über der Bucht zog langsam der Abend herauf. Der

Himmel wurde an den Rändern zunehmend grau, und die Möwen sammelten sich nach und nach auf den Dächern der umliegenden Häuser oder in den schmalen Felsnischen, um dann zu ihren Schlafplätzen aufzubrechen.

Louise Taylor wurde ihm immer suspekter. Auf den ersten Blick eine lebenskluge Frau, bodenständig und vielseitig, jemand, der zupacken und Entscheidungen treffen konnte und das im Beruf jeden Tag auch musste. Ihre zugewandte Art verbarg dennoch etwas, das sie nicht preisgeben wollte. War diese Offenheit nur gespielt? Sie passte perfekt zu ihrem Alltag als Anästhesistin und Freundin, aber versperrte sie nicht auch den Weg in den Raum dahinter, in dem sich eine dunkle Seite bestens entfalten konnte? Nach außen hin galt sie als integrer Mensch, über jeden Zweifel erhaben, aber was war ihr wirklicher Charakter? Was verbarg sich hinter ihren dunklen Augen, die so irritierend sein konnten?

Er würde mit Chris sprechen. Mehr konnte er nicht tun. Auch wenn die Ermittlungen in Richtung des Autohändlers Fahrt aufnahmen, durfte die Mordkommission Louise Taylor nicht aus den Augen verlieren. Eine Frau mit Geheimnissen.

Simon stand auf und machte sich auf den Weg. Als er am Pub vorbeiging, warf er einen Blick ins Innere. Am Tresen standen ein paar Fischer und unterhielten sich mit dem Farmer, der den Milch- und Gemüsehof außerhalb des Dorfes führte, von dem Mary ihre Milchprodukte, Eier, Würstchen, Obst, Konfitüren und auch das Gemüse bezog. Trotz ihrer Arbeitskleidung hatten die Männer offenbar bereits den Feierabend eingeläutet, so entspannt, wie sie aussahen.

Als er Marys Cottage betrat, dessen Haustür wie immer nicht abgeschlossen war, hörte er von der Küche her bereits die Stimmen von Gill und Luke. Voller Vorfreude hängte er seine Jacke im Flur auf und stellte seinen Gehstock in den antiken Schirmständer. Auf dem langen Küchentisch stand ein improvisiertes Abendessen, das Mary gezaubert hatte. Es wurde ein langer Abend mit viel Lachen, Wein, aber auch ernsten Gesprächen, Kerzenlicht und Musik.

XL.

»Easterbrook. Was gibt's?«

Der Detective Constable stand mit seinem Klemmbrett in der Hand unschlüssig im Türrahmen.

»Nur zu.« Marks winkte ihn herbei.

»Es geht um Mrs. Taylor, die Anästhesistin.« Easterbrook blieb vor Marks' Schreibtisch stehen.

»Machen Sie's nicht so spannend. Wir sind hier nicht in der Rateshow *QI*.«

Easterbrook rümpfte die Nase. »Ich bin noch einmal die gesamten Aufzeichnungen der Befragungen durchgegangen. Dabei ist mir aufgefallen, dass einer der regelmäßigen Golfer ausgesagt hat, in den vergangenen Wochen und Monaten nichts Auffälliges bemerkt zu haben. Mit einer Ausnahme. Sein alter Kumpel Henderson habe sich verändert.«

»Das kommt schon mal vor, dass sich ein Mensch im Laufe seines Lebens weiterentwickelt.« Bei den Begegnungen mit dem DC bewegte er sich wie auf Knopfdruck häufig hart am Rand des Sarkasmus. Er konnte einfach nicht anders. Wobei er spätestens seit dem Vorfall damals in Stithians wusste, dass er ihm meist unrecht tat.

»Darum geht es nicht, Chef.« Der DC blieb dickfellig. »Der Autohändler hat sich kaum noch auf dem Grün blicken lassen. Die Gerüchteküche habe damals gehörig gebrodelt.«

»Gerüchte?«

»Na ja, ich habe mir das dann mal genauer erklären lassen. Im Klubhaus, nach Feierabend.«

Vermutlich hatte Easterbrook dabei das eine oder andere Pint getrunken. Das war sicher die größere Motivation für ihn gewesen, noch nach Feierabend zu ermitteln.

Als habe er Marks' Gedanken gelesen, schickte er die Erklärung hinterher: »Die haben dort ein sehr süffiges Bier im Ausschank. Und die Küche ist auch nicht zu verachten.«

»Und? Was waren denn das für Gerüchte?« Marks war kurz davor, die Geduld zu verlieren.

»Felix, also Felix Myer, ist ebenfalls im Autogeschäft tätig. Und er hat erst gedacht, Henderson sei in finanziellen Schwierigkeiten und deshalb kaum noch in der Öffentlichkeit aufgetreten. Na ja, aber dann hat er Henderson mal zufällig in Truro getroffen. Felix, also Mr. Myer, hatte dort einen Arzttermin. Und dann ist ihm direkt vor der Kathedrale Henderson in die Arme gelaufen. Und jetzt kommt's: Er war in Begleitung einer Frau. Das Aufeinandertreffen sei ihm sichtlich peinlich gewesen, denn die Dame an seiner Seite sei nicht seine Ehefrau gewesen. Ganz im Gegenteil. Felix hat sie als dunkelhaarige Schönheit beschrieben. Zuerst habe ich an Fiona Richards gedacht, aber sie war es nicht. Ich habe mir nämlich am anderen Tag ein Foto der Rechtsanwältin geschnappt und es Myer gezeigt.«

»Was hat das nun mit Mrs. Taylor zu tun?« Marks stand kurz vor dem Platzen.

Easterbrook sah auf den Spickzettel, den er umständlich von seinem Klemmbrett zog. »Ich habe nach der letzten Lagebesprechung, in der es auch um die Anästhesistin ging, ihr Foto angesehen. Und ja, eine wirkliche Schönheit, bei der man auch ohne Narkosemittel in Ohnmacht fallen würde.« Der DC lächelte versonnen, dann riss er sich zusammen. »Myer schließt nicht aus, dass sie es war, die er in Truro gesehen hat. Ich habe ihn gebeten, im Internet die Seite der Klinik in Penzance aufzurufen und sich die Fotos der Mitarbeiterinnen der Anästhesie anzusehen. Man kann da auf die einzelnen Mediziner klicken.«

»Easterbrook.«

Der DC steckte den Zettel in seine Hosentasche. »Das war vor einer halben Stunde.«

»Und dieser Myer ist sich sicher?«

»Nahezu.«

»Was soll ich mit der Information anfangen?«

»Nun, es ist doch möglich, dass zwischen Henderson und der Medizinerin was läuft oder gelaufen ist.«

»Und was hat das mit unseren Mordfällen zu tun?«

DC Easterbrook sah Marks an, als sei sein Chef schwer von Begriff. »Haben wir nicht darüber gesprochen, dass Hendersons Frau Mrs. Taylor belastet hat? Dass sie hat durchblicken lassen, ihre Freundin Louise habe etwas mit dem Tod von Fiona Richards zu tun? Kann doch sein, dass Henderson ihr Komplize war. Außerdem taucht sein Name auch in den Ermittlungsakten zum Fall Abigail Reid auf.«

Marks lehnte sich in seinem Bürostuhl zurück, der gefährlich quietschte. Er musste an sein Gespräch mit dem BMW-Händler denken und an das, was Simon über das Ehepaar Henderson und Louise Taylor in Erfahrung gebracht hatte. »Eine gewagte Theorie, Easterbrook. Aber auszuschließen ist das nicht.«

Easterbrook wuchs unter Marks' Worten sichtlich.

»Wir sehen uns die Dame dann doch mal genauer an. Die Indizien nehmen zu.«

Easterbrook machte den Eindruck, als wolle er losstürmen.

»Nicht Sie, Detective Constable, nicht Sie. Sie werden hier bleiben und Ihr Aktenstudium fortsetzen. Vielleicht fördern Ihre Recherchen noch mehr zutage.«

Easterbrook machte für einen Augenblick einen enttäuschten Eindruck, dann entspannte er sich sichtlich. »Vielen Dank, Detective Inspector. Ich tue mein Bestes.«

Marks konnte sich vorstellen, warum der DC sich mit der Aufgabe zufriedengab. Andere hätten vehement protestiert und sich aufs Abstellgleis geschoben gefühlt, aber DC Easterbrook hatte blitzschnell erkannt, dass er sich die Arbeit an den Akten nach Belieben einteilen konnte. Wobei dieses Belieben von den Pausenintervallen gesteuert wurde.

»Davon bin ich überzeugt.« Marks stand auf. »Ich werde Mrs. Taylor vorladen. Zunächst nicht als Verdächtige, sondern lediglich als Person, die möglicherweise wichtige Informationen hat.«

Easterbrook nickte zufrieden und verließ das Büro.

Marks telefonierte mit Penzance, um sicherzugehen, dass Louise Taylor nicht im Dienst war.

Eine gute Stunde später fuhren Marks und DS Bley auf den winzigen improvisierten Parkplatz am Todden.

Seit Marks' denkwürdigem Besuch bei Bley waren ihre Aufeinandertreffen von einer Schweigsamkeit geprägt, die noch umfassender geworden war als ohnehin schon. So, als habe ihre Offenheit und ihre Verletzlichkeit eine Barriere zwischen ihnen errichtet, die kaum zu überwinden war. Das war umso erstaunlicher, weil Bley vor Kurzem am Telefon noch verdächtig heiter gewirkt hatte. Was war mit dieser Frau bloß los? Wenn sie überhaupt sprachen, dann war es lediglich ein knapper Austausch über das Dienstgeschäft, Fakten, Berichte und neue Ermittlungsschritte. Darüber hinaus war die Atmosphäre derart aufgeladen, als bedürfe es nur eines Zündfunkens bis zu einem vulkanartigen Ausbruch der Gefühle. Beide vermieden peinlich genau, die Reibefläche zu sein.

Als sie den steilen, sehr schmalen Fußweg hinaufkamen, sahen sie Taylor auf der Terrasse sitzen. Sie hatte die Augen geschlossen und genoss offensichtlich die Nachmittagssonne. Die Luft war mild und die See von einem Blau, das perfekt zum Blau des Himmels passte.

»Haben Sie einen Augenblick Zeit für uns, Mrs. Taylor?« Marks hatte bereits das niedrige Metalltor geöffnet, das in den Garten führte.

Die Anästhesistin öffnete erstaunt die Augen und blinzelte in ihre Richtung. »Aber sicher, Mr. Marks. Kommen Sie.« Sie erhob sich erwartungsvoll.

»DS Bley kennen Sie ja bereits.«

Bley nickte Taylor knapp zu.

»Was führt Sie zu mir?« Sie sah über die Schulter zu ihrem Haus. »Ich fürchte, ich bin nicht auf Besuch eingerichtet. Ich bin eben erst vom Dienst zurück.«

»Nur keine Umstände. Wir haben lediglich ein paar Fragen.«

Taylor deutete auf die Sitzgruppe, die von einem Sonnenschirm dominiert wurde. »Schießen Sie los.«

Die beiden setzten sich.

»Ich will ganz offen zu Ihnen sein, Mrs. Taylor.« Marks sah ihr direkt in die Augen. »Wir haben den begründeten Verdacht, dass Sie in Verbindung mit dem Mord an Fiona Richards stehen.«

Die Angesprochene hob erstaunt die Augenbrauen.

»Tun das nicht auch Millie und Tracy? Immerhin waren wir ihre Freundinnen.«

»Das meine ich nicht.« Marks rückte ein wenig auf dem Stuhl vor. »Sie hatten einen heftigen Streit mit Fiona. Und der gibt uns Anlass zu vermuten, dass er … eskaliert ist.«

»Wer? Wie?« In ihren Augen stand Entsetzen.

»Es ging um die Vorgänge rund um den Kauf Ihres Hauses.« Bley wies mit der Hand vage um sich.

»Ich verstehe nicht ganz. Wer behauptet das? Millie?«

»Wie kommen Sie auf Mrs. Henderson?«, fragte Bley. »Es gibt mehrere Zeugenaussagen. Zeugen, die den Streit beobachtet haben.«

Louise Taylor versuchte Haltung zu bewahren. »Ja, wir hatten Streit. Ich habe vermutet, dass Fiona den Kaufpreis künstlich in die Höhe getrieben hat, um ihre Provision aufzubessern. Aber das haben wir geklärt. Ich sagte es schon. Diese Auseinandersetzung wäre für mich niemals der Grund für einen Mord. Fiona ist ihrem Mörder in Helston in die Arme gelaufen.« Ihr Blick wurde düster. »Wir haben damals einen Fehler gemacht, den ich mir nie verzeihen werde. Sie könnte noch leben, wenn wir nicht so dumm und gedankenlos gewesen wären.«

Marks schüttelte den Kopf. »Wir schließen diese Version derzeit aus. Ganz im Gegenteil. Wir haben Ihre Angaben überprüft für die Zeit nach Mrs. Richards' Verschwinden. Sie stimmen nicht. Sie haben zwar telefoniert, aber jeweils nur kurz. Auf jeden Fall nicht so lange, wie Sie angegeben haben.« Er sah, dass sie protestieren wollte. »Wir haben das anhand Ihrer Telefondaten genau überprüft.«

»Uns stellt sich die Frage: Was haben Sie an jenem Abend wirklich gemacht?«, ergänzte Bley.

»Das habe ich Ihnen bereits gesagt.«

Marks schüttelte den Kopf. »Das haben Sie nicht.«

»Wollen Sie mir allen Ernstes unterstellen, ich hätte Fiona getötet? Das ist absurd.« Sie stand auf, wusste aber nicht, wohin sie sich wenden sollte. »Sie machen sich lächerlich. Alle beide.«

»Bitte setzen Sie sich wieder.« Marks sah zu ihr empor. »Es gibt eine Lücke in Ihren Angaben, und Sie hatten Streit mit Ihrer Freundin. Das sind Indizien, die nicht von der Hand zu weisen sind.«

»Wirklich lächerlich.« Louise Taylor wandte sich der Bucht zu, aber sie schien gar keinen Blick für die eindrucksvolle Landschaft zu haben. »Ich helfe Menschen, ich bringe niemanden um. Schon gar nicht meine Freundin.«

»Ich habe den Eindruck, dass Sie ganz bewusst im Unklaren bleiben. Wollen Sie jemanden schützen, Mrs. Taylor?« Annie Bley sah sie ungerührt an.

»Das wird ja immer absurder. Wen sollte ich schützen wollen?« Sie schnaubte verächtlich.

»Haben Sie ein Verhältnis mit dem Mann Ihrer Freundin Millie?« Bleys Frage schoss unerbittlich über die Terrasse.

Louise Taylor drehte sich langsam zu den beiden Ermittlern um. »Was soll das?« Sie war blass im Gesicht.

»Antworten Sie bitte einfach auf ihre Frage.« Marks wollte besonnen wirken, um die Situation nicht eskalieren zu lassen.

Taylor sah an den beiden vorbei und schwieg.

»Mrs. Taylor, Sie wurden in Truro gesehen, zusammen mit Neil Henderson.«

Sie schwieg immer noch.

»Haben Sie ein Verhältnis mit Mr. Henderson?«

Ihre Antwort kam zögernd. »Ich habe von Anfang an gewusst, dass es keine gute Idee war.«

»Sie geben es also zu? Sie waren sehr unvorsichtig. Hatten Sie nicht Sorge aufzufliegen?«

»Die Sache war da längst beendet. Neil wollte eine letzte Aussprache. Deshalb haben wir uns in Truro getroffen. Wissen Sie, Neil hat diesen gewissen Charme. Ich konnte mich dem nicht entziehen. Er hat mich in einem schwachen Moment erwischt. Ich hätte das nicht tun sollen.« Sie sah den beiden Polizeibeamten offen ins Gesicht. »Ja, da war etwas zwischen uns, aber das ist längst beendet. Was hat das mit Fionas Tod zu tun?«

»Vielleicht ging es bei dem Streit mit Mrs. Richards gar nicht um den Hauskauf.«

Sie sah Bley fragend an.

»Nun, Fiona Richards hat entdeckt, dass Sie ein Verhältnis mit Millies Mann haben. Und sie hat Ihnen Vorwürfe gemacht und das Ganze öffentlich machen wollen. Deshalb haben Sie sie zum Schweigen gebracht. Zusammen mit Neil Henderson.«

»Das ist doch Wahnsinn. Was unterstellen Sie mir?« In ihren Augen glomm mit einem Mal Zuversicht. »Welche Rolle spielt dabei Abigail Reid? Soviel ich gehört habe, soll sie von dem gleichen Täter umgebracht worden sein.«

»Es gibt Hinweise, dass auch in diesem Fall Mr. Henderson eine Rolle spielt.«

DS Bley fügte hinzu: »Genauer gesagt, Mrs. Reid könnte ebenfalls eine unliebsame Zeugin Ihres Verhältnisses geworden sein. Daher musste auch sie beseitigt werden.«

Louise Taylor blieb als einzige Reaktion ein verächtliches Schnauben, das aber mehr nach Verzweiflung klang.

»Der Ablageort von Mrs. Reid legt die Vermutung nahe, dass der Täter Beziehungen zum Golfklub hat. Und die hat Mr. Henderson.« Bley machte auf Marks den Eindruck, als spiele sie mit Taylor wie eine Katze mit einer Maus.

»Und wie soll das Ganze abgelaufen sein?« Die Anästhesistin schüttelte ungläubig den Kopf. »Wie ist ihre Leiche dorthin gekommen? Oder wie ist Fiona in die Bucht von Poltesco gekommen? Dazu brauchen Sie beide Male ein Auto.«

»Wir werden Ihr Auto nach Leichenspuren absuchen. Und auch das von Mr. Henderson.«

»Tun Sie das. Sie werden nichts finden.« Sie sah wieder

auf die Bucht hinaus. »Ich kann es immer noch nicht glauben. Sie verdächtigen mich nur aufgrund von Gerüchten und angeblichen Indizien. Ich habe mir nichts zuschulden kommen lassen. Sieht man mal von dem Fehltritt ab. Ich hätte mich nie auf Neil einlassen sollen. Aber das werde ich mit Millie klären. Jetzt ist sowieso alles egal. Seit Fiona tot ist, gibt es keinen Zusammenhalt mehr unter uns dreien.«

»Ich muss Sie bitten, mit uns zu kommen. Wir haben noch ein paar Fragen an Sie, die wir gerne im Präsidium besprechen wollen.«

»Bin ich so verdächtig, dass Sie mich festnehmen?«

»Sie sind nicht festgenommen. Sie gelten bisher auch nicht als Beschuldigte. Sie sind im Augenblick jemand, der uns mit wichtigen Informationen weiterhelfen kann, um den Fall einer Lösung näher zu bringen.«

»Ich brauche einen Anwalt.«

»Das steht Ihnen frei.« Bley steckte Notizbuch und Stift zurück in ihre Jackentasche.

»Was soll jetzt werden?« Louise deutete auf das Haus. »Wie lange werden Sie mich befragen? Ich habe ab morgen Tagdienst. Ich kann in der Klinik nicht einfach fehlen. Das lässt unsere Personalnot nicht zu.«

»Das hängt ganz von Ihnen und dem Ergebnis unserer Befragung ab.« Marks stand auf. »Sie fahren mit uns. Sie können gegebenenfalls von der Dienststelle aus die Klinik anrufen.«

Louise Taylor sank auf ihren Stuhl zurück. »Das Ganze ist ein einziger Albtraum.«

»Im Augenblick bleibt uns keine andere Wahl. Tut mir leid.« Marks ließ Taylor den Vortritt. »Sie brauchen nichts mitzunehmen. Aber vielleicht sollten Sie Ihre Haustür abschließen.«

Sie schüttelte den Kopf. »Ich habe nichts zu verbergen oder zu verlieren. Weder hier noch im Präsidium.«

Die Fahrt nach Helston verlief schweigend. Im Rückspiegel suchte Marks mehrfach den Blickkontakt mit der Medizinerin, sie wich aber jedes Mal aus und sah aus dem Seitenfenster. Was mochte in ihr vorgehen? Alles sprach im Augenblick gegen sie. Er wog alle Argumente ab, aber am Ergebnis änderte sich nichts. Die kommenden Stunden würden zeigen, wohin die Ermittlungen führten.

Im Präsidium geleiteten sie Louise Taylor in einen Raum im hinteren Teil des Gebäudes.

»Wir müssen Sie ein paar Minuten allein lassen. Können wir Ihnen etwas zu trinken bringen lassen?«

Sie verneinte und setzte sich an den Tisch, der in der Mitte des Raumes stand.

»Wollen Sie nicht erst Ihren Anwalt anrufen?«

»Nein. Ich habe entschieden, dass ich keinen brauche. Ich habe mir nichts vorzuwerfen.«

Marks und Bley wechselten einen schnellen Blick. »Wie Sie wollen.« Marks kippte das einzige Fenster, das von außen mit einem Gitter geschützt wurde. »Ein wenig frische Luft wird uns guttun.«

»Ist das das Zimmer, in dem Sie Ihre Täter verhören?« Sie versuchte den Tisch zu bewegen, der allerdings mit dem Boden fest verschraubt war.

»Der Raum ist tatsächlich nicht sehr einladend, Mrs. Taylor. Wenig wohnlich und unpersönlich. So sind unsere Diensträume nun mal«, beantwortete er die Frage.

»Für den Augenblick reicht er. Ich denke nicht, dass ich hier länger als nötig bleiben werde.«

»Wenn Sie uns dann bitte entschuldigen? Wir sind gleich wieder bei Ihnen.«

Auf dem Flur vor dem Verhörraum blieben sie stehen.

»Welchen Eindruck haben Sie?« Marks sah seine Kollegin an.

»Sie lügt. Sie ist clever, aber sie lügt.«

»Suchen Sie Easterbrook und kommen Sie dann beide in mein Büro. Wir müssen die Fakten abgleichen.«

Marks setzte sich an seinen Schreibtisch, besah sich das Chaos aus verschiedenen Heftern, einer aufgerissenen Pastytüte, einem überquellenden Eingangskorb, einem Becher, den er seit Urzeiten nicht mehr gespült hatte, und einer Ansammlung von Kugelschreibern, von denen er wusste, dass die meisten längst in den Papierkorb gehörten. Sein Büro war das Spiegelbild seiner Ermittlungen und momentanen Verfassung. Ungezählte lose Enden und kein Plan.

»Sie lügt.« Bley kam vor Easterbrook in den Raum gestürzt und setzte sich auf den einzigen freien Platz. Ihr Kollege blieb hinter ihr stehen wie ausgebremst.

»Gehen Sie und holen Sie sich einen Stuhl«, bedeutete er dem Detective Constable, der behäbig nickte und verschwand.

»Woraus schließen Sie das, DS Bley?« Er griff sich einen der Packen Schnellhefter und begann, die Akten ordentlich aufeinanderzustapeln. Ein eher fruchtloser Versuch, des Chaos wenigstens ansatzweise Herr zu werden. Resigniert beendete er sein Vorhaben. »Nun?«

»Ich weiß es einfach. Taylor wird versuchen, sich aus

der Sache herauszureden. Wir müssen sie nur kräftig in die Mangel nehmen, dann wird sie einbrechen.«

»Dann nennen Sie mir die Argumente, mit denen wir sie knacken können.« Marks wischte ein paar Krümel vom Tisch.

»Wir werden eine Gegenüberstellung machen. Myer wird sie sicher identifizieren.« Easterbrook war mit einem Drehstuhl aus dem Nachbarbüro hereingekommen und setzte sich.

»Das beweist nur, dass Henderson und Taylor zusammen in Truro waren.« Marks schüttelte bedächtig den Kopf.

»Dann konfrontieren wir Millie Henderson mit der Tatsache, dass ihre Freundin ein Verhältnis mit ihrem Mann hatte. Und wir sollten Henderson in die Mangel nehmen. Wer weiß, was er aussagt, nur um seinen Kopf zu retten.« Bley drehte sich zu Easterbrook um. »Wir werden unbedingt noch einmal bei Gericht recherchieren. Vielleicht bringt das neue Erkenntnisse zum Lebenswandel der Rechtsanwältin. Fiona, die Nymphomanin. Sie hatte vielleicht nicht nur mit Staatsanwalt Barnes ein Techtelmechtel, sondern auch mit Henderson. Und wem sonst noch. Du kannst mir bei der Befragung helfen.«

Easterbrook sah nicht eben euphorisch aus, aber er nickte.

»Taylor hat Fiona getötet, um ihr Verhältnis mit Henderson zu vertuschen. Ihr Lover hat ihr dabei geholfen. Und sie haben auch Abigail Reid getötet, weil sie die beiden ertappt hat.«

Marks runzelte die Stirn.

»Entweder hat Reid sie überrascht, als sie unplanmäßig

im Haus putzen wollte, oder sie hat sie anderswo beobachtet.«

»Guter Ansatz, DS Bley.«

Auch Easterbrook nickte zustimmend.

»Dann wollen wir mal.« Marks stand auf. »Um das andere kümmern wir uns später. Vielleicht haben Sie ja recht, dass Fiona mehrere Eisen im Feuer hatte.« Er wandte sich an den DC. »Sie können aber auch schon jetzt zum Gericht fahren. Mit Ihrem Charme finden Sie sicher jemanden, der etwas mehr zur Anwältin aussagt.«

Als er mit DS Bley den Raum betrat, sah ihnen Louise Taylor mit ruhigem Blick entgegen.

»Wollen Sie nicht doch einen Anwalt hinzuziehen?« Marks nahm neben Bley Platz.

»Dazu gibt es keinen Grund.«

»Schildern Sie bitte noch einmal genau, was Sie an jenem achten Mai, dem Flora Day, getan haben. Dabei interessiert uns vor allem die Zeit nach Fionas Verschwinden.«

Taylor deutete auf das Aufnahmegerät, das auf dem Tisch stand. »Was ist damit?«

»Wir haben lediglich Fragen an Sie. Wie gesagt, Sie sitzen hier nicht als Beschuldigte, Mrs. Taylor. Und dies ist auch keine Vernehmung.«

Sie holte tief Luft. »Gut. Ich werde Ihnen das alles noch einmal schildern.«

Louise Taylor wiederholte in aller Ausführlichkeit die Angaben, die sie bereits gemacht hatte. DI Marks und DS Bley unterbrachen sie nur an wenigen Stellen, um nachzufragen. Am Ende machte sie einen erschöpften Eindruck.

»Ist das alles?« Bley runzelte die Stirn.

»Das ist alles. Ich würde jetzt gerne gehen. Ich habe eine sehr anstrengende Nacht hinter mir. Ich bin müde und möchte nur noch schlafen.«

Bley sah sie ungerührt an. »Ihre Angaben«, sie überflog die Aufzeichnungen, »sind so weit in Ordnung. Bis auf die Tatsache, dass es immer noch eine Lücke in Ihren Zeitangaben gibt. Was haben Sie an dem Abend noch gemacht, Mrs. Taylor?«

»Ich habe Ihnen alles gesagt.« Sie lehnte sich zurück. Ihre Körpersprache ließ keinen Zweifel, dass sie genug hatte von der Befragung.

»Sie haben sich mit jemandem getroffen, stimmt's?« Bley klang beinahe triumphierend.

Louise zog die Augenbrauen zusammen, und ihr Blick wurde kalt und lauernd. »Das ist absurd. Wen soll ich getroffen haben?«

»Ihren Komplizen.«

»Sind Sie wahnsinnig? Was konstruieren Sie da?« Sie behielt ihre Körperhaltung bei, aber sie machte immer noch alles andere als einen entspannten Eindruck.

Ihr Versuch verfing tatsächlich nicht. »Sie haben Neil Henderson getroffen.«

»Was soll ich?«

»Haben Sie?«

Marks kam seine Kollegin vor wie ein Terrier. Woher nur nahm sie die Unverfrorenheit für ihre Behauptung? Sie musste einen Schuss ins Blaue abgefeuert haben.

»Ich …«

»Haben Sie Neil Henderson an dem Abend getroffen?«, setzte Bley nach.

Louise Taylor nagte an ihren Lippen und presste sie dann aufeinander. Der fruchtlose Versuch zu verschleiern, wie sehr es in ihr arbeitete.

»Überlegen Sie gut, was Sie sagen, Mrs. Taylor.« Marks versuchte mit dem weichen Ton in der Stimme die Situation zu entschärfen.

Die Anästhesistin sah an den beiden Ermittlern vorbei und heftete den Blick auf die gegenüberliegende Wand.

»Lassen Sie sich ruhig Zeit.« Marks nickte ihr aufmunternd zu.

Schließlich brach Louise ihr Schweigen. »Ich«, sie musste sich räuspern, »ich habe mich mit Neil getroffen.«

DS Bley hob eine Augenbraue, als sei selbst sie von ihrem Vorstoß überrascht. »Ja?«

»Wir wollten noch einmal reden.«

»Worüber?«

»Dass es so nicht weitergehen konnte.«

»Von wem ging die Initiative aus?«

»Von mir.«

»Sie haben sich an dem Abend also endgültig trennen wollen?«

»Eigentlich war uns das schon vorher klar.«

»Das klingt nach einem *Aber*.«

»Der Abend ist dann nicht so verlaufen, wie ich mir das vorgenommen hatte.«

»Sie haben gemeinsam Fiona getötet.« Bleys Satz stand hart wie Beton im Raum.

»Nein.« Taylor schüttelte erschöpft den Kopf. »Ich – habe – Fiona – nicht – umgebracht. Schon gar nicht haben wir zwei etwas mit dem Mord zu tun.«

»Sondern?«, warf Marks ein.

»Wie gesagt, Neil hat diesen gewissen Charme.« Ihr war das Eingeständnis sichtlich peinlich.

»Sie waren mit ihm im Bett.«

Taylor sah vor sich auf die Tischplatte. Ihr Schweigen war den Ermittlern Antwort genug.

»Warum haben Sie uns das nicht sofort gesagt?« Marks legte Bley die Hand auf den Arm, als er merkte, dass seine Kollegin mit ihrer direkten Art weitermachen wollte.

Taylor schüttelte stumm den Kopf.

»Mrs. Taylor?«

Sie sah auf. »Ich wollte Neil aus allem heraushalten. Ich möchte nicht, dass Millie …«

»Ihn schützen? Ist es nicht eher so, dass Sie beide Fiona getötet und dann in die Bucht verbracht haben?« Bley ließ sich von Marks nicht beirren.

»Nein, nein, nein.«

»Dann beweisen Sie, dass wir mit unserer Vermutung falschliegen und Sie mit ihm im Bett waren.«

»Ich … wie soll das gehen?«

»Das frage ich Sie.«

»Fragen Sie Neil. Er wird das bestätigen.« Sie gab sich endgültig geschlagen.

»Das werden wir.« DS Bley ließ sie nicht aus den Augen. »Was haben Sie mit Abigail Reid gemacht?«

»Hören Sie endlich auf damit. Ich habe sie kaum gekannt.«

»Fiona Richards und Abigail Reid haben von Ihrem Verhältnis mit Neil Henderson erfahren, und deshalb mussten sie sterben.«

Wieder dieses ungläubige Kopfschütteln.

»Waren Sie mit Mr. Henderson je allein im Haus?«

Sie sah Marks verwundert an. »Warum sollte ich?«

»Waren Sie?«

»Wenn ich im Haus der Hendersons war, dann war auch immer Millie da. Meistens waren wir vier Frauen zusammen dort. Neil hat sich oft zurückgezogen und uns in Ruhe gelassen. Er wollte uns nicht stören, hat er dann gesagt.«

»Wie kam es dann dazu, dass Sie sich nähergekommen sind?«

»Wir sind uns einmal zufällig in Penzance begegnet und haben einen Kaffee getrunken. Danach haben wir uns noch einmal in Truro verabredet. Und dann ist es irgendwann passiert.«

»Und Fiona Richards hat sie nie damit konfrontiert, dass Sie sie beide zusammen gesehen hat und die Sache auffliegen lassen wollte?«

»Nein.«

»Waren Sie jemals im Autohaus?«

»Nein ... Doch, ich habe mich einmal kurzzeitig für einen BMW interessiert. Für einen gebrauchten.«

»Wusste Millie davon?«

Taylor nickte.

»Aber dann ist es nicht zum Abschluss gekommen?«

»Der Wagen war zwar schön, mir am Ende aber zu teuer. Ich bin dann bei der Marke Vauxhall geblieben.«

»Es bleibt die Frage, wie Sie beweisen können, dass Sie die Wahrheit sagen, Mrs. Taylor.«

»Ich habe nichts zu verbergen, glauben Sie mir. Ich bin ein ehrlicher Mensch.«

Bley schlug den Schnellhefter auf, den sie zur Befragung mitgebracht hatte. »Das bezweifle ich.«

Marks wusste, was nun kommen würde.

»Wir haben uns ein wenig in Ihrem Umfeld umgehört, und dabei sind erstaunliche Dinge zutage getreten.«

Louise runzelte fragend die Stirn.

»Vor viereinhalb Jahren waren Sie Teil einer internen Untersuchung. Die Klinikleitung hat Ihnen vorgeworfen, einen Kollegen gedeckt zu haben, der in einen Fall von Behandlungs- und Kunstfehlern verwickelt war. Soll ich weiterreden?«

Taylor sah auf ihre Hände. »Das werden Sie auch ohne mein Einverständnis tun.«

Bley blätterte durch ein paar Seiten. »Ein schlimmer Fall. Es ging um Körperverletzung mit Todesfolge. Eine zweiundvierzig Jahre alte Frau ist nach einer Po-Vergrößerung gestorben. Sie haben damals ausgesagt, dass die Frau von Ihrem Kollegen ausführlich über die möglichen Risiken und Gefahren dieses Eingriffs aufgeklärt wurde. Der Operateur hat nach Überzeugung des Gerichts bei der Patientin deutlich mehr als die empfohlene Menge Flüssigkeit und Körperfett entfernt und das Fett wieder eingespritzt. Damit war die Gefahr von Komplikationen deutlich höher als bei der besseren Variante, nämlich die Po-Vergrößerung auf zwei Operationen zu verteilen.« Sie sah zu Marks. »Der Arzt wurde zu dreieinhalb Jahren Haft verurteilt.«

»Ich habe damals lediglich zu Protokoll gegeben, dass ich den Kollegen außerordentlich schätze und nur sagen kann, dass er stets besonnen und im Sinne der Patienten handelt. Ich habe sehr oft mit ihm im Operationssaal gestanden und an seiner Integrität und seinen Fähigkeiten als Operateur zu keinem Zeitpunkt gezweifelt. Im Saal ist stets alles nach den medizinischen Erfordernissen und gemäß der jeweils gültigen Standards abgelaufen.«

»Die Frau ist tot«, wiederholte Bley.

»Operationen bergen immer gewisse Risiken. Wir stehen im Saal immer auch mit einem Bein vor Gericht. Mehr kann ich dazu nicht sagen.« Sie seufzte. »Die Klinikleitung war mit meiner Einlassung einverstanden. Und vor Gericht habe ich lediglich das gesagt, was ich auch Ihnen gesagt habe.« Sie beugte sich vor. »Dass solche Eingriffe lediglich einem überdrehten Schönheitsideal folgen, steht auf einem ganz anderen Blatt.«

Bley blieb unbeeindruckt. »Es geht hier nicht um die Frage nach dem Sinn oder Unsinn von Schönheitsoperationen. Es geht um die Art und Weise, wie Sie mit der Wahrheit umgehen.«

»Das Gericht hatte nichts zu beanstanden.«

Marks mischte sich ein. »Wir werden Mr. Henderson befragen.«

»Das macht jetzt auch keinen Unterschied mehr.«

»Ihnen ist egal, dass Ihre Freundin, ich sage mal, nicht sehr erfreut sein wird?«

»Durch Fionas Tod ist sowieso nichts mehr, wie es vorher war. Die Zeit ist nun eine andere. Was soll ich machen?« Sie zuckte mit den Schultern. »Das Schiff ist auf Grund gelaufen, und ich werde es nicht mehr flottbekommen.«

»Ich wiederhole es noch einmal: Sie haben kein Alibi für die Mordnacht.« Bley machte einen genervten Eindruck.

»Aber das habe ich Ihnen doch bereits gesagt. Ich war mit Neil im Bett.«

»Ein sehr dünnes Alibi. Ich gewinne immer mehr den Eindruck, dass Sie sich besser doch um einen Anwalt bemühen sollten. Und«, sie sah zu Marks, »ich glaube, wir müssen aus dieser Unterhaltung eine Vernehmung machen.«

Marks bedeutete ihr, dass er daran im Augenblick nicht dachte.

»Warten Sie.« Louise Taylor sah hilfesuchend zu Marks. »Es gibt doch ein Alibi. Wir haben uns im Mannings getroffen. Man wird sich dort an uns erinnern. Da bin ich mir sicher.«

»Mannings?« Bley sah fragend zu Marks.

Der zuckte mit den Schultern. »The Mannings. Ein ziemlich stylischer Laden, nicht weit von der Kathedrale. Keine zweihundert Meter.«

»Sie haben dort auch Apartments. Neil ist gerne dort für seine kleinen Auszeiten.« Sie lachte rau auf. »Das Personal ist überaus diskret. Und es liegt wirklich zentral. Ein georgianisches Stadthaus. Der perfekte Rückzugsort.«

»Wir werden das überprüfen, Mrs. Taylor.«

»Das müssen Sie unbedingt.« In ihren Augen glomm Hoffnung.

»Haben Sie unter Ihrem richtigen Namen eingecheckt?«

»Mrs. und Mr. Simpson.« Sie lachte erneut auf. »Neil ist ein großer Fan der Comicserie.«

»Jeder nach seiner Fasson.« Bley schlug den Hefter zu. »Abigail Reid hat Sie zusammen in Truro beobachtet.«

»Nein. Sie kann uns nicht gesehen haben. Wir waren immer sehr diskret. Außerdem, ist sie denn jemals in Truro gewesen?«

»Zugegeben, das wissen wir nicht.« Marks sah zu Bley. »Aber wir sind zuversichtlich, dass wir bald wissen, wann sich Mrs. Reid wo aufgehalten hat.«

»Wie war Ihr Verhältnis zu ihr?« Bley hatte immer noch nicht genug.

»Ich habe sie kaum gekannt, aber das habe ich Ihnen auch schon gesagt.«

»Sie kannten ihren Mann?«

Sie schüttelte den Kopf. »Ich glaube, er fährt Lkw, oder? Millie hat einmal so etwas erwähnt, glaube ich.«

»Mrs. Reid war also doch Thema?«

»Wie Sie das sagen. Millie hat sie bei sich putzen lassen. Da spricht man doch schon mal darüber, wie sich eine Putzhilfe anstellt. Das ist doch normal.«

»Sie sollte auch im Autohaus putzen.«

»Davon weiß ich nichts.«

»Mr. Henderson hat das in Erwägung gezogen.«

»Sie klingen so, als gingen Sie davon aus, dass er das aus einem bestimmten Grund wollte.«

»Nämlich?«

»Um sie um sich zu haben? Weil er auch mit ihr etwas anfangen wollte? Das ist es doch, was Sie im Kopf haben.«

»Ist das so abwegig?«

»Das weiß ich nicht.« Sie dachte einen Augenblick nach. »Ist mir auch egal.«

»Aber uns nicht.« Bley schlug mit der Hand auf den Tisch. Taylor zuckte zusammen. »Henderson hat Abigail getötet. Und Sie haben ihm geholfen, die Leiche zu beseitigen.«

»Hören Sie, ich habe genug von Ihren Anschuldigungen. Sie sind an den Haaren herbeigezogen und haltlos.« Sie stand auf. »Ich gehe jetzt. Es gibt keinen Grund, mich länger hier festzuhalten.«

Marks griff ein. »Bitte setzen Sie sich wieder, Mrs. Taylor. Niemand beschuldigt Sie. Wir wollen lediglich offene Fragen klären. Und das mit Ihrer Hilfe.« Er legte erneut beschwichtigend seine Hand auf Bleys Arm. »Für den Moment soll es das gewesen sein. Aber Sie werden sicher verstehen, dass wir unter Umständen wieder auf Sie zukommen werden. Ich kann Sie nur bitten, sich zur Verfügung zu halten. Es wäre nicht hilfreich, wenn Sie Cadgwith verlassen.«

Sie lachte gallig auf. »Wie das klingt. Als hätte ich Fluchtpläne. Das kann ich ohnehin nicht, ich bin fest in unsere Dienstpläne eingebunden. Ich bleibe also hier, weil ich nichts zu verbergen habe und weil ich die Kolleginnen und Kollegen nicht im Stich lassen werde.«

Marks nickte.

»Kann ich jetzt gehen?«

»Wir bringen Sie zurück.«

Taylor stand auf. »Nein. Ich fahre mit dem Bus. Ich brauche jetzt Abstand.« Sie sah in den Raum hinein. »Von dem hier. Und von dem ganzen anderen Scheiß.«

»Wir werden Ihren Wagen ins Präsidium bringen lassen.« Bley machte sich Notizen.

»Wozu soll das gut sein?«

»Ihr Vauxhall könnte ein Tatwerkzeug sein.« Bley reagierte auf Taylors fragenden Blick. »Die Leichen könnten mit Ihrem Fahrzeug fortgeschafft worden sein.«

»Sie sind nicht ganz bei sich, oder?«, war das Einzige, was Taylor entgegnen konnte.

Bley entgegnete nichts.

Marks hatte Sorge, dass die Situation in einen Zickenkrieg ausarten könnte. »Das gehört nun mal zu unseren Aufgaben und Pflichten. Das werden Sie sicher verstehen. Wir müssen allen Spuren und Indizien nachgehen.« Er stand auf und reichte ihr die Hand. »Wir begleiten Sie hinaus.«

Taylor übersah die Hand und wandte sich zum Gehen. »Guten Tag.«

Nachdem Louise Taylor das Präsidium verlassen hatte, saßen die beiden Ermittler noch in Marks' Büro.

»Ich verstehe Sie nicht, Chef. Wie können Sie sie gehen lassen?«

»Wir haben nichts in der Hand, das uns dazu berechtigt hätte, sie hierzubehalten. So ist das. Jedenfalls im Augenblick.«

»Das sehe ich völlig anders. Wir hätten ihr noch mehr Feuer unter dem Hintern machen müssen. Dann wäre sie sicher eingeknickt. Davon bin ich überzeugt. Die Frau ist ziemlich verschlagen. Eine äußerst raffinierte Lügnerin.« Sie schüttelte energisch den Kopf. »Ich kann Sie nicht verstehen, wirklich.«

»Lassen Sie es für heute gut sein. Wir machen Feierabend.« Er war versucht, ein »Lassen Sie es sich gut gehen und genießen Sie den Abend« hinterherzuschicken, aber das verkniff er sich.

»Ich werde erst noch das Abschleppen des Fahrzeugs veranlassen. Wir dürfen keine Zeit verlieren.«

»Machen Sie sich nur nicht zu viele Hoffnungen.«

»Wir werden sehen.«

»Sollten Sie recht haben und Taylor und Henderson

sind Komplizen, dann dürfen Sie dabei aber nicht vergessen, dass Henderson ein Autohaus führt.«

»Sie meinen …?«

»Richtig. Er hat Zugriff auf jede Menge Autos, mit denen die Leichen fortgeschafft worden sein können.«

»Dann müssen wir eben alle Fahrzeuge untersuchen lassen.«

Marks schüttelte den Kopf. »Ich fürchte, der Aufwand wird kaum vertretbar sein.«

»Es geht um Mord, um Doppelmord.«

»Bedenken Sie bitte, dass die Taten bereits einige Zeit zurückliegen. In der Zwischenzeit können die möglichen Tatfahrzeuge längst ausgeliefert worden sein. Oder, was auch möglich ist, das Tatfahrzeug war ein Gebrauchtwagen und wurde bereits verschrottet oder anderweitig entsorgt.«

»Die Arbeit, die dann auf uns zukommt, macht mir keine Angst.«

Mir schon, dachte Marks. »Wir sehen uns morgen.«

XLI.

Luke klopfte an Simons Ateliertür.

»Zeit?«

»Für dich immer.« Simon legte das Linolschnittmesser beiseite. Er freute sich sehr. Luke war viel zu lange weg gewesen. »Komm rein.«

Luke sah sich neugierig um. »Sieht aus wie immer. Hast du nichts Neues da?« Er strich um den langen Arbeitstisch herum und ließ seinen Blick über die blauen Drucke schweifen.

»Doch. Schau.« Simon hob einen Stapel Papier hoch und machte den Blick auf drei blaue Hummer frei, die nebeneinander abgebildet waren.

»Die drei aus der Bucht.« Luke lächelte. »So einträchtig beieinander. Das kriegt im Augenblick wohl nur die Tierwelt hin. Wenn ich da an die vier Freundinnen denke, von denen eine nun tot ist. Ich habe gehört, dass die lebenden sich förmlich die Augen auskratzen.«

»So?« Simon schmunzelte. »Hummer sind Kannibalen. Sobald die Viecher sich nicht aus dem Weg gehen können, wird es gefährlich.«

»Gill erzählt, dass die vier oft Stress miteinander hatten. Sie hilft ja auf der Farm aus, von der auch Mary ihre frischen Waren bezieht. Und beim Einkaufen wird viel getratscht. Hausfrauengespräche.« Er deutete auf den Linolschnitt mit den Hummern. »Kannibalen? Dann habe ich den richtigen Vergleich gefunden. Von den vier sind nur noch drei übrig. Eine trügerische Harmonie, da auf dem Bild, und eine gewiss realistische dazu, denn auch du hast ihnen – wie nach dem Fang üblich – die Scheren gebunden.«

»Und was erzählen sich die Frauen?« Simon legte die Papiere wieder zurück. Dass seine Hummer ein Sinnbild für die Clique sein könnten, wäre ihm niemals in den Sinn gekommen.

»Nach außen hin waren die vier immer eine verschworene Gemeinschaft, aber nach innen sollen oft die Fetzen geflogen sein. Sie konnten offenbar nicht miteinander, aber auch nicht ohneeinander. Ein merkwürdiges Quartett.«

»Ich hatte sie bisher immer nur als verschworene vier

wahrgenommen. Immer gut drauf und immer in Feierstimmung.«

»Kannste mal sehen.« Luke sah sich um und zog dann einen Stuhl an den Tisch.

»Sag, bist du gekommen, um einfach mal so Guten Tag zu sagen, oder treibt dich eine bestimmte Absicht?« Simon spürte, dass sein Freund etwas auf dem Herzen hatte.

»Du hast eine scharfe Beobachtungsgabe. Man erzählt sich im Dorf, dass die Polizei auf der Stelle tritt. Und da«, er straffte die Schultern, »kommen wir ins Spiel.«

Simon musste lachen. »Denk nicht mal dran, Luke. Wir sind nicht die Polizei. Lass Marks und sein Team machen. Die werden den Fall schon lösen. Wir halten uns da raus.«

»Das sagst ausgerechnet du.« Luke sah ihn tadelnd an. »Als hättest du nicht längst deinem Bullen-Instinkt nachgegeben. Leugnen zwecklos.«

Wo mochte Luke davon gehört haben? Wer mochte wem was erzählt haben? In diesem Dorf konnte man wohl tatsächlich keinen Schritt tun, ohne beobachtet zu werden. Natürlich tat jeder so, als interessiere ihn der Nachbar nicht, dabei ließen sie sich gegenseitig nicht aus den Augen. »Ich habe lediglich Chris einen kleinen Dienst erwiesen. Das war alles. Und mehr werde ich auch nicht tun.«

»Du weißt doch, wie die Menschen hier ticken. London ist weit weg, und bei Streitigkeiten oder Schlimmerem regelt man das im Dorf. Der Polizei traut hier niemand so recht. Und schon gar nicht, wenn es um Mord geht und der Verdacht nahe liegt, dass es einer aus dem Dorf gewesen sein könnte.«

Simon war diese Denkweise nur allzu vertraut. Da war es wieder, das Überbleibsel aus jenen Tagen, in denen am südwestlichsten Zipfel Englands mehr oder weniger das Recht der Piraten gegolten hatte. Das Misstrauen gegenüber jeglicher Form von Obrigkeit hatte sich in den kornischen Genen fest verankert.

»Es muss nicht zwangsläufig jemand aus der Gegend gewesen sein.«

»Behauptest du nicht immer, dass Gewaltdelikte in den meisten Fälle Beziehungstaten sind?«

Simon nickte. »Schon. Aber eine Gesetzmäßigkeit daraus abzuleiten, wäre zu kurz gesprungen.«

»Wenn die beiden Morde aufgeklärt werden sollen, wirst du die Arbeit übernehmen müssen.« Er nickte. »Natürlich mit meiner Hilfe. Schließlich bist du ja nicht hier geboren.«

Simon nahm das Messer in die Hand, prüfte mit einem Finger die Schärfe und legte es wieder zurück. »Ich kann nicht einfach an Marks vorbei ermitteln.«

»Musst du doch auch nicht. Wir ziehen einfach unsere eigenen Erkundigungen ein. Damit kommen wir ihm nicht in die Quere. Undercover, sozusagen. Ich kann ganz anders mit den Leuten hier reden als die Bullen. Mir vertraut man. Und wenn wir etwas herausgefunden haben, können wir ihn einweihen.«

»Und wo willst du ansetzen?« Simon konnte sich Lukes Euphorie nicht ganz entziehen. Es stimmte schon, an einigen Stellen wäre er anders vorgegangen als die Ermittler.

»Ich wusste es doch.« Auf Lukes Stimme lag eine dicke Schicht Zufriedenheit. »Wir sollten uns noch mal Abigails Mann vornehmen. Soweit ich weiß, stand es um seine Ehe nicht zum Besten.« Luke hob die Arme. »Das erzählt man sich so. Kann doch sein, dass er Beobachtungen gemacht hat, die ihm erst jetzt wieder einfallen oder die er, aus welchem Grund auch immer, nicht weitergegeben hat.«

Simon fuhr mit der Hand über die Linoleumplatte, auf der erst wenige Schnitte zu sehen waren. »Die Frauen kannten sich, und doch passen die Fälle nicht wirklich zueinander. Ich weiß nicht, was es ist, aber etwas stört mich an diesem möglichen Zusammenhang.«

»Was sagt unser Detective Inspector dazu?«

»Soweit ich informiert bin, konzentrieren sich die Ermittler derzeit auf Louise Taylor und Neil Henderson.«

»Wollen wir dem Fernfahrer einen Besuch abstatten?«

Simon warf einen Blick auf seine Armbanduhr. »Zeit wäre noch.«

Luke hielt es nicht mehr auf seinem Stuhl. »Worauf warten wir dann noch?« Er drückte Simon den Gehstock in die Hand.

Auf dem Weg hinaus hielt Jenkins ihn am Arm zurück. »Meine Medizin.«

Wenig später war die Euphorie verflogen. Sie trafen Reid nicht an. Als sie sich abwandten, wurde schräg gegenüber die Tür geöffnet.

»Carl ist nicht zu Hause.«

»Wissen Sie, wo wir ihn finden können?« Jenkins lächelte die Frau in hellblauer Kittelschürze und Pantoffeln an, die trotz der fortgeschrittenen Tageszeit Lockenwickler im Haar hatte.

»Wo soll er schon sein? Im Pub is'r. Hat ja sonst nichts zu tun, seit Abigail nich mehr is.«

»Eine furchtbare Geschichte.« Luke nickte, als habe er eine überaus wichtige Feststellung getroffen.

»Was woll'n se von Carl?« Die Frau, deutlich über die vierzig, musterte Simon eindringlich. »Ich kenn Sie doch. Sie sind doch der Ex-Bulle, nich?«

»Schon, aber …«

»Hat Carl sie abgemurkst?« Die Frau zog lautstark die Nase hoch.

»Wie kommen Sie darauf?«

Sie öffnete die Tür vollständig und warf einen Kontrollblick in alle Richtungen. »Die hatten in letzter Zeit viel Stress miteinander.«

»Weil?« Luke sah sie aufmunternd an.

»Geht mich ja nichts an, aber die Wände hier sind so verdammt dünn, da kriegste alles mit. Ob de willst oder nich. Und wenn dann noch die Fenster auf Kipp stehen …« Sie sah Luke von oben bis unten an und war mit dem Ergebnis offenbar zufrieden. »Ich erkenn Fischer auf eine Meile gegen den Wind. Mein Typ war auch einer von euch. Aber er is abgehau'n. Hat auf'm Trawler angeheuert. Seither ist er futsch. Na ja, auch egal. Ich komm auch ohne ihn klar.«

»Die Reids hatten also öfter Streit?« Simon wollte verhindern, dass die Frau am Ende noch in Selbstmitleid verfiel.

»Es ging immer um das eine, dass se keine Kinder kriegen konnten. Und dass Abi zu viel putzen geht. Angeblich hatte sie auch eine Stelle in 'nem Autohaus. Wollte Carl aber nich.«

»Wissen Sie, warum?«

»Carl mochte den Kerl nicht. Ich kenn solche Typen,

hat er sie anjebrüllt. Wollen den Weibern nur zwischen die Beine. Du bleibst da weg, hat er jemeint. Wehe, wenn ich euch zusammen erwische. So'n Zeugs hat er geschrien, wenn se Zoff hatten. Aber das jeht mich nix an. Ich halt mich da fein raus. Hab den Bullen auch nix davon erzählt. Am Ende häng ich auch noch in die Sache drin. Nee, danke, kein Interesse.«

»Wie hat Mrs. Reid dann reagiert?«

»Abi hat versucht, ihn zu beruhigen. Klar. Sie hat doch nichts mit dem Autohändler. Is doch nich blöd gewesen, die Abi. Weiß schon, wo sie hingehört hat, die Kleine. Furchtbare Sache. Nich, dass Carl sie am Ende doch allejemacht hat. Wollen se nich reinkommen?« Sie lächelte Luke an.

»Danke, Mrs. …«

»Stella. Das Mrs. können Se sich spa'n.«

»Sie haben uns sehr geholfen. Mr. Reid ist im Pub, sagten sie?«

Sie nickte. »Schade.« Sie schien wirklich zu bedauern, dass sie die beiden nicht ins Haus bekam. »Wenn Se dann noch was wissen woll'n, ich bin hier.« Sie nickte kurz und schloss dann die Haustür.

»Dann auf zum Pub.« Luke wandte sich schon in Richtung Kirche, von wo aus es nicht weit war zum engen Sträßchen Barn Hill, das hinunter zum Pub führte.

Simon kam kaum hinterher. »Was hältst du davon?«

»Gill hat Ähnliches gehört. Abigail Reid hat es nicht einfach gehabt in ihrer Ehe. Der Mann ständig unterwegs, können keine Kinder bekommen, und dann ist er noch eifersüchtig.«

»Und was erzählt man sich im Dorf über die Hendersons?«

»Eine Vorzeigeehe. Sehr erfolgreicher Autohändler. Gut aussehender, smarter Typ, der seine Kinder liebt. Spielt Golf, wenn er nicht gerade unterwegs ist, um seine Autos an den Mann oder die Frau zu bringen. Man könnte die Familie neureich nennen. Haben ein schickes Haus mit einem Stich ins Protzige.« Er warf einen Seitenblick auf Simon. »Das ist die Legende, an der die beiden an jedem neuen Tag stricken. Seine Frau gilt als ehrgeizig und als Glamgirl, das ständig im Fitnessstudio rumhängt, Workout, oder wie das heißt, das seinen Zenit aber längst überschritten hat. Eine angewelkte Blume in der Vase. Ich habe über die beiden aber auch schon anderes gehört.«

»Spuck's schon aus, Dr. Watson.«

»Er soll ein ziemlicher Schürzenjäger sein, sagt Gill. Hat sie von Cathrine gehört. Deren Tochter soll er auch schon flachzulegen versucht haben.«

»Das macht ihn aber noch nicht zum Mörder.«

»Seine Frau soll ihm aber in nichts nachstehen.«

»Millie Henderson?« Simon runzelte die Stirn. »Was erzählt man sich von ihr?«

»Sie hat möglicherweise ein kleines Alkoholproblem. Jedenfalls spuckt sie nicht ins Glas, was man freitagabends ja erleben kann.« Luke lächelte bei dem Gedanken. »Immer in Feierlaune. Dabei eine gute Sportlerin. War sie jedenfalls mal. Hat ihr Ruderteam immer noch fest im Griff. Hat aus einer wahren Gurkentruppe eine durchaus vorzeigbare Rudercrew gemacht. Sie rudern mit ihrer *Socoa* nicht selten vorne mit.« Lukes Anerkennung war echt.

»Das ist alles?«

»Na ja, sie ist immer noch eine attraktive Frau. Da würde es mich nicht wundern, wenn sie auch mal einen Abzweig auf ihrem geraden Weg nimmt.«

»Du meinst?«

»Sind nur Gerüchte.«

Mittlerweile hatten sie die Kurve erreicht, in der das Pub lag. Auf dem kleinen Vorhof war niemand zu sehen.

»Was versprichst du dir von der Begegnung?«, fragte Simon. Er war sich längst nicht mehr sicher, ob es wirklich eine gute Idee war, Reid ins Cadgwith Cove Inn zu folgen.

»Ein zwangloses Gespräch an der Bar kann nicht schaden.« Luke rieb sich die Hände. »Außerdem ist es Zeit für ein Pint.«

Sie hatten kaum den kleinen Windfang erreicht, als sie erregte Stimmen hörten, die aus dem rechten Gastraum auf den Flur hinaus drangen.

»Scheint ja mächtig was los zu sein.« Luke sah Simon an und schob sich an einem jungen Mann vorbei, der kopfschüttelnd das Pub verließ.

Als sie eintraten, hatte gerade Carl Reid das Wort. »Was kann denn ich dafür, wenn eure Hummer und Fische nicht rechtzeitig aufs Festland kommen? Bedankt euch bei Boris Johnson und seinem Brexit. Ich bin nur der Trucker, der an der Grenze festhängt und am Ende die stinkende Ladung entsorgen muss. Letztens standen fast dreitausend Lkw vor Dover und konnten nicht rüber.«

Ihm gegenüber standen drei Fischer, jeder ein halbleeres Glas in der Hand.

»Ist schon ein Elend«, brummte Luke. »Wenn wir das vorher gewusst hätten, hätten wir sicher für den Verbleib in der EU gestimmt. Auch wenn nicht alles okay ist, was die Typen in Brüssel entscheiden.«

Freundlich nickend, schob er sich zur Theke vor und bestellte zwei Bier. Reid nahm von den beiden keine Notiz, sondern ließ eine weitere Tirade gegen die »scheiß Situation« los.

Luke und Simon setzten sich gegenüber der Theke auf die Bank und beobachteten das Geplänkel.

»Reid hat durchaus vernünftige Ansichten.«

»Lass uns gehen, Luke. Wir besuchen ihn morgen.«

»Du hast recht. Lass uns das Bier in Ruhe genießen, und dann verschwinden wir.«

»Hast du wirklich keinen Kontakt zu Leuten vom Golfklub?«

»Ich kenne nur den Greenkeeper. Er kauft für sich und seine Frau Fisch bei mir. Ein netter Kerl. Er ist froh über den Job. Seit er sich damals das Becken gebrochen hat, kann er nicht mehr auf einem Boot arbeiten. Hat sich die richtige Behandlung von Golfrasen mühsam selbst beigebracht. Einer vom National Trust hat ihm den Job vermittelt. Sonst hätte es damals sehr düster ausgesehen für ihn. Warum fragst du?«

»Ich kann mir einfach nicht vorstellen, dass niemand etwas vom Ablegen der Toten bemerkt hat. Nicht gerade das Ablegen selbst, aber vielleicht etwas, das damit in Zusammenhang stehen könnte. Etwa ein Fahrzeug zu ungewöhnlicher Zeit bei den Mobilheimen oder am Klubhaus, ein Streit unter Mitgliedern, so was.«

»Ich werde Mitch fragen.«

»Das können wir gemeinsam machen.«

»Gerne. Wann?«

»Morgen?«

»Gut. Dann morgen.« Luke trank zufrieden einen Schluck. Wenn sie im Augenblick mit Reid nicht weiterkamen, war Mitch eine gute Option. »Ein Greenkeeper macht zwar einen wichtigen Job, wird aber sonst kaum wahrgenommen. Die Poleposition, um alles Wichtige unauffällig mitzubekommen.« Er nickte. »Es ist ein schlauer Plan.« Luke fühlte sich in seiner Funktion als Ermittler sichtlich wohl. »Ich spüre schon deutlich, dass wir mit unserer Arbeit Erfolg haben und die Morde aufklären werden.«

Simon musste schmunzeln. Das war Luke.

In diesem Moment kam Carl Reid auf sie zu. Die Fischer hatten mittlerweile das Pub verlassen, und Reid hatte einen Moment allein und unschlüssig im Raum gestanden.

»Was gibt es Neues in Sachen Ermittlungen?« Er setzte sich ungefragt zu ihnen.

»Das kann Ihnen nur die Polizei sagen.« Simon war überrascht, dass Reid direkt zum Thema kam.

»Sie waren mal Bulle, und ich weiß, dass Sie den Detective Inspector kennen.«

»Das heißt nichts.«

Reid nickte nachdenklich. »Und doch glaube ich, dass Sie im Bilde sind. Von Bulle zu Bulle sind die Informationswege kurz. Und ich erinnere mich, schlimme Sache damals: Sie haben doch auch im Fall Bennett zusammengearbeitet.«

»Nur am Rande. Aber ich kann Ihnen nichts Neues berichten. Soweit ich aber weiß, laufen die Ermittlungen auf Hochtouren.«

»Dieses offizielle Verlautbarungssprech können Sie sich schenken. Ist mir auch egal. Ich will meine Abi endlich unter die Erde bringen.«

»Ich fürchte, solange die Untersuchungen nicht abgeschlossen sind, werden Sie sie nicht beerdigen können.«

»Sie hat das nicht verdient.«

»Eine Idee, wer sie umgebracht haben könnte?«, wagte Luke einen ersten Vorstoß.

»Woher soll ich das wissen, verdammt noch mal? Ich war es jedenfalls nicht.«

»Darf ich offen zu Ihnen sein?«, fragte nun Simon.

»Nichts dagegen.«

»Sie gelten als impulsiv, streitsüchtig und eifersüchtig. Es wäre nicht das erste Mal, dass eine Beziehung so endet.«

Reid blieb äußerlich ruhig. »Geschwätz. Wir hatten unsere Probleme, ja und?« Er trank sein Glas leer und sah hinüber zur Bar. »Ich war sicher nicht der beste Ehemann, aber ich habe sie nicht umgebracht. Ich habe Abigail geliebt. Auch wenn das keiner von euch kapieren will.« Er stand auf. »Ich hol mir noch ein Bier.«

Als er zurückkam, zog er einen der niedrigen Pubstühle heran und brachte so ein wenig mehr Distanz zwischen sich und die beiden.

»Ich habe mir die Nächte um die Ohren gehauen, aber mir will einfach nicht in den Kopf, wer Abi so etwas angetan haben könnte. Und dann habe ich es endgültig gewusst.« Er sah Simon und Luke ernst an. »Ich stand bei Tesco an der Tanke, und da hielt ein BMW neben mir. Eine dieser Angeberkarren. Und dann fiel es mir wie Schuppen von den Augen. Es kann nur Neil Henderson gewesen sein. Er hat meine Abi zu sich nach Helston gelockt, mit einer ach so lukrativen Putzstelle. Was er aber in Wirklichkeit wollte? Er wollte sie um sich haben, um ihr unbeobachtet an die Wäsche gehen zu können. Bei sich zu Hause wäre das kaum möglich gewesen.«

»Eine gewagte These.«

»Sie brauchen sich nur umzuhören. Henderson geht jeder Frau unter den Rock, die das zulässt. Als seine Frau hätte ich ihm längst den Finger gezeigt.« Er trank einen Schluck. »Aber vermutlich hängt sie an dem Luxus, den er ihr bietet, und sie will am Ende nicht arm wie eine Kirchenmaus dastehen. Da macht sie besser gute Miene zum bösen Spiel.«

»Das kann ich nicht beurteilen.«

»Sie sollten da mal ermitteln, in dieser ach so noblen Beziehung. Sie werden sicher auf interessante Dinge stoßen.«

»Beweise für Ihre Behauptungen haben Sie aber nicht?«

Er zuckte mit den Schultern. »Ich weiß nur, dass ich Abigail nicht umgebracht habe. Und dass ich sie immer vor dem Typen gewarnt habe. Und dieser Anwältin habe ich auch kein Haar gekrümmt.«

Jenkins sah, wie sich die Haltung des Fernfahrers änderte. Die Körperspannung war deutlich sichtbar.

Simon wandte sich an Luke. »Wir sollten gehen.«

»Sie können mich nicht einschüchtern.« In Reids Augen funkelte es bedrohlich. »Außerdem sind Sie kein Bulle mehr.« Er sah Luke an. »Und du solltest dich auch besser aus der Sache heraushalten.«

»Ich …«

Simon legte seine Hand auf Lukes Arm. »Lass uns gehen.«

XLII.

»DS Temple, was kann ich für Sie tun?« Marks stellte sein Glas ab und drehte die Musikanlage leiser. Ein Anruf um diese Zeit war zwar nicht ungewöhnlich, aber etwas in der Stimme der jungen Kollegin ließ nichts Gutes erahnen.

»Sir, ich … es ist etwas Schreckliches passiert.«

»Sprechen Sie.« Er hatte Detective Sergeant Sue Temple schon ein paar Tage nicht mehr gesehen. Soweit er wusste, hatte sie sich tief in die Vorgänge im Golfklub vergraben und war ständig auf Achse. Er hielt viel von ihr. Temple hatte den nötigen Instinkt, um gute Polizeiarbeit zu machen. Außerdem war sie bei der Arbeit konzentriert und ausgeglichen. Wenn sie so weitermachte, stand ihr eine ansehnliche Karriere bevor. Dass sie jetzt Panik in der Stimme hatte, ließ in ihm sämtliche Alarmglocken schrillen.

»Annie. Sie müssen kommen.«

»Was ist los, Temple? Was ist mit Annie? Beruhigen Sie sich.« Er stand auf und ließ unruhig seinen Blick durch das Wohnzimmer gleiten, aber er fand nirgendwo Halt für seine Gedanken.

»Sie hat versucht, sich das Leben zu nehmen.«

»Lebt sie?«

»Der Rettungswagen ist unterwegs.«

»Ich bin gleich bei Ihnen, Sue.« DI Marks griff nach den Wagenschlüsseln und stürmte aus dem Haus. Beim Wegfahren sah er, dass er das Licht hatte brennen lassen. Dass er nicht mehr nüchtern war, scherte ihn nicht. Er bewegte sich wie in einem Tunnel.

Auf der Fahrt konnte er keinen klaren Gedanken fassen. Die Häuser flogen an ihm vorbei. Erst in letzter Sekunde konnte er der dunkel gekleideten Frau ausweichen, die er in der fast schwarzen Nacht nicht sofort erkannt hatte. Sein Herz raste, als er sie im Rückspiegel wahrnahm. Offenbar hatte die alte Frau die Gefahr nicht gespürt, denn sie schob ungerührt ihren Rollator auf den Bürgersteig.

DS Bley wohnte in einem Viertel von Helston, das von Häusern dominiert wurde, die so uniform daherkamen wie ihre Bewohner, die zumeist für die Royal Navy arbeiteten. Die tristen Fassaden der aneinandergereihten Gebäude verschmolzen förmlich mit den Farben der Nacht.

Vor dem Haus stand ein Streifenwagen mit eingeschaltetem Blaulicht, außerdem ein Rettungswagen mit geöffneten Hecktüren.

Marks parkte achtlos seinen Wagen. Die Szene paralysierte ihn: das flackernde Blau auf der Fassade, die Schaulustigen und das geschäftige Treiben der uniformierten Beamten. Er konnte die Treppe nur langsam emporsteigen. Es war, als habe ihm der Anruf alle Kraft genommen. An der Wohnungstür traf er auf DS Temple. In ihrem Gesicht spiegelte sich die Anspannung der vergangenen Minuten.

Marks wollte an ihr vorbei, besann sich dann aber eines Besseren. »Wo ist sie?«

»Im Wohnzimmer. Der Arzt ist bei ihr. Das ganze Blut.« Sie klang müde. Der Schock. Auf ihrer Stirn hatten sich tiefe Falten eingegraben. Ihr bleiches Gesicht stach im Flurlicht deutlich hervor. »Ich wollte sie abholen. Wir wollten erst etwas essen und anschließend ein paar Cocktails trinken gehen.« Sie deutete überflüssigerweise die Treppe hinunter. »Gleich um die Ecke ist ein Pub.«

Marks schaltete mühsam um auf Ermittlungsroutine. »Und dann?«

»Ich habe angerufen, um ihr zu sagen, dass ich nicht ganz pünktlich sein werde. Aber Annie ist nicht ans Telefon gegangen.«

Marks schnürte es die Luft ab. Annie hatte versucht, sich umzubringen. Was war der Grund?

»Ich habe es dann noch ein paarmal versucht, aber sie hat nicht abgehoben. Dann bin ich los. Ich hatte plötzlich so eine Ahnung.«

»Kennen Sie sich gut?«

»So wie man Kollegen kennt. Ein paar nette Worte in der Pause, eine vage Verabredung im Pub. Wir haben uns das erste Mal länger auf der Geburtstagsfeier von DC Easterbrook gesehen. Sind verhältnismäßig schnell wieder verschwunden. Nicht unser Ding. Der Kollege ist zwar ganz nett, aber doch eher dröge. Wir haben uns dann für heute Abend verabredet. O mein Gott.« Sie schlug die Hand vor den Mund.

»Wie sind Sie in die Wohnung gekommen?«

»Die Haustür stand offen. Die Nachbarin hat mein Klingeln gehört und mich im Flur angesprochen. Sie hat aus Annies Wohnung erst laute Musik und dann ein Krachen gehört, so als würde Glas splittern.« Sie zögerte und zeigte dann auf das aufgebrochene Türschloss. »Ich bin dann rein. Und dann habe ich sie gefunden.«

Marks legte eine Hand auf ihre Schulter und ließ sie zurück. Sein aufmunternder Blick misslang völlig und wurde begleitet von einem verzweifelten Stöhnen. An der Tür zum Wohnzimmer blieb er stehen. Der Notarzt und zwei Sanitäter standen an der Couch und machten irgendwas. Marks blinzelte angestrengt und versuchte den Blick zu fokussieren. Alles war mit einem Mal verschwommen. Er wusste, hier konnte er im Augenblick nichts tun. Überall lagen Scherben, offensichtlich die Reste einer Weinflasche. An der Wand hatte der Aufprall rote Spritzer hinterlassen.

Annies Gesicht war blass. Ihr Brustkorb hob und senkte sich nur schwach. Die Ärmel ihrer Bluse waren aufgeschnitten und von Blut durchtränkt. In ihrer Ellenbeuge steckte eine große orangefarbene Plastiknadel. Der Boden war übersät mit einer Mischung aus Blut, Weinresten und Verpackungsmüll von Kompressen, Mullbinden und Infusionen. Und überall die verschmierten blutigen Fußabdrücke der Sanitäter. Die Luft aus der Sauerstoffflasche, die in ihre Atemmaske drängte, tat dies mit einem leisen Zischen. Der Überwachungsmonitor piepte viel zu schnell und gab alle paar Sekunden einen Alarmton von sich.

Der Notarzt sah die Panik in Marks' Augen. »Ihr Herz schlägt viel zu schnell. Das Gerät kann ihren Blutdruck nicht erfassen.«

Marks hörte die Worte, aber er verstand sie nicht. Das Ganze war so surreal wie die blinkenden Lichter vor dem Haus. Wie zum Teufel war sie an das Skalpell gekommen?

»Sie hat viel Blut verloren. Vielleicht zu viel. Und«, der Arzt deutete auf den Tisch, auf dem zwei offene Schachteln lagen, »sie hat Tabletten genommen. Anscheinend zu viele.«

»Wird sie es schaffen?«

Der Arzt drückte einem Sanitäter eine Infusionsflasche in die Hand, der sie hochhielt, und deutete auf die Druckverbände an Annies Armen. »Mehr kann ich nicht tun. Hoffentlich setzt die Atmung nicht noch aus.« Er nickte dem Assistenten zu. »Ab mit ihr in die Klinik.« Dann schloss er seine Tasche und stand auf.

»Welches Krankenhaus?«

»Gemeindekrankenhaus Helston.« Sein Blick zeigte, dass er die Frage für überflüssig hielt.

»Sind sie dort auf diese Fälle eingerichtet? Das bezweifle ich. Das ist doch nicht viel mehr als eine Gesundheitsstation. Meine Kollegin ist ein extremer Notfall. Es geht um ihr Leben und nicht um ein blutiges Knie.« Marks mochte nicht glauben, was er gerade gehört hatte.

»Um ihren Zustand stabil zu halten, ist das Community Hospital völlig ausreichend. Dort sehen wir weiter.« Grußlos verließ der Arzt den Raum. Hier gab es für ihn nichts mehr zu tun.

Marks sah auf sie hinab. Die Haut war bleich und straff. Die Gesichtszüge strahlten jedoch eine Zufriedenheit aus, als habe sie gerade noch gedacht: *Endlich.*

Mechanisch trat er zur Seite, um den beiden Sanitätern den Weg freizumachen. Sie würden Schwierigkeiten haben, sie mit der Trage durch das Treppenhaus hinunter zum Rettungswagen zu bringen. Er sah ihnen bei der Arbeit zu, ohne wirklich zu begreifen, was sie taten. Achtlos wechselten sie ihre blutigen Handschuhe, ließen sie zu Boden fallen und trugen Annie mit der Trage hinaus. Er folgte ihnen, als wäre er Teil eines Begräbniszuges.

An der Wohnungstür stieß er auf Temple.

»Wird sie es schaffen?« Sie sah den Helfern hinterher.

»Weiß nicht.«

»Scheiße.«

»Hat sie noch etwas gesagt?«

»Sie hat etwas geflüstert, als sie mich wahrgenommen hat.« Temple sah auf ihre Hände, an denen Blut klebte. »Aber ich habe sie nicht verstanden.« Sie sah Marks an. »Warum hat sie das getan?«

»Keine Ahnung.«

»Hatte sie Ärger? Probleme im Präsidium? Wurde sie von Kollegen gemobbt?«

»Woher soll ich das wissen?«

»Sie sind der Chef.«

Marks schloss kurz die Augen. »Sie haben recht. Das hätte nicht passieren dürfen.«

»Und jetzt?«

»Kommen Sie. Vielleicht finden wir einen Hinweis.« Marks wartete ihre Reaktion nicht ab, sondern ging in die Wohnung zurück.

»Wir müssen ihre Angehörigen informieren.«

Marks drehte sich zu ihr um und ließ die Papiere sinken, die er auf dem Küchentisch gefunden hatte. Post vom Vermieter, ein bisschen Werbung, die Ansichtskarte einer Jessica von Teneriffa.

»Ich bin mir nicht sicher, aber soviel ich weiß, hat sie keine Angehörigen mehr. Ihre Eltern sind vor fünfzehn Jahren bei einem Wohnungsbrand erstickt.«

»Mein Gott, da war Annie fast noch ein Kind.«

»Sehen Sie im Schlafzimmer nach, ob Sie dort etwas finden.« Marks ließ die Post liegen und ging zurück ins Wohnzimmer. Die kargen Wände und die ebenso karge

Einrichtung verbreiteten eine unwirtliche Atmosphäre. Wie nur konnte Bley sich in dieser Umgebung wohlfühlen? Nichts Persönliches, als sei sie stets auf dem Sprung gewesen. Die gesamte Wohnung spiegelte die spröde Art, mit der sie ihren Dienst tat und mit der sie kommunizierte. Im Bad stand nur das Nötigste.

»Im Schlafzimmerschrank habe ich nur diesen kleinen Karton gefunden.« Sue Temple war ihm gefolgt. »Ein paar Kinderfotos, eine Art Glücksbringer, eine Barbie, der ein Bein fehlt. Wollen Sie mal sehen?«

Marks schüttelte den Kopf. »Stellen Sie ihn wieder zurück.« Er hätte es nicht ertragen, in Bleys persönlichen Dingen zu kramen. Diese Nähe hätte ihm körperliche Schmerzen verursacht. »Wir fahren ins Präsidium. Kommen Sie.«

DS Temple blieb ungerührt stehen. »Sie haben getrunken.«

»Und?«

»Ich fahre.«

»Ich …«

»Sie können Ihren Wagen holen, wenn Sie wieder nüchtern sind.«

»Fahren Sie zuerst ins Krankenhaus.«

Sie nickte und verschwand Richtung Schlafzimmer.

Nach wenigen Minuten hatten sie die Klinik erreicht. Im trüben Flurlicht des kleinen Gemeindekrankenhauses trafen sie auf eine Schwester, die sie stirnrunzelnd begrüßte und dann stehen ließ. »Moment.«

Nach wenigen Augenblicken kehrte sie zurück. »Kann ich Ihren Ausweis sehen?«

Ungeduldig wies Marks sich aus.

»Wir haben Mrs. Bley verlegt.«

»Wohin?« Er platzte beinahe vor Ärger. Hier ging es um Leben oder Tod, und die Frau hatte eine Seelenruhe, die ihn auf die Palme brachte.

»Penzance«, war die knappe Antwort.

Mit diesem einen Wort fiel sämtliche Anspannung von Marks ab. Hier würden sie nichts mehr ausrichten können. Er fühlte sich mit einem Mal der Erschöpfung nahe. Annie war auf dem Weg zur Intensivstation. Sie lebte also. Noch. Müde drehte er sich zu DS Temple um. »Zum Präsidium.«

In seinem Büro ließ sich Marks in den Schreibtischstuhl fallen und bedeutete der Kollegin mit einer matten Handbewegung, sich zu setzen.

»Ab sofort übernehmen Sie DS Bleys Arbeit.«

Temple nickte knapp. »Natürlich.«

»Sie kennen die wesentlichen Details. Den Rest finden Sie auf ihrem Schreibtisch. Außerdem kann Easterbrook Ihnen helfen.« Er sah auf die Uhr. »Schlafen Sie sich aus. Morgen um zehn Uhr in meinem Büro.«

DS Temple stand auf. Ihre Bewegungen strahlten trotz der nächtlichen Stunde eine Kraft aus, die Marks beeindruckte. Er sah ihr hinterher. Eine Bilderbuchpolizistin. Er selbst war in diesem Augenblick kaum in der Lage, auch nur einen Bleistift zu heben.

Temple hinterließ eine Leere, die ihn fast ersticken ließ. Was hatte Annie dermaßen aus dem Gleichgewicht gebracht, dass sie keinen anderen Ausweg gesehen hatte? Ihm kam ein Verdacht, der sich wie heißes Wasser über seine Nervenbahnen ergoss. Das, was sie ihm bei seinem Besuch erzählt hatte, musste etwas damit zu tun haben. In

Verbindung mit ihren Ermittlungen war das der Auslöser gewesen.

Was hätte er tun sollen? Vorausgesetzt, ihm wäre diese Verkettung überhaupt bewusst geworden. Er hätte sie von den Ermittlungen abziehen können. Aber was hätte das genutzt? Beim nächsten Fall hätte der Absturz ebenso gut passieren können. Er konnte Annie nicht schützen, selbst wenn er es gewollt hätte. Das wurde ihm schmerzlich bewusst.

Marks griff nach dem Eingangskorb. Er musste sich jetzt ablenken, sonst würde er noch verrückt werden. Nach einem kurzen Blick auf die ersten Seiten warf er die Papiere zurück. Nein, er wollte nur noch weg. Sich zu Hause verkriechen und sich besaufen. Er hatte einen Fehler gemacht und sich zu wenig um seine Mitarbeiterin gekümmert. Er machte sich Vorwürfe, die schwerer wogen als jede unberechtigte Kritik seines Vorgesetzten.

Hoffentlich kam DS Annie Bley durch.

XLIII.

Simon rückte die Staffelei näher an den Felsen. So war die Perspektive besser. Er hatte sich vorgenommen, den alten Ausguck zu malen, der sich auf der anderen Seite der Bucht vor dem Himmel abzeichnete. Es war nicht viel mehr als ein kleiner Steinbau, der selbst für eine Person nur wenig Platz bot. Mit seinem Schornstein war er so etwas wie das Wahrzeichen des Fischerdorfes.

Er hatte längst seine Bedeutung verloren. Von dort oben hielt schon lange niemand mehr Ausschau nach den großen Schwärmen Sardinen, die in vergangenen Zeiten den Fischern einen bescheidenen Wohlstand gebracht hatten. Heute wirkte der Aussichtsposten eher wie ein Mahnmal der Vergänglichkeit. Simon hatte entschieden, die Szene möglichst expressionistisch auf die Leinwand zu bannen. Ein erster Versuch, sich von seiner Malweise, der möglichst detailgetreuen Abbildung der Natur, zu emanzipieren. Eine Idee, die er bereits längere Zeit in sich trug.

Vor seinem inneren Auge breiteten sich die Farben der Felsen in mehrere unterschiedlich getönte Flächen aus. Der Schornstein erschien ihm als breiter schwarzer Strich, die Wolken am Himmel dahinter bildeten eine nur mäßig unruhige blauweiße Fläche. Obwohl er auf Abstufungen weitgehend verzichtete, bildete sich dennoch eine Tiefe aus, die der Szene Kraft gab. Nun musste er seine Imagination nur noch auf die Leinwand bringen.

»Ein ungewöhnliches Motiv.«

Simon setzte den breiten Pinsel ab und drehte sich um. Vor ihm stand Jan Morgan.

»Was treibt dich in die Bucht?«

»Wie immer. Ich bin auf der Suche nach ein paar passenden Fundstücken für meine Modelle.« Der frühere Kameramann hob den großen blauen Plastikeimer an, den er bereits mit verschieden großen Stücken Treibholz gefüllt hatte.

Simon freute sich, den freundlichen, zugewandten Pensionär zu treffen. Morgan stammte zwar aus Ruan Minor, hatte aber durch seine weltweiten Einsätze für den Sender einen anderen Zugang zum Leben als viele aus dem Dorf. Mit ihm konnte man über den Lauf und das Wesen der Dinge reden, ohne gleich auf jedes Wort achten zu müssen. Sein Humor war trotz seiner mittlerweile achtzig Jahre frisch und unverbraucht. Obwohl er den gleichen Nachnamen wie Mary trug, waren die beiden nicht verwandt.

»Woran arbeitest du gerade?«

»Ich baue wieder mal einen Hafen nach. Dazu brauche ich das hier. Wenn das Modell fertig ist, stifte ich es dem Verein von Marys Tante. Das wird sie hoffentlich freuen. Die Gute kann ja ziemlich unhöflich sein.«

Simon lächelte. »Da hast du dir einiges vorgenommen, Jan.«

Der kratzte sich den kurz geschorenen Schädel. »Da hast du recht. Das Ganze gerät mir gerade etwas groß. Weiß noch nicht so recht, wie ich es bewerkstellige.« Er lachte bei dem Gedanken und setzte den Eimer ab. »Komm doch mal vorbei, dann zeige ich dir das Modell.«

»Sicher.« Simon überlegte einen Moment. »Vielleicht am Wochenende.«

»Lass dir Zeit. Ist noch nicht fertig. Ich suche noch nach ein paar Dingen, die ich dafür verwenden kann.« Er kicherte. »Für eine andere Arbeit habe ich die Reste eines Kamms benutzt. Er schmückt nun als Zaun einen Vorgarten. Sieht total echt aus.«

»Du und deine kreativen Ideen.« Jenkins schmunzelte.

»Ich hab ja viel Zeit.«

»Und die Dinge sammelst du hier am Strand ein?« Er legte den Pinsel ab. Ein paar Minuten Small Talk wollte er sich gönnen.

»Nicht alles. Ab und an fahre ich nach Helston und stöbere in den Charity Shops. Du glaubst ja gar nicht, was du dort so alles finden kannst.«

»Kaputte Kämme.«

Jan lachte laut auf. »Wenn du willst, auch die. Nein, im Ernst, vom Eierbecher bis zum Smoking. Was immer du willst.«

»Jo.« Simon liebte diese Wohltätigkeitsläden. Nicht nur wegen des Hilfsgedankens, der hinter ihnen stand. Auch er hatte sich dort schon nach passender Kleidung umgesehen.

»Weißt du, ich komme ja nicht mehr so viel herum wie zu meinen aktiven Zeiten. Deshalb ist das Publikum in diesen Shops ein wahres Panoptikum an Typen, das es in dieser Vielfalt und auch Häufigkeit nirgends sonst gibt. Sehr unterhaltsam, sie beim Shoppen zu beobachten. Und es sind längst nicht nur die Bedürftigen, die sich durch die Kleiderstangen wühlen.«

Simon konnte sich gut vorstellen, wie der ehemalige Kameramann mit geschultem Blick die Kunden beobachtete.

»Ist noch gar nicht so lange her, da habe ich im Laden der Fishermen's Mission nach einer passenden Abendgarderobe gesucht.«

»Abendgarderobe?« Simon hob amüsiert eine Augenbraue.

»Yep. Gehört dazu. Ich war zum Gala-Dinner der Royal Navy Photographers' Association in Portsmouth eingeladen.« Bei dem Gedanken nahmen seine Augen einen besonderen Glanz an. »Ein wunderbarer Abend im Maritime Club. Das ganze Wochenende war 'ne Wucht. All die alten Kumpels und ihre Mädels aus meiner Zeit bei der Navy. Eine Menge Geschichten und noch mehr Wein. Die Zeit damals möchte ich nicht missen.«

»Und die hatten tatsächlich etwas Elegantes für dich? Ich meine, tragen kannst du ja alles.« Simon ließ den Blick über den hoch aufgeschossenen Kerl vor ihm gleiten.

»In der Tat.« Jan schüttelte amüsiert den Kopf. »Ich war schon fast durch, als mir einfiel, ich brauche noch eine Krawatte. So eine Würgeschlange habe ich mir seit Jahren nicht mehr um den Hals gebunden. Wenn's nicht für die Gala gewesen wäre, hätte ich glatt drauf verzichtet. Nun ja, war schon 'ne schräge Situation.«

»Ich dachte, die Gala war super?«

»Ich meine im Shop. Ich wollte gerade zugreifen, da wurde mir der Binder glatt mit Schwung vor der Nase weggeschnappt. Ausgerechnet von Millie Henderson. Die hat nun wirklich genug Knete, als dass sie alten Männern die Krawatten wegnehmen müsste. Und ich hatte mich schon in das Ding verliebt. Schlicht, schwarz, genau passend für den Anlass.« Er zuckte nachlässig mit den Schultern. »Ich war einfach nicht schnell genug. Frauen haben diese ganz besondere Gabe, im richtigen Augenblick blitzschnell zugreifen zu können. Wird der Tochter von der Mutter sicher schon in die Wiege gelegt. Muss so'n archaisches Frauending sein.« Er grinste. »Ich hab dann 'ne knallbunte genommen. War an dem Abend *der* Hingucker.«

Nun drohte sich Jan doch zu sehr in seinen Erinnerungen zu verlieren. Simon nahm seine Palette und den Pinsel wieder auf. »Du solltest deine Dioramen in Marys Laden anbieten. Sie ist immer auf der Suche nach ausgefallenem Kunsthandwerk.«

Morgan nahm seinen Eimer wieder auf. »Ich denke mal drüber nach. Ich will ja nur Beschäftigung haben, in Arbeit soll das nicht ausarten.« Er wandte sich zum Gehen. »Ich werd dann mal wieder. Die Werkstatt ruft. Mir ist gerade eingefallen, wie ich die Mole von Mullion gestalten kann.« Er stapfte davon in Richtung seines Motorrollers, den er an der Wand des Old Cellars geparkt hatte.

»Du solltest dich mal an Cadgwith heranwagen. Müsste dir doch ein Leichtes sein«, rief Simon ihm hinterher.

Morgan hob die Hand und winkte ab.

Simon wandte sich wieder seiner Staffelei zu und musterte mit konzentriertem Blick die Formation der Felsen, die sich vor ihm auffalteten und so eine mächtige Seitenwand des Naturhafens bildeten. Er würde nicht lange an diesem Ort stehen bleiben können, denn die Flut drängte immer weiter in die Bucht. Aber für die ersten Umrisse und Farbversuche würde die Zeit sicher reichen.

Bedächtig setzte er Pinselstrich neben Pinselstrich. Eine meditative Arbeit, die ihm sehr viel innere Ruhe bescherte und bei der er über Dinge nachdenken konnte, die ihn ansonsten im hintersten Winkel seines Gehirns beschäftigen würden, ohne sich ihrer bewusst zu werden.

Luke hatte ihn am vergangenen Abend angerufen und von seiner Begegnung mit dem Greenkeeper des Golfklubs erzählt. Mitch sei zunächst sehr verschlossen gewesen. Sich in anderer Leute Angelegenheiten mischen, das sei nicht seine Art, habe er immer wieder betont. Sollte die Polizei doch ihre Arbeit machen und ihn in Ruhe lassen.

Luke hatte ungeduldig geklungen, als er ihm davon erzählt hatte. Offenbar ging selbst ihm, der nicht viel anders dachte, das typische Verhalten der Menschen hier auf der Halbinsel auf die Nerven.

Schließlich habe Mitch dann doch noch Näheres erzählt, *aus alter Verbundenheit*, wie er ausdrücklich betont habe. Die beiden kannten sich seit ihrer Jugend und hatten später manches Pint gemeinsam geleert und begeistert den Mädels in den Discos des Lizard nachgestellt.

Der Greenkeeper habe ein paar Beobachtungen gemacht, die Luke bemerkenswert schienen. Er habe Neil Henderson häufiger mit seinen Kumpels oder sogenannten Geschäftsfreunden im Klubhaus feiern gesehen. Dabei sei jedes Mal reichlich Alkohol geflossen, außerdem seien gegen Ende der Treffen konspirative Telefongespräche geführt worden.

Was das heiße, habe er, Luke, gefragt. Mitch habe ihn mit einem mitleidigen Blick angesehen, so als müsse er sich das doch denken können. Sie hätten sich mit Frauen verabredet. *Und bestimmt nicht mit den eigenen.* An einem Abend habe er den Autohändler gesehen, wie er aus dem Auto heraus mit Abigail Reid sprach, bevor er wegfuhr. Mitch habe sich im Schatten gehalten. Erst habe er sie nicht erkannt. Die Anwesenheit der Frau auf dem Klubgelände hatte ihn verwundert, denn sie gehörte gewiss nicht zum Klientel des Klubs. Mehr könne er dazu nicht sagen.

Einen Tag später sei Henderson mit seiner Frau im Klubhaus aufgetaucht. Auf verliebtes Pärchen hätten die beiden gemacht. Als wollten sie ganz bewusst an der Legende vom erfolgreichen Unternehmerpaar weiterstricken. Dabei wisse er es besser. Bei den Männerabenden im Golfklub sei es regelmäßig hoch hergegangen. *Ein-*

lochen habe eine ganz eigene Bedeutung bei solchen Treffen.

Als Luke ihn aufgefordert hatte, das der Polizei mitzuteilen, habe Mitch wieder abgewunken. Danach habe er nichts mehr aus seinem alten Kumpel herausbekommen.

Der Bericht hatte Simon in seiner Annahme bestätigt, dass es im Golfklub zeitweise wie auf einem Kontakthof zugehen musste. Eine reichlich fragwürdige Auffassung von Kundenbindung, dachte Simon.

Er trat einen Schritt von seiner Staffelei zurück. Das in groben Flächen erscheinende Motiv bekam mehr und mehr eine unerwartete Kraft. Gar nicht so schlecht für seinen ersten Versuch, expressionistisch zu arbeiten.

Er war derart in Gedanken versunken, dass er fast zu spät erkannte, dass die Wellen schon an seinen Schuhen leckten. Flugs packte er die Malutensilien zusammen und verließ geradezu fluchtartig sein nasses Atelier.

Bevor er in seinem Cottage in die Küche ging, brachte er Staffelei und Farben hinüber ins Atelier. Er würde Marks später anrufen. Zunächst warteten ein paar frische Makrelen darauf, in der Pfanne zu landen. Nachdem er seine Dosis Pillen eingenommen hatte, ging er hinüber ins Wohnzimmer und klappte den Laptop auf. Er hatte in den vergangenen Tagen versäumt, durch die Online-Ausgabe der regionalen Zeitung *The Packet* zu stöbern. Das diente mehr der Entspannung denn der Befriedigung des Informationsbedarfs. Seit er in Cadgwith lebte, bedeutete ihm das Geschehen im Rest der Welt nicht mehr allzu viel. In seiner aktiven Zeit war er ein regelrechter Nachrichtenjunkie gewesen, dem selbst die unbedeutendste Zeitungsnotiz wichtig war.

Neben einem Artikel über die Neueröffnung eines Charity Shops und dem Bericht über die Pflanzaktion von Schulkindern, die zudem Insektenhotels gebaut hatten – als Beitrag für verbesserten Umweltschutz –, fiel sein Blick auf einen langen Bericht über einen Prozess gegen Kokain-Dealer. Je mehr er sich in den Artikel vertiefte, umso mehr wuchsen seine Anspannung und der Schmerz im Rücken.

Albaner hatten offenbar von London aus regelmäßig eine Bande von Dealern in Penzance, Falmouth, Truro und Exeter mit Kokain versorgt. Die Sache war nach wochenlanger Observation und der Auswertung von Überwachungskameras aufgeflogen, als ein Mitglied der Bande in Truro drei Kilo Kokain übergeben hat. Außerdem wurde ein Mann in Penzance festgenommen, als er Kokain gegen Bargeld tauschen wollte. In der benachbarten Grafschaft Devon sei ein Krankenpfleger der führende Kopf für die Region gewesen. Bei einem der Albaner seien mehr als 150 000 Pfund gefunden worden, versteckt unter seinem Bett. Die Polizei ging dem Bericht nach davon aus, dass es bei den großangelegten Drogengeschäften um Hunderttausende Britische Pfund ging. Die Angeklagten mussten mit langen Gefängnisstrafen rechnen.

Simon schloss mit einer erschöpften Bewegung den Laptop und starrte in den Raum. Albaner. Kokainhandel im großen Stil. Von London aus. Sofort hatte er das Bild von Hans Lehmann vor Augen. Das würde sich der Herr über das wohl größte Drogenkartell in England nicht bieten lassen. Es roch nach Bandenkrieg. Und das hier unten in Cornwall.

Mehrere Minuten lang blieb Simon regungslos sitzen, und doch breitete sich der Schmerz immer weiter aus.

Schließlich stand er auf. Er musste die Gespenster aus seinem Kopf verdrängen. Lehmann war nicht mehr sein Job, schon lange nicht mehr. Aber er wurde die Erinnerungen an ihn einfach nicht los.

Erst spät schaffte er es zu einer dünnen Normalität zurück, die er sich mit der Küchenarbeit mühsam schuf. Die Makrelen warf er nach dem Braten in den Abfalleimer. Er bekam am Ende keinen Bissen herunter. Und er hatte keine Kraft mehr, Marks anzurufen. Obwohl er Mary versprochen hatte, sich zu melden, war er auch dazu nicht mehr in der Lage.

In der Nacht schreckte er auf. Er meinte, ein Geräusch an der Cottagetür habe ihn geweckt. Atemlos horchte er in den Raum hinein, aber da war nichts. Er war in Schweiß gebadet. Er hatte gerade in seinem Flashback in die todbringende Mündung einer halb automatischen Pistole geblickt. Der gleiche Ort wie immer, eine schmierige, nach Pisse stinkende Gasse in London. Und über der Waffe hatte er in das Gesicht seines Mörders geblickt. Lehmann.

Jenkins blieb im Bett, bis die Sonne über der Bucht aufging. Den Morgen verbrachte er unruhig in seinem Haus.

Lehmann hatte er verdrängen können, aber etwas anderes nagte an ihm, das er nicht zu benennen wusste.

XLIV.

DI Marks schloss hinter sich leise die Tür. Mehr als eine Stunde hatte er am Bett von Annie Bley gesessen. Sie sah aus, als schliefe sie friedlich. Ihr wie stets wirr vom Kopf stehendes Haar umrahmte ein Gesicht, das unerwartet kindlich wirkte. Ihre Haut war dünn wie Pergament. Der Anblick erschreckte ihn. Auf dem Weg in die Klinik hatte ihre Atmung plötzlich ausgesetzt. Annie lag nun im künstlichen Koma. Der Körper hatte auch wegen des hohen Blutverlusts alle lebenswichtigen Funktionen gegen Null gefahren. Die Mediziner meinten, das Koma gebe dem Körper die Chance, sich völlig zu regenerieren. Andererseits ... Der diensthabende Arzt hatte den Satz nicht zu Ende gesprochen.

Das Kopfende ihres Bettes wurde von fahrbaren Konsolen umrahmt, darauf verschiedene Geräte und Monitore, die den Stand ihrer körperlichen Verfassung wiedergaben. Das rhythmische Piepen und das gleichmäßige Ausschlagen der Kurven vermittelten das Gefühl von Konstanz und Sicherheit. Wie es in ihrem Inneren aussah, zeigten sie nicht. Wann und ob Annie wieder aufwachen würde, wussten die Mediziner noch nicht zu sagen. Marks war nicht in der Lage, die Tragweite ihrer Äußerungen einzuschätzen. Er stand völlig neben sich. *Hauptsache, sie wird wieder gesund,* war alles, was er hatte sagen können.

Auf dem Flur kam ihm eine Frau im weißen Kittel entgegen. Erst spät erkannte er sie. Louise Taylor stand vor ihm, die Hände in den Kitteltaschen, und sah ihn fragend an. Ihr Haar floss wie Kohle über die weißen Schultern.

»Wie geht es ihr?«

»Sie wissen es? Natürlich wissen Sie es.« Marks war irritiert, der Anästhesistin an ihrem Arbeitsplatz zu begegnen.

»Mrs. Bley wird es schaffen.« Ihr Ton verriet die Routine, Angehörigen Mut zu machen.

Marks nickte schweigend.

»Sie müssen ihrem Körper Zeit geben.«

»Sie haben recht. Ich …«

»Das künstliche Koma ist nur eine Vorsichtsmaßnahme.«

Marks nickte erneut. In ihm stauten sich Fragen, die sich gegenseitig den Weg versperrten.

»Sie sehen blass aus. Kann ich etwas für Sie tun?«

»Danke, nein. Ich bin auf dem Weg zurück in die Dienststelle.« Er zeigte unnötigerweise den Gang hinunter.

»Sie sollten eine Auszeit nehmen.«

Nichts deutete in ihrer Körpersprache oder in ihrem Tonfall darauf hin, dass sie erst vor wenigen Tagen als Verdächtige in zwei Mordfällen vor ihm gesessen hatte. Ihre ruhige Art hatte etwas Verstörendes. Täter verhielten sich anders. Oder?

Er wollte das unbedingt klarstellen. »Sie können sich sicher vorstellen, dass wir in diesem Stadium der Ermittlungen auf keinen Beamten verzichten können. Annie Bley ist eine ausgezeichnete Polizistin. Ich kann sie nur schwer ersetzen.«

»*Ich kann sie nur schwer ersetzen*«, echote sie. »Das klingt sehr technisch, Detective Inspector.«

»Wie soll ich es anders ausdrücken?« Sie hatte ja recht.

Sie lächelte ihn an. »Das können nur Sie entscheiden.«

»Mrs. Taylor, was unser letztes Aufeinandertreffen …«

»Sie tun nur Ihre Pflicht, Detective Inspector. Jeder auf seine Weise.« In ihrer Brusttasche piepte es. Sie zückte den Pager und warf einen kurzen Blick auf das Gerät. »Ich muss in den OP. Sie entschuldigen mich.« Ohne weiter auf ihn zu achten, eilte sie an ihm vorbei.

Marks blieb stehen. So handelte keine Verdächtige. Diese abgeklärte, sachliche Art konnte man nicht spielen. Oder doch?

Nachdenklich fuhr er nach Helston zurück. Abseits der Straße bot die Landschaft wenig Abwechslung. Ihm wurde einmal mehr bewusst, wie karg und wenig eindrucksvoll diese Gegend in Cornwall streckenweise sein konnte, sah man einmal ab von der Erhebung von St. Michael's Mount, die sich bei Penzance majestätisch aus dem Wasser erhob und dem französischen Mont-Saint-Michel in der Normandie zum Verwechseln ähnlich sah. Danach kam lange nichts Bemerkenswertes. Erst in Braege verlieh der weiße Sandstrand von Praa Sands dem Landstrich ein wenig Exotik. Er vermied den Impuls, von der A 394 abzubiegen, um sich eine kleine Auszeit am Wasser zu gönnen.

Taylor hatte recht, er war überarbeitet. Aber diese Einsicht nützte ihm absolut nichts bei seiner Arbeit. Er hatte einen beziehungsweise zwei Fälle aufzuklären und kaum das geeignete Personal, mit Ausnahme vielleicht von Sue Temple. Und er hasste Stillstand. Jeder Tag ohne Ergebnis war eine kleine Niederlage.

Marks suchte auf dem Beifahrersitz in den CDs nach einer passenden Musik. Er zog das Gov't Mule-Album

Heavy Load Blues hervor. Die Musik von Warren Haynes würde ihn mit Sicherheit ein wenig entspannen.

Wieder zurück im Büro, tauchte er in die dissonante Geräuschkulisse des Präsidiums ein. DS Sue Temple lehnte am Tresen im Eingang und lachte gerade über eine Bemerkung des diensthabenden Constable. Als sie ihn kommen sah, stieß sie sich von der Theke ab und kam auf ihn zu.

»Was sagen die Ärzte, Chef?«

»Unverändert. DS Bley liegt noch im künstlichen Koma.«

»Ist das ein gutes oder ein schlechtes Zeichen?« Temple runzelte die Stirn.

»Es ist wohl ein gutes Zeichen. So halten sie sie stabil.« Marks wollte in Gegenwart des uniformierten Kollegen kein Bulletin abgeben. »Lassen Sie uns in mein Büro gehen. Was gibt es Neues in Ihren Ermittlungen, DS?«

Temple hob die Augenbrauen, sagte aber nichts und folgte ihm.

»Setzen Sie sich.«

Temple folgte seiner Aufforderung.

»Annie, also DS Bley, wird sicher wieder gesund. Das hat mir Mrs. Taylor gesagt. Ich hab sie zufällig getroffen.«

»Die Anästhesistin? Sie ist doch verdächtig.«

Temple hatte offensichtlich ihre Hausaufgaben gemacht. »Das heißt aber doch nicht zwingend, dass Louise Taylor ihre Arbeit vernachlässigt.« Auch er nahm Platz.

»Werden Sie sie wieder vorladen?«

Marks wog den Kopf leicht von einer Seite zur anderen. »Ich bin mir nicht sicher. Taylor hat ihre Affäre mit

Henderson verschwiegen. Das heißt aber nicht automatisch, dass sie auch als Täterin infrage kommt. Wir werden sie weiter im Auge behalten. Aber ich glaube nicht, dass sie die beiden Frauen umgebracht hat. Das passt nicht zu ihr. Ich kann das Gefühl nicht begründen, aber irgendetwas in mir sagt, dass sie unschuldig ist.«

»Manchmal trügt auch das Bauchgefühl.« Temple klappte ihren Notizblock auf.

»Neuigkeiten?« Mark war gespannt. Temple galt als zielstrebig und erfolgsorientiert, manchmal ein wenig zu zielstrebig. Sie neigte in bestimmten Situationen zur Ungeduld.

»Ich bin noch mal alle Unterlagen durchgegangen«, sie zählte an den Fingern ab, »die Akten zu Carl Reid, aber auch zu Henderson, Staatsanwalt Barnes, den Freundinnen von Fiona Richards, den Fundorten der beiden Leichen, die Aussagen im Golfklub.« Sie schüttelte traurig den Kopf. »Ich kann nicht erkennen, dass wir bis hierhin etwas übersehen haben. Alle Berichte sind schlüssig.« Sie sah auf ihren Block. »Alle scheinen ein Alibi zu haben. Auf dem Golfplatz will niemand etwas bemerkt haben.« Sie sah auf. »Dass Richards' Leiche in der Bucht abgelegt wurde, kann ich ja noch irgendwie nachvollziehen. Dass Abigail Reid aber zum Golfplatz gebracht wurde, ist mir ein Rätsel. Es muss doch eine Verbindung geben, oder? Dass der Ort zufällig ausgewählt wurde, mag mir nicht in den Kopf gehen. Jeder andere Ort in der Gegend hätte ebenso gut gepasst.« Sie runzelte die Stirn. »Warum nicht nahe der Marinebasis? In den Goonhilly Downs? Sehr abgelegen. Oder irgendwo, sagen wir, nahe … ach, ich weiß nicht. Jedenfalls scheint mir der Ort am Golfplatz nicht zufällig ausgewählt. Aber das ist ja Konsens.«

»Was schlagen Sie vor?«

»Ich habe mich noch einmal auf dem Golfplatz umgehört. Man ist dort etwas genervt, dass wir keine Ruhe geben. Aber das war die einzig verwertbare Äußerung. Ansonsten hieß es dort wieder: nichts gesehen und nichts gehört.«

»Die Menschen in diesem Landstrich haben eine vererbte Abneigung gegen die Obrigkeit, DS Temple. Sie müssen das ignorieren.«

»Ich vermute eher, dass sie dort alle dichthalten. Sie wissen mehr, als sie zugeben wollen. Aber niemand will in die Sache hineingezogen werden. Daher halten alle den Mund.«

»Dann knacken Sie die Front des Schweigens, DS Temple.« Marks war müde. Temple drohte sich in Nebensächlichkeiten zu verlieren. Aber sollte sie doch ihr Glück versuchen. Er sah ihr Zögern. »Nur zu.«

Sie blieb skeptisch. »Sie sind nicht wirklich überzeugt, oder?«

Er hob die Hände. »Was bleibt uns anderes? Vielleicht stoßen Sie ja auf die Goldader, nach der wir schon seit Wochen suchen.«

Sie steckte ihren Notizblock in die Jackentasche. »Die Sache mit Annie macht Ihnen mehr zu schaffen, als Sie zugeben wollen, habe ich recht?«

»DS Bley wusste, worauf sie sich einlässt, als sie ihren Vertrag unterschrieben hat. Polizeiarbeit ist kein Job wie jeder andere.« Er wollte sich nicht auf diese Diskussion einlassen, weil er wusste, dass Temple recht hatte.

»Natürlich – Chef.« Sie stand auf. »Dann mache ich mich wieder an die Arbeit.« Sie nickte kurz und verließ das Büro.

Gleich darauf erschien DC Easterbrook mit einem Stapel Akten im Türrahmen.

»Hab Sie gar nicht kommen sehen, Chef.« Er sah Marks mit unsicherem Blick an. »Ich bin gerade dabei, Ordnung in unsere Ermittlungen zu bringen.« Er deutete mit dem Kinn auf den Stapel. »Dachte, das könnte nicht schaden.«

»Ist denn etwas nicht in Ordnung mit unserer *Ordnung*?«

»Nein, nein. So meine ich das nicht. Ich habe nur ... ich dachte, da wir ja etwas auf der Stelle treten, könnte ein wenig Systematik helfen, Chef.«

»Das heißt, Sie langweilen sich, Easterbrook.«

Das Gesicht des Constable lief rot an. »Nein. Wie meinen Sie das? Also ... ich ... also, die Systematik ist das A und O erfolgreicher Polizeiarbeit.« Er nickte sich zur Bestätigung selbst zu. »Das sind Ihre Worte, Detective Inspector. Und das ist auch das, was ich gerade in meinem Fernkurs umzusetzen versuche.«

»Fernkurs?« Von so etwas hatte Marks noch nicht gehört.

»Nun ja, Sie wissen, ich möchte möglichst bald Detective Sergeant werden. Und Sie können doch jeden guten Polizisten gebrauchen, gut ausgebildet und immer auf dem neuesten Stand der Kriminalitätsbekämpfung.« Er räusperte sich. Unsicher, ob er gehen sollte oder nicht, blieb er im Türrahmen stehen. Schließlich hob er kurz den Arm mit dem Stapel. »Ich werd dann mal wieder. Die Arbeit wartet ja nicht.« Er verschwand in Richtung Archivraum.

Marks lächelte ungewollt. Easterbrooks Naivität und Dickfelligkeit hatten etwas Rührendes. Er hatte zwar seine Zweifel, dass der DC so bald schon den Sprung zum DS schaffen würde, aber er wollte nicht ungerecht sein. Der Detective Constable hatte ja recht. Die Personaldecke war mehr als dünn.

Er sah auf die Uhr an seinem Handgelenk. Zu früh, um Feierabend zu machen. Einer plötzlichen Eingebung folgend, zog er das Telefon zu sich und wählte die Nummer des Autohauses. Neil Henderson war in den vergangenen Tagen immer mehr in seinen Fokus gerückt. Seine Affären machten ihn nicht gerade sympathisch. Ob er jedoch so abgebrüht war, einen Mord zu begehen, um seinen bigotten Lebenswandel zu vertuschen? Er würde ihn noch einmal aufsuchen und gehörig in die Zange nehmen. Gerade jetzt vermisste er Bley, denn Annie wäre dafür genau die Richtige.

»BMW Henderson. Sie werden Freude an unseren Fahrzeugen haben. Was kann ich für Sie tun?«

Marks erkannte die leicht ins Piepsige abgleitende Stimme der Blondine, auf die er bei seinem ersten Besuch getroffen war.

Auf seine Bitte, ihren Chef sprechen zu können, bekam er die bedauernde Antwort, dass »unser geschätzter Mr. Henderson derzeit nicht im Haus« war. Auch wusste die Empfangsdame nicht zu sagen, wann er wieder im Büro sein würde.

Verärgert legte Marks auf. Ob nun wegen der lachhaften Unbekümmertheit der Blondine oder weil er Henderson nicht angetroffen hatte, war ihm nicht klar. Er wusste lediglich, dass er so nicht weiterkam.

Auch der Rest des Tages verlief ergebnislos. Das Präsidium brummte zwar vor Aktivität, aber nicht in seinem Sinn. Bald gab er seine Anstrengungen auf, dem Tag noch eine Bedeutung zu geben. Mit einem Becher Tee in der Hand stromerte er durch die Abteilungen, angeblich immer auf der Suche nach neuen Informationen. In Wahrheit wollte er sich ablenken und die Zeit totschlagen. Bleys Verzweiflungstat hatte ihm sämtliche Energie geraubt. Und er gab sich immer noch die Schuld, dass er die Vorzeichen nicht erkannt hatte.

Am Abend saß er mit dem Sandwich eines Discounters auf dem Boden vor seiner Vinyl-Sammlung. *Dreck, alles Dreck*, schrie es in ihm, und er warf sein angebissenes Abendessen von sich. *Alles Dreck*, dachte er auch noch, als er die Langspielplatten nacheinander aus dem Regal zog und sie wahllos auf dem Teppichboden verteilte.

Er hielt inne und sah die angebrochene Flasche Rotwein an. Sie würde rote Spritzer auf der Wand hinterlassen, wenn er nur wollte. Sie würden sich wie ein psychedelisches Gemälde über der Tapete verteilen. Er nahm die Flasche in die Hand. Das kühle Glas ließ ihn zögern, und der Augenblick war vorbei, es DS Bley gleichzutun. Mühsam raffte er sich auf und stolperte ins Bad. Der Spiegel hielt nicht viel für ihn bereit: Falten, graue, schlaffe Haut, rot geränderte Augen und einen Blick, der nicht ihm zu gehören schien.

Mitten in der Nacht wachte er auf. Er hatte unruhig geschlafen und von seiner Frau geträumt. Das Smartphone klingelte, und für einen absurden Augenblick hatte er das Gefühl, sie sei am anderen Ende der Leitung. Er hatte Mühe sich zu konzentrieren.

»Was willst du von mir?«

»Sir? Ich bin es, DS Temple«, kam es irritiert zurück.

»Wissen Sie, wie spät es ist?« Er versuchte souverän zu wirken.

»Es geht um Henderson, den Autohändler.«

»Was ist mit ihm?« Marks hatte Mühe, seine Gedanken zu sortieren.

»Er hatte einen Unfall.«

»Was für einen Unfall? Temple, geht es auch genauer?«

»Sorry, Sir. Kollegen aus Truro haben mich gerade informiert. Ich dachte, Sie müssen das wissen. Henderson ist auf der A 39 stadtauswärts Richtung Falmouth auf gerader Strecke von der Fahrbahn abgekommen. Er hat wohl einem Reh oder Wildschwein ausweichen wollen, meinen die Kollegen. Es gibt zwar starke Bremsspuren, trotzdem ist der Wagen gegen einen Baum geprallt. Die Rettungskräfte waren schnell vor Ort. Das Auto ist nur noch Schrott. Und jetzt kommt's: Henderson ist verschwunden.«

»Henderson?« Marks' Gehirn weigerte sich, schnell zu arbeiten. Er stellte sich die Strecke vor. Um dort von der Straße abzukommen, musste schon etwas Ungewöhnliches passiert sein. »Wildunfall?«

»So sieht es aus. Jedenfalls ist das eine Möglichkeit.«

»Verschwunden?«

»Yep, Sir.«

»Schrott, sagen Sie? Er muss verletzt sein. Blutspuren?«

»Kaum.«

»Unter Schock geflüchtet? Lassen Sie die Gegend absuchen.«

»Schon veranlasst, Sir.«

Er kam langsam auf Touren. »Die Kollegen sollen das Fahrzeug untersuchen. Kümmern Sie sich darum, Temple.«

»Ebenfalls bereits veranlasst, Sir.«

»Gut. Sehr gut. Weiß seine Frau Bescheid?« Marks' Gehirn war wieder im Hier und Jetzt.

»Noch nicht, Sir.«

»Holen Sie mich ab. Geben Sie mir eine halbe Stunde. Wir übernehmen das.«

»Selbstverständlich, Sir.«

Es klickte in der Leitung.

Neil Henderson. Was hatte das zu bedeuten? War es ein Unfall zur Unzeit, oder hatte der Autohändler gar seinem Leben ein Ende setzen wollen und dann doch abgebremst? Ein Selbstmord als Schuldeingeständnis, als letzter Ausweg, weil der Laden nicht mehr lief? Es gab tausend Gründe für den Unfall, ob nun vorgetäuscht oder nicht. Sie würden die wirtschaftliche Situation des exklusiven Autohauses unter die Lupe nehmen.

Unter der Dusche, die er kälter eingestellt hatte als üblich, stellte er sich vor, wie die kleine Blonde am Empfang einen hysterischen Anfall bekam, wenn sie vom Unfall ihres »geschätzten Mr. Henderson« erfuhr.

Exakt dreißig Minuten später stand DS Temple mit einem Dienstwagen vor der Tür. Die Fahrt von Helston nach Ruan Minor verlief weitgehend schweigend. Die Nacht war schwarz, und die eng am Straßenrand stehenden Büsche und Bäume taten ein Übriges. Nur der Halbmond streute vom wolkenlosen Himmel sein Licht über die schmale Fahrbahn.

Vor dem Anwesen der Hendersons ließ Temple den Wagen langsam ausrollen. Marks warf einen Blick über die gepflegte Rasenfläche. Das Haus bot einen friedlichen Anblick. Er hasste sich dafür, diese Idylle in wenigen Augenblick zerstören zu müssen. Kein Mensch hatte es verdient, mitten in der Nacht mit einer dramatischen Nachricht aufgeweckt zu werden.

Er hielt einen Augenblick bei einem absurden Gedanken inne. Ob Millie Henderson einen leichten Schlaf hatte? Jemanden mit einer schlechten Nachricht aus dem Schlaf zu holen, kostete ihn jedes Mal Überwindung. Er sah hinüber zu DS Temple. »Können wir?«

Sie nickte schweigend.

Die beiden Ermittler gingen auf das Haus zu. Ihre Schritte, so kam es Marks vor, wurden mit jedem Meter langsamer. Schließlich gab es keinen Grund mehr, nicht zu klingeln. Ein warmer Ton erklang hinter der Tür. Aber nichts rührte sich. Marks klingelte erneut und trat einen Schritt zurück. Im Obergeschoss blieb alles dunkel.

»Sie wird wohl einen tiefen Schlaf haben«, versuchte Temple eine Erklärung.

»Aber die Kinder müssten doch wach werden.«

»Auch Kinder haben einen tiefen Schlaf. Mein Neffe zum Beispiel, den können Sie kaum wach bekommen. Da müssen Sie schon schweres Geschütz auffahr...«

Marks trat an die Tür und drückte erneut den Klingelknopf. In seinem Kopf sammelten sich Gedankenfetzen. Millie Henderson war mit den Kindern nicht zu Hause. Oder Neil Henderson hatte erst seine Familie umgebracht und es dann vergeblich bei sich selbst versucht. Aber vielleicht gab es noch eine ganz andere Erklärung.

»Mitnahmesuizid? Wir können jedenfalls gegenwärtig nichts ausschließen.« Temple schien seine Gedanken erraten zu haben.

Er zuckte mit den Schultern. »Hoffen wir mal, dass sie einfach nicht zu Hause sind. Wir sollten …«

In diesem Augenblick wurde die Haustür geöffnet. Im Rahmen erschien Millie Henderson, einen seidenen Morgenmantel nachlässig um den schlanken Körper geschlungen. In ihrem Haar steckten tatsächlich Lockenwickler.

»Was zum Teufel …« Sie blinzelte die Ermittler an und erkannte sie schließlich. »Was wollen Sie von mir mitten in der Nacht? Mein Mann ist nicht zu Hause, wenn Sie den sprechen wollen.« Sie trat einen Schritt zurück, und dennoch sprach aus ihrer Bewegung eine feindselige Haltung.

»Können wir hereinkommen, bitte?« Marks schlug einen sanften Tonfall an.

»Die Kinder schlafen.«

»Es geht tatsächlich um Ihren Mann.«

Henderson schien zu überlegen, ließ die Beamten aber dann doch ins Haus. Marks und Temple folgten ihr in den Wohnraum.

»Haben Sie ihn gefunden?« Sie bot ihnen keinen Platz an und kam stattdessen sofort zur Sache.

»Warum fragen Sie das?« Temple sah sie verblüfft an.

»Er war den ganzen Tag nicht zu Hause.«

»Das ist für einen Geschäftsmann sicher nicht ungewöhnlich.« Marks wollte nicht mit der Tür ins Haus fallen.

»Seine Sekretärin hat mich angerufen. Er würde vermutlich auswärts übernachten, hat sie mir gesagt. Diese kleine Schlampe.«

Nun war es an Marks, erstaunt zu sein. »Das klingt nicht eben nett.«

»Neil hat das Talent, Qualifizierung mit Aussehen zu verwechseln. Und dieses Blondchen hat nur nette Titten, aber sonst nichts auf dem Kasten. Aber sagen Sie schon, haben Sie Neil gefunden? Hat er etwas ausgefressen? Ist er besoffen gefahren?«

»Es tut mir leid, Mrs. Henderson, Ihnen mitteilen zu müssen, dass Ihr Mann einen Unfall hatte.« DI Marks' bekümmerter Blick war echt.

Millie Henderson griff an den Aufschlag ihres Morgenmantels und zog ihn am Hals zusammen, so als stünde sie unvermittelt in einem eisigen Wind. Ihre Miene blieb unbewegt.

»Mrs. Henderson?« Sue Temple war darauf gefasst, ihr beizuspringen für den Fall, dass sie einen Schwächeanfall erleiden würde.

Henderson blieb mitten im Raum stehen, wie schockgefroren. Ihr Blick war auf einen Punkt jenseits von Marks' Kopf gerichtet.

Marks steuerte auf das Sofa zu und bedeutete Temple mit dem Kopf, sich ebenfalls zu setzen. Millie Henderson sollte erst einmal die Nachricht verdauen.

Mit einem Mal ging ein Ruck durch die Immobilienmaklerin, als hätte sich von einem Augenblick auf den anderen in ihrem Inneren ein Schalter umgelegt. Oder als seien ihre Gedanken über eine Weiche gefahren, die sie in eine unerwartete und völlig andere Richtung lenkte. Sie reckte den Kopf und richtete ihren Blick auf Marks. »Wie schwer ist er verletzt? In welcher Klinik liegt er? Kann ich zu ihm?« Sie stand immer noch. »Ich will zu ihm.«

»Das ist im Augenblick das Problem. Ihr Mann ist nach dem Unfall spurlos verschwunden. Wir haben gehofft, Sie könnten uns mehr sagen. Oder besser noch, wir würden ihn zu Hause antreffen.« Marks sah zu Temple. Die Kollegin nickte zur Bestätigung. »Ich vermute mal, dass er nicht hier ist.«

»Ich möchte, dass Sie gehen.«

Damit wollte sich Temple nicht zufriedengeben. »Wollen Sie nicht wissen, wie der Unfall passiert ist? Wo könnte Ihr Mann sein?«

Henderson wandte nicht einmal den Kopf.

»Ihr Mann ist nahe Truro von der Straße abgekommen und gegen einen Baum geschleudert. Vielleicht hat er einem Reh ausweichen wollen.« Temple wollte ihr noch etwas Tröstliches sagen. »Wir haben kaum Blut gefunden. Er wird wohl nicht allzu schwer verletzt sein. Wir hoffen, dass er schon bald wieder auftaucht. Haben Sie wirklich keine Idee, wo er sich aufhalten könnte?« Von ihrer Vermutung, dass Henderson versucht haben könnte, sich das Leben zu nehmen, wollte sie erst einmal nicht sprechen.

»Will sich einfach aus dem Staub machen.« In Hendersons Miene stand ein bitterer Zug.

»Wie meinen Sie das?«

Sie schniefte. »Das Autohaus steckt in den roten Zahlen. Ziemlich tief. Außerdem hat er Geld an der Börse verloren. Und er hat viel zu viel Zeit mit seinen Kumpels zugebracht. Und er hat stets den Hosenstall offen. Ein Unfall mit einem Reh? So ein Quatsch. Dass der Wagen leer ist, zeigt doch nur, dass er bewusst getürmt ist. Er hatte immer schon einen Hang zur Dramatik.«

»Sie wissen von seinen Affären?«, fragte Marks. Henderson hatte also nicht gelogen, als er von seiner angeblich so offenen Ehe sprach.

»Ich wollte nichts davon wissen. Sein Bier. Ich hab mir meine eigenen Freiheiten genommen.«

»Ich muss Sie das fragen, glauben Sie, dass er versucht hat, sich umzubringen?«

»Würde zu ihm passen. Dramaboy, mein Neil. Nein, im Ernst, er ist getürmt. Vielleicht wollte er sich ja umbringen, hat dann Angst bekommen und sich unsichtbar gemacht.« Aus ihrer Stimme sprach alles andere als Zuneigung. »Der ganz große Abgang. Hat er wohl verkackt.« Sie fuhr sich über die Stirn und sah mit einem Mal müde, alt und verbraucht aus. »Was soll jetzt werden? Neil, du Arschloch.« Nun setzte sie sich doch und barg ihr Gesicht in den Händen.

»Können wir im Augenblick etwas für Sie tun, Mrs. Henderson?«

Sie schüttelte den Kopf.

Marks sah zu Temple und stand auf. »Wir lassen Sie jetzt allein. Haben Sie jemanden, der sich um Sie und die Kinder kümmert?«

Henderson murmelte etwas, das wie ein Ja klang.

»Bitte informieren Sie uns sofort, wenn sich Ihr Mann bei Ihnen meldet. Möglicherweise wissen wir schon morgen mehr. Und wir haben noch eine Menge Fragen.«

Henderson ließ nicht erkennen, ob sie Marks verstanden hatte.

Erst als sie im Auto saßen, sprach DS Temple. »Ich kann verstehen, dass sie unter Schock steht. Aber das erklärt dennoch nicht die Art, wie sie auf den Unfall reagiert hat.«

»Was stimmt denn nicht? Was meinen Sie?« Marks schloss den Sicherheitsgurt, und Temple lenkte den Wagen Richtung Helston.

»Sie wirkte nicht so, als habe sie Angst um ihren Mann.«

»Jeder Mensch geht anders damit um.«

»Und wie sie über seine Sekretärin gesprochen hat.«

»Der Schock.«

»Ich glaube nicht, dass die beiden eine offene Ehe geführt haben. Nennen Sie es weibliche Intuition, aber etwas stört mich.«

»Wir werden das morgen besprechen.«

»Sollen wir sie ins Präsidium kommen lassen?«

»Das besprechen wir morgen.« Marks war zu müde, um noch einen klaren Gedanken fassen zu können. Er sah zu Temple hinüber. »Elf Uhr reicht.«

XLV.

Am Morgen hatte Marks heftige Kopfschmerzen. Der Wein und der nächtliche Besuch bei Henderson. Er hatte noch lange wach gelegen und über den Unfall und die Konsequenzen für ihre Ermittlungen nachgedacht. Erst gegen Morgen war er in einen kurzen unruhigen Schlaf gesunken, aus dem ihn sein alter Radiowecker erbarmungslos aufschreckte. Weder eine kalte Dusche noch ein üppiges Frühstück aus Eiern, Speck, Pilzen, Bohnen und Tomaten konnten seine Lebensgeister entscheidend beleben. Unausgeschlafen und mit einem spürbaren Klumpen Fett im Bauch hatte er sich auf den Weg ins Präsidium gemacht. Kurz hatte er darüber nachgedacht, zu Fuß zu gehen, den Plan aber gleich wieder verworfen.

Die Frühbesprechung, die bereits ohne ihn begonnen hatte, wurde dominiert von Hendersons Unfall. Es war noch zu früh für Ergebnisse, aber ein paar vage Vermutungen gab es dennoch. Nach einer ersten Untersuchung schienen die Bremsen nicht manipuliert – soweit dies angesichts des völlig zerstörten nagelneuen X3 zu erkennen war. Von Neil Henderson gab es nach wie vor kein Lebenszeichen. Sie hatten die Krankenhäuser abtelefoniert und auch schon einige Hotels. Ohne Erfolg.

Marks betrat in dem Augenblick den Besprechungsraum, als der verantwortliche Kriminaltechniker in seiner ersten Stellungnahme sichtlich begeistert über den »Plug-in-Hybrid mit 292 PS« sprach. Ein technisch hochgerüsteter Wagen wie eine Lebensversicherung.

»Habt ihr irgendwelche persönlichen Dinge gefunden? Verträge, Schriftwechsel, Smartphone? Joseph? Habt ihr?«, unterbrach er den Kollegen, der mit seiner Begeisterung für schnelle Autos seit Jahren die meisten im Präsidiums nervte. Und auch diesmal trug der PS-Fetischist dazu bei, dass die Kopfschmerzen wieder stärker wurden.

Der Angesprochene schüttelte verärgert den Kopf. Ihm gefiel wohl nicht, dass sein Vortrag unterbrochen worden war. »Ein paar Autozeitschriften, im Handschuhfach nur das Serviceheft und eine Packung Papiertaschentücher. Wirklich sagenhafte Airbags. Die Brieftasche war bis auf den Ausweis und den Führerschein leer. Das Smartphone haben wir gefunden, aber es lag völlig demoliert auf der zusammengestauchten Mittelkonsole. Ich glaube nicht, dass wir es so weit wiederherstellen können, dass wir an die Daten kommen.«

»Was ist mit dem GPS-Tracker?«

»Wir arbeiten dran, Chris.« In Josephs Miene verfestigte sich der sauertöpfische Zug.

Marks nickte und sah in die Runde. »Ein blitzsauberer Unfall in einem blitzsauberen Auto also. Sonst noch was?«

DS Temple meldete sich. »Die Ehefrau. Wir sollten sie noch einmal befragen. Vielleicht fällt ihr ja doch noch ein, wohin ihr Mann unterwegs war. Das könnte uns weiterhelfen und uns auf seine Spur führen. Wir müssen ihn finden.«

»Dann schaffen Sie sie herbei, Temple. Auch wenn ich nicht glaube, dass sie uns weiterhelfen kann.« Er blätterte durch seine Unterlagen. »Wer hat Zeit, sich weiter um die B&Bs und Hotels zu kümmern? Wir müssen den Radius über Truro hinaus erweitern. Und wir müssen die Taxifahrer aus der Umgebung befragen.« Er warf einen Blick auf Easterbrook, der sichtlich zusammenzuckte.

»Und fragen Sie in der Szene herum, ob Henderson Kunde bei Drogendealern ist.«

»Sir …«

Marks fiel ihm ins Wort. »Wenn Sie für den Augenblick nichts weiter auf der Liste haben, dann an die Arbeit.« Er schlug mit der flachen Hand auf den Tisch. »Die nächste Besprechung heute am späten Nachmittag. Ach, eins noch: Ich will alles über das Autohaus wissen, die wirtschaftliche Situation, Kredite, Verträge, andere Verbindlichkeiten, hört euch um, was über Neil Henderson in diesem Zusammenhang bekannt ist. Wer das macht, ist mir egal.« Er wartete, bis sich der Raum geleert hatte, ging hinüber zur Fensterfront und öffnete das nächstliegende Fenster weit. Der Tag versprach sehr sonnig zu werden. Am hellblauen Himmel zog ein Flugzeug seinen Kondensstreifen durchs Bild. Er sah dem Flieger hinterher.

Wie lange war er schon nicht mehr im Urlaub gewesen? Wenn er recht überlegte, war er das letzte Mal mit seiner Ex in Malaga gewesen. Lange her. Seit damals hatte er sich nur noch ab und an ein verlängertes Wochenende gegönnt. Mal im Lake District, mal in den Cotswolds, mal in den Dales. Immer in einer anderen Gegend, aber immer mit dem gleichen Ergebnis. Seine Touren endeten stets mit einem veritablen Besäufnis in irgendeinem Pub.

DI Marks hatte sich gerade einen frischen Kaffee aus der Gemeinschaftsküche geholt, als ein Constable an seine Bürotür klopfte.

»Da ist eine Mrs. Henderson für Sie, Sir.«

Marks griff zum Becher auf dem Schreibtisch, zog die Hand aber wieder zurück. »So, so. Dann schicken Sie sie zu mir.«

Der Constable begleitete Millie Henderson bis zu seiner Bürotür. Sie trug ein dunkles Kostüm und die Haare zu einem Zopf gebunden. Sie nickte dem Beamten freundlich zu, als er sich zurückzog, sichtlich beeindruckt von ihrer Erscheinung.

»Mrs. Henderson.« Marks stand auf und kam ihr ein Stück entgegen. »Das ist so etwas wie Gedankenübertragung. Gerade erst habe ich meine Kollegin gebeten, mit Ihnen Kontakt aufzunehmen. Bitte setzen Sie sich. Möchten Sie einen Kaffee?«

»Gern.« Sie setzte sich und sah sich neugierig im Büro um.

Marks ging zur Tür und rief in den Flur hinein nach einem Kaffee. Anschließend setzte er sich hinter den ungeordneten Schreibtisch.

»Gibt es Neuigkeiten? Ist Ihr Mann wieder aufgetaucht? Und wie geht es Ihren Kindern?«

»Sie wissen es noch nicht.« In ihren Augen glitzerte es. »Ich will erst mit Ihnen sprechen. Am Nachmittag werde ich es dann den Kindern sagen.«

Marks nickte mitfühlend.

»Wie sind Ihre Erkenntnisse? Haben Sie Neil aufspüren können?«

Marks schüttelte den Kopf und räusperte sich. »Hatte Ihr Mann ein Drogenproblem?«

»Nein. Nicht wirklich, wenn Sie Tabletten oder Kokain meinen. Nein. Alkohol hat er aber nicht verschmäht. Besonders wenn er mit seinen Kumpels unterwegs war. Da konnte der Whisky auch schon mal alle werden.« Sie verzog abfällig den Mund.

»Gestern Abend war er aber nicht mit denen verabredet?«

»Woher soll ich das wissen? Alles bespricht er nicht mit mir. Und ein Geschäftsessen kann ebenso gut in einem Trinkgelage enden. Alles dient dem Wohl der Firma, sagt Neil immer. Na ja.«

»Hat es schon mal Probleme mit einem Ihrer Fahrzeuge gegeben?«

»Wie meinen Sie das?« Sie nickte dem Constable freundlich zu, der ihr den verlangten Kaffee brachte.

»Ich meine die technische Sicherheit der Autos.«

»Wir verkaufen mittlerweile ausschließlich Neuwagen. Vor allem sehr hochpreisige. Bevor sie unser Haus verlassen, werden sie noch einmal auf Herz und Nieren geprüft. Mit welchem Wagen war mein Mann unterwegs?«

»Ein nobler X3, Hybrid-Antrieb.«

Sie nickte, als wüsste sie Bescheid. »Nicht unser Privatwagen. Vielleicht war er auf einer Probefahrt.«

»Ist er ein guter Fahrer?«

»Schon als Jugendlicher ist er Rennen gefahren, also Kart. Wenn er eines gut konnte, dann Auto fahren.«

»Könnte er den Unfall absichtlich herbeigeführt haben?«

»Also doch ein Selbstmordversuch?«

Marks zuckte mit den Schultern. »Das können wir derzeit nicht ausschließen.«

»Wenn es ein Unfall war, warum ist Ihre Abteilung damit befasst? Sie kümmern sich doch um Gewaltdelikte?«

»In Ihrem Umfeld ist ein Mord passiert, vergessen Sie das bitte nicht, Mrs. Henderson. Daher sind wir auch bei diesem Unfall die ermittelnde Abteilung.«

Sie nickte. »Mein Mann hatte in den vergangenen Monaten in der Firma eine Menge Probleme. Wie gesagt, es lief nicht mehr alles so richtig. Als eine erste Maßnahme zur Sanierung hat er sich vom Gebrauchtwagengeschäft trennen wollen. Er war ziemlich überarbeitet und kam meist erst sehr spät am Abend nach Hause. Genügt das?« Sie ließ die Frage in der Luft hängen.

Ein Constable aus der Kriminaltechnik klopfte an die

Bürotür und blieb abwartend stehen. In der Hand hielt er einen dünnen Schnellhefter.

Marks winkte ihn herbei.

»Der Bericht über das Smartphone, Detective Inspector.« Der Constable hatte mit einem Seitenblick auf Millie Henderson leise gesprochen.

Marks nahm den Bericht entgegen, und der junge Beamte verließ geräuschlos das Büro.

»Von meinem Mann?«, fragte sie mit angstvollem Blick.

Er sah auf das Deckblatt und nickte kurz, dann legte er ihn beiseite.

»Können Sie … wissen Sie, wann ich es bekommen kann?« Sie machte eine Pause. »Neil hat von uns und den Kindern immer Fotos gemacht. Ich würde sie gerne aufheben.«

»Kennen Sie denn die PIN-Nummer?« Er sah ihr forschend in die Augen.

»Ja. Ich meine, nein. Also, ich denke, dass er sie in seinem Arbeitszimmer abgelegt hat.«

Marks nahm den Schnellhefter zur Hand und blätterte durch die wenigen Seiten. Dann legte er ihn wieder zurück und faltete die Hände vor dem Kinn zu einem spitzen Winkel.

»Ich denke, die Rückgabe ist kein Problem, Mrs. Henderson. Allerdings werden Sie wenig Freude an dem Telefon haben. Durch den Aufprall ist das Smartphone zwischen das Armaturenbrett und die Ablage der Mittelkonsole geraten. Es ist nach Erkenntnis der Kriminaltechnik völlig zerstört und lässt sich wohl nicht wiederherstellen. Tut mir sehr leid. Wenn die Fotos nicht in einer Cloud gespeichert sind, werden Sie sicher kein Glück haben.«

DI Marks bemerkte, wie eine Veränderung in ihr vorging, die er nicht einschätzen konnte. Ihr Blick wurde konzentriert, und ihre Gesichtszüge verhärteten sich.

»Detective Inspector, ich bin nicht nur gekommen, um mit Ihnen über meine Familie zu reden.« Sie sah ihn abwartend an.

Er begegnete ihr mit einem ebenso abwartenden Blick.

Sie räusperte sich umständlich. »Ich hätte Ihnen das schon viel früher sagen müssen, aber …« Sie brach ab. Hilfesuchend sah sie ihn an.

»Sie können offen sprechen, Mrs. Henderson.« Er sah zur Tür. Auf dem Flur herrschte eine rege Geschäftigkeit, die seine Konzentration störte. Er stand auf und schloss sie.

Sie wartete, bis er ihr wieder gegenübersaß. »Ich will nicht schlecht über meinen Mann reden, aber Sie sollten es wissen.«

Marks öffnete einladend die Hände.

»Wie gesagt, ich hätte liebend gerne geschwiegen, aber mit meinem Schweigen hätte ich unter Umständen Ihre Ermittlungen behindert und mich damit strafbar gemacht.«

»Worum geht es, Mrs. Henderson? Hat Ihr Mann die Steuerbehörde betrogen? Oder seine Geschäftspartner übers Ohr gehauen? Etwas in diese Richtung?« Er war gespannt darauf, was sie ihm erzählen würde. Für ihr Zögern hatte er durchaus Verständnis.

»Mein Mann hatte Affären.«

»Das haben Sie bereits erwähnt.«

Sie deutete auf den Hefter. »Er hat Fiona nachgestellt. Ich habe gesehen, dass er sie mehrfach angerufen hat.«

»Das ist doch nichts Ungewöhnliches. Ihre Freundin hat doch einen Wagen bei ihm bestellt.«

Sie lachte auf. »Muss man sich deshalb mehrfach zum Essen verabreden? Nur die beiden? Die Verträge hätten sie auch bei uns besprechen können.« Sie stemmte die Arme auf die Oberschenkel. »Um es klar zu sagen: Er hat ihr nachgestellt. Mit deutlichen Blicken und auch mit eindeutigen Worten.«

»Woher wissen Sie das?«

»Wir haben zusammen gefeiert, die Mädels und wir. Ich habe die beiden zufällig in der Küche belauscht.«

»Wie hat Mrs. Richards darauf reagiert?«

»Sie haben gelacht und eindeutig geflirtet.«

»Und Sie sind sicher, dass er ihr nachgestellt hat?«

In ihren Augen stand jetzt Zorn. »Ich habe ihn später zur Rede gestellt. Er hat mir hoch und heilig versprochen, dass sie *ihm* nachgestellt hat. Sie habe unbedingt eine Affäre mit ihm beginnen wollen.«

»Und weiter?«

Sie zögerte. »Fiona hat ihn erpresst.«

»Und wie?« Marks wurde aufmerksam.

»Neil soll angeblich seine Bilanzen gefälscht und die BMW-Mutter in Deutschland um mehrere Hunderttausend Pfund betrogen haben.«

»Und? Hat er?«

Sie zuckte mit den Schultern. »Ich habe keinen wirklichen Einblick in seine Arbeit. Ich weiß nur, dass vor einem halben Jahr Besuch aus München bei uns war. Es ging dabei wohl um Lizenzdinge. Und es ist damals wohl auch um eine notwendige Vergrößerung unseres Geschäfts gegangen. BMW setzt seine Händler jedes Jahr aufs Neue unter Druck. Wie alle anderen Hersteller auch. Es geht immer nur um die Zahlen. Sie müssen stimmen. Ich weiß nur, dass Neil an dem Wochenende sehr angespannt war.«

»Hat er Ihnen gesagt, woher Mrs. Richards ihre angeblichen Informationen hatte?«

Sie dachte nach. »Sie hat ihm wohl damit gedroht, Unterlagen, die sie von Kollegen zugespielt bekommen haben will, an die Staatsanwaltschaft weiterzuleiten.« Ihre Schultern waren längst nicht mehr so schlaff. »Wenn so etwas an die Öffentlichkeit gekommen wäre, dann hätte es das Aus für uns bedeutet. Selbst wenn es sich am Ende als falsch erwiesen hätte. Wer mit Dreck beworfen wird, an dem bleibt immer etwas hängen.«

»Wie wollte Ihr Mann damit umgehen, mit der Erpressung, meine ich?«

»Er wollte mit ihr ganz vernünftig reden und sie davon überzeugen, dass es keine belastenden Unterlagen gibt.«

»Und? Hat er?«

Sie schwieg.

Marks versuchte die Informationen, die sie ihm gerade gegeben hatte, zu sortieren. Mit einem eindeutigen Ergebnis.

»Mrs. Henderson, Sie wissen, was Sie gerade gesagt haben? Sie liefern ein Motiv für den Mord an Fiona Richards. Sie haben soeben Ihren Mann stark belastet.«

Tränen liefen ihr über die Wangen. »Entschuldigung.« Sie suchte nach einem Taschentuch und schnäuzte sich. »Verstehen Sie nun, warum ich die ganze Zeit geschwiegen habe?«

Marks legte erneut die gefalteten Hände ans Kinn und beobachtete sein Gegenüber. Millie Henderson war jetzt nicht mehr die starke erfolgreiche Immobilienkauffrau mit einem strahlenden Autohändler an ihrer Seite. Ihm gegenüber saß eine gebrochene Frau, die mit all ihrer verbliebenen Energie vergeblich versuchte, das Bild einer heilen Beziehung und Familie aufrechtzuerhalten. Sie tat ihm leid. Die Hendersons waren zu hoch geflogen, und die Sonne ihres gesellschaftlichen Erfolgs hatte am Ende ihre Flügel versengt.

»Es ist gut, dass Sie zu mir gekommen sind. Wir werden dem nachgehen.«

Ein Mord als Verdeckungstat. Henderson hätte tatsächlich ein starkes Motiv gehabt. Damit wäre der Mord am Ende geklärt. Aber es fehlten ihm die Beweise für das, was er gerade gehört hatte. Zu dumm, dass das Smartphone nicht mehr zu reparieren war. Vielleicht hätten die Anruflisten oder Chatprotokolle weitere Beweise oder zumindest Indizien geliefert. Sie mussten den Telefonanbieter ins Boot holen, um an die Verbindungsdaten zu kommen. Das würde wie immer dauern. Was ihm aber auch noch fehlte, war die Verbindung zu Abigail Reid.

»Welche Rolle spielte Abigail Reid im Leben Ihres Mannes?«

Henderson trocknete ihre Tränen und sah ihn aus rot geränderten Augen an. »Ich weiß es nicht. Sie war unsere Putzfrau.«

»Wir haben den begründeten Verdacht, dass Fiona Richards und Abigail Reid von ein und demselben Täter ermordet wurden.«

Sie schlug die Hand vor den Mund. Ihr Entsetzen erschien ihm nicht gespielt.

»Hat Ihr Mann zu irgendeinem Zeitpunkt etwas über Ihre Putzfrau gesagt, das Ihnen verdächtig vorgekommen ist?«

Sie schüttelte den Kopf. »Ich weiß nur, dass er ihr die Stelle im Geschäft angeboten hat.«

»Hat Sie das nicht gewundert?«

»Warum sollte mich das wundern? Abigail war eine gute Kraft. Sie war pünktlich, sauber und zuverlässig.«

»Die Stelle im Autohaus war vakant?«

»Nicht, dass ich wüsste. Ich denke, dass es dort auch für zwei Putzfrauen genug Arbeit gab.«

»Wie hat Mrs. Reid auf das Angebot reagiert?«

»Freudig zuerst. Dann hatte sie Bedenken, denn sie hat ja kein Auto. Aber mein Mann hat ihr angeboten, sie morgens mit zum Geschäft zu nehmen. Und er hat ihr das Gehalt noch ein wenig erhöht, damit sie sich zusätzlich anfallende Busfahrten auch leisten konnte.«

»Sehr großzügig von ihm.«

»So kann er sein.«

»Ist Ihnen niemals der Gedanke gekommen, dass Ihr Mann mit dem Jobangebot eine bestimmte Absicht verfolgt hat?«

Sie machte große Augen. »Nein. Wieso sollte er?« Dann machte sich auf ihrem Gesicht Erkenntnis breit. »Sie meinen, er hat sie um sich haben wollen, um bei ihr leichtes Spiel zu haben.« Sie lachte auf. »Niemals. Sie war nicht sein Typ. Obwohl …« Sie brach ab.

»Ausschließen wollen Sie das also nicht.«

»Nach allem, was in den vergangenen Wochen vorgefallen ist, kann ich nichts mehr ausschließen.« Sie fuhr sich übers Gesicht, so als versuchte sie ihren Blick zu fokussieren.

»Brauchen Sie eine Pause?«

»Nein, es geht schon. Es ist nur gerade alles ein bisschen viel, Detective Inspector.«

»Das verstehe ich.«

»Wenn ich mir vorstelle, Neil könnte zwei Frauen umgebracht haben«, ein Zittern lief durch ihren Körper, »und ich habe die ganze Zeit neben einem Mörder geschlafen …«

»Das ist doch noch längst nicht bewiesen.«

»Gibt es denn einen anderen Schluss?«

Er hob fragend die Schultern.

»Sie müssen Fionas Wohnung durchsuchen, ihr Büro, ihre Sachen kontrollieren. Irgendwo hat sie vielleicht diese Unterlagen gelassen oder versteckt. Dann werden Sie wissen, dass das mit der Erpressung keine Erfindung ist.«

»Wir haben ihre Wohnung durchsucht, Mrs. Henderson, aber wir haben nichts gefunden, was in diese spezielle Richtung deutet.«

»Es muss Ihnen merkwürdig vorkommen, aber Sie müssen die Beweise finden. Auch wenn ich dann einen Mörder zum Ehemann habe. Ich will die Wahrheit wissen. Bitte, Detective Inspector, helfen Sie mir. Ich muss wissen, worauf ich meine Kinder vorbereiten muss.«

Eine Frau, die ihren Ehemann beschuldigt. Wie stark musste Millie Henderson sein, um diese Belastung auszuhalten?

»Und ich muss wissen, wie es mit dem Autohaus weitergeht. Wir haben Verbindlichkeiten, Verträge mit dem Mutterkonzern, Zusagen an Kunden. O mein Gott, ich darf gar nicht daran denken, was alles auf mich zukommt.«

»Ich kann Ihnen versprechen, dass wir alles tun werden, um den Fall endgültig aufzuklären.« Sein Versprechen war ein schwacher Trost, aber mehr konnte er ihr nicht bieten.

»Danke. Und danke, dass ich zu Ihnen kommen durfte. Sie können sich vorstellen, dass es mir nicht leichtgefallen ist, diesen Weg zu gehen. Aber er erscheint mir als der einzig richtige.«

»Sie sind sehr mutig, Mrs. Henderson.«

Sie atmete schwer. »Ich bin müde. Darf ich jetzt gehen? Ich stehe Ihnen selbstverständlich jederzeit zur Verfügung. Aber nun möchte ich heimfahren. Ich brauche Ruhe, bevor ich mit meinen Kindern sprechen kann. O mein Gott.«

Marks geleitete sie zum Ausgang und sah ihr hinterher. Er mochte jetzt nicht in ihrer Haut stecken.

Auf seinem Weg zurück ins Büro kam ihm in Höhe der Vernehmungszimmer DS Temple entgegen.

»Sue, auf ein Wort. Es gibt Neuigkeiten.«

XLVI.

Louise Taylor stand auf der Leiter und schraubte eine Glühbirne in die Fassung der provisorischen Deckenleuchte. Sie musste sich beeilen. In einer Stunde würden Millie und Tracy eintreffen, um ihr weiter bei der Renovierung zu helfen. Mittlerweile hatte sie die Decke und die Wände des Wohnbereichs mit Raufasertapete beklebt. Sie warf von ihrem Standort aus einen Blick in den Raum. Die Fenster hätten vor dem Tapezieren vorgestrichen werden müssen, aber sie hatte nicht auf die Maler warten wollen, die sie schon zweimal versetzt hatten. Sie würde dann eben auch die Rahmen selbst streichen. Das Schleifen würde sie vor dem Streichen der Wände erledigen, so hätte sie zumindest einen Teil des Schmutzes vor der weiteren Arbeit beseitigt.

Das Wohnzimmer würde sie weitgehend unmöbliert lassen, nur das Nötigste aufstellen. Das würde dem Raum Großzügigkeit und Ruhe verleihen. Zumindest eine Wand würde sie in einem hellen Petrol streichen. Der Farbton würde dem Ganzen, zusammen mit vielen großen Kissen im Fensterbereich, Kerzen und einer sparsamen Beleuchtung, die nötige Gemütlichkeit und Wärme geben. Sie freute sich auf das Ergebnis. Das Geld für das Haus war gut angelegt, dachte sie einmal mehr.

Behände kletterte sie von der Leiter und schaltete zur Probe das Licht ein. Sie lächelte zufrieden. Die Sicherung war nicht herausgesprungen, also würde sie nun auch abends in dem Raum arbeiten können.

In der Küche begann sie Pasties und andere Snacks zu

arrangieren, außerdem stellte sie vorsorglich ein paar Flaschen Mineralwasser und Wein in den Kühlschrank. Wer viel arbeitete, sollte wenigstens keinen Hunger leiden. Bei dem Gedanken war ihr wohl bewusst, dass ihre Freundinnen zwar Motivation mitbrachten, ihre Arbeitsleistung aber durchaus verbesserungswürdig war. Aber es ging bei diesen Treffen im Grunde ja eher um Geselligkeit.

Louise sah durch das Küchenfenster hinaus in den rückwärtigen Garten. Das Grün entfaltete langsam seine ganze Pracht. Über die gepflasterte Terrasse hüpfte ein Rotkehlchen, das ihr in den vergangenen Tagen schon wiederholt aufgefallen war.

Louise hielt in der Arbeit inne. Ihr fehlte Fiona sehr. Ihre unkomplizierte und zugewandte Art hatte sie immer genossen. Eine Frau, mit der man die sprichwörtlichen Pferde stehlen konnte. Sie hinterließ eine Lücke, die kaum zu füllen war.

Sie musste an die Begegnung mit DI Marks denken. Wie traurig und zerbrechlich er in seinem Mantel ausgesehen hatte. Er hatte in dem Augenblick nichts von einem erfolgreichen, harten Ermittler an sich gehabt. Der Selbstmordversuch seiner Kollegin musste ihm sehr zusetzen. Die beiden waren ihr bei den wenigen Begegnungen als perfekt aufeinander eingespieltes Team erschienen. Sie war um einiges jünger, und doch passten sie auch äußerlich zusammen. Sie mit ihrem wirren Haarschopf und den harten Linien um den Mund, und er, der in seinem Mantel wie jemand daherkam, der sich keine Zeit für sich selbst nahm und ständig auf der Suche war. Von einer der Anästhesieschwestern hatte sie gehört, dass Marks' Ex-

Frau eine Zeitlang in der Klinik gearbeitet und ihn für einen Radiologen verlassen hatte. Das Leben hatte ihn also auch gezeichnet, und nicht nur die zahllosen Schicksale, denen er in seinem Berufsleben begegnet war.

Sie stellte den Teller mit den Kleinigkeiten auf den alten Klapptisch, den sie im Schuppen gefunden hatte und der ihr nun als improvisierter Wohnzimmertisch diente. Sie hatte kaum die Gläser bereitgestellt, als sie durch die offene Haustür auch schon die Stimmen von Millie und Tracy vernahm, die den schmalen Pfad zwischen den Beeten des Vorgartens hinaufkamen.

»Da sind wir.« Millie schwenkte eine Spur zu ausgelassen zwei Flaschen Sekt, als sie ins Wohnzimmer traten. Beide Frauen trugen abgelegte Freizeitkleidung.

Louise lächelte irritiert über das fröhliche Verhalten ihrer Freundin. Die Nachricht vom schweren Unfall ihres Mannes hatte sich wie das sprichwörtliche Lauffeuer im Dorf verbreitet. Um Millie ihren Schwung nicht zu nehmen, stimmte sie verhalten ein. Vielleicht brauchte sie das jetzt. »Fein, meine Liebe. Das lässt auf einen netten Abend schließen. Aber wir sind zum Arbeiten verabredet und nicht zur Chicken Party.«

»Das eine schließt das andere nicht aus.« Millie wurde unvermittelt ernst. »Hört zu, Neil ist immer noch verschwunden. Ich brauche euch jetzt, sonst springe ich am Ende noch von den Klippen. Die Abwechslung wird mir guttun. Also lasst mich nicht hängen.« Sie sah sich um. »Ah, Gläser. Tracy, dein Job. Lass die Korken knallen.«

Louise ging auf sie zu und nahm sie in den Arm. »Es tut mir so leid, Millie.« Sie nickte Tracy zu. »Schön, dass du da bist.«

Tracy stand mit hängenden Armen im Raum und wusste nicht so recht, was sie tun sollte.

»Ich kann jetzt kein Mitleid gebrauchen, Mädels. Ich muss den Tatsachen ins Auge blicken. Wann er wieder auftaucht – *wenn* er wieder auftaucht –, steht in den Sternen. Und in der Firma weiß gerade auch niemand so recht, was als Erstes getan werden muss. Also, was hilft's? Lasst uns feiern. Ich bin nicht herzlos, aber ich brauche jetzt die Abwechslung.« In Millies Augen sammelten sich Tränen. Sie machte sich los und wischte sie weg, dann schniefte sie kurz. »Tracy, der Sekt.«

Tracy ließ den Korken leise aus der Flasche und reichte dann die gefüllten Gläser weiter.

»Das ist ein Toast auf Neil.« Millie hob das Glas. »Seine Kinder werden ihren großartigen Vater bald wiedersehen. Hoffe ich.« Sie schloss kurz die Augen. »Und ich werde ihn dann an sein Versprechen erinnern, mich niemals alleinzulassen. Prost.« Sie trank einen Schluck. »So. Was hast du für uns zu tun? Tapeten kleben, schmirgeln?« Sie sah sich um.

»Hast du heute schon etwas gegessen?«

Sie sah Louise an. »Louise, die Fürsorgliche. Du hast recht, meine Liebe. Ich sterbe vor Hunger.« Sie ging auf den Tisch zu und nahm sich umstandslos ein Pasty. »Hm. Fettig, aber lecker. Genau das Richtige jetzt.«

»Dann setzt euch doch.« Louise deutete auf die Gartenstühle, die zusammengeklappt an der Tür zum Flur lehnten. »Die Arbeit läuft uns nicht davon.«

Es dauerte nicht lange und auch die zweite Flasche Sekt war leer. Es war, als hätten alle drei nur darauf gewartet, den Geist aus der Flasche zu lassen. Zu viel hatte sich in der Zwischenzeit aufgestaut, und die schon vor einiger Zeit getroffene Verabredung zur Sanierung von Hillside bot nun die beste Gelegenheit. Die intensiven Gespräche kreisten nahezu ausschließlich um die beiden Morde und den mysteriösen Unfall.

»Ich wünschte, ich hätte mich nie auf dieses Arschloch im Internet eingelassen. Dann wäre das alles nicht passiert«, sagte Tracy zum wiederholten Mal.

»Und wir hätten die Nummer in Helston niemals durchziehen sollen«, pflichtete ihr Louise diesmal bei. »Das Ganze ist ein furchtbares Drama.«

Millie schraubte den Korkenzieher in die Rotweinflasche, die Louise zu den Tellern mit den Pasties und den Käsestücken gestellt hatte, und zog den Korken mit einem lauten *Plopp* heraus. »Hätte, wäre, wenn. Es ist nun mal passiert. Wein?« Sie hob die Flasche und sah in die Runde.

»Ich verstehe nicht, dass du so einfach darüber hinweggehen kannst, Millie.« Tracy legte ihre Hand über das leere Glas.

»Wir können die Zeit nicht mehr zurückdrehen, Tracy. So ist das nun mal im Leben. Das solltest du als Lehrerin am besten wissen. Und niemand kann seinem Schicksal entgehen. Warum klingt das herzlos, Liebchen? Kannst du mir das mal sagen?«

»Sie meint es ja nur gut. Und Schuld trifft uns ja alle, oder? Ob wir die Konsequenzen nun haben ahnen können oder nicht.«

»Tracy meint es immer nur gut. Immer die verständnisvolle Pädagogin. Welch ein Gutmensch.« Millie hatte augenscheinlich zu schnell getrunken oder zu Hause schon

Alkohol gehabt. Ihre Stimme geriet bereits ein wenig ins Rutschen.

Tracy sah Louise hilfesuchend an und erntete von ihr einen verständnisvollen Blick. *Sie meint es nicht so*, sollte er sagen.

»Schuld ist ein gutes Stichwort.« Millie goss ihr Glas voll und nahm einen großen Schluck.

»Du solltest besser nicht so schnell trinken«, mahnte Louise.

»Ach, Frau Doktor. Willst du mir jetzt sagen, was ich zu tun und zu lassen habe, ja? Nein, ich kann gut auf mich selbst aufpassen. Ich weiß genau, was mir guttut und was nicht.« Sie stellte das Glas hart auf den Tisch.

Louise ließ den Blick schweifen. Besser, sie wechselte das Thema. »Was meint ihr, sollen wir in der ersten Etage die restlichen Tapeten von der Wand reißen?« Zu mehr wäre Millie an diesem Abend ohnehin nicht mehr in der Lage, angetrunken, wie sie war.

»Neil ist ein Arschloch. Das hat er nun davon. Karre im Arsch und abgehauen. Der smarte Neil, ständig auf Achse zu angeblichen Geschäftsterminen.« Sie sah triumphierend in die Runde. »Ich weiß, dass er ständig andere Weiber gevögelt hat.«

Louise wurde es mit einem Mal heiß. Bitte, jetzt keine Endabrechnung.

»Neil?«, fragte Tracy ungläubig.

»Hat er dich nicht angebaggert?« Millie musterte sie und meinte dann nicht ohne süßlichen Unterton: »Nein, du hast nicht in sein Beuteschema gepasst. Von dir, mein Täubchen, ist keine Gefahr ausgegangen.«

»Woher weißt du das?« Louise musste das Terrain

sondieren, um zu entscheiden, wie sie weiter vorgehen sollte.

»Ich bin doch nicht blöd.« Sie versuchte sich mit ihrem Blick an Louises Augen festzusaugen. »Ich habe gehört, wie er mit Fiona telefoniert hat. Und dabei ging es, ich schwöre, um alles andere als um ein neues Auto.«

»Dein Mann und Fio…« Tracy brach ab und sah hinüber zu Louise.

»Und ich wette, sie war nicht die Einzige.« Sie hob ihr Glas in Richtung Louise. »Er stand eigentlich auf Blond. Aber am Ende war er dann doch nicht so wählerisch.« Sie trank einen Schluck.

»Sind das nur Vermutungen?«

»Warum fragst du, Louise?« Sie behielt das Glas in der Hand.

Louise zuckte mit den Schultern. »Oft ist am Ende alles anders, als es scheint.«

»So. Ist das so?« Sie behielt Louise im Blick. »Ich habe Neil dabei erwischt, wie er mit der Kleinen vom Empfang im Reifenlager zugange war.«

»Meine Güte.« Tracy schlug die Hand vor den Mund.

»Hättest du von dem lieben, netten Neil nicht gedacht, was? Neil ist ein Arschloch. Und wenn er getrunken hat, kann er gefährlich werden. Dann kennt er in seiner Rage kein Halten.«

»Um Gottes willen.« Vor Tracy taten sich Abgründe auf. »Hat er dich …?« Sie sprach den Rest nicht aus.

»Das hätte er versuchen sollen. Ich hätte ihm den Schwanz abgeschnitten.« Sie goss sich nach.

»Millie!«, kam es entsetzt von Tracy.

»Er war und ist zu allem fähig, der gute Neil.« Sie

schnaubte. »Um seinen guten Ruf zu retten, ist er zu allem fähig.«

»Was willst du damit sagen?« Louise konnte immer noch nicht einschätzen, ob Millie von ihrer Affäre mit Neil wusste. Sie musste vorsichtig sein.

»Du hast mich schon richtig verstanden, Louise Schatz.« Sie hob ihr Glas. »Los, trinken wir auf unseren Neil.« Sie leerte das Glas in einem Zug.

»Was meint sie?« Tracy sah Louise an.

»Millie will damit sagen, dass Neil Fiona umgebracht hat.«

»Nein! Das kann nicht sein.«

»Sei nicht so naiv, Schätzchen.« Millie goss Tracys Glas halb voll. »Trink. Das hilft dir über den Schock hinweg.«

»Hast du Beweise?« Louise wollte es nicht glauben. War sie, ohne es zu wissen, mit einem Mörder ins Bett gestiegen?

Millie nickte. »An dem Abend, nachdem wir aus Helston wieder zu Hause waren, ist Neil spät in der Nacht aufgetaucht. Seine Schuhe und seine Anzughose waren voller Dreck, und er war außer sich. Er hat Andeutungen gemacht.«

»Ich denke, er war gar nicht zu Hause?«

Millie machte eine verschwörerische Miene. »Das habe ich euch erzählt und der Polizei. Er ist viel früher als geplant von der Geschäftsreise zurückgekehrt. Neil hat offenbar Fiona zufällig in Helston getroffen. Und dabei muss es passiert sein.« Sie machte eine Kunstpause. »Sie hat versucht, ihn zu erpressen.«

»Was?« Tracy war außer sich. Ohne darauf zu achten,

vergaß sie ihren Verzicht auf noch mehr Alkohol und griff nach ihrem Glas.

»Sie wollte ihn ins Bett bekommen und dass er mich für sie verlässt. Andernfalls wollte sie angeblich Bilanzfälschungen auffliegen lassen. Das hätte unser Ende bedeutet.«

»Und dann hat er sie …?«

Millies Schweigen sprach Bände.

»Weiß die Polizei davon?«

Millies Stirn legte sich in Falten, als sie an ihre Aussage dachte. »Ich hatte ein langes Gespräch mit DI Marks.« Sie spielte mit ihrem Glas. »Ich habe keinen anderen Ausweg mehr gesehen. Ich konnte Neil nicht länger schützen – und ich wollte es auch nicht mehr. Ich muss an die Kinder denken. Die Zukunft wird schwer genug für sie. Und ich muss an die Firma denken. Das bin ich unseren Angestellten schuldig.« Sie sah von Tracy zu Louise. »So, nun wisst ihr, warum ich nicht entsetzt bin über den angeblichen Unfall.«

»Du bist eine starke Frau«, wollte Tracy sie ermutigen.

Sie zögerte, hob dann ihr Glas. »Das bin ich. Weiß Gott, das bin ich.«

»Dann wird die Polizei den Fall abschließen?«, fragte Louise mit Zweifel in der Stimme. »Was ist mit der Putzfrau?«

»Neil kann sehr impulsiv sein. Mehr möchte ich nicht dazu sagen.«

»Hast du keine Angst vor ihm? Wenn er so sein kann?« Tracy konnte es immer noch nicht glauben.

»Er war bisher immer sehr korrekt zu mir. Wenn er ausgerastet ist, hat er sich nachher bei mir entschuldigt.«

Sie sah Tracys entsetzten Blick. »Es war niemals so schlimm, wie du dir jetzt vorstellst. Er kennt bei mir seine Grenzen.«

»Wie furchtbar ist das alles.« Louise nippte an ihrem Glas.

»Neil hatte es in seinem Leben nicht leicht. Sein Vater war jähzornig, seine Mutter hat ihn nicht wirklich geliebt. Neil hat immer kämpfen müssen. Es ist erstaunlich, dass er es dennoch so weit gebracht hat. Wenigstens dafür liebe ich ihn.« Sie hob ihr Glas zu einem imaginären Toast.

»Und nun?« Tracy schüttelte mehrfach ungläubig den Kopf. »Ich begreife das alles nicht. Es wird nie mehr so sein, wie es mal war. Neil wird verurteilt und geht für den Rest seines Lebens ins Gefängnis.«

»Die heile Welt, wie du sie dir vorstellst, gibt es nicht, hat es nie gegeben. Wenn du das deinen Kindern in der Schule weismachen willst, versündigst du dich an ihnen.«

Tracy sah sie schweigend an.

»Komm endlich in der Wirklichkeit an.« Millies Stimme klang mit einem Mal rau.

»So kannst du mit Tracy nicht reden.«

»Kehr du lieber vor deiner Haustür«, blaffte Millie Louise an. »Du gaukelst den Menschen in deiner Klinik auch ständig irgendetwas vor. Von wegen, alles wird gut.«

»Aber die Menschen brauchen Hoffnung und Halt.«

»Die Menschen brauchen einen Sinn für die Realität. Das gibt ihnen Halt, sonst nichts. Alles andere sind Träume und Wünsche. Aber so sind die meisten. Statt der Wahrheit ins Auge zu blicken, machen sie sich lieber etwas vor.«

»Das ist mir alles zu viel.« Tracy stand auf. »Ich kann dir heute nicht mehr helfen, Louise. Ich gehe besser.« Ohne eine Reaktion abzuwarten, verließ sie Hillside.

Millie schien das nicht zu überraschen. »Unsere naive Tracy. Zu gut für diese Welt.« Sie hob ihr Glas und trank ungerührt einen großen Schluck.

»Du bist immer so hart zu ihr.«

»Sie wird es nie kapieren. Mich wundert nicht, dass unsere graue Maus auf diesen Typen aus dem Netz reingefallen ist. Schenkt ihm dreitausend Pfund. Einfach so. Selbst schuld. Sie wird es nie kapieren.«

»Sie ist unsere Freundin.«

»Und deshalb soll ich sie in Watte packen?«

»Das nicht. Aber ...«

»Aber was?« Sie warf ihr einen verächtlichen Blick zu. »Ich bin nur ehrlich zu ihr. Und das ist das Mindeste, was ich für sie tun kann.«

»Und wie geht es nun mit dir weiter?« Louise war froh, dass ihre Freundin offenbar nichts von ihrer kurzen Liaison mit Neil mitbekommen hatte. Sie würde ihr den Fehltritt nicht beichten.

»Ich werde vor allem die Kinder schützen. Es wird sicher in den nächsten Wochen nicht einfach für sie. Die Leute werden kübelweise Dreck auskippen.«

»Das glaube ich nicht.«

»Was denkst du denn? Ein erfolgreicher Autohausbesitzer betrügt nicht nur seine Ehefrau, sondern auch den BMW-Konzern. Das wird für eine Menge Schlagzeilen sorgen. Mehr noch. Die Boulevardblätter werden ihren Spaß haben. Warte nur ab. Und dann das Gerede im Dorf und in den Schulen. Ich mag gar nicht daran denken. Und auch die Polizei wird noch eine Weile brauchen, um die Fälle abschließen zu können.«

»Du solltest eine Zeit lang verschwinden und die Kinder mitnehmen.«

»Nein.« Sie trank mit entschiedener Geste ihr Glas leer. »Ich bin noch nie weggelaufen, und das werde ich auch jetzt nicht tun, Louise.«

»Du wirst Verbündete brauchen.« Louise sah nachdenklich in ihr Glas. »Mir will nicht in den Kopf, wie die Putzfrau in das Ganze passt.«

Millie zuckte mit den Schultern. »So hart das jetzt klingen mag, Neil wird sie umgebracht haben. Als Mitwisserin, die ihm gefährlich werden konnte. Als Komplizin. Auch aus Rache, weil sie für ihn die Beine nicht breitgemacht hat – es gibt jede Menge Gründe.«

»Vielleicht hat Abigail am Ende doch nichts damit zu tun, und sie wurde von einem anderen Täter umgebracht.«

»Auch das ist möglich.« Millie lachte kurz auf.

»Wie kann ich dir helfen, Millie?«

»Indem du ehrlich zu mir bist.« Sie griff nach der Flasche und sah, dass sie leer war.

»Das bin ich.«

»Ich würde viel dafür geben, wenn es so wäre.«

Louises Herz schlug mit einem Mal heftig.

Millie lachte auf. »Mach nicht so ein Gesicht, als hättest du in die Hölle geschaut. Natürlich glaube ich dir.«

Louise konnte sich nicht beruhigen. Diese Andeutungen und Blicke bedrohten sie.

»Du bist die einzige Freundin, die ich habe.« Nach kurzem Zögern setzte sie hinzu: »Und Tracy natürlich.«

Louise nickte verhalten.

»Das wird auf ewig so bleiben, oder, Louise?«

»Natürlich.«

Millie lachte laut auf. »Natürlich.«

Louises Herz schlug immer noch wild.

»Ist der Wein schon alle?« Millie sah ihr direkt in die Augen. Lange Zeit sagte sie nichts, dann brach sie in Tränen aus. »Wie soll ich das alles schaffen? Die starke Millie, pah, alles nur Fassade. Unter dem Putz ist Leere.«

Louise legte ihr tröstend die Hand auf den Arm. Der plötzliche Gefühlsausbruch machte sie atemlos. »Du *bist* eine starke Frau.«

»Bin ich nicht. Ich bin kurz davor, ganz in mir zu verschwinden. Was soll denn nun werden? Ich habe Angst, dass Neil nicht zurückkommt – und dann erst recht versucht, sich umzubringen. Vielleicht irrt er ohne Gedächtnis irgendwo umher, wer weiß das schon …«

»Eben hast du noch so gesprochen, dass man meinen könnte, er habe Fiona umgebracht.« Louise verstand nun gar nichts mehr.

»Kannst du mich festhalten, bitte? Bitte. Ich bin völlig durcheinander.« Sie stand auf.

Louise erhob sich ebenfalls und nahm sie in den Arm. Millies Körper bebte unter den Tränen.

»Schsch, Millie. Ich bin ja da.«

»Ich weiß ja nicht wirklich, ob er Fiona getötet hat. Es ist nur, wenn ich alles zusammennehme, all die kleinen Puzzlesteine, dann bleibt mir keine andere Wahl, als das zu denken. Das ist alles so absurd.«

»Du traust deinem Mann einen Mord zu, den Eindruck konnte man eben haben, ja.« Sie streichelte ihrer Freundin sanft über den schlanken Rücken. Das Beben in ihren Armen wurde stärker.

»Ich weiß nicht, was ich noch denken soll.« Sie machte sich von Louise frei. »Ich weiß gar nichts mehr. Nur dass ich so nicht weiterleben kann. Neil. Ich vermisse ihn so.«

Wie eine Marionette an schlaffen Fäden stand Millie Henderson im Raum, ein Häuflein Elend. Louise würde alles tun, um sie zu beschützen. Um auch einen Teil der Schuld abzutragen, die sie sich mit ihrer Affäre aufgeladen hatte.

Millie massierte ihren Nacken und die Schläfen. »Ein Glas Rotwein trinke ich noch. Und dann gehe ich heim.«

»Ach, Millie.«

»Ich habe Angst, Louise, solche Angst.«

Nachdem sie Millie verabschiedet hatte und ihre Freundin auf unsicheren Beinen ins Dorf hinuntergestöckelt war, blieb Louise noch eine Weile mit verschränkten Armen auf ihrer Terrasse stehen und sah auf die Bucht hinaus. Der Mond hatte das ruhige Wasser in eine glitzernde Folie verwandelt, auf der silberner Flitter mit den Sternen zu wetteifern schien. Wo die Trennlinie des Horizonts verlief, vermochte Louise nur schwer auszumachen.

Millie. Wo verlief die Grenze in ihrem Leben? Was war Fiktion, der äußere Schein, und wo begann die wirkliche Millie? Ihr war schon lange klar, dass sie mit aller Konsequenz ein bestimmtes Bild von sich aufrechterhalten wollte. Heute erschien ihr das Buhlen um Aufmerksamkeit wie ein Betteln um Hilfe.

Ihre laute Art, den nächsten Cocktail zu ordern, das nächste laute Lachen, die schlüpfrigen Bemerkungen über die Männer, ihr übertriebenes Flirten mit den Fischern und ihre mütterlich blinde Behauptung, ihre Kinder seien die besten der Welt, waren nur Anzeichen für die Leere in ihr. So jedenfalls erschien es Louise nach diesem denkwürdigen Abend. Millie war so laut, weil es so still war in ihrem Inneren.

Neils Unfall und sein Verschwinden. Louise konnte kaum ertragen, dass er selbst jetzt noch ein Teil ihres Leben war. Sie wollte die Erinnerung an ihn abschütteln, aber es gelang ihr nicht.

Auch mochte sie nicht akzeptieren, dass er für den Tod von zwei Frauen verantwortlich sein sollte. Hatte ihre Menschenkenntnis sie so sehr getrogen, dass sie seine dunkle Seite nicht wahrgenommen hatte? Sie schauderte bei dem Gedanken, dass er sie mit denselben Händen berührt hatte, mit denen er zwei Morde begangen haben sollte. Nein, sie konnte nicht so blind gewesen sein.

Wie furchtbar das alles doch war. Eine Clique waren sie gewesen. Die vier aus dem Ruderklub. Sie hatten sich gefunden mit der Gewissheit, für den Rest ihres Lebens die Welt nur gemeinsam aus den Angeln heben zu können. Und dann war die Illusion zerrissen wie nasses Seidenpapier im Wind. Im Leben gab es keine Konstante.

Das Leben war ewiger Wandel, eingeteilt in mehr oder weniger gleich lange Intervalle. Und immer änderte sich die Liste der Protagonisten. Alte verschwanden, neue tauchten auf, nur um schon bald ihren Platz zu räumen. Früher mochte für sie Trost in solchen Gedanken gelegen haben, aber längst war aus dieser positiven Haltung eine Bedrohung geworden. Wohin würden die drei diese Morde noch führen?

Schließlich kehrte sie ins Haus zurück und verkroch

sich in ihrem improvisierten Schlafzimmer. Sie war froh, dass spätestens morgen ihr Denken und Handeln wieder vom Kampf um die Gesundheit ihrer Patienten bestimmt sein würde. Diesem Kampf stellte sie sich gerne. Denn der andere ließ ihr keine Chance zu gewinnen.

XLVII.

Sie waren zum Golfplatz gefahren, nachdem sie Mitch zu Hause nicht angetroffen hatten. Simon kannte das Gelände nicht. Er wusste lediglich, dass der Platz zu Kuggar gehörte und unmittelbar an den Ferienpark von Kennack Sands angrenzte.

Luke bog auf den Parkplatz. »Wenn ich das richtig sehe, fährt Mitch gerade in den Schuppen.«

Sie stiegen aus und näherten sich dem Gebäude, das eher einem Verschlag glich als einem Schuppen.

»Deine Frau hat uns gesagt, dass wir dich hier finden. Von Simon habe ich dir ja erzählt«, begrüßte ihn Luke.

Mitch zog seine Arbeitshandschuhe aus und steckte sie in eine Gesäßtasche. Er nickte Simon zu. »Ich habe im Augenblick eine Menge zu tun. Die Natur explodiert gerade. Ich komme kaum mit der Arbeit nach.«

Simon stützte sich auf seinen Stock. »Wir wollen Sie nicht lange aufhalten. Ich habe nur ein paar Fragen.«

»Hab ich schon gehört. Und sag Mitch zu mir. Alle nennen mich Mitch.« Er strich sein Haar nach hinten, das er halblang trug und das schon graue Stellen aufwies. Ein schlanker Mann, dem man ansah, dass er viel Zeit draußen verbrachte.

»Können wir irgendwo ungestört reden?«

Mitch sah ihn fragend an. »Im Klubhaus ist gerade kein Betrieb. Ich war auf dem Weg, um einen Tee zu trinken.«

Im weitgehend in hellem Holz getäfelten Raum waren sie tatsächlich bis auf die Frau hinter der Theke allein. Nachdem Mitch drei Becher Tee geordert und an ihren Tisch an der Fensterfront gebrachte hatte, wies Simon hinaus. »Ich verstehe ja nicht viel davon, aber Golfen mit Blick auf die See muss für die Sportler das reinste Vergnügen sein.«

»Keine Ahnung. Ich bin bloß für den Rasen zuständig.« Er lächelte. »Aber die Aussicht ist tatsächlich nicht schlecht.«

»Mitch liebt vor allem anderen die See«, versuchte Luke seinen Kumpel zu charakterisieren.

»Luke hat dir sicher erzählt, dass ich mal als Fischer gearbeitet habe. Lange her.« Er nippte an dem heißen Getränk. »Was willst du wissen, Simon?«

»Es geht um Neil Henderson.«

»Aha. Er hatte einen Unfall und ist seither verschwunden, nicht?«

Simon nickte. »Haben wir heute Morgen erfahren.«

Mary hatte es von ihrer Tante gehört und ihn angerufen. Chris hatte sich in den vergangenen Tagen rargemacht. Aber das war nicht ungewöhnlich, denn das brachten Ermittlungen nun mal mit sich. Simon blieb daher gelassen. Wenn es etwas Wichtiges zu berichten gegeben hätte, dann hätte Marks sich sicher gemeldet.

»Man soll ja nichts Schlechtes über Menschen sagen, aber er ist ein echtes Arschloch.«

»Weil?«

»Hält sich für was Besseres. Immer die Nase ein Stück zu weit oben. Hat keinen Blick für die niederen Chargen. Macht den dicken Max, wenn Frauen im Raum sind.«

»Du hast gesehen, wie Henderson aus dem Wagen heraus mit Mrs. Reid gesprochen hat, sagt Luke. Worum ging es bei dem Gespräch?«

»Ich bin keiner, der andere belauscht«, stellte er klar. »Meint ihr, Henderson hat etwas mit dem Mord zu tun?«

Luke legte den Zeigefinger an die Lippen und neigte sich zu ihm. »Laufende Ermittlungen, Mitch. Du weißt.«

»Aha«, murmelte Mitch. »Verstehe.«

»Unsinn«, schaltete Simon sich ein. »Luke soll nicht so tun, als würden wir Polizeiarbeit machen. Wir wissen gar nichts.«

»Er hat gesagt, ihr arbeitet mit der Polizei zusammen.«

»Das kann man zwar nicht so nennen, aber nun gut ...« Er warf Luke einen unfreundlichen Blick zu.

»Ist ein bisschen anders«, bemühte sich Luke um eine möglichst schonende Richtigstellung. »Wir sind völlig inoffiziell hier.«

Sie tauschten noch ein paar Belanglosigkeiten und Allgemeinplätze aus, über das Wetter, die Aussicht vom Green auf die Küstenlinie und die allgemeine politische sowie wirtschaftliche Lage. Dann leerte Mitch seinen Becher und klopfte mit der flachen Hand auf den Tisch. »Wenn ihr sonst keine Fragen mehr habt, bin mal wieder draußen.«

Am Parkplatz verabschiedeten sie sich von Mitch, der vor dem Schuppen eine Schubkarre aufnahm und damit Richtung Grün verschwand.

»Lass uns noch ein Stück gehen.«

Luke sah seinen Freund argwöhnisch von der Seite an. »Wo willst du hin? Der Küstenpfad wird dich zu sehr anstrengen.«

»Ein paar Meter Richtung Strand schaden nicht. Im Gehen kann ich immer noch am besten nachdenken.« Als er Lukes hochgezogene Augenbrauen bemerkte, fügte er lächelnd hinzu: »Wenn ich zurück den Hügel hinauf nicht schaffe, bleibe ich am Kiosk, und du holst den Wagen.«

Einträchtig trotteten sie über das schmale Asphaltband in die Bucht hinein.

»Was denkst du?« Simon sah Luke von der Seite an.

»Das Leben ist so unberechenbar wie die See.« Er wies mit der Hand auf das Wasser hinaus, das sich in einiger Entfernung vor ihnen ausbreitete.

»Ist das jetzt so etwas wie Seemannspoesie?«

Luke wies auf die Felsformation gegenüber, die sich vom Strand aus knapp zwanzig Meter erhob. »Sieht harmlos aus, oder?«

Simon nickte. Worauf wollte Luke hinaus?

»Und dennoch kam im vergangenen Sommer die Bergwacht mit dem Helikopter. Sie mussten sich dann vom Scheitel des Felsens abseilen, um einen Jugendlichen aus den Felsen zu retten, der mit Flipflops geklettert war und kaum fünf Meter über dem Boden schon nicht mehr zurückkonnte.«

»Und was heißt das nun für unsere *Ermittlungen*?« Simon blieb stehen.

»Die Wahrheit ist nicht immer das, was wir zu sehen glauben.« Auch Luke hielt an.

»Du meinst, er ist nicht heimgefahren. Henderson ist

Abigail mit dem Wagen gefolgt, hat sie dann überredet einzusteigen, sie erwürgt und dann am Golfplatz abgelegt?«

»Die Vermutung liegt nahe. Eine spontane Tat. Dann würde auch der Ablageort der Leiche Sinn ergeben. Im Affekt bringt er sie um und entsorgt sie aus Mangel an anderen Möglichkeiten direkt am Golfplatz. Er ist entsetzt über seine Tat und will sich die Leiche unmittelbar aus den Augen schaffen.«

»Aber er muss doch damit rechnen, dass man schon bald auf ein Mitglied des Golfklubs als Täter kommt.«

»Im Affekt denkst du nicht weit.« Luke sah auf die See hinaus.

»Was hat das Ganze nun mit der Luftrettung und den Felsen da hinten zu tun?« Simon nickte in die Richtung.

»Was einfach scheint, ist am Ende nahezu unüberwindbar schwer. Henderson hat die Konsequenz seines Handelns nicht auf dem Schirm gehabt. Dann war es zu spät, und er muss mit den Konsequenzen leben. So einfach ist das.«

»Nichts ist einfach.«

»Wir werden den Fall schon noch lösen. Ich bin ja jetzt wieder an Bord.« Luke grinste.

»Dein Optimismus in allen Ehren. Ich kann nur hoffen, dass du recht hast.«

»Du wirst sehen.«

Sie setzten den Weg fort und passierten bald das hölzerne Ruderboot am Eingang zum eigentlichen Strand, das schon lange als überdimensionierter Blumentopf diente. Der Kiosk gegenüber hatte geschlossen. Er würde erst in gut vier Wochen öffnen, wenn die Touristen wieder häufiger kamen.

»Jedes Mal, wenn ich hier bin, denke ich, das hat die alte Betty nicht verdient.« Luke deutete auf den Schriftzug des Holzbootes. »Boote gehören ins Wasser.«

Simon ging hinunter bis zur Wasserlinie. Der Strand war leer, bis auf einen Hundebesitzer, der ein Stück weiter seinen Terrier mit einem Spielzeug auf Trab hielt.

»Mir geht schon seit ein paar Tagen ein Gedanke im Kopf herum, den ich aber nicht zu fassen bekomme. Er ist wichtig, das weiß ich. Wenn mir nur einfiele, warum.«

»Lass uns ein paar Steine werfen. Das hat mir als Kind schon geholfen, wenn ich nachdenken musste.« Luke sah sich um und hob einen flachen Kiesel auf, den er mit einer kurzen Bewegung aus dem Handgelenk über die Wasseroberfläche tanzen ließ.

»Ich habe das Gefühl, dass es nicht so war, wie du vermutest, Luke. Es ist nicht so, wie es zu sein scheint.« Er stützte sich auf seinen Stock. Der Rücken schmerzte. Außerdem überkam ihn ein leichter Schwindel.

Luke drückte ihm einen flachen Kiesel in die Hand. »Los, wirf, das setzt deinen Gehirnkasten in Gang. Du wirst sehen.« Simon besah sich den Stein und ließ ihn fallen. »Besser heute nicht; mein Rücken.«

»Dann sollten wir umkehren.« Luke sah auf die Uhr. »Die richtige Zeit für ein Bier. Was meinst du?«

XLVIII.

Blaue Lichter zuckten durch die Dunkelheit, Sirenen gellten durch die Nacht. Das Pflaster der Gasse lag feuchtglänzend vor ihm. Die rauen Backsteinwände waren unaufhörlich auf ihn zu gerückt, die Enge drohte ihn zu ersticken. Es gab keinen Ausweg. Hinter ihm verhinderte hochgetürmter Abfall jeden Fluchtversuch, vor ihm der Schatten. Er versuchte sich zu entspannen, soweit dies in der stinkenden Hölle um ihn herum möglich war, und das Unvermeidliche zuzulassen. Seine Muskeln wurden schlaff, als die Kugel auf ihn zuflog. Der geringe Widerstand seines Körpers würde sie durch ihn hindurchlassen, ohne ihn zu verletzen. Seine einzige Rettung. Er wartete auf den Schuss, aber er kam nicht …

Simon schreckte auf. Sein Körper war in Schweiß gebadet. Er fuhr sich durchs Gesicht und brauchte einige Sekunden, um zu begreifen, wo er war. Er stand auf und ging hinaus in die Küche, dort trank er ein Glas Leitungswasser.

Simon blieb in der Küche sitzen, bis sich das erste Grau des neuen Morgens zeigte. Er spürte eine innere Unruhe, die er nicht einordnen konnte. Erst spät machte er sich Frühstück und entschloss sich dann zu einem kleinen Spaziergang. Vielleicht schaffte er es ja bis weit über die Teufelspfanne hinaus in Richtung Lizard. Die frische Luft des sonnigen Tages sollte ihn auf andere Gedanken bringen.

Auf der Dorfstraße begegnete ihm Stevyn Collins.

»Auf dem Weg nach Ruan Minor?« Er zeigte mit dem Daumen hinter sich.

»Nee. Die andere Richtung. Warum fragst du?«

Collins sah ihn stirnrunzelnd an. »Du hast es noch nicht gehört, oder?«

»Nein.« Simon sah ihn fragend an.

»Du hast von dem Feuer nichts mitbekommen?« Collins' Miene verriet, dass er es selbst nicht glauben mochte. »Kurz vor Mitternacht. Feuerwehreinheiten aus Mullion, Helston, St. Keverne, Falmouth und Tolvaddon. Das ganze Programm. Aber es war nichts zu machen. Abgebrannt bis auf die Grundmauern. Ich war die ganze Nacht vor Ort. Schrecklich.« Der pensionierte Kapitän sprach im Telegrammstil.

»Ich habe nichts mitbekommen.« Simon musste an die Bilder in seinem Kopf denken, an das rhythmische Blaulicht in schwarzer Nacht. Er hatte das also nicht nur geträumt. Die Löschfahrzeuge mussten über Cadgwith gekommen sein.

»Das ist vielleicht eine schlimme Sache.«

»Hat es Verletzte gegeben?«

»Einen Toten. Bis zur Unkenntlichkeit verbrannt.« Er nahm seine Hände als Maß. »Zusammengeschrumpft auf die Größe eines Kindes.«

»Wo ist das passiert?«

»Ein Haus in der Gemeindesiedlung.«

Simons Nackenhaare stellten sich auf. »Weiß man, wer der Tote ist?«

Collins nickte. »Der Fernfahrer.«

»Carl Reid?«

Collins nickte erneut. »Schlimme Sache. Erst seine Frau und nun er selbst.« Er biss sich auf die Lippe. »Die Leute sagen, das ist ein Schuldeingeständnis. Er hat seine Frau allegemacht und kommt jetzt nicht darüber hinweg.« Collins sah Simon direkt an. »Du kennst ja die Leute.«

Simon nickte.

»Reid hatte es in den vergangenen Wochen nicht leicht. Er konnte sich nirgends blicken lassen, ohne dass die Leute hinter seinem Rücken getuschelt haben. Im Pub hätte es beinahe eine Schlägerei gegeben, als er nur ein Bier trinken wollte.«

»Kennt man schon die Ursache für das Feuer?«

Collins zuckte mit den Schultern. »Ich habe lediglich aufgeschnappt, dass Reid das Feuer wohl selbst gelegt haben muss. Es hat eine Explosion gegeben, sagen die Nachbarn. Innerhalb von wenigen Minuten war nichts mehr zu retten. Die Feuerwehrmänner haben eine Gasflasche gefunden, wie man sie sonst an einen Grill hängt. Die Experten der Polizei sind noch vor Ort.«

Carl Reid hatte Selbstmord begangen? Das Eingeständnis seiner Schuld, wie die Gerüchte sagten? Das mochte Simon nicht glauben. Reid hatte nicht den Eindruck gemacht, als sei er labil. Auf der anderen Seite war nichts so brutal wie das Gerede der Leute, gerade auch in einem Dorf wie diesem.

»Was denkt der ehemalige Bulle?«

»Absolut keine Ahnung.«

»Nun gut. Ich muss weiter. Wir waren die ganze Nacht vor Ort. Ich bin hundemüde, aber ich muss kurz rüber zu Nigel. Er hat mir einen geflochtenen Hummerkorb versprochen. Wollte ihn schon längst abholen. Ist für meinen Neffen oben im Lake District. Der steht auf so'n Zeug.«

Simon nickte wissend. Nigel war dafür bekannt, dass

er diese Körbe nach alter Machart aus Zweigen herstellte. Zu seinen Kunden gehörten sogar Filmproduktionen.

Das Bild des Fernfahrers trat in seine Gedanken. Reid war jemand gewesen, der schon lange keine Kontrolle mehr über sein Leben gehabt hatte. Das hatten Simon die wenigen Begegnungen mit ihm gezeigt. Die Umstände, unter denen er und seine Frau hatten leben müssen, dazu sein Misstrauen und seine Unfähigkeit, Probleme anders zu lösen als durch Schweigen oder durch Streit oder durch beides gleichzeitig ... Simon wusste zwar nicht, ob er mit seiner Einschätzung richtig lag, aber Reid kam ihm vor wie jemand, dem von Beginn an im Leben kein Glück beschieden gewesen war. Er hatte in seiner Zeit bei der Metropolitan Police eine ganze Reihe solcher Menschen erlebt, in den Reihen der Polizei ebenso wie draußen auf der Straße.

Simon wandte sich kurzentschlossen ab. Er würde nicht den Weg Richtung Lizard einschlagen, sondern hoch nach Ruan Minor gehen. Vielleicht erfuhr er dort etwas, was ihn und seine *Ermittlungen* ein Stück voranbrachte. Kurz überlegte er, ob er Luke anrufen und dazubitten sollte, verwarf den Gedanken aber. Luke war sicher vor Ort, und wenn nicht, hatte er bestimmt ebenfalls die Nacht am Brandort verbracht, um zu helfen. Und jetzt schlief er.

Schon von Weitem nahm er den Geruch wahr, eine Mischung aus verbranntem Holz, Kunststoff und Papier. Als er die Stelle erreicht hatte, an der nur noch die Grundmauern des Hauses standen, in dem einmal ein Paar voller Hoffnungen gelebt hatte, standen nur noch ein Streifenwagen und ein Zivilfahrzeug der Polizei in der Straße.

Die Überreste des Hauses waren mit Flatterband abgesperrt. Zu sehen war niemand. Die meisten Bewohner der Siedlung waren entweder längst zu ihren Arbeitsstellen unterwegs oder versuchten in ihren vier Wänden so etwas wie Normalität wiederherzustellen.

Er war zwar kein Brandsachverständiger, aber die rußgeschwärzten Wände und die nach außen gedrückten Fenster, vor allem im Erdgeschoss, legten tatsächlich nahe, dass es im Inneren eine Explosion gegeben hatte. Ob es ein Unfall oder eine absichtlich herbeigeführte Ursache war, würden die Experten sicher ermitteln. Simon hatte gehofft, auf Marks zu treffen, aber hinter zwei uniformierten Beamten, die mit Maßband und Klemmbrettern bewaffnet waren, verließen zwei Beamte in Zivil das Haus, die er nicht kannte.

»Hier gibt es nichts mehr zu sehen, Sir. Bitte gehen Sie weiter.« Der ältere der beiden Polizisten machte eine wedelnde Handbewegung, als wollte er ein lästiges Insekt verscheuchen.

»Ich …« setzte Simon an.

»Haben Sie nicht gehört?«, bellte ihn der jüngere an. »Oder haben Sie etwas zum Vorfall beizutragen?«

»Nein.«

»Wie gesagt.« Der andere setzte wieder zum Wedeln an, als sich einer der Uniformierten zu ihm beugte und ihm etwas zuflüsterte. »Na schön, Mr. Jenkins. DI Marks ist in seinem Büro. Wir haben gerade die ersten Ermittlungen zur Brandursache aufgenommen. Und bevor Sie fragen, nein, es gibt keine Erkenntnisse. Und wenn, bin ich nicht befugt, Zivilisten gegenüber eine Erklärung abzugeben.«

Simon hob die Hand und wandte sich zum Gehen. Der Beamte hatte das Wort *Zivilisten* derart abfällig betont, als würde er etwas Ungenießbares ausspucken. *Was für ein Idiot*, dachte Simon mehr amüsiert als verärgert. Ein kleiner Pinscher und Wichtigtuer, der einem falschen Verständnis von Autorität anhing.

Als er den winzigen Laden passieren wollte, in dem die Bewohner von Ruan ihren täglichen Bedarf an Milch, Gemüse und Dorfklatsch befriedigten, kam ihm aus der kleinen Gasse, an der das Ladenlokal lag, Jan Morgan entgegen.

»Schlimme Sache, was?«, begann Morgan übergangslos die Unterhaltung. »Ich habe von alldem nichts mitbekommen, habe tief und fest geschlafen. Erst vor einer Stunde war ich mal kurz vor Ort. Man will ja nicht als neugierig gelten. Reid hat's erwischt. Armer Kerl.«

»Er soll das Feuer selbst gelegt haben?«

»Woher soll ich das wissen? Ich gebe nichts auf das Geschwätz der Leute. Die Experten werden es schon noch herausfinden.«

Simon nickte. »Du hast recht, Jan. Wer weiß schon, wozu das alles.« Er stützte sich auf seinen Stock. »Seltsam nur, dass erst seine Frau ermordet wird und er nun in seinem Haus verbrannt ist.«

»Du siehst also einen Zusammenhang? Dann haben die Leute doch recht, die behaupten, er habe seine Frau auf dem Gewissen.«

Simon hob abwehrend die freie Hand. »Gott bewahre, ich will nicht missverstanden werden. Ich bin weder Polizist im Dienst, noch kenne ich mich mit Psychologie oder Brandursachen aus.«

Morgan nickte nachdenklich. »Du hast recht. Nur nicht in die gleiche Kerbe hauen wie die anderen.« Er kratzte sich am Kopf. »Ich muss immer wieder an unser Gespräch von vor ein paar Tagen denken.«

»Dass ich mir endlich mal deine Modelle ansehen soll?« Simon lächelte. »Ich hätte jetzt ein bisschen Zeit.«

Morgan schüttelte den Kopf. »Nein, das meine ich nicht.« Er sah Simon in die Augen. »Wir haben doch über meinen Anzug für die Feier gesprochen. Und dass ich die dazu passende Krawatte nicht bekommen habe, weil Millie Henderson sie mir vor der Nase weggeschnappt hat.«

»Ja?«

»Ich habe es im Pub gehört«, er hob beide Hände, »bitte, auch nur ein Gerücht. Aber es hat mir zu denken gegeben.« Er lächelte Simon entschuldigend an. »Halt mich jetzt bitte nicht für einen Spinner, der überall nur das Schlechte sieht, aber«, er machte eine Pause, bevor er weitersprach, »die Leute hier erzählen sich, dass die beiden Frauen mit einer Krawatte erdrosselt wurden.« Er hob erneut die Hände. »Wie gesagt, nur ein Gerücht.«

»Eben, ein Gerücht.« In Simon schrillten mit einem Mal alle Alarmglocken. Nun wusste er, was ihm seit seinem letzten Aufeinandertreffen mit Morgan nicht aus dem Kopf gegangen war. Die Krawatten!

»Erst habe ich mir nichts dabei gedacht, und dann habe ich daran denken müssen, dass ich zwei, drei Tage nach der Begegnung im Charity Shop Millie in einem heftigen Streit mit Fiona erlebt habe. Und dann habe ich nach unserem Gespräch über die Modelle – du erinnerst dich – diese Erkenntnis gehabt. Na ja, ich nenn das mal so. Bin mir nicht sicher.« Er schüttelte verwundert den Kopf über seine eigenen Gedankengänge. »Krawatten, Streit der Frauen, Mord per Krawatte, da konnte ich halt nicht anders. Aber vielleicht geht auch nur die Fantasie mit mir durch.« Er sah Simon eindringlich an. »Aber keine Angst, ich werde mich aus der Gerüchteküche fernhalten.«

Simon nickte nachdenklich. »Du hast sie streiten gesehen?«

»Ja, unten im Hafen, an den Fischerbooten. Ich wollte nur kurz nach meinem Boot sehen, und da habe ich sie erst gehört und dann gesehen. Die Frauen haben sich gestritten wie die Kesselflicker.«

»Worum ging es dabei?«

Morgan sah ihn mit leicht schuldbewusstem Blick an. »Ich wollte ja nicht zuhören, bin ja nicht neugierig, und die Angelegenheiten anderer haben mich nicht zu interessieren. Aber Millie war so laut, da konnte ich sie einfach nicht ignorieren.«

»Schon gut, Jan.« Er schätzte die zurückhaltende Art des Kameramanns. Umso wichtiger war ihm, dass Morgan fortfuhr.

»Na ja, zuerst dachte ich, typisch Zickenkrieg. Aber dann wurde es sehr heftig. Millie hat Fiona gedroht, und zwar massiv. Ich will das nicht alles wiederholen. Jedenfalls hat Millie sich eines Vokabulars bedient, das nicht unbedingt zu einer erfolgreichen Immobilienmaklerin passt.«

»Worum ging es?«

Morgan schwieg eine Weile, bevor er antwortete. »Sie solle ihre Drecksfinger von ihrem Mann lassen, hat Millie Fiona angeschrien. Und dass sie schon erleben werde, was passiert, wenn sie nicht sofort damit aufhört, mit Neil in die Kiste zu hüpfen. Sie ist regelrecht auf Fiona losgegangen. Wie gesagt, ich habe das für Zickenkrieg gehalten. Nach ein paar Gläschen zu viel. Nicht schön, das Ganze. Aber Alkohol verändert den Menschen.« Er lächelte schief und tippte sich an die Stirn. »Hat ein bisschen gedauert, aber dann haben sich hier drin die Gedanken selbständig gemacht. Ohne mein Zutun.«

»Das hättest du der Polizei sagen müssen, Jan.«

»Hab ich doch gerade gesagt, bis gestern habe ich nicht an so was gedacht. Ich hatte das Ganze ja auch längst vergessen.« Er zuckte mit den Schultern und bekräftigte: »Gewissermaßen habe ich das doch gerade der Polizei gesagt. Also einem ehemaligen Polizisten.« Sein Lächeln blieb auf halbem Weg hängen. »Du hast ja recht.« Er hob noch einmal entschuldigend die Hände. »Wenn du meinst, dann rufe ich im Präsidium an.«

XLIX.

DI Marks schüttelte den Kopf, als er den Hörer zurück auf die Station legte. Was Simon ihm gerade erzählt hatte, konnte er nicht so recht einordnen, ließ ihn aber aufhorchen. Und es stellte die bisherigen Ermittlungen auf den Kopf. Millie Henderson hatte von dem Verhältnis zwischen Fiona und ihrem Mann erfahren und bedrohte nun ihre beste Freundin. So weit, so gut, und tausendfach irgendwo in der Welt genauso passiert. Das Ganze war also nicht mehr als ein Anfangsverdacht, aber er würde das natürlich überprüfen. Er spielte mit dem Kugelschreiber, mit dem er sich Notizen gemacht hatte. Eine andere Option hatte er ohnehin nicht. Denn trotz intensiver Ermittlungen seines – jedenfalls zu Beginn – großen Teams in den vergangenen Wochen hatten sie immer noch nichts Greifbares in Händen. Er rief DS Temple zu sich.

Während er ihr mit der ausgestreckten Hand bedeutete, sich einen Platz zu suchen, setzte er sie über das Telefongespräch in Kenntnis.

»Und Sie halten die Hinweise dieses Jenkins für glaubwürdig?« Sue Temple hatte ihre Zweifel. Außerdem, so wusste Marks, war sie bis gerade damit beschäftigt gewesen, ihren Antrag auf Fortbildung auszufüllen. In den USA war eine Praktikumsstelle frei, auf der sie eine Menge über Profiling lernen konnte. Und sie wollte diese Chance unbedingt nutzen. Die Arbeit in Helston war zwar interessant, aber um beruflich weiterzukommen, wollte sie mehr vorweisen können als nur die drei Jahre in der Provinz und unter der Führung eines Provinzvorgesetzten. Marks verstand das.

»Sie vergessen, dass Jenkins bei der Met war und in einer Spezialeinheit gearbeitet hat. Der ehemalige DS hat große Menschenkenntnis und Erfahrung. Ich denke, dass er die Menschen in Cadgwith und Umgebung gut kennt und ihr Verhalten einzuschätzen weiß. Also ja, ich bin der Überzeugung, dass er uns einen wichtigen Hinweis geliefert hat. Wir müssen dem nachgehen.«

Temple hob die Hände. »Wenn Sie meinen, DI. Sie sind der Chef.«

»Wie meinen Sie das?« Marks hatte den Eindruck, dass in Temples Äußerung Spott mitschwang.

»Glauben Sie wirklich, dass der Streit, von dem Jenkins

spricht, das Vorspiel für den Mord an Fiona Richards war? Ich denke, das ist ein bisschen weit hergeholt. Dennoch sollten wir das überprüfen. Da gebe ich Ihnen natürlich recht. Wir haben ja eh keine andere Wahl.« Sie atmete tief durch. »Wir haben ja bisher nur im Nebel gestochert.«

»Wir werden Millie Henderson aufsuchen und sie mit dem Streit konfrontieren. Dann werden wir ja sehen.«

»Jetzt gleich?«

Marks sah auf die Uhr. »Wir haben noch nicht mal Mittag. Was spricht also dagegen?« Er beugte sich leicht vor. »Wenn Sie mögen, können wir anschließend ins Pub fahren und zu Mittag essen. Der Fisch ist nirgends frischer als im Cadgwith Cove Inn. Keine fünfzig Meter vom Boot direkt in die Pfanne.«

Sie zuckte mit den Schultern. »Warum nicht.« Sie stand auf. »Geben Sie mir eine halbe Stunde. Ich habe noch ein paar Sachen auf meinem Schreibtisch liegen, die ich erst erledigen möchte.«

Marks gab den Verständnisvollen. »Diese Zeit haben wir allemal.« Er lächelte sie an. »Um Profiler zu werden, müssen Sie nicht in die USA reisen. Das können Sie auch in unserem schönen Land lernen. Zum Beispiel an der University of Derby.« Er sah ihren irritierten Blick. »Forensische Psychologie. Ich kenne eine der Dozentinnen dort. Wenn Sie wollen, stelle ich den Kontakt her. Ist nicht ganz so weit wie die USA.«

»Woher wissen Sie …«

Marks lächelte immer noch. »Eine junge und ehrgeizige Frau wie Sie ist immer darauf aus, beruflich voranzukommen. Als ich von der Fortbildungsmöglichkeit gelesen habe und dass heute Bewerbungsschluss ist, habe ich einfach nur eins und eins zusammengezählt.«

»Ich hätte Ihnen erzählen sollen, dass ich vorhabe, mich zu bewerben. Tut mir echt leid.« Sie fühlte sich wie ein Schulmädchen, das beim Abschreiben erwischt worden war. »Aber ich war mir bis heute Vormittag selbst nicht sicher, ob ich es mit der Bewerbung versuchen soll.« Ihr Lächeln geriet schief. »Das FBI ist ja schon 'ne Nummer.«

»Nur zu, bewerben Sie sich. Aber seien Sie über eine Absage nicht allzu enttäuscht. Denn die Ausschreibung wird auch in vielen anderen Ländern gelesen.« Er hob die Hände. »Wobei ich nicht sagen will, dass ich Sie nicht für geeignet halte. Ganz im Gegenteil. Es ist nur so, dass die Zahl der Bewerber riesig ist.«

»Danke für den guten Rat mit Derby. Aber ich will es auf jeden Fall in den USA versuchen.«

»Wie Sie wollen. Kein Problem.« Er legte die Hände zusammen. »Bevor wir Henderson aufsuchen, schauen Sie doch noch einmal in die Ermittlungsakten. Vielleicht haben wir gerade vor dem Hintergrund der neuen Entwicklung etwas übersehen. Und bitten Sie Easterbrook um seine Einschätzung.«

Sie runzelte die Stirn. »Ich weiß nicht recht, ob er viel zum Fall beitragen kann. Wenn ich die Unterlagen richtig im Kopf habe, hat er sich eher um den Leichenfund am Golfplatz gekümmert. Ich wüsste also nicht ...«

Marks unterbrach sie. »Ihre Entscheidung, kein Problem. Dann lassen wir Easterbrook vorerst außen vor.« Er hätte wissen können, dass er mit seinem Auftrag auf wenig Resonanz stoßen würde. Er hatte schon mitbekommen, dass sich die beiden nicht sonderlich mochten. Er würde das beobachten und wenn nötig einschreiten. Er hielt nichts von der Idee, dass Konkurrenzdenken bessere Ergebnisse zutage förderte als die gute Stimmung in einer Mannschaft. Und persönliche Animositäten waren Gift für die Befindlichkeiten innerhalb eines Ermittlerteams.

Eine knappe Stunde später passierten sie am Rand von Ruan Minor die Brandruine, in der Reid ums Leben gekommen war.

Sue Temple wies mit dem Kopf Richtung Haus. »Wer hätte das gedacht? Macht sich einfach davon.«

»Ich habe durchaus Mitleid mit dem Mann. Er hat kein einfaches Leben geführt. Die endlosen Lkw-Touren und das bisschen Hoffnung auf ein besseres Leben. Und dann wird seine Frau umgebracht. Er stand vor den Scherben seines kümmerlichen Lebens und hat einen Schlussstrich gezogen.«

»Dazu hätte ich nicht den Mut.«

»Das hat nichts mit Mut zu tun. Er hat sich umgebracht, weil er verzweifelt war.« *Und ich hoffe, dass wir ihn nicht zu sehr unter Druck gesetzt haben und er deshalb keinen Ausweg mehr gesehen hat*, setzte er in Gedanken hinzu.

Temple schwieg und ließ den Blick kurz über die verkohlte Szenerie schweifen.

»Wir haben ihm nichts nachweisen können, weil ihm nichts nachzuweisen war. Er hat seine Frau nicht umgebracht.«

»Aber letzte Sicherheit haben wir nicht.« Sie wollte sich nicht so einfach Marks' Einschätzung anschließen.

»Ich weiß, was Sie jetzt denken. Nennen Sie es Instinkt oder Lebenserfahrung. Oder einfach Arroganz. Ich kann mir Reid als Mörder nicht vorstellen. Nach allem, was wir bisher ermittelt haben.« Mit einem Seitenblick auf DS Temple setzte er hinzu: »Auch wenn der mögliche Suizid tatsächlich wie ein Schuldeingeständnis wirken könnte.«

Sie setzte zu einer Antwort an, überlegte es sich dann aber anders.

Die Einfahrt und der Vorgarten der Hendersons wirkten verlassen, das Garagentor stand offen.

»Sie haben unser Erscheinen angekündigt?«

Temple nickte. »Sicher.«

»Na, dann bin ich mal gespannt.« Marks stieg aus und näherte sich erwartungsvoll dem Haus. Temple folgte ihm und ließ ihren skeptischen Blick über die Fassade gleiten.

»Sieht verlassen aus«, bemerkte Marks und betätigte die Klingel.

Nichts geschah.

»Wir werden sie doch hoffentlich nicht aufgeschreckt haben?« Marks trat einen Schritt zurück und suchte die Fenster im ersten Stock nach einer Bewegung ab. Im gleichen Augenblick wurde die Haustür geöffnet.

»Da sind Sie ja schon. Haben Sie meinen Mann auftreiben können?« Millie Henderson fuhr sich mit der Hand durchs Haar und musterte die Beamten. »Also nein. Na ja.« Sie legte den Kopf etwas schief. »Sie müssen entschuldigen, ich hatte mich einen Augenblick hingelegt und bin wohl eingenickt. Kann ich Ihnen etwas anbieten? Einen Tee vielleicht?« Sie ließ die Schultern sinken.

Die Beamten nickten.

»Gehen Sie doch schon mal voraus. Sie kennen sich mittlerweile ja bestens aus. Ich bin gleich bei Ihnen.«

In ihrer Tonlage lag eine Spur Sarkasmus.

Sie machten es sich auf den Sesseln im erwartungsgemäß sauber aufgeräumten Wintergarten bequem. Marks fühlte seine frühere Einschätzung bestätigt, dass der geschmackvoll eingerichtete Raum auch als Kulisse eines hippen Lifestyle-Magazins dienen könnte. Möbel und Kissen perfekt aufeinander abgestimmt, typischer Landhausstil, für seinen Geschmack allerdings ein wenig aseptisch. Nirgends ein Hinweis darauf, dass der Wintergarten auch bewohnt wurde, keine gelesenen Zeitungen, kein Geschirr auf dem Tisch, kein aufgeschlagenes Buch, geschweige denn ein Indiz, dass in dem Haus auch Kinder lebten.

»Nett, aber auch irgendwie klinisch sauber, nicht? Ich möchte in solch einer Umgebung nicht leben.« Temple schien den gleichen Eindruck zu haben.

Er nickte. »Es wirkt so, als habe der Bewohner alles unter Kontrolle und überlasse nichts dem Zufall. Eine festgefügte Ordnung, die keinen Widerspruch duldet.« Er hatte die Stimme gesenkt, damit Millie Henderson seine Bemerkung nicht mitbekam.

»Ist mir echt zu steril.«

»So. Sorry, hat einen Augenblick gedauert. Dafür gibt es zum Tee frische Scones aus Marys Dorfladen. Sehr lecker.« Henderson setzte das Tablett mit dem Geschirr und dem Gebäck auf dem Tisch ab, verteilte geschäftig die Tassen und goss ein. Die perfekte Gastgeberin. »Es ist vielleicht noch etwas früh für Süßes, aber sie sind wirklich ganz frisch.«

Im Raum verteilte sich der Duft des Gebäcks. Marks spürte mit einem Mal, dass er in den vergangenen achtundvierzig Stunden nichts Ordentliches gegessen hatte. Die letzten Tage waren hektisch gewesen, er hatte kaum abschalten können. Außerdem hatte seine Sorge um DS Bley jedes Hungergefühl überlagert.

Er schnitt ergeben ein Scone auf und bestrich es mit Marmelade und Clotted Cream. Es war sicher auch von Vorteil, wenn sie Henderson das Gefühl gaben, sich in ihrem Haus auf sicherem Terrain zu befinden und den Verlauf des Besuchs zu bestimmen. Er sah, dass Temple nur missmutig zum Gebäck griff. »Wirklich sehr gut.« Er trank einen Schluck und hätte sich beinahe den Mund verbrannt.

Noch während sie aßen, brach Henderson das Schweigen. »Ich habe vorhin mit der Firma telefoniert. Auch dort ist Neil nicht aufgetaucht.« Sie strich sich übers Haar. »Aber deshalb sind Sie wohl nicht gekommen. Was kann ich für Sie tun? Ihre Kollegin hat am Telefon den Grund für Ihren Besuch offengelassen.«

»Nun, im Grunde haben wir lediglich eine einfache Frage, Mrs. Henderson. Worum ging es bei Ihrem Streit mit Fiona? Sie wissen schon, an dem Abend am Hafen. Wenige Tage, bevor sie starb.« Marks ließ sie nicht mehr aus dem Blick. Hendersons Selbstsicherheit schmolz dahin wie die Clotted Cream auf einem zu heißen Scone.

»Ich weiß nicht …« Sie gab sich völlig irritiert.

»Es gibt einen Zeugen.«

»Wer ist es?«

»Es gibt einen Zeugen.« Marks lächelte unverbindlich und trank einen Schluck Tee.

Hendersons Blick flog zwischen Marks und Temple hin und her. »Ich verstehe nicht ganz.« Sie war sichtlich um Fassung bemüht.

»Sie haben sich heftig mit Ihrer Freundin gestritten.«

Sie zog die Brauen zusammen, dachte anscheinend intensiv nach, dann hellte sich ihr Blick auf. »Ich erinnere mich, ja. Das war«, sie lachte auf, »nichts von Bedeutung. Nach unserem Training. Wir hatten beide wohl ein Pint zu viel getrunken. Ein kleiner Streit im angetrunkenen Zustand. Wir sollten das nicht tun – also, so viel trinken – und vor allem in dem Zustand nicht auch noch streiten. Da sagt man Dinge, an die man sich am nächsten Tag schon nicht mehr erinnert. Oder die einem so peinlich sind, dass man nicht weiß, wie und ob man sie durch eine Entschuldigung wieder aus der Welt bekommt.« Sie lachte bei dem Gedanken erneut auf. »Wirklich peinlich.«

»Bitte sagen Sie uns, worum es genau ging.« DS Temple hatte erst eine Hälfte ihres Scones gegessen und ließ die andere unberührt. Ein deutliches Zeichen, dass sie Antworten erwartete, die sie zufriedenstellen sollten.

Henderson sah zu Marks. »Detective Inspector, ich weiß jetzt nicht, was das bedeuten soll. Es war ein unschöner Streit unter angetrunkenen Mädels. Nichts Ernstes.«

»Bitte, Mrs. Henderson, beantworten Sie die Frage meiner Kollegin.«

Sie schüttelte den Kopf. »Ich weiß wirklich nicht, worauf Sie hinauswollen. Wirklich nicht.« Sie verdrehte die Augen. »Aber bitte, ich will mich erinnern.« Henderson stand auf und ging zur Fensterfront. Sie verschränkte die Arme und sah hinaus. Marks kannte diese Masche bereits. Henderson wollte ihre Unsicherheit verbergen, indem sie ihnen den Rücken zuwandte. Und Zeit gewinnen.

Es dauerte eine Weile, bis sie sprach, dabei drehte sie ihnen weiterhin den Rücken zu.

»Sie kommen in mein Haus und lassen sich bewirten. Und anstatt höflich zu sein, belästigen Sie mich mit Ihren Fragen, die für mich keinen Sinn ergeben.« Sie hob die Schultern. »Aber ich will kooperativ sein.« Mit einer abrupten Bewegung drehte sie sich zu den beiden Ermittlern um. »Ich habe ihr unmissverständlich klargemacht, dass sie meinen Mann in Ruhe lassen soll. Sie hat ihn in ihr Bett gezogen. Meine Freundin.« Sie schnaubte.

»Sie sollen sie bedroht haben.« DS Temple sah ihr direkt in die Augen.

»Bedroht – ein großes Wort. Ich habe ihr lediglich meine Meinung gesagt. Dass ich sie für ein … Flittchen halte.«

»Sie sollen gedroht haben, sie umzubringen.« Eine messerscharf vorgetragene Feststellung, das endgültige Aus der Cream-Tea-Romantik.

Henderson schüttelte den Kopf. »Hören Sie, Mr. Marks. Ich weiß nicht, von wem Sie Ihre Informationen haben. Aber eines ist sicher: Ich habe solch eine Drohung niemals ausgesprochen. Und überhaupt«, sie lachte auf, »habe ich mich am nächsten Tag bei ihr entschuldigt. Und sie hat es angenommen und mir versichert, dass nichts zwischen ihr und Neil vorgefallen ist. Wie gesagt, es war ein Streit unter Alkoholeinfluss. So etwas sollte nicht vorkommen und ist auch nichts, was zwischen zivilisierten Menschen in aller Öffentlichkeit ausgetragen wird.«

»So eine freie Beziehung, wie Sie sie angeblich führen,

ist es dann wohl doch nicht. Wir werden Ihren Mann zu gegebener Zeit dazu befragen.« Marks strich mit der Hand über die Tischdecke. Er spürte, dass sein Magen mehr wollte. Er löste seinen Blick vom Teller mit dem Gebäck. »Wenn er wieder da ist.«

»Tun Sie das. Ich muss Sie bitten zu gehen, ich habe gleich einen wichtigen Kundentermin. Das hat sich ergeben, kurz nachdem sie angerufen hat.« Sie deutete mit dem Kopf Richtung DS Temple.

»Einen Termin?«

»Ich habe es wirklich eilig.« Henderson veränderte die Körperhaltung, als habe sie eine wichtige Entscheidung getroffen. »Ich habe Ihnen bisher alles gesagt, was ich guten Gewissens aussagen kann. Auch, dass mein Mann sich in den vergangenen Wochen sehr merkwürdig verhalten hat.« Sie stand auf. »Ich möchte meinen Kunden ungern warten lassen.«

»Sie müssen mir und meiner Kollegin das noch einmal erklären. Was heißt *merkwürdig verhalten*?« Marks runzelte die Stirn und wartete gespannt auf die Antwort.

Sie verzog das Gesicht, als sei sie es satt, die immer gleichen Erklärungen abzugeben. »Wie Sie wollen. In Kurzform: Erst dachte ich, dass unsere Firma in Schwierigkeiten steckt und er deshalb viel unterwegs war. Eine Lösung finden, möglicherweise durch eine profitable Kooperation mit einem Mitbewerber. Dann habe ich in seinem Schreibtisch den Vorvertrag für den Kauf eines teuren Modells gefunden, eines sehr teuren Modells. Der Wagen sollte an Fiona gehen. Das ist an sich ja nichts Ungewöhnliches. Aber dann habe ich in den Unterlagen einen Brief gefunden, von Neil an Fiona. Es war mehr ein Zettel. Mit

Liebesschwüren.« Sie lachte auf. »Schwülstiges Zeug, das hätte ich ihm nicht zugetraut. Er hat das Briefchen wohl nie abgeschickt, einfach im Vertrag liegen lassen. Eine wirklich peinliche Sache.« Sie stockte.

»Sprechen Sie weiter«, ermunterte Marks sie.

»Ich habe Neil darauf angesprochen, natürlich. Und er hat es mir erklärt.«

»Was hat er Ihnen erklärt?« DS Temple schrieb mit.

»Dass an der ganzen Sache nichts dran war. Dass er zwar, wie er mir glaubhaft versicherte, ein Auge auf Fiona geworfen hatte, dass es aber bei einem einmaligen Date geblieben ist. Denn Fiona hat versucht, ihn zu erpressen. Angeblich besaß sie Unterlagen, die die Firma in große Schwierigkeiten hätten bringen können.«

»Nur zu. Sprechen Sie weiter.« Er lehnte sich zurück, um ihr nicht das Gefühl zu geben, seine Körperhaltung drücke so etwas wie Bedrohung aus. Der Plausch beim Tee hatte sich zu einem Verhör entwickelt.

Millie wand sich sichtlich und fixierte DS Temple.

»Ich glaube, dass mein Mann Fiona umgebracht hat.« Ihr Gesicht war grau, und in ihren Augen sammelten sich Tränen. »Und er hat auch Abigail Reid auf dem Gewissen. O mein Gott, ich dürfte das alles gar nicht sagen.«

DI Marks wollte sie reden lassen. Jetzt war keine Zeit für Nachfragen. Aber sie schwieg.

»Sie wiederholen eine schwerwiegende Anschuldigung, Mrs. Henderson.«

Statt zu antworten, drehte sie sich erneut zum Fenster und sah hinaus.

»Mrs. Henderson?«

Als sei sie aus einem unruhigen Schlaf erwacht, wandte

sie sich schließlich ihm zu. »Neil war noch nie ein Kind von Traurigkeit, wenn es um andere Frauen ging. Aber in den vergangenen Wochen hat er sich verändert. Er war fahriger im Alltag, hatte kaum ein Ohr für die Kinder. In der Firma war er nicht so präsent wie sonst, war häufig abends unterwegs, manchmal mit Übernachtung. Zuerst habe ich es auf die Probleme in der Firma geschoben, immerhin trägt er eine große Verantwortung. Aber dann habe ich, wie gesagt, diesen Zettel gefunden. Da war mir sofort klar, worum es eigentlich ging in seinem Leben.«

»Sie haben seinen Beteuerungen also nicht geglaubt?«

Sie schüttelte den Kopf. »Ich habe mich die Tage noch einmal mit dem Leiter unserer Rechnungsabteilung besprochen, und auch mit unserer Bank. Demnach gab es keinen Anlass für irgendjemanden, Neil mit der Behauptung unter Druck zu setzen, er habe Bilanzen gefälscht. Neil hat mich angelogen. Es gab keine Erpressung.« Sie atmete schwer.

»Mit dieser Aussage ersparen Sie uns unter Umständen zwar weitere Ermittlungen wegen Bilanzfälschung, andererseits belasten Sie Ihren Mann schwer.«

»Ich will endlich reinen Tisch machen. Wir sind schon lange keine Familie mehr.«

Marks war zufrieden. Er hatte Millie Henderson endlich dort, wo er sie haben wollte.

Sue Temple schaltete sich ein. »Sie behaupten also, Ihr Mann habe nicht nur Ihre Freundin umgebracht, sondern auch Abigail Reid. Wie kommen Sie darauf?«

Henderson zog ein Papiertaschentuch hervor und schnäuzte sich. »Ich bin ihm an jenem Abend mit meinem

Wagen gefolgt. Ich hatte so eine Ahnung, dass er nicht nur zum Golfplatz wollte, um seine Freunde zu treffen. Ich habe abseits des Parkplatzes angehalten und gewartet. Und dann habe ich gesehen, dass Neil das Gelände verlassen hat und mit seinem BMW einige Meter neben Abigail hergefahren ist. Sie ist dann stehen geblieben und hat mit ihm durchs offene Seitenfenster diskutiert. Nach kurzem Wortwechsel ist sie dann zu ihm in den Wagen gestiegen und sie sind weggefahren.«

»Und Sie sind nicht entdeckt worden?«

»Nein. Neben dem Parkplatz gibt es einen kurzen Seitenweg, eher eine Sackgasse, dunkel und durch Buschwerk verdeckt. Nein, er konnte mich nicht sehen.«

»Was haben Sie dann gemacht?«

»Ich bin nach Hause gefahren und habe mich betrunken.« Sie lachte auf. »Burgunder ist ein großartiger Seelentröster.«

»Und Sie haben nicht beobachtet, wohin die beiden gefahren sind?«

Sie zuckte mit den Schultern. »Was hätte das gebracht? Ich wollte ihn am nächsten Tag zur Rede stellen.«

»Dass die beiden zusammen weggefahren sind, bedeutet nicht auch, dass Ihr Mann Mrs. Reid umgebracht hat.«

»Es kann aber nicht anders gewesen sein. Alles spricht dafür, dass mein Mann der Täter ist.«

Marks schüttelte den Kopf. »Es gibt tatsächlich nur Ihre Beschuldigung. Es fehlt der Beweis.« Warum tat diese Frau das?

»Kann es nicht so gewesen sein, dass mein Mann Fiona loswerden wollte und gemerkt hat, dass er dabei von

Mrs. Reid beobachtet wurde? Und das war dann ihr Todesurteil?«

»Sie trauen Ihrem Mann tatsächlich zwei Morde zu?« DS Temple schüttelte ungläubig den Kopf.

»Mein Mann ist der Täter. Was passiert denn jetzt?« Sie klang so geschäftsmäßig, als habe sie gerade einen äußerst lukrativen Abschluss getätigt.

»Wir werden Ihren Mann möglichst bald befragen und mit Ihren Vorwürfen konfrontieren.« Marks stand auf. Obwohl er sie provoziert hatte, irritierte ihn die Freimütigkeit dieser Frau. Sie brachte die Anschuldigungen vor, als spreche sie über einen interessanten Artikel in einer Illustrierten.

»Sie haben sich in eine brisante Situation manövriert. Was, wenn an den Beschuldigungen nichts dran sein sollte? Sie werden Ihrem Mann nicht mehr in die Augen sehen können, fürchte ich.«

»Es gibt für mich keinen Weg zurück. Wir haben schon lange keine Gemeinsamkeiten mehr. Und ich muss endlich an die Kinder denken.«

»Für die beiden wird es nicht leicht werden. So oder so, Mrs. Henderson.«

Sie schnäuzte sich erneut. »Was bleibt mir denn anderes, als den kleinen Funken Hoffnung auf eine erträgliche Zukunft nicht auch noch verglühen zu lassen? Wenn das hier alles vorbei ist, werde ich vielleicht von Ruan Minor fortgehen. Mein Geschäft hat so viel abgeworfen, dass wir eine Zeit lang von den Ersparnissen werden leben können. Und es gibt auch anderswo im Königreich die Möglichkeit, Immobilien zu makeln. Und warum sollte ich es nicht in Spanien versuchen oder anderswo?«

»Das klingt nach einem Plan, den Sie schon länger haben.«

Henderson nickte. »Ich hätte das in Wahrheit schon viel früher tun sollen. Ich bin jetzt schon so weit gegangen, da schaffe ich auch den Rest. Und ich muss jetzt für meine Kinder da sein. Sie brauchen mich mehr als irgendjemand sonst.«

»Wir werden Ihre Aussage noch offiziell aufnehmen müssen, Mrs. Henderson. Halten Sie sich bitte zu unserer Verfügung. Wir haben noch Fragen an Sie.«

»Sie sind jederzeit willkommen.« Sie hatte sich wieder gefangen. Auch die Farbe war in ihr Gesicht zurückgekehrt. Ganz die erfolgreiche Immobilienmaklerin, die sie zu Beginn ihrer Ermittlungen kennengelernt hatten.

»Bemühen Sie sich nicht. Wir finden allein hinaus«, wehrte Marks ihren Versuch ab, sie zur Tür zu begleiten.

Vor ihrem Dienstwagen blieben sie stehen und sahen zurück. Hinter den Fenstern war nichts zu erkennen. Millie Henderson schien sie nicht zu beobachten.

»Starker Tobak, oder?«, sagte Marks. »Eine Frau beschuldigt ihren Mann des zweifachen Mordes. Jede andere hätte eher geschwiegen, als den eigenen Ehemann ans Messer zu liefern.«

»Vielleicht meint der Begriff *offene Beziehung* auch solch ein Verhalten«, schob Temple sarkastisch ein.

Marks sah sie zweifelnd von der Seite an. »Das meinen Sie nicht ernst, oder?«

Sie zuckte mit den Schultern. »Wie kann einer Nacht für Nacht neben jemandem schlafen, den er für fähig hält, einen Doppelmord zu begehen? Das begreife ich nicht.«

»Vielleicht fehlte ihr die Kraft, das Ganze auffliegen zu

lassen. Bis wir kamen. Vielleicht hat sie sich auch nur an den letzten Rest heile Welt geklammert. Allein schon, um ihre Kinder zu schützen.« Er hob die Hände. »Ich weiß, das klingt absurd, aber Menschen verhalten sich oft auch irrational. Denken Sie nur an die Frauen, die bei ihren Männern bleiben, obwohl die sie auf üble Weise misshandeln.«

»Möglich. Aber Mord ist etwas anderes.«

»Tja, wie wahr.«

»Diese Frau stellt alles in den Schatten, was ich bisher über das Verhalten von Angehörigen in Mordermittlungen gelernt habe. Was nun?«

DS Temple war sichtlich irritiert über die Vorstellung, die sie gerade erlebt hatte. Marks war zufrieden. Sein Lehrziel hatte er erreicht.

»Wir fahren zurück nach Helston. Ich brauche jetzt etwas Herzhaftes. Kommen Sie mit ins Pub?« Marks schloss den Wagen auf und stieg ein.

Sie nickte. »Ich kann es immer noch nicht fassen«, meinte Temple, als sie einstieg und den Sicherheitsgurt anlegte.

»In unserem Beruf gibt es immer wieder Überraschungen.« Er startete den Motor und lenkte den Wagen Richtung Helston.

Auf dem Weg in die Stadt begann es zu regnen. Der Weg entlang der Marinebasis erschien noch trostloser als bei normalem Wetter. Trotz der Witterung joggten zwei Männer in kurzen Sporthosen und umgeschnallten Rucksäcken an der Innenseite der kilometerlangen Zaunanlage entlang. Es würde nur ein kurzer Schauer werden, denn von Seeseite her klarte der Himmel bereits wieder auf.

L.

Verstohlen beobachtete DI Marks, wie sich DS Temple mit sichtlicher Freude über ihr Fish 'n' Chips hermachte. Sie schien großen Appetit zu haben.

»Es geht nichts über eine ordentliche Portion.« Als habe sie wieder einmal seine Gedanken erraten, hob sie ihr halbvolles Glas und prostete ihm zu. »Ich liebe frittierten Fisch seit dem Tag, an dem mich meine Mutter zum ersten Mal damit fütterte.«

»Wo sind Sie aufgewachsen?« Er räusperte sich. »Wenn ich das fragen darf.«

»Yeovil. Somerset.« Sie kaute genüsslich.

»Aha.«

»Sie mögen doch Musik. PJ Harvey. Sängerin. Sagt Ihnen der Name was?«

»Hm.«

»Die wohnt dort.«

»So, so. Nette Musik.«

»Ich bin dann von Yeovil weg. London, Partys, ein paar Joints. Irgendwann Polizeischule.« Sie schnitt einen weiteren Bissen von ihrem Fisch und betrachtete das Stück ausgiebig, bevor sie es in den Mund schob.

Marks schwieg und wandte sich wieder seiner Pastete zu, die immer noch heiß wie die Hölle war. Ihm blieben vorerst nur Teile des Teigdeckels, den er vorsichtig zerteilte.

»Sie haben bei Henderson auf mich den Eindruck gemacht, als wüssten Sie bereits die Antworten auf Ihre Fragen.« Sie pickte zwei Chips auf ihre Gabel und sah ihn erwartungsvoll an. »Wollten Sie mir ein bisschen Unterricht in Sachen Vernehmungstaktik erteilen? Sozusagen live? Als Alternative zu meinen USA-Plänen?«

»Um ehrlich zu sein, ja und nein.« Er fühlte sich ertappt und schob sich ein Bissen der Steak & Kidney-Füllung in den Mund, an dem er sich prompt den Gaumen verbrannte. »Ich war mir nicht sicher, ob sie bei der Aussage über ihren Mann bleiben würde. Daher waren wir bei ihr. Ich hätte verstanden, wenn sie sie zurückgezogen hätte. Und ja, ich denke, dass der Besuch für Sie interessant war.« Er versuchte ein kumpelhaftes Zwinkern.

»Und was machen wir nun mit der Aussage? Sie ist so lange nichts wert, wie wir keine Beweise für ihre Behauptungen haben.«

»Wir müssen abwarten und alles daransetzen, ihren Mann zu finden.«

»Wo sollen wir ihn suchen?« Sie hatte mittlerweile ihre Portion fast aufgegessen und stand auf. Sie hob ihr Glas. »Auch noch eins?«

Ohne nachzudenken, nickte er. Temple hatte recht. Wo sollten sie ihn suchen? Die Hendersons besaßen, jedenfalls nach den bisherigen Ermittlungen, weder ein Wohnmobil noch ein Ferienhaus. Außerdem war nirgendwo ein Fahrzeug auf den Namen gemietet noch ein Flug oder eine Fährpassage gebucht.

»Vielleicht hat ihn jemand aufgegriffen und kümmert sich um ihn.« Temple war mit den Getränken zurück am Tisch. »Der Mann ohne Gedächtnis. Gibt es doch, oder?«

»Möglich.«

»Oder er ist in einem nicht registrierten B&B untergekrochen oder versteckt sich in einer Airbnb-Wohnung.«

»Sie sind ganz schön auf Zack.« Marks' Pastete war endlich kalt genug. »Henderson kann überall sein.«

Schweigend beendeten sie das Essen.

»Ich hab schon gedacht, ich bekomme heute nichts Vernünftiges mehr zwischen die Zähne.« Sie schob den Teller von sich. »Frische Scones aus dem Dorfladen.« Sie äffte Millie Hendersons Stimme nach. »Wen wollte sie damit beeindrucken? Tee hätte gereicht.«

»Sie wollte unter den gegebenen Umständen die perfekte Gastgeberin sein. Verstehe ich.«

»Die hat uns doch nur einwickeln wollen.«

Marks zog die Stirn kraus. Worauf wollte Temple hinaus?

»Die Frau ist durchgeknallt. Beschuldigt allen Ernstes ihren Mann. Warum will sie ihn hinhängen?«

»Weil wir im Spiel sind und sie die Gelegenheit nutzen will, ohne Gefahr von ihm loszukommen.«

Temple verzog den Mund. »Wir versteigen uns da zu immer abstruseren Theorien.«

»Haben wir eine Wahl?«

Sie warf einen Blick durch den Schankraum. »Ich brauche jetzt dringend eine Auszeit. Ich muss wieder klar im Kopf werden. Lassen Sie uns ein Stück gehen.« Sie trank aus und stand unvermittelt auf.

Marks leerte ebenfalls sein Glas. »Warum nicht.« Als er aufstand, spürte er die Wirkung des Alkohols. Zwei schnelle Pints am helllichten Tag waren nichts, was ihm guttat. Frische Luft war jetzt genau das Richtige.

»Wollen wir raus nach Penrose fahren und eine Runde im Park drehen?« Sie sah ihn unternehmungslustig an.

Er sollte sich besser nicht mehr hinters Steuer setzen, aber er nickte.

Wie Touristen ließen sie den Dienstwagen auf dem Parkplatz am Eingang zum Parkgelände des herrschaftlichen Anwesens zurück. Sofort umfing sie eine Ruhe, die sie in der Nähe der geschäftigen Stadt und an der Straße nach Porthleven nicht vermutet hätten.

»Gute Idee.« Marks blieb stehen und ließ seinen Blick über die Wiesen schweifen, die dem Herrenhaus zu Füßen lagen. Die mächtigen und einzeln stehenden Eichen boten ihren Blicken angenehmen Halt. Es waren nur wenige Menschen unterwegs.

»Dann los. Wir müssen ja nicht gleich bis Loe Bar laufen.« Sie ließ ihn einfach stehen.

Marks kam kaum hinterher. Spazieren gehen war er nicht gewohnt. Dazu das üppige Mittagessen. Gleichwohl tat ihm die frische Luft gut.

Sie waren kaum einen Kilometer gelaufen, als Marks' Telefon klingelte. Er blieb stehen und zog das Smartphone aus der Tasche.

»Ja?«

Er hörte konzentriert zu und hob dann eine Hand. Aber DS Temple bemerkte seine Versuche nicht, sie zum Stehenbleiben zu veranlassen.

Nachdem er das Gespräch beendet hatte, rief er Temple hinterher.

»Na? Schon außer Atem?« Sie drehte sich mit amüsiertem Blick zu ihm um.

»Neil Henderson ist wieder da. Wir müssen los.«

DS Temple kam mit schnellem Schritt zurück und sah ihren Vorgesetzten neugierig fragend an.

»Seine Frau hat im Präsidium angerufen, offenbar völlig aufgelöst.«

»Und jetzt?«

»Sie hat ausgesagt, dass er nach dem Unfall in seinem Schock nicht auf die Idee gekommen sei, sie anzurufen. Stattdessen sei er stundenlang umhergeirrt und schließlich in einer Airbnb-Wohnung untergekommen. Es sei aber alles in Ordnung. Bis auf Schmerzen im Nacken und auf der Brust. Er habe sich geduscht, umgezogen und sei dann in die Firma gefahren. So, als sei nichts gewesen.«

»Das glaube ich nicht.« Temple schüttelte vehement den Kopf.

Marks verzog abschätzend den Mund. »Zumindest ist er wieder da. Den Rest klären wir.«

»Zur Firma?«

»Zur Firma.«

Der Parkplatz vor der BMW-Niederlassung war gut gefüllt. Die Werkstatt war offenbar stark nachgefragt, oder es gab zahlreiche Interessenten für ein neues Fahrzeug. Als sie jedoch auf das Gelände bogen, stellten sie fest, dass es keine Privatwagen waren. Hinter der Windschutzscheibe der meisten Autos lag ein Preisschild.

Marks strahlte die blonde Rezeptionistin an. »Ist Ihr Chef im Haus? Wir möchten ihn sprechen.«

»Wen darf ich melden?« Die junge Frau strahlte zurück, und Marks fürchtete schon, ihr Make-up würde in den nächsten Sekunden mit lautem Krachen reißen.

»Wir sind ...« Marks legte eine Hand auf den Tresen.

»Oh, natürlich, Sie waren ja bereits bei uns. Hat Ihnen eines unserer Modelle gefallen? Das ist schön. Sie werden sicher nicht enttäuscht sein. Ich bin überzeugt, dass wir

Ihnen die besten Konditionen bieten können. Ihre Frau wird ebenfalls Ihre Freude am Fahren haben. Ich melde Sie gleich an.« Sie hatte bereits den Hörer in der Hand.

Er drehte sich zu Temple um und hob amüsiert eine Augenbraue.

»Wir kommen …« setzte Temple an, aber Marks hielt sie zurück.

Die Rezeptionistin sprach in einem Ton in den Hörer, als wolle sie ihrem Chef bestätigen, dass sie die Richtige für den Job war. Das blonde Dummchen für die niederen Arbeiten an der Telefonanlage.

Sie verstummte und setzte ein Lächeln auf, das Marks an Zuckerwatte denken ließ. »Mr. Henderson ist gleich bei Ihnen. Nehmen Sie doch so lange Platz. Sie finden auf dem Tisch die Prospekte unserer neuen Modelle. Ich bin sicher, dass auch etwas für Sie dabei ist. Ihre Frau wird ihre Freude am Fahren …«

»Danke, aber wir warten hier«, unterbrach DS Temple sie mit einer rüden Handbewegung. Die Blonde schien ein Kurzzeitgedächtnis zu haben. Oder von Zuckerwatte verklebte Synapsen.

»Wie Sie möchten.« Sie zog unter der Theke einige Papiere hervor, mit denen sie sich nun intensiv beschäftigte.

Neil Henderson ließ sie kaum mehr als eine Minute warten.

»Detective Inspector.« Er kam auf sie zu, als würde er eine Showtreppe hinabsteigen. »Madam.«

»Können wir irgendwo ungestört reden?« Marks wollte keine Zeit verlieren. Aus dem Augenwinkel nahm er wahr, dass die Blondine nur kurz aufschaute, ansonsten aber auf unsichtbar machte.

»Kommen Sie, wir gehen in mein Büro.« Henderson drehte sich zu seiner Mitarbeiterin um. »Drei Kaffee, bitte, und ich möchte nicht gestört werden.«

Die Blondine nickte eilfertig. »Schon fast erledigt.«

»Was kann ich für Sie tun? Sie sind sicher nicht hier, um neue Dienstwagen zu bestellen«, fragte Henderson leicht amüsiert und bot den beiden Polizeibeamten Platz am Besprechungstisch an, der seitlich zu seinem Schreibtisch nahezu die gesamte Fensterseite einnahm, von der aus man einen guten Überblick über den großzügigen Verkaufsraum hatte. Auch diesmal waren alle Schreibtische mit Mitarbeitern besetzt, die entweder angeregt telefonierten oder mit Besuchern sprachen.

»Sie hatten einen Unfall und waren verschwunden. Wo waren Sie die ganze …«

»So, die drei Kaffee.« Die Blondine stolzierte auf ihren gefährlich hohen Absätzen ohne anzuklopfen in den Raum und balancierte ein Tablett zum Tisch. Mit einem Strahlen im Gesicht verteilte sie die Tassen, rückte aufmerksam die Milch- und Zuckerbehälter zurecht und huschte zurück zu ihrem Empfangstresen. Dabei vergaß sie nicht, ihrem Chef einen vielsagenden Blick zuzuwerfen.

»Bitte, bedienen Sie sich.« Henderson wies auf das Geschirrensemble vor ihnen.

Marks ließ seinen Kaffee unberührt. »Wie gesagt, Sie hatten einen Unfall. Sie haben den Unfallort verlassen und waren seitdem unauffindbar. Wo waren Sie?« Marks nickte zum Verkaufsraum. »Sie tun hier so, als sei nichts vorgefallen. Erklären Sie uns das, Mr. Henderson.« Er beobachtete den Autoverkäufer. Dessen Bewegungen waren schleppend. Er schien Schmerzen zu haben, die er zu verbergen suchte.

»Hat meine Frau Sie informiert? Ja?« Henderson hatte seine Tasse ein Stück zu sich gezogen, ließ den Kaffee aber ebenfalls unberührt.

»Sie haben einen Wagen zu Schrott gefahren, sind vom Unfallort weg und von der Bildfläche verschwunden. Das verstehen wir nicht. Und ja, Ihre Frau hat sich große Sorgen gemacht. Wie ist das Verhältnis zu Ihrer Frau?«

»Gut. Habe ich Ihnen das nicht schon einmal gesagt? Wir lieben uns. Millie und ich sind ein gutes Team. Und wir haben zwei großartige Kinder.« Er trank einen Schluck.

»Und dennoch verschwinden Sie. Wo waren Sie? Und warum haben Sie sich versteckt?«

Henderson fixierte seine Gegenüber. »Versteckt ist ein großes Wort. Ich ...«, er fasste sich an die Brust, »... ich war im Schock. Zum Glück habe ich nur Kratzer abbekommen dank der hochentwickelten Sicherheitstechnik in unseren Fahrzeugen.« Er massierte mit leichten Bewegungen seine Brust. »Blaue Flecken, eine Prellung, sonst nichts.« Er richtete den Blick nach innen. »Ich war verwirrt, wusste zuerst nicht, wo ich war. Dann bin ich irgendwann zu einem Kumpel, und der hat mich in sein Airbnb gelassen.« Er bemerkte den zweifelnden Blick der beiden. »Ich weiß, das klingt abenteuerlich. Aber so war es. Wenn Sie wollen, gebe ich Ihnen die Adresse. Russell hat keine Fragen gestellt. Ich habe mich ausgeruht, viel nachgedacht, dann habe ich mir später Klamotten von ihm geborgt und bin zurück zu meiner Familie. Ich weiß, dass das nicht richtig war. Aber ich kann es jetzt nicht mehr ändern. Aber Sie müssen mir glauben. Es war genau so, wie ich es Ihnen schildere.«

»Wir werden das überprüfen«, sagte Marks knapp. Etwas stimmte an Hendersons Behauptungen nicht.

»Haben Sie versucht, sich mit Ihrem Wagen umzubringen?« DS Temple schoss die Frage regelrecht ab.

»Umbringen?« Henderson lachte erschrocken auf. Ein fast irres Lachen. »Ich mich umbringen? Warum sollte ich?« Er fasste erneut an seine Brust. »Vielleicht sollte ich. Der Wagen hat jedenfalls nur noch Schrottwert. Das wird teuer und drückt auf das Jahresergebnis. Aber ernsthaft, warum sollte ich mich umbringen? Können Sie mir das sagen?«

»Weil es Ihrer Firma schlecht geht.« Marks wartete Hendersons Reaktion nicht ab. »Auch das werden wir noch klären.«

»Sie führen eine offene Beziehung?« Temple gab die weitere Richtung vor.

»Aus Ihrem Mund klingt das wie eine Anklage, junge Frau.« Henderson setzte ein Lächeln ein, das entwaffnend sein sollte. »Wir leben schließlich im einundzwanzigsten Jahrhundert.«

»Das heißt nicht viel.«

»Wir sind beide, meine Frau und ich, beruflich sehr engagiert, dabei gleichzeitig sehr erfolgreich. Das kostet viel Zeit und Energie. Aber das sind wir der Zukunft unserer Kinder schuldig, wie wir finden. Und wir lassen uns auch sonst alle Freiheiten. Wichtig ist, dass wir uns am Ende des Tages alle wieder um unseren Tisch versammeln. Haben Sie ein Problem damit?« Henderson schien nicht im Geringsten verwundert über den Themenwechsel. Im Gegenteil. Er schien erleichtert. Marks machte sich innerlich eine Notiz.

Temple schüttelte den Kopf und sah kurz zu Marks. Der bedeutete ihr mit einem knappen Nicken fortzufahren.

»Zu ihrer offenen Ehe gehört dann auch, dass Sie, ich sag es mal so, Beziehungen zu anderen Frauen aufnehmen können.«

»Das gilt für Millie umgekehrt genauso. Ja.«

»Das heißt?«, warf Marks ein.

»Nichts. Jedenfalls weiß ich nichts darüber, ob Millie einen anderen Mann dated. Meines Wissens hat sie im Augenblick genug mit ihrem Immobiliengeschäft zu tun und mit der Erziehung unserer Kinder. Ich weiß es nicht. Ich will es aber auch nicht wissen.«

»Sie hatten ein Verhältnis mit Fiona Richards?«

Henderson musterte Temple mit zu Schlitzen verengten Augen. Bevor er antwortete, trank er einen Schluck Kaffee. »Was heißt schon Verhältnis? Ein großes Wort. Ja, wir haben uns ein-, zweimal getroffen. Nichts Ernstes. Es ging in erster Linie um einen Neuwagen. Eine ziemlich teure Anschaffung. Da muss man schon mal mehrere Gespräche führen. Da ich Fiona über meine Frau kannte, war vom Grundsatz her schon mal eine völlig andere Basis da, als wenn ich eine mir Unbekannte zu betreuen gehabt hätte. Fiona war allein schon wegen ihres Einkommens und ihrer Wünsche eine Premiumkundin, um die ich mich natürlich persönlich gekümmert habe. Außerdem war sie eine enge Freundin meiner Frau. Es gehört sich, dass ich so jemanden nicht einem meiner Angestellten überlasse.« Er wies mit dem Daumen in den Verkaufsraum.

Marks neigte kaum merklich den Kopf. Neil Henderson nahm dies als Bestätigung, dass er in die richtige Richtung argumentierte.

»Und dabei sind Sie sich nähergekommen.«

Er nickte. »So kann man das nennen.«

»Wie muss ich mir das vorstellen?«

Er hob die Augenbrauen. »Nun, es gibt ein kleines Hotel in Truro, nicht weit von der Kathedrale. Der perfekte Ort für ein Tête-à-Tête, wenn Sie es so nennen wollen.«

»Und wie lange ging dieses Tête-à-Tête?« Temple betonte das Wort und ließ keinen Zweifel, dass es für sie nicht die richtige Bezeichnung für solch eine Bettgeschichte war.

»Wir haben uns zweimal dort getroffen.«

»Zum Kauf des BMW ist es dann aber nicht gekommen? Trotz des vollen Körpereinsatzes.«

»Ihre Wortwahl irritiert mich etwas, Detective Inspector. Aber nein, zum Vertragsabschluss ist es nicht gekommen.«

»Weil?«

»Weil ich das Verhältnis beendet habe. Fiona ist daraufhin von dem Kauf zurückgetreten.«

»Wie schmerzlich für Sie.«

»Nein. Wie albern – ihr Verhalten meine ich.«

»Warum haben Sie das Verhältnis zu Fiona Richards beendet?«

Henderson betrachtete seine Tasse. »Weil sie mich nur benutzt hat. Ich habe herausgefunden, dass sie während unserer *Beziehung* auch noch mit einem anderen Mann ins Bett gestiegen ist.«

»Verletzter männlicher Stolz?«, fragte Temple nach.

»Nennen Sie es, wie Sie wollen. Ich hatte jedenfalls genug von ihr.«

»Genug von ihr?«

»Ich wollte das nicht länger, wegen dieser Sache mit dem anderen, wegen Millie, und auch wegen der Kinder.«

»Was wissen Sie von dem anderen Mann?« Marks war auf die Antwort gespannt.

»Nicht viel. Nur dass er ein irgend so ein hohes Tier bei Gericht ist. Ein Staatsanwalt, vermute ich. Jedenfalls habe ich das dem wenigen entnommen, das mir Fiona bei unserer Trennung gesagt hat.«

»Sie hat Sie erpresst wegen angeblich gefälschter Bilanzen«, sagte Temple. »Ein starkes Motiv für einen Mord.«

Henderson wurde blass. »Es gab keine Erpressung und damit auch keinen Grund, Fiona etwas anzutun. Ich habe das mit der Erpressung nur erfunden, um von meinem Aussetzer, was mein Verhältnis zu Fiona betraf, abzulenken. Ich hätte mich niemals auf sie einlassen dürfen.« Er schlug die Hände vor den Kopf.

»Sie müssen doch zugeben, dass Sie uns geradezu dazu auffordern, in eine bestimmte Richtung zu denken, Mr. Henderson.« Marks beugte sich vor.

»Hören Sie, ich hätte nichts mit Fiona anfangen sollen. Ja. Aber ich habe ihr nichts angetan. Um Gottes willen. Ich bin doch kein Mörder.«

DS Temple wartete das Kopfnicken ihres Vorgesetzten ab, bevor sie den Satz aussprach. »Ihre Frau erzählt uns eine völlig andere Version.«

»Was sagen Sie da?« Henderson sah erschrocken auf. Der letzte Rest Farbe war aus seinem Gesicht gewichen. »Das hat Millie nicht getan. Niemals.«

Marks nickte nachdenklich. »Ich fürchte, schon. Und nicht nur das. Sie behauptet, dass Sie auch Abigail Reid umgebracht haben.«

»Das kann alles nicht wahr sein.« Hendersons Blick irrte im Büro hin und her, als sei er ein wildes Tier, das sich in dem gläsernen Büro in die Enge gedrängt fühlte. »O mein Gott, Millie.« Er stöhnte auf. Die Schmerzen in der Brust schienen doch größer zu sein, als er zugeben wollte.

»Doch, Ihre Frau beschuldigt Sie des Doppelmordes.« Marks warf einen kurzen Blick zur Tür. Sollte Henderson zu fliehen versuchen, würde er ihm problemlos den Weg versperren können. Der Autohändler hätte keine Chance.

Henderson schien den Blick bemerkt zu haben. Schweigend und kopfschüttelnd saß er da.

Marks berichtete ihm ausführlich von ihrer Unterhaltung mit Mrs. Henderson.

»Das kann sie nicht ernst meinen. Millie kann das nicht ernst meinen«, betonte er. »Dazu gibt es weder Beweise, noch habe ich irgendetwas von dem getan, was sie mir unterstellt.«

»Wie ist Ihr Verhältnis zu Louise Taylor?«

Er sah DS Temple fassungslos an.

»Nun?«, stieß sie nach.

»Wie … wie kommen Sie darauf?«

»Nennen Sie es Eingebung.«

Marks sah sie mit hochgezogenen Augenbrauen an.

Sie ließ sich nicht beirren. »Nun?«

Henderson schüttelte nur den Kopf und schwieg.

»Das soll es fürs Erste gewesen sein«, stellte Marks

klar. Temple war einen Schritt zu weit gegangen, jedenfalls für den Moment. »Sie müssen sich uns zur Verfügung halten.« Er nickte Henderson zu. »Ich muss eingestehen, dass wir im Augenblick lediglich die Angaben Ihrer Frau haben. Das reicht noch nicht, um Sie ins Präsidium vorzuladen. Wohlgemerkt, noch nicht.« Er stand auf und bedeutete Temple, es ihm gleichzutun. »Wie gesagt, Sie müssen sich zu unserer Verfügung halten.«

Henderson starrte blicklos vor sich auf den Tisch und schwieg. Er bemerkte nicht einmal, dass die beiden Ermittler das Büro verließen.

»Wir hätten ihn festnehmen sollen.« DS Temples Unmut war deutlich zu hören. Sie war überhaupt nicht mit dem abrupten Ende der Vernehmung einverstanden.

Marks stützte die Hand auf dem Autodach ab, bevor er den Wagen aufschloss. »Was haben wir denn in der Hand? Nichts. Oder fast nichts. Millie Henderson beschuldigt ihren Mann. Das ist brisant, ja, aber mehr auch nicht. Wer sagt uns denn, dass sie ihm nicht einfach einen Denkzettel verpassen will wegen seiner Eskapaden? Frauen können grausam sein.«

»Männer nicht, oder was?« Sie machte ein wütendes Gesicht.

»Natürlich, verzeihen Sie. Sie haben ja recht.« Marks ärgerte sich. DS Temple musste spätestens jetzt von ihm das Bild des alten weißen Mannes haben.

»Und jetzt?« Temple schien sich nicht beruhigen zu wollen.

»Wir sollten ins Präsidium fahren und noch ein bisschen Bürokram machen. Und dann Feierabend.« Er versuchte ein Lächeln. »Wird uns allen guttun. Wir werden diesen Russell morgen aufsuchen und Hendersons Geschichte verifizieren.«

DS Temple schnaubte verächtlich, stieg aber ein und schnallte sich an. Sie schwieg die kurze Fahrt über.

Im Präsidium verschwand jeder in seinem Büro. Angesichts der sich immer höher auftürmenden Akten auf seinem Schreibtisch entfuhr Marks ein vernehmliches »Scheiße«.

Nachdem er sich eher widerwillig durch die wichtigsten Unterlagen gearbeitet hatte, griff er zum Telefonhörer und rief im Krankenhaus von Penzance an. Allerdings erfuhr er dort nicht mehr, als dass sich Annies Zustand nicht verändert hatte. Der diensthabende Arzt auf der Intensivstation wollte sich nicht festlegen, wann sie aus dem künstlichen Koma zurückgeholt werden würde. Abwarten und hoffen gab er ihm als Richtschnur mit.

Enttäuscht griff er wieder zu den liegen gebliebenen Unterlagen und versuchte sich abzulenken. Es war bereits früher Abend, als er das Büro verließ und nach Hause fuhr. Müde und ratlos legte er Miles Davis auf: *Kind of Blue.* Unter anderen Umständen hätte ihn die Musik des genialen Trompeters entspannt, aber diesmal weigerten sich sowohl sein Geist wie auch sein Körper, das Angebot anzunehmen. Dann versuchte er es mit einer LP von John Coltrane. Aber auch die Musik des Saxofonisten half ihm nicht weiter. Am Ende landete er bei PJ Harveys *This Is Love.*

Kurz nachdem er sich entschlossen hatte, von der Couch ins Bett zu wechseln, klingelte sein Mobiltelefon. Erschrocken fuhr er aus seinem Dämmerzustand auf, der ihn an die Couch gebunden hatte. Er fürchtete, dass er aus Penzance eine schlimme Nachricht hören würde. Aber zum Glück war Simon Jenkins am anderen Ende der Leitung. Müde tauschte er mit seinem Freund die neuesten Entwicklungen aus.

LI.

Millie stand in der äußersten Ecke der Küche. Sie hielt ein großes Messer in der Hand, mit dem sie die Paprika für das Abendessen vorbereiten wollte.

»Bist du von allen guten Geistern verlassen? Wie kannst du der Polizei sagen, ich hätte Fiona und diese Putze umgebracht? Bist du wahnsinnig?« Da die Kinder im Wohnzimmer vor dem Fernseher saßen, unterdrückte er den Impuls, seine Frau anzuschreien. Stattdessen trat er einen weiteren Schritt auf sie zu.

Instinktiv hob sie das schwere Küchenmesser.

»Du hast Angst vor mir? Gut so.« Neil Henderson lachte auf. »Solltest du auch. Du glaubst also, ich sei fähig, zwei Morde zu begehen? Dann werde ich bestimmt auch vor einem dritten nicht zurückschrecken.« Er hob eine Hand und ließ sie wieder sinken, als er ihr Zucken bemerkte. »Keine Angst, ich werde dir nichts tun.« Er sah sich Richtung Wohnzimmer um, aus dem die Geräusche einer Comedysendung herüberschallten. »Nicht hier und nicht jetzt. Aber sei dir nicht zu sicher, Millie.« Er lachte erneut leise auf.

»Neil, hör zu, ich schwöre, ich habe der Polizei nichts dergleichen gesagt. Die beiden Ermittler müssen sich da irgendwas zusammenreimen.«

»Mach dich nicht lächerlich, Millie. Ich glaube dir kein Wort. Du bist ein durchtriebenes Miststück.« Er behielt den Abstand zu seiner Frau bei.

Sie legte das Messer zur Seite. »Du musst mir glauben, Liebling, du *musst* mir glauben. Hörst du?« Sie trat einen Schritt auf ihn zu. »Und ich glaube dir, dass es nur ein Unfall war und du bei Russell ein wenig Zeit für dich allein wolltest.«

»Hör auf mit dem Theater.« Er hob beide Hände.

Sie nahm seine Hände in ihre und zog ihn zu sich. »Ach, Liebling, es ist nicht so, wie du denkst.« Sie ließ seine Hände los und berührte sein Gesicht. Als sie versuchte, ihn zu küssen, wich er zurück. In seinem Blick lagen Abwehr und aufkommender Zorn.

»Lass das, Millie.«

»Glaubst du mir etwa nicht? Du glaubst deiner kleinen Millie nicht? Stattdessen gibst du etwas auf das, was dieser schmierige Detective und seine Schlampe behaupten?« Sie lachte amüsiert auf. »So kenne ich dich nicht, mein Liebster. Seit wann gibst du etwas auf das, was die Bullen erzählen?«

»Hör auf!«

»Wir sind das perfekte Team, Neil. Hast du das vergessen? Wir beide gehören zusammen. Und zusammen heben wir die Welt aus den Angeln. Haben wir das nicht schon immer getan? Wir beide. Uns kann niemand das Wasser reichen.«

»Du hast den Bullen gesagt, ich hätte zwei Menschen umgebracht, Millie. Warum hast du das getan? Sag mir, warum?« Er hatte sich ganz steif gemacht.

Sie nahm sein Gesicht wieder in ihre Hände und strich

mit einer Hand sanft über seine Wange. »Dummer Neil. Die Bullen reimen sich da was zusammen.«

»Warum, Millie? Warum?«

Sie küsste ihn leicht auf die Lippen und legte ihre Stirn an seine. »Ich wollte nur ein kleines Spiel spielen. Natürlich weiß ich, dass du nichts getan hast. Wer weiß, wer die beiden auf dem Gewissen hat. Würde mich nicht wundern, wenn dieser Staatsanwalt der Täter ist.«

»Du weißt davon?« Er ließ ihre Liebkosungen widerwillig zu.

»Fiona hat mir davon erzählt. Und dass sie ihn verlassen will. Das war kurz bevor sie tot war.«

»Und du hast der Polizei nichts davon gesagt?«

Sie trat wieder an die Arbeitsfläche und nahm das Messer in die Hand. »Warum auch? Sollen die doch ihre Arbeit machen.«

»Millie.«

Sie zeigte mit dem Messer auf seine Brust. »Ehrlich? Ich bin tatsächlich ein ganz klein wenig eifersüchtig auf Fiona gewesen. Und auch ein bisschen enttäuscht, dass du ihr nachgestiegen bist.« Sie lächelte sanft bei dem Gedanken. »Ich wollte dir nur einen kleinen Denkzettel verpassen, lieber Neil. Das war nicht nur dumm, sondern auch unprofessionell.« Sie wandte sich ab und hieb mit dem Messer in die Paprika, die vor ihr auf der Arbeitsfläche lag. »Kommt nicht mehr vor.«

Henderson war sprachlos. Hilflos suchte er nach Worten.

Sie drehte sich erneut zu ihm um. »Nun sei nicht weiter so dumm, Neil, Schatz. Ich bringe die Sache wieder in Ordnung. Ich rufe die Bullen an und erkläre ihnen alles.

Auch wenn ich mich damit lächerlich mache. Ist ja nichts passiert.« Sie formte mit den Lippen einen imaginären Kuss. »Außer, dass ich dich auf die Palme gebracht habe. Sei jetzt nicht weiter böse. Wir öffnen heute Abend eine Flasche Sekt – und du wirst sehen, morgen lachen wir auch schon wieder über meinen schlechten Scherz.« Sie trat auf ihn zu und berührte seine Brust mit der Spitze des Messers. »Und nun geh zu den Kindern und sag ihnen, dass sie nicht so viel fernsehen sollen. Und dass es gleich Abendessen gibt.«

Henderson zuckte unter der Berührung zusammen, sagte aber nichts.

»Na los, geh schon. Alter Schwerenöter.« Sie kniff ihm in die Wange. »Wenn ich ehrlich bin, dann bin ich immer noch ein wenig eifersüchtig auf all die Frauen, die dich attraktiv finden. Und mir ist echt egal, wo du dich verkrochen hast und wer dir die Wunden geleckt hat.«

Er wischte ihre Hand weg und verließ die Küche.

Leise lächelnd widmete sie sich wieder der Paprika. Und sie hörte, dass sich Neil mit den Kindern unterhielt. Kurz darauf schlug die Haustür vernehmlich zu. Sie zuckte ergeben mit den Schultern. Er würde sich schon wieder beruhigen. Sie jedenfalls war zufrieden mit sich.

Nach dem Abendessen, das sie zu dritt einnahmen und bei dem die Kinder erwartungsgemäß nörgelten, weil sie keine Paprika mochten, scheuchte sie sie in ihre Zimmer. Sie hatten nicht weiter nach dem Verbleib ihres Vaters gefragt. Es war nichts Ungewöhnliches, wenn er nicht mit am Tisch saß.

Als ihr Mann auch gegen Mitternacht noch nicht wieder zu Hause war, rief sie ihn auf dem Mobiltelefon an.

Aber er reagierte nicht. *Auch gut*, dachte sie und wählte die Nummer von Louise. Sie wusste, dass ihre Freundin Nachtdienst hatte.

»Schätzchen, Liebes, schön, dass ich dich erreiche.«

»Ist etwas passiert?«, wunderte sich Louise.

»Nein. Alles gut. Neil ist wieder da. Erzähle ich dir in Ruhe. Ich wollte mich nur mal bei dir melden. Wir sollten uns verabreden.«

»Stimmt. Und ich bin froh, dass er wieder zurück ist. Er ist doch hoffentlich nicht sehr verletzt?«

»Ein paar blaue Flecke. Was macht die Renovierung?«

»Na ja, es braucht halt seine Zeit.«

Millie hörte im Hintergrund ein Geräusch, das nach einem Piepsen klang. »Musst du auflegen? Komme ich ungünstig?«

Louise schwieg kurz, bevor sie antwortete. »So. Nein. Ist nichts Wichtiges.«

»Schön. Ich hätte wieder einmal Lust auf einen richtig schönen Mädelsabend, ohne an den Alltagskram denken zu müssen. Hatten wir jetzt länger nicht. Ich brauche ein bisschen Abwechslung nach all der Aufregung der vergangenen Wochen.«

»Du hast recht. Wir haben einiges durchgestanden.«

»Was hältst du von kommendem Dienstagabend? Folk Night im Pub? Danach einen Absacker bei mir oder dir.«

»Gute Idee. Kann ich aber erst in zwei Tagen etwas zu sagen. Den neuen Dienstplan habe ich noch nicht. Vom Gefühl her würde ich aber sagen, müsste gehen.«

»Fein, dann warne ich Tracy schon mal vor.«

»Weißt du eigentlich, wie es ihr geht? Habe in den vergangenen Tagen nichts mehr von ihr gehört.«

»Nein. Aber du kennst sie doch: Sie hat nur ihre Schule im Kopf und ihr Ehrenamt.«

»Stimmt auch wieder.«

Millie hörte wieder das piepende Geräusch. »Louise?«

»Nun muss ich doch los. Ein Notfall. Der OP ruft.«

»Melde dich einfach.« Millie horchte in den Hörer. »Ich freue mich.«

Aber ihre Freundin antwortete schon nicht mehr.

Am nächsten Tag trafen sich Luke und Simon zufällig oben auf dem Todden und setzten sich auf eine der Bänke. Simon hatte seine Staffelei und seine Pinsel im Atelier gelassen und lediglich Skizzenblock und Zeichenkohle mitgenommen.

Die beiden hatten sich ein paar Tage nicht gesehen und tauschten Neuigkeiten aus. Unter anderem machte seit Tagen das Gerücht die Runde, dass in dem lang gestreckten Haus unterhalb von Hillside ein kleines Café eröffnet werden sollte. Was allerdings die meisten eine schlechte Idee fanden. Wohl vor allem deswegen, weil die mutmaßlichen Betreiber nicht aus Cornwall stammten und das Anwesen von Kent aus angemietet hatten. Ihnen fehle der nötige Stallgeruch, hieß es im Pub. Was immer man darunter zu verstehen glaubte.

Schnell waren die beiden aber bei dem Thema, das das Dorf eigentlich umtrieb.

»Ich kann es kaum glauben.« Luke schob seine Mütze ein Stück zurück und kratzte sich am Kopf. Das tat er meist, wenn er zu einer langen Erklärung ansetzte. »Diese Frau ist ein Rätsel. Wenn ich mich daran erinnere, wie albern sie mit den anderen Hühnern zugange war, ob im

Pub oder auch nach den Ruderwettbewerben, hab ich sie immer für oberflächlich gehalten. Eine der Frauen, denen es immer nur um Spaß und Aufmerksamkeit geht – und nun höre ich das. Was muss sie unter ihrem Alten gelitten haben. Eine starke Frau, alle Achtung. Ich hätte sicher längst einen Schlussstrich gezogen. Der Typ vögelt in der Weltgeschichte herum, und sie versucht, das Bild der heilen Familie und des erfolgreichen Unternehmerpärchens aufrechtzuerhalten.«

Simon mochte dem nicht ganz zustimmen. »Na ja, schlechte Nachrichten wären schlecht fürs Geschäft gewesen. Wir leben hier unten in einer konservativen Blase. Vergiss das nicht.«

»Du meinst, wenn ich Stress mit Gill hätte und das würde öffentlich, dann könnte ich kaum noch in Ruhe mein Pint im Pub trinken?«

»So ungefähr.«

»Hm.« Er schob seine Mütze zurück. »Da ist in der Tat etwas dran.« Er drehte sich zu Simon. »Aber ich hab ja keinen Stress mit meiner Liebsten. Andererseits …«

»Lass uns nicht über die Verteilung der Geschlechterrollen im Dorf diskutieren, Luke.«

»Ist ja schon gut. Ich weiß schon, dass die meisten meiner Kumpels immer noch der Ansicht sind, dass ihre Frauen hinter den Herd gehören. Und dass es niemanden etwas angeht, was zwischen den eigenen vier Wänden passiert. Bei mir und Gill ist das aber völlig anders.«

»Musst du nicht betonen, Luke. Ich weiß.«

»Du findest also nicht, dass ich konservativ bin?« Luke sprach das Wort aus, als stecke es ihm wie eine Gräte quer im Hals.

»Konservativ ist kein Schimpfwort, Luke.«

»Dann is ja man gut«, brummte sein Freund und ließ den Kopf mit hochgezogenen Schultern kreisen, als wolle er das Wort in seinem Verstand in die richtige Position bringen.

»Behalte auf jeden Fall für dich, was ich dir gerade erzählt habe. Eigentlich dürftest du das gar nicht wissen.«

»Aye, Bulle.« Luke kratzte sich erneut am Kopf. »Und was passiert jetzt?«

»Marks wird noch eine Menge Fragen an Henderson haben. Er muss die Anschuldigungen der Ehefrau untersuchen. Chris steckt gerade mitten in einem Dilemma aus unterschiedlichsten Ermittlungsansätzen und Motivlagen. Er kommt sich vor wie jemand, der von seinem Tausender-Puzzle erst den Rand gelegt hat. Und auch das erst nach einigen schlaflosen Nächten.«

»Ist das bei euch Bullen nicht immer so? Erst habt ihr tausend Fragen und Ideen, und dann müsst ihr ein Puzzlestück nach dem anderen zusammensuchen?«

Simon nickte. »Dumm nur, wenn ein oder zwei Teile fehlen und man nicht weiterkommt. Dann wird es besonders hart.«

»Heißt das, dass die Polizei nicht weiterweiß?« In Lukes Frage steckte ein lauernder Unterton.

»Vergiss es, Luke. Wir haben mit dem Fall nichts zu tun. Wir sind nicht Holmes und Watson.«

»Und warum schnüffelst du schon seit Wochen auf eigene Rechnung herum?« Luke reckte den Kopf. »Wenn ich mich richtig erinnere, haben wir schon den ein oder anderen wichtigen Hinweis gegeben.«

»Anregungen, Luke. Anregungen. Wir sollten die Finger von dem Fall lassen.«

»Das ausgerechnet aus deinem Mund.« Luke wies auf die See hinaus. »Du kommst her, um die Bucht oder die Schiffe zu malen, aber in Wirklichkeit hilft dir dein Hobby nachzudenken und deine Gedanken zu sortieren. Bis du den Fall gelöst hast.«

Simon hatte kein Gegenargument mehr. Luke hatte den Finger zu Recht in die Wunde gelegt. Er würde Marks liebend gerne bei der Lösung des verzwickten Falls helfen. Er musste allerdings eine Grenze ziehen, damit Luke nicht übermütig wurde. Sein Engagement hatte ihn schon einmal in Lebensgefahr gebracht.

»Meine Arbeit ist *kein* Hobby, Luke.«

»Entschuldigung, Herr Künstler, das war mir doch glatt entfallen.«

»Du hast ja recht. Wir müssen nur achtgeben, dass wir die Arbeit der Polizei nicht unbeabsichtigt behindern.«

»Wir sind also weiterhin dabei?« Luke grinste.

»Stecken wir nicht schon viel zu tief in der Sache drin?«

»Das ist der Simon, den ich kenne und liebe. Ich hatte schon gedacht, du ziehst dich aufs Altenteil zurück. So wenig wie du bisher in der Sache unternommen hast. Was schlägst du vor? Was sollen wir tun? Was müssen wir tun? Neil Henderson beschatten?«

»Wäre wohl nicht schlecht, wenn wir ihn im Auge behalten würden«, meinte er zögerlich angesichts des Eifers, den Luke an den Tag legte. »Wobei ich sicher bin, dass Marks ihn überwachen lässt. Abhängig davon, was die weitere Vernehmung ergeben wird.«

»Klingt doch super.«

»Abwarten.«

Luke räusperte sich. »Du hast mir doch von dem Staatsanwalt erzählt, dem geheimnisvollen Lover von Fiona. Den können wir als Täter nun wohl ausschließen.«

Simon amüsierte das »Wir«. Luke war einfach nicht zu bremsen.

»Und der Fernfahrer scheidet als Täter auch aus. Stimmt doch, oder?«

Simon nickte. »Seinen Suizid wertet die Polizei jedenfalls nicht als Schuldeingeständnis, ja, sondern als eine furchtbare Verzweiflungstat.«

»Damit wird der Kreis der Verdächtigen doch schon mal deutlich kleiner.«

Luke klang jetzt wie einer der Profiler, denen er so gerne in den Kriminalfilmen bei der Arbeit zusah. Manchmal kam noch die überschäumende Lebensfreude des jungen Luke zum Vorschein, von der Jenkins gehört hatte. Für den hatte es auf dem Meer und an Land keine Grenzen gegeben.

»Für dich ist Henderson also der Täter.«

»Kann doch gar nicht anders sein.« Luke runzelte die Stirn. »Oder hast du mir etwas verschwiegen?«

»Nein.« Er hatte Luke allerdings nichts von dem erzählt, was er von Jan Morgan gehört hatte. Das wäre zu weit gegangen. Zumal es nicht mehr als eine Beobachtung gewesen war, die nach den neuesten Entwicklungen ohnehin keine Rolle mehr spielte.

Luke wechselte das Thema. »Ich habe unsere Mary länger nicht gesehen.«

»Sie ist gerade sehr beschäftigt. Ihr B&B ist ausgebucht. Und dann hat sie sich in den Kopf gesetzt, endlich den alten Schrank aufzuarbeiten, den sie schon so lange im Schuppen stehen hat.«

»Und ich hab schon gedacht, ihr hättet Ärger miteinander.« Luke machte ein besorgtes Gesicht.

»Unsinn.«

»Gut.« Luke sah weiter auf die See hinaus.

»Ihre Tante macht Druck wegen des Ladens. Mary soll sich wieder auf die alten Traditionen besinnen.«

»Heißt?«

»Wieder Modelle von Doppeldeckern, roten Telefonhäuschen und Bobbys im Regal. Und eine albern winkende Queen.«

»So hässlich finde ich die nun aber auch nicht«, brummelte sein Freund. »Also, nicht nur die Queen nicht.«

»Sie gehören nicht in ein Geschäft am südwestlichsten Zipfel der Insel. Das ist Touristenkitsch für London.«

»Und schon sind wir wieder bei der Diskussion über das Konservative in unserem Leben.«

»Ja, ja, über Geschmack lässt sich nicht streiten.«

»Wir sollten ihr einen Besuch abstatten.«

»Margaret Bishop?«

»Nein.« Luke lachte schallend. »Auch wenn sie sich so manches Mal aufführt wie die Queen von Cadgwith.«

Die Unterhaltung machte Simon Freude. Für den Augenblick fühlte er sich leicht und unbeschwert und konnte seine Albträume vergessen, die ihn in einen schwarzen Abgrund zu ziehen drohten. Er hatte erst am Vortag mit einer Ärztin telefoniert, die er in seiner Reha kennen und schätzen gelernt hatte. Dr. Corinne Llewellyn hatte ihn schon damals davor gewarnt, die Flashbacks auf die leichte Schulter zu nehmen. Aber da war er noch zu sehr der harte Bulle gewesen, um diesen Rat an sich heranzulassen. Er hatte ohnehin nichts von einer umfassenden

Therapie gehalten. Therapie war ein Zeichen von Schwäche. Und das wollte er auf keinen Fall weder sich selbst noch seinen Kollegen gegenüber eingestehen müssen.

Llewellyn hatte ihren Rat wiederholt, die innere Zeitmaschine zu trainieren, bei einem Flashback also ganz bewusst das Hier und Jetzt wahrzunehmen: sich darauf zu konzentrieren, was er gerade sah, hörte, schmeckte, roch. Oder jemanden um Hilfe zu bitten. Dieser Jemand sollte ihn gezielt danach fragen, was er gerade wahrnahm, um ihm aus der akuten Erinnerungsattacke herauszuhelfen.

Das alles wusste er natürlich längst. Aber wen sollte er um Hilfe bitten? Luke nicht. Und auch Mary nicht. Er wollte sie nicht damit belasten. Eher würde er sich professionelle Hilfe holen und endlich doch eine Therapie machen. Wobei er im Grunde wusste, was helfen würde: Lehmann zur Strecke bringen.

»Was ist mit dir?« Luke stieß ihn von der Seite an. »Du siehst aus, als sei dir der Allmächtige begegnet. Sitzt hier rum und schweigst.«

Simon schüttelte den Kopf. »Es ist nichts. Mir ist nur ein Gedanke im Kopf herumgegangen.«

»Wegen unserer Ermittlungen?«

Simon schüttelte den Kopf. »Hat mit mir zu tun.«

Luke nickte ahnungsvoll. »Schau, da kommen die ersten Boote zurück. Lass uns in den Hafen gehen und den Fang begutachten.«

Simon war ihm dankbar, dass er ihn auf andere Gedanken bringen wollte.

»Keine schlechte Idee.« Er stand auf. »Zum Zeichnen fehlt mir heute eh die rechte Lust.«

»Und nachher statten wir Mary einen Besuch ab, oder?

Damit sie uns nicht ganz vergisst.« Er stieß Simon erneut in die Seite und hob verschwörerisch eine Augenbraue.

»Was du immer gleich denkst.«

»Da fällt mir ein, Kevin schuldet mir noch ein, zwei Seehechte. Ich sammle die gleich ein, und dann machen wir es uns bei uns gemütlich. Gill, ich, du und Mary. Oder?«

»Keine schlechte Idee.« Simon lächelte.

DI Chris Marks warf das schnurlose Telefon achtlos auf den Schreibtisch. Millie Henderson hatte ihm soeben mitgeteilt, dass ihr Mann erneut verschwunden war. Sie hätten gestritten, und dann sei er abgehauen. Sie fürchte nun, dass er auf der Flucht sei.

»DS Temple«, rief er lautstark über den Flur.

»Bin schon da, Chef.« Die Beamtin kam gemächlichen Schrittes aus der kleinen Teeküche und trug einen Becher vor sich her in sein Büro. Sie ließ nicht erkennen, ob es ihr gefiel, wie ein Hund herbeigepfiffen zu werden. »Was kann ich für Sie tun?«

»Besorgen Sie mir einen Durchsuchungsbeschluss fürs Autohaus. Henderson ist verschwunden.«

»Und was suchen wir dort?«

»Wenn seine Frau recht hat, könnte er getürmt sein. Vielleicht finden wir Verwertbares.«

»Ich kümmere mich.« Sie wandte sich zum Gehen.

»Tut mir leid, ich wollte Sie nicht herbeibrüllen. Ist nur so, dass mir die Hendersons komplett auf den Zeiger gehen.«

»Ist schon gut, Chef.« Hocherhobenen Hauptes verließ sie das Büro.

Scheiße, dachte Marks. *Schon wieder alles falsch gemacht.* Er nahm einen der Bleistifte auf seinem Schreibtisch in die Hand und zerbrach ihn.

Mit einem Team aus sechs Ermittlern trafen sie kurz darauf auf dem Firmengelände ein. Die Blondine am Empfang machte nicht den Eindruck, als habe sie den Ernst der Lage erkannt.

»Mr. Henderson ist nicht im Haus.«

»Wann war er das letzte Mal hier?«

»Moment.« Mit ihren lackierten langen Fingernägeln klapperte sie auf der Tastatur herum und schaute dann auf. »Er war gestern hier und dann nicht mehr. Er hat einen unserer Vorführwagen genommen und ist damit weg. Zu einem Kunden, vermute ich. Kann ich Ihnen weiterhelfen?« Sie warf einen Blick über die Ansammlung Polizisten vor ihrem Tresen. Dabei sah sie aus, als checke sie interessiert die Auslagen eines Feinkostgeschäfts.

Marks gab ein paar knappe Anweisungen, und sein Team schwärmte aus.

»Sie sagten, Ihr Chef habe einen Vorführwagen genommen?«

Sie nickte.

»Dann steht sein Privatwagen auf dem Gelände.«

»Ja.« Sie deutete nach draußen. »Die Werkstatt hat das Schiebedach repariert.«

»Wo genau steht das Fahrzeug? Und haben Sie zufällig einen Schlüssel dazu?«

Die Empfangsdame nickte wie eine der mechanischen Figuren, die nach dem Einwurf einer Münze stumm ihren Dienst taten.

»Dann zeigen Sie mir bitte den Wagen.«

Sie griff unter dem Tresen in eine Schublade und hielt ihm dann stolz den Schlüssel vors Gesicht. »Hab ihn.«

LII.

»Schön, dass du Zeit hast.« Millie stieß mit ihrem Glas leicht an. »Ein Sektchen am Nachmittag bringt meine Lebensgeister erst so richtig auf Touren.«

Louise trank einen Schluck. »Hm, ja.« Sie sah hinaus auf den Zuweg und die Bucht. »Ich wundere mich, dass Tracy noch nicht da ist. Na ja, wir werden ihr schon noch einen Schluck übrig lassen.«

Millie nickte. »Sicher. Andererseits bin ich froh, dass wir noch allein sind. Um ehrlich zu sein, geht mir unsere Tracy im Augenblick doch zu sehr auf die Nerven. Immer dieses Gequatsche: Der Direktor hat das gesagt, der Direktor hat dies gesagt, meine Kollegin ist krank, der Hausmeister räumt nicht auf, die Schüler sind überhaupt nicht mehr in der Lage, sich auf den Unterricht zu konzentrieren. Hat sie eigentlich nichts anderes im Kopf? Sie verpasst das wahre Leben und merkt es nicht einmal. Die Schule ist doch nicht alles.«

»Ich bin nicht der Meinung, dass Tracy anders ist als sonst. Sieht man mal von der schrecklichen Entwicklung der vergangenen Wochen ab.«

Millie stellte ihr Glas auf dem improvisierten Esstisch ab. »Vermutlich hast du recht. Ich bin ungerecht. Meine Nerven liegen einfach blank. Das alles wächst mir über den Kopf.«

Louise legte ihr die Hand auf die Schulter. Sie konnte Millie nur zu gut verstehen. »Wir gehen alle durch eine schreckliche Zeit.«

»Neil ist ausgezogen.« Die drei Worte standen wie raue Klippen bei Ebbe in dem frisch renovierten Raum.

Louise starrte sie an. »Das ... das tut mir leid.«

»Das braucht es nicht, Louise.«

»Ist es so schlimm?« Sie stellte ihr Glas ab und setzte sich. Während die Gedanken durch ihren Kopf tobten, bahnten sich die Bläschen in ihrem Sektglas unbeeindruckt den Weg an die Oberfläche. Sie musste behutsam vorgehen.

»Es ist so schlimm, ja.« Millie stürzte den Sekt förmlich hinunter.

»Ihr seid doch eine glückliche Familie. Jedenfalls führt ihr eine Beziehung, in der ihr beiden zu eurem ... Recht kommt.« Egal, was sie jetzt sagte, es konnte nicht richtig sein. Was sollte sie nun tun? Offen reden wollte sie mit Millie nicht. Sie konnte nicht einschätzen, wie sie reagieren würde. Und wie sie selbst mit der Situation umgehen sollte.

»Die Polizei hat den Verdacht, dass Neil Fiona umgebracht hat.«

Um Louise gruppierten sich die Klippen immer enger. Und die Kanten wurden schärfer. Eine Katastrophe bahnte sich an. Sie hatte keine Worte, um das Leid aufzufangen, das sie in Millies Augen sah. Schweigen würde nicht helfen, aber Reden würde die Katastrophe nur noch schlimmer machen. Sie musste abwarten.

Millie lachte auf. »Und ich habe tatsächlich gedacht, dass Neil ein friedvoller und kreativer Charakter ist. Und immer darauf bedacht, dass es uns gut geht.« Sie atmete heftig. »Das stimmt für die Firma, aber es stimmt nicht für unsere Beziehung.« Sie sah Louise direkt in die Augen. »Kannst du dir das vorstellen? Neil hat möglicherweise nicht nur Fiona umgebracht.«

»Ich finde keine Worte.« Louises Stimme krächzte.

»Ich muss den Tatsachen ins Auge sehen, liebste Louise. Du kannst mir nicht helfen. Da muss ich allein durch. Aber ich bin froh, dass ich jederzeit zu dir kommen kann.« Sie strich sich durchs Haar.

»Jederzeit, natürlich. Ich bin immer für dich da.« Louise stand auf und nahm ihre Freundin in den Arm. Mehr konnte sie im Augenblick nicht tun. Sie spürte, wie sich Millies Körper unter der Berührung versteifte, daher ließ sie sie wieder los. Sie musste nachdenken. Sie brauchte einen Plan für die kommenden Wochen. Für sich und für ihre Freundschaft. Sie sah erneut durch das Erkerfenster. Wo nur blieb Tracy?

»Ich bin so froh, dass du meine Freundin bist.« Millie schien sich etwas gefangen zu haben. Sie saß ihr gegenüber wie jemand, der gerade eine wichtige Entscheidung getroffen hat. Ihr Gesicht hatte einen kantigen Ausdruck angenommen, ihre Augen blitzten, ihr ganzer Körper strahlte Zuversicht aus. »Ich bin sicher, dass ich gut aus der Sache herauskommen werde. Und dass ich meine Kinder vor diesem Monster schützen kann.«

»Ist Neil bereits verhaftet?«

Millie zuckte mit den Schultern. »Das kann ich nicht genau sagen. Er ist womöglich auf der Flucht. Ich weiß nicht, wo er sein könnte. Hast du vielleicht eine Idee?«

Louise zuckte zusammen. Warum stellte Millie diese

Frage? Hegte sie einen Verdacht gegen sie? Sie spürte, dass ihr heiß wurde und der Blutdruck stieg.

»Wie soll ich das wissen? Du kennst deinen Mann am besten. Habt ihr einen Ort, den ihr gerne gemeinsam besucht? Ich meine mich zu erinnern, dass Neil den Lake District mag.«

»Keine Ahnung. Ich bin schon sämtliche Möglichkeiten durchgegangen. Ich weiß es einfach nicht. Und um ehrlich zu sein, ist es mir auch egal. Ist nicht mehr meine Sache. Die Polizei wird ihn schon noch aufspüren. Und er wird sich seiner Verantwortung stellen müssen. Ich muss jetzt an mich und die Kinder denken.«

Louise nickte. »Vielleicht ist das der einzige Weg. Da hast du recht.« Was machte Millie so sicher, dass Neil tatsächlich der Täter war?

Millie schien ihre Gedanken gelesen zu haben. »Neil hat etwas Schlimmes getan. Er war in den vergangenen Wochen so anders. Zu den Kindern war er oft ungehalten und ungerecht.« Sie sah Louise durchdringend an. »Seine Sekretärin wusste oft nicht, wo er sich gerade aufhielt. Ob in Exeter, in St. Ives oder in Truro.«

Louise versuchte krampfhaft, nicht die Ruhe zu verlieren und in Panik vor ihr ein Geständnis abzulegen. Millie konnte nichts von ihrer kurzen Affäre wissen. Oder doch?

Millie hob ihr leeres Glas und schwenkte es vor Louises Augen. »Hast du noch einen Schluck? Alkohol hilft in den meisten Fällen. In diesem ganz besonders.« Sie lachte, aber es klang weder echt noch optimistisch.

»Sicher.« Sie stand auf und ging in die Küche. Mit der Flasche in der Hand kehrte sie zurück. »Warum Tracy nicht schon längst hier ist, verstehe ich nicht. Ist doch sonst nicht ihre Art.«

Millie hielt ihr das Glas hin und ließ sich nachschenken. Sie kicherte leicht. »Ich will ehrlich sein. Ich habe ihr gar nicht Bescheid gesagt. Ich wollte mit dir allein sein.«

»Warum?« Louise füllte auch ihr Glas und stellte die Flasche ab, in der nur noch ein Rest Sekt war. Sie spürte, wie die Hitze in ihrem Körper weiter Nahrung bekam. Sie konnte sich Millies Verhalten nicht erklären. Etwas stimmte mit ihrer Freundin nicht. Und das lag nicht allein an dem, was sie ihr über Neil erzählt hatte.

»Wenn es um die wichtigen Dinge im Leben geht, ist Tracy eine naive Kuh. Das hat sie ja schon mehrfach bewiesen. Von ihr werde ich sicher keine Unterstützung bekommen. Abgesehen von ein paar betroffenen Blicken und Fragen. Wir beide allein wissen, wie es in der Welt wirklich zugeht. Prost.«

Millie hatte sich in der Vergangenheit zwar immer wieder über Tracys naive Art lustig gemacht, aber so wie sie nun über ihre gemeinsame Freundin sprach, klang es boshaft.

»Du tust ihr unrecht, Millie. Aber ich kann verstehen, dass du erst einmal mit mir allein sprechen möchtest.«

»Absolut.« Sie nickte Louise zu. »Und jetzt lass uns Neil vergessen und nur noch über die schönen Dinge reden – und über dich. Cheers.« Sie trank einen großen Schluck. »Erzähl mir, wie kommst du hier voran?«

Sie warf einen anerkennenden Blick durch den Raum, den sie sicher auch bei einem interessierten Verkäufer einer Immobilie eingesetzt hätte. Sie hatte in den vergangenen Minuten eine erstaunliche Wandlung durchgemacht, von der verzweifelten Ehefrau hin zu einer selbstbewussten Freundin, der die momentanen Lebensumstände nichts anhaben konnten. Die im Gegenteil Kraft aus der prekären Situation zog. Louise würde alles versuchen, sie nicht weiter mit einer Lebensbeichte zu erschüttern.

»Ich bin ganz zuversichtlich. Wenn ich weiterhin so gut vorankomme, werde ich doch schon im Sommer einziehen können. Ich freue mich darauf, beim Frühstück auf der Terrasse die herrliche Kulisse der Bucht zu genießen.«

»In gewisser Weise bist du zu beneiden, Louise. Du bist unabhängig, niemand redet dir in dein Leben hinein. Du bestimmst allein, wohin dich der Weg am nächsten Tag führen soll. Und du bist eine sehr attraktive Frau. Was willst du mehr? Du hast sicher einen attraktiven Mann im Blick, sei ehrlich. Jedenfalls könntest du jemanden bei all der Arbeit hier gut gebrauchen.«

Louise musste bei dem Gedanken lachen. »Nein, ich fühle mich solo sehr wohl. Andererseits: Es gibt noch einiges im Haus zu tun.« Sie lächelte in sich hinein. »Aber ich klage sicherlich auf hohem Niveau. Mir geht es unter dem Strich gesehen ausgezeichnet.« Sie sah Millie direkt an. »Bitte entschuldige. Das habe ich nicht so gemeint. Natürlich machen mir Fionas Tod und die damit verbundenen – wie soll ich sagen? – Umstände zu schaffen.« Sie nahm ihr Glas in die Hand, trank aber nicht.

»So ein Quatsch. Prost.« Millie stieß mit ihr an. Sie sah zufrieden aus, als habe sie die erwartete Antwort bekommen. »Und solltest du Cadgwith einmal überdrüssig werden, du weißt, wo du mich findest. Ich habe dann sicher den richtigen Käufer für dich.«

Louise lächelte. »Keine Chance, Millie, mich bekommst du hier nicht mehr weg.«

»Was hältst du davon?« Sie sah auf ihre schmale Armbanduhr. »Lass uns einen Ausflug machen, einen schönen langen Spaziergang am Meer. Kynace Cove? Ich war schon ewig nicht mehr dort. Die Landschaft ist so atemberaubend und bringt uns auf andere Gedanken.«

Louise bemerkte in Millies Blick eine Veränderung, die sie nicht einordnen konnte. Sie meinte, einen lauernden Ausdruck wahrzunehmen. Sie schalt sich einen Dummkopf. Der Sekt stieg ihr offenbar schon in den Kopf.

»Hey, was meinst du?« Millie stellte entschlossen das Glas ab. »Ich fahre. Das bisschen Sekt macht mir nichts. Komm, wir fahren los. Ganz spontan ein Stück über den Küstenpfad. Das würde mir jetzt guttun.«

In Louise wehrte sich alles dagegen. Und sie konnte sich ihre Abwehr nicht erklären. Warum sperrte sich ihr Körper gegen Millies Vorschlag? Sie waren doch schon öfter spontan irgendwohin gefahren und hatten die gemeinsame Zeit genossen. Je länger sie darüber nachdachte, umso mehr schnürte sich ihr die Kehle zu.

»Na, was ist? Die Renoviererei kann warten. Die Farbeimer laufen dir nicht weg.«

»Vielleicht ein anderes Mal.«

»Was ist los mit dir? Sei kein Frosch.«

In Louise sammelten sich die Zutaten für ein Gefühl, das sie unter anderen Umständen als Angst bezeichnet hätte. Sie schüttelte den Kopf, um die Gedanken loszuwerden.

»Wie? Nein?« Millie deutete Louises Reaktion falsch. »Was spricht dagegen? Komm, steh endlich auf und lass uns gehen.« Ihre Stimme war eine Spur schärfer geworden.

Louise fühlte sich mit einem Mal in der Defensive. Es war, als bedrohe Millie sie regelrecht. In diesem Augenblick schrillte Louises Smartphone, das auf dem Tisch lag. Sie warf einen Blick auf das Display. Gott sei Dank, die Klinik.

»Da muss ich rangehen.« Sie deutete auf das Telefon.

Millie machte eine unwillige Handbewegung, sagte aber nichts.

Es war der diensthabende Anästhesist, der auf den Ausfall eines Kollegen reagieren musste. Louise sagte zu, sich sofort auf den Weg zu machen.

»So ist der Job. Wir gehen ein anderes Mal, ja?« Louise legte das Telefon zurück. Sie war erleichtert und wusste nicht, warum.

»Kein Ding.« Millie machte ein fröhliches Gesicht. »Ist doch ein schönes Gefühl, wenn man gebraucht wird. Wenn ich es recht überlege«, sie warf erneut einen Blick auf ihre Uhr, »hätte ich beinahe den Termin für eine Vorbesichtigung in Helston verpasst.« Sie beugte sich vertrauensselig zu Louise. »In der Nähe des Monuments wohnt eine alte Schachtel, die ins Altersheim muss. Und der Enkel wittert Kohle. Fressen und gefressen werden, darum geht es doch im Leben. Oder?« Sie zeigte hinaus auf die Bucht, über der sich ein paar Wolken zusammengezogen hatten. »Das gilt für die Wildnis da draußen, und das gilt für uns Menschen. Das Dasein ist ein einziger Kampf ums Überleben. Mach dir keine Gedanken, wir finden einen anderen Termin für unseren Ausflug. Fahr du in die Klinik und rette die Menschen. Ich fahre zum Termin und rette meinen Kontostand.«

Millies Übermut verunsicherte sie ebenso, wie sie sich zuvor vor ihrer Eindringlichkeit gefürchtet hatte. »Danke für dein Verständnis. Ich will mich nur noch schnell ein wenig frisch machen.«

»Bin schon weg.« Millie hob die Hand, trank dabei das Glas leer und war schon auf dem Weg hinaus. »Wir sehen uns, Schätzchen.«

Louise blieb einen Augenblick im Wohnzimmer stehen. Was war passiert? Millies Auftritt war voller verschiedener Facetten gewesen, die sie nicht so recht einordnen konnte. Schließlich hob sie ratlos die Schultern und ging hinauf ins Bad.

»Es gibt keinen Zweifel?«

DS Temple hielt Marks den dünnen Schnellhefter hin. »Die KTU hat Überstunden gemacht. Kein Zweifel.«

Er nahm den Bericht der Kriminaltechnik in die Hand und begann zu lesen. Abwesend bedeutete er ihr, sich zu setzen.

Die Kollegen der Technik hatten sich unter anderem Hendersons Privatwagen vorgenommen. In der kleinen Nische unter dem Kofferraumboden, dort, wo das Bordwerkzeug untergebracht war, hatten sie etwas gefunden, mit dem sie nicht gerechnet hatten. In einer Plastiktüte von Tesco lag eine schwarze Krawatte – ein dünner Binder und längst aus der Mode. Mit dieser Krawatte waren Fiona Richards und Abigail Reid getötet worden. Hautschuppen der beiden Opfer hatten sie ebenso isoliert, wie auch der Abgleich mit den Fasern, die am Hals eines der Opfer sichergestellt worden waren, den eindeutigen Beleg lieferte: Sie hatten das Tatwerkzeug gefunden, und das im

Wagen des Mannes, der von seiner Ehefrau beschuldigt worden war.

»Großfahndung. Das ganze Programm.«

»Mit Verlaub, das habe ich bereits veranlasst.«

Marks wollte eine Bemerkung über die Eigenmächtigkeit seiner Mitarbeiterin machen, besann sich aber eines Besseren. »Gut gemacht, DS Temple.«

»Hoffen wir, dass er nicht schon längst außer Landes ist. Den nötigen Vorsprung hat er ja.«

»Checken Sie die Passagierlisten der infrage kommenden Fluglinien. Und checken Sie die Kennzeichen auf den Listen der Fährbetriebe.«

»Wir werden ihn fassen. Davon bin ich überzeugt.«

»Ich wünschte, ich hätte Ihren Optimismus, Detective Sergeant.« Bei ihrem Glück hegte er wenig Hoffnung auf eine baldige Festnahme. Wenigstens hatten ihre Ermittlungen endlich ein konkretes Ziel.

DC Allan Easterbrook steckte den Kopf zur Tür herein. Er räusperte sich umständlich. »DS Temple?«

Sie drehte sich zu ihm um.

»Das Nummernschild ist nirgends aufgetaucht, weder am Flughafen in Newquay noch auf einer Liste von einer der Fährgesellschaften. Nach menschlichem Ermessen müsste er noch im Land sein.«

Marks ließ sich nichts anmerken und atmete stattdessen tief durch. »Gut gemacht. Bleiben Sie dran.« Er sah, dass sich Temples Körper entspannte.

»Was können wir jetzt tun?«

»Nehmen Sie ein Foto von der Krawatte und fahren Sie damit nach Cadgwith.«

Temple runzelte die Stirn.

»Mr. Jenkins hat mir von Jan Morgan erzählt. Der Rentner hat in Helston unter anderem eine Krawatte kaufen wollen. Er hatte das geeignete Stück bereits in der Hand, als sie ihm vor der Nase weggeschnappt wurde. Von Mrs. Henderson.«

»Warum wissen wir das noch nicht?« DS Temple sah ihn irritiert an.

»Nun«, Marks räusperte sich vernehmlich, »die vergangenen Tage waren recht turbulent. Ich bin nicht dazu gekommen, eine Notiz zu machen.«

Sie nickte vielsagend, sagte aber nichts.

»Fahren Sie also zu diesem Mr. Morgan und zeigen Sie ihm die Krawatte, ob er sie identifizieren kann.«

»Das kann ich auch erledigen, Sir«, bot sich Easterbrook an.

»Das macht DS Temple.« *Wäre ja noch schöner*, dachte Marks. Easterbrook hatte mit Sicherheit die Chance auf ein Pint im Cadgwith Cove Inn gewittert. »Sie können sich weiter um das Einpflegen der Berichte ins System kümmern. Und das Anlegen von Aktennotizen. Damit nichts durcheinanderkommt.« Zufrieden registrierte der DI den säuerlichen Gesichtsausdruck des Constable.

Nachdem Easterbrook abgezogen war, wagte Temple einen Vorstoß. »Darf ich etwas anmerken, Sir?«

»Nur zu.« Marks nickte gönnerhaft. Zu blöd, dass er sich vor den beiden die Blöße mit der unterlassenen Aktennotiz hatte geben müssen.

»Wenn Henderson nun unser Hauptverdächtiger ist, stellt sich die Frage: Womit wurden die beiden Leichen transportiert? Wir müssen den Privatwagen auf weitere Spuren untersuchen.«

Na super, dachte Marks mit einem Anflug von Sarkasmus. »Aber natürlich. Das versteht sich von selbst. Er wird die Frauen nicht mit einem Handkarren zu den Auffindeorten geschafft haben.« Er lächelte Temple an, als würde er eine Belohnung verteilen. »Reden Sie mit der KTU.«

DS Temple nickte zufrieden. »Wird erledigt, Sir. Da ist noch etwas, was mir auf der Seele brennt.«

»Raus damit«, forderte er sie auf.

»Haben Sie etwas Neues von DS Bley gehört?«

»Nicht wirklich. Ihr Zustand ist nach wie vor unverändert. Ich werte das mal als gutes Zeichen.«

»Ich hoffe so sehr, dass sie wieder gesund wird.«

»Davon bin ich überzeugt.« Allerdings klang er nicht so. »Die Schnittwunden werden verheilen. Und auch ihr Organismus wird seine Arbeit wieder aufnehmen. Allerdings wird das einige Zeit brauchen, Detective Sergeant.« Was ihre Seele betraf, wollte er sich nicht festlegen. Vor allem nicht gegenüber Temple. Er ahnte, nein, er wusste den Grund, warum Annie versucht hatte, sich das Leben zu nehmen. Aber das ging niemanden etwas an.

»So wird es wohl sein.«

Marks konnte ihr ansehen, dass sie nach einer möglichen Ursache für den Suizidversuch fragen wollte, sich dies aber versagte. Er meinte: »Ich fahre nachher noch einmal nach Penzance. Ich habe noch ein paar Fragen an Louise Taylor, und bei der Gelegenheit werde ich nach ihr sehen.«

»Das ist gut.«

»Haben Sie sonst noch etwas auf dem Herzen, Detective Sergeant?«

Temple schüttelte den Kopf und verließ mit einem knappen Nicken das Büro.

Die jungen Frauen von heute legten ein Selbstbewusstsein und eine Bestimmtheit an den Tag, die ihn gleichermaßen irritierten und anzogen. Marks zog den Stapel aus dem Kasten mit den Eingängen zu sich und begann sie mit optimistischem Eifer abzuarbeiten. Dabei schweiften seine Gedanken immer wieder ab.

Annie Bley hatte bei seinem ersten Krankenhausbesuch in dem großen weißen Bett so zerbrechlich ausgesehen, weit davon entfernt, die starke Polizistin zu sein. Er hatte damals das dringende Bedürfnis verspürt, sie in den Arm zu nehmen und vor der Welt da draußen zu beschützen. Er konnte seine Gefühle für sie umso weniger einordnen, je mehr er sich mit ihr und ihrem Leben beschäftigte. Sie war eine sehr gute Polizistin, davon war er absolut überzeugt. Daher rührte ein Großteil seiner Sympathie für sie. Und der Rest? Ja, wenn er das nur wüsste.

Nachdem er seine Büroarbeit erledigt hatte, machte er sich auf den Weg in die Klinik. Er dachte kurz daran, ein paar Blumen zu kaufen, unterließ es aber. Er vermutete, dass sie sein Mitbringsel gar nicht wahrnehmen würde. Und wenn doch, ignorieren.

Als er nun erneut in ihrem Zimmer stand und sah, dass die Maschinen immer noch ihre lebenserhaltende Arbeit machten und Annies Gesichtsfarbe nicht an Kraft gewonnen hatte, kam er sich völlig fehl am Platz vor. Er musste auf die Kunst der Ärzte vertrauen wie auch auf Bleys Lebenswillen.

Louise Taylor traf er nicht an. Einer ihrer Kollegen, den er am Kaffeeautomaten traf, teilte ihm ausschweifend mit, dass der Dienstplan durcheinander geraten sei und er nicht genau sagen könne, wann sie wieder im Dienst sein würde. Jetzt jedenfalls sei sie nicht im Haus.

Auf dem Weg zurück nach Helston machte er in Porthleven halt. Der Abend war mild, und er ging hinaus bis ans Ende der schmalen Pier. Dort blieb er stehen und sog die Luft, die nach Hafen roch und nach Salz schmeckte, tief in seine Lungen.

Die Natur folgte dem gleichförmigen Rhythmus, den ihr die Schöpfung zugedacht hatte. Die See lag nahezu unbewegt vor ihm und strahlte die Ruhe aus, die er in den vergangenen Wochen so sehr vermisst hatte.

Schließlich drehte er sich um und genoss den Anblick des warmen Lichts, das von den Laternen auf die weiß gestrichenen Häuser fiel und auf die Boote, die vertäut im Hafen lagen. Eine Idylle, die schmerzhaft schön war – und die im krassen Widerspruch zu seiner Arbeit stand.

Spontan beschloss er, den nächsten Tag freizunehmen. Er wusste die Arbeit im Präsidium in den guten Händen von DS Temple und den übrigen Mitgliedern des Teams. Sollten sie einen schnellen Erfolg melden, war er jederzeit ansprechbar und umgehend zurück im Präsidium.

Es war schon spät, als er endlich den Heimweg antrat. Er hatte noch lange auf einer Bank am Hafenbecken gesessen und dem müßigen Treiben zugeschaut, das ihn an den kommenden Sommer denken ließ.

LIII.

Als er nach einem späten Frühstück und ausgeruht vom Parkplatz hinüber zum Präsidium ging, sprach ihn eine Stimme von hinten an. Sie gehörte Frank Stoltenberg, Waliser mit belgischen Wurzeln und Leiter der KTU.

»Chris, gut, dass ich dich treffe. Hast du einen Augenblick Zeit?«

Er blieb stehen. »Für dich immer, Frank«, antwortete Marks gut gelaunt.

»Wir haben uns noch einmal den Wagen von Neil Henderson vorgenommen. Und ich kann dir sagen, dass wir nicht einen Quadratzentimeter ausgelassen haben. Bei einem SUV nicht ganz so einfach. Na, jedenfalls kann ich nun mit ziemlicher Sicherheit sagen, dass die beiden Frauen nicht mit Hendersons Wagen transportiert wurden. Wir haben nicht eine Faser und auch keine Hautpartikel oder Haare gefunden, die auf unsere Opfer passen. Das Mordwerkzeug ist alles, was wir im Auto gefunden haben.«

»Scheiße«, entfuhr es Marks. Er hatte sofort schlechte Laune. Dann fasste er sich wieder. »Das ist bei einem Autohändler ja auch kein Wunder. Er hat schließlich Dutzende Fahrzeuge auf dem Hof stehen.«

»Das haben wir auch schon überlegt. Und das macht uns nicht gerade glücklich.«

»Du hast recht. Wir werden alle überprüfen müssen.«

»Wir? Du meinst mein Team und ich. Weißt du, wie lange das dauert? Wir werden Wochen beschäftigt sein.«

»Davon kannst du ausgehen. Wir müssen zudem alle

Fahrzeuge überprüfen, die seit dem Verschwinden und der Ermordung der beiden Frauen verkauft wurden.« Er legte Stoltenberg die Hand auf den Arm. »Es gibt keinen anderen Weg.«

»Dann müssen wir Leichenspürhunde nehmen, das geht schneller als Faseruntersuchungen.«

»Ich werde versuchen, euch welche zu besorgen.«

Am Eingang zum Präsidium blieben sie kurz stehen.

»Wie auch immer. Wir werden einen Wagen nach dem anderen abarbeiten. Du kannst dich auf uns verlassen. Wenn doch wenigstens jemand ein verdächtiges Fahrzeug im Bereich der Auffindeorte bemerkt hätte. Dann könnten wir die Suche eingrenzen. Noch besser wäre es, wenn es sich dabei um einen Autoenthusiasten handelt. Die können sogar anhand der Rücklichter Modell und Typ bestimmen. Da gibt es die tollsten Sachen.«

»Vielleicht geschieht ja noch ein Wunder.«

Als sie sich trennten, brummelte Stoltenberg etwas, das Marks nicht verstand.

Im Büro wartete bereits DS Temple auf ihn.

»Wie war Ihr freier Tag, Sir?«

Marks hängte seinen Mantel nachlässig an den betagten Kleiderständer in der Ecke des Büros. »Danke der Nachfrage. Kaffee?«

»Ich hole uns einen.« Sie wandte sich ab.

»Nein, ich meinte, möchten Sie einen Kaffee? Ich hole uns gerne einen.«

Aber da war sie bereits unterwegs zur Teeküche.

Sie kam zurück und stellte einen Becher dampfenden Kaffee vor Marks auf den Schreibtisch. »Wir haben noch einmal alle Fährgesellschaften gecheckt, bis runter nach

Dover. Nichts. Entweder ist Henderson tatsächlich noch im Land, oder er hat den Wagen gewechselt.«

»Apropos Wagen.« Er nahm den Becher auf und blies vorsichtig über den heißen Rand. »Die Kriminaltechnik sagt, Hendersons Privatwagen ist sauber. Nicht die geringste Spur von den Frauen.«

»Dann müssen wir eben alle Fahrzeuge in der Firma kontrollieren. Einschließlich derer, die seit den Morden verkauft wurden oder als Leasingfahrzeug den Firmenhof verlassen haben.«

Hatte sie womöglich bereits mit Stoltenberg gesprochen?

»Ich habe gestern Abend kurz mit dem Chef der KTU gesprochen. Es wird uns wohl keine andere Wahl bleiben.«

Bingo. Er nickte ergeben.

»Soll ich das Nötige veranlassen? In der BMW-Niederlassung werden sie nicht sonderlich erfreut sein.«

»Wenn die nicht kooperieren wollen, werden wir mit den nötigen Beschlüssen kommen.«

»Dann mache ich mich mal an die Arbeit.«

»Binden Sie Easterbrook ein. Er kann sich ja in Formalkram regelrecht verbeißen. Sollten Sie mich suchen, ich bin in den nächsten Stunden in Cadgwith.«

DI Marks parkte den Dienstwagen auf dem improvisierten Parkstreifen am Todden, der am Zugang wie immer von großen blauen Wannen mit alten, unbrauchbaren Netzen beherrscht wurde. Er warf einen kurzen Blick auf die Grasnarbe des Felsvorsprungs, die sich sanft im Wind bog, der über die Bucht strich. Drei Dohlen stolzierten über die grüne Fläche, als gelte es, den Felsen in Besitz zu nehmen. Ein paar Möwen hielten sich nahezu bewegungslos in der Luft und sondierten mit neugierigem Blick das Terrain. Die See hatte sich weit aus der Bucht zurückgezogen und den Höchststand der Ebbe erreicht. Die Luft war warm und schmeckte nach See. Weit draußen zogen zwei Segelboote aneinander vorbei. Er steckte die Hände in seine Manteltaschen, schloss die Augen, um den Augenblick zu genießen. Dann machte er sich auf den Weg.

Er war noch auf dem schmalen Pfad, von dem der kurze Weg zum Cottage abging, als er bereits die Musik hörte. Simon war offensichtlich im Atelier beschäftigt.

»Simon.«

Der Angesprochene fuhr herum, lächelte, als er Marks erkannte, und schaltete den CD-Player stumm.

»Elvin Bishop und Charlie Musselwhite?«

Simon nickte. »*Hundred Years of Blues.*«

»Bishop kann's immer noch.« Er musste grinsen. »Nein, damit meine ich nicht Marys Tante.«

Simon legte den breiten Pinsel lächelnd zurück auf die Palette und warf einen prüfenden Blick auf die Leinwand. »Irgendetwas stimmt noch nicht. Die Felsen, das Grau und das Grün, die Brandung, der Himmel. Etwas fehlt.« Er trat einen Schritt zurück. »Was meinst du?«

»Solche Fragen darfst du mir nicht stellen. Ich habe keine Ahnung von Malerei.« Er warf einen Blick durch das Atelier. »Ich bin eigentlich gekommen, um mit dir über den Fall zu reden.«

»Du kommst nicht voran?«

»Geht so. Wir haben Henderson zur Fahndung ausgeschrieben. Seine Frau belastet ihn schwer.«

»Da bin ich aber gespannt.«

Marks schilderte den aktuellen Stand der Ermittlungen.

»Das kann Wochen dauern.«

»Ich weiß. Aber eine andere Chance haben wir nicht. Jedes Fahrzeug könnte infrage kommen.«

»Und kein Hinweis auf Henderson?«

»Nicht den geringsten. Er kann überall sein.«

»Ihr müsst Geduld haben.«

»Ich weiß.«

»Tee?«

Marks nickte und folgte Jenkins hinüber in die Küche.

»Habt ihr die Campingplätze im Umkreis gecheckt? Kann sein, dass er noch in der Nähe ist, weil er sich hier sicher fühlt. Er weiß bestimmt, dass ihr die Flughäfen und Häfen überwacht.«

Marks ließ die Schultern sinken. »Bisher nichts.«

»Was ist mit den Hotels?« Simon stellte zwei dampfende Becher auf den Tisch und setzte sich Marks gegenüber.

»Als hätte die Welt ihn verschluckt.«

»Jeder hinterlässt Spuren.«

»Komm mir jetzt nicht mit diesen Küchensprüchen.«

»Scheck- und Kreditkarten? Handyortung? Trägt er eine dieser Fitnessuhren? Die kann man auch tracken.«

Er schüttelte stumm den Kopf.

»Öffentliche Fahndung?«

»Wäre die letzte Möglichkeit. Ich will das aber noch zurückhalten, sonst habe ich auch die Presse an den Hacken. Die fragen ohnehin dauernd, ob es etwas Neues gibt. Wenn sie von Henderson erfahren, werden sie seine

Frau belagern. Und das will ich ihr nicht zumuten. Und auch den Kindern nicht.«

»Wie kann ich dir helfen, Chris?«

»Ehrlich gesagt, das weiß ich nicht. Halte einfach die Ohren auf. Und«, er lächelte schief, »mir ist schon geholfen, wenn du mir einfach nur zuhörst.«

Simon trank einen Schluck. »So schlimm?« Er hatte den DI so noch nicht erlebt. Chris ging es sichtbar nicht gut.

Marks nickte. »Annie liegt immer noch im Koma. Ihr Selbstmordversuch hat mich völlig aus der Bahn geworfen.« Marks nahm den Becher in die Hand, setzte ihn aber wieder ab. »Irgendwie fühle ich mich mitschuldig.«

»Weil?«

»Wie soll ich das erklären? Also, nun gut. Ich war anfangs nicht sonderlich nett zu ihr, als sie ihren Dienst angetreten hat. Und dann habe ich versucht, es wiedergutzumachen. Habe sie zum Essen eingeladen, in den Pub auf ein Bier. Vielleicht hat sie das ja missverstanden.«

»Wie meinst du das?«

»Na ja, wenn der Vorgesetzte seine Mitarbeiterin auch nach Feierabend treffen möchte. Diese ganze #MeToo-Bewegung, du weißt schon.«

»Nein.«

»Vielleicht hat sie sich bedrängt gefühlt.«

»Und deshalb hat sie versucht, sich umzubringen?« Simon runzelte die Stirn.

Marks schüttelte den Kopf. »Nein, ich …« Er schwieg erst und berichtete Jenkins dann doch von dem, was Annie Bley ihm über ihre Vergangenheit erzählt hatte.

Jenkins hörte schweigend zu und nickte nur dann und wann.

»Ich konnte das doch nicht wissen.« Marks fuhr sich mit den Händen übers Gesicht.

»Und daher deine Schuldgefühle?«

»Woher denn sonst?« Er stutzte. »Du meinst, ich wollte etwas von ihr?« Er schüttelte vehement den Kopf. »Annie ist auf ihre Art ein sehr interessanter Mensch, den ich gerne näher kennen möchte, aber nicht, weil ich mit ihr ins Bett will. Sie interessiert mich nur als Mensch, für den ich außerdem die Verantwortung trage. Ich bin nicht in sie verliebt – höchstens auf eine platonische Art. Aber auch das wäre schon zu viel gesagt. Mich macht das Ganze fertig.«

»Verstehe.«

»Seit mich meine Frau mit diesem Typen verlassen hat, lebe ich allein. Und das gerne. Weil ich dann keine Angst haben muss, wieder so tief verletzt zu werden.«

»Nachvollziehbar, aber ein schlechter Lebensentwurf. Das kann ich aus eigenem Erleben sagen.«

Marks sah ihn von unten herauf an. »Moira?«

»Sie ist ein Teil davon, ja.«

Die nächsten Minuten saßen sie sich wortlos gegenüber und hingen ihren Gedanken nach.

»Willst du ein Bier? Heute ist Folk Night.«

Marks schüttelte den Kopf. »Ich werde noch einmal ins Büro fahren. Danke, dass du mir zugehört hast.«

Nachdem sich Marks verabschiedet hatte, wechselte Simon wieder ins Atelier. Aber er konnte sich nicht konzentrieren. Das Gespräch ließ ihm keine Ruhe. Hatte der DI tatsächlich eine rote Linie überschritten? Das konnte er sich bei dem so bedächtig agierenden Mann nicht recht vorstellen.

Auf dem Weg hinunter zum Pub traf er Luke.

»Und? Vorbereitet auf den Abend?« Sein Freund schlug ihm auf die Schulter.

Simon lächelte. »Du kennst doch den Musikerspruch: Wer übt, betrügt seine Freunde.«

»Na dann.« Auf dem kurzen Stück zum Cadgwith Cove Inn blieb Luke stehen. »Bin gespannt, wie sehr die Gerüchteküche kocht. Weißt du schon etwas Neues?«

»Nope.« Simon wollte verhindern, dass Luke unbedacht etwas ausplauderte, und hielt sich daher zurück.

»Wir sollten mal wieder aufs Wasser raus. Habe schon länger nichts mehr gefangen. Was meinst du? Freitag?«

»Warum nicht.«

Luke nickte zufrieden. Ein paar Stunden auf dem Wasser, und der Kopf war wieder klar. Das hatte ihm immer geholfen. Und so würde es auch dieses Mal sein.

Das Pub war gut besucht. Neben Paul McMinn und dem jungen Connor Major waren noch zwei Gitarristen gekommen. Simon kannte sie nicht, offenbar Urlauber. Dave »Windows« Hearn war natürlich da, der Zeremonienmeister der Runde. Außerdem saßen eine Frau mit Fiedel und ein Akkordeonspieler bei ihnen. Frotzelnde Bemerkungen flogen zwischen den Musikern und den Gästen an der Bar hin und her. Alle waren gespannt, denn keine Folk Night glich der anderen. Urlauber, die ihr Instrument mit ins Pub brachten, waren immer eine Bereicherung. Und da war es egal, wie gut sie die Sache beherrschten.

»Na, das verspricht ein netter Abend zu werden«, stellte Luke mit Blick in die Runde fest. »Ich hol uns mal ein Pint.«

Der Abend verlief tatsächlich erfreulich kreativ. Einer der Gitarristen, ein älterer Camper mit weißem Bart, kam aus der Nähe von Manchester und spielte vorwiegend Klassiker von Johnny Cash, aber auch von Creedence Clearwater Revival, und englische Traditionals, die gut in ein Pub an der Küste passten.

»War heute gut, oder?« Luke streckte zufrieden seine Füße aus. Er hatte wieder Platz, denn der Gastraum hatte sich nach *last order* schon merklich geleert. Bis auf den Camper hatten die Musiker die Instrumente eingepackt und waren auf dem Nachhauseweg. Auch die meisten Gäste waren gegangen. Ein paar wenige Gespräche wurden an den niedrigen Tischen und am Tresen noch geführt. Im Raum hing eine bierselige Müdigkeit.

»Ja. Aber ich sollte mehr üben. Meine Bluesharp klang schon mal besser.«

»Stimmt.« Luke sah ihn an. »Du hast ausgesehen, als seist du nicht ganz bei der Sache.«

»Chris Marks war bei mir. Er macht sich Sorgen um seine Kollegin. Sie liegt immer noch im Koma.«

»Schlimme Sache. Kann man da nichts machen?«

»Die Ärzte wissen sicher, was sie tun. Es ist weiterhin Geduld gefragt. Wird sie zu früh zurückgeholt, könnte DS Bley schwere Schäden davontragen.«

»Hm. Vielleicht ist es auch ganz gut für sie, so bekommt sie das Drama um die Aufklärung der Morde nicht mit.«

Luke versuchte doch allen Ernstes, ihn mit dieser Bemerkung zu locken. »Ich kann dir wirklich nichts Neues berichten. Auch hierfür gilt, wir müssen Geduld haben.«

»Das sagst du immer dann, wenn du mehr weißt, als du

zugeben willst. Traust du mir immer noch nicht?« Sein Freund machte ein enttäuschtes Gesicht, als sei er bis ins Mark getroffen.

Simon musste lächeln. »Lass den Blick, Luke. Er steht dir nicht.«

»Nach allem, was man im Dorf hört …«

»Lass gut sein.« Simon wollte ihm zumindest ein paar Informationen stecken. »Chris lässt nun alle Fahrzeuge checken, die Henderson seit dem Tod von Fiona verkauft hat. Und natürlich die, die auf dem Hof stehen.«

Luke nickte anerkennend. »Clever von ihm. Wenn sich in den Karren Spuren finden, ist er dran. Ich hör mich mal um. Vielleicht kann ich jemanden auftun, der eine Idee hat, wo Henderson sein könnte.«

»Lass uns gehen, Luke. Ich bin müde.« Simon trank aus und stand umständlich auf.

»Dass die Ärzte dir nicht helfen können. Es muss doch etwas geben, das dich von den Schmerzen befreit.«

Simon grüßte in die Runde und machte sich auf den Weg zum Ausgang. »Schmerzen gehören zum Leben. Mal mehr, mal weniger. Ich werde damit leben müssen.«

»Du hast lange genug Geduld gehabt.«

»Geduld ist in dieser Sache keine Kategorie.«

Nachdem er sich auf dem kurzen Weg zum Cottage von einem sichtlich nachdenklichen Luke verabschiedet hatte, saß Simon noch lange im Wohnzimmer. Seine Gedanken kamen nicht zur Ruhe. Sein Rücken, seine Zukunft. Und dann die beiden Morde. Mit seiner Flucht hatte sich der smarte Autohändler in eine denkbar schlechte Lage manövriert. Alles sah nach einem Schuleingeständnis aus. Warum sonst sollte er verschwinden?

Ohne groß über seine Wahl nachzudenken, zog er aus seiner Sammlung die neue Platte der The Amazons hervor und legte sie auf. *How Will I Know if Heaven Will Find Me.* Bereits die ersten Zeilen des Titelstücks erschienen ihm wie die Blaupause seiner gegenwärtigen seelischen Verfassung. *Damn out of luck and damn out of time/ Stuck in a dream that you left behind.* Er steckte in einem zurückgelassenen Traum fest.

Erst spät fand er den Weg ins Bett. Und noch vor dem Morgengrauen stand er auf. Wie so oft nach solchen Nächten saß er in der Küche oder im Wohnzimmer und starrte vor sich hin. Sein Leben und seine Kunst erschienen ihm dann buchstäblich leblos. Er hatte sich nur mit Mühe beherrschen können, drüben im Atelier alle Arbeiten zu zerstören. Was hatte im Leben überhaupt Sinn? Was waren Liebe und Sehnsucht? Nichts als chemische Prozesse, die lediglich um ihrer selbst willen abliefen. Was war Kunst? Doch nur das Zusammenfügen von Farbe und Form. Dilettantische Versuche, die innere wie äußere Wirklichkeit erfassen und abbilden zu wollen. Wie viel mehr Kreativität und Kraft ging von der Natur aus? Er würde niemals so lange existieren, um ihr ebenbürtig zu sein.

Und dann gab es diese Augenblicke, wenn die Sonne so viel Optimismus verbreitete, dass sie solche Gedanken wie Spinnweben zerriss und er mit Lust am Leben den Tag begann. Aber solch einen Tag hatte er heute nicht erwischt. Aus allen Ecken starrten ihm die Gespenster der Nacht entgegen. Und es war vor allem Lehmann, der ihn immer noch fest in seinen Klauen hielt. Er wusste ein ums andere Mal, dass er ihn zur Strecke bringen musste, um endlich Ruhe zu finden. Er konnte sich das Gefühl nicht erklären, das ihn in den vergangenen Wochen immer wieder beschlich, aber er war sicher, dass Lehmann in der Nähe war.

Das konnte nicht sein – oder doch? Simon spürte die Bedrohung, und er hatte das Verlangen, ihn aus seinem Leben zu entfernen, wie man einen Tumor aus dem Körper schneidet.

Gerade als er sich entschieden hatte, doch Frühstück zu machen, klingelte sein Smartphone. Es war Chris.

»Ich will dir nur schnell zwei Dinge mitteilen.« Er klang ziemlich stolz. »Wir haben Henderson.« Marks machte eine bedeutungsvolle Pause. »Und sie werden Annie noch in dieser Woche aus dem künstlichen Koma zurückholen.«

LIV.

»Wir haben lange nach Ihnen gesucht.« DI Marks stellte einen Becher mit Mineralwasser auf den Tisch im Verhörraum.

Neil Henderson zuckte mit den Schultern. »Ich verstehe immer noch nicht, was Sie von mir wollen.«

Er machte einen übernächtigten Eindruck. Kollegen hatten ihn in der Nacht an einer Freien Tankstelle in Exeter gestellt und festgenommen. Die Beamten hatten zufällig dort gehalten, um einen heißen Kaffee zu kaufen, dabei hatten sie Henderson erkannt, der seinen Wagen betanken wollte. Stunden später saß der Autohändler im Präsidium in Helston.

»Sie wissen, warum. Ihre Frau hat Sie beschuldigt, Fiona Richards getötet zu haben und auch für den Mord an Abigail Reid verantwortlich zu sein.«

»Lächerlich.«

»Sie sind geflüchtet. Warum, wenn Sie keine Schuld auf sich geladen haben?« Sue Temple stand mit verschränkten Armen an die Wand gelehnt hinter Marks' Stuhl. Sie sah ebenso übernächtigt aus wie der Verdächtige.

Der Autohändler rieb sich durchs Gesicht und seufzte. »Ich bin nicht geflüchtet, Detective Sergeant. Ich habe bloß eine Auszeit gebraucht.«

»Eine Auszeit?«

»Meine Frau und ich haben gestritten. Nicht das erste Mal. Aber dieses Mal war es einmal zu viel. Ich musste raus. Daher bin ich weg.«

»Einfach so?«

Er sah an sich herunter. »Ich habe unterwegs ein paar Klamotten gekauft und in kleinen B&Bs übernachtet. Ich wollte allein sein, mir klar werden, wie es mit mir, mit Millie und mit der Firma weitergeht.«

»Worum ging es in dem Streit?«

»Millie hat mir vorgeworfen, mit Fiona rumgemacht zu haben und damit unsere Ehe aufs Spiel zu setzen. Und am Ende auch den guten Ruf unserer Firma.«

»Sie führen doch angeblich eine offene Beziehung.«

»Na ja. Das bezieht sich eher auf Dates außerhalb unseres Freundeskreises. Solange niemand von dem anderen wusste, war das in Ordnung.«

»Ihre Frau hat auch wechselnde Beziehungen?«

Er zuckte mit den Schultern.

»Sie wissen es nicht?«

»Wie schon gesagt, die offene Beziehung galt nur für Verabredungen außerhalb unseres Freundeskreises. Aber das habe ich doch schon alles ausgesagt.«

»Sie hatten Sex mit Mrs. Richards?« Marks wollte endlich Konkretes und vermied höflichere Umschreibungen.

»Ja, ein-, zweimal. Aber ich habe sie nicht getötet.«

»Ihre Frau beschuldigt Sie, und Ihre Flucht lässt anderes vermuten.«

»Millie hat diese Räuberpistole erfunden, um mir einen Denkzettel zu verpassen. Das war dumm von ihr. Sie hat sich bei mir entschuldigt. Aber diesmal ist sie zu weit gegangen. Ich bin nicht geflohen, glauben Sie mir. Ich brauchte eine Auszeit, das ist alles. Können Sie sich vorstellen, wie das ist, wenn die eigene Frau behauptet, man sei ein Mörder? Meine Frau ist nicht ganz richtig im Kopf, Detective Inspector. Ich habe nichts getan. Wenn ich gewusst hätte, dass die Polizei mich sucht, hätte ich mich gemeldet. Das müssen Sie mir glauben.«

»Wir haben in Ihrem Privatwagen das Tatwerkzeug gefunden, mit dem die beiden Frauen getötet wurden.«

Henderson sah Temple verständnislos an. »Was meinen Sie damit?«

Marks zog aus dem braunen Umschlag, den er mit ins Verhörzimmer gebracht hatte, ein Foto hervor und schob es hinüber zu Henderson. »Diese Krawatte.«

Der Autohändler griff nach dem Foto, ließ es aber sofort wieder fallen, so als hätte er sich daran die Finger verbrannt.

»Sie erkennen sie?«

»Nein, nie gesehen. Wie kommt die Krawatte in meinen Wagen?«

»Sagen Sie es uns.«

Er verschränkte die Arme und lehnte sich zurück. »Ich will meinen Anwalt sprechen.« Dann griff er nach dem Becher und trank gierig einen Schluck. »Es gibt nur eine Erklärung: Jemand hat mir die Krawatte untergeschoben. Ich habe Fiona Richards nichts angetan. Ich war mit ihr im Bett, aber ich habe sie nicht getötet.«

»Wir überprüfen derzeit alle Fahrzeuge, mit denen die Leichen der Frauen transportiert worden sein könnten. Etwas umständlich und zeitraubend, aber Routinearbeit ist nicht selten äußerst erfolgversprechend.«

Henderson lachte auf. »Viel Vergnügen. Sie werden nichts finden.«

Marks legte das Foto in den Umschlag zurück. »Sie bleiben vorerst hier. Ich nehme Sie vorläufig fest. DS Temple, klären Sie Mr. Henderson über seine Rechte auf.«

»Schön, dass es klappt.« Millie hielt Louise mit Schwung die Autotür auf.

»Um ein Haar hätte ich absagen müssen. Aber dann ging es im OP doch schneller als gedacht.« Ihre Freundin stieg zu und schnallte sich an. »Ich bin froh, endlich rauszukommen. Ich habe allerdings mein Smartphone dabei. Sollten die Kollegen mich brauchen, musst du mich in die Klinik fahren.«

»Kein Problem.« Louise sah, dass sich Millies Blick für einen Augenblick verdüsterte. »Dann hoffe ich mal, dass sie sich nicht melden.« Entschlossen drehte sie den Zündschlüssel und lenkte den Wagen Richtung Kynance Cove.

»Ich liebe die Bucht.« Louise war voller Vorfreude.

Millie nickte zustimmend. »Wirklich einer der schönsten Küstenabschnitte hier im Südwesten. Ich bin gerne im Sommer dort, selbst wenn dann die Touristen die Bucht überschwemmen. Der Blick auf die geheimnisvollen Felsen im Wasser, der kleine, aber feine Sandstrand, windgeschützt. Für die Kinder war das immer ein Erlebnis. Kein Wunder, dass schon Queen Victoria und Prinz Albert die Bucht so schätzten.«

»Das Café des National Trust hat sicher schon auf, oder?«

Millie nickte. »Ich denke schon.«

Sie stellten den Wagen auf dem Parkplatz des National Trust ab, der weit oberhalb der Bucht lag. Bereits von dort war der Blick auf die Küstenlinie atemberaubend.

»Wenig Betrieb heute. Und das bei dem strahlend blauen Himmel. Das ist ja wie ein kleiner Urlaubstag.« Louise sah sich um.

»Darauf hatte ich gehofft. Komm.« Sie ging das kurze Stück bis zur Kante der steil abfallenden Klippen.

»Warte.« Louise kam kaum hinterher.

Sie deutete auf die vier größten und massivsten der Bucht vorgelagerten Felsformationen, von links nach rechts Richtung Bucht. »The Bishop, Gull Rock, Asparagus Island und Steeple Rock.« Sie lachte auf. »Meine Kinder müssen gerade jede Menge Heimatkunde pauken.«

»Wenn ich mich recht erinnere, war Kynance Cove auch Kulisse für eine der Episoden von *Die Rückkehr des Sherlock Holmes*.«

»Was du nicht alles weißt.« Sie zog Louise zu sich. Die heftige Bewegung brachte sie beinahe aus dem Gleichgewicht. »Genug Allgemeinwissen. Komm, lass uns das

Café stürmen, solange es noch leer ist.« Millie deutete auf zwei Pkw, gefolgt von einem Reisebus, die sich dem Parkplatz näherten.

»Wenn du hier ausrutschst, kann dir niemand mehr helfen.« Louise trat einen Schritt von der Kante zurück. Für den Hauch eines Augenblicks hatte sie gefürchtet, Millie würde sie schubsen.

Schweigend trotteten die beiden Freundinnen den schmalen, steilen Pfad zur Bucht hinunter, statt den etwas breiteren Weg zu nutzen, der in einer langgezogenen Kurve zum Wasser führte.

Millies Laune schien sich verändert zu haben. Die anfängliche Euphorie über den gemeinsamen Ausflug war einer Stimmung gewichen, die Louise nicht zu deuten wusste. Etwas schien Millie in Unruhe versetzt zu haben. Sie hielt den Kopf gesenkt und hatte keinen Blick für das satte Grün, das wie ein kurz geschorenes Fell eng über die Felsen gezogen war.

Am Sandstrand blieben sie einen Moment stehen.

»Gut, dass Ebbe ist.« Millie warf einen Blick über die Steinbrocken, die ihnen den weiteren Weg zum höher gelegenen Café beschwerlich machten. »Sonst hätten wir doch den anderen Weg nehmen müssen.« Sie drehte sich zu Louise um. »Wenn du magst, gehen wir nachher noch ein Stück über den Küstenpfad.«

Louise schürzte die Lippen. »Lass uns den Tee genießen und in Ruhe quatschen. Ich bin nicht sicher, ob ein längerer Spaziergang Sinn hat.« Sie klopfte auf ihre Gesäßtasche, in der das Mobiltelefon steckte.

Millie macht ein Gesicht, als wollte sie sagen: *Aber du hast es mir versprochen.*

Louise lächelte sie an. »Mal sehen, vielleicht nachher doch ein kleines Stück.«

»Wissen die Kollegen denn, wo du steckst?«

»Jep.«

Millie schien angestrengt nachzudenken. »Immer im Dienst, oder? Selbst in deiner Freizeit.«

Louise hob entschuldigend die Schultern. »Was soll ich machen? Aber ich hab das ja gewusst, als ich mich damals für den Beruf entschieden habe.«

»Mist.« Millie ließ offen, wie sie das meinte.

Die freundliche Bedienung brühte ihnen den Kaffee frisch auf, und sie nahmen die Becher mit zu den Sitzgruppen draußen.

Sie hob das Gesicht gen Himmel. »In der Sonne sitzen ist doch viel angenehmer als drinnen, oder?«, versuchte Louise ihre Freundin aufzuheitern.

»Hm.«

Sie lächelte Millie an. »Was ist auf einmal los mit dir? Deine Laune hat sich verändert.«

Millie schüttelte kaum merklich den Kopf. »Vielleicht war es eine schlechte Idee, hier herauszukommen.«

»Das verstehe ich nicht.«

»Ich wollte mit dir allein sein.«

»Sind wir doch.« Verwundert sah Louise Millie an.

Die deutete auf den Weg, der von oberhalb auf das Café zulief. »Die Horden werden gleich hier sein.«

»Kann ich locker ausblenden. Es geht doch nur um uns zwei.«

»Eben.«

Wieder so eine Bemerkung, die Louise nicht einordnen konnte. »Hat die Polizei Neuigkeiten?«

»Nein.«

»Und du bist sicher, dass Neil es getan hat?«

»Was interessiert dich das so sehr?« Millie spielte mit ihrem Becher.

»Na, hör mal. Ich bin immerhin deine Freundin.«

Millie strich eine Haarsträhne zurück. »Hast du Angst?«

»Wovor soll ich Angst haben?« Louise fühlte sich zunehmend unwohl.

»Dass ich wissen könnte, dass du und Neil ...«

Louise wurde schlagartig schlecht. »Seit wann weißt du es?«

»Unwichtig.«

»Millie ...«

»Du hast also?«

Louise nickte zögernd. »Ich hätte dir das schon längst ...«

»Hör auf damit. Es würde nichts ändern.«

»Millie, ich ...«

»Hör auf, Schuldgefühle zu heucheln. Das steht dir nicht.«

Louise schüttelte stumm den Kopf.

»Du hast Angst, du könntest mit einem Mörder im Bett gewesen sein.« Millie lachte auf. »Ja, meine Liebe, man kann den Menschen nur vor den Kopf gucken.«

»Ich weiß nicht, was ich sagen soll.«

»Sag besser nichts.«

»Ich ...«

»Halt einfach die Klappe, Louise, Schätzchen.«

»Warum sind wir hier? Wolltest du hier mit mir über Neil und mich reden?«

»Da gibt es nichts zu reden. Ihr habt gevögelt. Punkt. Viel schlimmer ist, dass du mit einem Mörder im Bett warst.« Sie sah Louise direkt in die Augen. »Ich kann dich sogar verstehen. Neil ist im Bett ein Kracher.«

»Und jetzt? Ich bin schuld.«

»Sei nicht kindisch. Steh zu dem, was vorgefallen ist.«

»Du bist auch nicht ohne«, versuchte Louise eine lahme Entgegnung.

»Das ist eine andere Geschichte, Louise. Wir haben uns alle unsere Freiheiten genommen.« Sie starrte missmutig auf die Touristen, die in Gruppen dem Café zustrebten. »Es war ein Fehler herzukommen.« Sie stand auf, ohne noch einmal von dem Kaffee getrunken zu haben.

»Warum?«

»Es war ein Fehler.«

Schweigend stiegen sie zum Parkplatz hoch, und schweigend fuhren sie die wenigen Kilometer nach Cadgwith zurück.

Louise war zwar froh, dass die Wahrheit endlich heraus war, fühlte sich aber immer noch schuldig. Und sie spürte in Millies Haltung eine Aggression, die ihr Angst machte.

DI Marks saß an Marys Küchentisch. Er hatte Simon aufsuchen wollen, ihn aber nicht angetroffen. Intuitiv hatte er dann den Weg über den schmalen Pfad zu Marys Haus eingeschlagen. Dort war er auf Jenkins gestoßen, der mit Mary vor dem alten Schrank im Schuppen die anstehenden Restaurierungsschritte erörterte.

Nun saßen sie in der Küche.

»Ich könnte einen Whisky gebrauchen«, meinte Simon.

Marks hob die Hand. »Nicht jetzt.«

»So schlimm?« Mary sah ihn mitfühlend an.

Mit einem raschen Blick auf Simon antwortete er: »Die Kriminaltechniker haben bislang in keinem der Fahrzeuge Leichenspuren gefunden. Die Hunde haben nicht angeschlagen.«

»Was ist mit den ausgelieferten Fahrzeugen?«

Marks sah Simon niedergeschlagen an. »Zum Glück waren es nur wenige. Und zum Glück kommen die Käufer alle aus der nahen Umgebung. Allerdings auch dort nichts.«

»Wirklich übel.«

»Außerdem finden sich an der Krawatte keine Spuren von Henderson, nur die der Opfer. Ich bin mit meinem Latein am Ende.«

»Geht alle Berichte noch mal durch. Irgendwo muss doch der Hinweis sein, der euch entscheidend weiterbringt. Ich kann mir nicht vorstellen, dass der Täter von außerhalb kommt.« Simon runzelte die Stirn.

»Wir werden Henderson freilassen müssen, es sei denn, wir finden Beweise. Sein Anwalt macht uns bereits die Hölle heiß.«

»Wenn Henderson unschuldig ist, warum flüchtet er dann? Das verstehe ich nicht.« Mary sah von Marks zu Simon.

»Im Grunde haben wir nur die Aussage seiner Frau, dass er geflüchtet ist. Beziehungsweise, wir haben aus ihren Angaben schließen müssen, dass er abgehauen ist, weil wir ihm auf der Spur waren.«

»Habt ihr auch den Wagen von Millie Henderson kontrolliert?«

Marks sah Jenkins verblüfft an. »Nein. Dazu hatten

wir keinen Anlass. Sie hat uns versichert, dass nur sie ihn fährt.«

»Aber …« Mary verstand nun gar nichts mehr.

Marks hatte bereits sein Smartphone gezückt. »DS Temple? Schnappen Sie sich einen Hundeführer und fahren sie zu den Hendersons. Der Hund soll das Auto der Ehefrau untersuchen. Ja, sofort.« Er trennte die Verbindung und sah Simon an. »Ich Trottel. Ich muss los. Ich fahre hoch nach Ruan Minor.«

DI Marks hielt vor dem Haus und ging mit schnellen Schritten auf die Haustür zu. Dabei warf er einen Blick auf die offen stehende Garage. Dort stand ein Fahrzeug.

»Sie haben also meinen Mann endlich gefunden? Unser Anwalt hat mich informiert. Hat er schon gestanden?«

Millie Henderson trug einen Bademantel, der wenig verbarg, und auf dem Kopf ein zum Turban gedrehtes Handtuch. Als sie den irritierten Blick des Inspektors auf ihren Ausschnitt bemerkte, lächelte sie, machte aber keine Anstalten, den Bademantel zu schließen.

»Ich habe gerade geduscht. Zwei Stunden Workout, Bauch, Beine, Po. Aber kommen Sie doch herein.« Sie machte eine einladende Handbewegung.

»Danke.« Als er eintrat, musste er nahe an ihr vorbei, weil sie die Tür nicht ganz geöffnet hatte. Er konnte ihr Duschgel riechen.

Im Flur zögerte er und blieb stehen. »Sie sollten sich besser anziehen. Meine Kollegen werden gleich hier sein.«

»Was ist passiert?«

»Ihr Mann ist tatsächlich bei uns auf dem Revier. Aber darum geht es nicht. Der Wagen da draußen, ist das Ihrer?«

Sie nickte.

»Gut. Wie Sie wissen, haben unsere Hunde alle verfügbaren Fahrzeuge überprüft. Ohne Ergebnis. Nur ein Auto fehlt noch.«

»Mein Wagen.«

»Richtig.«

»Ich habe doch ausgesagt, dass nur ich ihn fahre. Gehen Sie doch ins Wohnzimmer. Ich bin gleich wieder für Sie da. Ich zieh mich schnell an.«

Während Marks im Wohnzimmer wartete, meldete sich Temple und teilte ihm mit, sie seien bereits auf dem Weg und in spätestens fünfundvierzig Minuten vor Ort.

»Gut gemacht, DS.« Er steckte das Smartphone in die Manteltasche zurück.

»Vielleicht nehme ich doch einen Kaffee«, meinte er, als Millie Henderson das Wohnzimmer in einem enganliegenden Jogginganzug betrat, so als wollte sie gleich noch einmal ihr Fitnessprogramm absolvieren. Der blaue Stoff passte perfekt zu ihrem roten Haar, das sie nachlässig hochgesteckt hatte.

»Ich habe erst in ein paar Stunden meinen nächsten Termin. Ein Unternehmer aus Bristol will hier in der Gegend ein Chalet kaufen, für seine Wochenendtouren. Der Mann hat Geld, viel Geld. Ein Oligarch aus Kasachstan. Ich wurde ihm empfohlen. Ich hatte vor fast einem Jahr schon einmal einen Kunden aus diesem Land. Dort muss es schön sein. Er hat mir ein paar Fotos gezeigt. Na ja, ich schweife ab.«

Marks nickte. »Sie haben viele solvente Kunden?«

»Gott sei Dank. Ich halte mich an mein Credo: Klasse statt Masse. Damit bin ich bisher gut gefahren.« Sie wandte sich zum Gehen. »Ihr Kaffee. Ich Dummerchen. Bin gleich zurück.«

Entweder war Millie Henderson so arglos, oder sie war eine grandiose Schauspielerin. Marks sah auf die Grafiken auf der gegenüberliegenden Wand. Geometrische Formen, die ihm überaus willkürlich erschienen und nichts aussagten. Als Dekoration passten sie zur Einrichtung, aber ob es sich tatsächlich um ernst zu nehmende Kunst handelte, vermochte er nicht zu sagen.

Henderson servierte den Kaffee stilvoll auf einem ebenso teuren wie unhandlich wirkenden Tablett.

Dankbar zog er die Tasse zu sich. »Die Kollegen müssen gleich hier sein.«

»Was hoffen Sie zu finden?« Sie setzte sich ihm gegenüber in einen mit schwarzem Leder bezogenen Sessel, der in einem Rahmen aus verchromtem Stahlrohr steckte.

»Es wird schnell gehen. Wir werden einen Leichenspürhund einsetzen. Er wird kurz Ihren Wagen inspizieren, und dann wissen wir mehr.«

»Kein Problem. Ich habe nichts zu verbergen.«

»Ihr Mann behauptet, er habe mit der ganzen Sache nichts zu tun.«

»Dann lügt er.« Nach einer kurzen Pause fügte sie hinzu: »Behaupte ich. Nein, weiß ich. Aber das habe ich Ihnen ja bereits gesagt.«

»Sie machen einen überaus gefassten Eindruck, Mrs. Henderson.«

»Soll ich schreien? In Tränen ausbrechen? Das nützt weder mir etwas noch der Situation, in der ich stecke. Ich bin so erzogen, Detective Inspector. Die Welt nüchtern betrachten und daraus die richtigen Schlüsse ziehen. Das mag in Ihren Ohren herzlos klingen, aber glauben Sie mir, das ist für mich der einzig gangbare Weg. Ich habe in meinem Leben oft erfahren, dass zu viel Mitleid großen Schaden anrichtet.«

»Das klingt in der Tat sehr nüchtern.« Marks trank einen Schluck.

»Außerdem muss ich an meine Kinder denken.«

»Wie geht es den beiden?«

»Gut. Sie wissen, dass es im Augenblick für ihren Daddy nicht einfach ist und es zwischen den Eltern Spannungen gibt. Das ist okay für sie. Den Rest werden sie schon noch früh genug erfahren. Und sie werden es verstehen. Da bin ich mir sicher.«

»Sie sind eine mutige Frau.«

Sie schob eine Haarsträhne zur Seite. »Ja. Das bin ich wohl.«

»Was sagen eigentlich Ihre Freundinnen zu dem Ganzen? Sie sprechen doch sicher darüber?«

»Tracy lebt in ihrer eigenen Welt. Sie ist schockiert und traurig. Eine Stimmung, der sie sich, so empfinde ich das, allzu gerne hingibt. Nun, das muss sie für sich entscheiden. Und Louise? Ich weiß es nicht. Sie ist Medizinerin und hat einen ganz eigenen Blick auf das Leben. Nicht, dass sie nicht ebenfalls schockiert ist. Aber ich glaube, dass sie das Ganze nicht so dicht an sich heranlässt. Eine Art professioneller Schutz. Antrainiert oder angeboren, was weiß ich. Sie nimmt hin, was passiert ist, und weiß zugleich, dass das Leben weitergeht. Außerdem ist sie in gewisser Weise abgelenkt. Hillside verlangt ihre volle Aufmerksamkeit und die ganze Arbeitskraft, die ihr nach dem Dienst noch zur Verfügung steht.«

»Das ist wohl so. Das Leben, oder was wir dafür halten, nimmt auf nichts und niemanden Rücksicht.«

»An Ihnen ist ein Philosoph verloren gegangen.«

Marks musste lächeln. »Das sind eher die Erfahrungen aus meinem Berufsleben.«

»Sind Sie verheiratet?«

»Lange her.«

»Oh, ich wollte nicht so indiskret sein. Verzeihen Sie.«

»Schon gut.« Verlegen griff er nach der Tasse.

»Wenn ich schon so eine unverschämte Frage gestellt habe: Gibt es jemanden in Ihrem Leben?« Sie hob entschuldigend die Hände. »Meine Neugier.«

»Nein, gibt es nicht.« Die Unterhaltung drohte eine unangenehme Wendung zu nehmen. Daher schob er schnell nach: »Sie vier gelten im Dorf als regelrechte Feierbiester. Sie müssen dem Leben doch sehr zugetan sein.«

»Sie meinen ein Leben aus Suff und Dauerparty?« Sie hob mit angeblich entrüstetem Blick einen Finger. »Ich bitte Sie. Das meinen Sie nicht wirklich.« Sie wurde wieder ernst. »Wir vier waren eine großartige Truppe. Unsere Gemeinschaft hat uns einen gewissen Halt gegeben. Etwas, auf das wir uns freuen und immer verlassen konnten. Und damit meine ich nicht nur die feuchtfröhlichen Runden im Pub oder im Ruderklub. Sie haben dazugehört. Und dieses Gefühl von Unbeschwertheit hat jede von uns genossen. Mal ein paar Stunden nicht ans Geschäft, ans Gericht, an die Schule oder an den Operationssaal denken müssen. Ja, es ging auch ums Vergessen. Es ging nicht nur um Alkohol, das können Sie mir glauben. Denn was bleibt am Ende einer Party? Doch nur leere Flaschen und Gläser.«

»Nun sind Sie die Philosophin.«

Sie lachte auf. Es klang bitter. »Und dann ist mit einem Mal alles zerstört worden.«

»Das ist …«

In diesem Augenblick klingelte es an der Tür.

Henderson stand auf. »Bestimmt Ihre Kollegen.«

Sie waren zu dritt. DS Temple, DC Easterbrook und eine Hundeführerin, die Marks nicht kannte. Sie deutete auf den Golden Retriever an ihrer Seite. »Was soll Robin für euch tun?«

Marks zeigte auf die offene Garage. »Es geht um dieses Fahrzeug.«

Sie wandte sich ihm zu. »Dürfte kein Problem sein.«

Millie Henderson verschränkte die Arme und blieb in der Haustür stehen, während Marks mit den Kollegen hinüber zur Garage ging.

»Ist nicht verriegelt«, rief sie ihnen hinterher. Es klang amüsiert.

Die Hundeführerin zog einen Einmalhandschuh über und öffnete die Heckklappe des Autos. Ihr Hund schnüffelte aufgeregt und intensiv an der Stoßstange. Die Polizeibeamtin forderte ihn auf, in den Kofferraum zu springen. Aber auch dort schlug der Golden Retriever nicht an.

Bereits nach wenigen Sekunden befahl sie ihm den Rückzug. Erwartungsvoll setzte er sich vor sie hin.

»Suchen Sie bitte weiter.« Marks wollte sichergehen, dass er keine Möglichkeit ausließ. »Die Garage und meinetwegen auch das gesamte Grundstück.«

Während der Hund in der Garage schnüffelte, fragte Marks Henderson um die Erlaubnis, das gesamte Grundstück absuchen zu dürfen.

Achselzuckend nickte sie. »Sie werden nichts finden. Aber bitte, tun Sie sich keinen Zwang an.«

Sie behielt recht. Der Leichenspürhund schlug nicht ein Mal an. Während Temple und der Rest der Truppe unverrichteter Dinge das Grundstück verließen und zurück nach Helston fuhren, blieb Marks noch bei Henderson.

»Wollen Sie noch einen Kaffee? Oder doch lieber etwas Stärkeres? Ich kann Ihnen einen Gin Tonic anbieten. Sie sehen mit einem Mal so aus, als könnten Sie eine kleine Stärkung vertragen.«

Marks lehnte ab.

»Was haben Sie erwartet, Detective Inspector? Dass der Hund verrücktspielt und ich die Mörderin bin?« Sie sah ihn mit Spott in den Augen an.

»Ich habe gar nichts erwartet«, log Marks. Er war felsenfest davon ausgegangen, dass sie in dem Wagen fündig werden würden. »So wie es aussieht, werden wir Ihren Mann wieder auf freien Fuß setzen müssen. Obwohl wir die Krawatte sichergestellt haben und sie eindeutig das Tatwerkzeug ist. Aber wir können sie nicht mit Ihrem Mann in Verbindung bringen. Stellen Sie sich darauf ein, dass er zurückkommt.«

»Er muss der Täter sein. Meinetwegen nehmen Sie die gesamte Firma auseinander. Er wird mit Sicherheit irgendwo Spuren hinterlassen haben. Sie müssen nur an der richtigen Stelle suchen.«

»Wer könnte sonst noch die Krawatte im Auto deponiert haben? Hat er Feinde? Neider? Möglicherweise jemand aus der Firma? Wie können Sie so sicher sein? Und warum ist es Ihnen so wichtig, dass wir ihn überführen?«

»Eine Frau spürt so etwas. Seine ganze Art, sein Geständnis, dass er mit Fiona ein Verhältnis hatte. Ihre Drohung, dass sie die Sache auffliegen lassen wollte. Ich bin davon überzeugt, dass er tun musste, was er getan hat. Um sich selbst, um die Firma und meinetwegen auch seine Familie zu schützen.«

»Wie können Sie nur so hart sein? Jede Ehefrau würde sich für ihren Mann einsetzen.«

»Ich nicht.«

»Wer sind Sie, Mrs. Henderson?«

LV.

Simon sah Luke ungläubig an.

»Doch, glaub mir. Als er die Bilder löschen wollte, hat er sie erkannt.«

»Bist du ganz sicher?«

»Kein Zweifel.«

»Dann lass uns keine Zeit verlieren und zu ihm fahren.« Simon stand auf und trat an die Spüle. »Lass mich nur noch schnell meine Pillen einnehmen.« Er füllte ein Wasserglas mit Leitungswasser und nahm drei Tabletten ein, die in einer jener Dosierschachteln mit Schiebedeckel steckten, auf dem die Tageszeiten aufgedruckt waren. Dann griff er nach seinem Gehstock.

Er war gerade dabei gewesen, einen größeren Posten Linoldrucke mit unterschiedlichen Motiven bereitzulegen, um sie beim kleinen Kunstgewerbeladen The Crow's Nest gegenüber von Marys Laden abzugeben, als Luke ihn aufsuchte.

Mehr beiläufig hatte er ihm erzählt, dass er tags zuvor in Coverack zufällig einen Kumpel aus der Schulzeit getroffen hatte. Und dass dieser Steve als Aushilfe in der Autovermietung *Best Cars* in Falmouth arbeitete. Bei einem Pint oder zwei hatten sie gequatscht. Dabei seien natürlich auch die Morde an den beiden Frauen zur Sprache gekommen. Und dass es der BMW-Niederlassung schlecht gehe. Steve habe zufällig mitbekommen, dass Millie Henderson bei ihnen gewesen war und auf ihren Namen einen preiswerten Leihwagen gemietet hatte.

Simon hatten sich die Nackenhaare aufgestellt.

»Das ist vermutlich ein entscheidender Hinweis.« Luke sah Simon überzeugt von der Seite an. Die ersten Meilen auf der A 394 hatten sie geschwiegen; die Spannung in der Fahrerkabine des Pick-up war nahezu greifbar. Nun waren sie bereits ein gutes Stück hinter Helston.

»Ja und nein.«

»Was heißt das?«

»Wenn wir von der Annahme ausgehen, dass einer der beiden für die Morde verantwortlich ist, dürfen wir nicht außer acht lassen, dass auch *beide* für die Taten verantwortlich sein könnten.«

»Millie Henderson und Neil Henderson? Das Ehepaar als Komplizen? Das ist ja der Hammer.«

»Könnten, habe ich gesagt.«

»Schon gut, Bulle. Hab ja verstanden.«

»Hat dein Kumpel sonst noch etwas gesagt?«

»Nee. Er hat das auch mehr in einem Nebensatz erwähnt. Erst auf dem Heimweg ist mir klar geworden, was er da erzählt hat.«

»Gut gemacht.«

Luke wuchs sichtlich hinter dem Steuer. »Wenn man es eilig hat, können sich zwanzig Meilen ganz schön hinziehen.«

»Wir müssen nicht so rasen.« Simon deutete auf das Zifferblatt der Autouhr. »Die Schicht deines Kumpels geht noch eine ganze Zeit.«

Die Autovermietung *Best Cars* hatte ihren Sitz unweit der Falmouth Marina an der Dracaena Avenue. Am Schreibtisch hinter dem Empfangstresen sah ihnen Lukes Kumpel Steve erstaunt entgegen.

»Auto kaputt? Brauchst du einen Leihwagen? Stets zu Diensten. Wir haben die besten«, feixte er.

»Hast du die Aufnahmen noch, von denen du mir erzählt hast? Du weißt, die mit Millie Henderson.«

»Weil?«

»Hast du sie noch?« Luke trat ungeduldig von einem Fuß auf den anderen.

Sein Kumpel schüttelte den Kopf. »Längst überspielt.« Er deutete auf die Kamera, die hinter ihm in der Zimmerecke hing. »Länger als ein, zwei Wochen heben wir sie nicht auf. Wozu auch?«

»Mist.« Luke hieb enttäuscht mit der Faust auf den Tresen.

»Mach mal halblang. Was willst du?« Der Angestellte blieb unbeeindruckt.

Luke beugte sich mit verschwörerischer Miene über die Barriere. »Dann bestätige wenigstens ihm«, er deutete mit dem Daumen auf Simon, »dass du sie erkannt hast.«

»Und wer ist *er*? Und warum will *er* das wissen?« Steve lehnte sich lässig in seinem Drehstuhl zurück und ließ seinen Blick ungeniert über Simons Gestalt wandern.

»Metropolitan Police.« Simon wollte protestieren, aber Luke hielt ihn zurück. »Undercover.«

»Was du nicht sagst. Die Tarnung sieht jedenfalls gelungen aus.« Er musterte Simon von oben bis unten mit kritischem Blick. »Eher Künstler als Bulle.«

»Komm schon. Wir … äh, er muss das wissen.«

Steve schüttelte den Kopf. »Was für eine Räuberpistole. Aber ja, wie schon gesagt, ich habe sie erkannt.« Er sah die beiden erwartungsvoll an.

»Und welchen Wagen hat sie gemietet?« Simon ärgerte sich über Luke. Aber das würde er sich für später aufheben. Nun wollte er von diesem Steve die ganze Geschichte hören.

»Ein Vauxhall. Nichts Besonderes. Allerweltskarre.« Er hielt kurz inne. »Das hat mich ja so stutzig gemacht. Die Lady von 'nem BMW-Händler mietet so eine Blechbüchse«. Er grinste. »Dafür war dann aber auch das Trinkgeld nicht von schlechten Eltern.«

»Woher kennen Sie Mrs. Henderson?«

»Na ja, ab und an bin ich ja auch in Cadgwith. Wegen des Gig Club. Ich interessiere mich immer schon fürs Rudern. Und da hab ich sie des Öfteren gesehen. Attraktive Frau.« Er warf Luke einen vielsagenden Blick zu. »Mit der würde ich glatt mal eine Runde *rudern.*«

»Würden Sie uns die Buchungsunterlagen zeigen?«

»Und Sie sind wirklich undercover unterwegs?«

Simon überhörte geflissentlich die Frage, bemerkte aber aus dem Augenwinkel Lukes Kopfnicken. »Bitte.«

»Ich krieg doch keinen Ärger, oder?«

Luke schüttelte den Kopf.

»Einen Moment.« Er scrollte sich durch mehrere Anwendungen des Computerprogramms und sah die beiden dann entschuldigend an. »Sorry. Ich kann den Namen nicht finden.«

»Das kann nicht sein.«

»Ist aber so. Unter dem Datum finde ich nichts.«

»Bist du sicher, dass du das richtige Datum eingegeben hast?«

»Klar.«

»Achter Mai. Flora Day in Helston.«

Steve beugte sich wieder über den PC und schüttelte den Kopf. »Nix.«

Luke sah ihn enttäuscht an.

»Warte, da ist was.« Steve scrollte erneut über die Seiten. »Ich hab sie. Sie hat die Karre am sechsten Mai gemietet und, warte … sie hat den Wagen dann am neunten Mai zurückgegeben. Vollgetankt und ohne Beschädigungen. Sie hat übrigens die Miete bar bezahlt.« Er schüttelte erstaunt den Kopf. »Wozu sie den Wagen wohl benutzt hat? Ach, ist ja auch egal.«

»Du hast uns sehr geholfen.« Luke klopfte zur Bestätigung mit der flachen Hand auf den Tresen. »Du bist der Beste.«

»Wenn du das sagst. Gib mir lieber ein Pint aus. Davon hab ich mehr als von deiner Lobhudelei.«

»Kriegst du.« Luke grinste. »Kannst du uns die Unterlagen bitte ausdrucken?«

Steve schüttelte den Kopf. »Metropolitan Police hin oder her, dafür brauche ich so etwas wie einen richterlichen Beschluss. Sonst bin ich meinen Job los. Ich kann doch nicht so einfach sensible Firmendaten ausdrucken. Ich habe mich schon weit aus dem Fenster gelehnt, um dir und«, er deutete auf Simon, »dem Schweiger zu helfen. Ich hab das auch nur gemacht, weil wir uns kennen.«

»Wo ist der Wagen jetzt?«

Steve stand auf und warf einen Blick hinaus auf den Firmenparkplatz. »Da ich ihn nicht sehe, wird er entweder ausgeliehen sein, oder er steht in der Werkstatt.« Er setzte sich wieder und verschränkte entschieden die Arme. Das klare Signal, er hatte hiermit genug getan.

Simon wusste, dass damit der Besuch in der Autovermietung beendet war. Den Rest würde ohnehin Marks erledigen müssen.

Nachdem sie sich verabschiedet hatten und wieder im Wagen saßen, sah Luke ihn mit schuldbewusster Miene an.

»Brauchst mich gar nicht so anzuschauen. Dein Dackelblick zieht nicht. Mach das nie wieder. Behaupte nie wieder, ich sei bei der Metropolitan Police.« Er stieß die Luft aus. »Und dann noch undercover.«

»Wird nicht mehr vorkommen.«

Simon zückte sein Smartphone und rief Marks an. Während er Chris über ihr Gespräch in der Autovermietung informierte, beobachtete er gedankenverloren den Verkehr, der nach Falmouth hineinströmte.

»Ich denke auch, dass du dir einen richterlichen Beschluss besorgen solltest«, sagte er bei der Verabschiedung zu Marks und schob das Telefon zurück in seine Jackentasche.

Er sah Luke an. »Marks ist jetzt alarmiert. Er ist ohnehin gerade in Ruan Minor, weil es noch einige Dinge zu klären gibt, die mit dem Brand in Reids Haus zusammenhängen. Er wird sich um Mrs. Henderson kümmern.« Er musste bei dem Gedanken lächeln. »Er hat gemeint, er könne sich so langsam nach einem Zweitwohnsitz in Ruan Minor umsehen, so oft wie er dort zu tun hat. Erst vor zwei Tagen war er dort und hat ihren Wagen von einem Leichenspürhund abchecken lassen.«

»Ist damit ihr Mann aus dem Rennen?«

»Darüber haben wir nicht gesprochen.«

Simon sah aus dem Seitenfenster. In ihm hatte sich der Jagdinstinkt gemeldet, den er aus seiner aktiven Zeit nur zu gut kannte. Aber er wollte ihm nicht nachgeben. Der Ball lag nun bei Chris.

Die Fahrtstrecke bot wenig Anlass, die Gedanken schweifen zu lassen. Die Landschaft war weitgehend karg und verriet wenig von dem, was die Natur wenige Kilometer an der Küste an Überbordendem bot. Seine Gedanken kamen immer wieder auf Millie Henderson zurück.

Die Eintönigkeit machte ihn müde. Plötzlich bremste Luke den Pick-up ab. Simon wäre beinahe mit dem Kopf gegen die Frontscheibe geprallt. Außerdem durchzuckte ihn ein stechender Schmerz im Rücken.

»Bist du bescheuert?«, fuhr er Luke an.

Sein Freund ließ den Wagen auf dem Seitenstreifen langsam ausrollen. »Wenn mich nicht alle guten Geister verlassen haben und ich nicht an Wahnvorstellungen leide, ist gerade Millie Henderson an uns vorbeigerauscht.«

»Bist du sicher?«

»Aye. In einem dicken SUV und in einem Höllentempo. Als sei der Unaussprechliche hinter ihr her.« Er sah aufgeregt in den Rückspiegel.

Aus einem Impuls heraus entschied Simon: »Häng dich an sie dran. Mal sehen, was sie vorhat.«

Mit einem gewagten U-Turn wendete Luke den Wagen. »So mag ich dich, Simon.«

Jenkins zog erneut sein Smartphone hervor und tippte auf Marks' Nummer. Ungeduldig wartete er auf die Verbindung.

»Hier bin ich noch mal.«

»Was ist? Ich stehe gerade vor dem Haus der Hendersons. Ich habe jetzt keine Zeit.«

»Du wirst niemanden antreffen. Es sei denn, ihr Mann ist zu Hause.«

»Was heißt das?«

Simon klärte ihn über die neueste Entwicklung auf.

»Könnt ihr dranbleiben?«

»Sicher. Luke fährt wie der Teufel.«

»Kein Risiko und keine Alleingänge.«

»Keine Sorge. Wir wissen, was zu tun ist.« Simon hörte im Hintergrund einen Klingelton.

»Scheint niemand da zu sein. Wir haben Neil Henderson freilassen müssen. Keine Ahnung, wo er sich gegenwärtig aufhält.«

Simon hörte ein erneutes Klingeln.

»Macht niemand auf. Ich warte im Büro auf das, was sich tut.« Marks klang enttäuscht.

Simon beendete das Gespräch.

»Ich dachte schon, wir verlieren sie. Aber da hinten ist sie.« Luke deutete durch die Windschutzscheibe.

Sie folgten dem Wagen mit gehörigem Abstand. Simon ging zwar nicht davon aus, dass Millie Henderson sich verfolgt fühlte, aber er wollte kein Risiko eingehen.

Der SUV fuhr an Falmouth vorbei Richtung Redruth. Über die A 30 und anschließend über die A 3075 ging es weiter in Richtung Newquay.

»Will sie nach Newquay?« Luke runzelte die Stirn. »Sie hätte doch über Helston fahren können.«

»Keine Ahnung, warum sie diesen Weg gewählt hat. Egal.« Simon wusste schlagartig, was sie vorhatte. »Sie will zum Flughafen.«

»Natürlich. Sie will abhauen.«

Simon tippte erneut Marks' Nummer an und stellte das Telefon auf laut. »Sie will zum Flughafen. Sieht jedenfalls so aus.«

»Ich verständige die Kollegen dort.« Marks legte auf und Simon steckte das Telefon weg.

»Was passiert jetzt?«

»Marks wird den Polizeiposten dort anweisen, sie aufzuhalten. Er wird sich außerdem direkt auf den Weg machen. Wir können umkehren.«

»Nicht dein Ernst!« Luke sah ihn ungläubig an. »Wir sind so dicht dran.«

»Der Rest ist reine Polizeiarbeit.«

Luke ließ nicht locker. »Und wenn sie doch nicht zum Flughafen will?«

»Du hast recht. Wir folgen ihr, bis wir sicher sein können, dass sie tatsächlich auf das Flughafengelände fährt.«

Luke nickte zufrieden und behielt penibel den Abstand zum SUV bei. Er hatte eine Mission zu erfüllen.

LVI.

DI Marks ließ Millie Henderson im Verhörraum die Handschellen abnehmen. Die anwesende Beamtin drückte sie auf den Stuhl, auf dem erst wenige Tage zuvor ihr Mann gesessen hatte. Die Festgenommene ließ es unbeeindruckt zu.

»Sie wissen, warum Sie hier sind?«

»Nein«, kam es patzig zurück.

Marks legte die Hände flach auf den am Boden verschraubten Tisch, der sie beide trennte, und sah sie abwartend an.

Henderson hatte tatsächlich den Flughafen angesteuert. Chris war Simon und Luke dankbar. Ihre Geistesgegenwart hatte die Verhaftung möglich gemacht. Als sie einchecken wollte, waren zwei Beamte auf Millie Henderson zugetreten und hatten sie nach ihrem Ausweis gefragt. Mit einer Seitwärtsbewegung hatte sie den Polizisten in Uniform zunächst entkommen können.

Aber kaum hatte sie an den aufgeschreckten Fluggästen vorbei das Terminal verlassen, war ihre Flucht auch schon beendet. Sie hatte sich mit Händen und Füßen gewehrt, dabei auch wie eine in die Enge getriebene Katze gekratzt und um sich gebissen. Nichts an ihr erinnerte mehr an die Celebrity-Lady, die sie noch vor wenigen Tagen so gerne hatte sein wollen. Ihr Auftritt vor dem Flughafen war filmreif gewesen, aber letztendlich erfolglos. Ihre aggressive Haltung war auch der Grund für die Handschellen.

Millie Henderson trug legere Leggins, dazu Sneakers

und einen dünnen pinkfarbenen Pullover, unter dem ein farblich passendes T-Shirt hervorlugte. Offensichtlich hatte sie sich auf sonniges Wetter eingestellt.

»Nun?«

Sie schwieg beharrlich und sah ungerührt vor sich auf die Tischplatte.

»Wir haben Zeit, Mrs. Henderson.«

Keine Reaktion, nicht einmal ein höhnischer Laut.

»Wie geht es Ihren Kindern?«

Marks meinte ein leichtes Zucken ihrer Augen bemerkt zu haben, das war aber auch schon alles.

»Die Sachlage ist eindeutig«, schaltete sich DS Temple ein. Marks hatte sie gebeten, bei dem Verhör dabei zu sein, damit er sich nicht der Gefahr angeblicher sexueller Belästigung aussetzte. »Wir lassen gerade in diesem Augenblick den Vauxhall untersuchen, den Sie in Falmouth gemietet haben. Die Kollegen der Kriminaltechnik sind sicher, dass sie Spuren finden werden. Außerdem haben wir die Buchungsunterlagen zu dem Wagen sichergestellt. Auffällig ist, dass Sie das Fahrzeug zwei Mal gebucht haben. Die Daten passen zu den Zeiträumen, in denen die Leichen aufgefunden wurden.«

Schweigen.

»Es geht nicht mehr um das Das, sondern um das Warum.« Marks blieb nur äußerlich ruhig. Hendersons Schweigen wühlte ihn auf, weil er im Hinterkopf immer noch Bleys Gesicht hatte, als er in ihrer Wohnung neben ihr stand und sie mit dem Tod rang. Der perfide Mord an den beiden Frauen war für ihn der entscheidende Grund für diesen Suizidversuch.

»Warum Abigail Reid, und warum haben Sie Ihren

Mann belastet? Ihnen muss doch klar gewesen sein, dass Sie damit niemals durchkommen würden.« Marks sah, dass Temple die Fäuste ballte. »Der tragische Selbstmord von Carl Reid geht ebenfalls auf Ihr Konto.«

Marks wandte sich an seine Kollegin. »Lassen wir Mrs. Henderson ein bisschen Zeit zum Nachdenken.« Er stand auf und nickte im Hinausgehen dem weiblichen DC zu, die sich vor dem Raum bereitgehalten hatte. Die junge Frau wechselte ihren Platz und setzte sich ins Vernehmungszimmer. Es schien, als würde Millie Henderson die Veränderung gar nicht bemerken.

DS Temple und DI Marks holten sich einen Kaffee und zogen sich in Marks' Büro zurück. Nach dem tristen Vernehmungszimmer wirkte der Raum fast gemütlich.

»Sie wird schwer zu knacken sein.«

»Henderson wird so lange bei uns bleiben, bis sie gesteht. Wir haben alle Trümpfe in der Hand. Sie wird uns nicht mehr entkommen.« Er zählte auf: »Das gemietete Auto, dann die Aussage des Rentners Jan Morgan, was die Krawatte betrifft. Möglicherweise finden wir in ihrem Haus ein weiteres Mobiltelefon, Prepaid, zu dem die Auswertung der Funkzellen passt. Und wer weiß, vielleicht findet sich noch ein Zeuge, der den Vauxhall in der Nähe der Tatorte gesehen hat. Ich bin ziemlich optimistisch.«

»Motiv?« Temple blieb skeptisch.

»Na ja.« Marks musste sich eingestehen, dass er dazu noch keine eindeutige Meinung hatte. »Sie ist ihrem Mann auf die Schliche gekommen, Rache.«

»Abigail Reid?«

»Vielleicht hat Henderson auch von ihr die Finger nicht lassen können.«

»Passt nicht eben zu einer offenen Beziehung, die die beiden führen.«

»Was heißt das schon? Eifersucht ist ein starkes Motiv – und ein Gefühl, dem man sich nicht entziehen kann.« Er hatte mit seiner Ex einschlägige Erfahrungen gemacht. Aber das war etwas, das Temple nichts anging.

»Was hat dann nun der große Unbekannte für eine Rolle gespielt, dem das Quartett am Flora Day aufgelauert hat?«

»Ich glaube schon, dass die Geschichte der vier stimmt und sie einen dieser Romance Scammer über die Verabredung mit Fiona Richards dingfest machen wollten. Für Millie Henderson war das die perfekte Kulisse für ihren Plan.«

»Hm.«

»Sie werden sehen.« Er war sicher, dass er die losen Fäden des Falls endlich in Händen hielt und zusammenbringen konnte.

»Ich hoffe, Sie behalten recht.«

»Sie geben nicht viel auf meine Theorie?«

»Das will ich nicht behaupten. Aber etwas stört mich.«

»Und das ist?«

»Ich kann es nicht in Worte fassen. Noch nicht. Ein Gefühl, eine Ahnung.«

»Sie wird uns nicht mehr entkommen. Sie hat die beiden Frauen auf dem Gewissen. Das werden wir ihr nachweisen, und wir werden ihr Motiv herausfinden. Wir müssen nur tief genug graben. Meinetwegen fangen wir in ihrer Kindheit an.«

»Gut.« Sie nickte. »Aber was machen wir nun? Wir können sie nicht ewig allein lassen.«

Marks sah auf die Uhr. »Soll sie ihren Anwalt anrufen. Das wird ihr aber nichts mehr nutzen.« Er nahm seinen Becher und deutete damit zur Tür. »Lassen Sie uns weitermachen.«

Hendersons Anwalt kam, kaum dass er angerufen worden war. Er bat darum, seine Mandantin unter vier Augen sprechen zu dürfen. Anschließend einigten sich Marks und der Anwalt darauf, dass Millie Henderson das Präsidium nicht verlassen durfte und die Nacht in einer Zelle verbringen würde. Die Verdächtige quittierte die Entscheidung mit einem zornigen Blick. Das war aber auch ihre einzige Reaktion.

Am nächsten Morgen erschien Millie Henderson nicht mehr als die überlegen auftretende Immobilienmaklerin. Ihre Haare waren nur unzureichend gekämmt. Die legere Freizeitkleidung, die sie bei ihrer Festnahme getragen hatte, war knittrig und fleckig.

»Sie haben nicht gut geschlafen.« Marks schob ihr einen Becher Kaffee zu. Die grauen Wände des Vernehmungszimmers passten zur grauen Gesichtsfarbe der Frau. Er schaltete das Aufnahmegerät ein und sprach die notwendigen Angaben auf Band.

Henderson ließ den Kaffeebecher unberührt.

»Wie geht es Ihnen, Mrs. Henderson? Wir haben versucht, Ihre Kinder ausfindig zu machen. Was ist passiert?«

Sie starrte stumm an die Wand hinter Marks und DS Temple, die neben dem DI Platz genommen hatte.

»Was haben Sie mit Ihren Kindern gemacht?« Temple beugte sich vor und legte die Unterarme auf den Tisch. »Ihr Mann Neil weiß es nicht.«

Der Anflug eines Lächelns huschte über ihr Gesicht, als sie den Namen ihres Mannes hörte.

»Mrs. Henderson, Sie sollten mit uns kooperieren. Wir werden Ihnen den Mord an Ihrer Freundin und Mrs. Reid nachweisen. Das verspreche ich Ihnen. Eine geständige Aussage hilft am Ende allen, vor allem Ihnen selbst.«

Eine Welle aus Emotionen erschütterte ihren Körper. »Ich will meinen Anwalt sprechen.« Ihre Stimme klang kratzig und leise.

»Sie haben später Gelegenheit dazu.« Temple lehnte sich wieder zurück.

Henderson schloss die Augen. »Den Kindern geht es gut. Sie sind in der Obhut einer Freundin in Exeter. Sie hat die beiden abgeholt.«

Marks und Temple wechselten einen schnellen Blick. »Die Adresse, bitte.«

Sie nannte einen Stadtteil von Exeter, der als wohlhabende Gegend bekannt war. Temple stand auf und verließ den Raum, um die Angaben von den Kollegen überprüfen zu lassen. Dann kehrte sie zurück. »Aber die Kinder haben doch Schule«, hörte sie Marks fragen.

»Meine Freundin weiß von meinen Eheproblemen. Sie hat selbst gemeint, dass es gut sei, die beiden für ein paar Tage aus der Schusslinie zu nehmen.«

Endlich, dachte Marks. Endlich hatten sie einen Fuß in der Tür. Millie Henderson hatte den ersten Schritt hin zu einem Geständnis getan.

»Was meinen Sie mit Schusslinie?«

»Sie wissen doch längst, wie es um mich und meinen Mann steht, Detective Inspector. Meine Kinder haben eine bessere Zukunft verdient.«

»Und deshalb bringen Sie zwei Menschen um?«

Sie zuckte achtlos mit den Schultern. Eine gelangweilt wirkende Geste.

»Sie geben jetzt also zu, dass Sie zwei Menschen auf dem Gewissen haben?« Marks wollte nun keine Zeit verlieren.

»Sie kotzen mich an. Sie und das Schmierentheater, das Sie hier mit Ihrer Kollegin veranstalten.« Sie bedachte die Beamten mit einem verächtlichen Blick. »Ich brauche keine Samthandschuhe. Die habe ich in meinem Leben noch nie nötig gehabt. Das Einzige, was zählt, sind klare Ansagen. Ihren Schmusekurs können Sie sich sparen.« Sie setzte sich aufrecht hin. »Ich habe meine Kinder schützen wollen vor diesem Dreckskerl. Ich habe viel zu lange zugesehen, wie er unsere Familie zerstört hat. Mit seinen Eskapaden und mit seinen Fehlentscheidungen in der Firma. Sie mögen mich für die Morde verurteilen, aber sie waren für mich der einzige Weg.« Henderson schnaubte verächtlich. »Mein Plan wäre beinahe aufgegangen. Und Neil wäre für Jahre hinter Gitter gegangen. Die Indizien gegen ihn hätten ausgereicht. Wenn mir nicht dieser Rentner in dem Shop in Helston dazwischengekommen wäre. Und Ihr Kumpel, der Krüppel.«

Hendersons Mimik und Körperhaltung war jetzt ein einziger Ausdruck des Bösen. Die Verwandlung hatte vor ihren Augen stattgefunden. Vor ihnen saß nicht mehr länger die fröhliche, unbeschwerte Partynudel, sondern der Teufel in Person.

Marks nickte bedächtig. »Das verstehe ich.«

»Nichts verstehen Sie.«

»Doch, das tue ich. Allerdings kennen wir die Rolle von Abigail Reid noch nicht.«

Sie lachte auf. »Ein wunderbares Rätsel, finden Sie nicht auch?«

»Was genau ist an jenem Tag in Helston passiert? Der achte Mai, Flora Day.« DS Temple hatte einen Schreibblock dabei, um sich Notizen zu machen.

Sie verschränkte die Arme. »Sie wollen es scheibchenweise? Ist das Ihre Art?« Sie zog verächtlich die Nase hoch und sah dann Temple direkt an. »Du blöde Bullenschlampe.«

Marks sah, dass seine Kollegin Mühe hatte, die Ruhe zu bewahren.

»Also gut.« Ein zufriedenes Lächeln zeigte sich auf Millies Gesicht. »Zum Mitschreiben, Liebes. Und zum Lernen.«

Temple schüttelte stumm den Kopf.

»Als Tracy, die dumme Kuh, von ihrer romantischen Liebe zu dem Typen aus dem Internet erzählt hat, wusste ich, das ist *die* perfekte Gelegenheit. Ich habe die Mädels darin bestärkt, diesem Typen das Handwerk zu legen. Erst wollte Fiona nicht, aber dann habe ich sie doch mit Hilfe der anderen davon überzeugen können, den Lockvogel zu geben. In Helston haben wir uns dann auf die Lauer gelegt. Zuerst hatten wir sie verloren, aber dann habe ich die beiden beobachten können. Sie haben sich lange auf der Straße unterhalten. Offenbar wollte der Typ mit ihr verschwinden. Jedenfalls habe ich seine Mimik und seine Gestik so gedeutet. Der hatte den Blumenstrauß sicher nicht nur als Erkennungszeichen dabei und als Anlass für ein erstes unverfängliches Kennenlernen. Der wollte mit ihr direkt in die Kiste. Aber das hat die gute Fiona nicht gewollt und ihn stehen lassen. Sie ist einfach losgerannt. Ich bin ihr hinterher und habe sie in Höhe des Präsidiums«, sie nickte in den Raum, »eingeholt. Sie war ziemlich aufgebracht, die Gute. Ich habe sie beruhigen können und bin ihr nach Hause gefolgt. Anschließend habe ich sie in ihrem Wohnzimmer erwürgt und sie dann in die Bucht geschleppt.« Sie sah triumphierend in die Runde. »Genial, oder?«

»Warum sollte das ein genialer Plan sein?« Marks hatte zunehmend Mühe, neutral zu bleiben und allein faktenbasiert zu argumentieren. Er warf einen Blick zu Temple. Sie ließ nicht erkennen, was sie dachte. Pokerface.

»Ich habe das mit dem Leihwagen gemacht. Eigentlich konnte nichts schiefgehen.«

»Angenommen, Ihr Plan war wirklich so genial, wie Sie meinen, wie passt Abigail da hinein?«

»Ich will nicht, dass Neil die Kinder bekommt.« Ihre blauen Augen verdunkelten sich, als sie abrupt das Thema wechselte.

»Das zu entscheiden, liegt nicht in meiner Macht. Das muss Ihr Anwalt mit dem Gericht klären.« Marks war nicht glücklich über den plötzlichen Themenwechsel.

Sie verschränkte die Arme. »Er hat kein Recht auf die Kinder.«

Das war kein Ausdruck mütterlicher Gefühle, das war ein Machtanspruch. Marks hob eine Augenbraue. »Er ist ihr Vater.«

»Und?«

»Möchten Sie uns nicht sagen, warum Abigail Reid sterben musste?« DS Temple fixierte Henderson mit einem harten Blick. Sie schien ebenfalls keine Lust auf die Diskussion um das Sorgerecht für die Kinder zu haben.

»Wann kommt mein Anwalt?«

»Mrs. Henderson, bitte.« Marks beugte sich vor. »Ihr Anwalt wird alle Gelegenheit bekommen, in Ihrem Sinn zu handeln.«

»Warum musste Mrs. Reid sterben?« Temple ließ nicht locker.

»Nennen Sie es einen Kollateralschaden.« Sie lachte auf. Ein bitteres Lachen. Sie schüttelte den Kopf, als wollte sie es selbst nicht glauben.

»Sie nennen einen Mord einen Kollateralschaden?« Temple war sichtlich dabei, die Fassung zu verlieren.

Millie lächelte Marks an. »Das nennt man doch so, oder? Wenn jemand zur falschen Zeit am falschen Ort ist.«

»Das verstehe ich nicht.« Marks runzelte die Stirn. »Ihr Mann, hatte der nicht ein Verhältnis mit ihr?«

»Neil vögelt die Putze?« Sie lachte erneut auf. »Alles, nur das nicht. Niemals. Er hätte Abigail Reid nicht mit der Kneifzange angefasst.« Sie sah verblüfft aus. Wie als könnte sie nicht verstehen, wie Marks auf so eine Idee kam. »Nein. Niemals.« Sie klang in diesem Augenblick, als wollte sie die Ehre ihres Mannes verteidigen.

»Sie ist tot. Warum musste sie sterben?«

Millie Henderson rückte sich auf dem Stuhl zurecht. »Das ist doch ganz einfach, Detective Inspector.« Sie sah ihm tief in die Augen. »Sie waren mir schon dicht auf den Fersen. Ohne es zu merken, liebster Mr. Marks. Und da musste ich mich entscheiden. Und als Abigail zum Putzen kam, wusste ich, was zu tun war. Sie würde die falsche Spur sein.« Sie zuckte mit den Schultern. »Ich hatte keine andere Wahl. Pech für sie.«

»Wie können Sie nur so kalt über das Leben eines anderen Menschen entscheiden?«

Marks sah zu Temple. Er würde sie stoppen müssen, bevor noch ein Unglück geschah.

»Ich hatte keine Wahl. Wann kapierst du das endlich?« Ihr Blick schien Temple zu durchbohren.

»Wie haben Sie es angestellt?« Marks bemühte sich weiter um einen sachlichen Ton und warf dabei Temple einen warnenden Blick zu.

»Ich hab sie überredet, sich einen Job im Golfklub zu organisieren. Ich könne ihr dabei helfen. Sie solle abends im Klub sein. Ich wisse, da wären dann alle zusammen, die das entscheiden könnten. Sie hat sofort zugesagt, die Reids waren wirklich klamm. Sie war mir so dankbar, dass ich ihr helfen wollte.«

»Und dann?«

»Nachdem sie dann bei uns mit dem Putzen fertig war, habe ich mir erneut den Vauxhall geliehen. Angeblich war ich da lediglich zum Shoppen unterwegs. Hat Neil ohnehin nicht interessiert. Ich war dann zur verabredeten Zeit am Golfklub.« Sie wollte weitersprechen, unterbrach sich dann aber. Ihr Blick ging wieder zu der Wand hinter den beiden Beamten. Es war, als verlöre sie sich mit Absicht in der Eintönigkeit der schmucklosen Farbe dieses schmucklosen Raumes.

»Fahren Sie bitte fort.« Zufrieden registrierte er, dass seine Kollegin ihre professionelle Haltung wiedergefunden hatte.

»Ich habe abseits geparkt und auf dem Weg zum Klubhaus Neil im Wagen sitzen sehen. Er sprach mit Abigail durch das offene Seitenfenster und ist dann weggefahren. Er hat mich zum Glück nicht gesehen. Ich bin dann zu Abigail. Sie machte einen fast aufgewühlten Eindruck. Ich habe ihr gesagt, dass ich sie heimbringe und dass ich mich bei ihr entschuldigen wollte. Ich hätte gehört, dass der Vorstand doch nicht zusammenkommen würde, und habe sie informieren wollen. Sie sei aber schon zu Fuß auf dem Weg gewesen und ich sei ihr nachgefahren. Ich habe sie dann gebeten einzusteigen und mit mir noch ein Glas zu trinken.« Sie hielt erneut inne. Die Beschreibung der Tat fiel ihr nun sichtlich schwer.

»Fahren Sie bitte fort.« Marks hatte die Veränderung ihrer Körperspannung bemerkt. Sie hatte die kämpferische Haltung aufgegeben und sank zusehends in sich zusammen. Sie standen kurz vor dem endgültigen Durchbruch der Ermittlungen.

»Sie hat sich gefreut und fand vor lauter Dankbarkeit keine Worte. Als sie sich anschnallen wollte und abgelenkt war, habe ich sie mit der Krawatte erwürgt.«

»Sie schildern das so, als sei dies der normalste Vorgang der Welt. Eine rein technische Angelegenheit.« DS Temple hob ihren Blick vom Schreibblock.

»Hast du nicht auch schon das Gefühl gehabt, Schwester, einen Mord begehen zu müssen? Steckt dieses Dunkle nicht in uns allen? Wenn du dich auf das rein Technische konzentrierst, geht alles andere wie von selbst.«

Temple sah sie fassungslos an.

»Du hast recht. Ganz so einfach war das nicht. Der Vauxhall ist eine kleine Karre, eng und unpraktisch. Sie hat versucht, sich zu wehren. Sie hat gestrampelt, versucht, aus dem Sitz zu kommen. Aber da war es schon zu spät. Ich habe im Auto abgewartet, bis im Klub alle Lichter ausgingen. Der Greenkeeper war der Letzte, der das Gelände verließ. Auch er hat nichts bemerkt. Irgendwann bin ich mit dem Wagen aufs Gelände gefahren, habe Abi ausgeladen und sie auf den Weg geschafft. Das war ein ziemlicher Kraftakt. Ein Glück, dass ich fürs Rudern regelmäßig Gewichte stemme. Und dann hab ich ihr noch die Kehle durchgeschnitten, um es ein bisschen dramatischer aussehen zu lassen.« Sie sah nun zufrieden aus.

»Abigail Reid musste also sterben, um uns von Ihnen … abzulenken?« Marks wollte nicht glauben, was er gerade gehört hatte. Die Logik von Tatabläufen würde ihm auf ewig verborgen bleiben.

DS Temple schaute von ihren Notizen auf, wartete Marks' Nicken ab und wandte sich dann an Henderson. »Das Motiv für den Mord an Mrs. Reid haben wir nun gehört.« Sie sah erneut kurz zu Marks. »Aber um ehrlich zu sein, mir erschließt sich noch nicht, warum Sie Fiona Richards getötet haben.«

Hendersons Blick wanderte unstet im Raum umher. So als suchte sie auf den Wänden nach ein paar klärenden Notizen.

»Brauchen Sie eine Unterbrechung?«

Sie sah Marks aus müden Augen an. »Sie werden das nicht verstehen.«

»Wir können gerne unterbrechen.«

Sie schüttelte mit einer matten Bewegung den Kopf. »Wenn ich Ihnen das jetzt nicht erkläre, wird mir später dazu die Kraft fehlen.«

»Nun?« Marks war fasziniert von den Verwandlungen, die in der Frau vorgingen.

»Ich war verliebt.«

Marks und Temple warteten ab.

»Wir waren verliebt.«

Sie sprach nicht weiter. Marks nickte ihr aufmunternd zu. Es fehlte nicht mehr viel, sie würde auch den Rest schaffen.

»Er hatte gerade sein erstes Examen gemacht. Wir hatten uns bei einer Feier an der Uni kennengelernt. Er war«, sie lachte auf, »der Mann meiner Träume. Wir haben jede freie Minute miteinander verbracht. Mir war klar, dass ich mit ihm den Rest meines Lebens verbringen wollte.« Sie straffte sich. »Aber das Leben schreibt immer seine eigene Geschichte. Ich dumme Gans. Kaum hatte er seinen Abschluss ... nein, ich muss mich korrigieren, es ging noch ein, zwei Jahre.« Sie sah Marks an. »Kennen Sie das auch? Die Erinnerung spielt fortwährend verrückt, sie ist so unzuverlässig. So unzuverlässig wie ein altes Auto.« Ihr Körper entspannte sich ein wenig. »Wir hatten so viel Spaß, wir hatten so viel Liebe. Nichts konnte uns trennen, dachte ich. Ich wollte bereits ein Haus kaufen, ein Heim einrichten, ein warmes Nest für uns und für unsere Kinder. Und dann war alles vorbei. Von einem Moment auf den anderen.« In ihren Augen sammelten sich Tränen. Ein Schluchzen deutete sich an. »Er hat mich an jenem Abend einfach zurückgelassen. Wie einen ausgeleierten Pullover. Ich saß in unserer Wohnung – mit einem Mal völlig allein.« Sie konnte die Tränen nicht länger zurückhalten.

»Wir machen eine Pause.« Marks stand auf, aber sie schüttelte den Kopf. Marks setzte sich wieder.

»Sie sind sich auf einem Empfang begegnet. Das war alles, was er mir gesagt hat. Der Empfang des Bürgermeisters. Sie war der Anlass, mich zu verlassen. So ein Scheißabend – er hat mein Leben zerstört. Ich bin dann zurück nach Ruan Minor und habe mich verkrochen. Neil kam damals zur rechten Zeit. Er war nett, höflich und aufmerksam. Verständnisvoll und ein echter Gentleman. Er hat mir die Zeit gegeben, mich neu zu finden. Er war immer da, wenn ich ihn brauchte. Und dann haben wir irgendwann geheiratet.«

»Das klingt nach Liebe.«

Sie sah Marks an. »Ich nenne es lieber ein Zweckbündnis. Ich habe Aufmerksamkeit bekommen, wann immer ich sie brauchte. Ansonsten konnte ich mein eigenes Leben führen.«

»Und Ihre Kinder?«

»Sie sind alles für mich.«

»Und doch haben Sie alles zerstört. Warum?«

»Die ersten Jahre ging alles gut. Ich war mit meinem Leben zufrieden, hatte mich eingefunden, ihn vergessen. Außerdem lief es mit dem Autohandel und mit meinem Immobiliengeschäft. Es hätte nicht besser kommen können.«

»Und dann?«

»Und dann trifft Fiona diesen Mann – und geht mit ihm ins Bett. Gleich am ersten Abend. Und dann erzählt sie mir von der großen Liebe ihres Lebens. Jede Einzelheit ihrer Beziehung hat sie mir erzählt. Sie war ja so glücklich – endlich den Mann fürs Leben gefunden. Und den kleinen Schönheitsfehler, dass er noch verheiratet war, würden sie mit einer schnellen Scheidung aus der Welt schaffen. Sie standen kurz davor, die Verbindung öffentlich zu machen. Alles hat sie mir erzählt, alles. Jedes Detail. Und mit jedem ihrer verliebten Worte stach das Messer tiefer in mich. Fiona hat gefühlt wie ich damals. Ich habe es nicht mehr ertragen.«

»Das heißt?« Marks hatte atemlos zugehört. Auch Temple hatte ihren Schreibblock vergessen.

»Es kam der Tag, an dem mir klar wurde, dass sie ihn nicht bekommen wird. Wenn ich ihn nicht haben durfte, dann Fiona erst recht nicht.« Sie schien selbst überrascht von ihrer eindeutig formulierten Feststellung, denn ihr Blick richtete sich nach innen.

»Ben Barnes? Der Staatsanwalt?«, fragte Temple nach, nur um sicherzugehen.

Millie Henderson nickte und flüsterte: »Der Staatsanwalt.« Für einen Moment lag in ihrem Blick eine Ahnung von so etwas wie Sehnsucht.

»Aber es hätte doch sicher eine andere Lösung gegeben«, warf Temple ein.

Henderson schüttelte entschieden den Kopf. »Ich hätte das nicht ertragen. Wenn ich Ben schon nicht haben konnte, dann auch keine andere. Schon gar nicht meine Freundin.«

»Ich verstehe das nicht.« Marks wollte sich noch nicht zufriedengeben.

»Ich hatte tatsächlich schon gedacht, ich hätte Ben aus meinem Leben gestrichen. Aber meine Gefühle für ihn waren mit einem Mal wieder da. Wie aus dem Nichts. Ich war zuerst erschrocken, dass nach all den Jahren mein Herz anders fühlte als mein Verstand.«

LVII.

»Eifersucht, gepaart mit gekränkter Eitelkeit.« Simon hob den Kopf und lächelte sie an. »Das Leben schreibt seine eigenen Geschichten.«

»Nur weil sie ihren Staatsanwalt nicht haben kann, bringt sie zwei Frauen um? Wie krank ist das? Sie hat damit alles zerstört, was in ihrem Leben wichtig war.«

»Wenn du einmal in dieser Gedanken- und Gefühlsspirale steckst, findest du nicht mehr heraus. Statt sich von allem zu befreien, hat Millie sich immer tiefer in ihre Geschichten verheddert. Keine neue Lüge brachte den sehnlichst erhofften Befreiungsschlag, sondern hat sie im Gegenteil weiter und weiter in ihr Schicksal getrieben, das wie ein Trichter immer enger wurde. Sie hatte keine Chance, aber sie hat das nicht begriffen. Erst als es zu spät war.«

»Und wohin wollte sie von Newquay aus?«

»Kasachstan. Der Oligarch, von dem Chris erzählte.«

Mary trat einen Schritt auf Simon zu und hob die Arme, um sie auf seine Schultern zu legen. »Simon, ich …«

»Ah, du bist doch daheim. Gut, dass ich dich treffe.«

Mary runzelte die Stirn und seufzte. Bitte nicht.

»Tante Margaret.« Sie nahm die Arme wieder herunter und drehte sich um.

Simon wich einen Schritt zurück.

Die Vorsitzende des Dorfvereins nahm keine Notiz von der besonderen Atmosphäre in der Küche.

»Kind, es ist so weit. Deine Tante hat sich verliebt.« Sie strahlte ihre Nichte an.

Mary runzelte fragend die Stirn.

Margaret Bishop nahm ungefragt Platz. »Hast du Sekt im Haus?« Sie wollte offenbar auch weiterhin keine Notiz von Simon nehmen.

»Was ist passiert?« Mary machte keine Anstalten, den Wink mit dem Zaunpfahl aufzunehmen.

»Hach, ich bin ja so verliebt.« Ihre Tante stellte ihre Handtasche auf den Stuhl neben sich. »Ich könnte die ganze Welt umarmen. Ich brauche jetzt einen Schluck. Und ich will mit dir anstoßen.«

»Tante Margaret. Ich habe Besuch.«

»Sehe ich, bin ja nicht blind.« Sie nickte kurz zu Simon hin. »Guten Abend.«

»Ich …«

»Mary, ich weiß, dass du immer Sekt im Haus hast. Ich verdurste förmlich, Liebes.«

Mary verschränkte die Arme. »Willst du mir nicht zuerst sagen, was los ist?«

Sie ruckelte sich auf ihrem Stuhl zurecht. »Wir haben unsere Webseite endlich fertig überarbeitet. Sie sieht so dermaßen gut aus. Ich bin schockverliebt in Aufbau und Design. Modern und zukunftsweisend. Wir werden mit unserem Webauftritt landes-, ach was, europaweit Furore machen. Da bin ich mir sicher.«

»Aha.« Sie hatte schon befürchtet, dass der erste Vorsitzende der Royal Horticultural Society, Sir Harry Woodstock, ihrer Tante am Ende tatsächlich den Hof gemacht hatte. Margaret kam ihr jedenfalls so aufgeregt vor wie eine Tanzschülerin vor dem Abschlussball. Mary hätte sie gerne hinauskomplimentiert.

»Freust du dich nicht für mich?«

»Natürlich, Tantchen.« Mary sah, dass Simon die Situation unangenehm war.

»Ausnahmsweise und zur Feier des Tages darfst du mich Tantchen nennen.« Bishop wandte sich an Simon. »Was machen die Geschäfte? Gut?«

Mary stellte sich demonstrativ neben Simon. »Wir haben einiges zu besprechen.«

Margaret Bishop hob gönnerhaft die Hand. »Nur zu.«

»Simon und ich.«

»Ach so. Ich störe wohl?« Bishop machte ein Gesicht, als habe sie in eine Zitrone gebissen. »Na ja, dann will ich das junge Glück nicht stören.«

Mary prustete los, nachdem ihre Tante das Haus verlassen hatte. Wie eine schlechte Schauspielerin ahmte sie ihren Tonfall nach: »Ich bin schockverliebt.«

»Na, das nenne ich aber einen Zufall.« DI Marks stand unvermittelt in der Tür. »Zwei auf einen Schlag.«

Mary bedachte Simon mit einem vielsagenden Blick und begrüßte den DI herzlich.

»Ich habe mir gedacht, ich komme mal vorbei. Wir haben doch etwas zu feiern.« Er zog hinter seinem Rücken eine Flasche schottischen Whisky hervor. »Nachdem der Fall endlich geklärt ist.« Er sah Marys verstörten Blick. »Keine Sorge. Ich bleibe nicht über Nacht. Ich möchte nur einen kleinen Schluck, aber den mit euch gemeinsam. Ich fahre gleich wieder.«

Die drei Freunde setzten sich ins Wohnzimmer und ließen den Fall der Krawattenmörderin noch einmal Revue passieren.

»Da fällt mir ein: Wie geht es deiner Kollegin?« Mary hatte längst Tee für alle auf den Tisch gestellt.

»Annie?« Marks' Blick verdunkelte sich kurz. »Ihr geht es besser. Zumindest was die körperliche Gesundheit betrifft. Sie wird bald entlassen. Bis sie wieder Dienst machen kann, wird aber noch einige Zeit vergehen. Wobei«, er dachte kurz nach, bevor er weitersprach, »ich mir nicht sicher bin, ob sie weiterhin als Polizeibeamtin arbeiten will.«

»Es wäre schade um sie. Die Polizei würde eine gute Kraft verlieren.« Simon nickte nachdenklich. »Sie sollte sich das gut überlegen.«

»Nun, wir werden abwarten müssen. Ich werde aber alles versuchen, sie zu behalten.«

»Was wohl aus Tracy und Louise wird? Die glorreichen vier sind nun endgültig Geschichte. Andererseits ...« Mary vollendete den Satz nicht. Die anderen wussten aber auch so, worauf sie hinauswollte.

»Ich werde dann jetzt mal aufbrechen.« Marks erhob sich.

»Musst du noch arbeiten?« Mary sah ihn neugierig an.

»Nein.« Er lächelte. »Ich habe eine Verabredung.«

»So, so.« Mary hatte das untrügliche Gefühl, dass Marks darauf wartete, gefragt zu werden. »Und?«

»Ich wollte immer schon mehr über Anästhesie wissen.«

Epilog

Zwei Wochen später fand er eine Ansichtskarte in seinem Briefkasten. Eine moderne Ansicht der Tower Bridge. Neugierig drehte er die Karte um. Kein Absender. Nur ein Satz: *Wir sehen uns.*

Simon untersuchte den Stempel. Der blasse Aufdruck ließ Exeter vermuten.

Er ließ nachdenklich die Hände sinken.

Danksagung

Danksagungen sind nicht nur Ausdruck von Respekt. Sie sind für mich zugleich das Ende wie auch der Anfang meiner Arbeit. Sie erinnern mich auf angenehme Weise an das langsame und manchmal schmerzhafte Wachsen des jeweiligen Manuskripts. Sie tragen die vielen Fragen in sich, die beim Schreiben des Romans überraschend auftauchten. Vor allem aber erinnern sie mich an die Menschen, die mich auf dem Weg zur Veröffentlichung begleitet, ermutigt, mit Gelassenheit reagiert und mit unschätzbaren Ratschlägen vor dem Scheitern bewahrt haben.

Da ist zunächst Magdalena Heer, die mich als Lektorin bereits seit einigen Jahren geduldig auf dem Weg durch das Dickicht des Veröffentlichungsprozesses begleitet. Ich bin froh, dass du mich schon bei meinem ersten Cornwall-Krimi *Klippentod* in deine Obhut genommen hast.

Ralf Reiter ist der Mann, der mich zuverlässig vor Blamagen schützt. Er hat den Überblick über die Fallstricke der deutschen Sprache und über meine Eigenheiten. Und er versteht es, den Ton meines Manuskripts durch seine sensiblen Eingriffe in den Text noch hörbarer zu machen.

Ein Kriminalroman wäre kaum glaubwürdig, würden wichtige Details nicht stimmen. So bin ich froh, dass Dr. Stefan Hegermann neben seiner Arbeit als Facharzt für Chirurgie, Unfallchirurgie und Orthopädie an einem Akutkrankenhaus, die Zeit gefunden hat, mich ein wenig an seinem medizinischen Wissen teilhaben zu lassen. Ohne seine langjährige Erfahrung als Notfallmediziner hätte ich bestimmte Dinge in diesem Roman nicht so schreiben können.

Wohltuende Unterstützung finde ich ganz besonders auch bei meinen Leserinnen und Lesern, die mich durch ihre freundliche und konstruktive Resonanz ermutigen, in meinem Schreiben nicht nachzulassen. Stellvertretend nenne ich Sandra Meier, Beate Berg, Sabine Lenz, Daniela Stechert, Britta Hattenkerl, aber auch Dirk Kraforst, Detlef P. K. Fischer – und die Jungs der Band *Hier Geht Was*.

Und da ist nicht zuletzt meine Familie, die mich während meiner Arbeit an meinen Romanen auch und gerade immer dann zu ertragen weiß, wenn ich mit mir und der Welt hadere. Eure Geduld möchte ich haben!

Erwähnen will ich auch diesmal meine Freunde in Ruan Minor und Cadgwith, allen voran Jan Morgan, Simon Bradley, Linda Wilkinson, Mary Keeley und Brian Jenkins. Ihre unnachahmlich kreative und gelassene Art, in diesem wunderbaren Cornwall zu leben, inspiriert mich immer wieder zu neuen Geschichten. Ohne sie wäre auch dieser Roman nie geschrieben worden.

Ruan Minor, im Frühjahr 2023